普通高等教育“十一五”国家级规划教材
全国水利水电高职教研会推荐教材

水轮机调节

（第2版）

主　编　蔡燕生
副主编　龙建明　李爱民
主　审　黄少敏　陈炳森

黄河水利出版社

内 容 提 要

本书是普通高等教育“十一五”国家级规划教材，是按照国家对高职高专人才培养的规格要求及高职高专教学特点编写完成的。主要内容包括水轮机调节的基本原理；机械液压型、模拟电路电气液压型和数字型微机调速器的结构及工作原理；典型微机调速器简介；调节系统特性及调整试验；调节保证计算简介；调速器的运行维护、检修和故障分析。各章后编有小结和复习思考题。

本书为高职高专水电站动力设备与管理、水电站电力设备及自动化、水电厂机电技术等专业的教材，还可作为水电站、水泵站从事调速器安装、运行维护和检修方面工作的有关人员的培训教材或参考书。

图书在版编目(CIP)数据

水轮机调节／蔡燕生主编. —2版. —郑州：黄河水利出版社，2009.7
普通高等教育“十一五”国家级规划教材
ISBN 978-7-80734-599-2

Ⅰ.水… Ⅱ.蔡… Ⅲ.水轮机-调节系统-高等学校：技术学校-教材 Ⅳ.TK730.7

中国版本图书馆CIP数据核字(2009)第096614号

组稿编辑：王路平　电话：0371-66022212　E-mail：hhslwlp@126.com

出 版 社：黄河水利出版社
地址：河南省郑州市顺河路黄委会综合楼14层　　邮政编码：450003
发行单位：黄河水利出版社
发行部电话：0371-66026940、66020550、66028024、66022620(传真)
E-mail：hhslcbs@126.com
承印单位：黄河水利委员会印刷厂
开本：787 mm×1 092 mm　1／16
印张：17.25
字数：400千字　　印数：7 001—11 100
版次：2003年1月第1版　　印次：2009年7月第3次印刷
2009年7月第2版

定价：32.00元

再版前言

本书是普通高等教育“十一五”国家级规划教材，是根据《国务院关于大力发展职业教育的决定》、教育部《关于全面提高高等职业教育教学质量的若干意见》等文件精神，以及教育部对普通高等教育“十一五”国家级规划教材建设的具体要求组织编写的。

本书是在 2003 年第 1 版全国水利水电类高职高专统编教材《水轮机调节》的基础上进一步修订而成的。

本书为高职高专水电站动力设备与管理、水电站电力设备及自动化、水电厂机电技术等专业的教材，也可作为水电站、水泵站从事调速器工作的有关人员的培训教材或参考书。

近年来，水轮机调速器的发展十分迅速，各类新型微机调速器迅速取代了传统电液调速器，而成为水电站、水泵站的主要设备。为了满足教学需要，本次修订工作中，对原教材第一章水轮机调节的基本原理、第二章机械液压型调速器、第三章电气液压型调速器的内容进行了大量简化；对第四章微机调速器进行了重新编写，引入了近几年发展起来的新型微机调速器，对其硬件、软件、控制原理等进行了较为详细的介绍；增加了第五章典型微机调速器，对目前应用较广泛的微机调速器进行了简要介绍；第六章讲述了调节系统特性，增加了微机调速器的调整试验；第七章调节保证计算侧重于概念的介绍，简化了水击压强的计算；第八章为调速器的运行维护、检修和故障分析。

本书由四川电力职业技术学院蔡燕生担任主编，杨凌职业技术学院龙建明和四川水利职业技术学院李爱民担任副主编，四川电力职业技术学院孟宪影、杨凌职业技术学院李敏科、广西水利电力职业技术学院陈韶光等参加编写。

本书由福建水利电力职业技术学院黄少敏、广西水利电力职业技术学院陈炳森担任主审。

本书在编写过程中，参考了许多书籍和调速器制造厂的资料，武汉汉诺优电控有限公司郭建业董事长提出了宝贵建议，并提供了极有价值的资料，在此一并表示衷心感谢。与此同时，对本书引用和参考的其他书籍与资料的作者也表示感谢。

由于编者的水平和实践经验有限，本书难免有不妥或错误之处，敬请读者批评指正。

编　者

2009 年 2 月

目 录

第一章 水轮机调节的基本原理

第一节 水轮机调节的基本概念

一、水轮机调节的任务

水力发电的生产过程如图 1-1 所示，其过程是由水轮机将水能转变为机械能，再由发电机将机械能转变为电能，送入电力系统供给用户使用。

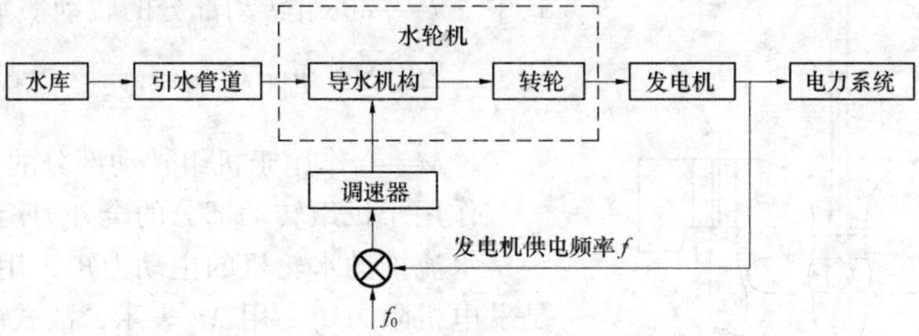

图 1-1 水力发电过程示意

电能是一种特殊的商品。在电力系统中，发电、供电和用电是同时完成的，而电力系统的负荷是随着时间不断变化的，其负荷变化的周期为几十秒至几十分钟不等，变化幅值可达系统总容量的 2%~3%。例如，一日之内存在上午、晚上两个用电高峰和中午、深夜两个用电低谷等。电力系统负荷的变化必定导致频率的变化。用户除了要求供电安全、可靠和经济外，还要求电能的频率、电压保持在额定值上、下的某一范围内。如果频率和电压的波动值过大，将会造成机械加工工件达不到需要的精度，纺织产品会出现次品和废品，此外还会影响到水轮发电机组和电力系统自身工作的稳定等。因此，我国电力系统规定：电力系统的频率应保持 50 Hz，允许偏差±0.2 Hz。容量小于 3 000 MW 的地方电网，偏差不得超过±0.5 Hz。工业发达国家对频率的偏差范围提出了更高的要求。

在电力系统中，为了使水轮发电机组的供电频率稳定在某一规定的范围内而进行的调节，称为水轮机调节。

根据电机学可知，发电机发出的交流电的频率与发电机组转速之间的关系可用下式表示：

$$f = \frac{pn}{60} \tag{1-1}$$

式中 f——发电机输出交流电的频率，Hz；

p——发电机的磁极对数；

n——发电机的转速，r/min。

发电机的磁极对数取决于发电机的结构，对已制造好的发电机 p 是一个常数，由式(1-1)可知发电机输出的交流电的频率与转速成正比。因此，要保证频率在规定的范围内，就要根据电力系统负荷的变化不断地调节水轮发电机组的有功功率输出，并维持机组转速在规定的范围内。这就是水轮机调节的基本任务。

二、水轮机调节的途径和方法

在图 1-2 中，水轮机和发电机连成一个整体，称为水轮发电机组。我们可以把机组转动部分看成一个绕定轴转动的刚体，根据理论力学可得：

$$J\frac{\mathrm{d}\omega}{\mathrm{d}t}=M \tag{1-2}$$

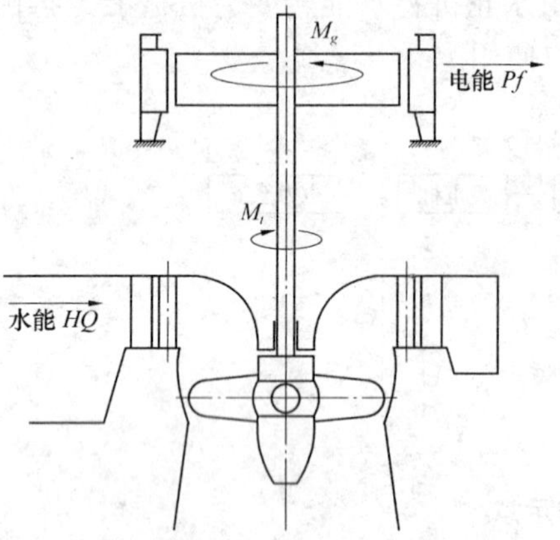

图 1-2　水轮发电机组示意

式中　J——机组转动部分的转动惯量；

$\frac{\mathrm{d}\omega}{\mathrm{d}t}$——机组角加速度；

M——作用于机组转动部分的合外力矩。

作用于机组转动部分的合外力矩包括两部分，一是水流推动水轮机的主动力矩，用 M_t 表示；二是发电机阻力矩，用 M_g 表示，故式(1-2)可用下式表示：

$$J\frac{\mathrm{d}\omega}{\mathrm{d}t}=M_t-M_g \tag{1-3}$$

发电机阻力矩 M_g 随着用电负荷的变化而变化。当动力矩和阻力矩失去平衡时，机组转速就会随之变化。根据式(1-3)转速的变化有三种情况：

(1)当 $M_t>M_g$ 时，$\frac{\mathrm{d}\omega}{\mathrm{d}t}>0$，说明电网负荷减少，机组转速上升，电网频率升高，这时需要减小水轮机动力矩，使动力矩与阻力矩相等，电网的频率恢复到正常范围。

(2)$M_t=M_g$ 时，机组转速保持不变。

(3)$M_t<M_g$ 时，$\frac{\mathrm{d}\omega}{\mathrm{d}t}<0$，电网负荷增加，机组转速下降，电网频率下降，这时需要增加水轮机动力矩，使电网频率恢复到正常范围。

由上可知，当发电机阻力矩发生变化时，如果不对水轮机动力矩进行调节，就会引起机组转速或电网频率改变。下面分析怎样对水轮机动力矩进行调节。

水轮机动力矩与水轮机工作水头、水轮机导叶开度或者说流量和角速度等有关，根据水轮机出力公式 $P=9.81\,HQ\eta$ 和 $P=M_t\omega$ 可得：

$$M_t=\frac{9.81HQ\eta}{\omega} \tag{1-4}$$

由式(1-4)可知，从理论上讲，改变水轮机流量 Q、工作水头 H 和效率 η，可以改变水轮机动力矩，在实际工程中通过改变工作水头和效率来改变动力矩是十分困难的。因此，只有通过改变流量来调节水轮机动力矩。不同型式的水轮机其调节流量的设备是不相同的。例如，反击式水轮机通过调节导叶开度来改变动力矩，冲击式水轮机通过改变喷针行程来调节水轮机动力矩。所以，水轮机调节的途径是改变导叶开度或喷针行程。具体方法是利用调速器按负荷变化引起的机组转速或频率的偏差，调整水轮机导叶或喷针开度，使水轮机动力矩和发电机阻力矩及时恢复平衡，从而使转速和频率保持在规定的范围内。

三、水轮机调节的特点

水轮机调节系统与其他原动机调节系统相比有以下特点：

(1)水轮发电机组是以水为工作介质发电的，而水能开发要受自然条件的限制，与其他原动机相比，其单位工作介质的能量较小，要发出同样的电能需要通过较大的流量，因此水轮机的导水机构也相应较大。这就要求水轮机调速器设置较大的液压操作机构，而液压元件的非线性和时间滞后性会影响水轮机调节系统的动态品质。

(2)因开发方式的不同，一些水轮机需要采用双重调节。例如，转桨式水轮机不仅要调节导叶开度，同时还要调节转轮桨叶的转角，要求调速器中多设置一套调节机构，从而增加了调速系统的复杂性。同时，也增加了水轮机出力调整的滞后。

(3)受自然条件的限制，有些水电站具有较长的引水管道。管道长，水流惯性很大，水轮机突然开启或关闭导叶时会在压力管道中产生水击。而延长关机时间，又会使机组转速过高。这些都会对水轮机调节系统的动态品质产生不利的影响。

(4)随着电力系统容量的扩大和自动化水平的不断提高，对水轮机调速器的稳定性、速动性、准确性提出了越来越高的要求，调速器的操作功能、自动控制功能不断完善，已经成为水电站综合自动化必不可少的自动装置。

四、调速器的发展

最早的调速器是蒸汽机调速器。它是机械型的，利用测速元件直接控制进汽阀。水轮机调速器是 20 世纪前期随着水电建设发展起来的，19 世纪末出现了用液压放大元件作为功率放大设备的液压型调速器，到 20 世纪 30 年代出现了相当完善的机械液压型调速器，并延用至今。

随着电子技术与液压技术的进步，解决了电气–液压转换问题，20 世纪 40 年代中期出现了电气液压型调速器。电气液压型调速器发展初期，仅以电气回路替代一些机械元件，直到电子调节器型调速器的出现，电气液压型调速器才有了独立的模式。从采用的元器件方面，其发展经历了电子管、晶体管、集成电路等发展阶段。从调节规律来说，由比例–积分调节规律发展到比例–积分–微分调节规律。

20 世纪 80 年代以来，计算机技术和液压传动技术迅速发展。由于水电站的装机容量不断提高，单机容量增加，对机组运行稳定性、速动性提出了更高的要求，世界上发达国家将计算机、液压传动技术应用于水轮机调速器，并在一大批电站投入运行。

20 世纪 80 年代初以来，我国科技工作者先后研制成功多种型号的常规油压和高油压微机调速器，多种先进的控制规律得到应用，如自适应控制、适应式变参数变结构控制等。这些新型调速器在许多大、中、小型电站得到应用，技术日趋成熟，我国调速器制造技术已跻身于世界先进国家行列。

第二节　水轮机调速系统基本元件

图 1-3 是单调节水轮机调速系统框图，该系统由被控制对象、测量元件、液压放大元件和反馈控制元件等组成，其调节过程是：当用户负荷变化时，引起被控制对象水轮发电机组转速改变，测量元件——离心摆检测到转速的变化后发出信号，并按照一定的调节规律控制导水机构，改变导叶开度，调节进入水轮机的流量，使机组转速恢复稳定。为了讲清楚调速系统的工作原理，本节先来介绍其主要元件的结构及工作原理。

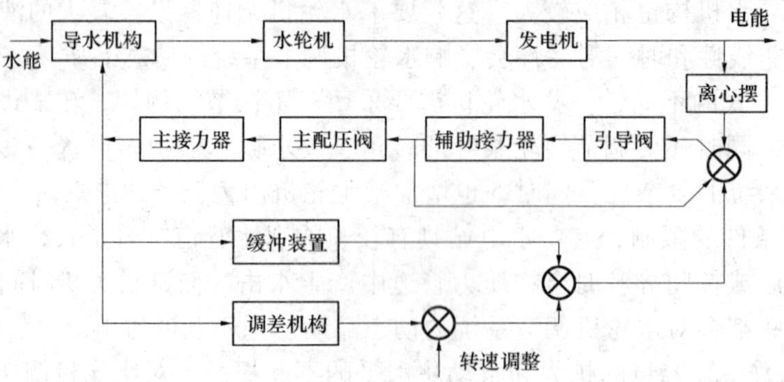

图 1-3　单调节水轮机调速系统框图

一、转速测量元件及工作原理

调速系统中的测量元件是离心摆，其结构及动作原理如图 1-4 所示，由上支持块 1、下支持块 7、菱形钢带 2、两个重块 4 和弹簧 6 等组成。离心摆由交流电动机带动旋转，交流电动机的电源来自与发电机同轴的永磁发电机，其频率反映了机组的转速。当机组转速变化时，离心摆转速也随之变化，并将转速变化量转化为位移量，去控制液压放大元件。下面说明离心摆测量转速的原理。

离心摆有左右两个重块，上通过钢带、上支持块与电动机转轴相连，下通过钢带与下支持块连接，下支持块与转轴之间有一弹簧和调节螺母，下支持块又与引导阀转动套连为一体。当电动机带动离心摆转动时，离心摆的重块产生离心力使钢带张开，下支持块上移使弹簧压缩，在某一位置达到平衡状态，即作用于离心摆的离心力、液摩阻力、弹簧阻力和重力等相平衡，离心摆处于某一转速稳定运行。这时转动套也处于某一相对中间位置与离心摆一起转动，如图 1-4(a)所示。若此时转速上升，重块的离心力也随之增加，于是克服弹簧阻力带动下支持块上移，如图 1-4(b)所示；若此时转速下降，重块的离心力随之减小，由于弹簧回复力作用，下支持块下移，如图 1-4(c)所示。由此可见，下支持块随转速的变化而上下移动。所以，离心摆的输入信号是转速，输出信号是下支持块的位移。

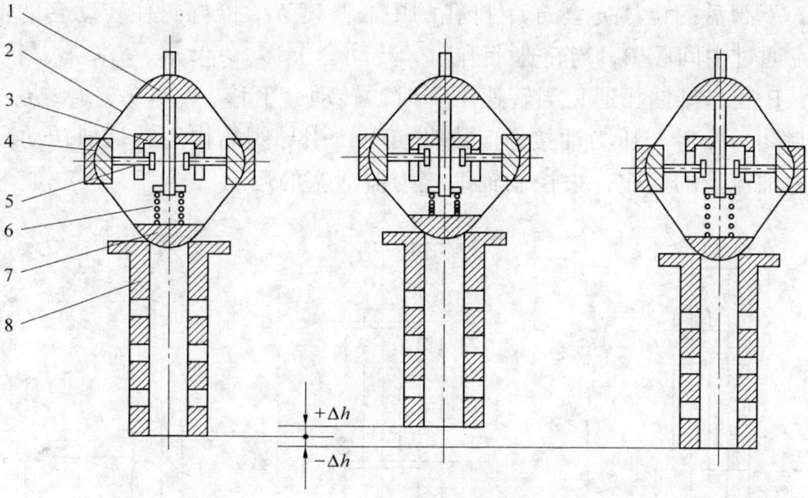

(a)转速不变　　(b)转速上升　　(c)转速下降

1—上支持块；2—钢带；3—限位块；4—重块；5—限位螺杆；6—弹簧；7—下支持块；8—转动套

图 1-4　离心摆结构及动作原理

如果忽略惯性力和液摩阻力，离心摆的输出信号与输入信号之间成正比关系。可用下式表示：

$$\Delta L = K_f x \tag{1-5}$$

式中　ΔL——下支持块的位移量；

K_f——离心摆放大系数；

x——转速变化量的相对值，$x=\Delta\omega/\omega$。

式(1-5)表明，若把下支持块的位移量 ΔL 看成离心摆的输出量，而把转速变化量的相对值 x 看成输入量，则离心摆的输出量与输入量成正比。

二、液压放大元件及工作原理

(一)引导阀

测速元件的操作力很小，需要液压放大装置对微小操作力进行放大再去操作导水机构，引导阀就是液压放大装置的元件之一。

引导阀由阀体、转动套和针塞组成，如图 1-5 所示。如上所述，转动套与离心摆下支持块连成整体，其位置的高低反映了转速的大小。转动套上有 3 排孔，上排孔与压力油相通，

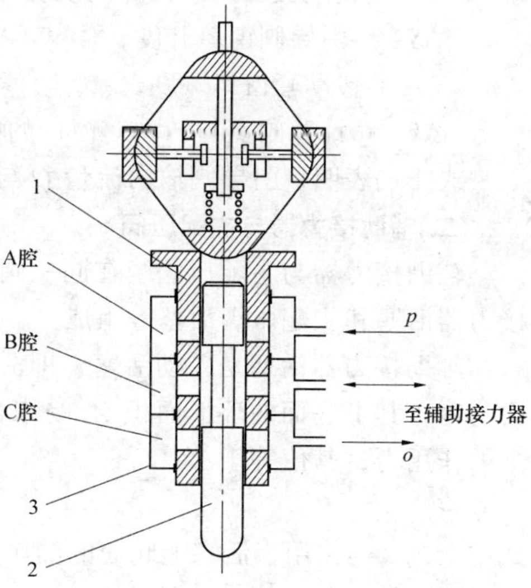

1—转动套；2—针塞；3—阀体

图 1-5　引导阀结构组成

中排孔通过油管与辅助接力器相连，下排孔与排油相接。引导阀针塞与转动套窗口的配合如图 1-6 所示，当上下两个阀盘处于相对中间位置时，上阀盘的位移 h_1 等于上排孔的中心高度 h_2，下阀盘的位移 h_3 等于下排孔的中心高度 h_4，恰好封住转动套的上、下排油孔，没有油流通过中间腔 B；当转速上升时，转动套上移，$h_1<h_2$、$h_3<h_4$，上排孔封闭，下排孔打开，B 腔与排油相通；当转速下降时，转动套下移，$h_1>h_2$、$h_3>h_4$，上排孔打开，下排孔封闭，B 腔与压力油接通。由此可见，引导阀的作用就是把转动套的位移变化转变成压力油流量的变化，去控制辅助接力器活塞的运动。

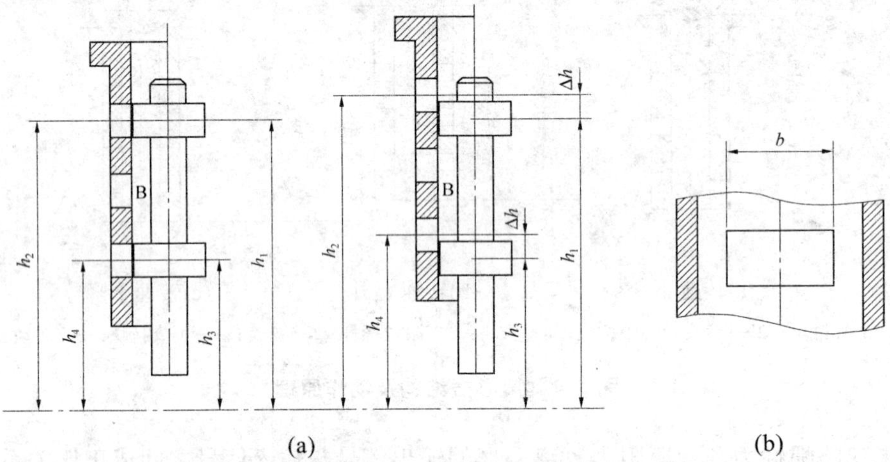

图 1-6　引导阀工作原理

通过引导阀的油流量与针塞阀盘和转动套的相对位移量有关，其关系如下：

$$Q=v\Delta S=vb\Delta h \tag{1-6}$$

式中　v——转动套窗口的油流速度；

ΔS——引导阀窗口开度；

b——转动套窗口宽度；

Δh——针塞阀盘与转动套窗口的相对位移。

式(1-6)表明，引导阀输出流量 Q 与引导阀窗口开度成正比。

(二)辅助接力器与主配压阀

辅助接力器与主配压阀装在同一阀体内，其结构原理如图 1-7 所示，由阀体、辅助接力器活塞和主配压阀活塞等组成。

辅助接力器活塞是差动活塞，即活塞上、下底面积不同，活塞的下面接排油管，压力为零，其上底面的环形面积 A_1 受来自引导阀的油压 p_1 的作用，因此活塞受到一个向下的作用力，其值等于：

$$F_1=p_1A_1$$

式中　F_1——作用于活塞上底面的油压力。

主配压阀体上开有 3 排油孔，中排油孔与压力油源相连，上、下排油孔与主接力器活塞左、右油腔相通。主配压阀活塞有上、下两个阀盘，上阀盘面积 A_2 大于下阀盘面积

A_3。压力油从阀体中间油孔进入，使两个阀盘均受到油压作用，上、下阀盘所受作用力方向相反，因上阀盘的面积大于下阀盘，所以总作用力方向朝上，如图 1-7 所示，其值为

$$F=p(A_2-A_3)$$

式中 F——作用于主配压阀活塞上的合力；

p——上、下阀盘之间的压力油压强；

A_2、A_3——上、下阀盘的受压面积。

辅助接力器与主配压阀连为整体时，其状态取决于 F_1 和 F 的对比。当引导阀处于平衡状态时 $p_1A_1=p(A_2-A_3)$，辅助接力器与主配压阀不动；当转速升高，引导阀接通排油时，$p_1=0$，在 F 作用下辅助接力器与主配压阀上移，压力油进入主接力器左腔；当转速降低，引导阀接通压力油时，$p_1=p$，因 $A_1>A_2-A_3$，所以 $F_1>F$，辅助接力器与主配压阀下移，压力油进入主接力器右腔，从而控制主接力器活塞左、右移动。

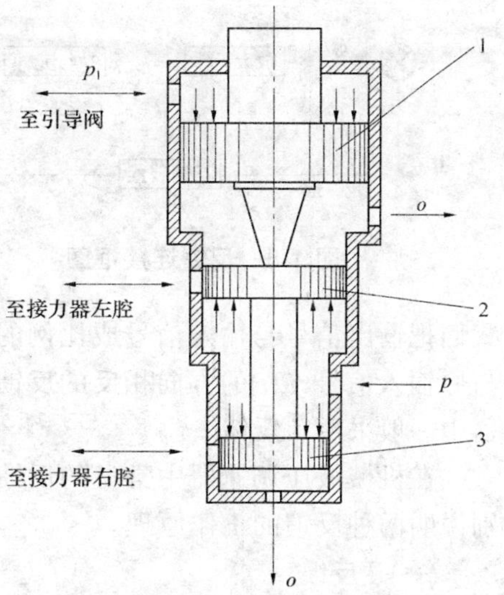

1—辅助接力器；2—主配压阀上阀盘；3—主配压阀下阀盘

图 1-7 辅助接力器与主配压阀结构原理

(三)接力器

主接力器由接力器缸、活塞、活塞杆等组成。其活塞两端的油孔分别与主配压阀上、下控制油孔连接，受主配压阀活塞控制。当主配压阀活塞向上移动时，主接力器左腔进压力油，右腔通排油，接力器活塞向右(关闭侧)移动，导水机构关小导叶开度。若主配压阀活塞向下移动，则接力器向左移动，导水机构开大导叶开度。

接力器活塞移动速度的大小，取决于主配压阀控制油口的开度大小和时间长短。设接力器位移为输出量，主配压阀控制油口的开度为输入量，则二者之间的关系式如下：

$$y=\frac{1}{T_y}\int u\,\mathrm{d}t \tag{1-7}$$

式中 y——接力器位移量的相对值，y 等于接力器活塞位移量ΔY 与接力器活塞最大位移量 Y_m 的比值；

T_y——接力器反应时间，它表明配压阀在最大开口时，接力器活塞走完全行程所用的时间；

u——配压阀控制油口开度相对值，它等于配压阀活塞行程ΔS 与配压阀最大行程 S_m 的比值。

式(1-7)表明，接力器位移量的相对值 y 与配压阀控制油口开度相对值 u 的积分成正比。

三、反馈元件

在实际调速器中，有一种改善系统稳定性并形成一定调节规律的元件——反馈元件。所谓反馈就是把系统或环节的输出信号的一部分反送回输入端，我们将这种联系称为反

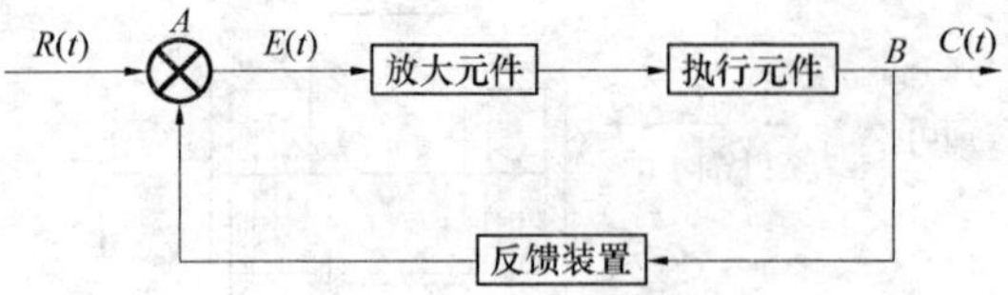

图 1-8　反馈连接框图

馈。如图 1-8 中，两个信号代数叠加后的信号 $E(t)$作为放大元件的输入，放大元件的输出信号作为执行元件的输入，执行元件的输出 $C(t)$，一方面作为整个装置的输出，另一方面经 B 点将 $C(t)$引出，作为反馈装置的输入，并经过反馈装置又作用于放大元件的输入端，从而构成了反馈连接形式。我们把输出信号与输入信号成比例的反馈称为硬反馈或比例反馈。反馈信号的作用方向与原输入信号 $R(t)$的方向相反的反馈称为负反馈，方向相同的反馈称为正反馈。在调速器中一般采用负反馈。

在机械液压调速器中常见的反馈有两种：一种是硬反馈；另一种是软反馈。下面分别说明两种反馈的工作原理。

(一)硬反馈

局部反馈是一种硬反馈，如图 1-9 所示，反馈杠杆的输入信号、输出信号都是位移量。当 A 端发生位移Δh_1时，则 B 端会发生相应的位移Δh_2，输入信号与输出信号有如下关系式：$\Delta h_2 = \frac{l_2}{l_1}\Delta h_1$。令 $k = \frac{l_2}{l_1}$，则有：

$$\Delta h_2 = k\Delta h_1 \tag{1-8}$$

式中　k——比例系数。

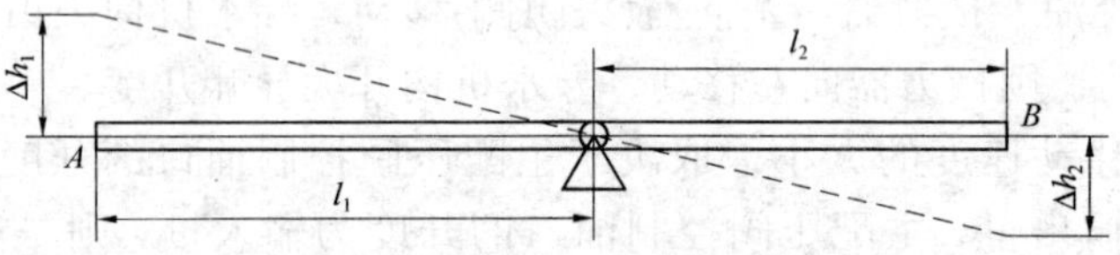

图 1-9　杠杆反馈原理

局部反馈作为液压放大装置(第一级液压放大)的内部校正，故称为局部反馈。

调差机构也是一种硬反馈，它除了具有反馈作用外，还有其他作用，其工作原理将在本章第五节中介绍。

(二)缓冲装置

缓冲装置又称为软反馈元件，它主要用于调速系统的反馈校正，其性能好坏直接关系到调速系统的稳定，是调速器的重要部件之一。缓冲装置的基本结构如图 1-10 所示，由壳体 1、主动活塞 2、从动活塞 5、节流孔 4 和弹簧 3 等组成。缓冲装置的壳体分为上、下两腔，其内部充有油液，节流孔是上、下腔之间的唯一通道，调整节流孔的大小可以调节油流阻力，主接力器活塞杆通过杠杆、拉杆等

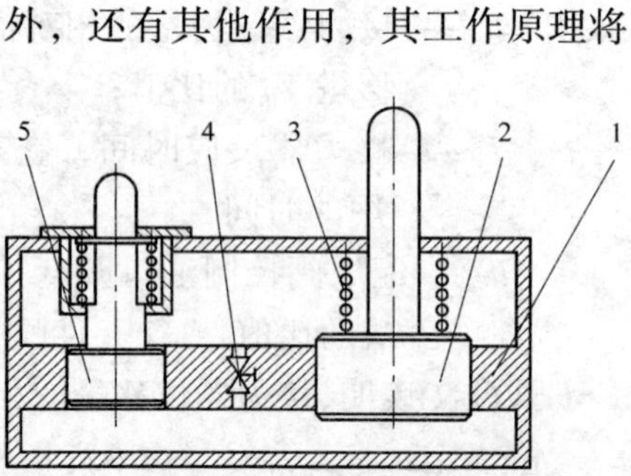

1—壳体；2—主动活塞；3—弹簧；4—节流孔；5—从动活塞

图 1-10　缓冲装置结构原理

作用于主动活塞，从动活塞通过拉杆、杠杆作用于引导阀针阀。

当主动活塞没有受到接力器反馈锥体的反馈作用时，主、从动活塞都处于相对中间位置，从动活塞的上端没有位移输出。当主动活塞受到来自主接力器反馈锥体的作用力而向下移动时，由于油是不可压缩液体，且活塞下腔的油不可能马上通过节流孔进入上腔，所以下腔的油压升高，迫使从动活塞上移，输出一个位移信号，并作用于引导阀针塞，同时压缩弹簧。下腔的压力油经节流孔进入活塞上腔，在弹簧恢复力作用下，经过一段时间，上、下腔压力平衡，从动活塞逐渐回复到中间位置，使输出位移消失。反之，当主动活塞受力向上移动时，主动活塞下部产生真空，由于上腔的油来不及通过节流孔到下腔，从动活塞被向下吸引，产生一个向下的位移，并作用于针塞向下移动。随后，在弹簧恢复力作用下，上腔的油通过节流孔流入下腔，从动活塞回复中间位置，输出位移信号消失。

由此可见，缓冲装置的输出位移只在调节过程中存在，调节过程结束后，反馈位移自动消失。所以，我们把这种反馈称为软反馈或暂态反馈。缓冲装置的输出与输入信号之间存在以下关系：

$$T_d \frac{\mathrm{d}Z_2}{\mathrm{d}t} + Z_2 = T_d \frac{f_1}{f_2} \frac{\mathrm{d}Z_1}{\mathrm{d}t} \tag{1-9}$$

式中 T_d——缓冲装置时间常数，T_d 与节流孔对油流的阻力系数等参数有关；

Z_2——缓冲装置输出信号，即从动活塞的位移量；

Z_1——缓冲装置输入信号，即主动活塞的位移量；

f_1——主动活塞面积；

f_2——从动活塞面积。

式(1-9)为缓冲装置运动方程式，等式的右端表示输入信号的变化率，等式的左端表示输出信号和输出信号变化率，它们之间不再是一个简单的比例关系。下面说明缓冲装置的两种特殊情况。

(1)当 T_d=0 时，节流孔全开，可以近似认为油流阻力系数为零，节流孔对油流几乎不产生阻力，这种情况无论输入信号怎样变化，都不产生输出信号，即 Z_2=0。

(2)当 $T_d \to \infty$时，节流孔全关，节流孔对油流的阻力趋于无穷大，当给主动活塞一个位移 Z_1 时，从动活塞也产生一个位移 Z_2，由于节流孔堵住，从动活塞无法回复，则缓冲装置相当于硬反馈的情况。

第三节　水轮机调速系统的工作原理

按照被调节对象的执行元件的多少可分为单调节调速系统和双调节调速系统，先来介绍单调节调速系统的工作原理。

一、单调节调速系统的工作原理

单调节调速系统如图 1-11 所示。在调节前，设机组单机带负荷运行，水轮机动力矩与发电机水轮机阻力矩处于平衡状态，转速为 n_0。

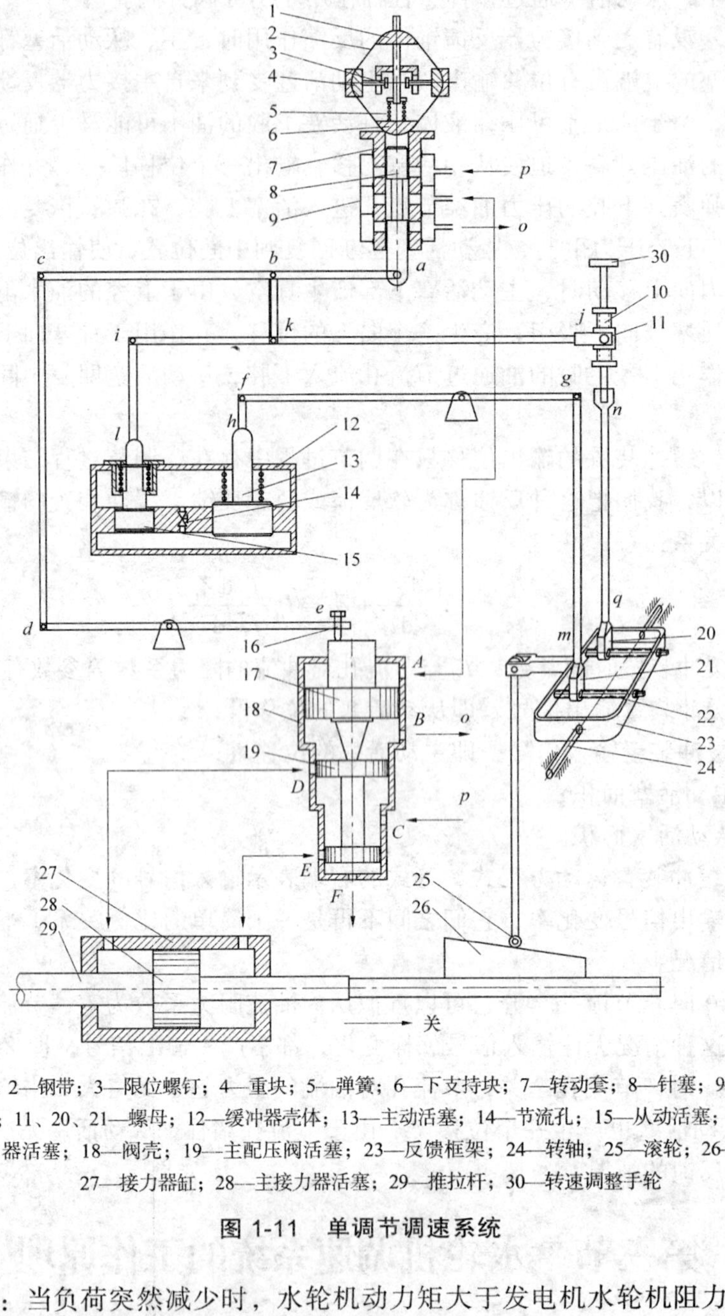

1—上支持块；2—钢带；3—限位螺钉；4—重块；5—弹簧；6—下支持块；7—转动套；8—针塞；9—引导阀壳体；10、22—螺杆；11、20、21—螺母；12—缓冲器壳体；13—主动活塞；14—节流孔；15—从动活塞；16—反馈螺钉；17—辅助接力器活塞；18—阀壳；19—主配压阀活塞；23—反馈框架；24—转轴；25—滚轮；26—反馈锥体；27—接力器缸；28—主接力器活塞；29—推拉杆；30—转速调整手轮

图 1-11　单调节调速系统

第一阶段：当负荷突然减少时，水轮机动力矩大于发电机水轮机阻力矩，机组开始增速，离心摆电动机转速也随之增速，离心摆下支持块 6 上移，与下支持块相连的转动套 7 跟着上移，转动套上排孔封闭，下排孔打开，中间油孔与下排油孔接通排油，辅助接力器活塞 17 上腔油压降低。在主配压阀内向上作用的油压驱动下，辅助接力器活塞 17 与主配压阀活塞 19 一起上移，并通过局部反馈杠杆 *ed*、拉杆 *dc*、杠杆 *ca*，使引导阀针塞 8 上移，针塞 8 与转动套 7 回复相对中间位置，辅助接力器油压恢复原来的数值，辅助接力器活塞 17 与主配压阀活塞 19 停止上移。由于主配压阀活塞 19 上移，其上排油

口 *D* 接通压力油，下排油口 *E* 接通排油，使主接力器活塞 28 左腔进压力油，右腔接通排油，于是主接力器活塞 28 向右移动，关闭导叶，水轮机过流量减少，动力矩减小，使机组转速停止加速。

第二阶段：接力器推拉杆 29 右移，使反馈锥体 26 也向右移，作用于滚轮 25 及拉杆向上移动，使反馈框架 23 绕转轴 24 顺时针转动，带动拉杆 *gm* 上移，杠杆 *fg* 的 *f* 端下移，缓冲器主动活塞 13 下移，活塞下部油压升高使从动活塞 15 上移，引导阀针塞 8 在杠杆 *ij*、拉杆 *bk*、杠杆 *ca* 的作用下上移，到达相对平衡位置以上，引导阀上排油口打开，下排油口封闭，压力油经其中间油口进入辅助接力器活塞 17 上腔，使辅助接力器活塞 17 和主配压阀活塞 19 一起下移，逐步回复中间位置，主接力器活塞也停止右移，由于导叶开度关小，机组转速逐渐下降。

第三阶段：由于转速下降，离心摆转速随之下降，转动套下移。同时，缓冲装置上下腔的油经节流孔 14 流动逐步平压，而回复中间位置，并通过杠杆使引导阀针塞下移，与转动套恢复相对中间位置，使调速系统进入新的平衡状态。

二、双调节调速系统工作原理

双调节调速系统就是同时输出两个满足一定协联关系的调节动作的调速系统，它主要用于轴流转桨式、贯流转桨式和水斗式水轮机。

具体地说，对轴流转桨式、贯流转桨式水轮机，不仅要控制导叶开度，同时要控制桨叶开度，二者要满足一定的协联关系；对水斗式水轮机，要控制喷针开度和折向器位置等。双调节调速系统的测量、液压放大，反馈和操作控制机构的工作原理与单调节基本相同，主要差别是如何得到按一定要求互相配合的两个输出动作。下面分别说明两种双调节调速系统的工作原理。

(一)转桨式水轮机双调节调速系统

转桨式水轮机双调节调速系统如图 1-12 所示，其结构是由两套系统联系而成的。左边 1~6 是跟随负载变化调整水轮机导叶开度的调速系统。而右边 7~11 是控制转轮轮叶角度的系统，其中轮叶配压阀 10 经过杠杆 *CDE* 与轮叶接力器 11 相连，又受协联凸轮 8 操纵。当凸轮逆时针转动使 *C* 点下降时，配压阀活塞随之下移，轮叶接力器活塞下腔接通压力油，造成轮叶接力器 11 活塞上升，从而减小轮叶安装角。而接力器上升又经过杠杆 *CDE* 使配压阀向上回复，直到中间位置封住油孔。杠杆 *CDE* 既是轮叶配压阀 10 的操纵机构，又是轮叶配压阀 10 和轮叶接力器 11 组成的放大系统的硬反馈机构，它们构成一个能稳定运行的液压系统。

协联凸轮 8 由拐臂 7 带动，随导叶接力器的移动而转动。协联凸轮表面按特殊曲线制成，正好反映转桨式水轮机轮叶角度与导叶开度相互配合的最优规律。因此，轮叶角度的大小，以及轮叶角度变化的规律，都是根据水轮机特性事先规定的，由协联凸轮的形状来体现。协联凸轮 8 与传动拐臂 7、滚轮 9、杆件等组成协联机构。协联机构是按预定规律实现双调节动作的关键部件。为了适用于不同的工作水头，沿协联凸轮轴线方向，其各断面尺寸依次递增以适应不同水头工况，在运行中可根据实际水头情况加以调整。

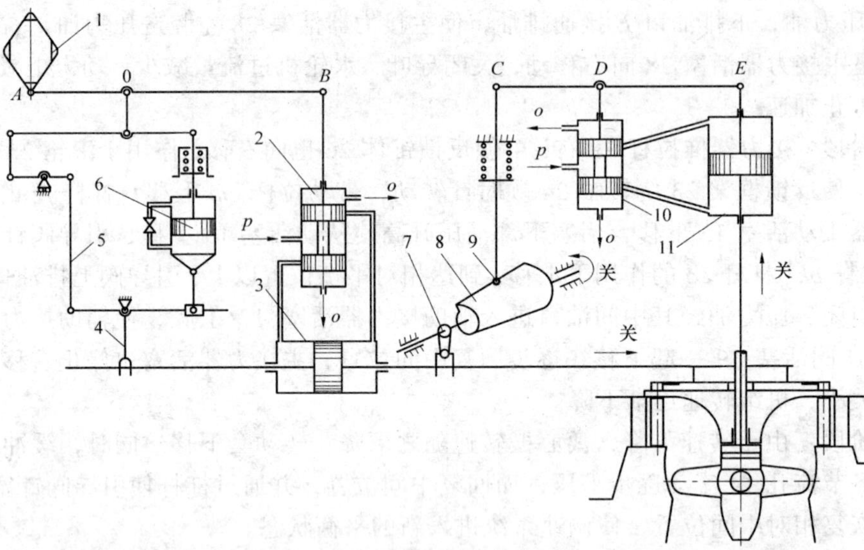

1—离心摆；2—导叶配压阀；3—导叶接力器；4—反馈杆；5—硬反馈；6—缓冲装置；
7—拐臂；8—协联凸轮；9—滚轮；10—轮叶配压阀；11—轮叶接力器

图 1-12　转桨式水轮机双调节调速系统

(二)水斗式水轮机双调节调速系统

水斗式水轮机的流量由针阀开度决定，针阀处在不同位置时，水由喷嘴喷出会形成不同直径的射流，其流量也相应不同。但是，由于水斗式水轮机用在高水头下，输水管道往往较长，如果突然关小针阀，会在管内形成巨大的水锤压力。因此，必须先快速动作折向器，再缓慢减小针阀开度减小流量。这就需有一快、一慢两个互相配合的调节动作。如图 1-13 所示就是水斗式水轮机双调节调速系统。由图可见，它仍由两个部分联系而成。1~5 是由离心摆、液压放大、硬反馈、软反馈组成的调速系统，在负载变化时快速动作折向器 13。而 8~11 是具有硬反馈的液压放大系统，能随 C 点的升、降调整针阀 12 的开度。针阀的开、关，以及动作的速度取决于协联凸轮 6 的形状和油流的快慢，这可以事先按水轮机特性及电站条件来规定。

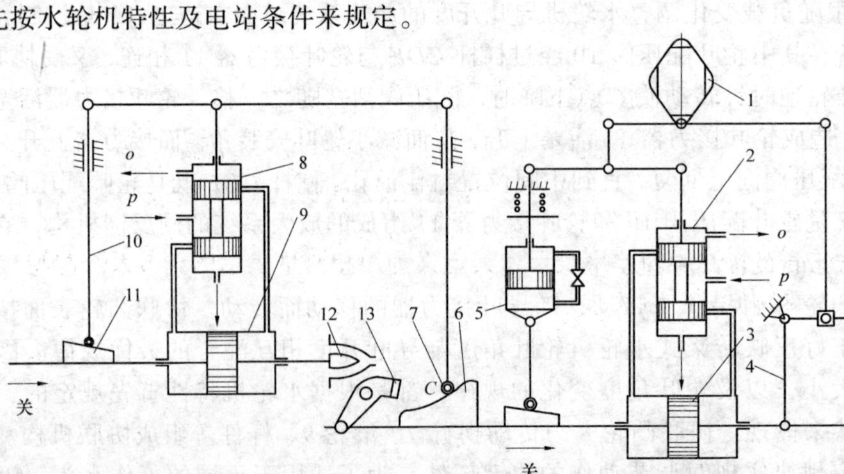

1—离心摆；2—折向器配压阀；3—折向器接力器；4—硬反馈；5—缓冲装置；6—协联凸轮；
7—滚轮；8—针阀配压阀；9—针阀接力器；10—反馈杆；11—反馈凸轮；12—针阀；13—折向器

图 1-13　水斗式水轮机双调节调速系统

综上所述，两种双调节调速系统都只有一个测量元件——离心摆，根据机组转速的变化而使液压放大机构动作，在输出一个调节动作的同时，经过协联器驱动另一套液压放大系统，再输出一个与之配合的调节动作。第二套液压系统只有硬反馈机构，是跟随第一个调节动作而动作的。软反馈机构及操作控制元件都设在第一套机构内，以便形成一定的调节规律并实现多种功能。其中协联器是两种调节动作互相配合的关键，必须根据水轮机特性和电站实际运行条件来设计、制作。但是，从调节原理上说，双调节调速系统与单调节调速系统没有本质的区别。

第四节　调节系统静态与动态特性

水轮机调速器是水轮发电机组最重要的控制设备之一，不仅担负了机组转速(频率)的调整，还担负了机组开机、停机、并网和有功负荷调整等任务。调速器性能的好坏关系到水轮发电机组运行的稳定性和可靠性，甚至关系到电网的稳定，因此其性能指标至关重要。尽管调速器种类繁多，但其性能可用一些共同的技术指标来衡量，通常用调速器静态特性和动态特性及其相关参数作为衡量调速器性能的品质指标。

一、调节系统的静态特性及其品质指标

(一)调节系统的静态特性

调节系统静态特性(也称静特性)是指调节系统处于平衡状态时，机组转速与发电机出力之间的关系，其关系曲线如图 1-14(a)、(b)所示。前者称为无差静特性，即随着发电机出力 P 的改变，机组转速始终为 n_0，此时，调节系统无静态偏差。后者称为有差静特性，即随着发电机出力 P 的增加，机组平衡转速 n 随之减小，这时系统有一定静态偏差。

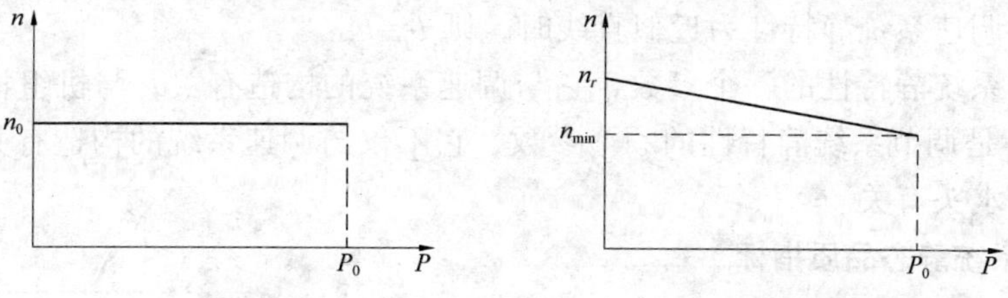

(a)无差静特性　　(b)有差静特性

图 1-14　调节系统静特性

调节系统静态特性用调差率表示，其定义为用相对量表示的调节系统静特性某一规定运行点处斜率的负数，用 e_p 表示。

$$e_p = -\frac{\mathrm{d}x}{\mathrm{d}(\frac{P}{P_r})} \tag{1-10}$$

式中　x——转速变化相对值；

$\frac{P}{P_r}$——发电机出力相对值。

当 e_p=0 时，调节系统为无差静特性，即不论机组出力为多少，转速均不变；当 $e_p>0$ 时，调节系统为有差静特性，机组转速随出力的增加而减小。

调节系统静特性也可用最大功率调差率表示，其定义为机组空载时的转速 n_{max} 与额定功率时的转速 n_{min} 之差与额定转速 n_r 的比值，用 e_s 表示，即

$$e_s = \frac{n_{max} - n_{min}}{n_r} \tag{1-11}$$

式中 n_{max}——P=0 时的转速；

n_{min}——$P=P_r$ 时的转速；

P_r——额定功率；

n_r——额定转速。

在简化分析时，可将调节系统静特性近似看成是一条直线，则 $e_p=e_s$。

调速系统静特性是测速元件的输入信号 n 随接力器行程 Y 变化的关系曲线，通常以永态转差率 b_p 表示。其定义为用相对量表示的调速系统静特性某一规定运行点处斜率的负数，即

$$b_p = -\frac{\mathrm{d}x}{\mathrm{d}y} \tag{1-12}$$

为了便于分析，常用调速系统最大行程永态转差率 b_s 表示，b_s 定义为

$$b_s = \frac{n_{max} - n_{min}}{n_r} \tag{1-13}$$

式中 n_{max}——Y=0 时的转速；

n_{min}——$Y=Y_{max}$ 时的转速；

Y_{max}——接力器最大行程。

显然，当调速系统静特性为近似直线时，则 $b_p=b_s$。

b_p 是调速系统静特性的一个参数，它与调速系统的构造有关，与机组特性和运行水头无关；而 e_p 是调节系统静特性的一个参数，它不仅与调速系统的构造有关，而且与机组特性和运行水头有关。

(二)调速系统静态品质指标

国家标准 GB/T 9652.1—2007 规定，调速系统静特性应符合：

(1)调速系统静特性应近似为一条直线。

(2)测至主接力器的转速死区不超过表 1-1 的规定值。

表 1-1　调速器转速死区规定值

调速器类型	大型	中型	小型		特小型
	电调	电调	电调	机调	
转速死区(%)	0.02	0.06	0.10	0.18	0.20

(3)转桨式水轮机调速系统中，轮叶随动系统的不准确度 i_a 不大于 0.8%。电气协联，实测协联曲线与理论协联曲线偏差不大于桨叶接力器行程的 1%。

(4)冲击式水轮机调速系统静态品质应达到：①测至喷针接力器的转速死区符合

表 1-1 的规定值；②在稳态工况下，对多喷嘴冲击式水轮机的任何两喷针之间的位置偏差，在整个范围内均不大于 1%。

水轮机调节系统品质的好坏，除了看它在稳定工况下能否满足上述要求外，还要看在各种扰动信号作用下能否快速收敛，满足动态品质的有关指标。

二、调节系统的动态特性指标

上述静态指标是衡量调速系统稳定性的指标。当调节对象遇到电力系统负荷突变或正常调节负荷时，会出现不稳定现象，调节系统从一个稳态到另一个稳态的调节过程称为调节系统过渡过程。调节系统动态品质的优劣，常用下述动态特性品质指标衡量。

(一)调节时间 t_E

调节时间 t_E 是指从机组甩负荷时起，到机组转速相对偏差不超过 ± 1%为止，所经历的时间用 t_E 表示，如图 1-15 所示。这里的转速相对偏差是指实际转速 n 与平衡转速 n_0 的差值比平衡转速 n。实际工程中以参数 n 对新的平衡状态时的转速 n_0 的偏离值以后不再大于 Δ 值时刻作为计算调节时间的终点，此后的转速将在 $n_0 \pm \Delta$ 值范围内。

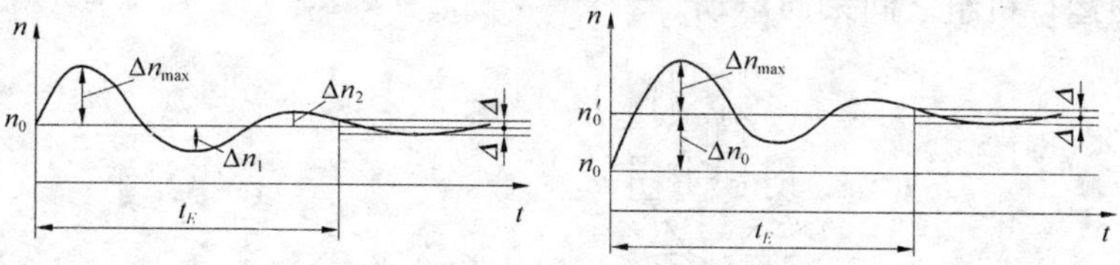

图 1-15　动态过程品质指标

(二)最大转速偏差 Δn_{max}

最大转速偏差是指第一波峰值，也可用相对值 $\dfrac{\Delta n_{max}}{n_0}$ 表示。

(三)超调量 δ

超调量通常以第一个负波的值占最大偏差的百分比表示，即

$$\delta = \frac{\Delta n_1}{\Delta n_{max}} \times 100\%$$

(四)超调次数 X

超调次数通常以调节时间内出现的振荡波峰(包括正波峰数与负波峰数之和)个数的一半表示。例如图 1-15 中，在 t_E 内出现两个正波峰和一个负波峰，故振荡次数为 1.5 次。

国家标准 GB/T 9652.1—2007 中关于动态特性的有关规定如下：

(1)调速器应保证机组在各种工况和运行方式下的稳定性。在空载工况自动运行时，施加一阶跃转速指令信号，观察过渡过程，以便选择调速器的运行参数。待稳定后记录转速摆动相对值，对大型电调不超过±0.15%，对中、小型调速器不超过±0.25%，对特小型调速器不超过±0.30%。

(2)机组甩 100%额定负荷后，在转速变化过程中，稳态转速超过 3%额定转速以上的波峰，不超过 2 次。

(3)从机组甩负荷时起，到机组转速相对偏差不超过±1%为止的调节时间 t_E 与从甩负荷开始至转速升至最高转速所经历的时间 t_M 的比值，对中、低水头反击式水轮机不大于8，桨叶关闭时间较长的轴流式水轮机不大于 12；对高水头反击式和冲击式水轮机不大于 15；对从电网解列后给电厂供电的机组，甩负荷后机组的最低相对转速不低于 0.9。

(4)转速或指令信号按规定形式变化，接力器不动时间：对电调不大于 0.2 s，对机调不大于 0.3 s。

第五节　并列运行机组静特性

一、调差机构与转速调整机构

(一)调差机构

调差机构是一种硬反馈，由图 1-16 中螺母 7、螺杆 8、反馈框架 9、转轴 10 等零件组成。调差机构主要用于改变机组静特性斜率，确定并列运行机组之间负荷的分配，防止负荷在并列运行机组之间来回窜动。

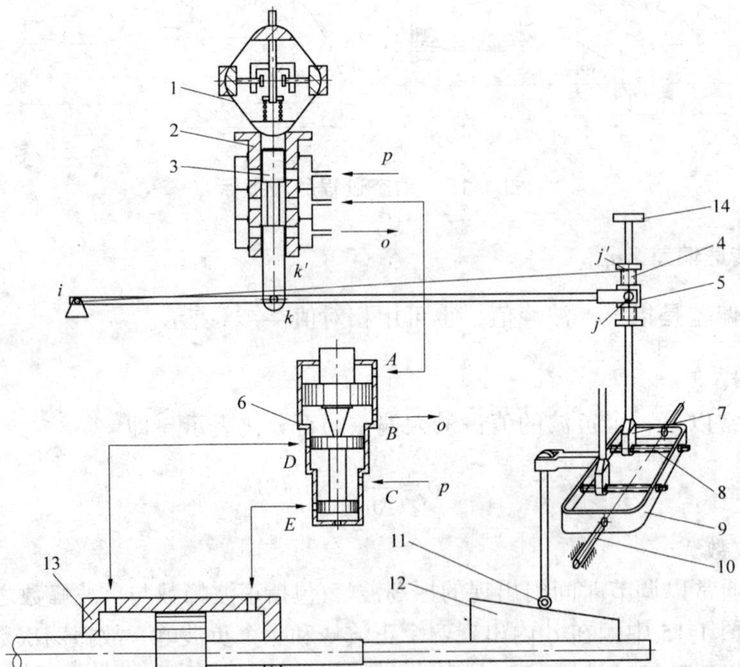

1—离心摆；2—转动套；3—针塞；4、8—螺杆；5、7—螺母；6—辅助接力器(1)与主配压阀(2)；9—反馈框架；10—转轴；11—滚轮；12—反馈锥体；13—接力器；14—转速调整手轮

图 1-16　调差与转速调整机构动作原理

调差机构改变静特性斜率的原理是：当接力器发生位移时，通过反馈锥体、滚轮、拉杆、转臂等作用于反馈框架，使反馈框架绕转轴 10 按顺时针或逆时针转动，再经拉杆和

杠杆作用于引导阀针塞，使针塞总是跟随转动套移动，从而起到反馈的作用。其反馈量大小可通过调节螺杆 8 改变，反馈螺母距框架转轴越远则反馈量越大，静特性斜率也越大；反之，静特性斜率则越小。当反馈螺母的中心线与框架转轴轴线重合时无反馈量。

(二)转速调整机构

转速调整机构由转速调整手轮 14、螺杆 4、螺母 5 等组成，如图 1-16 所示。其作用是：当机组单机运行时，用于改变机组转速；当机组并列于无穷大电网运行时，用于改变机组所带的负荷。

下面结合图 1-16 说明其调节过程。

1. 单机带负荷运行时调整转速的调节过程

单机带负荷运行是指单台机组向负荷供电，假设负荷不变。当操作转速调整手轮 14，使螺杆 4 按俯视顺时针转动时，螺母 5 上移，通过杠杆 *ij* 带动引导阀针塞 3 上移，压力油进入辅助接力器 6(1)活塞的上腔，主配压阀 6(2)下移，压力油进入接力器右(开启)腔，接力器 13 活塞向开启方向移动，增加导叶开度，水轮机动力矩增加。与此同时，调差机构和缓冲装置使引导阀回到中间位置。这时外界负荷并没有发生改变，水轮机动力矩大于阻力矩，从而引起机组转速上升。这又会引起转动套 2 上移，辅助接力器 6(1)活塞上腔排油，主配压阀 6(2)上移，接力器又向关闭方向移动，通过调差机构和缓冲装置使引导阀针塞 3 上移，经过几次调节使主配压阀 6(2)回复中间位置。调节结束时，引导阀针塞 3 稳定在较高的相对中间位置上，即转动套 2 也处在较高的位置，机组稳定转速较原转换相应增加。反之，若操作转速调整机构的螺母向下移动，则机组转速减小。

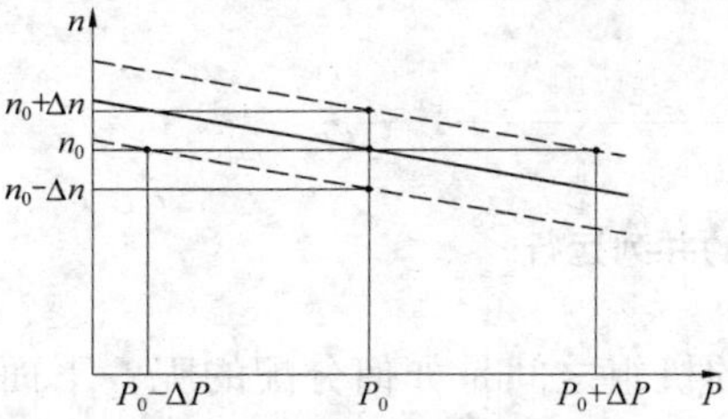

图 1-17　静特性曲线平移

由上述分析可知，转速调整机构能人为地增加或减少调差机构的起始作用点，使引导阀针塞产生一个预先的附加位移，而接力器活塞的位移并不能改变转速调整机构的螺母和丝杆之间的相对位移。转速的改变值或者说静特性曲线的平移数值，取决于转速调整机构螺母上下位移量的大小。如图 1-17 所示，机组单机带负荷运行时，机组转速为 n_0，负荷为 P_0，这时操作转速调整机构手轮 14(见图 1-16)使引导阀针塞 3 上移，静特性曲线向上平移到虚线的位置，因为负荷 P_0 不变，所以机组转速 n_0 增加至 $n_0+\Delta n$。同理，转动变速手轮使引导阀针塞下移，静特性曲线向下平移，机组转速下降至 $n_0-\Delta n$。

2. 并网运行时调整机组负荷的调节过程

如图 1-16 所示，当机组并列于无穷大电网运行时，机组容量占电网容量的比重趋于零，机组的转速取决于电网频率。当操作转速调整手轮 14，使螺杆 4 顺时针转动时，螺母 5 上移，通过杠杆带动引导针塞上移，使接力器活塞向开启方向移动。与此同时，调差机构和缓冲装置又使引导针塞下移，经过调节使主配压阀回到中间位置。若电网频率不变，机组转速也不能改变，导叶开度增加，水轮机动力矩增加，使机组所带负荷增加。由图 1-17 可以看出，当我们操作转速调整手轮使静特性曲线向上平移到虚线位置时，机组转速仍为 n_0，而机组所带负荷从 P_0 增加到 $P_0+\Delta P$。

当操作调速手轮 14，使螺杆 4 逆时针转动时，螺母 5 下移，机组静特性曲线向下平移，机组所带负荷减少到 $P_0-\Delta P$。

二、并列运行机组之间的变动负荷分配

一般情况下，在一个电网上有若干台水轮发电机组并列运行，这就涉及电网上的所有负荷如何分配到每台机组上的问题。当调速系统具有有差静特性时，就能保证并列运行的机组间合理分配负荷，且能人为地改变机组承担变动负荷的多少。为了说明这个问题，我们先来分析无差静特性条件下机组间负荷的分配。

如图 1-18 所示，设有 3 台机组并列在一个电网上运行，由于不可能把各台机组与其调速器构成的调节系统的静特性调整得完全一致，若 2 号机转速为 n_0，1 号机整定转速 n_1 高于 n_0，3 号机整定转速 n_2 低于 n_0，此时，1 号机离心摆总感到机组实际转速(即系统转速 n_0)低于它本身的整定值，因而要求增加导叶开度，直到 1 号机带到满负荷为止。3 号机情况恰好相反，它的离心摆总感到机组转速高于它本身的整定值，因而要求减小导叶开度，直到机组空载甚至逆功率状态。运行人员发现后，为了减小 1 号机负载就把转速调整机构的螺母向下调整，一般来说不可能调整得正好，可能会调整得比 n_0 低一些，而 3 号机可能会调整得比 n_0 高一些。这样 1 号机的负荷又全部转移到了 3 号机，从而造成负荷分配的不稳定性。因此，在同一个电网上并列运行的机组不能采用无差静特性。为了解决上述问题，调速器中采用了调差机构，使在系统(电网)中运行的机组都具有有差静特性，以利于机组之间负荷分配明确。

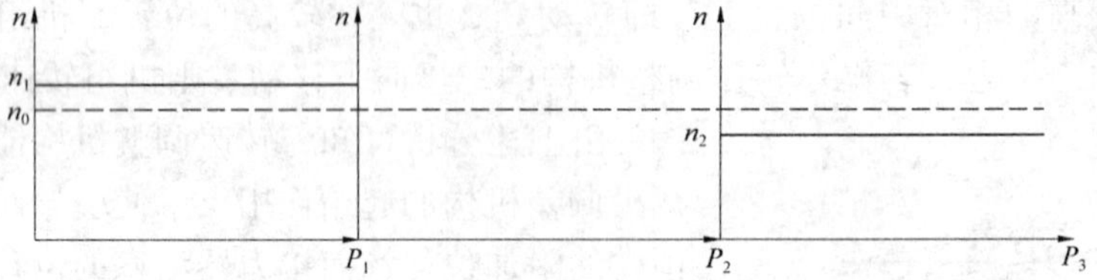

图 1-18　具有无差静特性的机组的并列运行

系统中负荷是经常变化的，变动负荷在并列运行的机组之间是如何分配的呢？下面来讨论这个问题。

设系统中有 n 台机组并列运行，系统转速(频率)为 n_0，各台机组承担的负荷分别为 P_1、P_2、P_3、…、P_n，调差率分别为 e_{p1}、e_{p2}、e_{p3}、…、e_{pn}，运行工况点分别为 a_1、a_2、a_3、…、a_n，如图 1-19 所示。假设系统负荷增加了 ΔP，此时系统频率下降，调速器动作，经过调节后达到新的平衡工况点。在新的平衡工况点，系统转速为 n'_0，各台机组的负荷分别为 P'_1、P'_2、P'_3、…、P'_n，即每台机组静特性曲线与 n'_0 水平线的交点。

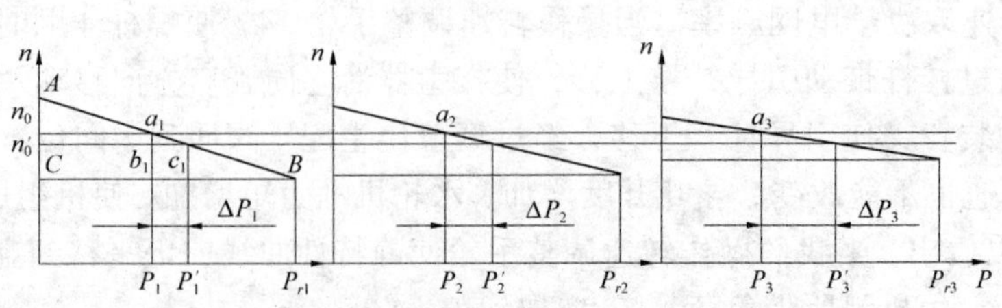

图 1-19　变动负荷在并列机组之间的分配

每台机组增加负荷的多少与哪些因素有关呢？由图 1-19 中 1 号机静特性曲线可知，$\Delta a_1b_1c_1$ 与 ΔABC 相似，则有：

$$\frac{n_0-n_0'}{P_1-P_1'}=\frac{a_1b_1}{b_1c_1}=\frac{AC}{BC}=\frac{n_{\max}-n_{\min}}{P_{r1}}=\frac{e_{p1}n_{r1}}{P_{r1}}$$

$$\Delta P_1=\frac{n_0-n_0'}{n_{r1}}\cdot\frac{P_{r1}}{e_{p1}}$$

同理

$$\Delta P_2=\frac{n_0-n_0'}{n_{r2}}\cdot\frac{P_{r2}}{e_{p2}}$$

$$\vdots$$

$$\Delta P_n=\frac{n_0-n_0'}{n_{rn}}\cdot\frac{P_{rn}}{e_{pn}} \tag{1-14}$$

式中 P_{r1}、P_{r2}、…、P_{rn}——各机组额定出力；

n_{r1}、n_{r2}、…、n_{rn}——各机组额定转速；

ΔP_1、ΔP_2、…、ΔP_n——各机组所增加的变动负荷。

如果认为各机组和系统转速(频率)均相等，则系统总变动负荷为

$$\Delta P=\Delta P_1+\Delta P_2+\cdots+\Delta P_n=\frac{n_0-n_0'}{n_r}\sum_{i=1}^{n}\frac{P_{ri}}{e_{pi}}$$

由上式和式(1-14)可得：

$$\Delta P_1=\frac{\Delta P}{\sum\limits_{i=1}^{n}\frac{P_{ri}}{e_{pi}}}\cdot\frac{P_{r1}}{e_{p1}} \tag{1-15}$$

$$\Delta n=\frac{\Delta P}{\sum\limits_{i=1}^{n}\frac{P_{ri}}{e_{pi}}}n_r \tag{1-16}$$

由式(1-15)和式(1-16)可知：

(1)当系统中机组台数和容量一定时，各机组承担的变动负荷与额定出力成正比，与调差率成反比。要使机组承担较大的变动负荷，应使调差率较小，一般为 2%～4%；要使机组少承担变动负荷，应采用较大的调差率，如大于 4%。

(2)若系统中某台机组调差率为零，则它将在本身出力允许范围内，承担全部变动负荷。

(3)系统转速的变化和各机组的额定功率 P_{ri} 与调差率 e_{pi} 比值的代数和成反比。说明当系统总变动负荷一定时，各机组调差率 e_{pi} 值越小，系统转速变化 Δn 越小，反之则越大。因此，在系统负荷变化时，要减小系统转速偏差，就必须有一部分机组调差率整定得较小。

三、调速器在系统调频中的作用

由上可知，电网中并列运行的机组都以有差静特性参加工作，使各机组之间负荷分配明确。但是能否只调整 e_{pi} 使系统频率变化控制在规定的范围内呢？实际上这是很难做

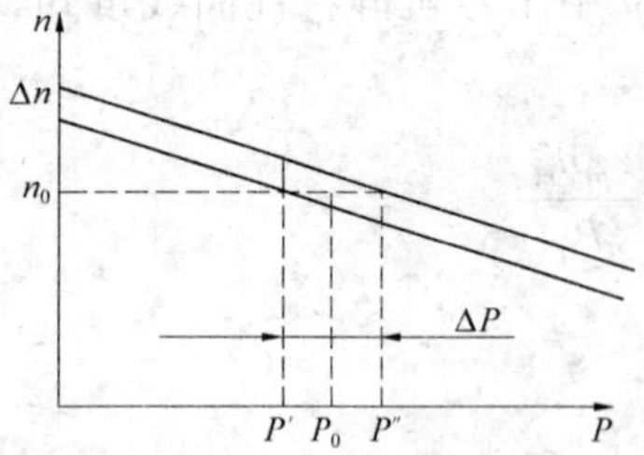

图 1-20 转速死区对负荷分配的影响

到的。因为调节系统具有一定的转速死区，即静特性曲线是具有一定宽度的带子，而不是一条直线，当机组转速为某一值时，负荷在 P'至 P''的范围内变动，如图 1-20 所示。

如果机组处于稳定运行状态，机组工作点由 n_0 和 P_0 所决定。当系统频率发生波动时，由于存在转速死区，工作点在平行四边形所包括的区域内任意变动时，接力器不动作，因此机组负荷也不发生改变，这就给调整或重新分配机组负荷带来误差。显然，e_p 值越小机组出力的误差范围越大，例如，b_p=1%～1.5%(指调速器)时负荷分配误差可达 5%～10%，这对稳定运行非常不利。为了减小转速死区带来的机组出力波动，一方面要设法减少转速死区，另一方面在系统频率超过规定值时，运行人员应用人工或自动方式调整转速调整机构，使频率回复规定值。

第六节　调速系统的典型环节与调节规律

水轮机调速系统是一个比较复杂的自动控制装置。它是由若干个不同功能的元件按照某种方式组合而成的。这里所讲的元件就是前面讲到的测量元件、放大元件、执行元件和反馈元件等，这些元件的输出、输入关系都可用一个数学模型——运动方程表述，无论这些元件的结构是否相同，只要其数学模型相似，则其动态特性必然相似。通过对第三节调速系统的分析可知，它是由几种典型元件组成的，这些元件常称为典型环节。现对水轮机调速系统中的环节按照数学模型的不同，归纳出几种典型环节，以便后续各章的学习。

一、典型环节

(一)比例环节

输出量 y 与输入量 x 成比例的环节，见图 1-21，称为比例环节。比例环节具有放大作用，故又称为放大环节。其运动方程为

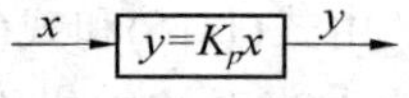

图 1-21　比例环节

$$y=K_px \tag{1-17}$$

式中　K_p——放大系数。

前面讲到的离心摆、配压阀、杠杆等元件都属于比例环节。此外，我们将在第三章中学习满足上述关系的电路，它们也属于比例环节。

(二)积分环节

输出量 y 与输入量 x 对时间的积分成比例的环节，见图 1-22，称为积分环节。其运动方程为

$$y=\frac{1}{T}\int x\,\mathrm{d}t \tag{1-18}$$

式中　T——积分时间常数。

显然，接力器、机组和积分运算放大电路等可视为积分环节。

(三)理想微分环节

输出量 y 与输入量 x 对时间的导数成比例的环节，见图 1-23，称为理想微分环节。其运动方程的表达式为

$$y = T_n \frac{\mathrm{d}x}{\mathrm{d}t} \tag{1-19}$$

式中　T_n——理想微分环节时间常数。

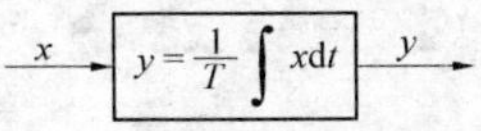

图 1-22　积分环节

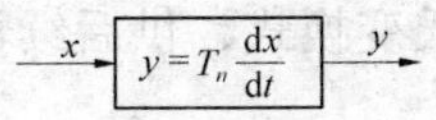

图 1-23　理想微分环节

纯电容电路可视为理想微分环节，在电液调速器中，可利用微分电路实现提前调节，减少过调节，提高速动性，改善调节品质。

(四)实际微分环节

实际微分环节的输出量与输入量之间不再是一个简单关系了，它不仅包括微分作用，而且包括惯性作用。输出量 y 与输入量 x 满足下述关系式的可称为实际微分环节，即

$$T_d \frac{\mathrm{d}y}{\mathrm{d}x} + y = K_d T_d \frac{\mathrm{d}x}{\mathrm{d}t} \tag{1-20}$$

式中　T_d——实际微分环节时间常数；

K_d——实际微分环节传递系数。

缓冲装置的运动方程的形式与式(1-20)相同，因此缓冲装置在自动调节中称为实际微分环节。

(五)惯性环节

输出量 y 与输入量 x 满足下述关系式称为惯性环节，即

$$T \frac{\mathrm{d}y}{\mathrm{d}x} + y = Kx \tag{1-21}$$

式中　T——惯性环节的时间常数；

K——惯性环节的放大系数。

RC 电路和考虑惯性时的水轮发电机组都可以视为惯性环节。

二、典型环节的传递函数

从前面的学习可知，调速器是由上面 5 种典型环节组合而成的。在研究分析调速系统的输出量 y 如何随输入量 x 变化时，最直接的方法就是求解上述方程的时间解，并绘出输出变量的响应曲线，但是多数情况下是比较麻烦的。在自动控制中常采用与微分方程有关的另一种数学模型——传递函数，间接地分析控制系统参数对响应的影响。在说明传递函数之前，先介绍一下拉普拉斯变换的概念。

拉普拉斯变换(简称拉氏变换)，可将微积分运算转化为代数运算，又能单独地表明

初始条件的影响，对典型的运算有变换表可查，其求出的解可通过拉普拉斯反变换(简称拉氏反变换)得到所求的原函数，因而是一种较简便的工程数学方法。

拉普拉斯变换即：函数 $f(t)$，t 为实变量，如果存在线性积分 $F(s)=\int_0^\infty f(t)\mathrm{e}^{-st}\mathrm{d}t$，则称 $F(s)$为 $f(t)$的拉氏变换函数，变换后的函数是复变量 $s=\sigma+\mathrm{j}\omega$的函数，$f(t)$称为 $F(s)$的原函数。另外，有逆运算 $L^{-1}[F(s)]=f(t)$，称该式为 $F(s)$的拉氏反变换。

传递函数，即线性定常系统在零初始条件下，输出量的拉氏变换 $Y(s)$与输入量的拉氏变换 $X(s)$之比，用 $G(s)$表示。

有关拉普拉斯变换和传递函数的知识请参阅有关自动控制原理书籍，下面仅给出 5 种典型环节的拉氏变换式，供后续学习使用。

(一)比例环节

比例环节的运动方程为式(1-17)，其拉氏变换式为 $Y(s)=K_pX(s)$，则比例环节的传递函数为

$$G(s)=\frac{Y(s)}{X(s)}=K_p \tag{1-22}$$

(二)积分环节

积分环节的运动方程为式(1-18)，其拉氏变换式为 $Y(s)=\frac{1}{Ts}X(s)$，则积分环节的传递函数为

$$G(s)=\frac{Y(s)}{X(s)}=\frac{1}{Ts} \tag{1-23}$$

(三)理想微分环节

理想微分环节的运动方程为式(1-19)，其拉氏变换式为 $Y(s)=T_nsX(s)$，则理想微分环节的传递函数为

$$G(s)=\frac{Y(s)}{X(s)}=T_ns \tag{1-24}$$

(四)实际微分环节

对式(1-20)进行拉氏变换，得 $T_dsY(s)+Y(s)=K_dT_dX(s)$，则实际微分环节的传递函数为

$$G\ (s)=\frac{Y(s)}{X(s)}=\frac{K_dT_d}{1+T_ds} \tag{1-25}$$

(五)惯性环节

对式(1-21)进行拉氏变换，得 $TsY(s)+Y(s)=KX(s)$，则惯性环节的传递函数为

$$G(s)=\frac{Y(s)}{X(s)}=\frac{K}{1+Ts} \tag{1-26}$$

上述 5 个传递函数就是 5 种典型环节的用传递函数表示的数学模型，这些数学模型都是代数表达式，其求解比较容易。

三、调节规律

(一)结构方框图的基本组成形式

为了便于对自动控制系统进行分析研究，在自动控制理论中，广泛使用了结构方框图，即表示系统中每个元件的功能和信号流向的示意图，如图 1-24 所示。方框图单元内有表示一个典型环节的运动方程式或传递函数，将这些方框图按照一定的关系用箭头和⊗连接起来，从而构成一个完整的自动控制系统，它具有形象和直观的特点。

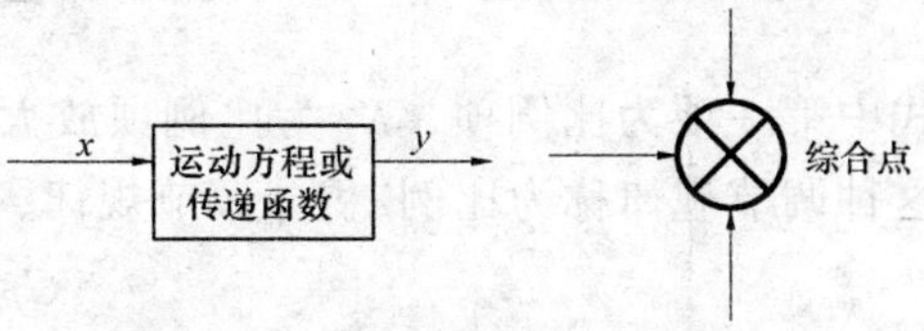

图 1-24　方框图单元和信号综合点

方框图中箭头"→"表示信号和信号的流向，指向方框的箭头表示输入，而从方框出来的箭头则表示输出。信号综合点"⊗"表示信号在此处汇合并进行叠加，"+"号或"–"号表示信号进行相加或相减。

环节的连接形式有以下几种。

1. 串联连接

将几个方框串联起来，前一个方框的输出为后一个方框的输入，这种连接即串联连接，如图 1-25 所示。引导阀、辅助接力器、主配压阀和主接力器就是串联连接。

图 1-25　串联连接

2. 并联连接

几个方框有同一个输入，各方框输出的代数和作为总输出，这种连接称为并联连接，如图 1-26 所示。在水轮机调速系统中，调差机构、缓冲装置两个环节就是并联连接。

3. 反馈连接

一个方框的输出，输入到另一个方框，得到的输出再返回作用于前一个方框的输入端，这种结构称为反馈连接，如图 1-27 所示。

在调速系统中，局部反馈与引导阀、辅助接力器(第一级放大元件)的连接就是反馈连接。此外，调差机构、缓冲装置与第一级放大元件和第二级放大元件(主配压阀、主接力器)串联后形成的连接也是反馈连接。

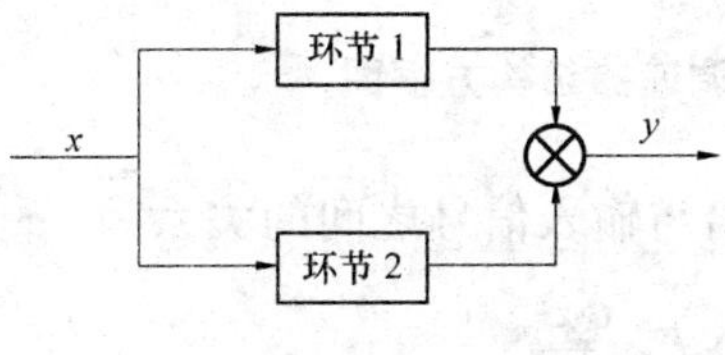

图 1-26　并联连接

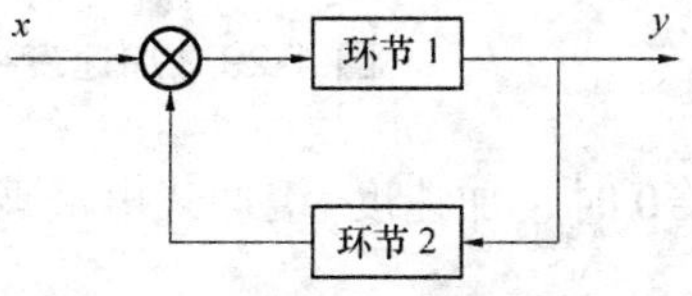

图 1-27　反馈连接

(二)调节规律

调速器的输出信号接力器位移 y 与输入信号转速 x 之间的关系称为调节规律。调速器常用的调节规律大体上分为比例–积分型(PI)和比例–积分–微分型(PID)等种类。

1. 比例–积分型调节规律

具有液压放大元件、暂态反馈、硬反馈元件的调速器，常称为缓冲型调速器，其结构框图如图 1-28 所示，其输出与输入信号之间有以下关系：

$$y = K_P x + K_I \int x\,\mathrm{d}t \tag{1-27}$$

式中第一项为比例项，K_P 为比例项放大系数；第二项为积分项，K_I 为积分项比例系数。这种调节规律称为比例–积分调节规律，简称 PI 调节规律。其传递函数为

$$G_{PI}(s)=K_P+K_I/s$$

机械液压调速器为 PI 型调速器。

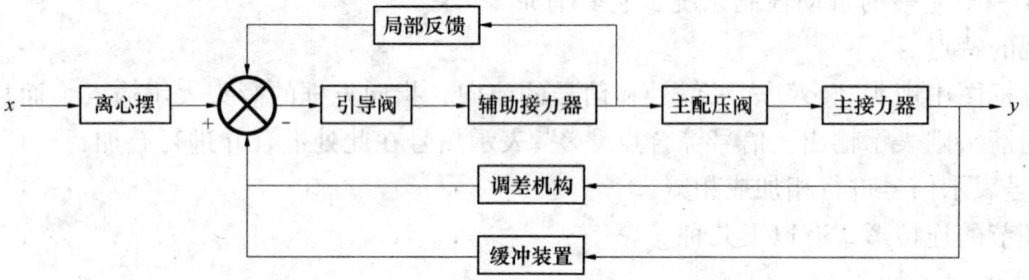

图 1-28　机械液压调速器结构方框图

2. 比例–积分–微分型调节规律

电气液压调速器用电气回路代替了机械液压调速器中的元件，例如测速元件、反馈元件等，并增加了测频微分回路(或称加速度回路)，从而构成了加速度–缓冲式电液调速器，其结构方框图如图 1-29 所示。

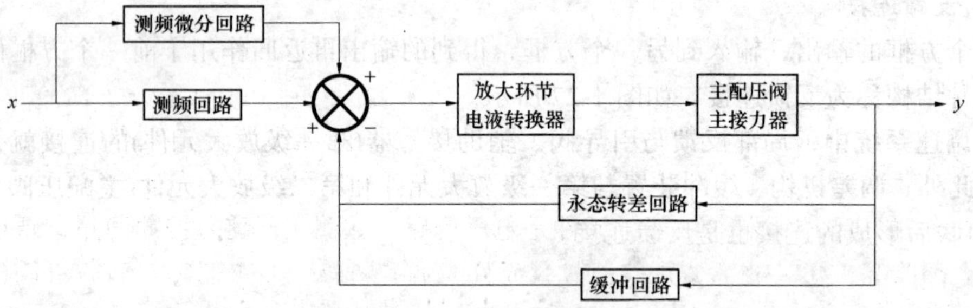

图 1-29　加速度–缓冲式电液调速器结构方框图

当 b_p=0 时，加速度–缓冲式电液调速器的输出与输入信号之间的关系为

$$y = K_P x + K_I \int x\,\mathrm{d}t + K_D \frac{\mathrm{d}x}{\mathrm{d}t} \tag{1-28}$$

式中第三项为微分项，K_D 称为微分项比例系数。这种调节规律称为比例–积分–微分调节规律，简称为 PID 调节规律，其传递函数为

$$G_{PID}(s)=K_P+K_I/s+K_Ds$$

3. 微机调速器的调节规律

微机调速器是用微机(数字调节器)代替模拟电子调节器，机械液压部分采用标准液压元件组成的调速器(详见第四章)。虽然不同的微机调速器采用的调节规律各有差异，但其基本调节规律仍为 PID 调节规律。图 1-30 是微机调速器结构方框图。

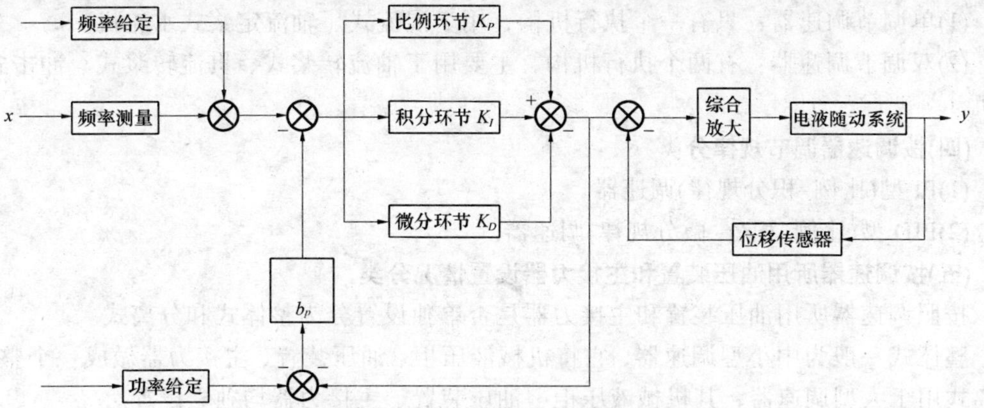

图 1-30　微机调速器结构方框图

第七节　调速器的分类和型号

一、调速器的分类

调速器按以下方式分类。

(一)按元件结构分类

按照元件结构不同，调速器可以分为手动调速器、电动调速器、机械液压型调速器、电气液压型调速器、微机调速器。

(1)机械液压型调速器的元件是机械元件和液压元件。机械元件如离心摆、调差机构、局部反馈；液压元件如配压阀、缓冲器、接力器等。

(2)电气液压型调速器的一部分元件是电气回路，如测频回路、缓冲回路、硬反馈回路、放大回路等；还有一部分是液压放大元件，如配压阀、接力器等。而微机调速器的液压放大部分与电液调速器完全相同，只是用微机代替了电气回路而已。此外，电液调速器还增加了将电信号转换为机械液压信号的元件——电液转换器和将位移信号转变成电信号的反馈元件——位移传感器。

(二)按调速器容量分类

按照调速器容量的大小分为特小型调速器、中小型调速器和大型调速器。

(1)特小型调速器、中小型调速器的容量用接力器的工作容量表示。所谓工作容量，是指设计油压与活塞有效面积、接力器全行程的乘积，单位是牛·米(N·m)。

例如，中型调速器的接力器工作容量为 10 000~30 000 N·m；小型调速器的接力器工作容量为 1 000~10 000 N·m 等。

(2)大型调速器的容量用主配压阀的直径表示。国家颁布的等级标准有 80、100、150、200 mm 四级。

(三)按调速器执行机构的数量分类

按照调速器执行机构的数量分为单调节调速器和双调节调速器。

(1)单调节调速器：只有一个执行机构，用于混流式、轴流定桨式水轮机。

(2)双调节调速器：有两个执行机构，主要用于轴流转桨式、贯流转桨式、冲击式水轮机。

(四)按调速器调节规律分类

(1)PI 型(比例–积分规律)调速器。

(2)PID 型(比例–积分–微分规律)调速器。

(五)按调速器所用油压装置和主接力器设置情况分类

按照调速器所用油压装置和主接力器是否单独设置分为整体式和分离式。

整体式一般为中小型调速器，它将机械液压柜、油压装置、主接力器做成一个整体；分离式用于大型调速器，其机械液压柜、油压装置、主接力器均独立设置。

二、调速器的系列型谱

(一)调速器型号编制说明

我国机械行业标准 JB/T 2832—93《水轮机调速器及油压装置型号编制方法》规定，调速器产品型号由产品类别、规格代号、额定油压、制造厂代号和各厂产品特性或系列代号及改型代号等 4 部分组成。各部分代号用“—”分开。其排列形式如下：

[1] [2]–[3]–[4]–[5] [6]

各方框中数字含义如下(基本特征、基本代号)：

第一部分产品类别由两部分构成：

1——Y 表示带油压装置；

T 表示通流式。

2——T 表示调速器；

ST 表示双调速器；

CJT 表示冲击式调速器；

DT 表示集成电路模拟型调速器；

WT 表示微机型调速器。

第二部分为规格代号：

3——不带接力器调速器表示主配压阀直径(mm)；

带接力器调速器表示接力器容量(N · m)。

第三部分为额定油压：

4——2.5、4.0、6.3、8、10、12.5、16(MPa)。

第四部分为制造厂代号、各厂产品特性或系列代号及改型代号：

5——制造厂代号，例如 SK 表示天津水电控制设备厂，HDJ 表示哈尔滨电机厂等；

6——各厂产品特性或系列代号及改型代号。

以下为型号示例。

YDT-18000-4.0-SK05A：表示带压力油罐的模拟式电气液压调速器，其接力器工作容量 18 000 N·m，额定油压 4.0 MPa，为天津水电控制设备厂 05 系列第一次改型产品。

YT-6000-2.5：表示带压力油罐的机械液压调速器，统一设计产品，接力器容量 6 000 N·m，额定油压为 2.5 MPa。

WST-100/50-4.0-HDJA：表示不带压力罐的微机型双调节电气液压调速器，主配压阀直径为 100 mm，许用输油流量为 50 L/s，额定油压 4.0 MPa，为哈尔滨电机厂 A 型产品。

(二)反击式水轮机调速器系列型谱

调速器型谱编制的具体规定如下：

(1)调速器产品分类。我国机械行业标准 JB/T 7072—93《水轮机调速器及油压装置系列型谱》将调速器分为带压力油罐及接力器的调速器、不带压力油罐及接力器的调速器、通流式调速器 3 类。

(2)根据容量可划分为大型、中型、小型和特小型 4 个基本系列，如表 1-2 所示。

表 1-2　调速器容量划分系列

类别	接力器容量范围(N·m)		
	不带压力油罐及接力器的调速器①	带压力油罐及接力器的调速器	通流式调速器
大型	>30 000		
中型	10 000~30 000②	10 000~30 000	
小型	1 000~3 000②	1 500~10 000	
特小型	170~3 000②	170~1 500③	170~3 000

注：①系指调速器能配置的接力器容量；②系指单喷嘴冲击式水轮机调速器；③特小型不推荐采用调速器。

(3)调速器额定油压等级为 2.5、4.0、6.3、8、10、16 MPa。

(4)不带接力器的调速器按主配压阀直径和许用输油流量表征，如表 1-3 所示；带压力油罐及接力器的调速器按接力器容量表示，如表 1-4 所示。

表 1-3　不带接力器调速器的参数

主配压阀直径 d(mm)	许用输油流量范围 Q(L/s)	额定油压 P_r(MPa)
12*	0.5	2.5、4.0
35	≤5	2.5、4.0
50	5~10	2.5、4.0
80	10~25	2.5、4.0、6.3
100	25~50	2.5、4.0、6.3
150	50~100	2.5、4.0、6.3
200	100~150	2.5、4.0、6.3

注：*一级放大系统用引导阀直径表示。

表 1-4　带压力油罐及接力器的调速器的参数

型式	接力器容量(N·m)	接力器最短关闭时间(s)	额定油压(MPa)
恒压接力器	30 000	2	2.5
	18 000	2	2.5
	10 000	2	2.5
	6 000	2	2.5
	3 000	2	2.5
差压接力器	3 000	2	4.0
	1 500	2	4.0
	750	2	4.0
	350	2	4.0

本章小结

本章首先讲述了水轮机调节的基本任务，即根据电力系统负荷的变化不断地调节水轮发电机组的有功功率输出，维持电网频率在规定的范围内；调节的途径是根据负荷变化适时改变水轮机动力距；具体方法就是通过调节进入水轮机的流量来改变动力距。

其次，以机械液压调速器为例，以系统图的形式介绍了调速器主要元件，如离心摆、引导阀、辅助接力器和主配压阀、硬反馈和软反馈等的作用、工作原理和运动方程式等。

第三，以调速系统简图为例，介绍了单调节和双调节调速系统的组成，以及它们的动作原理。通过这部分内容的学习，应掌握调速系统工作原理的分析方法。

第四，介绍了调速系统无差静特性和有差静特性的概念，调速系统静态品质指标和动态特性指标，对这部分的学习应重在理解概念以及指标的含义。

第五，讲述了转速调整机构、调差机构的作用、结构组成，并介绍了机组单机运行和并网运行时的调节过程；此外，还应弄清楚并列于同一电网的各台机组承担变动负荷的分配原理，通过学习加深对调速器功能和作用的理解。

第六，将调速系统各元件提炼归纳为几个典型环节，包括比例环节、积分环节、理想微分环节、实际微分环节、惯性环节等，并介绍了几种典型的调节规律，如比例–积分调节规律、比例–积分–微分调节规律等。

最后，根据最新颁布的国家标准，说明了调速器型号编制的规则，以及调速器系列型谱。

复习思考题

1-1　频率波动对用户有何影响？我国电力系统规定的频率波动的允许值是多少？

1-2　发电机的频率和转速之间有什么关系？

1-3　水轮机调节的任务是什么？

1-4　水轮机调节的途径和方法是什么？

1-5 水轮机调节的特点有哪些？

1-6 什么是水轮机调节系统？试用方框图表示水轮机调节系统的组成。

1-7 离心摆的作用和工作原理是什么？

1-8 引导阀的作用是什么？画简图说明引导阀的动作原理。

1-9 辅助接力器和主配压阀的作用是什么？试说明动作原理。

1-10 什么是反馈、硬反馈、负反馈？

1-11 杠杆反馈元件的输出信号与输入信号之间有什么关系？

1-12 什么是软反馈？试说明缓冲装置的动作原理。

1-13* 试分析没有反馈的水轮机调速系统动作原理，这种系统存在什么问题？造成的原因是什么？

1-14* 叙述具有硬反馈的水轮机调速系统动作原理和存在的问题。

1-15 试分析图 1-11 所示单调节调速系统的动作原理。

1-16 试分析图 1-12 所示双调节调速系统的动作原理。

1-17 画图说明调差机构的结构组成。

1-18 画图说明转速调整机构的结构组成和作用。

1-19 试分析在单机运行时，用转速调整机构调整转速的动作原理。

1-20 试分析在并网运行时，用转速调整机构调整负荷的动作原理。

1-21 试分析在并网运行时，因机组负荷变化而引起的转速调节动作原理。

1-22 试说明并列运行机组之间的变动负荷分配与调速系统有差静特性的关系。

1-23 调速器由哪些典型环节组成？

1-24 熟悉机械液压调速器、电液调速器、微机调速器的结构组成和典型调节规律。

1-25 熟悉调速器的分类方式。

1-26 试说明 YT-10000-2.5、DST-100A-4.0 调速器型号的含义。

注：带“*”的复习题选做。

第二章　机械液压型调速器

第一节　概　述

机械液压型调速器产品源于20世纪30年代，我国机械液压型调速器的典型产品有T型、CT型和YT型等。目前，大、中型机械液压型调速器已全部被微机型调速器所取代，只有YT小型机调仍在一些电站中有应用。YT型机械液压调速器由自动调节机构、控制机构、油压设备、保护装置、监视仪表及其他等5个部分组成，其系统原理如图2-1所示。

(1)自动调节机构。

测速元件——离心摆；

第一级放大元件——引导阀和辅助接力器；

第一级放大反馈机构——局部反馈机构；

第二级放大元件——主配压阀和主接力器；

第二级放大的跨越反馈机构——硬反馈机构（或称调差机构）和软反馈机构（或称缓冲装置）。

(2)控制机构。

转速调整机构；

开度限制机构；

手动启动停机操作机构；

切换装置。

(3)油压设备。

回油箱、压力油罐和中间油罐；

螺杆油泵及其控制用的电接点压力表；

补气阀、止回阀和安全阀。

(4)保护装置。

转速调整与开度限制机构的保护限位开关；

紧急停机电磁阀；

油压装置事故低油压压力信号器。

(5)监视仪表及其他。

转速调整与开度限制机构指示表；

转速表与压力表；

滤油器及油管路等。

YT型调速器系统框图见第一章图1-28。

第二节　离心摆

一、离心摆的结构、作用及原理

YT 型调速器采用菱形钢带式离心摆，其结构如图 2-2 所示。电动机 1 固定在外罩 2 的顶部，机轴与上支持块 5 用固定销钉 4 连接在一起。下支持块 13 用圆锥销与转动套 14 固定在一起。重块 8 分内、外两块，由限位螺钉 9 及螺母固接在钢带 6 的两侧，它们可在导

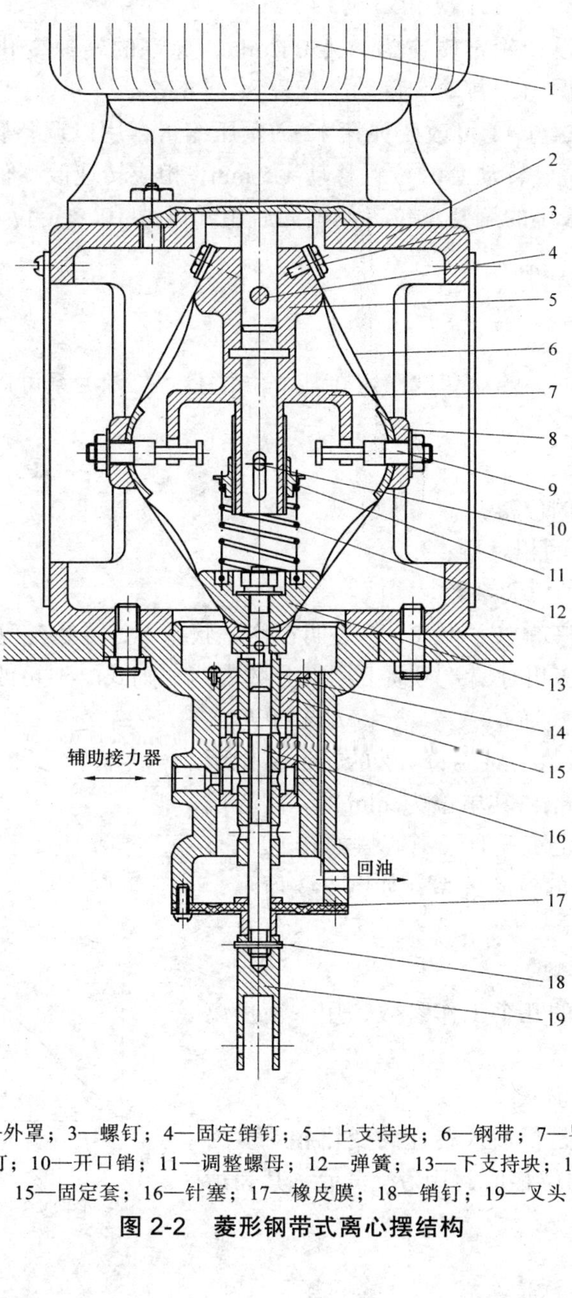

1—电动机；2—外罩；3—螺钉；4—固定销钉；5—上支持块；6—钢带；7—导板；8—重块；
9—限位螺钉；10—开口销；11—调整螺母；12—弹簧；13—下支持块；14—转动套；
15—固定套；16—针塞；17—橡皮膜；18—销钉；19—叉头

图 2-2　菱形钢带式离心摆结构

板 7 允许的范围内径向移动。钢带 6 从下支持块与转动套之间穿过，两端用螺钉 3 固定在上支持块上，受弹簧力作用张成菱形，离心摆钢带上端为固定端，下端为自由端。为了安全，设有内外两层钢带，外层工作，内层备用，当外层断裂时，内层起作用，以防止事故扩大，但内层不可长期单独使用。

如第一章第二节所述，离心摆工作原理可归纳为：当离心摆在额定转速时，其转动套位置如图 2-2 所示，如果转速增加，则离心力加大，重块外张使转动套升高；反之，则转动套降低。这样，离心摆转速的变化就以转动套位置的高低反映出来。可见，离心摆是一个测量元件，具体说就是将机组转速偏差信号按比例转换成转动套的位移信号，传递给引导阀。

YT 型离心摆的设计额定转速为 1 450 r/min，允许的转速变化范围为额定转速的 75%～125%，在此范围内，转动套移动全行程为 15 mm。

此外，利用调整螺母 11 可改变弹簧 12 的预压缩量，用以调整转动套在额定转速时的位置。螺母每转一周，转动套的位置移动 1.5 mm，相应转速改变值为额定转速的 5%。调整螺母以 1/4 周为最小的调整单位，调整完后用开口销 10 来定位。

二、离心摆的特性

(一)离心摆静特性

在稳定转速状态下，转动套也稳定在某个位置上，二者关系可以用下式表示：

$$\Delta L = K_f x \tag{2-1}$$

式中 ΔL——转动套的位移；

x——转速偏差的相对量；

K_f——离心摆的放大系数。

式(2-1)称为离心摆静态方程式，它表明在稳定状态下，转动套位移ΔL 与转速相对偏差 x 成正比。由于转速相对偏差习惯上用百分数表达，则式(2-1)可改写成：

$$\Delta L = 100\,Kx \tag{2-2}$$

放大系数 K 在数值上对应每 1%的转速变化所引起的转动套位移(mm)，其单位为 mm/%。离心摆静态方程式表示在稳定工况时，离心摆的转速 n 与转动套的行程 L 之间的对应关系，如图 2-3 所示，称为离心摆静特性。

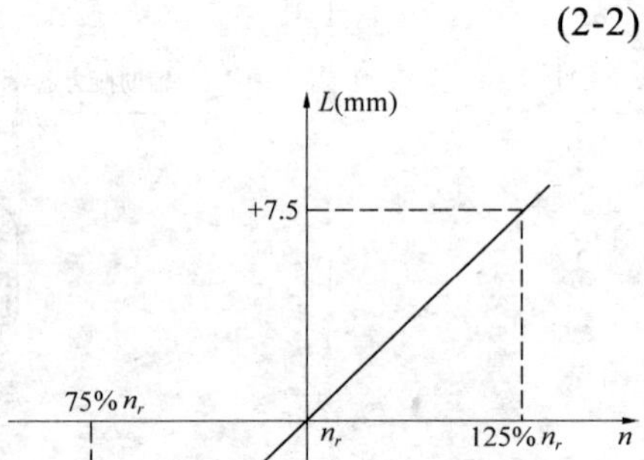

图 2-3 离心摆静特性

(二)离心摆性能参数

下面介绍离心摆的几个工作参数，用来衡量离心摆的性能。

1. 离心摆放大系数 K_f

离心摆放大系数是指输入转速的变化相对值为 1%时，转动套输出的位移值，用 K_f 表示，其表达式为

$$K_f = \frac{L_{\max} - L_{\min}}{\frac{n_{\max} - n_{\min}}{n_r} \times 100\%} \tag{2-3}$$

式中　$n_{\max}$——离心摆工作范围内的最高转速，r/min；

$n_{\min}$——离心摆工作范围内的最低转速，r/min；

$L_{\max}$——离心摆最高转速时转动套位移，mm；

$L_{\min}$——离心摆最低转速时转动套位移，mm。

放大系数 K_f 越大，说明在同样的转速变化条件下，转动套的位移量越大，故离心摆灵敏度越高。工程上对离心摆放大系数有严格的要求，GB/T 9652.1—2007 规定，在额定转速 ± 2%范围内，放大系数的实测值偏差不得超过设计值的 ± 5%。对 YT 型而言，实测值 K_f 为 0.285 ~ 0.315 mm/%。

2. 离心摆单位不均衡度 δ_f

离心摆单位不均衡度是指转动套位移 1 mm 时，离心摆转速变化相对值的百分数，用 δ_f 表示，其表达式为

$$\delta_f = \frac{1}{K_f} \tag{2-4}$$

对 YT 型而言，K_f=0.3 mm/%，则 δ_f=3.33 %/mm，即离心摆转速变化为额定值的 3.33% 时，转动套才移动 1 mm。

单位不均衡度 δ_f 越小，放大系数 K_f 就越大，故离心摆灵敏度越高。

3. 离心摆的转速死区 i_{xf}

当离心摆转速变化很小时，则无法克服零件之间的摩擦力，转动套不能移动，这时就会出现转速死区，用 i_{xf} 表示。这样，离心摆静特性就不是一条曲线，而是一条曲线带，如图 2-4 所示。

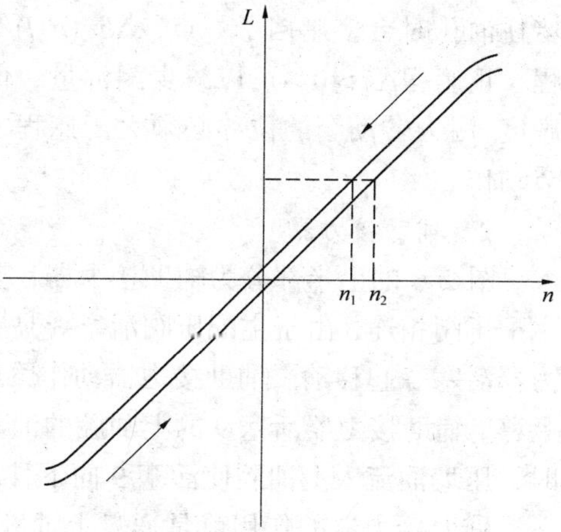

图 2-4　离心摆转速死区

转速死区的大小通常由试验测得。通过试验，测出转速上升和下降时的两条曲线，以往返同一行程所对应的两个转速差的相对值表示转速死区。即

$$i_{xf} = \frac{n_2 - n_1}{n_r} \times 100\% \tag{2-5}$$

转速死区越大，灵敏度越差。在最新的国家标准 GB/T 9652.1—2007 中规定，在额定转速 ± 10%范围内，静态性曲线应近似为直线，其转速死区应符合设计规定。

第三节　液压放大机构

液压放大机构由引导阀、辅助接力器、主配压阀和主接力器组成，并构成两级液压放大。本节介绍其结构、特性和工作原理等。

一、引导阀、辅助接力器

(一)结构和作用

YT 小型调速器采用两级液压放大，第一级液压放大机构由引导阀和辅助接力器组成，并与局部反馈杠杆共同工作。引导阀是第一级液压放大机构的液压分配阀，辅助接力器是第一级液压放大机构的执行元件。

1. 引导阀

如图 2-5 所示，引导阀的基本部分由针塞 2 和转动套 1 组成，其基本结构原理已在第一章中讲述，这里不再重复。引导阀的作用就是接受离心摆输出的位移信号，改变中排油孔输出的油压，去控制辅助接力器活塞上腔的油压变化，从而控制辅助接力器动作。

引导阀上部窗口下边缘到下部窗口上边缘的距离为 h，它大于针塞上、下轴肩的距离 l，因此在稳定状态下，针塞堵住油孔时会多遮挡了一点。$\Delta h=(h-l)/2$，Δh 称为引导阀遮程，正遮程$\Delta h>0$。可以减少漏油量，但会影响调速器的灵敏度，因为转动套的位移必须大于遮程才能打开窗口引起调节动作。

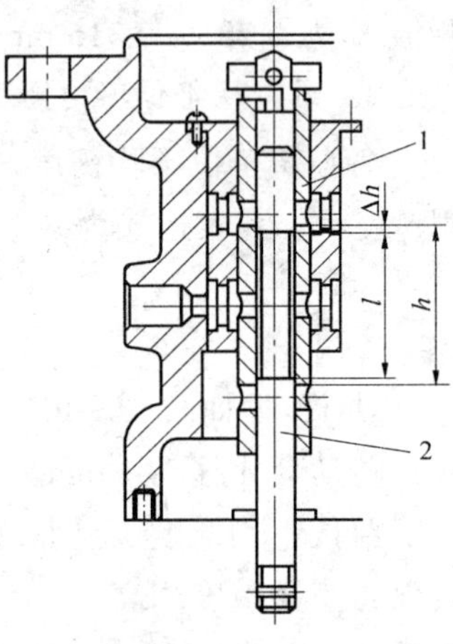

1—引导阀衬套；2—引导阀针塞

图 2-5　引导阀遮程

2. 辅助接力器

图 2-6 的上半部分为辅助接力器，其结构由活塞 9 及壳体 10 组成。活塞 9 的下端与主配压阀相连，由于主配压阀活塞 3 是差压活塞，始终受到向上的油压作用，并随辅助接力器活塞一起移动。辅助接力器动作原理如下：当机组转速上升时，转动套 2 随离心摆 1 上移，辅助接力器活塞 9 的上油腔的油经引导阀排油，引起活塞 9 上移；当机组转速下降时，压力油流入上油腔使活塞 9 向下移动。如图 2-7 所示。

辅助接力器的作用就是通过上油腔油压的变化，使活塞上下位移，从而相应地控制主配压阀活塞动作。

(二)第一级液压放大机构的特性和调整方法

YT 小型调速器的第一级液压放大机构组成如图 2-7 所示，由于辅助接力器活塞的直径为 42 mm，比引导阀针塞(直径为 18 mm)大，使引导阀转动套的操作力得到了放大，从而产生足够大的力控制主配压阀。若把辅助接力器活塞的位移ΔS 作为第一级放大机构的输出，转动套的位移 ΔL 为输入，则它们之间的关系如下：

$$\Delta S = K_1 \Delta L \tag{2-6}$$

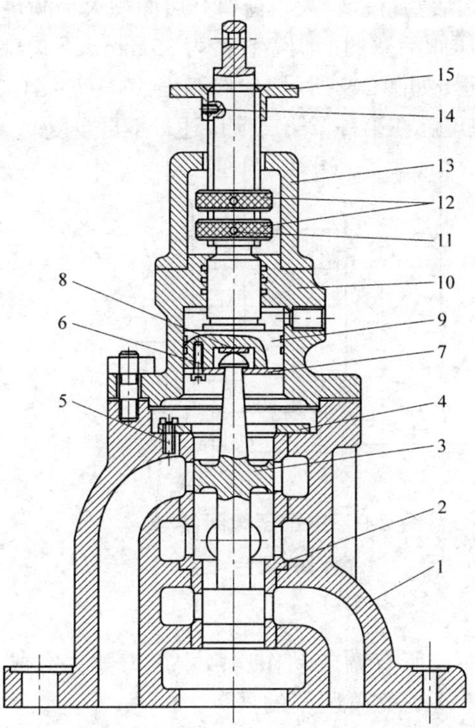

1—主配压阀壳体；2—主配压阀衬套；3—主配压阀活塞；
4—压盖；5—固定螺钉；6、11—螺钉；7—开口盖；
8—垫块；9—辅助接力器活塞；10—辅助接力器壳体；
12—调整螺母；13—限位架；14—锥销；15—圆盘

图 2-6　YT 型调速器辅助接力器与主配压阀结构

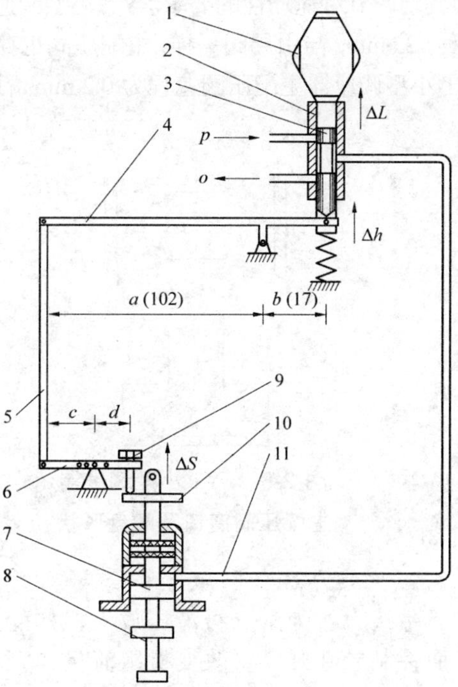

1—离心摆；2—转动套；3—引导针塞；
4、5、6—局部反馈杠杆；7—辅助接力器活塞；
8—主配压阀；9—局部反馈调节螺钉；
10—圆盘；11—油管

图 2-7　YT 型调速器第一级液压放大机构示意

式(2-6)表明，在稳定状态下，辅助接力器(也是主配压阀)的行程与引导阀的行程成正比例。其比例常数 K_1 称为第一级液压放大机构的放大系数，它是第一级液压放大机构对输入位移的放大倍数。

放大系数 K_1 的调整方法：K_1 的大小取决于局部反馈杠杆的长度比。图 2-7 中杠杆 6 有 4 个孔可供支撑用，支撑在不同孔位就有不同的杠杆比，因而有 4 个 K_1 值。YT 小型调速器的局部反馈杠杆 6 上 4 个孔从右向左分别对应 K_1=2、3.3、5.3、8.2。

二、主配压阀和主接力器

机械液压调速器的第二级液压放大机构由主配压阀和主接力器组成，主配压阀为第二级液压放大机构的液压分配阀，主接力器为执行元件。

(一)结构和作用

1. 主配压阀

如前面图 2-6 所示，主配压阀由壳体 1、衬套 2、活塞 3 等组成。衬套上开有 3 排油口，中间一排呈圆形，与压力油源相连，上、下排窗口做成特殊形状，其上下端为矩形，尺寸较小，窗口的中间部分为圆弧形，尺寸较大，如图 2-8 所示。这种窗口的优点是，在小波动调节时，主配压阀移动行程较小，油流截面积较小，接力器移动速度慢，不易发生过调节，从而提高调节的稳定性；在大波动调节时，主配压阀活塞行程较大，窗口开启面积大，满足了大波动调节对速动性的要求。YT 小型调速器主配压阀活塞的上阀盘直径为 35 mm，下阀盘直径为 25 mm。与引导阀一样，主配压阀也存在正遮程，如图 2-9 所示，单侧遮程 $\Delta h=(h-a)/2$ ，YT 小型调速器主配压阀遮程为 0.2 mm。其工作原理已在第一章第二节讲述，不再重复。

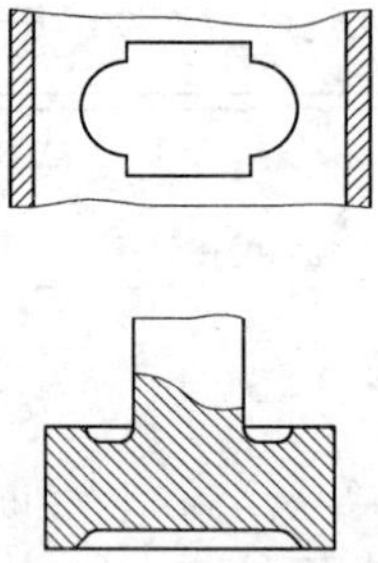

图 2-8 YT 小型调速器主配压阀窗口及阀盘形状

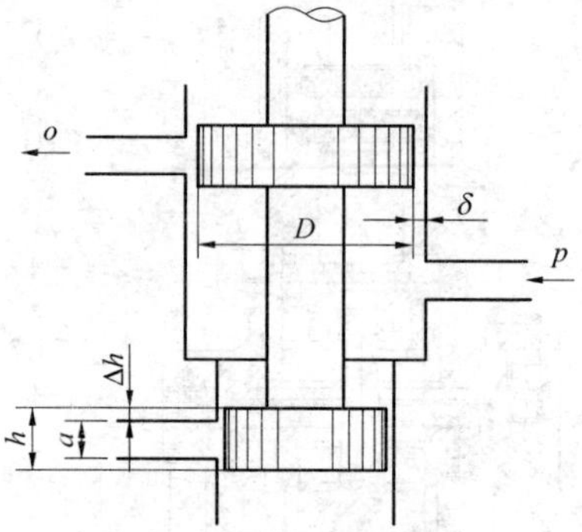

图 2-9 主配压阀阀盘与窗口的配合

2. 主接力器

主接力器为第二级液压放大机构的执行元件，所有调节动作均由主接力器去完成，从而控制导叶开度，改变机组流量，完成机组转速或负荷调整的任务。

如图 2-10 所示，为 YT 小型调速器的主接力器，其活塞 4 将油缸 5 分隔成左、右两油腔，分别与主配压阀的上、下窗口相连。主配压阀活塞上升时，主接力器右侧油腔排油，左侧油腔注入压力油，活塞将向右移动，经过滑块 1 使水轮机导叶关小；反之，主配压阀活塞下降时，主接力器活塞向左移动使导叶开度增加。活塞杆 8 的另一端安装有反馈锥体 9 及手轮 12、锁锭 10 等，反馈锥体的移动带动调速器的硬、软反馈机构，向引导阀回输反馈信号。锁锭 10 通常在接力器全关后投入，以避免误操作。在连接主配压阀和主接力器的油管的油缸壁面处开有三角形油槽，活塞移到接近端盖时，会遮挡管口，靠油槽通油，通流截面减少，从而使活塞的移动减缓，防止活塞与缸体碰撞。

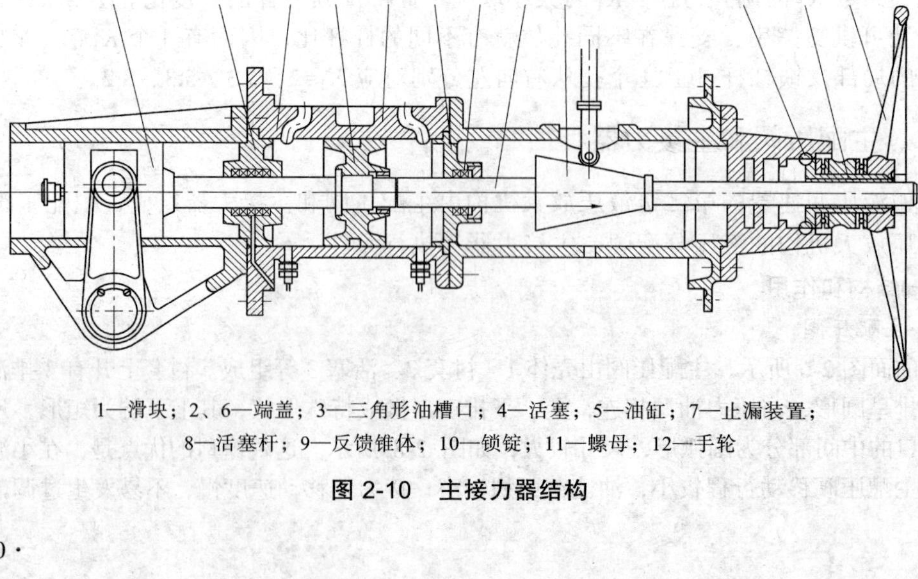

1—滑块；2、6—端盖；3—三角形油槽口；4—活塞；5—油缸；7—止漏装置；
8—活塞杆；9—反馈锥体；10—锁锭；11—螺母；12—手轮

图 2-10 主接力器结构

接力器在运行中控制水轮机导水机构的能量大小，称为接力器的工作容量，可按下式计算：

$$A = FY_m = p_r SY_m \qquad (\text{N·m}) \tag{2-7}$$

式中 F——接力器作用力，N；

Y_m——接力器最大行程，m；

p_r——设计工作油压，Pa；

S——接力器活塞有效面积，m^2。

(二)第二级液压放大机构的特性与调整

1. 运动方程式

略去遮程的影响，主配压阀行程 ΔS 就是窗口开启的高度。设窗口矩形段的宽度为 b，则正常调节(小波动)时窗口的通流面积为 ΔSb。由于工作油压及导水机构的阻力都相对稳定，窗口开启的面积就决定了油流动的快慢。主接力器活塞是靠油的流动推动的，油流得快则移动快，因此接力器活塞的速度取决于窗口开启的面积，即与主配压阀行程 ΔS 成正比，若用相对量表示，则有：

$$\frac{\mathrm{d}y}{\mathrm{d}t} = \frac{1}{T_Y}u \tag{2-8}$$

式中 y——接力器行程相对值(%)，$y=Y/Y_m$；

u——主配压阀行程相对值(%)，$u=\Delta S/S_m$；

T_Y——接力器反应时间常数，s。

2. 接力器的速度特性

速度特性是指接力器移动速度与主配压阀行程的对应规律，由式(2-8)可见，二者之间的关系是正比例规律，即是一条斜直线，如图 2-11 中虚线所示。

由于主配压阀有正遮程，当活塞离开中间位置但行程小于遮程时，窗口尚未打开，接力器只会在漏油的作用下缓慢移动，直到主配压阀行程大于遮程以后，接力器的移动速度才与主配压阀行程成正比。因此，接力器的实际速度特性，如图 2-11 中的实线，它并不是严格的直线规律。

接力器反应时间常数 T_Y 是反映接力器速度特性的参数，它受结构、尺寸等多种因素影响，一般要求为 0.05~0.2 s。由式(2-8)可知，对应相同的主配压阀行程 u，T_Y 越小则接力器移动速度越大，这有利于调速器及时动作。

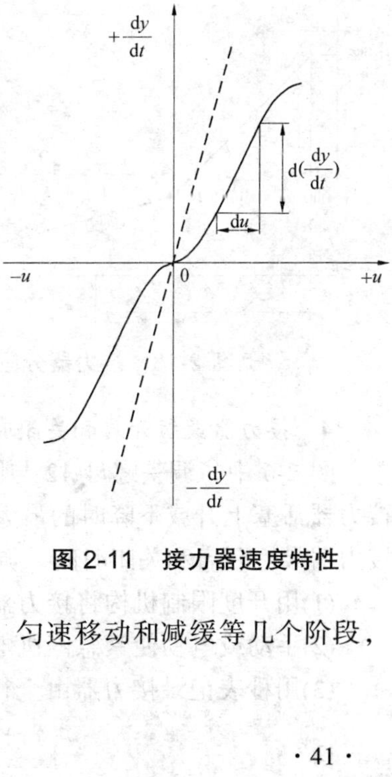

图 2-11 接力器速度特性

3. 接力器关闭规律

接力器从全开到全关的过程中，要经过启动、加速、匀速移动和减缓等几个阶段，实际的关闭规律如图 2-12 所示。

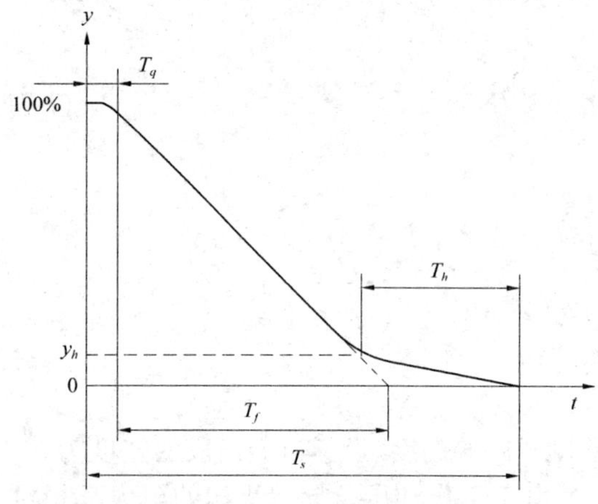

图 2-12　接力器关闭规律曲线

(1)接力器不动时间 T_q。导水机构及调速器运动件都有惯性，液压放大机构中油的流动也需要一定时间，因此接力器的动作总是滞后于离心摆，接力器启动后还要逐步加速到正常移动速度。图 2-12 中用 T_q 表示接力器滞后及加速所用的时间，称为接力器不动时间。机组甩负荷后，要经过 T_q 时间导水机构才开始减小流量，显然 T_q 越大机组转速波动越大，对保证调节质量越不利。GB/T 9652.1—2007 规定，转速或指令信号按规定形式变化，接力器不动时间对电调不大于 0.2 s，对机调不大于 0.3 s。一般要求甩 25%负载后，接力器不动时间 T_q=0.2~0.3 s。

(2)接力器最短关闭时间 T_f。由图 2-12 可见，接力器以匀速由全开位置关至全关所用的时间称为接力器最短关闭时间，用 T_f 表示。T_f 是机组安全的重要参数。T_f 过长，机组甩负载后流量不能及时减小，转速会上升过大，有损害机组的危险；T_f 过短，则导叶关闭过快而引起过大的水锤压力，有使压力管道爆裂的可能。飞车和爆管都是水电站不允许发生的，实践中 T_f 须根据机组及电站的具体条件，经过调节保证计算来决定。

(3)延缓关闭时间 T_h。如前所述，三角形油槽会使接力器在接近全关位置时自动变慢，图 2-12 中用 T_h 表示这段减缓的关闭过程，称为延缓关闭时间。T_h 可能占到全部关闭时间 T_s 的 1/3 ~ 1/2，但所关的开度不大，一般为全行程 10%以下。

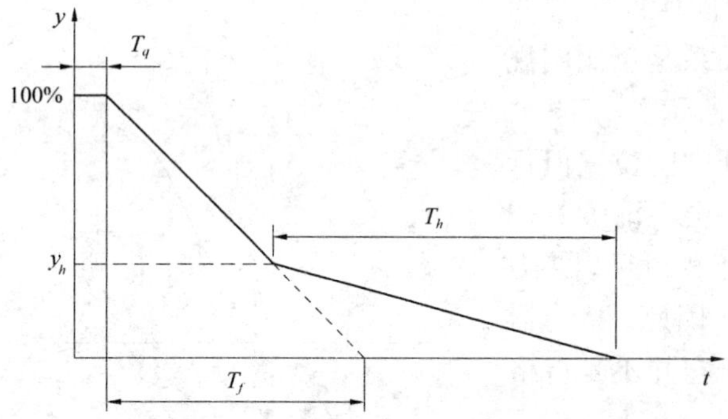

图 2-13　接力器分段关闭曲线

为了减小水锤压力，避免轴流式水轮机关导叶时转子上抬，以及减轻斜流式水轮机的振动，可以有意加大延缓关闭阶段所占的行程比例，造成先快后慢的分段关闭规律。图 2-13 为接力器两段关闭的关闭曲线，可以在主配压阀油管上加调节阀或节流孔来实现，当接力器关至空载开度附近时使排油阻力增大，减小其关闭速度。

4. 接力器最短开启和关闭时间的调整

图 2-6 中，调整螺母 12 与限位架 13 之间的上、下间隙，用于改变主配压阀及辅助接力器活塞上升或下降时的最大行程，可限制主接力器移动的最大速度，也就是决定了接力器最短开启和关闭时间。调整的具体方法如下：

(1)用开度限制机构将接力器开到全开位置(一般比 100%的行程略小一点)。

(2)手动或电动使紧急停机电磁阀动作，实行紧急停机。

(3)用秒表记录接力器由全行程 75%关至 25%的时间，该时间的两倍即是接力器最短

关闭时间 T_f。

(4)若测出的 T_f 值与设计值不符，则需改变调整螺母 12 与限位架 13 的间隙，上方的间隙决定最短关闭时间，而下方的间隙则控制最短开启时间。反复调试直到符合设计值为止。最短开启时间通常为最短关闭时间的 1 ~ 1.5 倍。

(5)调试完毕应用螺钉 11 将调整螺母 12 锁紧，运行中不允许松动。

第四节　反馈与控制元件

一、硬反馈

硬反馈又称调差机构或永态转差机构，由于硬反馈量很小，故硬反馈机构的作用主要是实现机组有差调节，以保证并网运行的机组合理地分配负荷。

如图 2-14 所示，YT 小型调速器硬反馈机构主要由反馈锥体 13、反馈框架 10、螺母 8、螺杆 9、转轴 11 和传动杆件等组成，并与引导阀针塞相连。当外部负荷减小、机组转速上升时，转动套 2 上升，引导阀中下排油孔接通，辅助接力器上腔排油，辅助接力

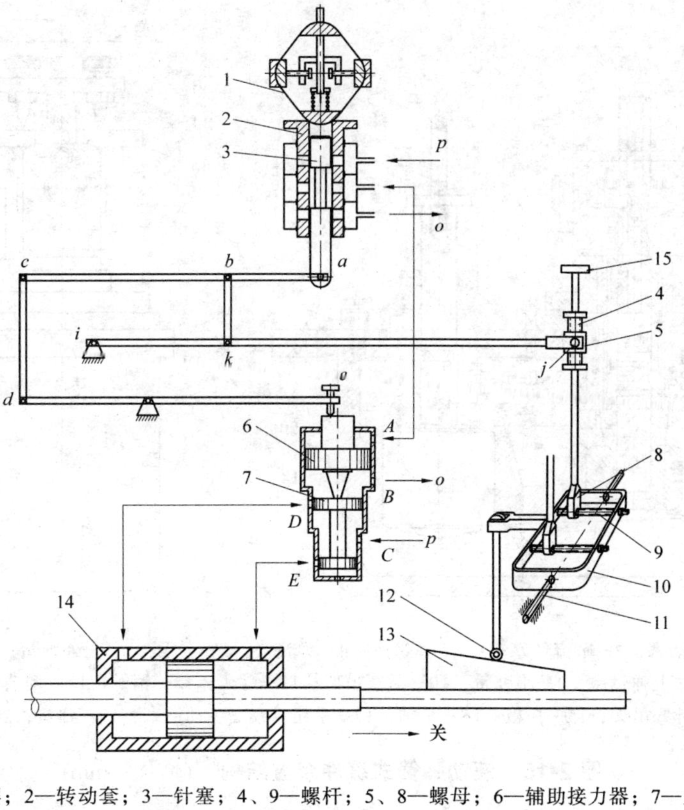

1—离心摆；2—转动套；3—针塞；4、9—螺杆；5、8—螺母；6—辅助接力器；7—主配压阀；10—反馈框架；11—转轴；12—滚轮；13—反馈锥体；14—主接力器；15—转速调整手轮

图 2-14　YT 小型调速器硬反馈机构示意图

器活塞与主配活塞上升，主接力器 14 的活塞向右移动关小导叶开度。通过反馈锥体 13 使杆件上升，推动反馈框架 10 顺时针转动，螺母 8 与杆件随之上升，经过杆件使引导阀针塞 3 上升。由上可知，转速上升引起的转动套升高使窗口打开，而通过硬反馈机构的调节使引导阀针塞升高则导致窗口关小，因此硬反馈机构起的是负反馈作用。

由图 2-14 可知，调整螺母 8 对反馈框架 10 转轴的距离 e(可调范围为 0 ~ 10 mm)，就会改变永态转差系数 b_p，e 值越大，b_p 值越大；反之，b_p 值越小；当 e=0，即调整螺母与反馈框架转轴中心线重合时，b_p 值为零。

YT 小型调速器 b_p=0~8%，可适应机组在不同情况下的运行要求。

二、软反馈

软反馈机构又称缓冲装置或暂态转差机构或校正元件等，其作用是提高调节系统的稳定性和改善调节系统的品质。

(一)缓冲装置的结构

YT 小型调速器采用液动弹簧式缓冲装置作为软反馈，其结构如图 2-15 所示，主要由壳体、主动活塞组件、从动活塞组件、针塞组件和弹簧盒组件等部分构成。

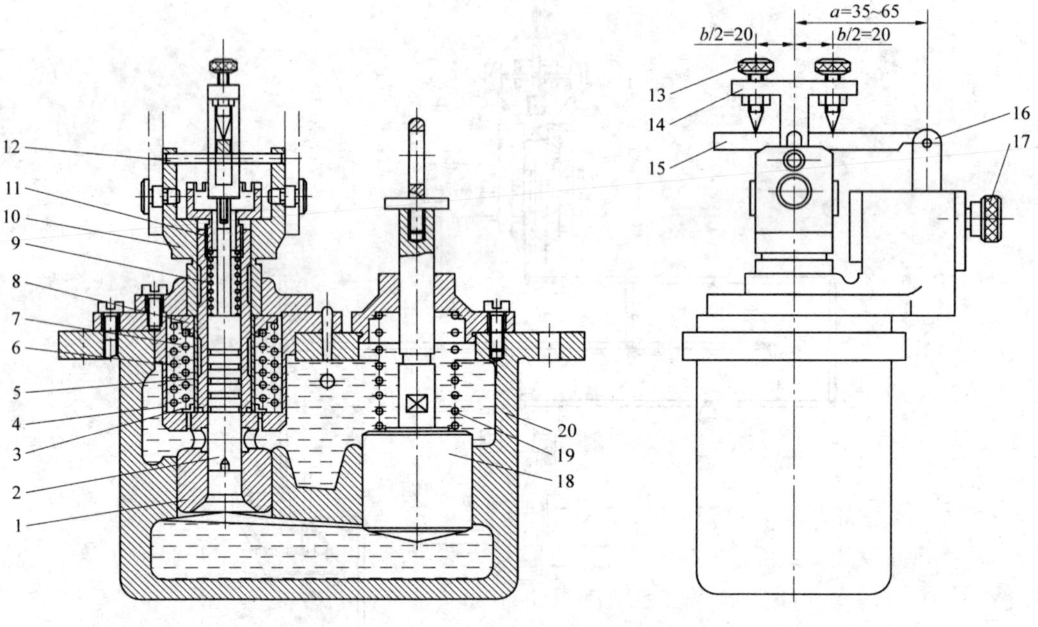

1—从动活塞；2—节流针塞；3—下弹簧座；4—弹簧盒；5—定距套；6—外弹簧；7—内弹簧；8—上弹簧座；9—小弹簧；10—活塞吊架；11—螺套；12—销子；13—调节螺钉；14—针塞吊架；15—托板；16—小轴；17—手钮；18—主动活塞；19—弹簧；20—壳体

图 2-15 液动弹簧式缓冲装置结构 (单位：mm)

(1)壳体：壳体 20 被主、从动活塞分隔成上、下两个油腔，下油腔始终充满透平油，上油腔储存一定数量的油。

(2)主动活塞组件：其外径为 50 mm，经过杆件与反馈框架相连，随接力器关小(开大)而下降(上升)。弹簧 19 有相当大的预压力，使各传动件拉紧，消除装配间隙的影响。

(3)从动活塞组件：由从动活塞 1、定距套 5、活塞吊架 10、螺套 11 和销子 12 等组成，如图 2-16(a)所示。

(4)针塞组件：由针塞 2、针塞吊架 14、托板 15 和调节螺钉 13 等组成，针塞的下端有一三角形节流孔如图 2-16(b)所示。

(5)弹簧盒组件：由上弹簧座 8、下弹簧座 3、外弹簧 6、内弹簧 7 和弹簧盒 4 等组成，弹簧 6、7 在从动活塞升、降时，会被弹簧盒 4 及弹簧座挤压而产生弹性力，外弹簧用以平衡移动部分的自重，保证上、下回复特性一致。内弹簧产生回复力推动从动活塞回到中间位置。

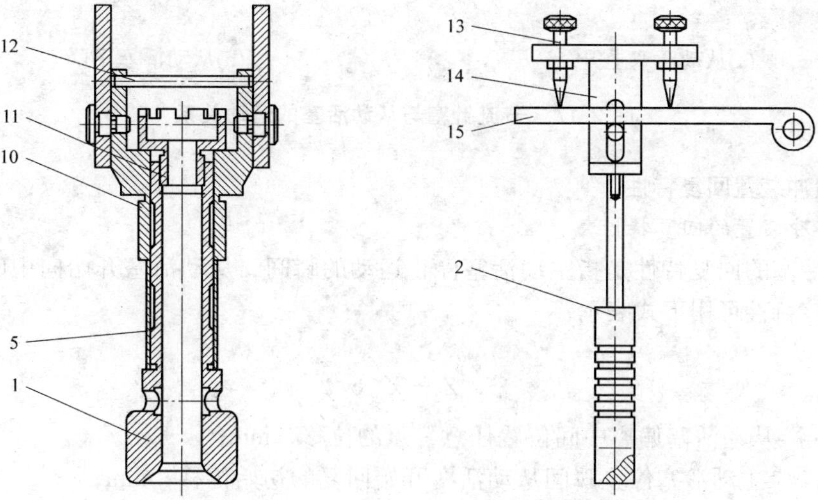

(a)从动活塞组件　　(b)针塞组件

1—从动活塞；2—节流针塞；5—定距套；10—活塞吊架；
11—螺套；12—销子；13—调节螺钉；14—针塞吊架；15—托板

图 2-16　从动活塞组件、针塞组件结构组成

(序号参照图 2-15，未按顺序重编号)

(二)缓冲装置的动作原理

由于机组转速变化引起主接力器关小或开大，并经反馈锥体作用于缓冲装置，继而作用于引导阀针塞的动作过程已在第一章讲述，这里仅说明缓冲装置动作原理。

如图 2-16 所示，销子 12 代表从动活塞的位置，针塞吊架 14 则代表节流针塞 2 的位置。当从动活塞处在中间位置时托板呈水平状态，节流针塞的三角油槽被封闭，上、下油腔不连通。当主动活塞受接力器反馈杆件的作用而向下运动时，如图 2-17(a)所示，从动活塞 1 则向上升高 Z_2，在左边调节螺钉的作用下针塞吊架 14 上升 Z_2+L，相对从动活塞 1 而言，节流针塞 2 多提高了 $L = Z_2 \dfrac{b}{2a}$，节流孔被打开，连通了上下油腔，下腔的油进入了上油腔，当油压均衡后，在内弹簧 7 作用下，从动活塞又回复中间位置；反之，

当从动活塞下降 Z_2+L 时，针塞只下降了 Z_2，比从动活塞少下降 $L=Z_2\dfrac{b}{2a}$，如图 2-17(b) 所示，节流孔被打开，当油压均衡后，在内外弹簧作用下，从动活塞回复中间位置。总之，每当从动活塞离开中间位置时，节流针塞的槽口就打开，使上、下油腔连通，在弹簧作用下从动活塞又回复中间位置。

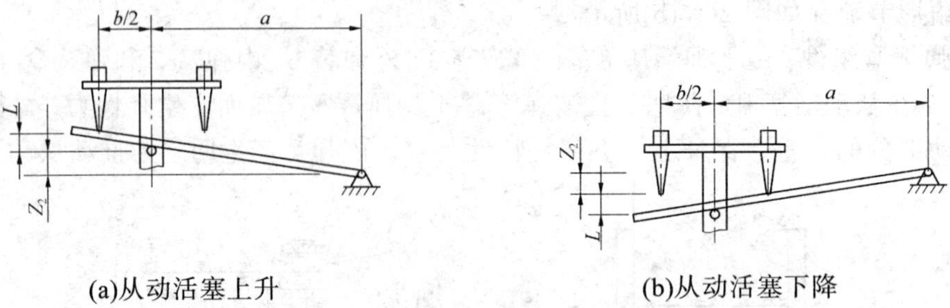

图 2-17　节流针塞与从动活塞的运动关系

(三)缓冲装置回复特性

1. 缓冲装置的回复特性

从动活塞的回复特性是指主动活塞停止运动的瞬间，从动活塞开始向中间位置回复的规律，该特性可用下式表示：

$$Z_2=Z_{20}\,e^{-\frac{t}{T_d}} \tag{2-9}$$

式中　Z_2——从动活塞偏离中间位置任意一点的位移，mm；

Z_{20}——主动活塞停止瞬间从动活塞开始回复的初始位移，mm；

t——由主动活塞停止瞬间开始的时间，s；

T_d——缓冲时间常数，s。

式(2-9)表明，缓冲装置从动活塞按指数衰减规律回复，在一定时间内由初始位移 Z_{20} 回到中间位置 $Z_2=0$。相应地，传至引导阀针塞的反馈位移也按这一规律变化。缓冲装置的回复特性曲线如图 2-18 所示。

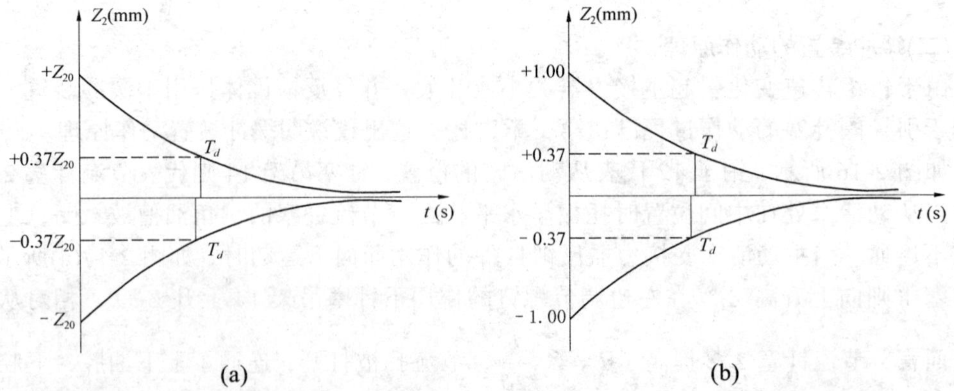

图 2-18　缓冲装置回复特性曲线与 T_d 值的求解

2. 缓冲时间常数 T_d

缓冲时间常数是指从动活塞回复特性曲线上任一点的位移 Z_2 与其速率 $\frac{dZ_2}{dt}$ 的比值，回复特性曲线按指数规律衰减，T_d 值在各点相等。T_d 是描述缓冲装置工作性能的参数，是 Z_2 值衰减快慢的表征。

当回复时间 $t=T_d$ 时，从动活塞偏离中间位置的距离 $Z_2=0.368Z_{20}$，可见缓冲时间常数 T_d 也等于从动活塞由初始位置 Z_{20} 以指数规律衰减到 $0.368Z_{20}$ 所经历的时间。工程上规定，从动活塞从最后 1 mm 恢复到 0.368(实际上往往取 0.37)mm 所经历的时间就是实测的缓冲时间常数，如图 2-18 所示。

T_d 越小，从动活塞回复越快，调速器的速动性越高；反之，T_d 越大，调速器的速动性越差，但稳定性越好。YT 小型调速器，缓冲时间常数 T_d=2 ~ 20 s，实际应用时由整机调试确定。

缓冲时间常数 T_d 的大小可通过手钮或两个调节螺钉来调整：

(1)用手钮调整。由图 2-17 可知，节流孔开度大小取决于 a 值大小，通过旋转手钮 17(图 2-15)使托板内外移动，从而改变 a 值的大小，a 值的可调范围为 35 ~ 65 mm。当调整手钮使托板内移时，a 值减小，在相同的 Z_2 值条件下，L 值加大，即节流孔初始开度增加，T_d 减小；反之，当使托板外移时，a 值增大，T_d 增大。

这种方法只适用于上、下回复曲线 T_d 都偏大或偏小的情况，不宜用来调整上、下曲线的对称性。

(2)用调节螺钉调整。当两螺钉顺时针转动时，针塞上提，节流孔初始开度增加，T_d 减小；反之，T_d 加大。远离滑块的调节螺钉决定向下回复曲线(图 2-18 t 轴上面的曲线)的 T_d 值，靠近滑块的调节螺钉决定向上回复曲线(图 2-18 t 轴下面的曲线)的 T_d 值。

这种方法除能调整上、下回复曲线的缓冲时间常数 T_d 外，还能调整上、下曲线的对称性。

3. 暂态转差系数 b_t

缓冲装置传至引导阀针塞的反馈位移是随时间变化的。为了研究软反馈作用的强弱，可设想堵死缓冲装置的节流孔，此时软反馈机构就与硬反馈一样，传至引导阀针塞的位移不再随时间减小。这时接力器相对位移与转速变化相对量之间的关系可表示为

$$y = -\frac{1}{b_t}x \tag{2-10}$$

式中 y——接力器相对位移；

x——转速变化相对量；

b_t——暂态转差系数，它表示缓冲装置不起缓冲作用时，由软反馈机构造成的有差静特性斜率的负值，与永态转差系数 b_p 一样，可以写成：

$$b_t = -\frac{dx}{dy} \tag{2-11}$$

b_t 值的大小对调节的影响较大，b_t 值大有利于调节系统稳定，并能减小调节过程的转速最大偏差值和振荡次数，但 b_t 大到一定程度后，则对改善系统稳定性无明显效果。上述 b_t 只反映从动活塞上升(或下降)到最高位置时的情况是瞬间存在的。随着缓冲装置的回复过程，b_t 将不断减小，以至最终稳定情况为 0。

另外，b_t 值的调整有两种方法：一是由反馈框架上软反馈螺母调整，其偏心距范围是 0～30 mm，对应暂态转差系数 b_t=1%～100%；二是调整针塞吊架上的调节螺钉，从而改变针塞节流口的初始开度以及随从动活塞移动时的截面积大小。

三、控制元件

调速器除能完成自动调节任务外，还应设有操作控制机构，如转速调整机构、开度限制机构、手自动切换阀、紧急停机电磁阀等，以便人为调整机组转速、增减负荷、开机、停机和手动控制运行等，转速调整机构已在第一章讲述，这里仅介绍开度限制机构、手自动切换阀、紧急停机电磁阀等。

(一)开度限制机构

开度限制机构是用来限制导叶开度的，另外还用来开机、停机和实现机组的手动控制运行。它用在下列情况：水头较高时，为避免机组过载；水库来水太少时，要计划用水；机组有某些缺陷，不能带大负荷等，要限制导叶开度。YT 小型调速器的开度限制机构，由电动机 1、手轮 2、减速器 3、螺杆 4、开限螺母 5 和开限针塞 16 等组成，如图 2-19 所示。其中最主要的元件是开限阀，它由阀套和针塞 16 组成，阀套开有 3 个油孔，下油孔通过切换阀 15 与引导阀相连，中油孔经紧急停机电磁阀通向辅助接力器，上油孔为排油孔。开限针塞有上、中、下 3 个阀盘，中阀盘是工作阀盘，上、下阀盘封闭端部形成油的通道。开限针塞经过杠杆 10、6 和拉杆 7 与辅助接力器及反馈框架 12 相连，并随它们的动作而升降。人为操作电动机 1 或手轮 2，使开限螺母 5 上下移动，并通过杠杆 6、10 改变开限针塞的位置。

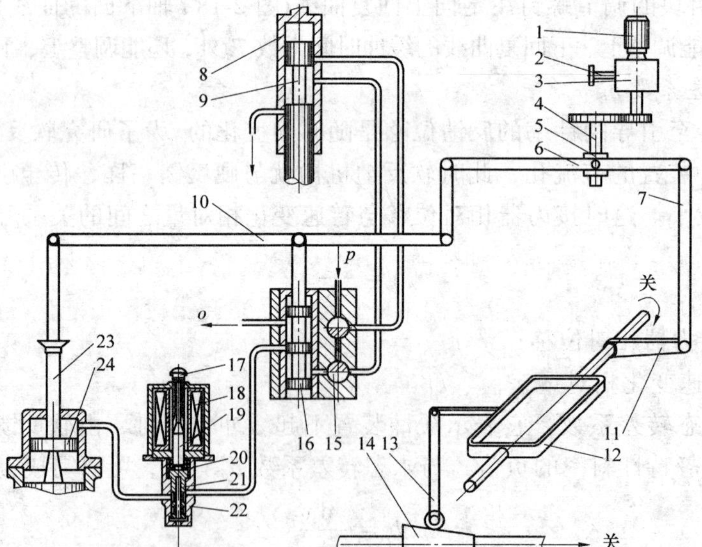

1—电动机；2—手轮；3—减速器；4—螺杆；5—开限螺母；6、10—杠杆；7、13、23—拉杆；8—转动套；9—引导阀针塞；11—转臂；12—反馈框架；14—反馈锥体；15—切换阀；16—开限针塞；17—胶木帽；18—线圈；19—动铁芯；20—弹簧；21—阀塞；22—阀体；24—辅助接力器活塞

图 2-19　YT 小型调速器开限机构示意图

1. 限制开度作用

限制开度的大小由开限螺母 5 的位置来确定。开限螺母上升时限制开度加大，下降时限制开度减小。开限螺母的行程可保证限制开度在 0~100%的范围内任意调整。限制开度与实际开度是两个不同概念，限制开度是实际开度的最大允许值。两者的大小都由开度表指示(开度表数值用接力器行程的相对值表示)，红针指示限制开度，黑针指示实际开度。运行时，实际开度不能大于限制开度。

在液压操作状态下，当机组的实际开度小于限制开度时，开限阀针塞的中阀盘高于中孔口，辅助接力器的上腔油压完全受引导阀控制，机组处于自动调节状态，开限机构不起限制作用。

随着实际开度的增加，反馈的作用使开限针塞 16 逐步下移，当实际开度增加到等于限制开度(即红黑针重合)时，开限针塞的中阀盘正好封住中孔口，引导阀通往辅助接力器的油路被隔断。此时，如果外部负荷增加引起机组转速下降，则转动套下降，压力油无法进入辅助接力器，接力器不能向开启方向移动，故导叶开度不能增加；反之，如果外部负荷减小引起机组转速升高，则转动套上升，开限阀针塞中阀盘下腔经引导阀接通排油，辅助接力器上腔的油可经开限阀针塞中阀盘间隙漏至引导阀排走，油压降低，主配压阀在其差压作用下上移，故接力器能向关闭方向移动，导叶开度减小。随着实际开度的减小，开限针塞上移，油路连通，关机信号畅通。因此，在实际开度等于限制开度时，不能执行开机命令，但可以执行关机信号。当然，执行关机信号时，需经过一段漏油的滞后时间。

2. 开停机作用

(1)开机。机组启动前接力器处于全关位置，离心摆未转动，转动套在最低位置使引导阀中、上油孔连通，压力油进入开限阀下排油孔，开限阀切断了油的通路使辅助接力器及主配压阀处在中间位置上封闭着窗口。人为动作电动机或手轮使开限螺母 5 上升，则会拉动开限针塞 16 上升，压力油随之流入辅助接力器，造成接力器从全关逐步开大，从而使机组启动。启动过程中辅助接力器的下降、主接力器的开大都经过杠杆使开限针塞降低，即传回与人为动作方向相反的反馈位移。由于杠杆的比例特性，接力器的行程将与人操作开限螺母上升的距离成正比，反映在开度表上实际开度总是跟随限制开度变化的。当机组转速上升到额定转速时，离心摆转动套回到中间位置，引导阀处于平衡状态，封闭上排压力油孔，机组启动过程结束。这时操作开限机构不能使导叶开度增加。

(2)停机。机组运行过程中如果人为操作开限螺母下降(即减小限制开度)，使中阀盘低于中排油孔，则中、上油孔连通，辅助接力器经开限阀排油孔排油，使接力器向关机方向移动，至空载开度，与系统解列后再关至全关位置。

(二)手自动切换阀

手自动切换阀的作用是进行机组手动操作和自动操作的相互切换。它串接在引导阀与开限阀之间的油路上，与开限针塞 16 安装在同一个阀座内，其结构如图 2-19 所示(注：图中切换阀结构为原理图)。切换阀 15 由阀套和柱塞组成，可用手柄使柱塞旋转 90°。切换阀有两种状态：当柱塞在图 2-19 所示位置时，压力油经引导阀又回到切换阀下油孔，此时接力器开度的增减受离心摆–引导阀自动控制，称为自动位置；当柱塞顺时针旋转 90°后，此时通往引导阀的油路被封堵，压力油直接进入开限针塞的下排油孔，接力器开度受开限针塞的控制。

第五节 YT 小型调速器的整机原理

上面介绍了 YT 小型机械液压调速器的主要元件的构造及特性。本节结合 YT-6000 型调速器的系统图(见图 2-1)，将以上各节所学的知识联系起来，叙述其启动、调节和停机过程的整机工作原理。

一、YT 小型机械液压调速器的自动调节原理

自动调节是指机组带上负荷或并网后，切换阀 35 在自动位置，红黑指针 91、90 不重合。这时机组运行完全受离心摆的控制。下面以图 2-1 所示 YT 小型调速器为例，分析单机带负荷运行的自动调节过程。

当外部负荷减少时，发电机负荷阻力矩 M_g减小，水轮机动力矩 M_t大于发电机阻力矩 M_g，机组转速上升，引导阀转动套 7 随之上移，中、下油孔接通，辅助接力器活塞 26 上腔的油经紧急停机电磁阀、开限阀、手自动切换阀 35、引导阀中孔与下孔排至回油箱，主配压阀活塞在其差压作用下与辅助接力器活塞一起上移，由此产生两个动作：一是主配压阀的中、上油孔接通，压力油罐的压力油直接进入主接力器的左腔(关闭腔)，右腔则经主配压阀下油孔到中心孔排油，主接力器活塞向右(关闭方向)移动，导叶开度关小；二是辅助接力器 26 活塞上移，通过反馈圆盘、局部反馈调节螺钉 28 以及局部反馈杠杆 29、12、11 使引导阀针塞 8 上移，使引导阀针塞与转动套恢复相对中间位置，辅助接力器与主配压阀停止上移。

由于导叶开度关小，连在活塞杆上的反馈锥体 42 随之右移，锥体的斜面推动滚轮 41 和反馈杆，使反馈杆克服弹簧的弹力而向上移动，带动反馈框架 55 绕轴 54 顺时针旋转。由于螺母 61 有偏心距($b_t \neq 0$)，杠杆 65 上移，通过杠杆 14 使缓冲装置主动活塞 23 下移，缓冲装置下腔的油来不及从节流针塞 21 下面的节流孔口立即全部排走，从动活塞 22 被迫克服内弹簧 19 的弹力而向上移动，并通过杠杆 13、11，使引导阀针塞 8 上移。于是，引导阀的中、上油孔接通，压力油经切换阀 35、滤油器 63、引导阀上孔和中孔、切换阀及紧急停机电磁阀进入辅助接力器上腔，推动辅助接力器活塞和主配压阀活塞下移，使其回复到相对中间位置，压力油停止进入接力器关闭腔。同时，局部反馈机构作用又使引导阀针塞下移，恢复与转动套的相对中间位置。经过几个往返调节，导叶开度逐渐关小，动力矩减小，机组转速下降并接近额定转速，主配压阀、引导阀、缓冲装置相继回到中间位置时，接力器停止移动，机组达到新的平衡状态。至此，整个自动调节过程完成。

当外部负荷增加时，调速器相应调节过程与上述相似，但动作方向相反。

上述分析假定 b_p=0。如果 $b_p \neq 0$，则硬反馈机构也要参与调节，使引导阀出现一个无法自动消失的硬反馈信号，此时机组的调节为有差调节。

二、机组的启动与操作

启动机组就是打开水轮机的导叶(或喷针)，使机组转动起来，当达到空载开度时，

机组转速达到额定转速，再带上负荷或并入电力系统运行的过程。

机组启动前调速器各机构所处的位置为：开度指示表上红黑指针均在零位，开限针塞 33 在下部位置，针塞中阀盘堵住通往辅助接力器 26 的油孔；转速调整机构指针在零位(相当于空载额定转速位置)；压力油罐油位、压力指示正常，108 阀门打开，锁锭已拔出；手轮 49 移到右端部，手柄 46 置于自动位置；手自动切换阀 35 在自动位置；紧急停机电磁阀 36 处于正常状态；引导阀转动套 7 处于最低位置，中、上油孔接通；接力器处于全关位置等。

(一)用开度限制机构自动启动机组

按下开机按钮，二次回路使开限电动机 84 正转，经减速箱使螺杆 70 转动，带动开限螺母 71 上升，使开限针塞 33 上升到比空载开度稍大的位置，则预先整定好的限位开关 81 自动切除开限电机自动控制回路。

这时机组尚未启动，离心摆转动套处于最低位置，转动套上、中油孔连通，压力油守候在开限阀中间阀盘处。当开限针塞一上移，压力油经切换阀 35、滤油器 63、引导阀、切换阀、开限阀、紧急停机电磁阀流入辅助接力器上腔，推动辅助接力器活塞与主配压阀活塞 25 下移，使主配压阀中、下油孔接通，压力油进入接力器右腔推动接力器活塞 44 向左移动，打开导叶，机组转速开始上升，离心摆、转动套也开始转动。与此同时，辅助接力器活塞下移，通过杠杆 31 使开限针塞 33 下移重新堵住通往辅助接力器的油孔，主配压阀停留在下部位置，接力器活塞继续左移，导叶开度继续增大。随着接力器活塞左移，反馈框架 55 逆时针转动，通过杠杆 69、68、64 和 31 作用，开限针塞 33 下移，使辅助接力器上腔经开限阀上孔口排油，主配压阀活塞 25 在其差压的作用下上移动回中。同时，通过杠杆 31 使开限针塞 33 上移，又使辅助接力器上腔停止排油。经反复调节，机组转速上升到 85%n_r 时，励磁投入，机组转速继续按上述过程控制，直到转速接近 100%n_r，引导阀转动套刚好上升到与针塞相平衡的位置，主配压阀回到中间位置，接力器停止移动，开限针塞 33 重新堵住通往辅助接力器的油孔。至此，机组可以并网，启动过程结束。

并入电网后，再一次操作开限电动机使之正转，直到限制开度达到所要限制的位置，操作转速调整机构使机组带上所需的负荷，调节过程完全根据机组转速变化由离心摆控制调节。

(二)用开度限制机构手动启动机组

将手自动切换阀 35 打到手动位置，这时压力油不经引导阀而直接守候在开限阀针塞 33 中阀盘下腔。再操作手轮 78 或人为启动电动机 84，使开限螺母 71 上升，通过杠杆 68、64、31，带动开限针塞 33 上移，压力油进入辅助接力器上腔，以下的动作过程与用开度限制机构自动启动机组类似，不同之处只是由运行人员操作手轮 78 完成启动。

当机组并入电网后，操作开限机构使机组带上所需要的负荷。

三、机组转速与负荷的调整

机组转速与负荷的调整主要是指通过操作控制元件如转速调整机构或开度限制机构改变单机运行机组的转速或并网运行机组的负荷。

(一)用转速调整机构增减并网运行机组的负荷

若要增加机组出力，则操作手轮77或电动机86，经过减速器85和齿轮74、75使螺杆67旋转，转速调整螺母66上移，杆件13、11随之动作，使引导阀针塞8上移，中、上油孔接通，压力油进入辅助接力器上腔，推动其活塞和主配压阀活塞25下移，接力器活塞向开启方向移动。同时，局部反馈的作用使引导阀针塞下移，引导阀回复中间位置，使主配压阀停止下移。由于主配压阀停留在下部位置，其中、下油孔接通，压力油进入接力器右腔(开启腔)，推动接力器活塞向左移动，导叶开度加大。随反馈锥体左移，反馈框架55逆时针转动，连杆60、螺杆67及其上的调整螺母66下移，杆件13、11随之动作使引导阀针塞8下移，中、下油孔接通，辅助接力器排油，主配压阀活塞在其差压的作用下连同辅助接力器活塞一起上移，回复到中间位置，而局部反馈的作用也使引导阀针塞上移而回复到中间位置。经过几次调节后，接力器停止移动，而停留在与调整螺母66上移量相适应的较初始开度大的开度上。由于机组并在电网运行，转速不变，所以调节的结果是机组的出力(即所带的负荷)增加了。

若要减小机组出力，则反向操作，其调节过程与上述相反。

单机带负荷运行用转速调整机构可调整机组的转速(转速可在额定转速的–15%～10%范围内任意调整，其调整数值由转差表指针89指示)。其工作过程与上述基本相同，这里不再叙述。

(二)用开度限制机构增减并网运行机组的负荷

当切换阀35切换到手动位置时，压力油经过切换阀直接进入开限阀的下排油孔，这时，操作开度限制机构可直接控制机组。即操作开限电机84或开限手轮78使开限螺母71上移，红指针向开大方向移动，开限阀针塞上移，中排油孔与下排油孔连通，压力油进入辅助接力器上油腔，使主接力器向开机方向移动，机组所带负荷增加。黑指针跟随红指针移动，通过反馈锥体42、反馈框架55、反馈杆40以及杠杆69、68、64、31使开限阀针塞下移，直至将中排油孔堵住，接力器停止移动，红指针与黑指针重新重合。若操作开限螺母下移，则接力器向关机方向动作，黑指针跟随红指针向关小方向偏转，直至重新重合。所以，当切换阀位于手动位置时，用开度限制机构可以实现手动开关机组，即可增减并网运行机组的负荷或改变单机运行机组的转速。

(三)限制开度运行的调节

手自动切换阀35处于自动位置，开度指示表盘上红、黑指针重合。由于开限针塞33的中阀盘堵住了通往辅助接力器的油孔，压力油无法进入辅助接力器，故即使离心摆转速降低，接力器也不能开启，但当离心摆转速升高时，引导阀中、下油孔接通，辅助接力器上腔的油可经开限阀中阀盘间隙漏出并经引导阀排走，接力器缓慢关闭。随着接力器的移动，开限针塞33上移，油路的封锁现象解除，接力器快速关闭。由于接力器的关闭开始时较为缓慢，当机组甩负荷时，转速上升率将大大提高。

四、机组停机

(一)正常停机

首先用转速调整机构将机组的出力减小到零(接力器关至空载开度)，使机组空载运行。待到二次回路使发电机出口断路器跳闸、灭磁后，用手动或电动操作开限机构使开限螺母 71 下移(红指针指示为零)，则开限针塞 33 随之下移，辅助接力器经开限阀上油孔排油，主配压阀上移，接力器向关方向移动使导叶全关。

(二)事故停机

当机组发生紧急事故(如机组过速、冷却水中断、轴承温度过高、油压降至事故低油压等)时，紧急停机继电器动作，使紧急停机电磁阀线圈带电，阀芯 38 提起，辅助接力器上腔的油经电磁阀直接排走，从而快速停机。

五、机组主要运行方式的相互切换

(一)自动调节状态切换为液压手动控制状态

第一步：操作开度限制机构使限制开度等于实际开度(即表盘上红指针 91 退回与黑指针 90 重合)。

第二步：把切换阀转动至手动位置运行。

此时机组的运行方式便进入液压手动控制状态，如需长时间处于这种状态运行，应将离心摆电源切断，以免引导阀发生干摩擦而损坏。

(二)液压手动控制状态切换为自动调节状态

第一步：将切换阀 35 转到自动位置。

第二步：将离心摆投入工作。

第三步：操作开限机构使限制开度加大(即红指针领先于黑指针)到 100%或所需限制的开度。

(三)由自动调节状态切换为限制开度运行状态

操作开限机构，使红指针退回与黑指针重合即可。

(四)由限制开度运行状态切换为自动调节状态

操作开限机构使红指针指到 100%或所需限制的开度即可。

第六节　油压装置

一、油压装置的作用和分类

在水电站中，调速器的操作需要压力油，蝴蝶阀、球阀、减压阀等设备的操作也需要压力油，为此，设置专门的油压装置为上述设备提供压力油源。油压装置所提供的压力油必须有足够的能量，同时还要工作可靠，供油油质符合技术要求。

油压装置按其布置方式可分为分离式与组合式两种。分离式是指压力油罐与回油箱分开布置，组合式则是指压力油罐与回油箱装在一起。中小型调速器一般采用组合式结构。

我国的油压装置已经标准化，如表 2-1 所示。其型号由四部分组成：第一部分为类型代号，YZ 为分离式，HYZ 为组合式；第二部分为阿拉伯数字，分子表示压力油罐的总容积(m^3),分母表示压力油罐的数目(无分母为一个)；第三部分为阿拉伯数字，表示油压装置的额定油压(MPa)；第四部分为制造厂代号和表征该产品特性或系列代号及改型产品，由各厂自行规定，如无制造厂代号，则表示产品是按统一设计图样生产。

表 2-1　油压装置标准规格

分离式	YZ-1、YZ-1.6、YZ-2.5、YZ-4、YZ-6、YZ-8、YZ-10、YZ-12.5 YZ-16/2、YZ-20/2
组合式	HYZ-0.3、HYZ-0.6、HYZ-1.0、HYZ-1.6、HYZ-2.5、HYZ-4.0

例如，HYZ-4-2.5 为组合式油压装置，压力油罐容积为 4 m^3，一个压力罐，额定油压为 2.5 MPa。

又如，YZ-20/2-4.0-02 为分离式油压装置，压力油罐总容积为 20 m^3，两个 10 m^3 压力油罐，额定油压为 4.0 MPa，为统一设计 02 系列产品。

二、YT 小型调速器油压装置的组成

YT 小型调速器的油压装置是由压力油罐 1、回油箱 12、中间油罐 3、螺杆油泵 7、补气阀 5、安全阀 4 等组成，如图 2-20 所示。

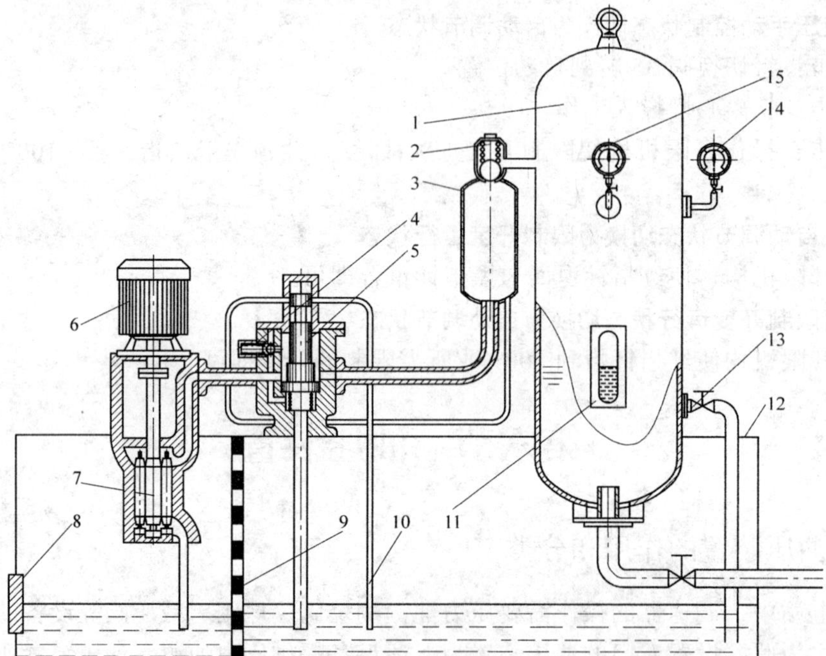

1—压力油罐；2—止回阀；3—中间油罐；4—安全阀；5—补气阀；6—油泵电机；
7—螺杆油泵；8—油位标尺；9—滤网；10—吸油管；11—油位计；
12—回油箱；13—阀门；14—压力信号器；15—电接点压力表

图 2-20　YT 小型调速器油压装置

压力油罐是一个圆筒形两端封闭的容器，内存压缩空气(占油罐总容积的 2/3)和透平油(占油罐总容积的 1/3)，在高压压缩空气的作用下，压力油罐里的油产生巨大的能量去

操作机组或其他液压设备。

回油箱是储存无压力油的箱形容器，用以收集调速器的回油和漏油。油箱里面装有滤网，把整个油箱分隔成回油区和净油区，为油泵提供清洁的油源。油泵、压力油罐均装在它的上面。

中间油罐与补气阀是 YT 小型调速器油压装置的独特结构，它们与油泵联合工作，自动完成向压力油罐供油和补气的任务，并维持压力油罐内正常的油气比(1∶2)。

安全阀的作用是保证压力油罐内的油压不超过允许的最高压力，防止油泵过载和确保压力油罐的安全。当压力超过允许值时，安全阀自动打开，将油排回回油箱。止回阀的作用是防止油泵停转时压力油罐内的压力油倒流。

三、螺杆油泵的结构原理

螺杆油泵效率高、噪音低、运转平稳、寿命长，是各种油压装置广泛采用的泵型。它的作用就是用来将回油箱内的油抽到压力油罐，保证调速器和其他液压设备的用油。

螺杆油泵的结构如图 2-21 所示，它由泵壳 1、衬套 2、主动螺杆 3 和从动螺杆 4 等组成。其中核心部件是主动螺杆(1 根)和从动螺杆(2 根)。主动螺杆的一端往上伸出与电动机轴连接，两根从动螺杆具有与主动螺杆螺距一样但方向相反的螺纹。3 根螺杆互相啮合，并与衬套配合，均匀地保持着微小的间隙，以保证油泵工作时压力腔与吸入腔完全分开。

螺杆泵的压力腔经补气阀与中间油罐连接，而吸入腔经吸油管与回油箱的净油区相连。当电动机带动主动螺杆转动时，两侧的从动螺杆随之转动，油在主、从动螺杆的密闭的啮合空间及螺杆与衬套的配合空间内不断上升，由吸入腔被挤压到压力腔，然后经补气阀、中间油罐送入压力油罐。

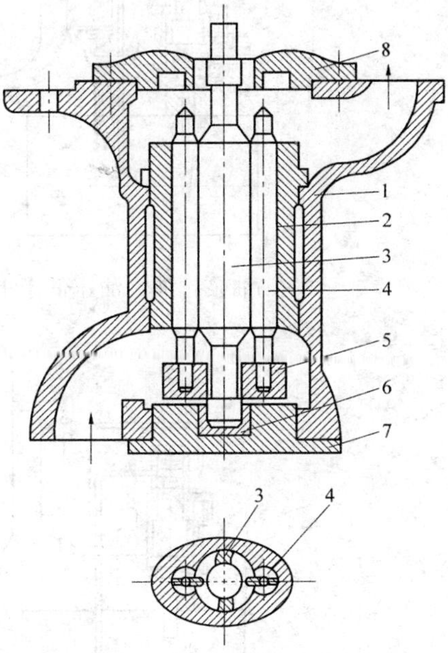

1—泵壳；2—衬套；3—主动螺杆；4—从动螺杆；5、6—推力轴承套；7—下盖；8—上盖

图 2-21 螺杆油泵结构

四、补气阀的结构与工作原理

YT 小型调速器油压装置补气阀的结构如图 2-22 所示，由铸铁阀体 12、阀塞 9、弹簧 14 等零件组成，阀体一侧通油泵的压力腔，另一侧通向中间油罐，下部接回油管通回油箱，阀盖 8 两侧有孔接吸气管。

补气阀与中间油罐组成自动补气装置，下面介绍这一装置的自动补气原理。

自动补气装置的补气过程如图 2-23 所示，整个过程可分为 4 个时段。

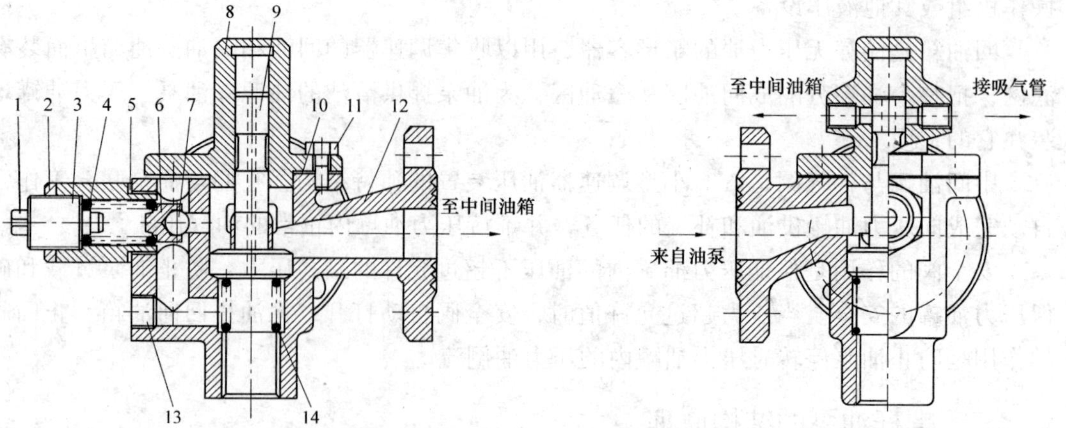

1—调整螺堵；2—锁紧螺母；3—安全阀体；4、14—弹簧；5、10—垫；6—弹簧托；
7—钢球；8—阀盖；9—补气阀塞；11—螺栓；12—阀体；13—螺堵

图 2-22　YT 小型调速器油压装置补气阀结构

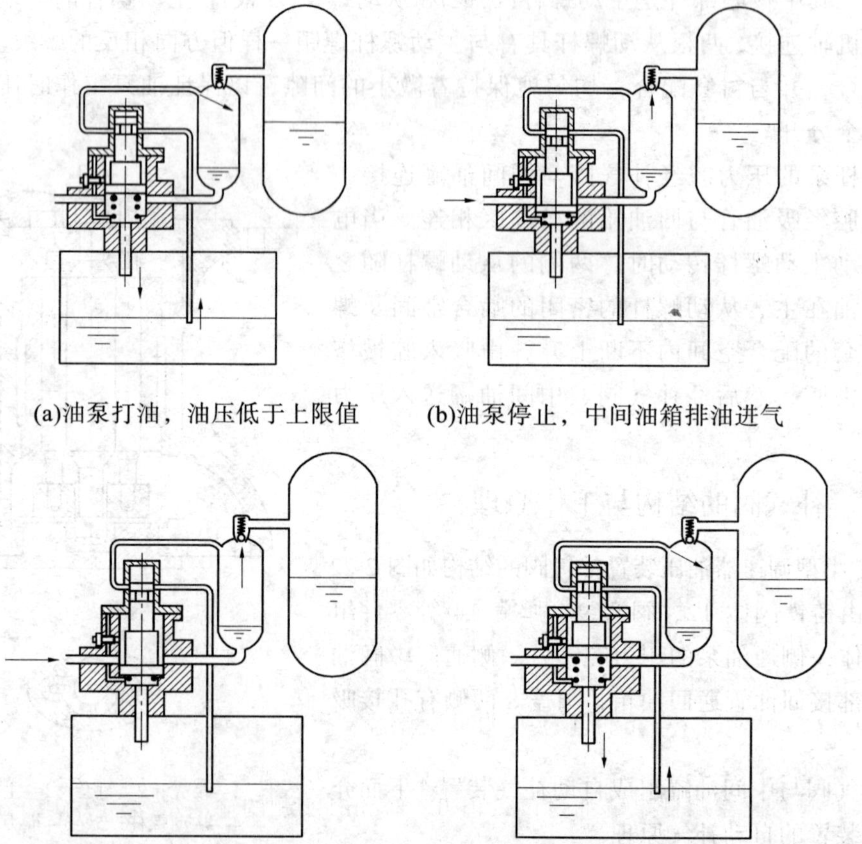

(a)油泵打油，油压低于上限值　(b)油泵停止，中间油箱排油进气

(c)中间油箱储气，油压高于下限值　(d)油泵启动打油，空气先压缩后充入

图 2-23　自动补气过程

第一时段：当压力油罐中的油压下降到工作油压的下限值时，油泵打油，压力油进入阀体，并将阀塞压下，弹簧受压，阀塞的上阀盘堵住阀盖两侧孔口，中间油罐与大气隔绝，如图 2-23(a)所示。

第二时段：当油压升到工作油压的上限值时，油泵停止打油，补气阀阀塞上的油压消失，在弹簧反力作用下阀塞上移，阀盖两侧孔口打开，中间油罐因与吸气管接通而进气排油，如图 2-23(b)所示。

第三时段：中间油罐排油完毕，储存了一箱空气，但此时压力油罐油压尚未降至工作油压的下限值，油泵不启动，如图 2-23(c)所示。

第四时段：当油压降至工作油压的下限值时，油泵启动打油，压力油进入中间油罐，空气被压缩。随着压力的提高，止回阀被打开，压缩空气，压力油先后进入压力油罐，如图 2-23(d)所示。

为实现压力油罐内油气的正常比例，可通过调整吸气管口的位置来解决。当管口淹没在油面下时，油泵停止后中间油罐内不能吸入空气，油泵的启动便是充油不补气。当管口露在油面上时，油泵停止后中间油泵的启动便是先补气后补油。

上述补气装置还可用于压力油罐的首次充气，以建立正常的工作压力和油气比，这就为小型水电站取消高压压缩空气系统提供了条件。首次充气的工作原理与正常运行中自动补气是一样的。不过，用补气阀完成这一工作，需要不断地启动和停止油泵，而且要花费 6~8 h，对于有空气压缩机的水电站，往往不用这种方法。

五、安全阀的结构与工作原理

如图 2-22 所示，安全阀由阀体 3、钢球 7、弹簧托 6、弹簧 4、调整螺堵 1 等组成。正常情况下，钢球在弹簧力作用下紧压在阀体的排油孔上。如果油泵因故未能停止打油，油压上升，当油压超过弹簧反力时，钢球左移，油孔打开，油泵的输油量全部从此油孔排走，确保压力油罐的安全。至于安全阀的动作压力，可通过调整螺堵改变弹簧预压力来调整。

六、油压装置的调整试验

(一)油泵试验

1. 运转试验

油泵的启动和运行都应平稳、无杂音；轴承温度不得高于 60 ℃；油温不得高于 50 ℃；泵壳的振动幅值应小于 0.05 mm。运转试验时先启动油泵并在空载状态运行 1 h，然后逐步提高油压，分别在额定油压 25%、50%、75%下运行 10 min，最后在额定油压下运行 1 h。停机后进行拆卸检查，零部件不应有明显变化。

2. 输油量测定

YT 小型调速器螺杆泵输油量设计值 0.7 L/min，实测的输油量(额定油压下)应不小于设计值。实测时，若压力油罐内压力、温度都符合规定范围，启动油泵送油，记录压力油罐油面上升的高度 h(mm)和所用的时间 t(s)，从结构图查出压力油罐的内径 D(mm)，则油泵的输油量为

$$Q=\frac{0.785\ 4D^2h}{t\times10^6}\quad (\text{L/s}) \tag{2-12}$$

试验应重复 3 次，取平均值作为实测输油量。

(二)安全阀调整试验

安全阀应在规定的压力适时开启或关闭，并且不产生过大的噪音。试验时启动油泵向压力油罐供油，达到工作油压上限后继续供油。调整安全阀螺堵，使油压升至工作油压上限以上 2%时安全阀开始排油，油压达到上限以上 16%前，安全阀应全部开启，压力油罐内油压不再升高；反之，油压低于工作油压下限以前，安全阀应完全关闭。为确保安全阀动作可靠，调整试验应反复多次。

(三)压力信号器的整定

压力信号器或接点压力表对油泵启、停的控制应当正确、可靠，应保证压力油罐工作油压在规定的范围内。

1. 整定油泵启动压力

将油泵电动机置于“自动”状态，打开压力油罐排油阀慢慢排油，当油压下降至油泵启动时，记录压力值并与规定的下限油压比较，若不相符，则调整压力信号器的触点位置，直至启动油压等于规定的下限值。

2. 整定油泵停止压力

调整压力信号器的另一对触点，使油泵启动后压力油罐压力升至规定的上限值时油泵自动停止。

油泵启动和停止压力的整定，也往往要反复进行。

3. 整定事故低油压

事故低油压是事故状态下接力器能够动作导水机构的最低油压，应根据机组的具体情况整定。整定时，停止油泵，用排油阀慢慢排油，当油压降至事故低油压时压力信号器应发出相应信号。

另外，对有两台油泵的油压装置，还须整定备用泵的启、停压力，方法同前述，而且应检查主动油泵与备用油泵相互切换的情况。

(四)压力油罐的耐压及渗漏试验

1. 耐压试验

为了检查压力油罐在运输和安装过程中有无损坏，要求在安装好后用 1.25 倍额定油压试压 10 min，压力油罐应无渗漏，罐内压力应无明显下降。试验时先将压力油罐顶部的排气螺堵拆下，换装一段油管，再启动油泵使压力油罐注满透平油(顶部油管排油为止)，然后关闭各阀门，用试压泵从加装的管道向压力油罐输油加压，压力升至试验压力后保持 10 min，用 0.5 kg 的手锤在罐身焊缝周围 50 mm 内轻轻敲击，检查有无渗漏现象。

2. 渗漏试验

压力油罐及其附件应有良好的密封性能，一般要求在额定油压和正常油位的情况下，8 h 内罐内压力下降不超过 0.1 ~ 0.2 MPa。试验时使压力油罐达到额定油压和正常油位，关闭各阀门并记录压力和油面高度，8 h 后检查油压、油位的变化情况。

本章小结

本章以 YT-6000 型机械液压调速器为例介绍了机械液压调速器主要元件的结构组成、运动方程式、工作特性和系统工作原理等。

离心摆的主要作用是将机组转速偏差信号按比例转换成转动套位移信号，并传递给引导阀。在稳定状态下，离心摆的输出量转动套位移与输入量转速偏差是成比例的，这就是离心摆静态方程式，可用静特性曲线表示。此外，还要弄清楚 K_f、δ_F、i_{xF} 等参数的含义和通过静特性试验测取的方法。

对于 YT 小型机械液压调速器的液压放大机构主要介绍了元件组成、结构原理和工作特性等。在学习过程中，要抓住两级放大这一主线，从结构入手弄清元件的结构、工作原理和特性等。具体来说，第一级放大由引导阀和辅助接力器构成，其中，引导阀的作用是将位移信号转变成中排孔的油压变化去控制辅助接力器的动作；辅助接力器的作用是利用油压的变化去控制主配压阀的动作，其输出量与输入量成正比。第二级放大由主配压阀与主接力器组成，其结构原理与第一级类似，主接力器是调速器的执行元件。从理论上讲，主接力器的运动速度与主配压阀的行程成正比，但是由于遮程、油流阻力、导水机构阻力的存在，其速度特性并非直线。此外，应掌握 T_q、T_f 的意义和调整方法以及对水轮机运行特性的影响。

反馈元件包括硬反馈机构(局部反馈和调差机构)、软反馈装置(缓冲装置)。局部反馈的作用是接受辅助接力器的位移信号，保持引导阀的平衡，使辅助接力器按比例追随转动套动作。调差机构的主要作用是实现机组有差调节，保证并网运行机组合理分配负荷。各台机组承担变动负荷的大小与永态转差系数 b_p 有关，应掌握其调整方法。缓冲装置是调速器稳定运行的主要元件，除掌握它的结构、工作原理、运动方程式和回复特性外，对缓冲装置特性试验、分析以及 T_d 值的调整方法也应熟悉。

控制元件包括转速调整机构、开度限制机构、手自动切换阀与滤油器、紧急停机电磁阀。转速调整机构主要用于单机运行时改变机组转速，并网运行时调整机组负荷。开度限制机构有两个作用：一是在特定工况下，限制导叶开度在一定的范围内调节；二是开停机操作。上述两种元件除应弄清楚结构、工作原理外，还应会操作。手自动切换阀用于机组手动操作和自动操作的切换；滤油器用于过滤油中的杂质；紧急停机电磁阀用于事故情况下紧急停机。

在上述知识的基础上，分析了 YT-6000 型调速器的整机工作原理，包括机组的启动、运行机组的调节、机组转速与负荷的调整、机组的停机和运行方式的调整。

最后，讲述了油压装置的作用、结构组成以及调整试验等。

复习思考题

2-1 熟悉菱形钢带式离心摆的结构。离心摆有何作用？什么是离心摆的静特性？它应符合哪方面的技术要求？

2-2 YT小型调速器第一级液压放大机构由什么构成？各构成元件有何作用？结构上有何特点？叙述作用原理。

2-3 第二级液压放大机构由什么构成？各元件有何作用？结构上有何特点？叙述作用原理。

2-4 主接力器的关闭规律如何？什么是接力器的最短关闭时间？它有何重要意义？如何整定？

2-5 局部反馈机构、硬反馈机构、软反馈机构各有何作用？各自的组成结构怎样？它们的反馈信号有何特点？

2-6 永态转差系数、暂态转差系数对调节有何影响？如何调整？

2-7 试述YT小型调速器缓冲装置的结构和动作原理。

2-8 缓冲装置的回复特性曲线是什么规律？什么是缓冲时间常数？如何调整？若上下曲线不对称，应如何调整？

2-9 转速调整机构有什么作用？转差表指示值表示什么意义？

2-10 开度限制机构起什么作用？开度表上红、黑指针各表示什么开度？试说明实际开度分别在小于、等于和大于限制开度时，开限阀所处的状态。

2-11 切换阀、滤油器、紧急停机电磁阀各有何作用？

2-12 在“自动”或“手动”位置时，切换阀是如何控制调速器油路的？

2-13 根据图2-1，试简述YT小型机械液压型调速器开、停机动作原理。

2-14 根据图2-1，试简述YT小型机械液压型调速器负荷增减的操作及动作原理。

2-15 调速器各种运行方式之间的切换是如何操作的？

2-16 什么是调速器的静特性？静特性应符合哪些技术要求？

2-17 调速器油压装置有何作用？它由哪些部件构成？各有何作用？说明其自动补气原理。

第三章　电气液压型调速器

第一节　概　述

电力系统的日益发展和高水头大容量的水轮发电机组的出现，对电站运行和自动化程度提出了新的要求，也对调速器提出了更高的要求。20 世纪 40 年代，在瑞典出现了电气液压型调速器，简称电液调速器，它随着电子技术科学的发展，先后经历了电子管、晶体管、集成电路三个时期。目前，我国新建的水电站大都采用微机调速器。

电液调速器与机械液压型调速器相比，其主要优点为：

(1)具有较高的精确度和灵敏度。电液调速器的转速死区通常为 0.05%～0.1%，而机械调速器则为 0.15%～0.2%。当转速或指令信号按规定型式变化时，电液调速器的接力器不动时间不大于 0.2 s，而机械调速器不大于 0.3 s。

(2)制造成本低。因采用了廉价的半导体元件组成的电气回路代替了较难制造的离心摆、缓冲器等机械元件，从而减少了制造成本。

(3)易于实现各种参数(水头、流量、负荷分配等)的综合，便于实现成组调节。同时，便于增设一些辅助性的调节回路，如微分回路等，以改善调节品质，为电站的经济运行、自动化水平及调节品质的提高提供了有利条件。

(4)能迅速可靠地实现各种调节参数的调整和运行方式的切换，如空载、负载参数的切换等。

(5)便于标准化、系列化，也便于实现单元组合化，有利于调速器的生产制造质量的提高。

电液调速器由电气和机械液压两部分组成。电气部分以一些电气回路取代机械调速器中的离心摆、缓冲器和硬反馈机构，形成调速器的调节规律，并将这些电气回路输出的信号加以放大；机械液压部分仍由引导阀、中间接力器、主配压阀和接力器等组成。电液调速器增加了电液转换器，其作用是将综合放大后的电气信号转换成有一定压力的流量信号送入机械液压系统，去控制导水机构。

下面以 YDT-1800A 型电液调速器为例，介绍电液调速器和机械调速器的对应部件，其原理框图如图 3-1 所示。

一、电气部分

(一)测频回路

测频回路相当于机调中的离心摆，对机组频率起测量作用。它接受电压互感器送来的频率变化信号，并将频率变化信号转化成具有一定量值和一定方向的直流电压。

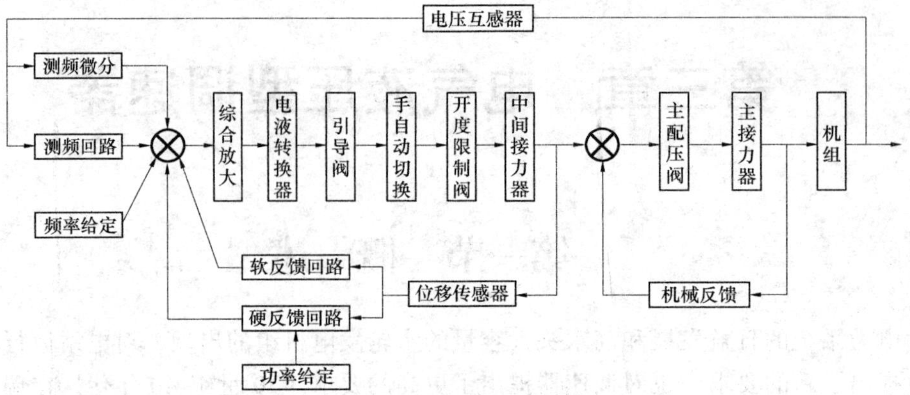

图 3-1　YDT-1800A 型电液调速器原理框图

(二)频率给定回路

频率给定回路提供一个人为控制的直流电压，与测频回路输出的直流电压信号叠加，用来改变调速器的整定频率，调整机组的转速或负荷。它相当于机械液压型调速器中离心摆的调整螺母和转速调整机构的作用。由运行人员通过频率给定回路发出给定的调节指令，机组并网运行时，用来调整机组所带负荷；单机带负荷运行时，用来调整机组的转速。

(三)功率给定回路和硬反馈回路

功率给定回路的作用是要获得一个代表给定导叶开度为 0～100%的可调电压，与在不同导叶开度时的导叶位置反馈电压作比较，达到调整机组转速或负荷的目的，这样即使机组在不同开度(功率)下，也可按给定频率稳定运行。在某些电液调速器中将功率给定与频率给定合并成一个回路，称功频给定回路。

硬反馈回路又称永态转差回路，它通过位移传感器与接力器相连接，在接力器活塞移动距离一定时，输出一个与之对应的直流电压，以抵消或减弱测频信号的作用。硬反馈回路的作用与机械液压型调速器中调差机构的作用相同，决定调速器的静特性斜率。

(四)软反馈回路

在机调中，为了获得所需的调节规律，在反馈机构中设置了软反馈元件缓冲器，它根据接力器的位移不断地校正输入引导阀的调节信号，以使调节系统具有预期的动态特性。与此相对应，在电液调速器中则采用软反馈回路(又称暂态转差回路)来完成同样的作用。软反馈回路经过位移传感器与接力器相连接，在接力器开度变化时输出一个按指数规律衰减的直流电压，以抵消或减弱测频信号，起到软反馈的作用。

在机械液压型调速器中，要实现 PID 调节规律是很困难的。而电液调速器要反映机组的加速度则较方便，采用一个微分电路对频率信号进行微分就可以了。实现这一目的的回路称测频微分回路。它的输出信号也是对调节信号的一种校正。它与测频回路的输出信号进行叠加后再进行放大，从而形成 PID 调节规律。

可见，软反馈回路和测频微分回路都是用来对调节信号进行校正的，因此又统称为校正回路。

(五)综合放大回路

在机械液压型调速器中，离心摆、硬反馈、软反馈等调节信号，以位移变化的形式通过杠杆进行综合叠加。在电液调速器中，测频信号、硬反馈与软反馈信号及其他指令信号，则以电压变化的形式用综合放大回路进行综合。此外，上述调节信号是十分微弱的，这种微弱的信号不足以推动电液转换器，因此也必须利用综合放大回路进行放大。

另外，YDT-1800A 型电液调速器的电气部分还设有无信号关机保护电路、故障检测及运行参数测量电路、电源和自动操作回路等。

二、机械液压部分

(一)电液转换器和位移传感器

电液转换器和位移传感器是电气部分与液压部分之间的信号转换者。电液转换器将电气部分输出的直流电流按比例转变成机械位移，从而带动控制滑阀，控制液压机构动作，而位移传感器则把接力器的位移方向和大小按比例关系转换成相应的直流电压，使硬、软反馈回路工作。

(二)液压放大机构

YDT 型电液调速器的液压放大机构，包括中间接力器、主配压阀、主接力器以及传动杠杆等，是调速器的执行机构，其作用和结构与 YT 型调速器类似。

(三)操作控制机构

YDT 型电液调速器采用了机械型的开度限制机构，还配有手动自动切换阀、紧急停机电磁阀等操作控制元件。它们的作用和结构都与 YT 型调速器类似。

第二节　测频回路

机械液压型调速器采用离心摆测量机组频率(转速)与额定频率(转速)的偏差来反映机组转速的变化，电液调速器则采用测频回路。测频回路按所取信号源和模拟数字电路的不同，大致有 4 种典型的型式：一是输入信号取自永磁发电机的所谓永磁机—LC 测频回路；二是输入信号取自发电机电压互感器的所谓发电机残压—脉冲频率测量回路；三是输入信号取自磁性传感器的所谓齿盘、磁头—脉冲频率测量回路；四是输入信号取自发电机电压互感器的所谓发电机残压—脉冲频率数字测频回路。

电液调速器工作的好坏，很大程度上取决于起主导作用的测频回路。因此，要求测频回路的静特性(即输出电压与机组频率的关系)在一定范围内保持良好的线性关系；当机组负荷变化时，能输出反映机组频率变化大小和极性的电压信号，而且工作性能稳定，抗干扰能力强，转速死区小于设计规定；电路简单可靠。

鉴于第二种测频回路在电液调速器上得到广泛应用，因此本节着重讨论第二种型式测频回路的工作原理。

发电机残压—脉冲频率测量回路一般简称为残压测频回路，其信号源取自发电机的电压互感器。当发电机为额定电压时，电压互感器输出为 100 V，当发电机没有励磁时，因发电机有剩磁而造成的残压也能使电压互感器有 0.7 ~ 2 V 的电压输出，其频率与机组频率相同。因而，残压测频回路应保证其输入信号电压在电压互感器的电压输出范围内都能正常工作。YDT-1800A 型调速器残压测频回路输入信号电压的范围为 0.5 ~ 100 V。

一、脉冲测频原理

实现频率—电压变换，最容易的方法是脉冲频率调制(PFM)法。这种方法的基本点是在固定脉冲宽度的前提下，当脉冲频率产生变化时，其输出电压的大小与频率成正比变化，可用如图 3-2 所示的原理框图和波形图作扼要说明。脉宽定时电路把输入信号的脉冲电压 U 变换成恒定脉宽信号 U_P，低通滤波器的输出电压 U_f 等于脉冲电压 U_P 的平均值，而 U_P 的平均值为

$$U_f=\overline{U}_P=\frac{1}{T}\int_0^T U_P\,\mathrm{d}t=\frac{1}{T}\int_0^{T_P} U_{PM}\,\mathrm{d}t=\frac{1}{T}U_{PM}T_P=U_{PM}T_P f$$

其中，U_{PM} 为 U_P 的幅值，T_P 是 U_P 的脉宽，这两者都为常数，$f(=\frac{1}{T})$是输入信号频率，因此 U_f 与频率 f 成正比。

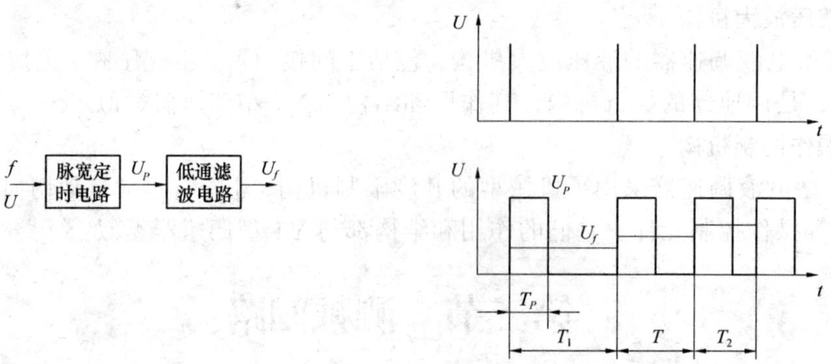

(a)原理框图　　(b)波形图

图 3-2　频率—电压变换原理图

从上述分析可以看出，高精度的脉宽定时和稳定的脉冲电压幅度是频率—电压变换的关键。

发电机残压—脉冲频率测量回路，就是以此电路为核心，添加整形电路、微分倍频电路、脉冲电路等辅助电路，以解决诸如正弦波与方波的变换及使 f=50 Hz 时电压为零的问题。

二、YDT-1800A 型调速器的脉冲测频回路

(一)测频回路的组成

YDT-1800A 型电液调速器的残压—脉冲测频回路原理框图如图 3-3(a)所示。整个回路由频率信号整形电路、控制脉冲发生器电路、取样控制电路、函数发生器电路、记忆放大电路、比例—微分电路等组成。

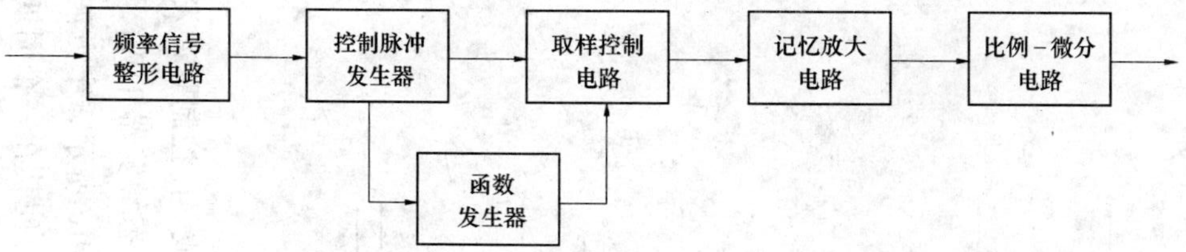

(a) 原理框图

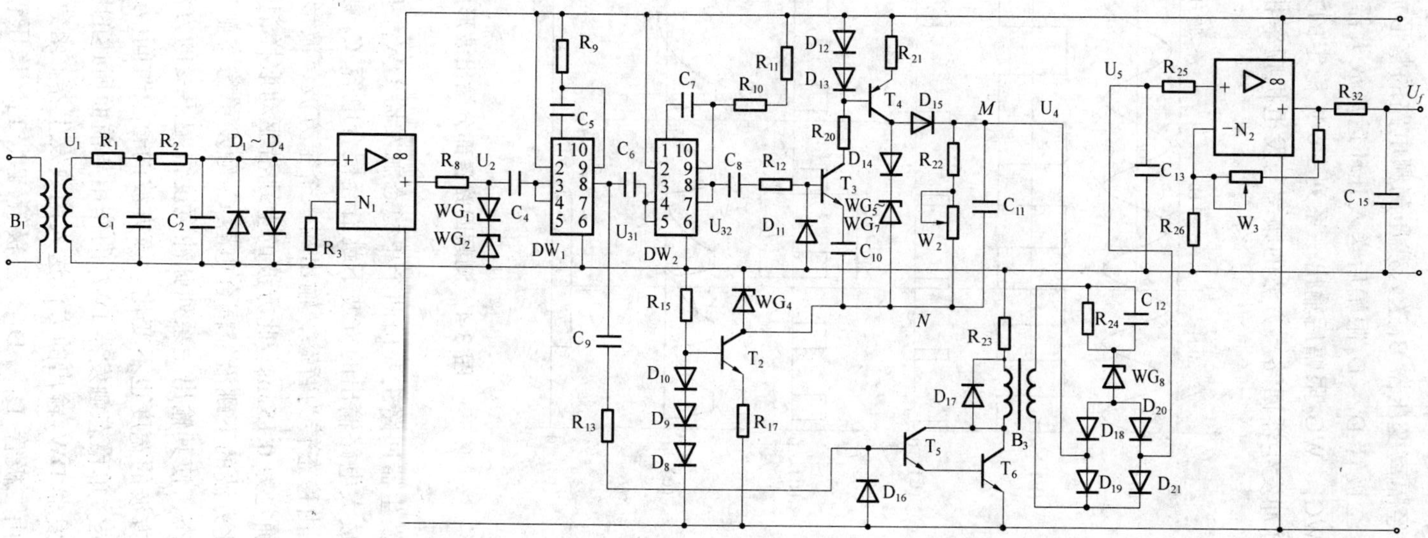

(b) 线路图

图 3-3　YDT-1800A 型调速器的残压—脉冲测频回路

(二)测频回路的工作原理

机组的频率信号由发电机电压互感器取得，它是一个正弦波电压信号，波形如图 3-4(a)所示，经隔离变压器 B_1 送入残压测频电路的整形放大电路。输入信号电压经双T 型 RC 滤波、二极管 $D_1 \sim D_4$ 限幅后送入开环运算放大器 N_1 的同相输入端放大整形，经稳压二极管 WG_1、WG_2 限幅后输出一系列 ±6 V 稳定的方波电压，波形如图 3-4(b)所示，送往控制脉冲发生器回路。方波的频率与发电机频率相同。

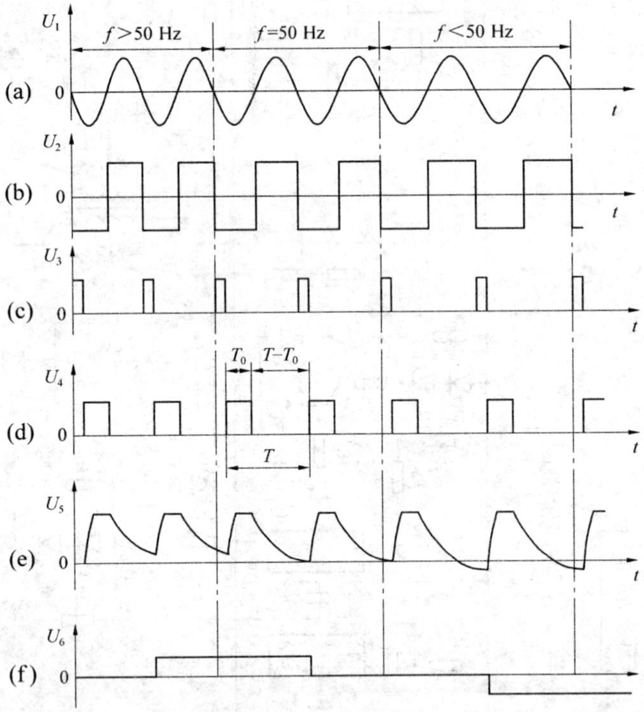

图 3-4　测频回路各部分输出波形图

控制脉冲发生器回路主要由两个单稳态触发器 DW_1、DW_2 构成。在控制脉冲发生器回路中，整形放大电路输出的方波下跳沿经耦合电容 C_4 触发单稳态触发器 DW_1，单稳态触发器 DW_1 由稳态转为暂态，输出端一个窄方波，波形如图 3-4(c)所示，窄方波的宽度由 R_9 和 C_5 确定为 0.15 ms。此方波的上跳沿驱动取样记忆电路，使其在一个周期内取样工作一次。此方波的下跳沿经耦合电容 C_6 触发单稳态触发器 DW_2，单稳态触发器 DW_2 由稳态转为暂态，使其输出一系列脉冲宽度恒定不变的方波，波形如图 3-4(d)所示，即周期变化时正方波的宽度也不变化。该方波的暂稳时间(方波的宽度)T_0 由 R_{10}、R_{11} 和 C_7 决定，为 10 ms。单稳态触发器 DW_2 的作用与前面所述的脉宽定时电路的功能相同。

单稳态触发器 DW_2 输出的方波送入函数发生器。函数发生器有两部分电路：一是恒流开关电路，由二极管 D_{12}、D_{13}，三极管 T_3、T_4，稳压管 $WG_5 \sim WG_7$，电阻 R_{20}、R_{21} 等构成，主要作用是向电容充放电电路提供一个恒定的输入电压；二是 RC 充放电回路，由 C_{11}、R_{22}、W_2 等构成，它就是前面所述的低通滤波器。在恒流开关电路中，三极管

T_3总是处于导通状态。稳压管 WG_4 使电容 C_{11} 的下端电位保持恒定，N 点对零电位为一准确的负电位(–6 V)，从而向 U_M 提供一个基准比较电压，当 $f=f_r=50$ Hz 时，U_M 对地电压为零。C_{11} 上端的电位则取决于三极管 T_3 和 T_4 的工作状态。由 DW_2 输出的方波控制三极管 T_3 和 T_4 的导通与截止。当 DW_2 输出的正方波信号经耦合电容 C_8、电阻 R_{12} 加于三极管 T_3 的基极时，三极管 T_3、T_4 导通。二极管 D_{12}、D_{13} 的作用是使三极管 T_4 的基极电位恒定，集电极电流为恒流。恒流又经 D_{15} 向电容 C_{11} 充电，当 M 点电位达到稳压管 WG_5 ~ WG_7 串联后的稳压电位时，稳压管击穿，恒流又经二极管 D_{14} 送入 WG_5 ~ WG_7，从而使 M 点对零电位为一准确的正电位(12 V)。由于电容 C_{11} 的容量较小，故电容 C_{11} 两端的电压在远小于 10 ms 的时间内便充到了一个精确恒定的电压 U_{MN}，并维持到方波消失时止。其幅值为

$$U_{MN}=E=U_M-U_N=12-(-6)=18(\text{V})$$

当单稳态触发器 DW_2 输出为零时，经二极管 D_{11} 旁路，送入 T_3 基极只有一个很低的负电压(即 D_{11} 的导通电压)。这时三极管 T_3 和 T_4 截止。电容 C_{11} 经 R_{22} 和 W_2 放电，这样就使电容 C_{11} 在一个周期充放电各一次，且不论输入信号的频率高低，每次放电均由恒定电压 E 开始，放电电压曲线为指数衰减规律的函数曲线。C_{11} 上端电压波形如图 3-4(e) 所示。由于 DW_2 输出的正方波宽度 T_0 是恒定的，因此 C_{11} 放电的时间为 $T-T_0$。T 为机组频率信号的周期，所以在放电结束时刻(即每一周期末)电容 C_{11} 上端的电压 U_M 与机组频率或频差有关。其表达式如下：

$$U_M=E\,\mathrm{e}^{-\frac{T-T_0}{R_{22}+W_2}}=E\,\mathrm{e}^{\frac{T_0}{R_{22}+W_2}}\,\mathrm{e}^{\frac{-T}{R_{22}+W_2}}$$

令 $U=E\,\mathrm{e}^{\frac{T_0}{R_{22}+W_2}}$，由 $f=\dfrac{1}{T}$ 得：

$$U_M=U\,\mathrm{e}^{-\frac{1}{(R_{22}+W_2)f}}$$

由上式可见，随频率 f 的增加，周期 T 缩短，电容 C_{11} 放电的时间变短，每一周期末的输出电压 U_M 升高，反之，则输出电压 U_M 变低，故可取每一周期末的瞬时电压作为测频信号电压，送往下一电路。此外，在一个周期内将电容 C_{11} 的放电起始时间延迟了 T_0，与从零时刻开始相比，函数发生器在一个周期末的输出电压有所提高，起到了提高测频比例度的作用。

为了使电容 C_{11} 上端的电压与频率偏差成正比，在 50 Hz 附近具有较好的线性度，按 $\dfrac{\mathrm{d}^2U_M}{\mathrm{d}f^2}=0$ 设计有关电路的参数，并在 $f=f_r=50$ Hz 时，调整电位器 W_2 使输出 $U_M=0$，于是有：

$$\Delta U_M=K_f'\Delta f$$

即在机组频率为 50 Hz 时该电压为零；频差为正时，该电压也为正；频差为负时，该电压也为负。

取样记忆电路由脉冲变压器 B_3、稳压管 WG_8、二极管 D_{18} ~ D_{21}、取样记忆电容 C_{13}

构成。C_9为隔直耦合电容，R_{13}为限流电阻，R_{24}、C_{12}用于改善稳压管WG_8的开关特性。脉冲功率放大电路由T_5、T_6、B_3、D_{16}、D_{17}和R_{23}组成。其作用是提高脉冲电压的幅值和增大输出功率。电路中D_{17}是脉冲变压器初级的消能回路，即起消除反电势的作用。D_{16}作为C_4在T_5、T_6截止时的放电回路，使T_5、T_6可靠截止。

在DW_1输出的窄方波作用下，取样记忆电路的T_5和T_6导通，脉冲变压器B_3原边接通电流，在其副边感应了一个脉冲电压，使稳压管WG_8击穿，$D_{18}\sim D_{21}$导通，于是C_{11}上端的电位传至C_{13}的上端。当M点电位为正时，M点的电位信号经二极管D_{19}、脉冲变压器B_3、稳压管WG_8、二极管D_{20}迅速传至记忆电容C_{13}，即C_{11}向C_{13}充电。当M点电位为负时，M点的电位信号经二极管D_{18}、稳压管WG_8、脉冲变压器B_3、二极管D_{21}迅速传至记忆电容C_{13}，即C_{13}向C_{11}充电。由于C_{13}的电容量比C_{11}小得多，它的充电对C_{11}上端的电位影响很小。不论是C_{11}向C_{13}充电，还是C_{13}向C_{11}充电，都是使C_{13}上的电位U_5立即变为U_M，即$U_5=U_M$。在DW_1没有输出窄方波的其他时刻，三极管T_5和T_6截止，脉冲变压器B_3原边无电流通过，副边无感应电压。这时WG_8不击穿，$D_{18}\sim D_{21}$不导通，隔绝了C_{11}和C_{13}的联系。电容C_{13}上端保持了原来C_{11}传给它的电位，仿佛记住了这个电位，故称C_{13}为“记忆电容”。C_{13}所记忆的电位正好是放电结束时刻(即每一周期末)C_{11}上端的电压。这样C_{11}在一个周期内采样一次、记忆一次，C_{13}上端电位的变化就反映了频率的变化。

阻抗变换放大回路是由N_2和电阻构成的同相放大器。记忆电容C_{13}记忆的电压送入由N_2等组成的阻抗变换和放大电路，因运算放大器的输入阻抗为几百兆欧，电容C_{13}通过运算放大器的输入阻抗放电就非常慢，从而保证了取样电压U_5在采样后的一周期内是恒定的。

这种残压测频回路在输入信号的一个周期内取样记忆一次，而不存在高频交流分量，故无须滤波。因此，测频回路的输出电压对频率变化的反应速度快，滞后时间短，一个周期(20 ms左右)便能改变一次测量结果。其运动方程很接近比例特性，即

$$\Delta U_f = K_f \Delta f \tag{3-1}$$

其静特性曲线在额定频率的±10%范围内，基本上是一条直线，最大非线性度为1.25%；测频比例度为0.8 V/Hz。当f=50 Hz时，$\Delta f = f - f_r = 0$，$U_f = 0$，接力器不动作；当$f>$50 Hz时，$\Delta f = f - f_r > 0$，$\Delta U_f > 0$，为减小导叶开度的信号；当$f<$50 Hz时，其结论与$f>$50 Hz时相反。

因调零电位器W_2仅根据频率为50 Hz时输出U_f为零调整电位，于是YDT-1800A型调速器还单独设置了一个如图3-5(a)所示的频率给定回路，调整给定频率。该频率给定回路主要由三极管T_1、T_2，二极管$D_5\sim D_{10}$，稳压管WG_3、WG_4组成。因三极管T_1、T_2的基极分别通过3个串联二极管与电源相联，三极管T_1、T_2基极至发射极的压差相同而且固定，可见两管为工作点稳定的单级放大器。只要接入±15 V的电源电压，它们便处于导通状态，有恒流输入稳压管WG_3、WG_4，使之击穿导通。由于它们的稳压值均为6 V，两管之间的A点接地，电位为零，于是形成了±6 V的稳压电源，加在R_{18}、W_1、R_{19}两端。由W_1的活动触头取电压U_z作为频率给定信号电压，经电阻送入综合运算放大器。

如图 3-5(b)所示，在给定频率 $f=50$ Hz 时，整定电位器 W_1 使 $U_z=0$，测频回路静特性曲线仍处于原实线处；若要使给定频率 $f>50$ Hz，则移动 W_1 的活动触头使 $U_z<0$，静特性曲线相对于实线向下平移一相应距离，从而改变了频率给定值。如图 3-5(b)中虚线 2 为给定频率 $f>50$ Hz 的静特性曲线，而虚线 1 为给定频率 $f<50$ Hz 的静特性曲线。YDT-1800A 型的测频比例度为 0.8 V/Hz，因此 $U_z=\pm 0.8$ V 时，将引起稳定频率发生∓1 Hz 变化。

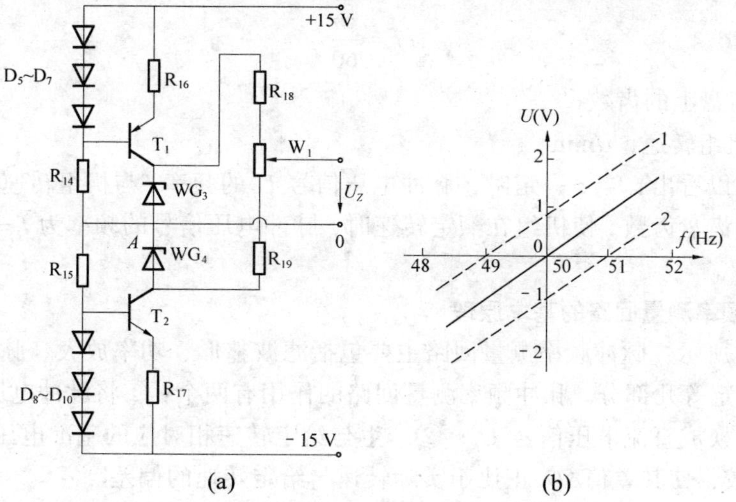

图 3-5 YDT-1800A 型调速器的频率给定回路

由于残压测频回路的信号源取自于电压互感器，不用装设造价较高的永磁发电机，测频回路在发电机正常工作和非励磁情况下均能完成测频任务。采用频率—电压转换集成电路块的测频回路，外接元件较少，可以做得比较紧凑，并具有测频范围大的优点。

三、齿盘、磁头—脉冲测频回路的基本原理

齿盘、磁头—脉冲测频回路简称齿盘测频回路，其原理框图如图 3-6 所示，该回路由齿盘、磁头、脉冲频率测量回路组成。测频回路的信号源来自于齿盘和磁头线圈产生的电脉冲信号。

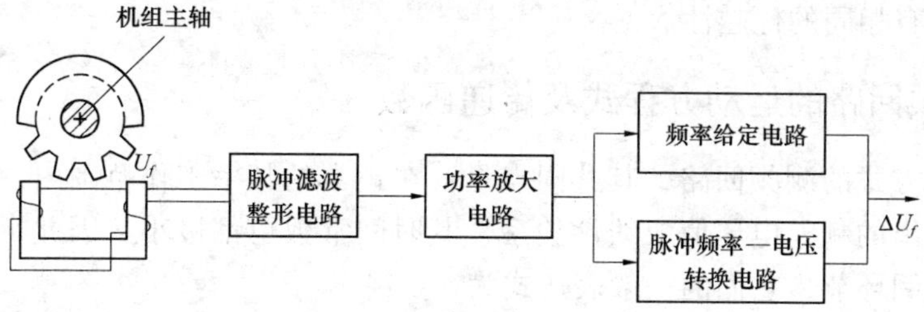

图 3-6 齿盘测频回路原理框图

(一)齿盘与磁头

齿盘、磁头的作用是产生一个频率与机组转速成正比的脉冲电压信号 U_F。钢质齿盘固定在发电机主轴上，与机组同轴旋转。磁头是一个以 U 形永久磁钢为铁芯的线圈，固

定不动。铁芯端部与齿盘外圆间隙很小。一台电液调速器通常配置一个齿盘和两个磁头。

当机组旋转时，钢质齿盘与主轴一同转动，磁头的磁路不断被齿盘上的齿凸和齿凹闭合、断开，磁头线圈中的磁通随之发生相应变化。在线圈中产生呈三角波形的感应脉冲电压 U_f，机组转速越高，线圈两端感应出的脉冲电压信号 U_f的频率就越高，其脉冲频率值由下式决定：

$$f=\frac{zn}{60}$$

式中　z——齿盘上的齿数；

　　n——机组转速，r/min。

由上式可以看出，当 z 一定时，脉冲电压信号 U_f的频率 f 与机组转速 n 成正比。选择某一确定的齿盘齿数，使机组在额定转速时，脉冲电压信号的频率为 $f_r=1\ 000$ Hz，其电压 $U\geqslant 0.5$ V。

(二)脉冲频率测量回路的基本原理

如图 3-6 所示，脉冲频率测量回路主要包括滤波整形、功率放大、脉冲频率—电压转换、频率给定等几部分。脉冲频率测量回路的作用有两个：①将脉冲电压信号 U_f的频率 f 线性地转换成直流电压信号 U_n；②产生与给定转速相对应的基准电压 U_z，并将 U_n与 U_z进行比较，使其差值ΔU_n正比于实际转速与给定转速的偏差。

$$\Delta U_f=K_f\Delta f \tag{3-2}$$

式中　K_f——测频比例度。

式(3-2)表明，齿盘测频回路输出的频差信号电压ΔU_f与机组频率偏差Δf成正比，导叶开度随Δf变化的情况与残压测频相同。齿盘测频回路的静特性曲线为一条直线。

由于频率—电压转换和频率给定回路采用了相同结构的电路，并共用同一个脉冲信号源，即使因环境温度而引起的电源电压或二极管参数有较大变化时，两电路的漂移电压也几乎相等，相减后自行抵消。因而，齿盘测频回路具有输出频差信号电压的漂移量小、测频精度高的特点。

齿盘测频除比残压测频多了一套很简单的，由齿盘、磁头组成的信号源装置之外，它与残压测频有相同的优越性。

四、测频回路的运动方程式及传递函数

不同测频方式的测频回路，其共同点是：在正常的频率工作范围内，输入频率信号与测频回路输出的频差电压值成线性关系，其时间常数也都极小。因此，可以把测频环节近似看成比例环节，它们的一般表达式为

$$\Delta U_f=K_f\Delta f$$

在研究分析调速器和调节系统时，一般取增量Δf的基准值为 f_r，取频差电压ΔU_f的基准值 $U_B=K_f f_r$，U_B即为相应频率变化 100% f_r时测频回路的输出电压值。再令 $x=\dfrac{\Delta f}{f_r}$，

$u_f=\dfrac{\Delta U_f}{U_B}$，对上述表达式作如下变换：

$$\frac{\Delta U_f}{U_B}\cdot U_B=K_f f_r\cdot\frac{\Delta f}{f_r}$$

$$u_f=\frac{K_f f_r}{U_B}\cdot x$$

将 $U_B=K_f f_r$ 代入上式，则测频回路的运动方程为

$$u_f=x \tag{3-3}$$

应注意的是，如果基准值的取法不相同，则所得无量纲方程中的系数将产生相应的变化。对式(3-3)进行拉氏变换，得测频回路的传递函数：

$$G_f(s)=\frac{U_f(s)}{X(s)}=1 \tag{3-4}$$

可见，测频回路是一个比例环节。即输入信号输入该环节后，则输出信号毫无延迟地按比例输出。

第三节 校正回路

对于机械液压型调速器，为了提高调节系统的稳定性、改善过渡过程品质，获得所需要的调节规律，在反馈通道上引入软反馈元件，以便对水轮机调节系统进行校正，从而使整个系统具有预期的静态和动态特性。同样在电液调速器中，既可在反馈通道上引入某些电气回路进行校正，如缓冲回路等；又可在前向通道上串联某些电气回路进行校正，如加速度回路等。前者称为并联校正，后者称为串联校正，它们统称为校正回路。

一、软反馈回路

机械液压型调速器软反馈机构由具有实际微分特性的油缓冲器和它前后具有比例特性的传动杆件组成，其输入信号通常取自于主接力器的行程，以位移的形式输出软反馈信号。同样，电液调速器中，软反馈回路由 RC 微分回路和它前后具有比例特性的电位器等组成，软反馈回路的输入信号，根据电调结构形式的不同，既可从主接力器或中间接力器获取，也可从电气积分器上获取。不论其输入信号取自哪一部位，软反馈回路的输入电压 U_α 均与主接力器的行程 Y 成比例。软反馈回路的输出电压 U_{bt} 以负反馈形式与测频回路输出的测频电压进行综合。

(一)软反馈回路的运动方程式

1. RC 微分回路

RC 微分回路由电容 C 和电阻 R 串联组成，见图 3-7。其输入电压 U 与反映主接力器行程的反馈电压 U_α 成比例。取电阻 R 上的压降 U_R 为输出信号。

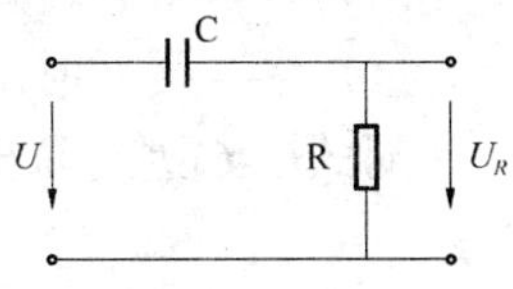

图 3-7 RC 微分回路

在稳定状态下，主接力器行程 $Y=Y_0$，则 $U_\alpha=U_{\alpha 0}$、$U=U_0$。即 RC 微分回路的输入电压 U 保持不变时，由于电容 C 的隔直作用，

$U_R=0$，该回路无信号输出。而当接力器产生位移时，随之出现与增量ΔY 成比例的接力器位置反馈电压增量ΔU_α和ΔU。此时 RC 微分回路的输入电压 $U=U_0+\Delta U$，在电压增量ΔU 的作用下，RC 微分回路中的电压关系是

$$\Delta U=\frac{1}{C}\int i\,\mathrm{d}t+U_R$$

因 $U_R=iR$，对上式微分，令 $T_d=RC$，整理得：

$$T_d\frac{\mathrm{d}U_R}{\mathrm{d}t}+U_R=T_d\frac{\mathrm{d}(\Delta U)}{\mathrm{d}t}\tag{3-5}$$

上式为 RC 微分回路的运动方程式。与机械调速器中的缓冲器一样，RC 微分回路具有实际微分特性。式中 T_d 即为缓冲时间常数。它表明软反馈强度随时间衰减的长短。

2. *软反馈回路的运动方程式及传递函数*

软反馈回路的输入信号是接力器行程的变化量ΔY，若令主接力器行程 Y 至 RC 微分回路输入电压 U 的变换衰减系数为 K_1，RC 微分回路输出电压 U_R 至软反馈回路输出电压 U_{bt} 的衰减系数为 K_2，则软反馈回路的输入电压为

$$\Delta U=K_1\Delta Y$$

软反馈回路的输出电压为

$$U_{bt}=K_2U_R$$

将以上关系代入式(3-5)并整理，得：

$$T_d\frac{\mathrm{d}U_{bt}}{\mathrm{d}t}+U_{bt}=K_1K_2T_d\frac{\mathrm{d}(\Delta Y)}{\mathrm{d}t}$$

为了得到以无量纲形式表达的方程，取ΔY 的基准值为主接力器的最大行程 Y_M，因软反馈信号电压将与来自测频回路的测频信号电压进行叠加，故ΔU_{bt}的基准值取相应频率变化 100% f_r时测频回路的输出电压值，即采用基准电压 $U_B=K_f f_r=50K_f$。

令 $u_{bt}=\dfrac{\Delta U_{bt}}{U_B}$，$y=\dfrac{\Delta Y}{Y_M}$，则上述方程又可改写为

$$T_d\frac{\mathrm{d}u_{bt}}{\mathrm{d}t}+u_{bt}=K_1K_2\frac{Y_M}{U_B}T_d\frac{\mathrm{d}y}{\mathrm{d}t}$$

$K_1K_2Y_M/U_B$ 的意义是：接力器移动全行程时，软反馈回路输出的反馈电压 U_{bt} 占基准电压 U_B 的百分比。令 $b_t=K_1K_2Y_M/U_B$ 并代入上式，则得软反馈回路的运动方程：

$$T_d\frac{\mathrm{d}u_{bt}}{\mathrm{d}t}+u_{bt}=b_tT_d\frac{\mathrm{d}y}{\mathrm{d}t}\tag{3-6}$$

式中 b_t ——暂态转差系数；

T_d ——缓冲时间常数。

对式(3-6)进行拉氏变换，得：

$$T_dsU_{bt}(s)+U_{bt}(s)=b_tT_dY(s)$$

软反馈回路的传递函数为

$$G_{bt}(s)=\frac{U_{bt}(s)}{Y(s)}=\frac{b_t T_d}{1+T_d s}$$

可见，软反馈回路是一个实际微分环节。

(二)软反馈回路

如图 3-8 所示为 YDT-1800A 型调速器的软反馈回路，可以看出，其由接力器位置反馈电位器 W_8、电压衰减回路、微分回路、N_4 和空载暂态转差系数调整电位器 W_{15} 等组成。核心部分 RC 微分回路由 C_{32}、R_{82} 和缓冲时间常数调整电位器 W_{12} 组成；电压衰减回路则由空载/负载暂态转差系数比率电位器 W_{11}、WG_{10}、T_{12}、R_{81}、R_{83}、R_{84}、空载/负载转换电位器 W_{13} 构成。

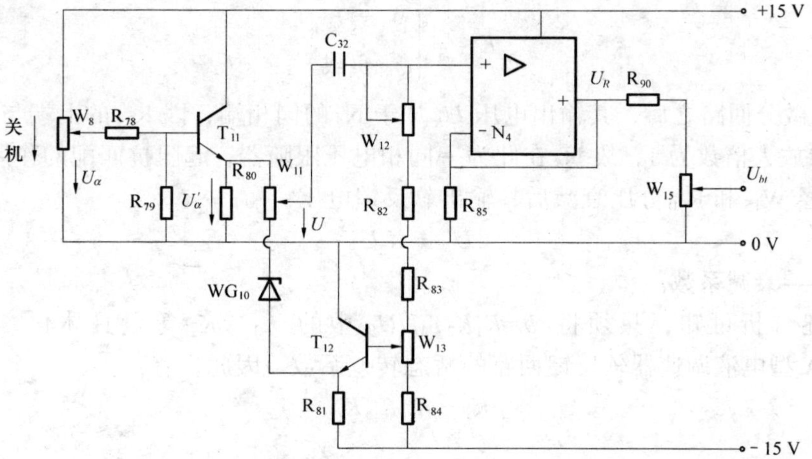

图 3-8　YDT-1800A 型调速器的软反馈回路

接力器位置反馈电位器 W_8 是一个位移—电压转换器，其活动触头由中间接力器带动，输出一个与主接力器行程成比例的电压：

$$U_\alpha=K_{11}Y$$

式中　K_{11}——位移—电压转换系数。

U_α经电阻 R_{78}、R_{79} 分压衰减后，加到具有较大输入阻抗和较小输出阻抗的射极跟随器 T_{11} 的基极，以减小输出电流对分压电路产生的分流影响，T_{11} 发射极的输出电压

$$U'_\alpha\approx\frac{R_{79}}{R_{78}+R_{79}}U_\alpha=K_{12}U_\alpha$$

作为按接力器行程变换的电压衰减回路的输入电压，其中：

$$K_{12}=\frac{R_{79}}{R_{78}+R_{79}}$$

由空载 / 负载暂态转差系数比率电位器 W_{11} 活动触头取出的电压 U，作为电压衰减回路的输出电压，加于由 C_{32}、W_{11}、R_{82} 组成的 RC 微分回路的输入端。利用稳压管 WG_{10} 的非线性特性，使这一部分的衰减系数按导叶开度的大小分为两段。利用空载/负载转换

电位器 W_{13} 将两段衰减系数的切换开度选择在比空载开度约大 5%处。调整 W_{13}，改变 T_{12} 的基极电流，在 R_{81} 上得到一个合适的电压降，以满足稳压管 WG_{10} 恰好在空载开度以上 5%左右时达到稳定电压值(U_{WG} =7.5 V)。机组空载运行时，导叶实际开度小于切换开度，稳压管 WG_{10} 两端的电压低于稳压值，稳压管 WG_{10} 未击穿，表现为高阻抗，无论 W_{13} 的活动触头置于何处都不起衰减作用，其衰减系数 K_{13}=1。当机组带负载运行时，导叶实际开度大于切换开度，稳压管 WG_{10} 两端的电压达到稳压值，稳压管处于稳压工作状态，WG_{10} 击穿，表现为低阻抗。电压 U'_α 与–15 V 电压差加在 W_{11}、WG_{10}、R_{81} 上，从空载/负载暂态转差系数比率电位器 W_{11} 的活动触头得到一个分压值 U，作用于 RC 微分电路。因此，WG_{10} 起了负载、空载切换的作用。调整 W_{11} 的活动触头位置可改变分压比 ζ，$K_{13}=\zeta$，于是有：

$$U=K_{13}U'_\alpha$$

$$K_{13}=\begin{cases}1 & \text{空载}\\ \zeta & \text{负载}\end{cases}$$

在 RC 微分回路之后，其输出电压 U_R 加于 N_4 的同相端，因 R_{85} 的上端与 N_4 的输出直接相连，放大倍数为 1，故 N_4 在此为一同相电压跟随器，起阻抗匹配的作用，其输出仍为 U_R。经 W_{15} 和 R_{90} 分压衰减后，输出软反馈电压：

$$U_{bt}=K_2U_R$$

式中 K_2——衰减系数。

由上述分析可知，只须将 $b_t=K_1K_2Y_M/U_B$ 中的 K_1、K_2 等量具体化，即可算出 YDT-1800A 型电液调速器软反馈回路的暂态转差系数。因此，有：

$$K_1=K_{11}K_{12}K_{13}$$

$$b_t=K_{11}K_{12}K_{13}K_2\frac{Y_M}{U_B}$$

由上式可知，YDT-1800A 型调速器软反馈回路负载和空载时的 b_t 值，是按导叶位置的不同自动切换的。当导叶开度小于切换开度时，稳压管 WG_{10} 未击穿，暂态转差系数主要由 W_{15} 决定。即调整空载暂态转差系数调整电位器 W_{15} 可改变空载时的暂态转差系数 b_t，调整范围在 0 ~ 80%。当导叶开度大于切换开度时，稳压管 WG_{10} 击穿，暂态转差系数由 W_{11} 和 W_{15} 两者共同确定。调整电位器 W_{11} 可改变负载/空载暂态转差系数的比率，即改变负载时的暂态转差系数，负载/空载暂态转差系数的比率调整范围为 0.3 ~ 1。移动缓冲时间常数调整电位器 W_{12} 的活动触头，可使缓冲时间 T_d 在 3 ~ 12 s 内得到调整。

将软反馈回路的输出电压 U_{bt} 叠加在测频信号 U_f 上，用总信号 U_f+U_{bt} 控制机械液压部分动作，则 U_{bt} 会起到软反馈的作用。机组稳定运行时调节信号为零，$U_f+U_{bt}=0$，若负荷突然减小，则机组转速上升，引起+U_f 信号，使 $U_f+U_{bt}>0$，从而指挥接力器关小导叶。在接力器关小的同时，接力器位置反馈电压 U_α 减小，电容 C_{32} 放电，运算放大器 N_4 输出一负电压，即 U_R 下降一定的 ΔU，致使软反馈回路有负电压 U_{bt} 输出，总信号 U_f+U_{bt} 被削弱，这即是负反馈作用。随着时间的推移，U_{bt} 呈指数规律衰减，负反馈作用逐渐消失，这即是反馈的回复过程。对照机械液压型调速器中软反馈机构的动作情况不难看出信号起了软反馈的作用。

二、测频微分电路

为了加速水轮机调节过程，改善调节系统的动态特性，形成 PID 调节规律，常在电液调速器中增设测频微分回路。加速度–缓冲式电液调速器的测频微分回路一般设置在测频回路输出之后。图 3-9(a)为 YDT-1800A 型电液调速器测频微分回路，为了便于分析，将其简化为图 3-9(b)的形式。下面来分析测频微分回路改善调节系统的动态特性的原理。如图 3-9(b)所示，其输入电压为测频回路输出的测频电压 U_f，输出信号是电压 U_A。该回路有两个通道，一个通道将 U_f 经 R_1、R_2 直接送入运算放大器 N_3；另一个通道经电容 C 微分后由 R_2 送入运算放大器 N_3，运算放大器 N_3 将上述信号综合后输出电压 U_A。

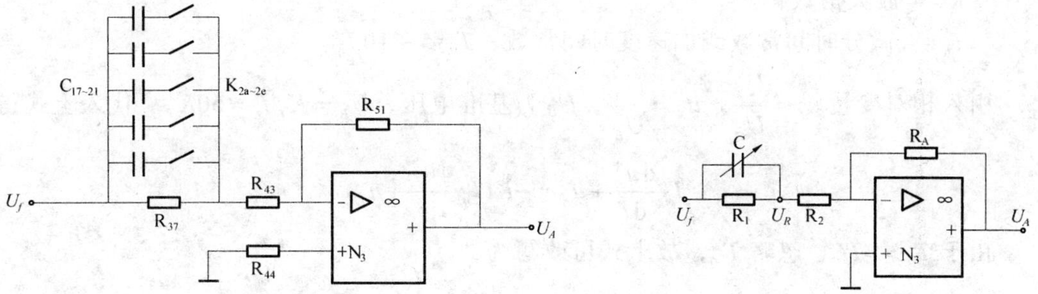

(a)测频微分回路　　(b)简化电路

图 3-9　YDT-1800A 型电液调速器测频微分回路

对反相输入的集成运算放大器，有：

$$\frac{U_R}{R_2}=-\frac{U_A}{R_A} \tag{3-7}$$

$$U_R=-\frac{R_2}{R_A}U_A$$

电容 C 两端的电压降为

$$U_C=U_f-U_R=U_f+\frac{R_2}{R_A}U_A$$

通过电容 C 的电流为

$$i_C=C\frac{\mathrm{d}U_C}{\mathrm{d}t}=C\frac{\mathrm{d}U_f}{\mathrm{d}t}+C\frac{R_2}{R_A}\frac{\mathrm{d}U_A}{\mathrm{d}t}$$

通过电阻 R_1 的电流为

$$i_1=\frac{U_C}{R_1}=\frac{U_f}{R_1}+\frac{R_2}{R_1R_A}U_A$$

利用虚地概念，即理想集成运算放大器的两输入端之间的电压差为零，则通过电阻 R_2 的电流为

$$\frac{U_R}{R_2}=i_C+i_1$$

将上式和 i_C、i_1 代入式(3-7)，并移项化简得：

$$\frac{C R_1 R_2}{R_1+R_2}\frac{\mathrm{d}U_A}{\mathrm{d}t}+U_A=-\frac{R_A}{R_1+R_2}(R_1 C\frac{\mathrm{d}U_f}{\mathrm{d}t}+U_f)$$

令 $T_n=R_1C$，$T'_n=\frac{R_2}{R_1+R_2}T_n$，$K=\frac{R_A}{R_1+R_2}$，代入上式得：

$$T'_n\frac{\mathrm{d}U_A}{\mathrm{d}t}+U_A=-K(T_n\frac{\mathrm{d}U_f}{\mathrm{d}t}+U_f)$$

式中　K——放大倍数；

T_n——微分时间常数或加速度时间常数，T_n=5 ~ 10 T'_n。

引入相对变量 $u_f=\frac{U_f}{U_B}$，$u_A=\frac{U_A}{U_B}$，U_B 为基准电压，$U_B=K_f f_r=50K_f$，代入上式得：

$$T'_n\frac{\mathrm{d}u_A}{\mathrm{d}t}+u_A=-K(T_n\frac{\mathrm{d}u_f}{\mathrm{d}t}+u_f)$$

由于 T_n>>T'_n，忽略 T'_n，故上式可改写为

$$-u_A=K(T_n\frac{\mathrm{d}u_f}{\mathrm{d}t}+u_f)$$

上式即为 YDT-1800A 型调速器测频微分回路的运动方程式。它说明该回路的输出电压等于测频输出电压分量 u_f 与它的微分分量之和的 K 倍。因此，称该回路为测频微分回路，具有比例加微分的作用。u_A 前的负号和放大倍数 K 是回路中采用了反相运算放大器的结果。对一般测频微分回路而言，这并非是固有部分。因此，在对调速器作一般调节规律的分析时，只须采用影响调节规律的表达式：

$$u_A=T_n\frac{\mathrm{d}u_f}{\mathrm{d}t}+u_f \tag{3-8}$$

对上式进行拉氏变换，得：

$$U_A(s)=T_n sU_f(s)+U_f(s)$$

测频微分回路的传递函数为

$$G_A(s)=\frac{U_A(s)}{U_f(s)}=T_n s+1$$

可见，测频微分回路的输出电压等于测频回路输出电压分量与它的微分分量之和。因此，这个调节信号既反映了频率偏差的大小，也反映了频率偏差变化率的大小。在频率偏差刚出现时，其频率偏差变化率较大，因此，测频微分回路能在频率偏差过大之前发出较大的调节信号，使调速器提前加大动作。同时，在频率偏差较大时，其变化率往往较小或方向相反，测频微分回路可以减小调节信号、防止过调节。总之，引入测频微

分回路可以改善过渡过程调节品质，提高速动性，缩短调节时间，减小超调量。特别是在水流即惯性时间大、机组惯性时间大的情况下能起到显著作用。

第四节　功率给定与硬反馈回路

机械液压型调速器设置调差机构，使机组能按有差特性运行。电液调速器基于同样的目的，设置了调差回路，也称硬反馈回路。所不同的是，电液调速器还专门设置了功率给定回路，并将功率给定回路与调差回路串接在一起。

由于电气信号的分离与综合十分方便，电液调速器把与机械液压调速器变速机构(即转速调整机构)相应的这部分回路一般分成了两个回路，一个是前述的频率给定回路，通常用以改变频率给定值，其输出信号与测频信号进行综合形成频差信号；另一个是功率给定回路，其目的是要获得一个代表给定导叶开度为 0～100%的可调电压，用以给定导叶开度，与在不同导叶开度时的导叶位置反馈电压作比较，实现调差回路的输出电压 U_{bp}=0。在机组并网运行时用以改变机组出力，使机组在不同的开度(功率)下，按给定频率稳定运行。实际上，这两条支路彼此都具备另一支路的功能，使用时往往可以相互补偿，较为灵活。

一、硬反馈回路的运动方程

常见的硬反馈与功率给定回路的原理框图如图 3-10 所示，其输入的信号电压为与主接力器行程 Y 成比例的导叶位置反馈电压 U_α，以及人为给出的代表给定导叶开度为 0～100%的可调的功率给定电压 U_p，经综合衰减后输出硬反馈电压 U_{bp}。

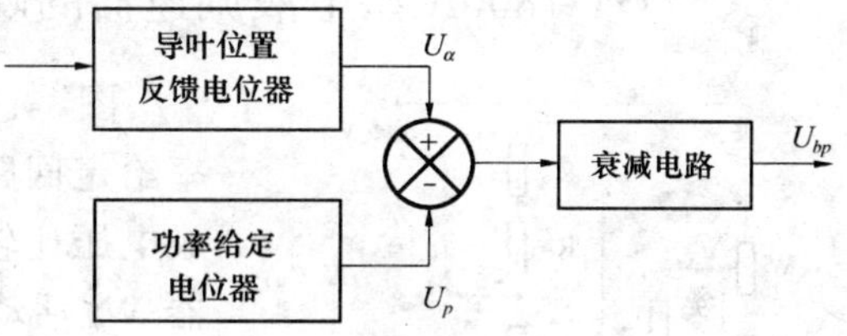

图 3-10　硬反馈与功率给定回路的原理框图

根据以上分析，硬反馈回路输出的硬反馈电压为

$$U_{bp}=K_3(U_\alpha-U_p)$$

式中　K_3——衰减系数。

如果功率给定电压 U_p 不变，导叶位置反馈电压 U_α 随主接力器行程 Y 变化，硬反馈回路输出的硬反馈电压为 $U_{bp}+\Delta U_{bp}=K_3(U_\alpha+\Delta U_\alpha-U_p)$，将以上两式相减，得：

$$\Delta U_{bp}=K_3\Delta U_\alpha$$

与主接力器行程 ΔY 成比例的电压 $\Delta U_\alpha=K_{11}\Delta Y$，故有：

$$\Delta U_{bp}=K_3K_{11}\Delta Y$$

式中　K_{11}——位移—电压转换系数。

取 Y_M 为 ΔY 的基准值，U_B 为 ΔU_{bp} 的基准电压，引入相对变量 $u_{bp}=\dfrac{\Delta U_{bp}}{U_B}$，$y=\dfrac{\Delta Y}{Y_M}$，代入上式得：

$$u_{bp}=K_3K_{11}\frac{Y_M}{U_B}y$$

令 $b_p=K_{11}K_3\dfrac{Y_M}{U_B}$，则：

$$u_{bp}=b_py \tag{3-9}$$

上式为硬反馈回路的运动方程，它和机械液压型调速器中硬反馈机构的运动方程形式一样。式中 b_p 为永态转差系数，其意义是：接力器走完全行程，由硬反馈回路输出的硬反馈电压所形成的频差占额定频率的百分比。改变衰减系数 K_3，可使 b_p 值在 0 ~ 10% 的范围内得到调整。

同样硬反馈回路的传递函数为

$$G_{bp}(s)=\frac{U_{bp}(s)}{Y(s)}=b_p$$

故硬反馈回路一定是个比例环节。

二、YDT-1800A 型电液调速器的硬反馈与功率给定回路

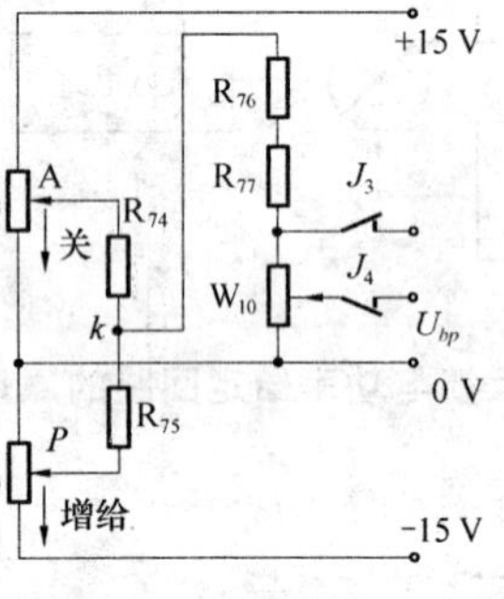

图 3-11　YDT-1800A 型电液调速器调差与功率给定回路

图 3-11 为 YDT-1800A 型电液调速器的硬反馈与功率给定回路，硬反馈与功率给定回路设置在一起，构成电压比较回路。其输入信号为从导叶位置反馈电位器 W_8 活动触点取出的导叶位置反馈电压 U_α，导叶位置反馈电位器 W_8 为位移—电压转换电位器，其活动触点由中间接力器带动，导叶位置反馈电压 U_α 与中间接力器行程成比例，即与主接力器行程 Y 成比例。导叶开度关小，A 点下移，导叶位置反馈电压 U_α 减小；导叶开度开大，A 点上移，导叶位置反馈电压 U_α 增加。

$$U_\alpha=K_{11}Y$$

式中　K_{11}——主接力器行程—电压变换系数。

硬反馈与功率给定回路的另一输入信号为从功率给定电位器 W_9 活动触点取出的功率给定电压 U_p，功率给定电位器 W_9 的一端与电位器 W_8 共用“0”电位，另一端接负电源。功率给定电位器 W_9 的活动触点与机械液压型调速器的转速调整螺母相似，是根据增减负荷或增减机组转速的需要，来调整 W_9 的活动触点位置。若要增加给定负荷，则使 P 点下移，功率给定电压 U_p 增加；若要减少给定负荷，则使 P 点上移，功率给定电压 U_p 减小。由图 3-11 可知，k 点的电压为

$$U_k=\frac{R_{75}}{R_{74}+R_{75}}\left(U_\alpha-U_p\right)$$

电压 U_k 加在 R_{76}、R_{77} 和 W_{10} 上，由电位器 W_{10} 的活动触点取衰减电压 U_{bp} 作为输出信号送往综合放大器。

$$\begin{aligned} U_{bp} &= \frac{W'_{10}}{R_{76}+R_{77}+W_{10}} U_k \\ &= \frac{W'_{10}}{R_{76}+R_{77}+W_{10}} \cdot \frac{R_{75}}{R_{74}+R_{75}} \left(U_\alpha - U_p\right) \\ &= K_3\left(U_\alpha - U_p\right) \end{aligned}$$

式中　W'_{10}——W_{10} 的动点至“0”电位的阻值；

K_3——衰减系数，$K_3 = \dfrac{W'_{10}}{R_{76}+R_{77}+W_{10}} \cdot \dfrac{R_{75}}{R_{74}+R_{75}}$。

可见，硬反馈回路的输出电压 U_{bp} 随接力器开度呈线性变化。当导叶实际开度等于给定开度时，$U_{bp}=0$，当导叶实际开度增加且大于给定开度时，$U_\alpha - U_p > 0$，硬反馈回路的输出电压 U_{bp} 上升且 $U_{bp}>0$，向机组提供关机信号；反之，当导叶实际开度减小且小于给定开度时，输出电压 U_{bp} 下降且 $U_{bp}<0$，向机组提供开机信号。在 $U_\alpha - U_p$ 一定时，U_{bp} 的大小取决于衰减系数 K_3，调整电位器 W_{10} 活动触点的位置，可改变衰减系数 K_3，使 b_p 值在 0 ~ 10%的范围内得到调整。

当机组稳定运行且实际功率等于给定功率时，$U_\alpha - U_p=0$，硬反馈回路的输出电压 $U_{bp}=0$。按照机组稳定运行的条件，其调节信号电压 $\Sigma U=U_f+U_z+U_{bp}=0$($U_z$ 为频率给定电压)，有 $U_f+U_z=0$，$U_f=-U_z$，$f=f_0$，即机组稳定运行在频率等于给定频率的工况。

在机组单机稳定运行过程中，当机组负荷减少引起转速上升时，测频回路输出电压 U_f 上升且 $U_f>0$，调节信号电压 $U_f+U_{bp}>0$，从而使接力器开度关小。但随着接力器的关小，硬反馈回路的输出电压 U_{bp} 下降，$U_{bp}<0$，又会使调节信号电压 U_f+U_{bp} 变小(这里假定 $U_z=0$，$f_0=50$ Hz)，也就是使接力器的关闭动作趋于停止。与机调中调差机构的动作相对照，不难看出电压 U_{bp} 起了负反馈的作用。

J_3、J_4 为无讯号保护继电器 J 的两个接点。正常运行时无讯号保护继电器 J 不带电，其常闭接点 J_4 闭合，输出需要的硬反馈电压。在测频信号电压消失的情况下，无讯号保护继电器 J 带电，其常开接点 J_3 闭合，常闭接点 J_4 断开，向信号综合放大回路输送一个造成关机动作的电压，以保护机组。

三、功率给定工作原理

按图 3-11，当机组稳定运行且实际功率等于给定功率时，$U_\alpha - U_p=0$，硬反馈回路的输出电压 $U_{bp}=0$，在给定频率为 50 Hz 时，频率给定电压 $U_z=0$，则其调节信号电压 $\Sigma U=U_f+U_z+U_{bp}=0$。若将功率给定电位器 W_9 的活动触点向负电源方向移动一定距离得 $-\Delta U_p$，k 点相应产生电压 $-\Delta U_k$，硬反馈及功率给定回路的输出按比例关系出现 $-\Delta U_{bp}$。由此调节信号电压 $\Sigma U=U_f+U_z+U_{bp}<0$，形成开机信号，接力器向开侧动作，导叶开度增加并产生 $+\Delta U_\alpha$，机组转速增加又产生与之成比例的 $+\Delta U_f$，直到信号综合处的调节信号电压 $\Delta U_f + K_3(\Delta U_\alpha - \Delta U_p) = 0$，调速器进入新的稳态为止；反之，则形成关机信号，减小导叶

开度、降低机组转速。由调节系统的静态特性可知，在单机运行条件下(假定负荷不变)，当功率给定电压变化 $\pm\Delta U_p$ 时，所产生的导叶开度变化量 $\pm Y$ 很小，但机组转速有明显的增减，因此功率给定电压的变化量主要由测频回路输出的测频电压 $\pm\Delta U_f$ 与之相抵消，故功率给定的作用是改变机组转速，而机组出力几乎不变。当机组在大电网中运行时(假定频率不变)，功率给定电压变化量 $\pm\Delta U_p$ 在改变导叶开度后，因难以使系统频率得到改变，故必须有足够的导叶开度反馈电压 $\pm\Delta U_\alpha$ 与之相抵消，才能使调速器进入新的稳态。此时，功率给定电位器的作用是改变机组的出力，而对机组转速(电网频率)的影响是微不足道的。当大机组在小电网中运行时，功率给定电位器在改变本机组出力的同时又调节了电网频率。

因功率给定电压 ΔU_p 与接力器行程无关，故对调速器静特性曲线仅起到平移作用。平移的方向和距离决定于 ΔU_p 的极性和大小。

功率给定电路的目的是要获得一个代表给定导叶开度为 0～100%的可调电压，与在不同导叶开度时的导叶位置反馈电压作比较，实现调差回路的输出电压 $U_W=0$。根据稳定状态下调节信号为零的条件，即 $U_f+U_z+U_{bp}=0$(设 $U_z\neq 0$，给定频率 f_0)，调整功率给定电压能使机组在不同开度(功率)下按给定频率 f_0 稳定运行。也就是说，调整功率给定电压可以改变机组在给定频率下稳定运行的出力大小。

第五节 综合放大回路与电气开度限制回路

在电液调速器中，为了将综合回路输出的微弱信号放大到足以推动电液转换器线圈工作，必须有放大电路先对信号进行放大，因为信号(发电机转速的波动量)的频率很低，同时为了有效地克服直流放大回路中由于温度变化及电源电压波动可能引起的零点漂移现象，在晶体管电液调速器中通常是采用直流差动放大器或运算放大器来完成这一工作的。

一、信号综合放大的方式

在机械液压型调速器中，信号的综合是以杠杆传动系统将来自各机构的信号位移在引导阀处进行叠加的。在电液调速器中，各种电气调节信号和控制信号通过电气元件进行综合，然后经放大后送入电液转换器，从而产生相应的调节过程。当调节过程终止，调节系统进入稳态时，信号综合回路的输出应等于零。

目前，电液调速器中的信号综合方式因电气量的形式和放大器的类型而不同，一般分为交流信号的综合、直流信号串联综合、直流信号并联综合等 3 种综合方式。第一种采用变压器串联的方式对各交流电压信号进行综合，曾用于电子管电调；第二种曾用于分立元件的晶体管差动放大器的电调；第三种采用线性运算放大器，曾用于集成电路构成的电调。下面仅介绍 YDT-1800A 电液调速器的综合放大电路。

二、YDT-1800A 型电液调速器的综合放大回路

图 3-12 为 YDT-1800A 型电液调速器的综合放大回路，它主要由信号综合回路、互补对称式功率放大电路和限幅电路组成。

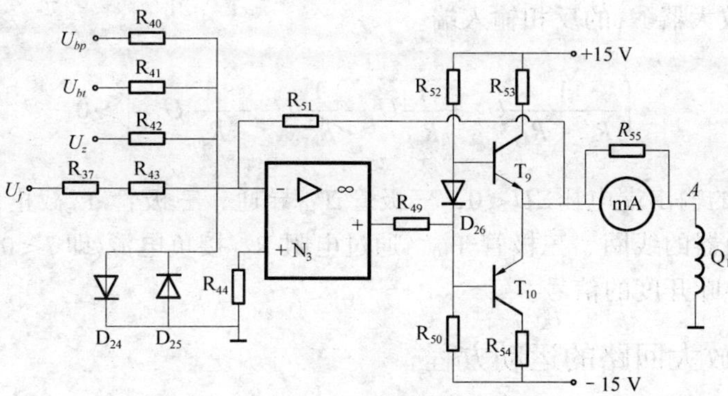

图 3-12　YDT-1800A 型电液调速器的综合放大回路

信号综合回路由运算放大器 N_3 构成，它是一个反相加法器，其作用是将测频信号电压、频率给定电压、软反馈信号电压、硬反馈信号电压进行综合叠加。两反向并联二极管 D_{24}、D_{25} 对输入信号起限幅作用，保护 N_3 正常工作。互补对称式功率放大电路由 NPN 型的三极管 T_9 和 PNP 型的三极管 T_{10} 组成，其作用是将运算放大器 N_3 输出的信号电流放大，使信号的输出功率得到提高。由于电阻 R_{49} 的阻值很小，互补对称式功率放大电路的输出电压 $U_A \approx \Sigma U$。二极管 D_{26} 用于使三极管 T_9 和 T_{10} 建立一个正偏置电压，使两管在静态时都处于微导通状态，以减小交越失真。采用二极管是因为它的交流电阻比直流电阻小得多，因而它对交流信号的压降很小，从而使三极管 T_9 和 T_{10} 得到的推动电压基本相等。电阻 R_{51} 为反馈电阻，起直流电压负反馈作用，以保证静态时 A 点的电位稳定在 0，而不受温度变化的影响。整个综合放大回路的输出、输入电压的关系如下：

$$U_A = -\left(\frac{R_{51}}{R_{37}+R_{43}}U_f + \frac{R_{51}}{R_{42}}U_z + \frac{R_{51}}{R_{41}}U_{bt} + \frac{R_{51}}{R_{40}}U_{bp}\right)$$

对于不同的调节信号，综合放大回路所产生的工作状态如下：

(1)若机组处于稳定运行状态，运算放大器 N_3 的反相输入端

$$\left(\frac{1}{R_{37}+R_{43}}U_f + \frac{1}{R_{42}}U_z + \frac{1}{R_{41}}U_{bt} + \frac{1}{R_{40}}U_{bp}\right) = 0$$

运算放大器 N_3 的输出端电压 $\Sigma U=0$，由于互补对称式功率放大器的电路对称，两管静态时的电流相等，因而电液转换器的线圈上无静态电流通过，电液转换器无输出信号。

(2)若运算放大器 N_3 的反相输入端

$$\left(\frac{1}{R_{37}+R_{43}}U_f + \frac{1}{R_{42}}U_z + \frac{1}{R_{41}}U_{bt} + \frac{1}{R_{40}}U_{bp}\right) < 0$$

运算放大器 N_3 的输出端电压 $\Sigma U > 0$，三极管 T_9 导通，三极管 T_{10} 截止，$U_A > 0$，这时电流通过电阻 R_{53}、三极管 T_9，流过电液转换器的线圈(即 $I > 0$)，使电液转换器发出一个增加导叶开度的信号。

(3)若运算放大器 N_3 的反相输入端

$$\left(\frac{1}{R_{37}+R_{43}}U_f+\frac{1}{R_{42}}U_z+\frac{1}{R_{41}}U_{bt}+\frac{1}{R_{40}}U_{bp}\right)>0$$

运算放大器 N_3 的输出端电压 $\Sigma U<0$，三极管 T_{10} 导通，三极管 T_9 截止，$U_A<0$，这时电流流过电液转换器的线圈、三极管 T_{10}，通过电阻 R_{54} 接负电源(即 $I<0$)，使电液转换器发出一个减小导叶开度的信号。

三、综合放大回路的运动方程

运算放大器对各输入信号电压 U_1、U_2、U_3 等的综合放大作用，是根据相应的放大倍数 K_1、K_2、K_3 等按比例变换为 U'_1、U'_2、U'_3 等的总和。综合放大回路的增量方程为

$$\sum\Delta U'=K_1\Delta U_1+K_2\Delta U_2+K_3\Delta U_3+\cdots+K_n\Delta U_n$$

对上式中所有电压增量均取 U_B 为基准电压，引入相对量：

$$u_\Sigma=\frac{\sum\Delta U'}{U_B},\ u_1=\frac{\Delta U_1}{U_B},\ u_2=\frac{\Delta U_2}{U_B},\ u_3=\frac{\Delta U_3}{U_B},\cdots,\ u_n=\frac{\Delta U_n}{U_B}$$

得无量纲形式的运动方程式：

$$u_\Sigma=K_1u_1+K_2u_2+K_3u_3+\cdots+K_nu_n \tag{3-10}$$

四、电气开度限制回路

电气开度限制回路的功能与机械开度限制机构限制开度的功能完全相同，都是对导叶实际开度的上限进行限制。机组自动运行，当实际开度开至限制开度时，增大导叶开度的开机信号就不能继续通过电气开度限制回路，但关机信号仍能通过。限制开度的大小可根据运行要求在 0～100%的开度之间进行整定，有的还能借用开度限制回路手动控制导叶的启闭。

目前，大多数国产的电液调速器，包括 YDT-1800A 在内，为保证开度限制动作的可靠性，仍然保留了机械型的开度限制机构。但也有一些电液调速器采用了电气开度限制回路。

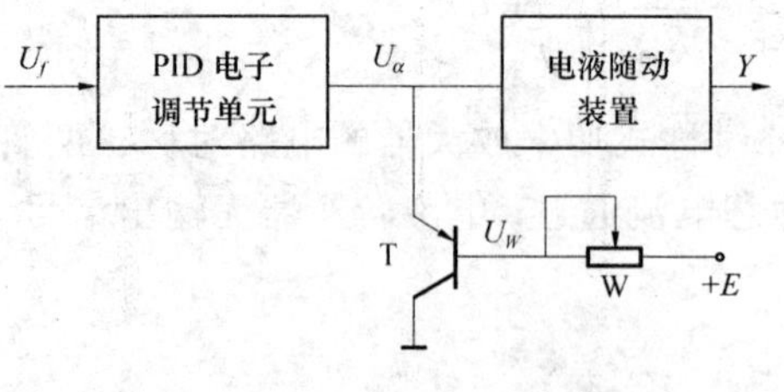

图 3-13　JST-A 型电液调速器的电气开度限制回路工作原理图

图 3-13 是 JST-A 型电液调速器的电气开度限制回路工作原理图。该回路由电位器 W、三极管 T 组成。

电位器 W 用于设置限制开度值。调整电位器 W，使 T 基极电位为 U_W。T 的发射极接在 PID 调节单元的输出端，其电位为 U_α。PID 调节单元以下为电液随动系统，因此接力器开度 Y 跟随调节信号电压 U_α 的变化而变化，U_α 的大小反映了导叶实际开度大小。

当导叶实际开度小于限制开度，即 $U_\alpha<U_W$ 时，三极管 T 截止。根据 PID 调节单元的输出 U_α 可正常增加或减小，并通过电液随动系统使导叶开启或关闭。

当导叶实际开度大于或等于限制开度，即 $U_\alpha \geqslant U_W$时，三极管 T 导通，U_α被钳制在与U_W基本相等的电位(T 导通时其发射极和基极间压降很小)。这就使导叶实际开度被钳制在限制开度，起到了开度限制的作用。这时不论电子调节器产生多大的开导叶信号，都不能使导叶再开大。但是电子调节器发出关导叶信号使 U_α降至 U_W以下，则可以使导叶关闭。

第六节　位电转换器

在电液调速器中，功率给定与硬反馈回路和软反馈回路，都需要输入反映接力器位移(导叶开度)的反馈电压信号，位电转换器就是将机械位移信号转换成电信号的位电转换元件，使两个信号能按一定的函数关系准确地进行转换。位电转换元件的品种很多，在电液调速器中，应用最多的有如下 3 种。

一、行程变压器

行程变压器也称为差动变压器。它是应用电磁感应原理制成的，其功能是把机械的直线位移或可转换成直线位移的各种参数，成比例地转换成电气信号输出。这种转换装置具有结构简单、无电接触环节、线性度与灵敏度都较好等优点。其结构简图如图 3-14(a)所示。它由一个初级线圈、两个次级线圈和一个可移动并带有引出端的磁芯组成。磁芯与接力器的反馈杠杆相连。当磁芯在线圈中移动时，会引起初级线圈对两个差接的次级线圈之间耦合关系的变化。中间线圈为初级激磁线圈 C，A、B 为两个对称并差接的次级线圈。其接法如图 3-14(b)所示。当交流电压 E_1 加于初级线圈时，次级线圈中产生感应电势。如磁芯在中间位置，两个次级线圈的互感作用相同，感应电势 E_{12} 与 E_{34} 大小相等，方向相同，由于 E_{12} 与 E_{34} 差接，次级无电压输出。当磁芯向某侧移动时，就有一个随行程大小而改变的线性输出电压，如图 3-15 所示，为磁芯偏离中心位置向下运动时输出的正相电压。其输入电压一般为几伏，频率为数千赫兹。从输出特性曲线 $E(S)$可以看出，位移 S 在一定范围内，与输出电压之间可以保持良好的线性关系。所以，它可以应用在电液调速器的反馈回路中作为位电转换元件。

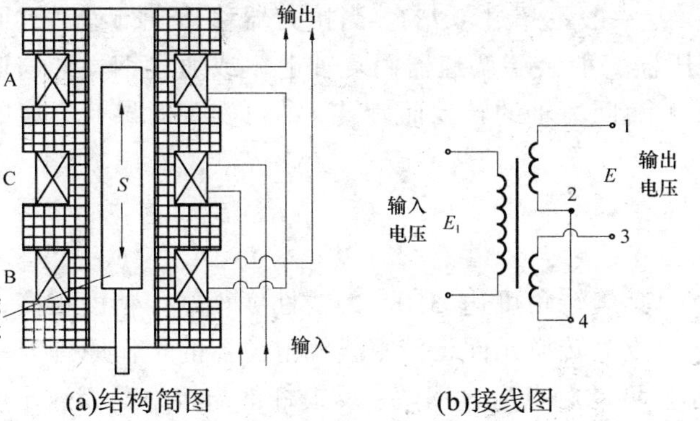

图 3-14　行程变压器

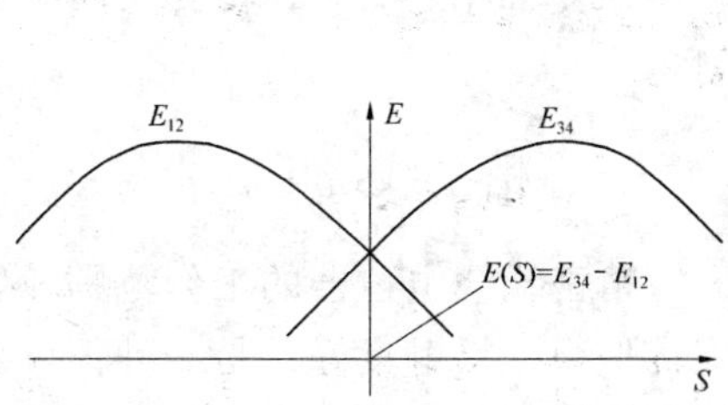

图 3-15　行程(差动)变压器输出特性 $E(S)$

二、旋转变压器

旋转变压器品种很多，用途广泛，在电液调速器中多采用具有良好线性输出的旋转变压器作为位电转换元件。其结构与单相异步电机相似。定子和转子都是隐极式，定子槽内放置两组相同且正交的绕组 Z 和 F，并直接引至接线板。转子槽内亦放置两组相同且正交的绕组 A 和 B，并通过 4 对滑环引出，接至接线板。Z 为主励绕组，F 为补偿绕组，其作用为补偿转子绕组负载电流产生的磁场对定子绕组主磁场畸变的影响，减小由负载电流引起的转子绕组感应电势的误差。转子上的两个绕组分别称为正弦绕组和余弦绕组，其电流产生的磁通对主磁通的影响作用相反而互相削弱，故误差进一步减小，一般不超过 0.05%。

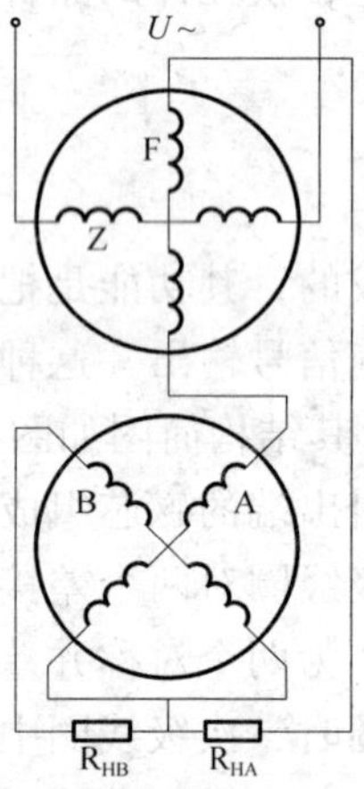

图 3-16　旋转变压器原理接线图

从图 3-16 可知，转子正弦绕组 A 与定子附加绕组 F 串联，定子绕组 Z 接于交流电源上，它产生的主磁通在转子绕组 A 中产生感应电势 E_A，但不能在定子附加绕组 F 中产生感应电势。在负载回路中，由于电势 E_A 的作用而产生负载电流 I_A，该电流产生的磁通 ϕ_A，将在附加绕组中感生电势，即

$$E_F = C_1\phi_A\cos\alpha = C_2 I_A\cos\alpha$$

接线时，将绕组 A 和绕组 F 按相反极性连接，故负载回路的合成电势为

$$E_H = E_A - E_F = E_{\max}\sin\alpha - C_2 I_A\cos\alpha$$

负载回路中的电流则与合成电势 E_H 成正比，即 $I_A = C_3 E_H$，将其代入上式，得：

$$E_H = E_{\max}\sin\alpha - C_2 C_3 E_H\cos\alpha = E_{\max}\sin\alpha - CE_H\cos\alpha$$

整理之后得：

$$E_H = \frac{\sin\alpha}{1 + C\cos\alpha}E_{\max}$$

这就是线性旋转变压器输出电压与转子回转角度的关系式。以上各式中的 C_1、C_2、C_3、C 均为常数。设计时，若取 C=0.5，则转子的回转角度α在 0°～74°的范围内变化时，合成电势 E_H 与α近似成线性关系，误差一般不超过 0.1%。当接力器移动全行程时，回复轴一般旋转 60° 的角度。旋转变压器一般装于调速器回复轴上，或通过钢丝绳与调速器回复轴相连，使旋转变压器的转子随回复轴的转动而旋转，即可实现对导叶开度的测量。

三、精密线绕电位器

精密线绕电位器的工作范围较宽，其旋转角可达 350° ，线性度很好，精度很高，旋转平稳，接触良好，是一种很理想的位电转换元件。精密线绕电位器的工作原理与一般电位器相同，其结构如图 3-17 所示。可动触点通过钢丝、反馈杆件与接力器相连。现阶段生产的电液调速器中，综合放大器的输入几乎均为直流信号，而行程变压器或旋转变压器均要求有交变电源信号输入，其输出也需要经过整流、滤波后，才能输入到综合放大系统。而精密线绕电位器可以直接输入直流信号，其输出当然也是直流信号，并且线性度好，所以在电液调速器中，把它作为位电转换元件是很适宜的。

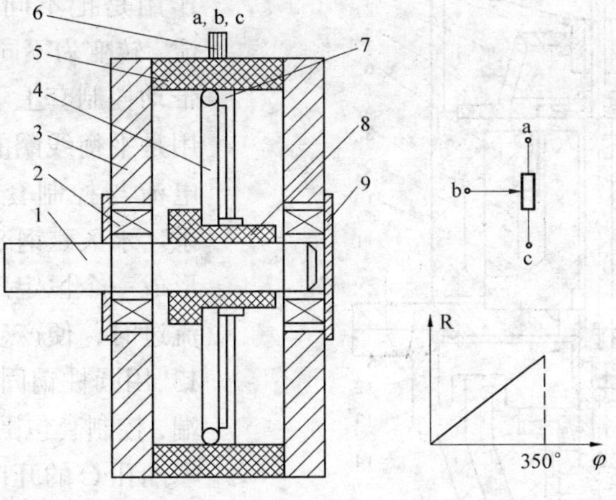

1—转轴；2—精密轴承；3—金属板；4—电阻丝环；5—胶木圈；

6—引出线；7—活动触头；8—胶木支座；9—轴承盖

图 3-17　精密线绕电位器结构简图

第七节　电液转换器

一、电液转换器的类型及特点

电液转换器是电液调速器中连接电气部分和机械液压部分的一个关键元件。它的作用是将电气部分输出的综合电气信号,转换成具有一定操作力和位移量的机械位移信号，或转换为具有一定压力的流量信号。电液转换器由电气—位移转换和液压放大两部分组成。电气—位移转换部分，按其工作原理可分为动圈式和动铁式。液压放大部分，按其结构特点可分为控制套式、喷嘴挡板式和滑阀式，其中控制套式又因为工作活塞的型式不同分为差压式和等压式。国产电液调速器以动圈式电气—位移转换部分和控制套式液压放大部分所组成的差压式和等压式电液转换器为主，它们都是输出位移量。等压式电液转换器的灵敏度稍高，机械零位漂移较小，耗油量较大。动铁式电气—位移转换部分和喷嘴挡板式液体部分所组成的电液转换器，其输出为具有一定压力的流量信号，并具有良好的动态特性，可直接控制进入辅助接力器的流量，但制造较困难，对油质要求高，已很少采用。滑阀式电液伺服阀是一种输出具有一定压力的流量信号电液转换元件，具有不易发卡、安装调整比较方便等特点。

二、电液转换器的结构和工作原理

如图 3-18 所示，为 YDT-1800A 型电液调速器的电液转换器结构图，它是一种流量输出型的电液转换器，由电磁和液压两部分组成。上半部是电磁部分，线圈 5 固定在控

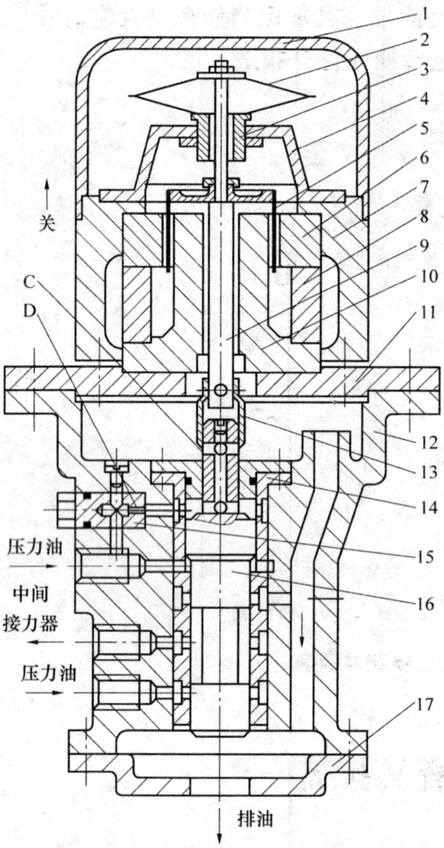

1—外罩；2—十字弹簧；3—调节螺母；4—支架；
5—线圈；6—磁轭；7—上壳体；8—永久磁钢；9—控制套轴；
10—铁芯；11—底座；12—下壳体；13—控制套；14—阀套；
15—节流孔塞；16—活塞体；17—下盖

图 3-18　YDT-1800A 型电液调速器的电液转换器结构图

制套轴 9 的中部，由顶端的十字弹簧 2 支承，悬吊在环形空气隙中。线圈的作用是把不同方向和大小的信号电流，转变为不同方向和大小的电磁力，带动控制套上下移动。十字弹簧的作用是平衡线圈的电磁力，以形成信号电流与控制套位移间一一对应的关系。永久磁钢 8 经过铁芯 10 和磁轭 6 形成一个恒定磁场。当线圈上有电流流过时，便产生上、下运动，控制套 13 用圆柱销固定在控制套轴 9 的下端，控制套包围并控制活塞体 16 上端喷油孔 C 的开口大小。活塞体 16 由差动活塞与引导阀柱塞组成，差动活塞和阀套相配合构成上、下两个油腔。其下油腔直接与压力油源相通，流入压力较高的油，而上油腔既与活塞上端的喷油孔相通，又要经过定节流孔 D 进油。定节流孔 D 的作用是对油流节流，降低上油腔的油压。因此，上油腔油压较低。在控制套移动时，上、下油腔总压力不平衡，从而推动差动活塞上升或下降，差动活塞的升、降则改变下部引导阀柱塞与三排油孔的相对位置，使压力油的流通情况改变，从而引起液压放大机构开、关导叶。

(一)电流—位移转换

电流—位移转换部分的任务是将电气放大回路送来的电流信号成比例地转换成位移信号。当机组处于稳定运行状态时，放大回路的输出$\Delta I=0$，流过电液转换器线圈的电流为零，十字弹簧的弹力与线圈、控制套及轴的重量相平衡，因此线圈不动，电液转换器处于中间平衡位置。

当机组转速升高时，放大回路的输出$\Delta I<0$，线圈中有负向电流通过，磁场对线圈产生一个向上的轴向电磁力，使线圈和控制套上移，向引导阀送出关小导叶开度的信号。同时，十字弹簧的弹力也随之增加，当电磁力与弹力及线圈控制套的重量相平衡时，线圈停止上移。当调节过程结束$\Delta I=0$时，在十字弹簧的弹力作用下，线圈、控制套向中间平衡位置回复。

机组转速下降时的动作过程与升高时相反。

电液转换器的线圈包括工作线圈 Q_1 和辅助线圈 Q_2，同时置于恒定磁场的气隙中，在有电流通过时将受电磁力作用而运动。由于磁场强度恒定不变，十字弹簧又有固定的刚度，因而线圈的位移量Δh与电流强度成正比例，就工作线圈而言，通过它的是放大回路输出的直流电流ΔI，因此有：

$$\Delta h=K_d\Delta I \tag{3-11}$$

式中　K_d——电液转换器的放大系数，mm/mA。

在正常运行期间，辅助线圈上通过较小的交流电流，使线圈不停地上下振动，这种不超过 0.02 mm 的微小振动不影响引导阀对油路的控制，但可以消除机构静摩擦力和惯性的影响，避免出现卡阻，从而提高了电液转换器的灵敏度。

(二)位移传递与力的放大

信号电流ΔI所产生的电磁力很小，远不够推动引导阀。如何准确地传递线圈位移，并将作用力放大，就成了电液转换器工作的关键，这部分结构上的不同也导致了电液转换器的不同类型。如图 3-18 所示，差动活塞与阀套 14 形成了两个油腔，下腔油压高但作用面积小，上腔油压低但作用面积大。当放大回路输出信号为零时，电液转换器处于平衡状态，控制套大约遮挡住喷油孔 C 的一半过流面积。因差动活塞面积上大下小，即$S_{上}>S_{下}$，而油压则是$p_{上}<p_{下}$，只要定节流孔 D 的大小选择适当，便能保持上、下两油腔的总作用力相等，$p_{上}S_{上}=p_{下}S_{下}$，此时差动活塞稳定不动，处于平衡状态。与此对应的喷油孔开度称为平衡开度。若线圈上有负向电流$\Delta I<0$通过，则控制套随线圈上升Δh，使喷油孔 C 的开度加大，排油阻力减小，上腔油压$p_{上}$下降，差动活塞在压力差作用下向上升起，并带动引导阀柱塞上升。而差动活塞的上升又会逐渐减小 C 孔的开度，引起上腔油压逐渐回升，当活塞也升起Δh距离时，上、下腔的油压作用力又达到平衡状态，差动活塞停止上移，引导阀柱塞停止上移。反之，当线圈和控制套下降时，差动活塞也下降同样的距离。这祥，差动活塞总是跟随线圈控制套升、降，而且移动的距离Δh相同。

上述过程表明，在油压的作用下，线圈的位移Δh能准确地传递到引导阀柱塞，而作用力被放大了，电液转换器输出的作用力可达数百牛。

三、电液转换器的主要特性及其技术要求

(一)静特性

从总体上看，电液转换器将放大回路的电流信号ΔI，转变成了引导阀柱塞的位移Δh。在稳定状态下有式(3-11)表示的正比例规律，这即是电液转换器的静特性，如图 3-19 所示。因此，电液转换器的静特性指的是其输出信号值(差动活塞位移S或电液伺服阀的输出流量q)与输入信号值(电流信号ΔI)的关系。其特性曲线应为一条直线。做此静特性试验时，往返两方向的测试点各不少于 10 个点，应有 3/4 的点在一条直线上。

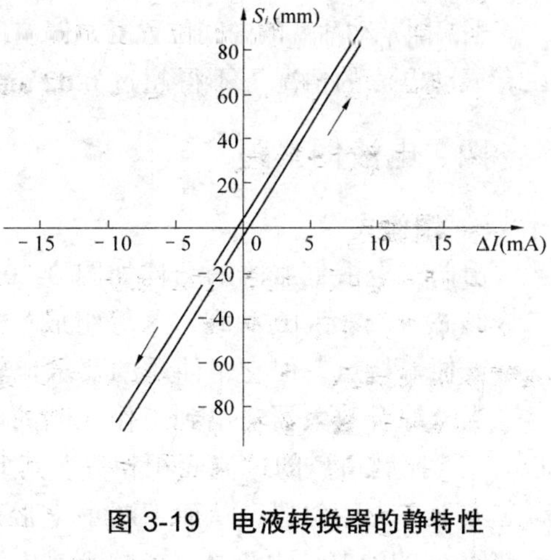

图 3-19　电液转换器的静特性

(二)静特性死区

当电液转换器的输入信号(电流信号)变化时，差动活塞要克服一定的阻力才能产生位移。因此，当差动电流只发生微小变化时，差动活塞就不产生位移(或电液伺服阀的输出流量不发生变化)。这种不足以使输出信号发生变化的微小差动电流变化区间，就称为电液转换器静特性死区。一般要求死区值不超过 0.06%。

(三)放大系数

电液转换器的放大系数又称为比例度，静特性的斜率就是电液转换器的放大系数 K_d，即在信号电流变化 1 mA 时活塞行程的变化值(或输出流量的变化值)。其放大系数应符合设计要求，一般为 0.02 mm/mA。YDT-1800A 型调速器 K_d 设计值为不低于 0.05 mm/mA。

(四)响应频率

一个系统(或元件)的频率响应是指系统(或元件)对正弦输入信号的稳态响应，即输入正弦信号时系统(或元件)输出量的稳态分量对输入量的复数比。电液转换器的响应频率就是其频率响应的频带宽度，即其开环伯德图中–3 dB 处的频带宽度。

响应频率的高低标志着电液转换器对输入信号响应速度的快慢，频率越高响应越快，但并不是响应频率越高越好，因为过高的响应频率容易受高频噪声的干扰，而且对元件的质量要求也很高。水轮机调速器用的电液转换器，其响应频率一般 5 ~ 10 Hz 即可满足要求。

(五)油压漂移

当压力油油压在调速器正常工作油压变化范围内变化时，在外加振荡电流，但电流信号不变的条件下，电液转换器差动活塞行程的变化应不超过 0.02 ~ 0.05 mm(若为流量输出，其流量变化应为零)。

(六)负载漂移

在外加振荡电流，但信号电流不变的条件下，当电液转换器的输出负载发生变化时，其差动活塞行程的变化应不大于 0.05 mm/MPa。

(七)零偏

零偏即差动活塞的中间位置复原偏差，在线圈不通任何电流的情况下不得超过 0.05 mm，在有振动电流的情况下不得超过 0.02 mm。

四、电液伺服阀

(一)滑阀式

滑阀式电液伺服阀的结构如图 3-20 所示，它由磁钢 1、工作线圈 2、一级阀芯 5、二级阀芯 7、阀套 10 和阀体 8 等组成。电液伺服阀具有频带宽、时间常数小、不易发卡、调整方便等特点，但它对油质的要求比较严格。

当从综合放大器输出到工作线圈的电流为零时，一级阀芯处在中间位置，使二级阀芯上、下控制窗口的过流面积相等，其上控制腔 D 与下控制腔 G 的油压相等，因而二级阀芯亦处在中间位置，从而切断了 P 腔压力油与 A、B 腔的油路，也切断了 A、B 腔与排油腔 O 的油路。由于 A、B 腔都是电液伺服阀的输出油口，在水轮机调速器中只任选其中之一(设选用 B 腔)与辅助接力器相接，因而此时切断了 P 腔压力油与辅助接力器(B 腔)的油路，也切断了辅助接力器(B 腔)和与排油管相通的 O 腔的油路，从而不会使接力器产生运动。

当工作线圈输入正电流时，工作线圈带动一级阀芯上移，下控制窗口的过流面积减小，下控制腔 G 的油压升高，而上控制窗口的过流面积增大，上控制腔 D 的油压下降，故二级阀芯向上运动，压力油自 P 腔通过 B 腔进入辅助接力器，使接力器产生关闭导叶的运动。

当工作线圈输入负电流时，情况恰好与输入正电流时相反，此时 B 腔与 O 腔相通，辅助接力器中的油通过 B 腔再从 O 腔排出，使接力器产生开启导叶的运动。可见，此电液伺服阀以电的信号作为输入，而以具有一定压力的流量信号作为输出。

此电液伺服阀工作线圈的最大工作电流为 ±300 mA，因而线径较粗，不易断裂，具有较大的工作力，以免经常发卡，但对油质要求较高。同时，此电液伺服阀的工作油压可用在 8 MPa(80 kg/cm^2)环境下，这对于提高电站油压水平也是有利的。

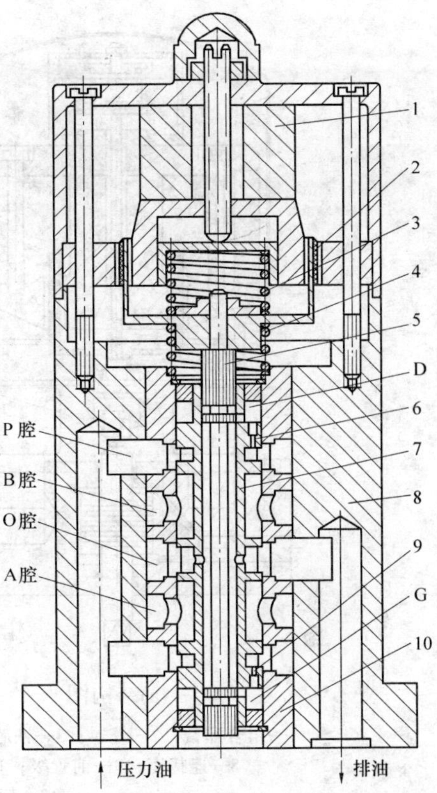

1—磁钢；2—线圈；3—上弹簧；4—下弹簧；5—一级阀芯；6、9—固定节流孔；7—二级阀芯；8—阀体；10—阀套

图 3-20　滑阀式电液伺服阀

(二)环喷式

环喷式电液伺服阀的结构如图 3-21 所示，由电气—位移转换部分和液压放大部分组成，电气—位移转换部分为动圈式结构，液压部分以环喷部分为前置级，等压活塞作为功率放大级。线圈 6 与中心杆 4 刚性连接，线圈内侧装有铁芯 3，外侧是永久磁钢 5 和极靴 7，中心杆的上端装有一对由上、下弹簧组合而成的组合弹簧 1，用以实现直接位置反馈，并使中心杆恢复到中间位置。中心杆的下端则通过滚动球铰 11 与旋转控制套 13 连接。当工作电流加入上部线圈后，该电流和磁场相互作用产生了电磁力，该线圈连同中心杆及控制套一起产生位移，其位移大小取决于输入电流的大小和组合弹簧的刚度。随动于线圈和阀杆的具有万向滚动球铰结构的旋转控制套则控制着等压活塞上端伸出杆上的锯齿形阀塞 12 上环和下环的压力，而上环和下环则分别连通等压活塞的下腔和上腔。

在稳定状态下，旋转控制套不作轴向运动，若无其他因素影响，则此时上环和下环压力相等，二者的环形喷油间隙也相同，等压活塞自动地稳定在某一平衡位置。

在关机信号电流的作用下，旋转控制套随线圈上移，引起上环喷油间隙减小，下环喷油间隙增大，则等压活塞下腔油压增大而上腔油压减小，于是等压活塞随之上移至新的平衡位置，即上、下环压力相等时的位置。同理，旋转控制套下移，也会导致等压活塞下移，即等压活塞随动于旋转控制套。

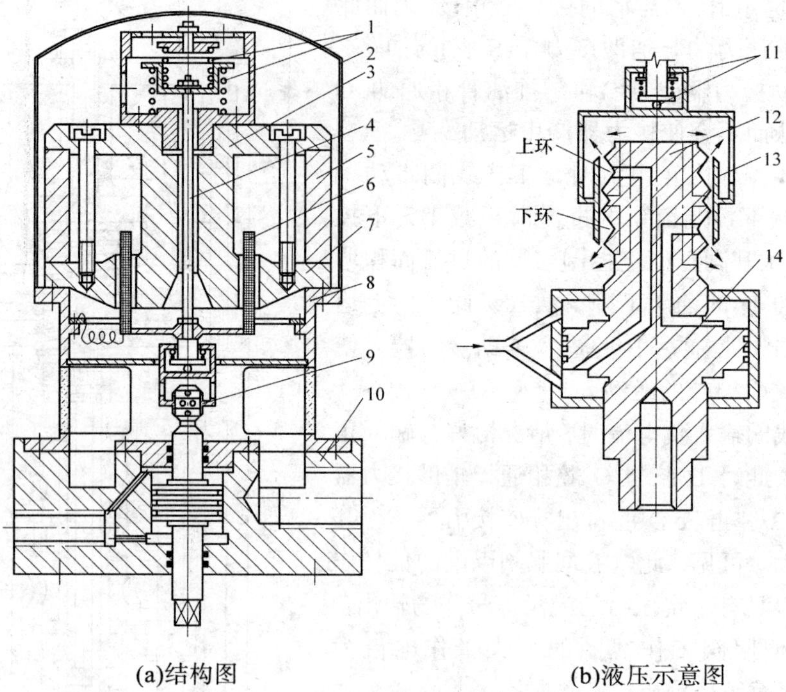

1—组合弹簧；2—外罩；3—铁芯；4—中心杆；5—永久磁钢；6—线圈；7—极靴；
8—连接座；9—前置级；10—阀座；11—滚动球铰；12—锯齿形阀塞；
13—旋转控制套；14—等压活塞

图 3-21　环喷式电液伺服阀

环喷式电液伺服阀的前置级环喷部分是按液压防卡、自动调中原理进行设计的，即利用阀塞的锥形段减小液压卡紧力，采用万向滚动球铰结构使控制套自如地与阀塞同心。阀塞上环和下环的 4 个喷油孔都按轴径的切线方向设计，油流切向喷射产生较强的自动调中作用力，追使旋转控制套随着上、下环自动定心，并不断快速旋转，同时，阀塞在油流的反作用力下不停地反向慢速旋转，可消除黏滞影响，提高灵敏度，增加防卡能力。由于上环和下环的开口较大，而且阀塞在此开口部分为锥形，当上环开口被堵时，活塞下腔油压就高于上腔油压，活塞瞬间上移，使上环开口增大，污物迅即被冲走，然后当上、下腔油压恢复平衡时，活塞又自动回到原来位置。同理，当下环开口被堵时也起到这种自动清污的作用。因此，该电液伺服阀具有较好的抗污能力，自动防卡能力强。其缺点是耗油量较大(3 ~ 5 L / min)。响应频率稍低(−3 dB 时，频宽≥7 Hz)，但尚能满足水轮机调节系统的要求。

其他型式电液伺服阀不再一一赘述，请参阅有关书籍。

第八节　YDT-1800A 型电液调速器整机工作原理

一、电液调速器整机组成

YDT-1800A 型电液调速器用于调节和控制中小型混流式和轴流定桨式水轮机，由电气部分、机械液压部分、主接力器和油压装置装配成一个整体，为组合式调速器。YDT-1800A 型电液调速器原理框图见图 3-1。

YDT-1800A 型电液调速器是在 YDT-1800 型的基础上改进而成的，其主要特点有：①采用发电机残压测频方式，这样可提高测频信号的准确度，简化水轮发电机组的结构，便于和各种发电机配套；②电气部分增加了频率微分电路，因而具有 PID 调节规律；③电路设计中采用了集成电路元件，接线简单，抗干扰能力较强，易于调整；④电气部分设有无信号关机保护电路和故障检测及运行参数测量电路。

(一)电液调速器电气系统的组成

YDT-1800A 型调速器的电气部分如图 3-22 所示，主要有残压脉冲测频回路、频率给定回路、测频微分电路、软反馈回路、功率给定及硬反馈回路、调节信号放大回路以及稳压电源等。此外，还有转速测量电路、无信号关机保护电路、振动电源和稳压电源电路。下面主要对前面未作介绍的部分作一说明。

1. 转速测量电路

运算放大器 N_5、三极管 $T_{14}\sim T_{18}$、电容 $C_{42}\sim C_{44}$、稳压管 WG_{11} 和 WG_{12} 等组成转速测量电路。自隔离变压器 B_1 送来的机组频率信号经 C_{37}、C_{38} 和电阻 R_{98} 滤波后送到运算放大器 N_5 进行整形放大。在 N_5 的输出端获得一个与机组频率相同的矩形波，用以控制一个所谓泵电路。当 N_5 输出为正时，三极管 T_{14} 截止，三极管 T_{14} 的集电极电位，即电容 C_{42} 左端电位由稳压管 WG_{11} 和 WG_{12} 的稳压值确定为–12 V。由于 T_{15} 导通，由电源经 T_{15} 向电容 C_{42} 充电，设充电后 C_{42} 两端电压为 U_0。当 N_5 输出为负时，三极管 T_{14} 导通。R_{105} 的阻值十分小(18 Ω)，现在由于 T_{14} 的导通，三极管 T_{14} 的集电极电位，即电容 C_{42} 左端电位突然抬高(接近零电位)，又由于电容两端电压不能突变，因而 C_{42} 右端电位也抬高，瞬间高于零电位，即三极管 T_{15} 的发射极电位瞬间高于零电位，导致 T_{15} 截止、T_{16} 导通。这时 C_{42} 上积存的电荷经 T_{16} 向 C_{43} 转移，C_{42} 上的电压按 C_{42}、C_{43} 串联而分压，C_{42} 上的电压为

$$U_{42}=\frac{C_{42}}{C_{42}+C_{43}}U_0$$

式中　U_{42}——N_5 输出为负时，C_{42} 两端的电压；

U_0——N_5 输出为正时，C_{42} 两端的电压。

在一个周期中，C_{42} 给 C_{43} 的电量为 $q_1=C_{43}U_{42}$，设 C_{43} 上的电压为 U_{43}，则在一个周期内 C_{43} 经电阻 R_{107} 和 R_{108} 放掉的电量为

$$q_2=C_{43}U_{43}\frac{T_1}{T_2}$$

式中　T_1——输入信号的周期，$T_1=\frac{1}{f}$，f 为机组频率；

T_2——电容 C_{43} 的放电时间常数，$T_2=(R_{107}+R_{108})C_{43}$。

在稳定时，每次 C_{42} 给 C_{43} 的电量应等于 C_{43} 放掉的电量，即 $q_1=q_2$，整理以上诸式可得：

$$U_{43}=\frac{C_{42}C_{43}}{C_{42}+C_{43}}(R_{107}+R_{108})U_0 f$$

可见，U_{43}与被测频率f成正比。U_{43}经 R_{109}、C_{44}滤波后，由三极管 T_{17}及 T_{18}进行功率放大，供转速表 n 使用。转速测量电路的工作范围为 30% ~ 150%额定转速。

2. 无信号保护电路

在机组运行中如出现发电机近端短路、测频信号引线断开等事故和故障，将使电液调速器的输入频率信号中断。这就相当于测到机组频率为零，频率测量电路将输出开机信号。为了安全运行及便于排除故障，设置了无信号保护电路。该电路由三极管 T_7 和 T_8、继电器 J、稳压管 WG_9、电阻 R_{33} ~ R_{39} 等组成。

三极管 T_7发射极电位由稳压管 WG_9确定，一般为 7.5 V。频率信号正常时，由单稳态触发器 DW_2输出的高电平通过电阻 R_{33}、R_{34}加到 T_7的基极上。这时 T_7的基极电位为 8.5 V，高于其发射极电位，使 T_7截止，T_8亦相应截止，继电器 J 不带电。

当频率信号中断时，DW_2输出的是一个约为 5 V 的低电平，使 T_7基极电位低于发射极电位，T_7导通，T_8亦相应导通，继电器 J 线圈带电。J 的两个常闭接点 J_1、J_2断开，分别切断频率测量电路和频率给定电路的输出信号。J 的常闭接点 J_4断开、常开接点 J_3闭合，将硬反馈和功率给定电路的输出端由 W_{10}的活动触点切换到 R_{77}与 W_{10}之间，使其有较大的输出电压，于是导叶自动关到功率给定电位器 W_9 给定的开度。设计要求机组运行中功率给定在空载位置，因而这时导叶自动关到空载开度。

3. 电源电路

本电液调速器的交流电源可以是 220 V 厂用电，也可以是发电机电压互感器输出的 100 V 交流电。变压器 B_2 的接线图如图 3-22 所示。当采用交流 100 V 时，变压器 B_2 的接线要按图 3-23 更改。

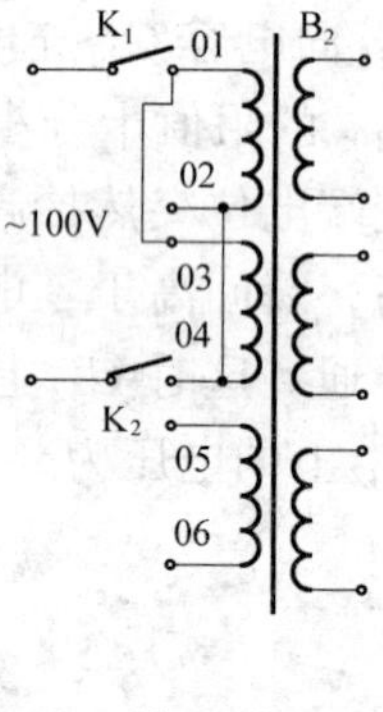

图 3-23 变压器 B_2 的接线图

交流电源经变压器 B_2降压和二极管 D_{27} ~ D_{30}、D_{35} ~ D_{38} 整流后送入三端式集成稳压电路，以获得稳定的±15 V 直流电压，供电液调速器各电路使用。

E_1、E_2是备用直流电源，在交流电源 220 V 或 100 V 失去时，E_1、E_2自动投入。交流电源正常后，E_1、E_2自动退出。E_1、E_2的电压为±22.5 V，使用两个型号为 LR–20 的干电池，或各用 15 节 1 号电池串联而成。E_1、E_2的输出仍要经三端式集成稳压电路稳压至±15 V 后使用。E_1、E_2保证了电调失去交流电源时仍能正常工作。

在三端式集成稳压电路中，稳压功能主要由 WY_1、WY_2完成，电容 C_{25}、C_{26}、C_{29}、C_{30}用来实现频率补偿，抑制稳压电路的自激振荡。

4. 振动电源

振动电源由集成自激多谐振荡器 ZD 产生，调速器运行时，其输出通过 T_{13} 等元件组成的射极跟随器进行功率放大后，向电液转换器的振动线圈输送频率约为 30 Hz、电压为 6 V 的交流信号，从而造成微振动。

(二)机械液压系统

YDT-1800A 型电液调速器机械液压系统如图 3-24 所示，主要由电液转换器 1、引导

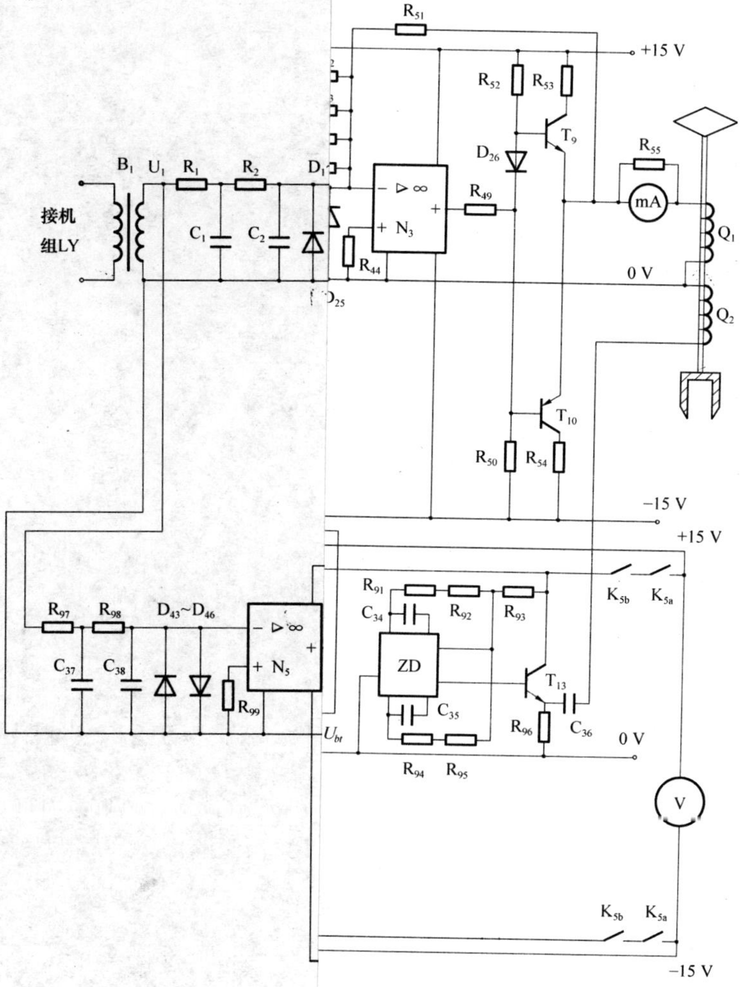

R51
+15 V
R52
R53
T9
D26
R55
mA
B1
U1
R1
R2
D1
接机
组LY
C1
C2
N3
R49
R44
D25
Q1
0 V
Q2
T10
R50
R54
−15 V
+15 V
R91
C34
R92
R93
K5b
K5a
R97
R98
D43~D46
N5
C37
C38
ZD
T13
R99
C35
R96
C36
Ubt
0 V
R94
R95
V
K5b
K5a
−15 V

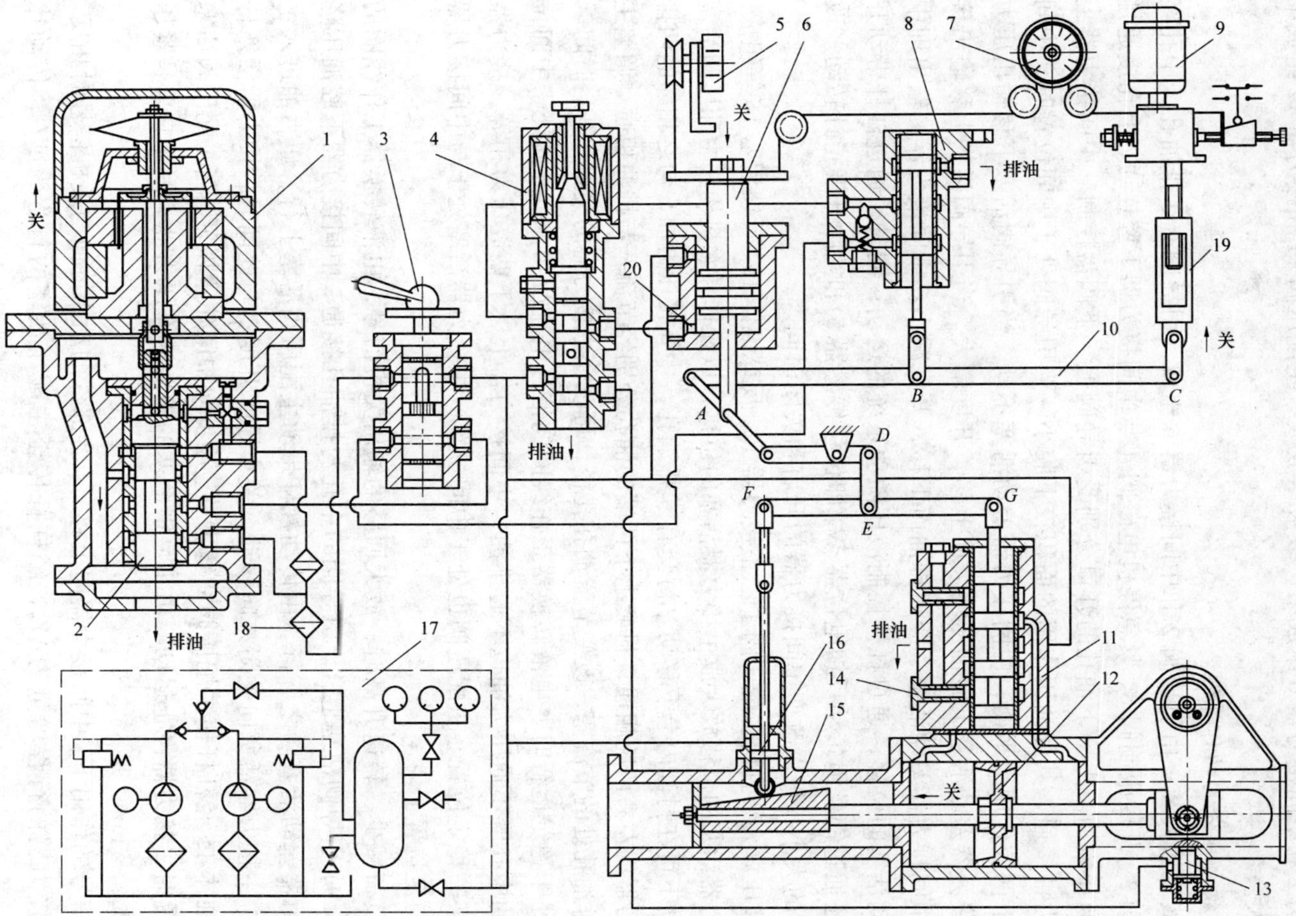

1—电液转换器；2—引导阀；3—手自动切换阀；4—紧急停机电磁阀；5—位移传感器；6—中间接力器；7—导叶实际开度和限制开度指示仪表；8—开度限制阀；9—干限电机；10—杠杆系统；11—主配压阀；12—接力器；13—锁锭；14—主配压阀节流塞；15—反馈锥体；16—反馈活塞；17—油压装置；18—双芯滤油器；19—开限螺套；20—节流孔

图 3-24　YDT-1800A 型电液调速器机械液压系统

阀 2、中间接力器 6、主配压阀 11、接力器 12 和传递杠杆等自动调节元件组成。此外，还有开度限制阀 8、杠杆、开限螺套 19、开限电机 9 等组成的开度限制机构，以及紧急停机电磁阀 4 及手自动切换阀 3 等控制元件。

由引导阀 2 和中间接力器 6 组成第一级液压放大，主配压阀 11 和接力器 12 组成第二级液压放大。

1. *液压放大部分的动作原理*

第一级液压放大装置由引导阀 2 和中间接力器 6 组成。引导阀有 3 排油孔，中孔经手自动切换阀 3、开度限制阀 8、紧急停机电磁阀 4 与中间接力器下腔连通，上孔接通排油，下孔接通压力油。上、下油孔的开口分别受引导阀上、下阀盘控制。中间接力器上腔始终与压力油接通，其受油压作用的面积较下腔小。当引导阀处于中间位置时，中间接力器上、下两腔作用力平衡，中间接力器差动活塞不动。当引导阀活塞下移输出压力油时，中间接力器差动活塞下腔油压增大而上移，开度增大。当引导阀活塞上移输出接通排油时，中间接力器差动活塞下腔通排油而下移，开度减小。中间接力器的输出即中间接力器差动活塞的位移，通过杠杆控制液压随动系统的运动；同时，通过杠杆带动开度限制阀，还通过钢丝绳带动反馈电位器 W_8(即位移传感器 5)和实际开度指针转动。改变节流孔 20 的大小，可以改变中间接力器的开启和关闭时间。

第二级液压放大装置由主配压阀 11、主接力器 12、反馈锥体 15、反馈活塞 16 等组成。它将中间接力器活塞的位移放大成主接力器活塞的位移，以操作导水机构。主配压阀活塞在杠杆的带动下可在衬套内上下移动。衬套有 5 排油孔，中孔接压力油，与之相邻的两排油孔与主接力器的左右两腔相通，衬套上下两端的油孔分别经节流塞与排油相通。调整主配压阀上下排油孔处的节流塞，改变节流油孔孔径，可改变主接力器的关闭和开启时间。

当机组处于稳定运行时，电液转换器工作线圈的信号电流$\Delta I=0$，引导阀处于中间位置，引导阀的中孔既不通压力油也不通排油，中间接力器上、下两腔压力相等，接力器活塞停留在某一稳定位置。主配压阀也处于中间位置，主接力器活塞处于与中间接力器活塞相应的稳定位置上。

当机组负荷减少、转速升高时，放大回路的输出关机信号，电液转换器工作线圈的信号电流$\Delta I<0$，引导阀活塞上移，引导阀的中孔与排油孔接通，中间接力器下腔油压降低，中间接力器差动活塞随之下行。由传动杠杆带动主配压阀活塞上行，压力油进入主接力器右腔，主接力器活塞向关闭方向移动，关小导叶开度；与此同时，接力器活塞杆又带动反馈锥体 15 经杠杆使主配压阀活塞下移，逐步向中间位置恢复。当主配压阀活塞到达中间位置时，接力器停止运动。由于反馈活塞的上腔通有压力油，因此它总是紧压在反馈锥体上。

在开机信号的作用下，中间接力器向上移时，各部件的动作方向与关机信号时相反。

设中间接力器的行程增量为ΔY_n，经杠杆传至主配压活塞的行程为ΔH_1，传动比 $\alpha_1=\dfrac{\Delta H_1}{\Delta Y_n}$；与此相应的主接力器行程增量为$\Delta Y$，经反馈锥体、反馈活塞和杠杆传至主配压阀活塞的反馈行程为ΔH_2，传动比 $\alpha_2=\dfrac{\Delta H_2}{\Delta Y}$。当主配压阀活塞回到中间位置时，因

$\Delta H_1=\Delta H_2$，则有：

$$\Delta Y=\frac{\alpha_1}{\alpha_2}\Delta Y_n=K_n\Delta Y_n$$

式中　K_n——中间接力器至主接力器的放大系数，$K_n=\frac{\alpha_1}{\alpha_2}$。

因此，在稳定运行状态下，调速器主接力器的行程与中间接力器行程成一一对应的比例关系，即主接力器随动于中间接力器。主配压阀、主接力器和其机械反馈杆件构成液压随动系统。中间接力器的行程反映了导叶实际开度的大小。凡属中间接力器型的调速器均具有这一特性。

当接力器的开和关的方向与图 3-24 所示方向不同时，可以改变反馈锥体和主配压阀壳体的安装方向，从而改变主接力器的开关方向。另外，电站调试时，先将中间接力器节流孔 20 置于最大状态，改变主配压阀节流孔 14 的大小，整定好导叶最短关闭时间及最短开启时间。在整机调试进行参数组合工作时，再改变中间接力器节流孔 20 的大小，用以与其他参数配合，改善调节质量。参数组合确定后，再一次校核导叶最短关闭时间。

2. 开度限制机构

开度限制机构由开限电机 9、开度限制阀 8、开限螺套 19、杠杆系统 10、减速器、螺杆和手轮等组成。开度限制阀设置在引导阀至中间接力器的油路中。在实际开度未达到限制开度时，开度限制阀只起引导阀至中间接力器油路的通道作用。

限制开度的整定是由开限电机经减速器、螺套、杠杆带动开限针塞动作，开限针塞下移量越大，则限制开度越大。此外，开限针塞的位置还受导叶实际开度的影响，随中间接力器开度的增加(上移)，开限针塞上移。当实际开度小于限制开度时，开限针塞下阀盘的位置低于开限阀下孔，引导阀至中间接力器的油路畅通，接力器开度可随负载自动增减。在限制开度工况时，导叶实际开度等于限制开度，开限针塞的下阀盘堵住开限阀下孔，切断了引导阀通往中间接力器的油路，压力油不能进入中间接力器下腔，中间接力器不能开启，主接力器也不能开启，于是开机信号被封锁。由于在限制开度状态下不仅封锁了开机信号，而且对关机信号的传递造成了延迟，加大了机组转速的超调量，故在开度限制阀的中、下孔之间设置一个逆止阀，以保证在限制开度状态下关机信号能照常通行，消除关机动作的滞后。其动作过程如下：机组在限制开度运行时突然甩负荷，电液转换器差动活塞上移，引导阀活塞上移，其中、上孔相通，引导阀中孔接通排油，逆止阀进口经引导阀与排油连通，压力下降，由于开限针塞下阀盘封闭了引导阀至中间接力器的油孔，故中间接力器下腔的油在上腔油压的作用下，克服逆止阀弹簧的推力，压开逆止阀中的钢珠，迅速通过逆止阀、油管经引导阀中孔和上孔排出，中间接力器下移，主接力器使导叶迅速向关侧动作。与此同时，中间接力器带动开限针塞下降相应距离，开限阀排油通路形成，逆止阀复归。不难看出，设置逆止阀能在限制开度状态下及时减小开度，消除动作的滞后。

3. 手自动切换阀

手自动切换阀设在引导阀至中间接力器的油路上。图 3-25 所示为手自动切换阀结构简图。与机械液压调速器一样，切换阀仍有两个工作位置。切换阀在自动位置时，油路连接如图 3-24 所示，压力油经切换阀上段，过双芯滤油器，进入电液转换器和引导阀。而引导阀经切换阀下段与开限阀、紧急停机电磁阀、中间接力器相通，此时液压部分由电液转换器引导阀自动控制。切换阀柱塞若转动 90° 到手动位置，压力油经切换阀柱塞上的切口，由上段直接流向下段，通向开限阀。此时电液转换器及引导阀失去控制能力，改由人为操作开限阀来控制。

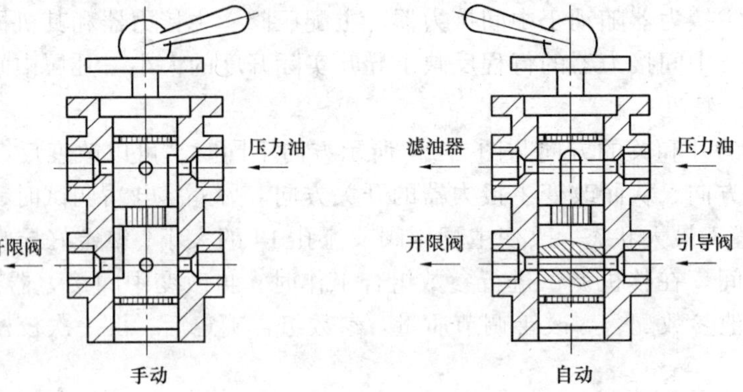

图 3-25 手自动切换阀结构简图

4. 紧急停机电磁阀

紧急停机电磁阀设在开限阀与中间接力器相连的管路上，机组正常运行时不影响压力油的流通，仅起一个通路的作用，同时将压力油送到锁锭，使锁锭活塞处于拔出位置。在事故状态下线圈有信号电流流过，铁芯上升，带动紧急停机电磁阀活塞上移，一方面使中间接力器下腔经紧急停机电磁阀排油，中间接力器活塞下移，主接力器关闭导叶；另一方面使锁锭装置排油，锁锭活塞被弹簧压出，将主接力器活塞锁在全关位置。

紧急停机电磁阀线圈是短时带电工作制，动铁芯和紧急停机电磁阀活塞上移后被定位在上部，重新开机前，应将紧急停机电磁阀上部的按钮压下，使紧急停机电磁阀活塞回到下部。

5. 锁锭

YDT-1800A 型调速器采用了液压锁锭，其结构如图 3-26 所示。正常运行时压力油使活塞下移，压缩弹簧并离开滑块，不影响接力器的移动。接力器全关闭后，若提起紧急停机电磁阀铁芯，使锁锭内的压力油排出，则弹簧推动活塞投入滑块上相应的凹槽，锁死接力器。

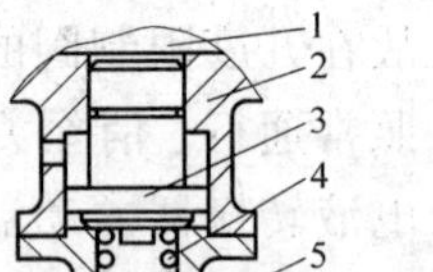

1—滑块；2—接力器滑轨；3—活塞；4—弹簧；5—压盖

图 3-26 液压锁锭结构

二、YDT-1800A 型电液调速器的整机工作原理

1. 机组的启动和停机

自动开机前，按空载扰动试验整定好有关调速器的最佳运行参数，频率给定在 50 Hz 位置，功率给定在空载开度位置，手自动切换阀在自动位置。当中控室发出开机信号时，即由二次操作回路操作开度限制电机，使限制开度开到略大于空载开度的位置。由于功

率给定在空载开度位置，而开机前导叶实际开度为零，故 $|U_\alpha| < |U_p|$，功率给定和硬反馈回路向综合放大回路送出一个负电压，经综合放大后，电液转换器工作线圈通开机电流，于是导叶开启，直至空载开度。机组转速达额定转速后，可进行同期并列。并网后，开度限制机构将限制开度增大至 100%或规定开度，再用频率给定电位器 W_1 带上所需要的负荷。至此，开机过程完成。

机组的正常停机由中控室操作频率给定电位器使负荷减小为零，机组解列后，再操作开度限制电动机，将导叶全关。

2. 单机运行时的自动调节过程

机组在稳定工况下运行时，动力矩 M_t 与阻力矩 M_g 相等，主接力器开度稳定在相应的开度上，中间接力器也稳定在相应的位置上。这时综合放大回路总的输入电压信号平衡，即 $\Sigma U = U_f + U_z + U_{bp} + U_{bt} = 0$。因此，在稳定工况下，电液转换器工作线圈中的电流 $\Delta I=0$，控制套和引导阀在中间位置，主配压阀也在中间位置。

当机组按有差静特性单机带负荷自动运行时，若机组所带的负荷减少，则发电机阻力矩小于水轮机的主动力矩，机组转速升高，测频回路输出的测频信号电压 U_f 增加，综合放大回路总的输入电压 $\Sigma U>0$，通过电液转换器工作线圈的电流 $\Delta I<0$，电液转换器控制套上移，差动活塞上移，引导阀阀盘也跟随上移，引导阀中孔与上孔相通，接通排油，中间接力器活塞下移，*A* 点下移，通过传递杠杆，*D*、*E*、*G* 点上移，主配压阀活塞上移，主接力器活塞左移，导叶开度关小，机组流量减小，动力矩减小，逐渐与阻力矩相平衡。在主接力器活塞左移的同时，反馈锥体左移，*F* 点上移，通过机械反馈杠杆，*G* 点下移，主配压阀活塞下移再回到中间位置，则主接力器活塞停止在与用户负荷相应的新的平衡位置上。

在中间接力器活塞下移的同时，中间接力器活塞带动反馈电位器 W_8(位移传感器)的活动触点下移，向软反馈回路和功率给定和硬反馈回路(调差回路)提供一个减小的导叶位置反馈电压信号 U_α，经功率给定和硬反馈回路向综合放大回路送出的永态转差电压 U_{bp} 也减小。同时，经软反馈回路向综合放大回路送出一个软反馈信号电压 U_{bt}($U_{bt}<0$)，以抵消测频信号电压 U_f 增加的影响。当 $\Sigma U = U_f + U_z + U_{bp} + U_{bt} = 0$ 时，$\Delta I=0$，电液转换器、引导阀回复中间位置，中间接力器停止移动，使中间接力器的位移与频差 Δf 的变化形成近似于比例–积分的动作规律。

经过一定时间的调节，系统稳定在一个新的平衡状态。由于在平衡状态下 U_{bt} 等于零，在调节过程中频率给定电压 U_z 未变动，而永态转差电压 U_{bp} 减小了 ΔU_{bp}，因此测频回路输出的测频信号电压 U_f 必须增加 ΔU_f，且 $\Delta U_f = \Delta U_{bp}$，才能满足平衡条件 $\Sigma U=0$。所以，在新的平衡状态下，频率增加 $\Delta f = \Delta U_f / K_f$，即机组稳定于比调整前稍高的转速下运转。与此类似，当机组所带的负荷增加、机组频率偏低时，其自动调节过程与上述过程相反，即电压极性和位移方向相反。

另外，调整频率给定电位器 W_1 或功率给定电位器 W_9，可使空载运行的机组转速发生变化或使并网运行的机组负荷发生变化，其自动调节过程可按上述类似方法进行分析。

3. 机组的手动操作

手动操作机组时，手自动切换阀 3 切至手动位置，电气回路及电液转换器和引导阀将不起作用。

假如机组处于自动调节状态，若要改为手动控制，此时应先操作机械开限的手轮，使开限指示红指针与实际开度指示黑指针重合，开限针塞的下阀盘堵住开限阀下孔，开限针塞的上阀盘堵住开限阀上孔；再将手自动切换阀切至手动位置，这时压力油进入开限阀下孔并守候于此处，中间接力器下腔也不通排油(排油通道被开限针塞的上阀盘阻断)，中间接力器处于平衡位置，导叶接力器开度不变，机组仍处于原工况下稳定运行。

此时若要减少机组负荷，可操作开限机构手轮，使开限螺套 19 上移，*C* 点上移，经过杠杆，*B* 点上移，开限针塞上移，其上阀盘打开开限阀的上孔，开限阀的中、上孔相通，中间接力器下腔的油经紧急停机电磁阀进入开度限制阀中孔，并从开限阀的上孔排出，中间接力器活塞在其上腔油压的作用下向下移动，并通过杠杆带动主配压阀活塞上移，主接力器向关闭侧运动，机组负荷减小。在中间接力器活塞下移的同时，*A* 点下移，*B* 点下移，开限针塞下移，其上阀盘重新堵住开限阀的上孔，中间接力器活塞停止下移。在主接力器活塞左移的同时，反馈锥体带动反馈活塞上移，*F* 点上移，*G* 点下移，使主配压阀活塞下移回到中间位置，主接力器停止向关闭侧运动，机组稳定于新的工况下运行。

若要增加机组负荷，可操作开限机构手轮使开限螺套 19 下移，其动作过程与上述相反。

同理，操作机械开限机构手轮，可进行手动开机和手动关机。

在机组由手动操作变为自动操作时，应注意观察电液转换器的平衡表指示是否为零，若平衡表不为零(即$\Delta I\neq 0$)，则应调整频率给定电位器 W_1，使平衡表指示为零(即综合与放大回路输出$\Delta I=0$)，再将手自动切换阀切至“自动”位置，然后操作机械开限机构手轮，使开限指示红指针大于导叶实际开度指示黑指针即可。

4. 事故紧急停机

若机组由于某些电气或机械的严重故障而危及机组安全运行，或者由于某种原因(如调速器电气回路失灵或电液转换器卡阻)造成机组过速达 $140\%n_r$，此时机组事故保护及故障信号回路的紧急停机事故继电器动作，紧急停机电磁阀线圈励磁，中间接力器下腔的油直接通过紧急停机电磁阀排油，中间接力器活塞迅速下移，并带动主配压阀活塞上移全行程，主接力器迅速关闭到全关位置。在紧急停机电磁阀动作的同时，开限电机转动，将开度限制机构关到全关位置。

当自动紧急停机控制回路失灵或者因某种原因需要紧急停机时，也可手动操作紧急停机电磁阀，实现紧急停机。

本章小结

本章仅以 YDT-1800A 型电液调速器为例介绍了电液调速器的特点及各主要回路的作用、组成、工作原理、运动方程和传递函数。

(1)测频回路实际上是一个频率电压转换电路。在水轮机调速器中常见的测频回路有永磁机—LC 测频回路，发电机残压—脉冲测频回路，齿盘、磁头—脉冲测频回路和发电机残压—脉冲数字测频回路。重点对发电机残压—脉冲测频回路的测频原理进行了阐述，得出了测频回路的数学模型。同时，对频率给定回路的作用、电路组成和工作原理作了必要的介绍。

(2)校正回路的作用是用来对调节信号进行校正，形成相应的调节规律。在水轮机调速器中常见的校正回路有测频微分回路和软反馈回路，其数学模型均为微分环节。只不过设在前向通道的称为测频微分回路，以形成微分调节；设在反馈通道的称为软反馈回路，以形成积分调节。在校正回路一节，以 YDT-1800A 型调速器为例，对软反馈回路的电路组成、工作原理进行了分析说明。

(3)功率给定回路和频率给定回路一样，都是用于人为改变导叶开度的，但两者又略有不同。频率给定回路是根据给定频率来改变导叶开度的，衡量的指标是频率；而功率给定回路则是根据给定功率(给定开度)来改变导叶开度的，衡量的指标是导叶开度。硬反馈回路实际上就是一个电压衰减电路。

(4)综合放大与开度限制回路一节，介绍了 3 种信号综合方式，着重对 YDT-1800A 型调速器的直流信号并联综合放大回路和 JST-A 电液调速器的开度限制回路的组成、工作原理进行了分析说明。开度限制回路的核心就是一个钳位电路。

(5)位移传感器是将机械位移信号按一定函数关系转换成电气信号的位电转换元件。本章主要介绍了在以电液调速器中常见的行程变压器、旋转变压器和精密线绕电位器的特点和工作原理。

(6)电液转换器是电液调速器中连接电气部分和机械液压部分的一个关键元件，它的作用是将电气部分输出的综合电气信号，转换成具有一定操作力和位移量的机械位移信号，或转换为具有一定压力的流量信号。因此，掌握电液转换器的结构特点、主要技术特性及工作原理就显得十分重要。电液调速器中常用的电液转换器(或电液伺服阀)有差动式电液转换器、滑阀式电液伺服阀、环喷式电液伺服阀等多种结构形式，但都可分为电气—位移转换部分和液压放大两部分。在分析电液转换器的动作过程时，要注意线圈、控制套的回中是在通过线圈的电流为零时依靠弹力的作用完成的，液压放大部分的差动活塞(等压活塞)是随动于控制套的(在压力油的作用下)。

(7)以 YDT-1800A 型电液调速器为例，介绍了电液调速器机械液压系统的组成、主要部件的结构和工作原理，并结合 YDT-1800A 型电液调速器的电气系统和机械液压系统，分析了电液调速器的整机工作原理。

复习思考题

问答题

3-1 电液调速器与机调相比有什么特点?

3-2 以图 3-1 为例说明电液调速器的构成。其中电液转换器和位移传感器分别起什么作用?

3-3 了解残压测频回路的构成及各部分的作用。

3-4 频率给定回路起什么作用?

3-5　什么是功率给定作用？实际运行中如何使用？

3-6　YDT-1800A 型调速器液压部分包括哪些元件？

3-7　以图 3-8 为例说明软反馈回路的工作原理。与机调的软反馈机构相比它有何特点？

3-8　以图 3-11 为例说明硬反馈回路的工作原理，包括调速器静特性的形成。

3-9　电液转换器是怎样工作的？它的特性如何？

填空题

3-10　测频回路按所取信号源和模拟数字电路的不同，大致可分为________、________、________和________4 种典型的型式。

3-11　电液转换器的作用是________，按电液转换器液压放大部分的结构特点，可分为________、________和________。

3-12　YDT-1800A 调速器的液压放大机构，包括________、________、________、________以及________。

3-13　对测频回路的质量要求是________、________、________。

3-14　YDT-1800A 型调速器的测频回路由________、________、________、________、________等组成。

3-15　电液调速器中的信号综合方式可分为________、________和________。

3-16　YDT-1800A 型调速器信号综合回路的输入信号包括________、________、________和________。

3-17　机械液压型调速器中的调差机构、变速机构、飞摆、缓冲器各相应于电气液压型调速器中的________回路、________与________回路、________回路和________回路。

选择题

3-18　在 YDT-1800A 型调速器的测频回路中，通过______实现频率—电压的变换。

(A)LC 电路　　(B)采样控制电路

(C)函数发生器　　(D)控制脉冲发生器

3-19　机组并网运行时，若 $b_p=0$，电液调速器可通过____调整负荷。

(A)频率给定电位器和功率给定电位器　　(B)功率给定电位器

(C)频率给定电位器　　(D)变速机构

3-20　功率给定的作用是________。

(A)使测频特性曲线产生平行移动

(B)使机组在不同开度下，按给定频率稳定运行

(C)使机组在空载开度下，按给定频率稳定运行

(D)使机组在给定功率下运行时，出力不受频率摆动的影响

3-21　YDT-1800A 型调速器软反馈回路空载 / 负载时的暂态转差系数，是按______自动切换。

(A)断路器的通断位置　　　　　　　　　　(B)频率给定电位器给定的频率

(C)机组转速的高低　　　　　　　　　　　(D)导叶位置

3-22　外界负荷增加，机组转速下降，YDT-1800A 型调速器引导阀的______，引起开大导叶的动作。

(A)中、上孔相通　　　　　　　　　　　(B)中、下孔相通

(C)上、下孔相通　　　　　　　　　　　(D)上、中、下三孔互不相通

3-23　YDT-1800A 型调速器中，调整______，可改变主接力器的关闭和开启时间。

(A)主配压阀节流孔的大小　　　　　　　(B)电液转换器定节流孔的大小

(C)中间接力器节流孔的大小　　　　　　(D)开限螺套的位置

3-24　YDT-1800A 型调速器的手自动切换阀处于自动位置时，若要增加导叶开度，压油槽的压力油自______。

(A)切换阀→油过滤器→引导阀→切换阀→开限阀→紧急停机电磁阀→中间接力器下腔

(B)切换阀→油过滤器→引导阀→开限阀→紧急停机电磁阀→中间接力器下腔

(C)切换阀→引导阀→紧急停机电磁阀→中间接力器下腔

(D)切换阀→引导阀→切换阀→开限阀→中间接力器下腔

3-25　功率给定与硬反馈回路的输入、输出信号分别是__________。

(A)测频电压和功率给定信号电压

(B)接力器位置反馈电压和永态转差电压

(C)永态转差电压和测频电压

(D)功率给定信号电压和接力器位置反馈电压

3-26　通常电液调速器的转速死区和接力器不动时间分别不大于________。

(A)0.05%和 0.4 s　　　　　　　　　　(B)0.05%和 0.2 s

(C)0.4%和 0.4 s　　　　　　　　　　 (D)0.4%和 0.2 s

3-27　发电机残压测频回路中，设计该回路时应保证其输入电压信号在_______都能正常工作。

(A)100～0 V　　　(B)100～2 V　　　(C)100～1 V　　　(D)100～5 V

3-28　在频率下降、开大导叶开度的过程中，YDT-1800A 型调速器软反馈回路的_________，以抵消 U_f 的影响。

(A)电容 C_{32} 充电，输出一个衰减的直流电压 $U_H>0$

(B)电容 C_{32} 放电，输出一个衰减的直流电压 $U_H<0$

(C)电容 C_{32} 充电，输出一个衰减的直流电压 $U_H<0$

(D)电容 C_{32} 放电，输出一个衰减的直流电压 $U_H>0$

判断题(对者打“√”，错者打“×”)

3-29　YDT-1800 型调速器软反馈回路的缓冲时间常数 T_d，能随机组空载／负载运行方式的变换自动地进行切换。　　(　)

3-30　频率给定回路只能改变机组的转速，不能改变机组的出力。　　(　)

3-31　机组稳定运行时，放大回路输入综合信号电压必须为零。　　(　)

3-32　当机组频率 f 高于给定频率 f_0 时，测频回路的输出电压 U>0。（　）

3-33　综合放大回路的输入信号是测频回路的输出信号 U_f 与软反馈回路的输出信号 U_{bt} 之和。（　）

3-34　改变软反馈回路的缓冲时间常数 T_d 值，只能通过调整 RC 微分电路的电阻 R 和电容 C 的大小来实现。（　）

3-35　在开机过程中，首先向工作线圈输入直流电，引起导叶开大。（　）

第四章 微机调速器

第一节 概 述

一、微机调速器技术的发展

微机调速器的应用和发展，与计算机技术、液压技术的迅速发展密不可分。

随着电网容量的不断扩大，电力用户对电能质量的要求不断提高，模拟式电液调速器的故障率很高，已难以胜任机组稳定运行的需要。中国电力企业联合会对40个水电厂的134台水轮机调速器的调查显示，调速器故障累计达827次。此外，普通电液调速器还存在着动态特性、调节性能差等缺点。因此，水力发电生产需要性能更加优异的电液调速器出现，以提高供电质量。

20世纪70年代初，Intel公司推出第一个微处理器；70年代末，国内外调速器专家就及时将微机控制技术引入水轮机调节领域。80 年代是水轮机调速器迅速发展的时期，世界上发达国家的著名水轮机调速器公司都先后研制了微机调速器。例如，日立公司研制的微机调速器样机于80年代初应用于抽水蓄能机组；ABB公司也起步较早，其产品在我国和其他一些国家的电站得到应用；此外，还有法国奈尔皮克(NEYRPIC)公司、德国西门子(SIEMENS)公司、奥地利伏依特(VOITH)公司、美国伍德华德(WOODWARD)公司等都先后推出了自己的产品。我国从事微机调速器的研制开发的步伐与国外大体相同。华中理工大学于1979~1981年期间进行了微机调速器的理论研究，并与天津水电控制设备厂协作，于1984年11月研制成功我国第一台微机调速器，在湖南欧阳海电站投入运行。此后，许多科研院所、高等院校和制造厂都进行了微机调速器的研究、制造工作。

微机调速器制造技术的发展体现在以下几个方面：

一是水轮机调速器的系统结构采用电子调节器+电液随动系统的结构代替了传统的缓冲式系统结构(即包含缓冲电路的反馈回路、放大器、电液转换部件、配压阀、主接力器组成的主通道所构成的闭环系统)。这种新结构由主接力器的电气反馈构成闭环，主接力器没有机械反馈，或者有机械反馈但不参与自动调节，因而性能指标优越，适用范围广。该系统结构是当前和今后一段时期内水轮机调速器的主导模式。另外，也有的采用电子调节器+电液随动系统+机械液压随动系统的结构，该系统具有手自动切换与手动操作方便、可靠的优点，适合于中小型调速器和主接力器反馈距离较短的大型调速器。

二是现代控制理论在水轮机调速器中得到了广泛应用。近年来新开发的微机调速器，多数采用不同形式的智能PID调节(即变结构、变参数PID调节)，其基本调节规律仍是PID调节规律，但它可以根据不同的运行工况，自动改变调速器的结构和参数，因而能更好地满足电站的运行要求。除PID调节规律外，高等院校和科研单位还开展了许多不同类型的高级调节规律及控制策略的研究，如适应式变参数变结构控制、模糊控制、最优控制、状态反馈控制、遗传算法控制和神经网络智能 PID 等。上述研究均取得了一定的成果，有些已经在生产实践中得到应用。

三是采用了性能更优越、更可靠的计算机系统。在硬件方面，调速器分别采用过单片机、工业控制机、可编程控制器等，近年来，可编程计算机控制器(PCC)在调速器的研制中也开始得到应用。目前，各种可编程控制器在电液调速器产品中应用最为广泛。在编程语言方面，采用可编程控制器所特有的梯形图编程方式，也有部分工业控制机采用不同类型的高级语言。

四是采用了标准液压元件、新型的电机和电液转换装置，提高了电液随动系统的可靠性。电液随动系统取消了杠杆机构和管路系统，代之以液压集成块和标准液压元件，用步进电机、交直流伺服电机和比例伺服阀等取代电液转换器，较好地解决了因油污而引起的电液转换器发卡，导致机组溜负荷的问题。这也使机械柜结构变得十分简单、可靠，维护非常方便。

五是高油压在调速器上得到了应用。现代液压技术的重要特征之一是具有较高的工作油压。1994 年，我国开始研制以电液比例控制及标准液压件为特征的高油压电液调速器。1997 年初，第一台工作油压达 16 MPa 的高油压微机调速器在四川都江堰的双柏电站投入运行，并迅速得到推广，显示了蓬勃的生命力及良好的发展前景，代表了现代调速器机械液压部分的发展趋势。

六是微机调速器的综合性能不断提高，功能日趋完善。微机调速器可根据机组单机运行、并网运行等不同工况的需要，采取不同的控制方式，并能按水位自动调节启动开度、空载开度，实现了故障在线报警、自诊断功能、通信功能等。

目前，我国自行研制的微机调速器已经在各型电站得到了广泛的应用，运行情况良好。与电气液压调速器相比，微机调速器具有以下特点：

(1)采用了性能优越、可靠性高的计算机硬件，运用了先进的调节规律，使调速系统具有更加优良的静态和动态特性。

(2)采用了新型的电液转换元件，解决了电液转换器因油污而发卡的问题，提高了抗油质污染的能力，机组运行的可靠性得到很大提高。

(3)控制功能日益完善，具有灵活性大、调节性能好、控制功能强等特点。除常规的频率跟踪、功率跟踪、无扰动手自动切换功能外，还有按水位设定启动开度、空载开度功能，容错控制功能、故障诊断功能等。

(4)电液随动系统取消机械杠杆机构，消除了死行程，定位精度高，响应速度快，结构紧凑简单和维护方便。

(5)易于实现与厂站级计算机的通信接口和远方控制，为提高水电厂综合自动化水平奠定了基础。

二、微机调速器的类型

虽然微机调速器所采用的元器件与电液调速器相比有了较大的变化，但是其本质上没有变化，仍然采用了电子调节器+电液随动系统的结构，只是用计算机代替了模拟元件组成的电子调节器，电液随动系统也采用了不同的液压元件而已。目前，电站已应用的微机调速器主要有以下类型。

(1)按照调节器所采用的微机分类，有基于工业控制机、单片机、可编程控制器(PLC)、可编程计算机控制器(PCC)调节器等；按所采用微机的数量不同分为单微机、双微机调速器等。

(2)按照电液随动系统或伺服系统所采用电液转换元件分类，有电液比例阀+液压放大机构、伺服电机+液压放大机构、步进电机+液压放大机构、数字阀液压伺服系统等。

第二节　微机调速器的基本工作原理

一、微机调速器的组成

微机调速器原理框图如图 4-1 所示。

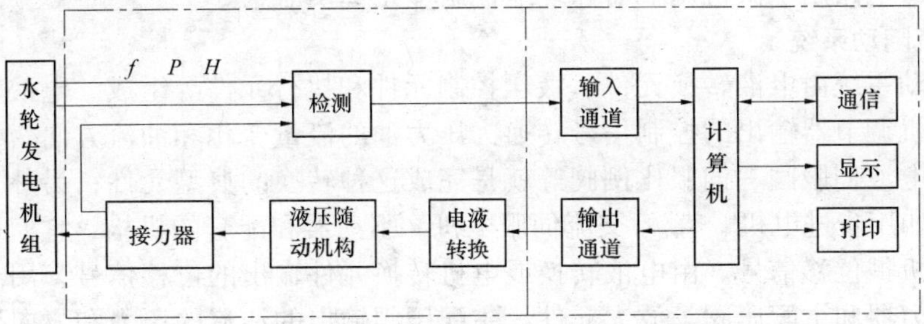

图 4-1　微机调速器原理框图

图 4-1 所示微机调速器由两部分组成，即微机调节器和液压随动系统。水轮发电机组是被控制对象，被控制参数为频率 f 或转速 n。

(一)微机调节器

微机调节器由中央处理器 CPU、读/写存储器 RAM、只读存储器 ROM、输入输出通道、检测电路和外部设备等组成。它们通过地址总线、数据总线、控制总线连接成一个整体。

CPU 与存储器 RAM、ROM 组成微机调节器的主机部分，在 PLC 中 CPU 主要采用通用微处理器、单片机和位片式微处理器。RAM 为读/写存储器，用于存储用户程序，为防止用户数据丢失，需要配备一个锂电池。ROM 只能用来读出，不能写入，一般用来存放 PLC 的系统程序。检测单元和接口电路将调速器输入信号转换为数字信号后，送入主机部分，按照预先存储在 ROM 中的软件程序，自动进行运算和处理，做出相应的控制决策，同时将控制数据(数字量)经接口电路发出，通过电液随动系统执行。

输入输出通道是计算机与被控对象之间进行信息传递、交换的接口电路，又称为输入输出接口。按照控制信号相对于计算机的流向可分为输入通道和输出通道。输入通道把过程信号送入计算机，输出通道则把计算机的输出信号送往被控对象。按照输入信号种类的不同，又分为模拟量和开关量信号等。

模拟量输入通道是把模拟信号转换为数字信号的接口电路。在水轮机调速器中，检测信号有机组转速、有功功率、导叶开度、桨叶转角、水头等模拟信号，这些信号先通过传感器、变送器变换成 4~20 mA 的电流信号，再经过输入接口电路转换为数字信号送入计算机 CPU。

模拟量输出通道则是把计算机输出的数字信号转换成模拟信号的接口电路，微机调节器的模拟信号输出到电液随动系统，驱动执行机构。

并行接口主要用于开关量输入/输出和打印机的连接，专用接口用于键盘和显示器等的连接。在水轮机调速器中，开机、停机、断路器位置、功给增加、功给减少、调相、导叶机械手动、导叶电手动等信号均为输入开关信号，这些信号通过开关量输入通道送入计算机 CPU。故障报警、自动切手动、球阀的开关信号等均为输出开关信号，这些开关信号通过输出通道送出。此外，输入输出通道还起着隔离计算机控制系统与现场设备的作用，以消除外部信号的干扰。

外部设备包括键盘、显示器、打印机、外存储器等设备。键盘为常用输入设备，主要用于输入外部命令以及参数整定和修改；显示器、打印机为输出设备，显示器用于显示经过计算机运算处理后的信息，以便运行人员观察和修改运行参数，了解故障情况；打印机用于试验时打印测试结果。微机调速器通常不用外存储器。

通信接口电路用于微机调节器和现地控制单元交换信息。

(二)电液随动系统

电液随动系统由电液转换元件、液压控制元件和执行元件等组成。电液转换元件主要用于将微机调节器输出的控制信号转换为压力油的流量变化和油流方向变化，或者位移信号，如电液伺服阀、伺服比例阀等就是完成这种转换的典型元件；另外，还有电机转换元件，如用步进电机、直流/交流伺服电机、驱动器和配套的机构，它们可将电信号直接转换为机械位移信号。由电液转换或电机转换元件输出的位移信号，用于控制引导阀、辅助接力器和主配压阀等放大元件。主配压阀输出的油流的压力和方向变化用于驱动执行元件——接力器，以驱动水轮机导水机构，调节进入水轮机的流量，实现对机组转速或频率的调节控制。液压控制元件采用液压传动的标准元件，主要有电磁换向阀、电液换向阀、电磁球阀、行程阀、单向阀、节流阀、溢流阀和插装阀等，用于构成紧急停机、手动操作、泄压等控制回路。

二、微机调速器的基本工作原理

上面介绍了微机调速器的组成，现在仅以开机过程说明其基本工作原理。

当发出开机令后，调速器通过测频环节连续适时地测量机组频率，简称机频。频率给定值，简称频给，是微机调速器的内部整定值，可在 45~55 Hz 范围内调整。机组并网运行前，要满足并网条件，即机组电压频率要等于电网电压频率，而电压频率取决于机组转速，因此调速器频给整定值应为 50 Hz。开机后，机组频率信号经输入通道输入，微机调节器将测量到的机频与频给值进行比较，得出的频差值送入 CPU，并自动调用 PI 或 PID 调节规律子程序进行运算处理，判断出导叶接力器应达到的相对开度，产生一个与相对开度成比例的电气调节信号，经输出通道发出控制指令。该电气调节信号与位移反馈装置的电气反馈信号比较后，将差值信号送入放大电路，经过放大后驱动液压阀组，推动接力器动作，改变导叶开度，调节进入水轮机的流量，从而调节转速。

当实际频率低于给定频率时，放大电路输出的差值信号使接力器向开启方向移动而开大导叶，反之则使接力器向关闭方向移动而关小导叶。同时，位移传感器将接力器的位移转变成电气信号，反馈至综合放大电路，若实际开度值等于上述相对开度，则电气调节信号与电气反馈信号大小相等、方向相反，输入综合放大电路的信号为零，频率稳定在 50 Hz，机组迅速并网，调节过程结束。

第三节　微机调节器的硬件部分

目前，大多数中小型微机调速器的调节器都采用可编程控制器(PLC)，也有部分产品采用可编程计算机控制器(PCC)。可编程控制器种类十分繁多，例如，美国AB公司的PLC-5、德国西门子的S7-300、日本三菱公司的FX_2可编程控制器等。本节以FX_{2N}可编程控制器组成的微机调节器为重点介绍其硬件组成及工作原理。

一、可编程微机调节器的组成

FX_{2N}可编程控制器是一种整体式结构的控制器，由FX_{2N}可编程控制器组成的微机调节器，有两种系统配置型式：一是模拟量输出型调节器；二是开关量输出型调节器。

模拟量输出型可编程微机调节器原理框图如图4-2所示。该系统主要包括基本单元、

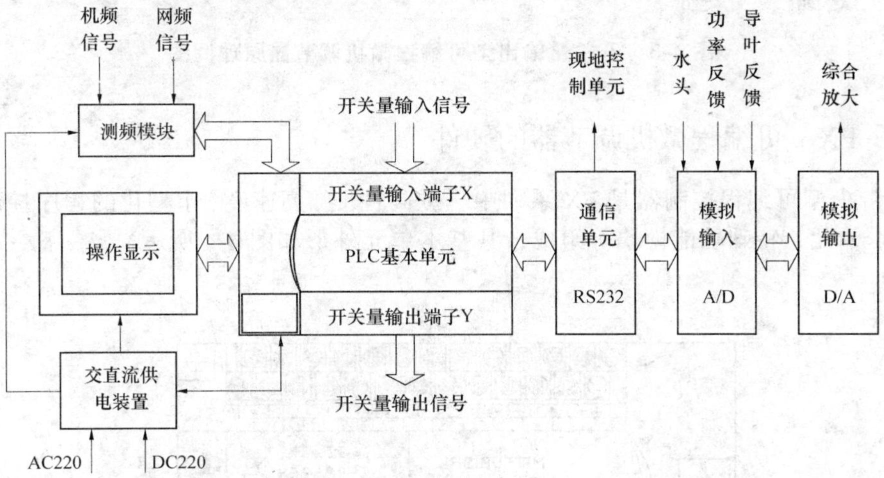

图4-2　模拟量输出型可编程微机调节器原理框图

通信单元、模拟量输出模块、模拟量输入模块、操作显示终端和交直流电源等组成。模拟量输出型调节器主要用于电液转换器和液压元件组成的电液伺服系统，由于电液转换器需要电量驱动，而计算机输出为数字量，要把数字量转换为电量，所以调节器需配置模拟量输出模块FX_{2N}-2DA。在这种系统中，基本单元FX_{2N}是数据信息处理的核心；通信单元FX_{2N}-232-BD用于和现地控制单元进行信息传递，如果电站没有监控系统也可以不要该模块；测频模块用于将PT送来的频率信号转换为PLC可以处理的脉冲信号；模拟量输入模块FX_{2N}-4AD用于将导叶接力器行程、机组实际功率、电站水头等模拟量转换为数字量供给基本单元运算决策，对双调节调速器，还有桨叶接力器行程信号。需进一步说明的是，导叶反馈信号引入是构成数液伺服系统或容错功能选用；功率信号是作为功率调节模式的反馈信号；水头信号是用于确定机组启动运行时的空载开度和并网运行时的电气限制开度所要限制的位置。

开关量输出型可编程微机调节器原理框图如图4-3所示。这种调节器主要用于步进式电液转换的伺服系统，调节器可直接输出数字量经驱动电源控制步进式数液伺服系统。

这种调节器与前一种的差别仅在于没有模拟量输出模块 FX_{2N}-2DA。

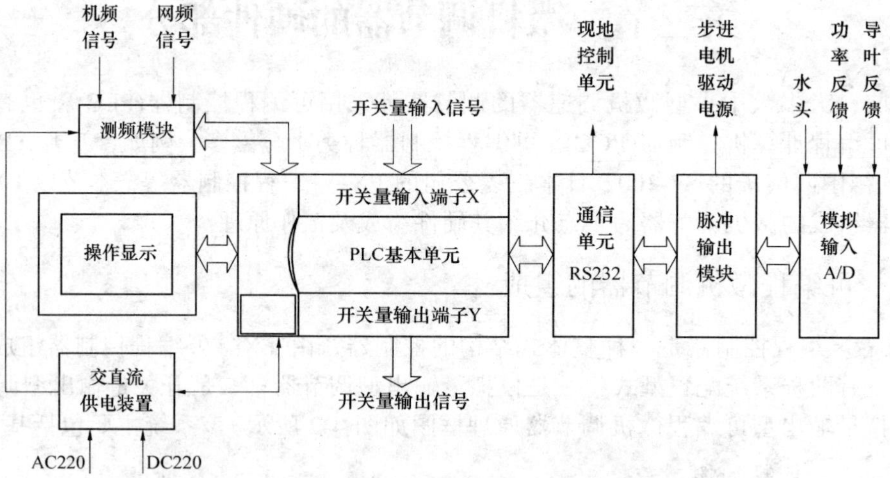

图 4-3 开关量输出型可编程微机调节器原理框图

二、FX_{2N} 可编程微机调节器的硬件

FX_{2N} 小型可编程控制器是 FX 系列中一款高性能、高速度、小型化的程序控制装置，它由基本单元、特殊功能模块等组成，其基本单元外形如图 4-4 所示。

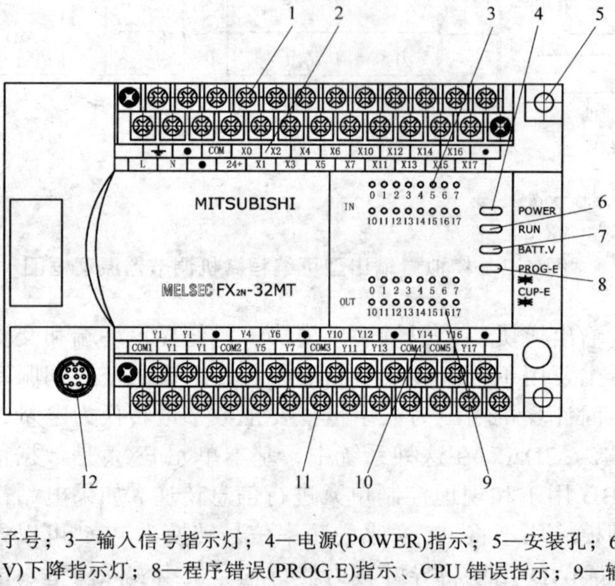

1—输入端子；2—输入端子号；3—输入信号指示灯；4—电源(POWER)指示；5—安装孔；6—运行(RUN)指示灯；7—电源电压(BATT.V)下降指示灯；8—程序错误(PROG.E)指示、CPU 错误指示；9—输出信号指示灯；10—输出端子号；11—输出端子；12—触摸屏 GOT 连接线插座

图 4-4 FX_{2N} 小型可编程控制器外部结构

(一)FX_{2N} 可编程控制器的基本单元

FX_{2N} 可编程控制器基本单元内部由输入继电器 X、输出继电器 Y、辅助继电器 M、数据寄存器、定时器 T、计数器等不同功能的器件组成。按照输入输出继电器的总点数

可分为 16、32、48、64、80、128 点等，其输入输出点数各占一半。输出模块按照驱动交直流负载的不同，又分为继电器输出型、可控硅输出型、晶体管输出型等 3 种类型。型号 FX_{2N}-32MR 中，2N 表示子系列；32 表示开关量的输入输出点数是 32 点，输入输出各 16 点；M 表示基本单元；R 表示继电器输出(T 表示晶体管输出，S 表示可控硅输出)。在水轮机调速器中采用晶体管输出型。电源为交流(AC)100 ~ 240 V。FX_{2N} 系列可编程控制器基本性能及技术规格见附表 1。

FX_{2N} 系列基本单元内置 8 k 带备用电池的 RAM 存储器，可供程序调试使用；最多可连接 8 台扩展模块或特殊功能模块；可以安装外部机能扩充板，与计算机进行通信或 PLC 之间通信；此外，还具有很强的自诊断功能，如故障监视、定时器自检、CPU 出错、内存出错和电池故障自诊断等。

输入端子布置如图 4-4 上部所示。输入继电器(即输入点)是 PLC 接受外部输入的开关量信号的接口，以 FX_{2N}-32MT 为例，它有 16 个开关量输入继电器，输入继电器一般用 X 表示，其编号为八进制，即 X0、X1、X2、…、X7；X10、X11、X12、…、X17。另外，X0~X17 的输入电路中由光电耦合器隔离，并设有 RC 滤波器，用以消除外部干扰，同时，X0~X7 又是高速计数器输入端。在若干输入点中有一个公用 COM 端，输入信号之间可以共用电源负端，L 为交流电源相线，N 为中线。

开关量输入电路原理如图 4-5 所示。输入电路工作原理是当外接触点接通时，电流经 24 V 电源的正极、内部电路、X00 输入端子和外部触点，从公共端子 COM 回到电源负极，使光电耦合器中两个反向并联的发光二极管中的一个亮，光敏三极管饱和导通，CPU 在输入阶段读入的是数字 1；当外部触点断开时，光电耦合器中的发光二极管熄灭，光敏三极管截止，CPU 在输入阶段读入的是数字 0。

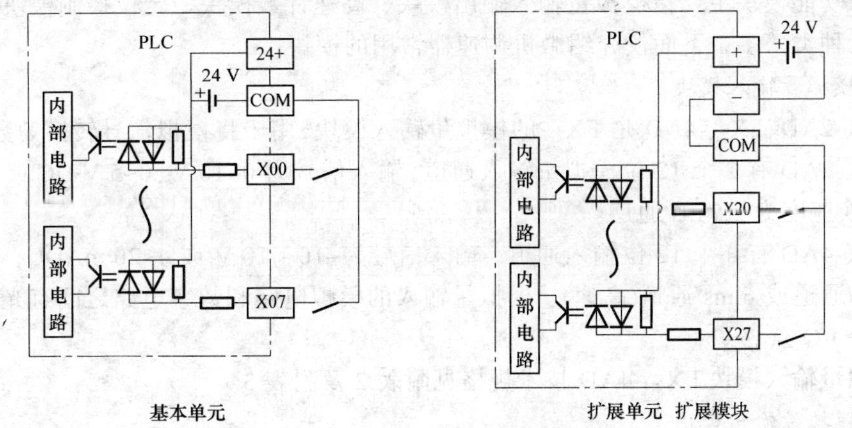

图 4-5 开关量输入电路原理图

输出端子布置如图 4-4 下部所示。输出端子是 PLC 向外部输出的开关量信号的接口，FX_{2N}-32MT 有 16 个晶体管型开关量输出点，输出点一般用 Y 表示，其编号为八进制，即 Y0、Y1、Y2、…、Y7；Y 10、Y 11、Y 12、…、Y17。晶体管输出型的 Y0 或 Y1 可作为“脉宽调制”(PWM)的专用输出端，也可用于对时间响应速度要求不高的模拟量输出场合。Y0 和 Y1 还可以作“脉冲输出”(PLSY)指令的输出端。

开关量输出电路原理图如图 4-6 和图 4-7 所示，其中图 4-6 是继电器输出电路，其输出原理是内部电路使继电器的线圈通电，它的常开触点闭合，使外部负载得电工作。继电器同时起隔离和功率放大作用，每一路只给用户提供一对常开触点，由与触点并联的 RC 电路和压敏电阻消除触点断开时产生的电弧，以减轻对 CPU 的干扰。

图 4-7 是晶体管输出电路，输出信号送给内部电路中的输出锁存器，再经光电耦合器送给输出晶体管，其饱和导通状态时为触点接通，截止状态时为断开。图中的稳压二极管用来抑制关断过电压和外部浪涌电压，以保护晶体管，晶体管输出电路的延迟时间小于 0.1 ms。可控硅输出电路与晶体管输出电路基本相同。

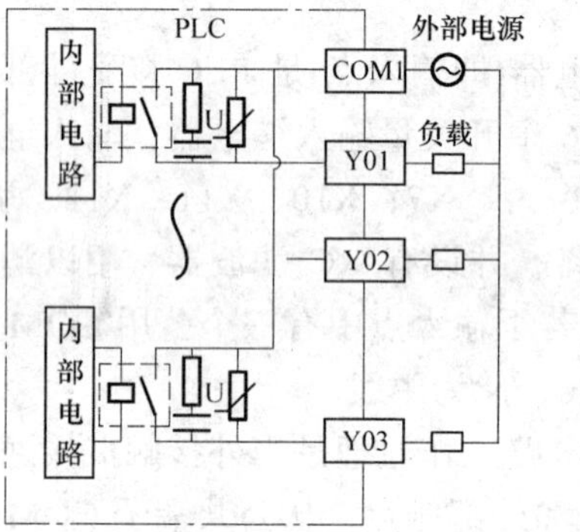

图 4-6 继电器输出电路

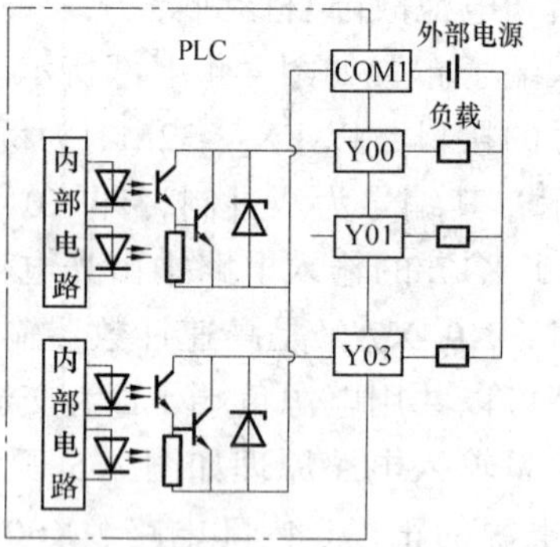

图 4-7 晶体管输出电路

(二)特殊功能模块

特殊功能模块主要指模拟量输入输出模块、高速计数模块、定位控制模块和通信模块等，其种类繁多，下面仅介绍微机调速器常用的模块。

1. 模拟量输入模块

FX_{2N}-2AD、FX_{2N}-4AD 是 FX_{2N} 的模拟量输入模块，用于将模拟信号转换为数字信号。

FX_{2N}-2AD 有 2 个 12 位模拟量输入通道，输入信号为 0~10 V、0~5 V DC 或 4~20 mA DC，转换速度为 2.5 ms/通道。

FX_{2N}-4AD 有 4 个 12 位输入通道，输入信号为–10 ~ 10 V 或 4~20 mADC，转换速度为 15 ms/通道或 6 ms/通道(高速)。模拟量输入的模拟电路和数字电路之间有光电隔离，占用 8 个 I/O 点。

模拟量输入模块 FX_{2N}-4AD 技术规格见附表 2 及附表 3。

2. 模拟量输出模块

FX_{2N}-2DA、FX_{2N}-4DA 是 FX_{2N} 的模拟量输出模块，用于将基本单元运算得到的数字信号转换为模拟信号。

FX_{2N}-2DA 有 2 个 12 位模拟量输出通道，输出信号为 0 ~ 10 V、0 ~ 5 V DC 或 4 ~ 20 mA DC，转换速度为 4 ms/通道，程序中占用 8 个 I/O 点。

FX_{2N}-4DA 有 4 个 12 位输出通道，输出信号为–10 ~ 10 V 或 4 ~ 20 mA DC，转换速度为 4 通道 2.1 ms。模拟量输出的模拟电路和数字电路之间有光电隔离，占用 8 个 I/O 点。

模拟量输出模块 FX_{2N}-4DA 技术规格见相关资料。

3. 通信模块

FX_{2N} 系列 PLC 与各种 RS232C 通信协议设备连接时，可采用 FX_{2N}-232-BD 扩展板或 FX_{2N}-232IF 模块，如图 4-8 所示。RS232C 是美国 EIC(电子工业联合会)在 1969 年公布的通信协议，至今仍广泛用于计算机和 PLC 之间的通信。RS232C 的最大通信距离为 15 m，最高传输速率为 20 kbit/s，只能一对一地进行通信。PLC 一般使用 9 针的 RS232C "D" 型接口。RS232C 使用单端驱动、单端接收的电路，如图 4-9 所示，容易受到公共地线上的电位差和外部引入的干扰信号的影响。

FX_{2N}-232-BD 扩展板与 FX_{2N}-232IF 模块的通信规格见附表 4。

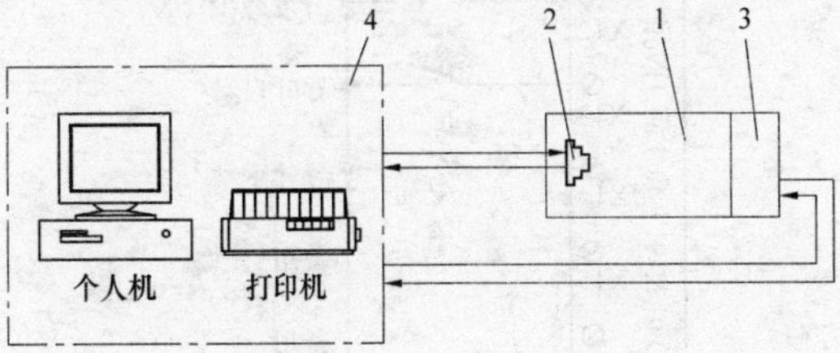

1—FN_{2N} 基本单元；2—FN_{2N}-232-BD 通信扩展板；
3—FN_{2N}-232IF 通信模块；4—各种 RS232C 设备

图 4-8　PLC 与 RS232C 设备的连接

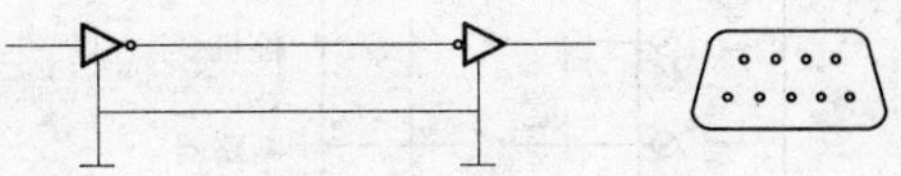

图 4-9　单端驱动单端接收电路及"D"型接口

FX_{2N}-422-BD 模块也可装在 FX_{2N} 基本单元内，采用 RS422 标准，可用于连接数据存储单元(DU)、人机界面(GOT)及编程工具等外部设备。FX_{2N}-422-BD 模块的通信规格见附表 5。

4. 定位模块

FX_{2N}-1PG 是脉冲输出模块，最大可输出 100 kpps 的脉冲。在有的微机调速器中，常把它用于对伺服电机或步进电机的控制(单轴)，可通过 FROM/TO 指令设定定位目标、运转速度和各种参数。FX_{2N}-1PG 的技术规格见附表 6。定位模块与驱动器、伺服电机或步进电机的连接等问题将在后续内容说明。

(三)PLC 可编程微机调速器的控制回路

1. 开关量输入回路

开关量输入回路的接线如图 4-10 所示。开关量输入回路的信号主要包括两部分，一部分是来自 LCU 的控制信号，主要有开机令、停机令、断路器通断状态、远地增开度、远地减开度、紧急停机等；另一部分是调速器本体控制信号，主要有开度增加、开度减少、导叶自动、导叶手动等。

2. 开关量输出回路

开关量输出回路的接线如图 4-11 所示。开关量输出回路一部分用于控制信号指示灯，如图中的自动指示、断路器位置指示、故障指示等；另一部分用于控制，如 K4 为调节器故障信号继电器，K5 为调节器处于手动状态信号继电器，K6 为事故动作信号继电器，它们均接到 LCU 输入回路，以便上位机获取调速器的工作状态。

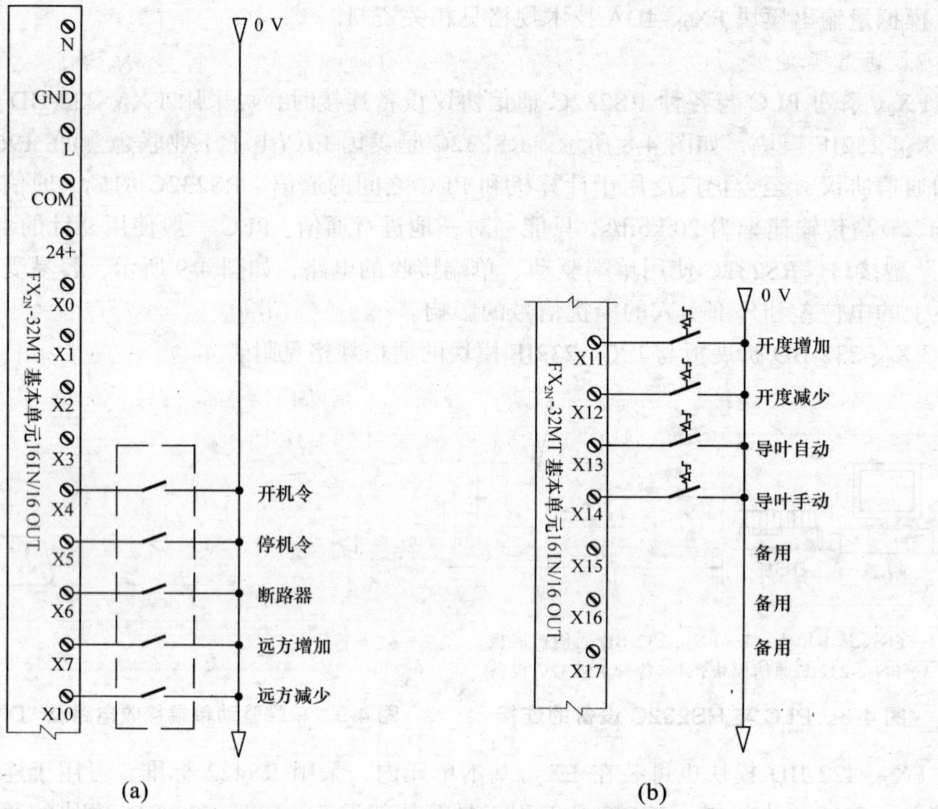

图 4-10 开关量输入控制回路接线图

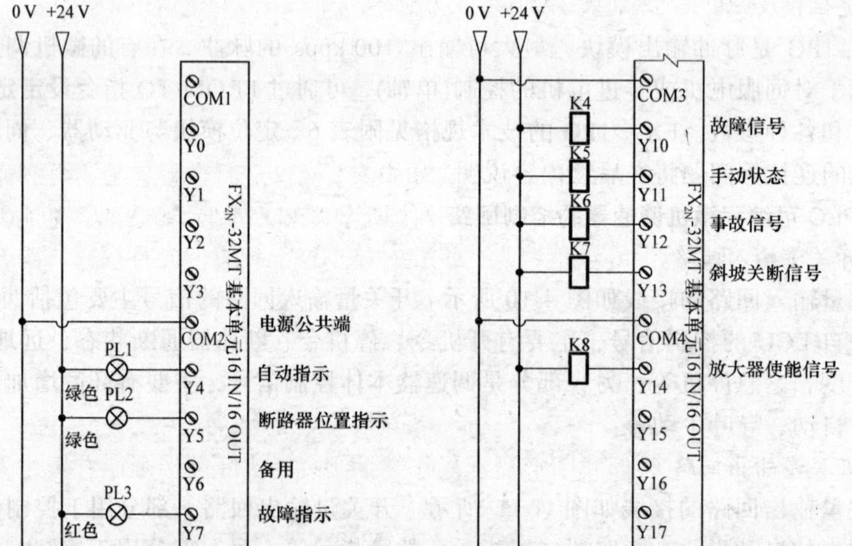

图 4-11 开关量输出控制回路接线图

(四)PLC 微机调速器测频

PLC 微机调速器的转速检测系统的信号来源有两种方式：一种是残压测频，即测频信号取自机组待并列侧母线电压互感器(TV)或发电机出口电压互感器(TV)；另一种是齿盘测频，即信号引自安装在水轮机大轴或发电机大轴上的齿盘脉冲转速探测器。

根据所采用的硬件不同，PLC 微机调速器测频分为单片机测频和 PLC 高速计数模块测频两种方式，其硬件组成及其工作原理将在下一节介绍。

(五)人机界面(GOT)

人机界面又称为图形显示操作终端，主要用于微机调速器的监视与控制。微机调速器的可编程控制器可通过 RS422 通信用模块(三菱 PLC 为 FX_{2N}-422-BD)的接口，选用 FX-50DU-CABO 型电缆，它一头为 D 型 9 针插头，与触摸屏连接；另一头为 MIN-DIN 型 8 针插头，与 FX_{2N} 基本单元连接，其连接示意如图 4-12 所示。

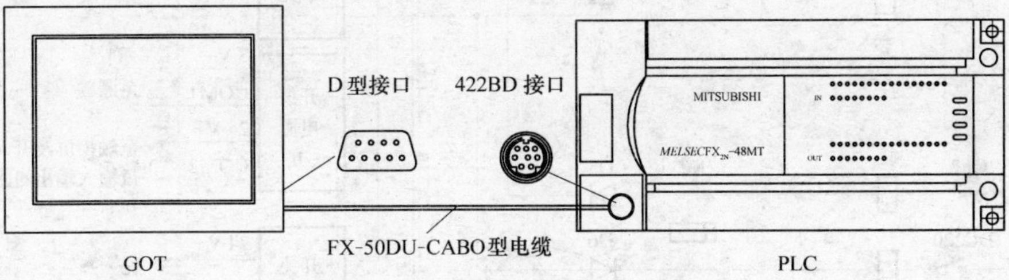

图 4-12　GOT 与 PLC 的连接

触摸屏可用形象的文字、数据、指示灯、曲线等形式监视、修改微机调速器的数值及状态，它能够使操作人员方便地控制微机调速器。人机界面图形终端型号繁多，下面仅以三菱公司产 F940GOT-SWD/LWD-C 人机界面为例，介绍其性能和功能。

触摸式显示操作终端 F940GOT-SWD/LWD-C 型号中，SWD 代表彩色 STN 点阵 LCD(Liquid Crystal Display 的简称)；LWD 代表单色 STN 点阵 LCD。其技术特性详见相关资料。该型号触摸屏主要功能有：

(1)画面显示功能。能以多种语言显示，如中文、英文、日文等，最多可制作 500 幅画面，可重叠显示 *n* 个画面，能制作简单几何图形，SWD 型可制作 8 种颜色画面。

(2)报警功能。可设置 256 点报警点，报警时显示屏上相应位元件接通，或者弹出事先设计好的报警画面，具有报警历史记录、报警浏览显示、报警清单显示等。

(3)监控功能。可显示正在运行的 PLC 用户程序，在线监视画面上软件的状态和数据，可在线对软元件(辅助继电器 M、定时器 T、计数器 C、数据寄存器 D 等)的设定状态和数据进行修改。

在微机调速器上，由触摸式图形显示操作终端实现的实际图形画面有操作主菜单画面、运行参数画面、状态监视画面、调节参数设置画面、故障信息画面等，其参数调整、修改等操作将在后续章节中介绍。

(六)电源

微机调速器(用 PLC 做控制器)的电源一般由厂用交流电源和厂内直流电源供给，互为备用，装置的电源电压在交流 220 V 偏差为 ± 15%，直流 220 V 电压偏差为–20% ~ 10%

应能正常工作，主、备电源可自动切换，电源切换时的电压波动不会影响可编程控制器的正常运行，并输出切换信号，且显示器可查。在电源消失后能自动报警并自动保存存储器内的内容，可编程控制器的电源回路设有过电压、过电流保护，且可自动复归。每一套开关电源均可满足整个调速器控制系统工作需要，正常工作时，两套电源互为热备用。冗余的电源系统交流或直流外供电源之一消失时，或 2 套电源中某 1 套电源退出时，均不影响调速系统正常工作。

用 AC220V(交流)和 DC220V(直流)电源双重供电系统接线，如图 4-13 所示。

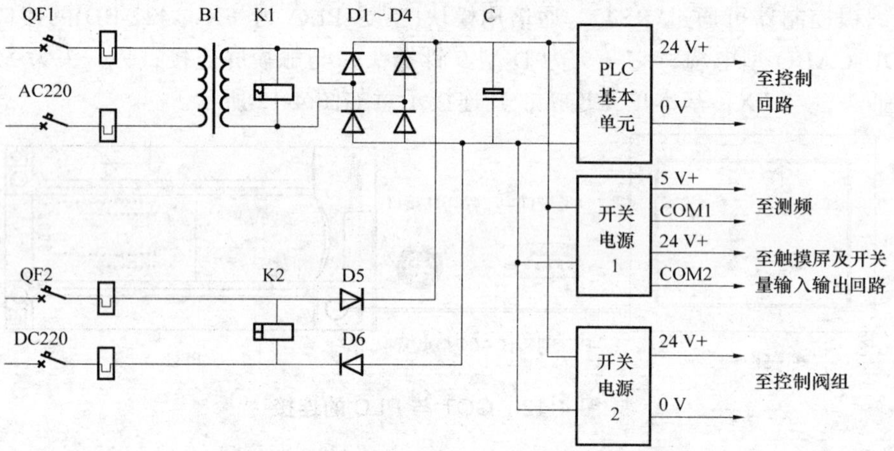

图 4-13　交、直流 220 V 电源双重供电系统接线

(1)交流 220 V 电源经隔离变压器 B1(变比为 1：1)隔离后，在输出端并接一个交流电源监视继电器 K1，再经整流桥 D1~D4 整流后得到 220 V 直流电压，对 FX_{2N} 基本单元供电。另外，在整流桥的输出端并有 DC220 V 直流电源，以保证 FX_{2N} 基本单元供电的可靠性。

(2)开关电源采用台湾明纬产品，对调速器控制系统供电，开关电源的输入均来自 AC220 V 和 DC220 V 电源。在图 4-13 所示的供电系统中，开关电源 1 以+5 V 向测频回路提供电源，同时，还向 PLC 的开关量输入、输出控制回路(包括状态和故障指示灯等)和触摸屏提供+24 V 电源。开关电源 2 向控制阀组等提供+24 V 电源。

第四节　PLC 微机调速器的频率测量

一、PLC 微机调速器测频原理

PLC 微机调速器的频率测量采用残压测频时，信号取自母线电压互感器(TV)或发电机出口电压互感器(TV)；采用齿盘测频时，信号引自安装在水轮机大轴或发电机大轴上的齿盘脉冲转速探测器。

水轮发电机组的额定频率为 50 Hz，属于低频信号，一般采用测量周期的方法进行，即根据被测机组的频率 f 和周期 T 的关系：$f=\dfrac{1}{T}$，只要测出周期 T 就可以换算出频率 f。PLC 微机调速器测频原理框图如图 4-14(a)所示，残压测频或齿盘测频信号经过限幅、滤波、整形、分频等，与另一路高频时钟信号相与，然后将相与后的信号输入 PLC 进行处理。

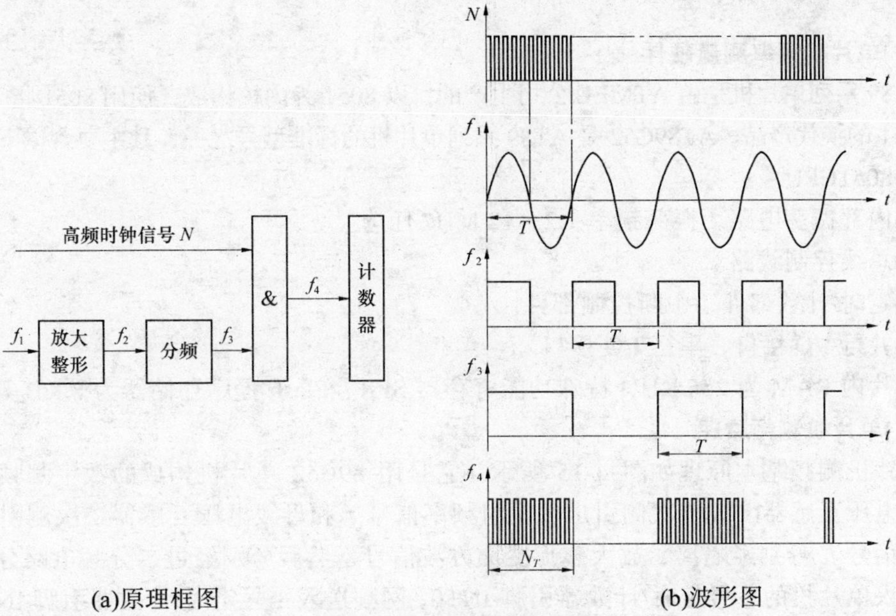

图 4-14 周期法测频原理

图 4-14(b)是放大整形、分频、与门等电路输出信号的波形图。图中 f_1 是机组频率的正弦波信号，经过放大整形后得到方波信号 f_2，再经分频电路进行二分频后得到方波信号 f_3，f_3 信号的正半周为高电平 1，负半周为低电平 0，正负半周时间相等。f_3 方波信号为高电平 1 的半周期时间正好是被测信号 f_1 的周期 T。N 为高频时钟信号，它可提供一个 600 kHz 的振荡信号。N 和 f_3 信号经与门电路得到图 4-14(b)所示的脉冲信号串 f_4。如果能对一个周期 T 内的半波脉冲串进行计数，就可计算出周期 T。因此，将 f_4 脉冲信号送入 PLC 的高速计数端口进行计数，记其值为 N_T，则 N_T 在数值上正比于被测信号的周期 T，即

$$N_T=\frac{T}{1/N}=T\times N \tag{4-1}$$

为使计算机处理数据方便，确保计算精度，按照下式计算得到 PLC 内的测频计算值 F，即

$$F=\frac{C}{N_T} \tag{4-2}$$

式中 C——常数。

例如，在被测频率为 50 Hz 时，T=0.02 s，N=600 kHz，由式(4-1)得 N_T=12 000；若取常数 $C=6\times10^8$，则由式(4-2)求得 PLC 中的频率计数值为 F=50 000；同理，若被测频率为

48 Hz，求得 N_T=12 500，F=48 000。由此看出，1 Hz 对应的频率计算值为 1 000，因此测频分辨率为 1/1 000 Hz。

实现频率测量的具体方法有两种：一是用单片机测频；二是用可编程控制器本身的高速计数模块。

二、单片机频率测量

(一)单片机频率测量硬件

AT89 系列单片机是由 ATMEL 公司生产的，以 8051 为内核构成，使用 8051 指令系统，是 80C51 的换代产品。AT89C52 是 AT89 系列单片机的标准型号之一，其主要含以下部件：

(1)8051CPU。

(2)内部振荡电路，振荡频率 1.2 ~ 12 MHz 任选。

(3)总线控制线路。

(4)定时/计数部件，中断控制部件。

(5)并行 I/O 接口、串行 I/O 接口。

(6)片内 RAM 为 256 KB，特殊功能寄存器 SFR、Flash 程序存储器为 8 KB 等。

(二)单片机测频原理

单片机测频基本原理如图 4-15 所示。它是用 89C52 单片机构成的数字测频单元，从机端电压互感器(TV)二次侧引出的机组频率信号 f_j 和母线电压互感器二次侧引出的电网频率信号 f_w 分别经隔离、放大整形变成方波信号，然后分别经过二分频电路分频后，机频送入单片机的 0 号定时/计数器引脚 INT0，网频送入 1 号定时/计数器引脚 INT1。时钟电路接至单片机的 $XTAL_1$、$XTAL_2$ 引脚，它为 0 号、1 号定时/计数器提供 1 MHz 的计数脉冲信号。当 INT0 引脚的信号由低电平跳变为高电平(上跳沿信号)后，0 号定时/计数器开始对计数脉冲进行计数，即对一个周期内的高频脉冲串进行计数。当一个周期结束时，INT0 引脚的信号由高电平跳变为低电平(下跳沿信号)，则停止计数，此时 0 号定时/计数器中所计的脉冲数为 N_T，由此就可以算出机频的周期 T_j：

$$T_j=N_T/F \tag{4-3}$$

式中　F——时钟电路脉冲计数频率，MHz。

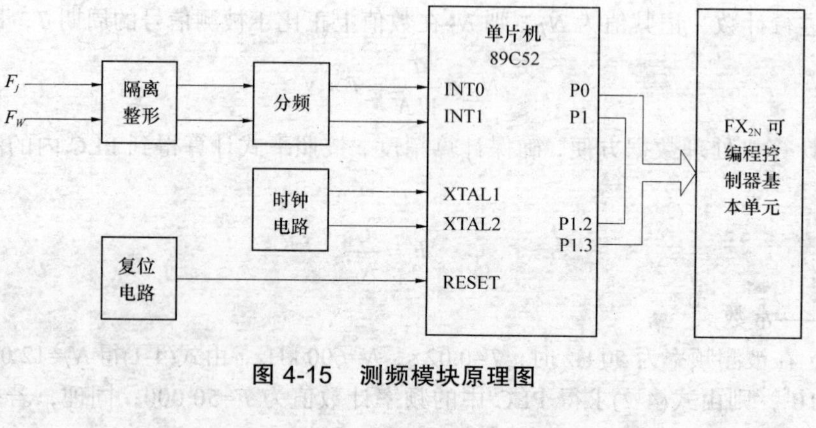

图 4-15　测频模块原理图

同理，1 号定时/计数器也可以按照同样的原理对网频周期 T_w 实现测量和计算。

INT0、INT1 端子的下跳沿信号不仅结束各自的计数工作，同时触发单片机中断服务程序，并进行如下工作：

(1)保存计数值 N_{Tj}(或 N_{Tw})放入锁存器中，对 0 号或 1 号定时/计数器及扩展单元清零，为下一个周期测量做好准备。

(2)计算周期 T_j、T_w，并求倒数，得到实测频率值，供显示等调用。

(3)判断频率是否超出所设定的范围，若超出，则设置出错标识，并进行处理。

(4)通过 P1.2(或 P1.3)引脚向可编程控制器基本单元发中断请求，可编程控制器读取被测频率计数值。为了提高单片机测频的可靠性，一些厂家直接把单片机测频单元的接口做成 FX 系统总线型式。

三、PLC 高速计数模块频率测量

某些水轮机调速器采用可编程控制器的高速计数模块来实现频率测量，下面以 A–B 公司的 PLC-5 系列可编程控制器的 1771-VHSC 高速计数模块为例加以说明。

(一)1771-VHSC 高速计数模块的主要技术性能

(1)具有 4 个计数通道，按 BCD 码或二进制数据格式计数。

(2)每个通道有 3 个输入端，即 A：脉冲输入，B：脉冲输入，GATE/RESET：门控信号/复位信号。

(3)具有 4 种工作方式。

计数器方式：A 端用于送入计数脉冲，B 端用于电平控制增/减计数。

编码器方式：X1 方式为计数器方式，X4 方式是对 A、B 相的相位关系进行增/减计数。

周期/比率方式：内部时钟脉冲 4 MHz，可对外部方波信号的脉冲宽度、周期进行测量，本方式使用 GATE/RESET 引脚。

比率/检测方式：用内部定时计算外部脉冲的个数，用于测量高频信号。

(二)1771-VHSC 高速计数模块构成的频率测量

用 1771-VHSC 模块测量的基本原理仍是测周期法，其原理框图如图 4-16 所示。被测机组频率信号和电网频率信号分别经放大整形和二分频后，送入通道 GATE0、GATE1，分频后的 GATE0、GATE1 信号的半周期正好是机组频率和电网频率。

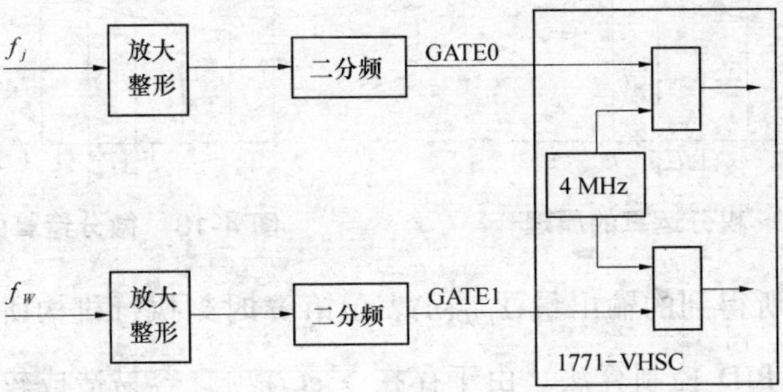

图 4-16　采用 PLC-5 的 1771-VHSC 模块测频原理框图

已知机组给定频率为 f_g=50 Hz，则周期 T_g=0.02 s，测得一个周期内的时钟脉冲数为 $N_g=0.02\times 4\times 10^6=80\ 000$，其测量精度是很高的。

第五节　微机调速器的控制算法及软件

一、原理框图及控制算法

(一)位置型数字 PID 微机调速器

位置型数字 PID 微机调速器控制算法的关系式与模拟式并列 PID 算式非常相似：

$$y(t)=K_P e(t)+K_I\int_0^t e(t)\,\mathrm{d}t+K_D\frac{\mathrm{d}e(t)}{\mathrm{d}t} \tag{4-4}$$

式中　K_P、K_I、K_D——比例、积分和微分增益；

$e(t)$——PID 调节器的输入偏差，指输入量与反馈量之差；

$y(t)$——PID 的输出。

由于数字调节器的主要部件是计算机，计算机只能对二进制的数字量进行计算。因此，必须先对连续 PID 算式进行离散化处理，将式(4-4)连续方程变换为差分方程，即得到离散化的数字 PID 表达式：

$$Y_{PID}(n)=K_P e(n)+K_I T\sum_{j=0}^{n}e(j)+\frac{K_D}{T}[e(n)-e(n-1)] \tag{4-5}$$

式中　$e(n)$、$e(n-1)$——第 n 次和第 $n-1$ 次采样周期的输入偏差；

$Y_{PID}(n)$——第 n 次采样周期 PID 调节器的输出量；

T——采样周期。

该式数字运算的比例作用可以由比例增益 K_P 与偏差 $e(n)$的乘积运算得到；积分作用表示从运算开始到现在的面积，因此它可以用偏差 $e(n)$和采样周期 T 相乘，计算出每一次采样的面积，然后再将它们相加得到总面积，如图 4-17 所示；微分作用可以表示为输入信号的斜率，所以可先求出当前采样时刻的偏差 $e(n)$与前一次采样时刻的偏差 $e(n-1)$的差值，然后用采样周期 T 去除，即可得到斜率值，如图 4-18 所示。

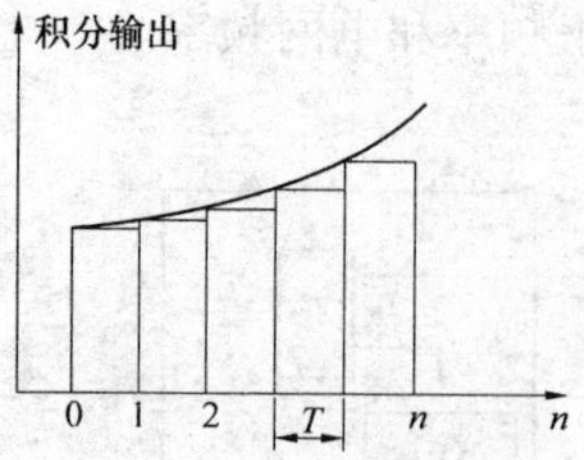

图 4-17　积分运算的原理

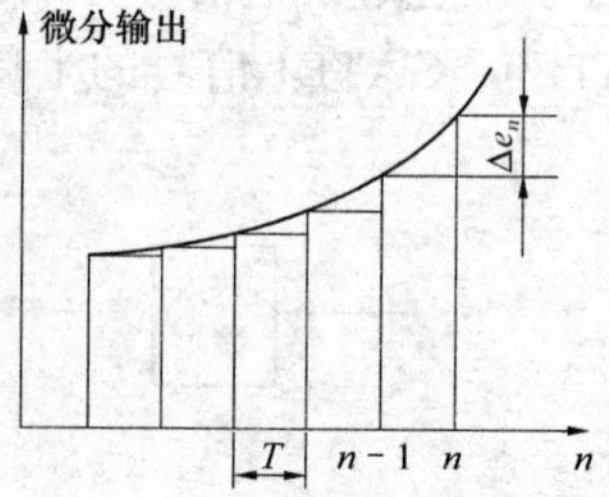

图 4-18　微分运算的原理

由式(4-5)运算所得到的输出量 $Y_{PID}(n)$表示第 n 时刻执行机构所应到达的位置，故式(4-5)称为位置型 PID 控制算法。由于存在 $\sum_{j=0}^{n}e(j)$ 项，容易造成较大的累积误差。另外，当计算机电源消失时，会引起系统误动作，因此这种系统必须考虑电源保护措施。

位置型数字 PID 微机调速器的原理框图如图 4-19 所示，其机组和电网频率测量一般采用单片机系统或专用计数模块，按照测量周期时间的方法实现，并用软件程序获得机组或电网频率的数字量。机组给定频率以数字量形式存于微机中，可通过键盘进行修改。PID 控制算法由软件程序实现，其运算结果 $Y_{PID}(n)$为对应导叶开度 Y 的数字量，$Y_{PID}(n)$经 D/A 转换变换为模拟电压后，送电液随动系统进行综合放大，使导叶接力器开到相应的开度 Y。图 4-19 中的调差反馈信号一种取自位置式 PID 运算结果，与功率给定信号相减，再经永态转差系数 b_p 衰减后与频差信号综合；另一种取自机组输出功率，经功率变送器后再经 A/D 转换为数字量。

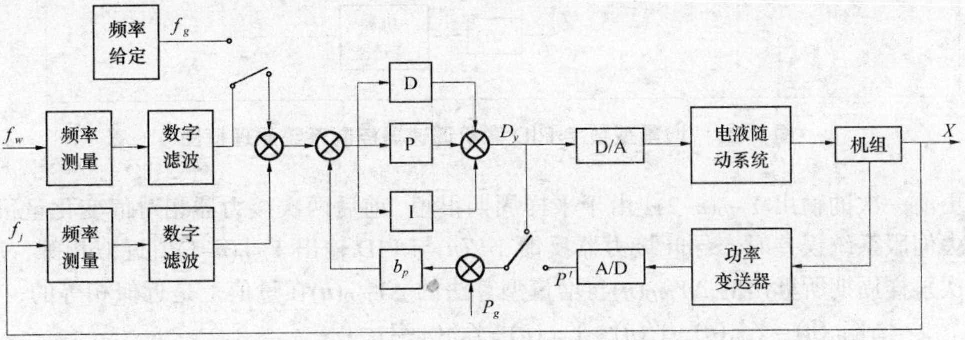

图 4-19　位置型数字 PID 微机调速器控制系统原理框图

(二)增量型数字 PID 微机调速器

由于位置型 PID 控制算法存在的问题，人们提出了增量型 PID 控制算法。所谓增量型 PID 控制算法，就是根据位置型算法求得第 n 时刻的输出量 $Y_{PID}(n)$与前一时刻的输出量 $Y_{PID}(n-1)$之差，可用下式来表示：

$$\Delta Y_{PID}(n) = Y_{PID}(n) - Y_{PID}(n-1)$$
$$= K_P[e(n)-e(n-1)] + K_I e(n) + K_D[e(n)-2e(n-1)+e(n-2)] \quad (4\text{-}6)$$

上式表明，当计算机控制系统采用稳定的采样周期 T 时，在确定了增益系数 K_P、K_I、K_D 后，根据前后 3 次测量值，按式(4-6)计算出 PID 调节器输出的增量，算式中不含过去偏差值的累加 $\sum_{j=0}^{n} e(j)$，故计算误差对控制量的影响较小。所以，在实际控制中增量型数字 PID 控制算法比位置型数字 PID 控制算法应用得更为广泛。

图 4-20 所示的控制系统是一种采用增量型数字 PID 控制算法的微机调速器，其伺服系统本身具有寄存作用，步进电机按增量工作，当电源消失时，伺服系统仍然保持原来的位置，即接力器开度不会发生改变。

(三)仿增量型数字 PID 微机调速器

仿增量型数字 PID 微机调速器控制系统原理框图如图 4-21 所示。它与位置型 PID 控制算法的区别在于用数液伺服系统取代了原电液随动系统，而数液伺服系统是根据位置型 PID 第 n 次采样周期的输出 $Y_{PID}(n)$与第 n 次采用周期测得的导叶接力器反馈 $Y'(n)$之差(即增量)来工作的。由于采样周期 T 通常较小，而且远小于数液伺服系统的时间常数，因此在第 n 次采样时刻测得的导叶接力器反馈 $Y'(n)$可能还是 PID 的上次输出 $Y_{PID}(n-1)$，

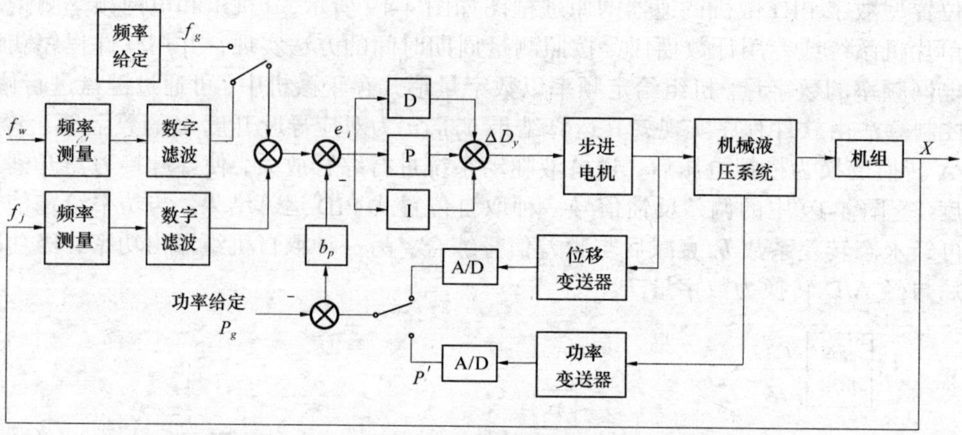

图 4-20　增量型数字 PID 微机调速器控制系统原理框图

甚至更前一次的输出 $Y_{PID}(n-2)$。由于采样周期很短，前后两次接力器相对值变化量很小，当略去伺服系统误差时，导叶接力器反馈 $Y'(n)$与 PID 输出 $Y_{PID}(n-1)$值近似相等，所以第 n 次采样周期所算出的 $\Delta Y_{PID}(n)$与增量型算法的 $\Delta Y_{PID}(n)$在量值上是近似相等的，即

$$\Delta Y_{PID}(n)=Y_{PID}(n)-Y'(n)\approx Y_{PID}(n)-Y_{PID}(n-1)$$
$$=K_P[e(n)-e(n-1)]+K_I e(n)+K_D[e(n)-2e(n-1)+e(n-2)] \tag{4-7}$$

所以，我们把式(4-7)的算法称为仿增量型。而微机算得的增量 $\Delta Y_{PID}(n)$经 D/A 转换后输入数液伺服系统，当调节系统趋于平衡时，则增量 $\Delta Y_{PID}(n)$也趋于零。

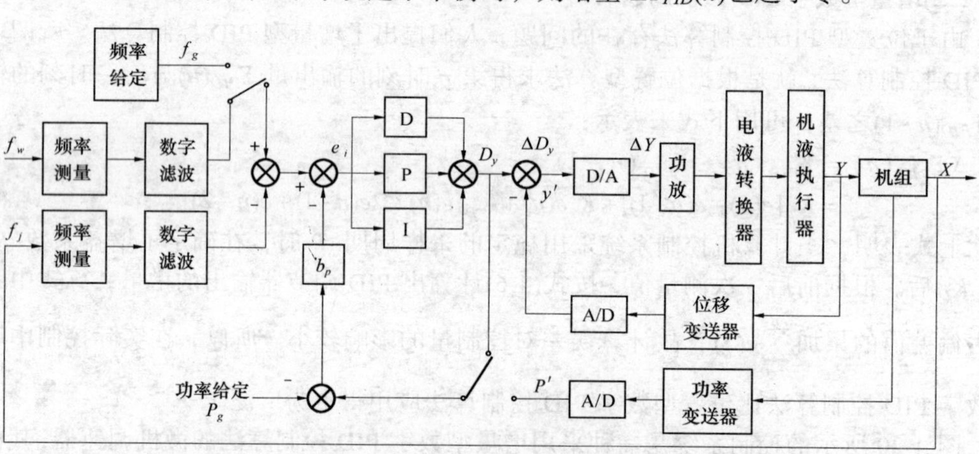

图 4-21　仿增量型数字 PID 微机调速器控制系统原理框图

二、微机调速器的调节原理

微机调速器在不同运行工况下采用不同的调节规律、控制结构、调节参数和调节模式，下面就这些问题作简单介绍。

(一)开机控制

在机械液压型和电气液压型调速器开机的初始阶段，频率信号不起调节作用，主要通过调速器启动装置或开度限制机构来进行调节，直到转速接近额定转速时，频率信号才加入机组转速调节控制，形成闭环调节。目前，微机调速器均采用闭环控制，即在整个开机过程中，频率信号一直接入调速系统，微机调速器根据机组频率信号进行闭环调节。由于开机过程中水轮机在非最优工况下运行，转轮中水流十分紊乱，加上并网时要求机组转速达到额定转速才能并网，这些都需要调节系统有稳定的运行参数。因此，在开机阶段微机调速器采用 PID 调节规律，并运行在频率调节模式。

在开机过程中或空载自动调节工况时，闭环调节系统的参考频率是给定频率 f_g=50 Hz，即机组的实际频率受给定频率的控制，调节器对频给与机频的差值进行 PID 运算。在闭环开机过程中，微机调速器按照给定频率的方式不同有两种控制方式：第一种方式是将频率给定按照两段折线给定，以控制机组转速在初始阶段有较快的上升速度，而快接近额定转速时，又能比较平稳地趋近额定转速，不致产生过大的超调；第二种方式是把网频作为微机调速器的给定频率，调节器始终跟踪电网频率以控制机组开机过程或空载自动调节。

频率调节模式(FM)是一种适用于机组空载运行、并入小电网或孤立电网运行和在大电网以调频方式运行的自动调节模式，其特点是：

(1)人工频率死区(E_f=0)、人工开度死区(E_y=0)和人工功率死区(E_p=0)等环节均被切除。

(2)采用 PID 调节规律，即微分作用参数 $T_n \neq 0$ 或 $K_D \neq 0$。

(3)调差反馈信号取自 PID 调节器输出，即图 4-19 中的 D_y，并构成静态特性。

(4)在频率调节模式下，微机调节器的功率给定 P_g 实时跟踪机组实际功率 P_j，其本身不参加闭环调节。

(二)并网后的控制

若机组并入电网运行，微机调速器一般采用开度调节模式或功率调节模式进行控制，其调节规律为 PI 运算。为了实现有差调节，调速器永态转差系数 $b_p \neq 0$，用功率给定增减负荷，同时，为了提高接力器对功给信号的响应速度，微机调速器利用其本身软件的灵活、方便特点，一方面通过前馈把功给信号直接叠加在积分输出，以提高功率增减的响应速度；另一方面把功给信号与调节器输出信号或功率反馈信号的差值，经 b_p 衰减后再送积分环节运算，如图 4-22 所示。由于引入了功给增量前馈，使接力器对功给信号的响应明显加快，从而加快了负荷增减的调节速度。

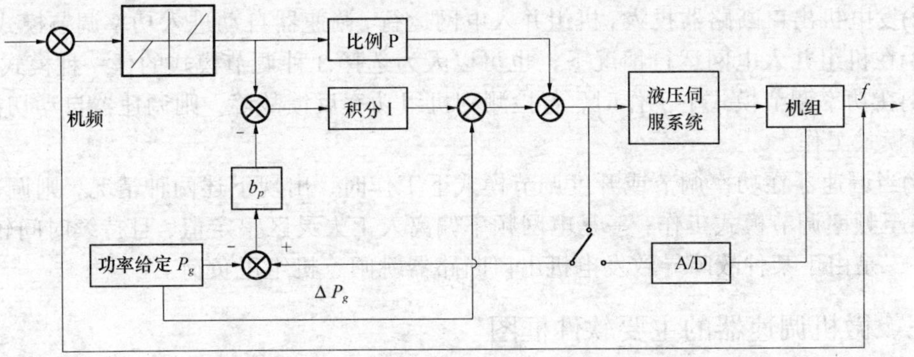

图 4-22 机组并网后调节系统控制原理框图

1. 开度调节模式(YM)的主要特点

(1)开度调节模式主要适用于机组并网运行和带基荷的工况。

(2)人工失灵区，即频率死区($E_f \neq 0$)、开度死区($E_y \neq 0$)和功率死区($E_P \neq 0$)均投入。

(3)采用 PI 调节规律，即微分作用参数 T_n=0 或 K_D=0。

(4)调差反馈信号取自 PID 调节器输出，并构成调速器静态特性。

(5)微机调节器通过给定开度 Y_g 改变机组负荷，在这种模式下，功率给定 P_g 不参与闭环自动调节，而是实时跟踪机组实际功率 P_j，实现从开度调节模式到功率调节模式的无扰动切换。

2. 功率调节模式(PM)的主要特点

(1)功率调节模式是机组并入大电网带基荷所优先采用的一种运行模式。

(2)人工失灵区，即频率死区、开度死区和功率死区均投入。

(3)采用 PI 调节规律，即微分作用参数 T_n=0 或 K_D=0。

(4)调差反馈信号取自机组功率 P_j，并构成调速器静态特性。

(5)在这种模式下，微机调节器给定开度 Y_g，实时跟踪实际导叶开度，实现从功率调节模式到开度调节模式的无扰动切换。

(三)调节模式之间的转换

如上所述，微机调速器一般有 3 种调节模式，即频率调节模式、开度调节模式、功率调节模式。3 种调节模式分别适用于不同的运行工况，其功能和相互间的转换都是由微机调节器自动完成的，图 4-23 给出了 3 种模式之间的转换关系。

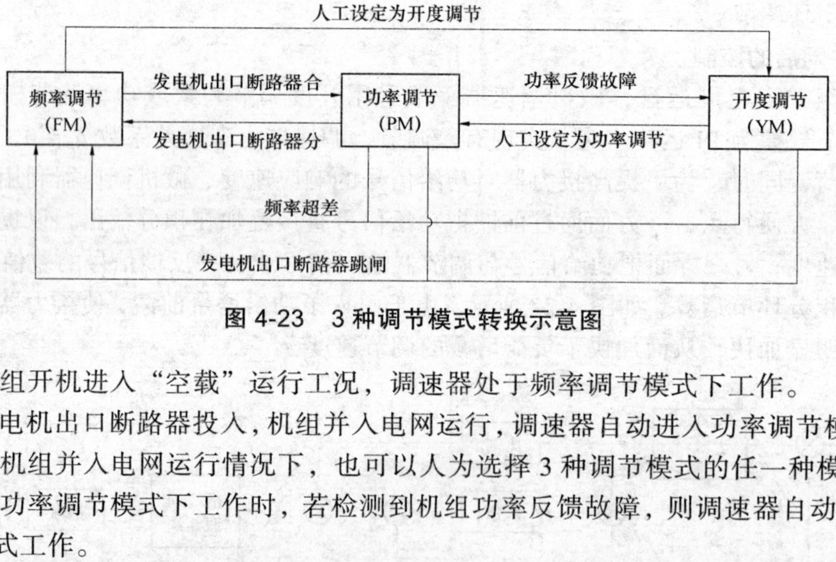

图 4-23　3 种调节模式转换示意图

(1)机组开机进入“空载”运行工况，调速器处于频率调节模式下工作。

(2)发电机出口断路器投入，机组并入电网运行，调速器自动进入功率调节模式工作。

(3)在机组并入电网运行情况下，也可以人为选择 3 种调节模式的任一种模式工作。

(4)在功率调节模式下工作时，若检测到机组功率反馈故障，则调速器自动切换至开度调节模式工作。

(5)当调速器在功率调节或开度调节模式下工作时，出现下述两种情况，则调速器自动切换至频率调节模式工作：一是电网频率偏离人工失灵区整定值，且持续时间较长(如 15 s)；二是由于某种故障导致发电机出口断路器跳闸、机组甩负荷。

三、微机调速器的主要软件框图

微机调速器的软件是按模块化结构设计的，也就是把有关工况控制和一些共用的控制功能先编制成一个个独立的子程序模块，再用主程序把所有主程序串接起来。

(一)主程序框图

基于 FX_{2N} 可编程控制器的微机调速器的主程序框图见图 4-24。

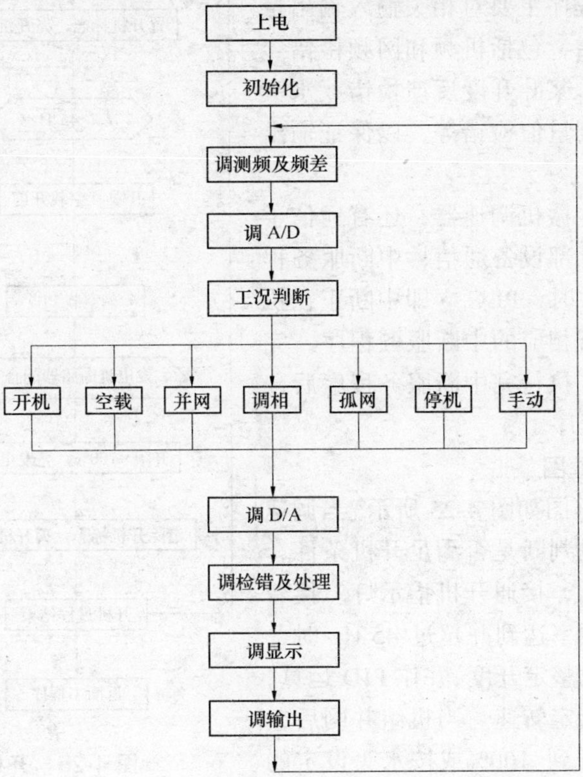

图 4-24　主程序框图

当微机调节器通上电源后，将对整个调速器进行初始化处理，即对特殊模块，如模/数、数/模、定位模块等设置工作方式及有关参数；对辅助继电器 M 等设置初始状态；对数据寄存器 D 特定单元设置缺省值，即存放采样周期、调节参数(如 b_p、b_t、T_d、T_n 等)。

频率测量子程序根据测量结果和所选择的转换系数 K_f，对机组频率、电网频率和频差进行计算。

A/D 转换子程序主要是控制把水头、功率反馈、导叶反馈等模拟信号转换为数字量，使其在程序控制下进行工作。

工况判断是根据机组运行工况及状态输入开关信号，确定微机调节器按照何种工况进行处理，同时设置工况标志，如开机过程、空载、调相、甩负荷、停机过程等，并接通相应工况指示灯。

PID 调节程序主要完成对各种工况下导叶开度的 PID 运算。

D/A 子程序仅用于控制伺服系统是电液随动系统的微机调速器，将其各种工况运算出的数字量转换为模拟电量，驱动电液随动系统。而对数字伺服系统则不需要 D/A 转换。

检错及处理子程序主要对相关输入输出量及相关模块进行检错，包括机频和网频检错、导叶开度反馈检错、桨叶开度反馈检错、水头测量值检错、功率测量值检错等，以保证输出信号的正确性。

除此以外，某些微机调速器，还有通信子程序，用于实现与外部设备通信；中断服务程序，在满足中断条件时，PLC 立即中断正在执行的程序，转而执行相应的中断服务程序，完成设定的处理任务，执行完中断服务程序后，返回被中断的执行程序。

(二)主要子程序框图

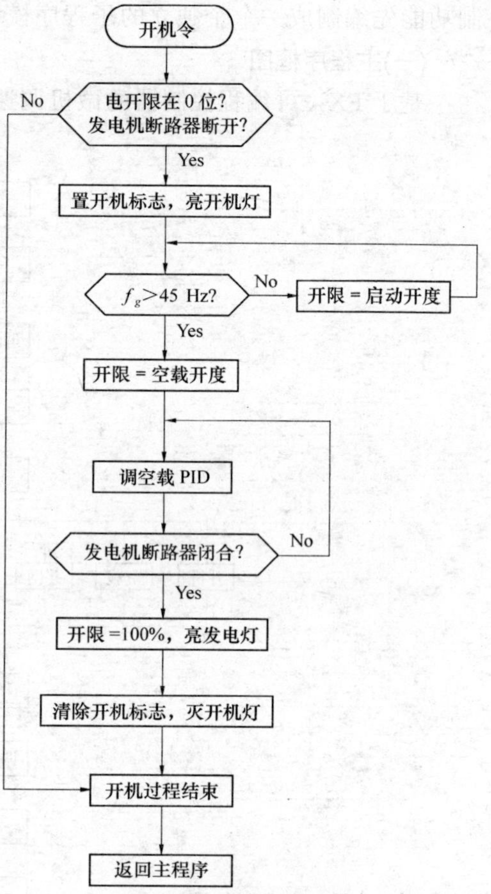

图 4-25　开机子程序框图

(1)开机子程序框图如图 4-25 所示。当调速器接到开机令时，先判断是否满足开机条件，若满足，置开机标志，接通开机指示灯。接着检测机组频率，当频率达到并超过 45 Hz 时，将启动开度开至空载整定开度，并作 PID 运算，控制机组转速等于给定转速。当机组并网后，把开度限制自动放开到 100%或按水头设定的开度值。开机过程结束，清除开机标志、灭开机指示灯。置发电指示，接通发电指示灯。

(2)空载 PID 子程序框图见图 4-26。当机组开机后，频率上升至 45 Hz，机组进入空载工况或者机组甩负荷后回到空载工况时，如前所述，调速器主要采用 PID 调节规律，使机组转速维持在空载额定值范围内。

根据调速器控制算法可知，空载工况 PID 子程序先调用频差计算，然后分别进行比例、积分、微分运算，再求和得到 PID 值。在增量型控制算法中，则分别求出比例、积分、微分各项的增量，再求出各增量之和，然后与前一采样周期的 PID 值求代数和，得到本采样周期的 PID 值。

(3)停机子程序框图如图 4-27 所示。当微机调速器接到停机命令时，先判断机组是否在调相状态，如果在调相工况，则停机子程序先转出，执行调相转发电，再由发电转停机程序。如果不在调相状态工况，则置停机标志，接通停机指示灯，然后判别功率给定值是否在零位。若不在零值，则自动减功率给定，一直到功率给定值为零。然后把限制开度减至空载，等待发电机断路器跳闸，再把限制开度置于全关位置，延时 2 min，确保机组转速降至零，最后清除停机标志，灭停机指示灯。

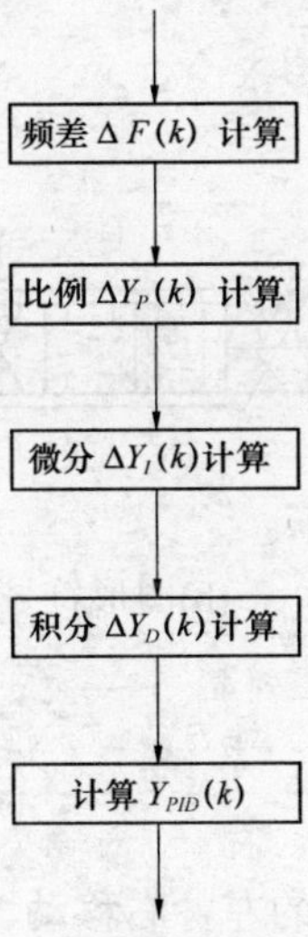

图 4-26　空载 PID 子程序框图

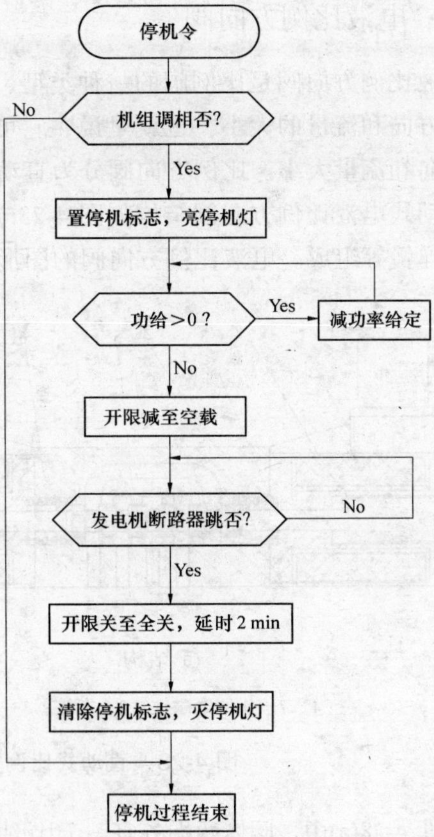

图 4-27　停机子程序框图

第六节　电机转换装置

在模拟型电气液压调速器中，一般采用电液转换器将电气信号转换成机械液压信号，而现代微机调速器已应用了多种形式的电机、电液转换方式驱动机械伺服系统、液压随动系统，如步进电机、伺服电机驱动的伺服系统等，下面分别介绍其电液、电机转换装置。

一、电机转换装置概述

目前，微机调速器的电液伺服系统中所采用的电机转换装置有以下几种类型：

电液伺服阀是电液随动系统的关键元件，它是一种将电气信号转换成具有一定操作力和位移量的机械位移信号或者转换成具有一定压力的流量信号的部件，这在第三章已经介绍过。电液比例阀是用比例电磁铁与液压元件相结合，实现电液伺服阀功能的电液转换元件。

步进电机或伺服电机式电液转换器由步进电机/伺服电机配上液压步进缸组成；具有自动复中能力的电气—位移转换器由步进电机/伺服电机和自动复中能力的转换器组成，它们均能将电气信号成比例地转换为机械位移信号，去控制机械液压随动系统。

二、电液比例方向阀

电液比例方向阀是比例阀的一种类型，它可以按照输入电气信号的比例，来控制油液流动方向和流量的大小，也就是说，它可将微机调节器输出的控制信号转换成油液的流动方向和流量大小。比例方向阀分为直动式和先导式两种。

直动式电液比例方向阀结构如图 4-28(a)所示，它由比例电磁铁、衔铁、推杆、阀体、阀芯和弹簧等组成。电液比例方向阀的图形符号如图 4-28(b)所示。

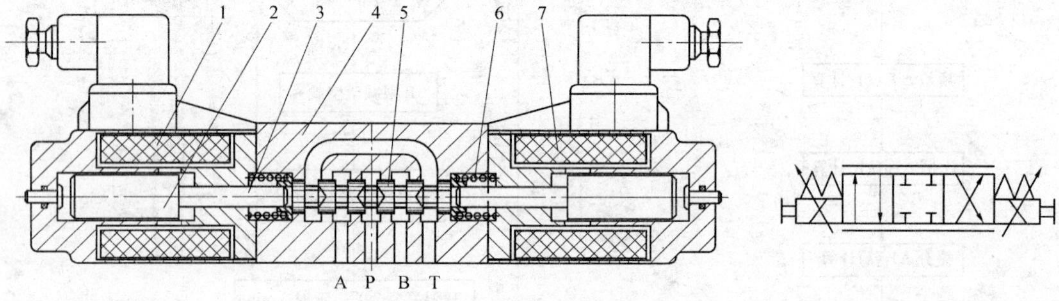

(a)结构　　(b)图形符号

1、7—比例电磁铁；2—衔铁；3—推杆；4—阀体；5—阀芯；6—弹簧

图 4-28　直动式比例方向阀结构及图形符号

在图 4-28(a)中，阀体两端各有一个比例电磁铁，分别推动阀芯的左、右移动，中间部分为阀体，阀体两侧各有一个复位弹簧，用于保持阀芯在中间位置。比例阀的开口和方向与输入电流的大小和方向(电流为正时一个比例电磁铁工作；电流为负时另一个比例电磁阀工作)成比例。当无控制信号输入时，阀芯在弹簧作用下处于中间位置，比例阀没有控制油流输出。当左端比例电磁铁内有控制信号输入时，阀芯向右移动，阀芯右移时压缩右侧弹簧，直到电磁力与弹簧力相平衡为止，阀芯的位移量与输入比例电磁铁的电信号成比例，从而改变输出流量的大小。右侧比例电磁铁工作原理与上述情况相同，从而改变油流方向。

三、步进电机/交流伺服电机及其驱动器

(一)步进电机及其驱动器

1. 步进电机

步进电机是一种把脉冲信号变换成相应的角位移或直线位移的机—电执行元件。每当对其施加一个电脉冲时，其输出轴便转过一个固定角度，称为一步，当供给连续电脉冲时就能一步一步地连续转动，故称为步进电机。

步进电机的位移量与输入脉冲数严格成正比，其转速与脉冲频率和步进角有关，控制输入脉冲数量、频率和各项绕组的接通顺序，可以得到不同的运行特性。

步进电机按其工作原理分为磁电式和反应式两大类。下面以反应式步进电机说明工作原理。

反应式步进电机又称可变磁阻式步进电机，其结构如图 4-29 所示。定子磁极的极面上与转子圆周上均匀地开有齿形和齿距完全相同的小齿，定转子铁芯都用高导磁材料制成。

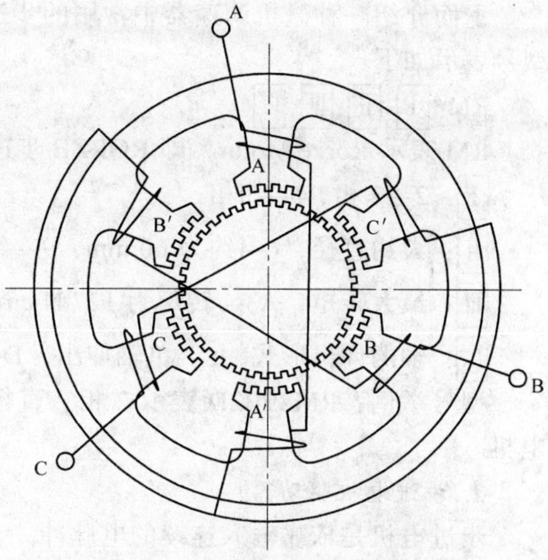

1—定子；2—转子；3—绕组

图 4-29　反应式步进电机结构

步进电机可以做成二相、三相、四相、五相等。图 4-30 为三相反应式步进电机单三拍方式工作原理图，其定子上有 6 个磁极，每个极上装有一个控制绕组，相对的两极组成一相。转子上有 4 个均匀分布的齿，其上没有绕组。当 A 相控制绕组通电时，转子在磁场力作用下与定子齿对齐，即转子齿 1、3 和定子 A、A′ 对齐，如图 4-30(a)所示。如果断开 A 相控制绕组，接通 B 相，在磁场力作用下转子转过 30°，转子齿 2、4 与定子 B、B′ 对齐，如图 4-30(b)所示，转子转过一个步距角。如再使 B 相断开，C 相接通，转子又转过 30°，转子齿 1、3 与定子 C、C′ 对齐，如图 4-30(c)所示。如此往复循环，并按 A—B—C—A 顺序通电，步进电机便按一定方向转动。若改变通电顺序，即 A—C—B—A，则电机反向转动。上述通电方式称为三相单三拍，“拍”指定子控制绕组每改变一次通电方式，“单”指每次只有一相控制绕组通电，“三拍”即控制绕组切换 3 次为一个循环。

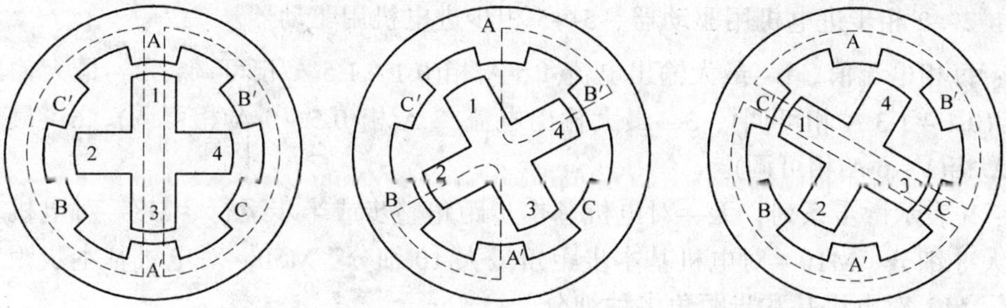

图 4-30　三相反应式步进电机单三拍方式工作原理

除上述通电方式外，还有三相单、双六拍通电方式，采用这种通电方式时，步距角比单拍通电方式减少一半。步进电机的步距角 θ 与转子齿数 Z_r、控制绕组相数 m 和通电系数 C(当 C=1 时为单拍方式，C=2 时为单、双拍方式)有以下关系：

$$\theta = \frac{360°}{mZ_rC} \tag{4-8}$$

上式表明，电机的相数和转子齿数越多，步距角越小，显然当脉冲频率一定时，其转速越低。

下面介绍一种微机调速器中常用的步进电机，即 RORZE 公司生产的步进电机，其型号表示如下：

RM Ⅰ Ⅱ Ⅲ Ⅳ

RM 表示 Rorze Motor，即 RORZE 步进电机；

Ⅰ：2—2 相、5—5 相；

Ⅱ：大约直径，6—约为 60 mm，9—约为 90 mm；

Ⅲ：最大转矩，A3—转矩为 127 N·cm，B2—转矩为 215 N·cm；

Ⅳ：轴的伸出形式，S—单轴伸出，D—双轴伸出。

型号举例：RM29B2D 表示 2 相、直径约 90 mm、转矩 215 N · cm 双轴伸出式步进电机。

2. 步进电机驱动器

步进电机是依靠输入连续的电脉冲一步一步转动的执行元件，而常用的电源一般为连续的交直流电源，不能直接用于步进电机的驱动。步进电机驱动器是一种步进电机的驱动装置，它可以按照控制脉冲信号向步进电机提供具有一定时序的电脉冲，它还具有短路、过流、超温、欠压保护功能。现简要介绍在微机调速器上应用较多的 RORZE 步进驱动器。

RORZE 步进驱动器的型号表示如下：

RD Ⅰ Ⅱ Ⅲ Ⅳ Ⅴ Ⅵ

RD 表示 RORZE 驱动器。

Ⅰ：0—脉冲串输入驱动器、1—内含振荡器型驱动器(数位方式)、3—内含振荡器型驱动器(模拟量电压调速)。

Ⅱ：2—2 相步进电机用驱动器、5—5 相步进电机用驱动器。

Ⅲ：每相电流值，1—最大输出电流 1.5 A/相(0.1 ~ 1.5 A/相可调)、2—最大输出电流 1.3 A/相(0.1 ~ 1.3 A/相可调)、3—最大输出电流 3 A/相(0.5 ~ 3 A/相可调)、6—最大输出电流 6 A/相(1 ~ 6 A/相可调)。

Ⅳ：M 表示微步系列，无—对电机基本步距角整步或半步运行、M8—对电机基本步距角最大 8 细分、M10—对电机基本步距角最大 10 细分、M50—对电机基本步距角最大 50 细分、M—对电机基本步距角多种细分。

Ⅴ：N 表示脉冲输入方式为 1CK 方式，无 N 的型号表示为 2CK 脉冲输入方式。

1CK 输入方式：一端为时钟脉冲，另一端为旋转方向信号 CW、CCW。

2CK 输入方式：正反脉冲分别由 CW 脉冲及 CCW 脉冲提供。

Ⅵ：4 表示驱动器供电电压为 18 ~ 40 V；8 表示驱动器供电电压为 18 ~ 80 V。

例如，型号 RD-0234 表示不带振荡器，每相电流 3 A，2 相步进电机驱动器，4 表示驱动器供电电压为 18 ~ 40 V，其面板接线端子如图 4-31 所示。

又如，RD-323MS 表示每相电流 3 A，可调速两相驱动，多种微分步的驱动器，其面板接线端子如图 4-32 所示。

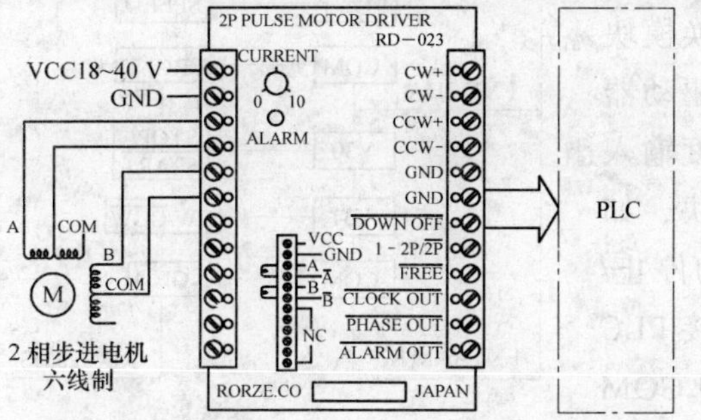

图 4-31　RD-0234 步进电机驱动器接线

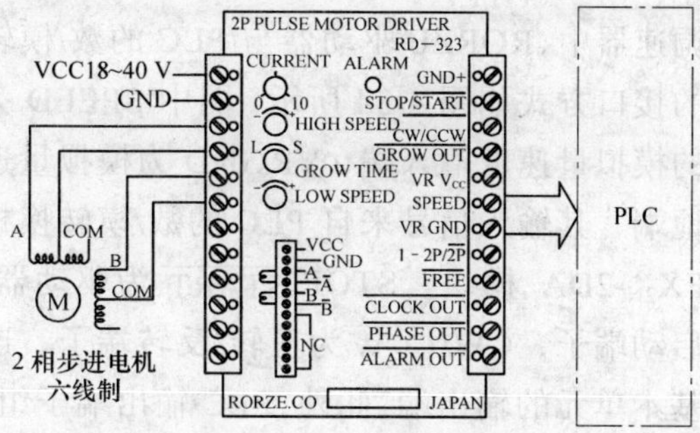

图 4-32　RD-323MS 步进电机驱动器接线

3. 控制器对驱动器的控制方式

(1)脉冲驱动型：控制器向正脉冲端子 CW+、CW–和反向脉冲端子 CCW+、CCW–发出速度连续可变的脉冲串，使驱动器可控制步进电机的旋转方向、速度和步数；另外，可在 CLOCK 端子输入转动脉冲，在 CCW 端以电平高低确定是逆时针转还是顺时针转。

(2)速度控制方式：PLC 常用模拟量控制方式，即从 SPEED 端输入直流 0 ~ 5 V 信号，以连续改变驱动器控制步进电机的运行速度；在 CCW/CW(逆时针/顺时针)输入电平信号，低电平时逆时针旋转，高电平时顺时针旋转。

4. 驱动器与 PLC 的接口

(1)脉冲型驱动器与 PLC 的连接。在 PLC 微机调速器中，脉冲量输入型驱动器与 PLC 的接口随脉冲量不同而有不同的接法。例如，RD-0234 型驱动器的脉冲输入端中，CW+、CW–为电机顺时针方向旋转输入脉冲端子；CCW+、CCW–为电机逆时针方向旋转输入脉冲端子。RD-0234N 型驱动器的脉冲输入端中，CLOCK+、CLOCK–为脉冲输入端子，当 CCW+、CCW–端为高电平时，电机按 CLOCK+、CLOCK–输入脉冲而逆时针旋转；当 CCW+、CCW–端为低电平时，电机按 CLOCK+、CLOCK–输入脉冲而顺时针旋转。图 4-33 是 FX_{2N}PLC 经 FX_{2N}-1PG 脉冲输出模块与 RD-0234N 型驱动器的接线图，图中 FX_{2N}-1PG 的接线端子 VIN 和 COM0 接入 5 ~ 24 V 直流电源，FP 端子送出正向脉冲串，RP 端子送出反向脉冲串(0 表示正向，1 表示反向)。

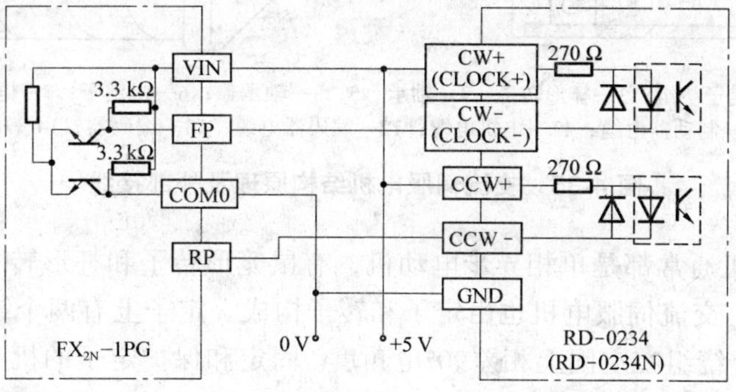

图 4-33　FX_{2N}-1PG 与步进电机驱动器的脉冲信号接线

(2)速度型驱动器与 PLC 的连接。在 PLC 微机调速器中，RORZE 驱动器与 PLC 的数/模转换模块的接口方式如图 4-34 所示，图中 SPEED 为驱动器的模拟量速度输入端，VRGND 为模拟量速度输入地端，其输入信号来自 PLC 的数/模转换模块，如 FX_{2N}-2DA 模块。STOP/$\overline{START}$ 为驱动器的停止/启动端子，CW/$\overline{CCW}$为正转/反转端子，连接 PLC 基本单元的输出端，此外，PLC 输出端子组的 COM 端接至驱动器的 GAN 端。

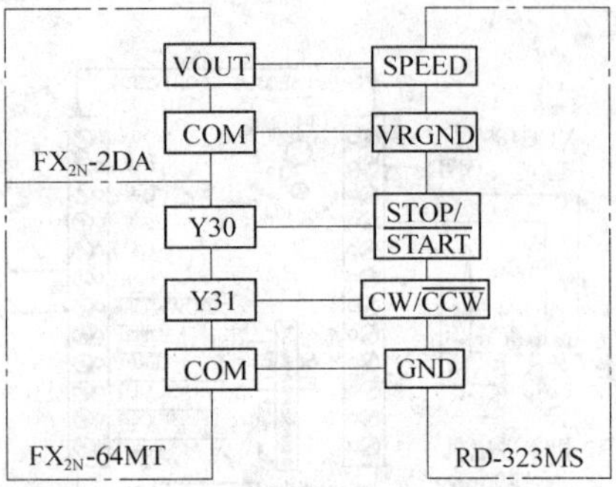

图 4-34　FX_{2N}-2DA 与步进电机驱动器的速度控制方式接线

(二)交流伺服电机及其驱动器

近年来，随着电力电子技术的发展，交流伺服电机驱动系统的调速性能有了很大提高，使得交流电机固有的结构简单、可靠性高、驱动功率大及动态响应好等优势得以充分发挥，并在水轮机调速器的电机位移转换机构上得到应用，较好地解决了电机位移转换的可靠性问题，同时有效地取消传动杆件和减少传递环节，其整机的速动性能优于其他伺服系统。下面介绍松下公司的 MINAS 交流伺服电机及驱动器在 PLC 微机调速器中的应用。

1. 交流伺服电机

永磁式同步交流伺服电机是目前应用最多的高性能交流伺服电机，它具有结构简单、可靠性高、驱动功率大、惯量小及动态响应好等优点。交流伺服电机的结构原理及外部接线如图4-35所示。

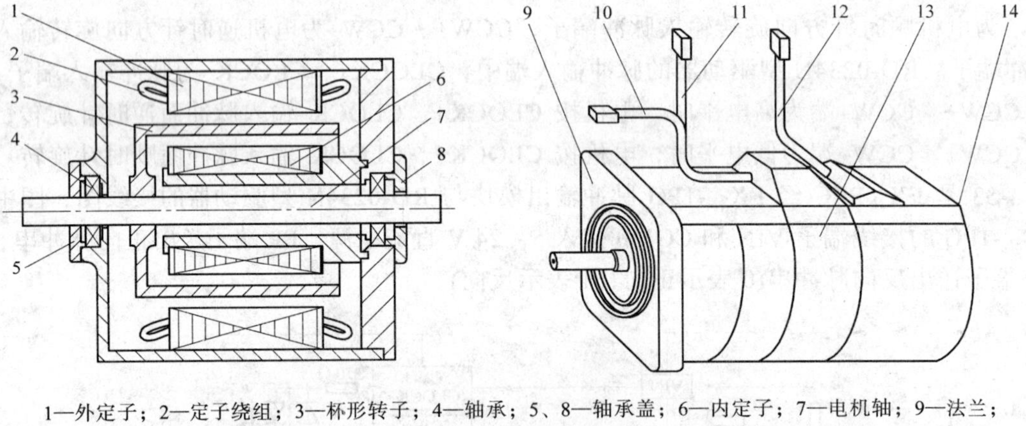

1—外定子；2—定子绕组；3—杯形转子；4—轴承；5、8—轴承盖；6—内定子；7—电机轴；9—法兰；10—制动器电缆；11—电机电缆；12—编码器电缆；13—编码器；14—机壳

图 4-35　交流伺服电机结构原理及外部接线

交流伺服电机通常都是单相异步电动机，有鼠笼形转子和杯形转子两种结构形式。与普通电机一样，交流伺服电机也由定子和转子构成。定子上有两个绕组，即励磁绕组和控制绕组，两个绕组在空间上相差90°电角度。固定和保护定子的机座一般用硬铝或不锈钢制成。鼠笼形转子交流伺服电机的转子和普通三相笼式电机相同。杯形转子交流伺服电机的结构如图4-35所示，由外定子1、绕组2、杯形转子3和内定子6等组成。它的外

定子和鼠笼形转子交流伺服电机相同，转子则由非磁性导电材料(如铜或铝)制成空心杯形状，杯子底部固定在转轴7上。空心杯的壁很薄(小于0.5 mm)，因此转动惯量很小。内定子由硅钢片叠压而成，固定在轴承盖5、8上，内定子6上没有绕组，仅作磁路用。电机工作时，内、外定子都不动，只有杯形转子在内、外定子之间的气隙中转动。

交流伺服电机必须具备一个基本性能，就是能克服交流伺服电机的所谓自转现象，即无控制信号时，它不应转动，特别是当它已在转动时，如果控制信号消失，它应能立即停止转动。而普通的感应电动机转动起来以后，如控制信号消失，往往继续转动。

在伺服电机处于静止状态下，当控制系统没有向控制绕组输出电压时，只有励磁绕组通电产生的脉动磁场，伺服电机转子不转。当控制系统输出控制电压时，控制绕组接通控制电压，使伺服电机内部产生椭圆形旋转磁场。根据电机磁场理论，一个椭圆形旋转磁场可看成由两个圆形旋转磁场合成。这两个圆形旋转磁场幅值不等，但以相同转速、相反方向旋转，它们切割转子绕组感应的电势和电流以及产生的电磁力矩也方向相反、大小不等，合成力矩不为零。若正转磁场强则伺服电机就朝着正转方向转动，控制信号越强，磁场越接近圆形，正转磁场及其力矩越大，反转磁场及其力矩越小，合成力矩增大，转子转速随之增加。如果改变控制电压的相位，即移相180°，旋转磁场的转向相反，因而产生的合成力矩方向也相反，伺服电机将反转。若控制信号消失，只有励磁绕组通入电流，伺服电机产生的磁场将是脉动磁场，转子很快地停下来。

近年来，全世界许多制造商都推出了自己的产品，品种繁多，在水轮机调速器中常用的有日本松下公司的全数字型MINAS系列交流伺服电机。MSMA系列伺服电机属于小惯量型永磁交流伺服电动机，其功率为0.03 ~ 5 kW，共18种规格，其型号表示如下：

Ⅰ Ⅱ Ⅲ Ⅳ Ⅴ Ⅵ Ⅶ

Ⅰ：型号，用3个字母表示，如表4-1所示；

表 4-1　MINAS 系列交流伺服电机型号

符号	MSM	MDM	MHM	MFM	MQM	MGM
型号意义	小惯量	中惯量	大惯量	扁平型	小型扁平型	中惯量

Ⅱ：系列符号，A 系列；

Ⅲ：额定输出功率(W)，各符号对应的功率如表 4-2 所示；

表 4-2　MINAS 系列交流伺服电机输出功率符号

符号	3A	5A	01	02	03	…	10	…	50
功率(W)	30	50	100	200	300	…	1 000	…	5000

Ⅳ：电压，1—100 V、2—200 V、Z—100/200 V(仅限 30 W、50 W)；

Ⅴ：旋转编码器规格，A—2 500p/r增量式、C—17位绝对式、D—17位增量/绝对式共用；

Ⅵ：设计序号，1、2、3；

Ⅶ：结构，A—无油封无制动器直轴、B—无油封有制动器直轴、C—有油封无制动器直轴、D—有油封有制动器直轴、E—无油封无制动器键槽式轴等。

型号举例：MSMA3AZA1表示小惯量，A系列，功率30 W，电压100/200 V，编码器规格为2 500 p/r增量式，设计序号为1的交流伺服电机。

注意：编码器是用来测量转速的装置，分为绝对脉冲编码器、增量脉冲编码器。

2. 交流伺服驱动器

交流伺服驱动器是一种接收编码器的反馈信号，并和指令脉冲进行比较，从而构成一个闭环控制，用于驱动交流伺服电机的控制装置，一般与伺服电机配套使用。交流伺服驱动器的型号组成如下：

Ⅰ Ⅱ Ⅲ Ⅳ Ⅴ Ⅵ Ⅶ

Ⅰ：驱动器型号，表示适配的交流伺服电机及惯量，如表 4-3 所示；

表 4-3　交流伺服电机驱动器型号及适用电机

驱动器型号	MSD	MDD	MHD	MFD	MQD	MGD
型号意义	小惯量	中惯量	大惯量	扁平型	小型扁平型	中惯量
适用电机	MSM	MDM	MHM	MFM	MQM	MGM

Ⅱ：系列符号，A 系列；

Ⅲ：电机额定输出功率(W)，用数字表示，各数字对应的功率如表 4-2 所示；

Ⅳ：电源电压，1—单相 100 V、3—三相 200 V；

Ⅴ：旋转编码器规格，同交流伺服驱动器；

Ⅵ：设计序号，1、2、3、…；

Ⅶ：设计序号，A、B、C、…；

型号举例：MSDA023A1A表示小惯量，A系列，额定输出功率200 W，电源电压为三相200 V，编码器规格为2 500 p/r增量式，设计序号为1A的交流伺服电机。

交流伺服驱动器的面板接口和按钮功能如图 4-36 所示。驱动器面板由以下几部分组成：

(1)显示部分。发光二极管 1 用于显示数字；模式选择开关 3 有监视器模式、参数设置模式、自动调整模式等 5 种；设定按钮 4 用于在模式显示和执行显示之间切换；数据设定按钮 5 用于改变显示内容、改变参数等。

(2)通信接口 9 用于驱动器与 PLC 或控制器的通信，一般采用 RS232 接口与微机或 PLC 等控制器的连接，通信接口 8 采用 RS485，用于与其他驱动器的并联。

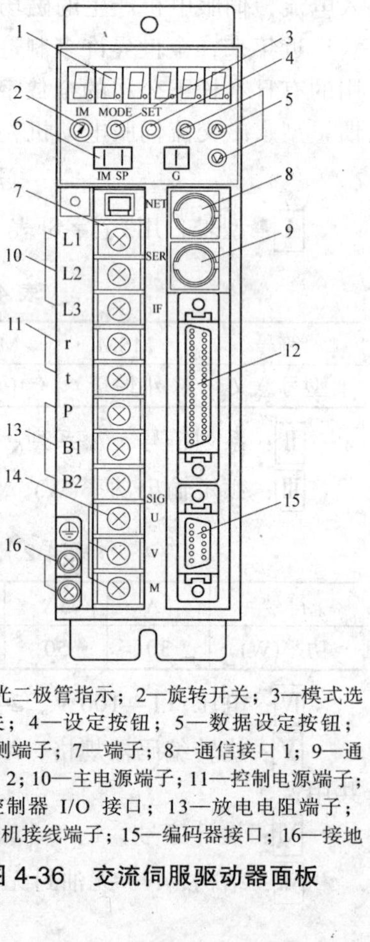

1—发光二极管指示；2—旋转开关；3—模式选择开关；4—设定按钮；5—数据设定按钮；6—检测端子；7—端子；8—通信接口 1；9—通信接口 2；10—主电源端子；11—控制电源端子；12—控制器 I/O 接口；13—放电电阻端子；14—电机接线端子；15—编码器接口；16—接地

图 4-36　交流伺服驱动器面板

(3)控制器 I/O 接口(CN I/F)12 有 50 个接线端子，用于和 PLC 等控制器的连接，详见下面介绍。

(4)编码器接口(CN SIG)15用于和旋转编码器连接。

(5)L1、L2、L3是外部主电源接入的接线端子。

(6)U、V、W是驱动器与伺服电机连接的电源端子，3个相线不能调换，必须严格按照规定连接。

(7)r、t 是控制电源接线端子，B1、B2 是外接电机制动放电电阻连接端子，正常情况 B1、B2 应短接。

3. 交流伺服驱动器与 PLC 的连接

在水轮机微机调速器中，交流伺服驱动器与PLC的连接有两种方式：一是PLC与驱动器直接相连；二是经定位模块相连。

第一种：PLC基本单元与交流伺服驱动器直接相连接，这种方式仅适用于晶体管输出的PLC。在FX_{2N}基本单元中用Y0、Y1作为高速脉冲输出端与驱动器控制接口12的脉冲指令输入端子PULS+和SIGN+连接，并用“脉冲输出指令”PLSY，指定脉冲频率和脉冲数范围，来控制Y0、Y1端输出的脉冲。PLC基本单元与交流伺服驱动器的连接示意图如图4-37所示。

第二种：FX_{2N}基本单元通过定位模块FX_{2N}-1PG与交流伺服驱动器和伺服电机连接，其系统框图如图4-38所示。FX_{2N}-1PG是FX_{2N} PLC的脉冲输出模块，前面已有介绍，FX_{2N}基本单元通过“读特殊功能模块指令”FROM，读取FX_{2N}-1PG模块的数据并存入数据寄存器，用“写特殊功能模块指令”TO，向FX_{2N}-1PG模块写入数据，实现对其控制。

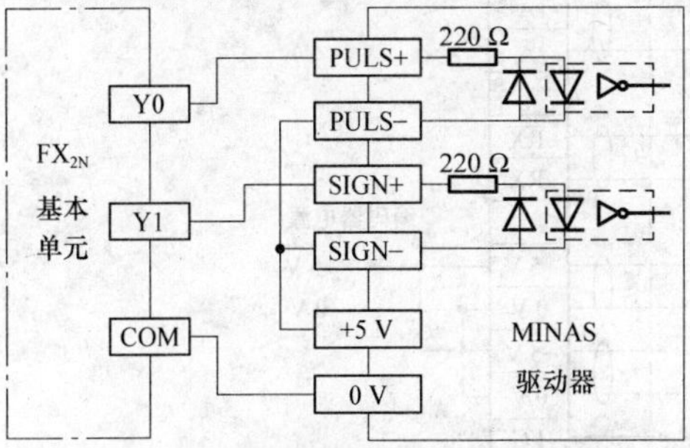

图 4-37 PLC 基本单元与交流伺服驱动器连接示意图

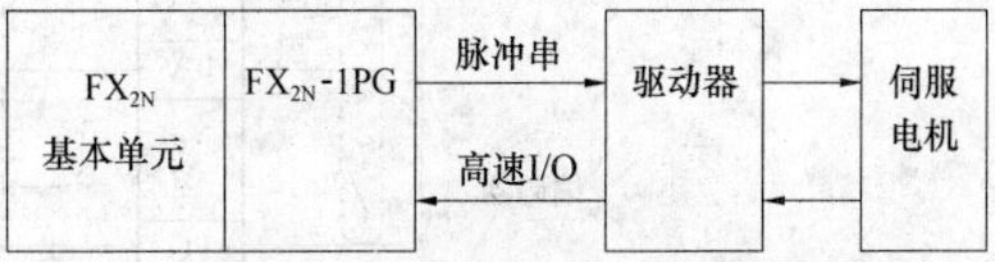

图 4-38 FX_{2N} 基本单元与交流伺服驱动器和伺服电机连接系统框图

FX_{2N}-1PG的主要技术性能如下：

(1)电源：FX_{2N}-1PG内部用DC5 V/55 mA由基本单元供电；输入开关量电源由外部电源供给；脉冲输出电源取自伺服驱动器。

(2)FX_{2N}-1PG最高输出频率为100 kpps。

(3)定位设定：设定方式为绝对位置/相对位置；设定值范围是 ± 999999。

(4)脉冲串输出方式：“0”方式时FX_{2N}-1PG的FP端子输出正向脉冲串，RP端子输出反向脉冲串；“1”方式时则FP端子输出脉冲串，RP电平为0表示正向，电平为1表示反向。

FX_{2N}-1PG 与 MINAS 交流伺服驱动器接线如图 4-39 所示。FX_{2N}-1PG 的 FP 正向脉冲输出端子、RP 反向脉冲输出端子分别与驱动器控制接口的脉冲指令输入端 PULS+和

SIGN+连接，FX_{2N}-1PG 的 VIP 和 COM0 端子分别与 DC5～24 V 直流电源连接。

交流伺服电机与编码器的连接与采用编码器的型式有关，以 2 500 p/r 增量式编码器与小惯量伺服电机的连接为例，旋转编码器的 11 根线通过专业插头和驱动器的 CN SIG 插座连接，其中 Z、$\overline{Z}$为每转 1 个脉冲，A、$\overline{A}$和 B、$\overline{B}$均为每转 2 500 个脉冲，电源为 +5 V、0 V(见图 4-40)。

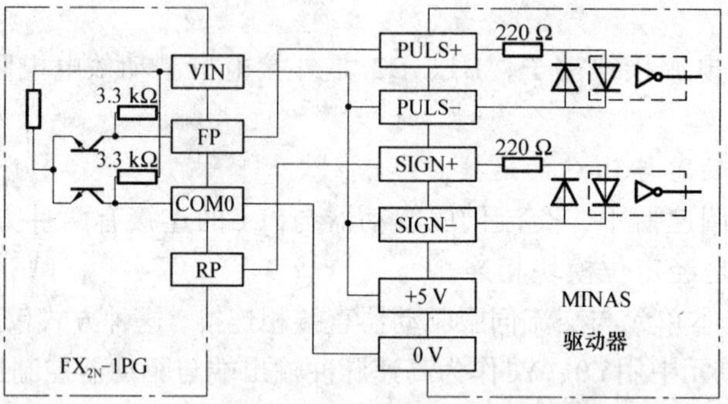

图 4-39　FX_{2N}-1PG 与 MINAS 交流伺服驱动器接线

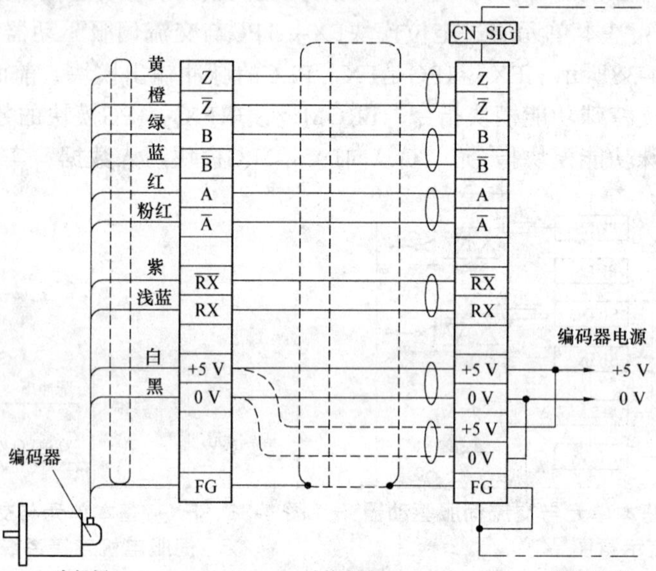

图 4-40　增量型编码器与驱动器接线

以上仅以 FX_{2N} 基本单元、FX_{2N}-1PG 定位模块和 MINAS 驱动器为例，简要介绍了伺服电机定位控制的基本原理和组成，要更详尽地学习相关知识请参阅 PLC 有关书籍和交流伺服电机驱动器手册、FX 系列产品样本等技术资料。

四、步进电机/交流伺服电机驱动的电机转换装置

(一)电机驱动的电机转换装置

步进式电液转换器由 3 部分组成，即由驱动器、步进电机、液压步进缸和传感器等

组成，驱动器的输入信号来自微机调节器，其输出信号用于控制步进电机，经液压步进缸将电气信号转换成位移信号，传感器是将液压步进缸的位移反馈到驱动器的输入端，如图 4-41 所示。下面分别介绍步进式电液转换器的结构原理。

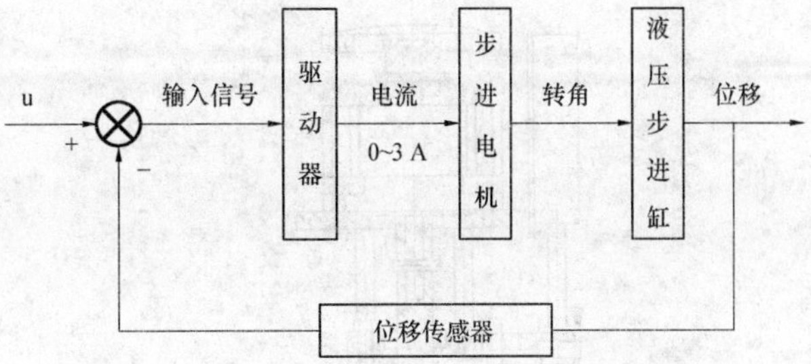

图 4-41　步进式电液转换器原理框图

液压步进缸是步进式电液转换器的核心部件，其结构如图 4-42。工作原理如下：图 4-42 所示为平衡状态，差压活塞 2 上下底面积关系为 A_r=0.5A_c，此时上下腔压力关系为

$$p_c=0.5p_s$$

当步进电机顺时针方向转动角位移θ_1时，螺纹针塞 3 也随着转动相同的角位移，螺纹状的针塞阀用来控制阀套上的阀孔 a、b，螺纹针塞 3 顺时针旋转，相当于普通引导阀的阀盘向上有Δs_1的位移。此时，阀孔 b 打开，阀孔 a 仍然封闭，压力油经 b 阀孔进入螺纹槽，再经 c 孔进入差压活塞下腔，由于此时 $p_c>0.5\ p_s$，故差动活塞 2 向上移动，直至阀孔 b 被螺纹活塞再次封堵而停止，$\Delta s=\Delta s_1$，差动活塞处于新的平衡位置，螺纹针塞的角位移转换成为步进缸差动活塞的直线位移。

当螺纹针塞 3 逆时针方向转动θ_2角位移时，相当于普通引导阀的阀盘向下产生Δs_2位移，此时 a 阀孔打开，b 阀孔保持关闭，差压活塞 2 下腔压力油经 c 孔和螺纹槽由 a 孔排至回油箱，差压活塞 2 下腔压力降低，即 $p_c<0.5p_s$，活塞向下产生位移，直至 a 孔重新封闭位置，即$\Delta s=\Delta s_2$。

该装置上的位移传感器 4 用于测量电液转换器的输出位移，并与电液转换器的输入量同时送入 PLC 进行比较，二者的差值用于控制步进电机旋转，直到电液转换器输出位移反馈量与输入量相等，步进电机才停止转动。这就保证了输出位移量总是正比于输入量，实现了步进电机角位移转换为电液转换器机械位移的功能。

(二)交流伺服电机驱动的电机转换装置

图 4-43 是一种用交流伺服电机或步进电机驱动的具有自动复中能力的无油电液转换器，它由交流伺服电机 1、滚珠螺旋副 3、复中上弹簧 4、连接套 7 和复中下弹簧 9 等组成。该装置采用滚珠螺旋副作为电机的传动机构，当调节器发出开机控制信号时，交流伺服电机或步进电机带动滚珠螺旋副 3 和连接套 7 向下移动，与连接套相连的调整杆 8 带动引导阀阀芯向下移动，主配压阀也向下移动，同时压缩复中下弹簧 9。当交流伺服电机的电源消失时，电机驱动力矩消失，由于滚珠螺旋副没有自锁能力，在复中下弹簧 9 的作用下回复中间位置。反之，当调节器发出关机控制信号时，则主配压阀向上移动，同时压缩复中上弹簧 4，当交流伺服电机的电源消失时，在复中上弹簧 4 作用下回复中间位置。

由此可以看出，在该装置复中弹簧的作用下，滚珠螺旋副能自动回复到原始零位。因此，在调节过程中，当交、直流电源同时出现故障时，由于设置了自动复中功能，可使主配压阀及时复中，调速器保持稳定，确保机组安全运行。

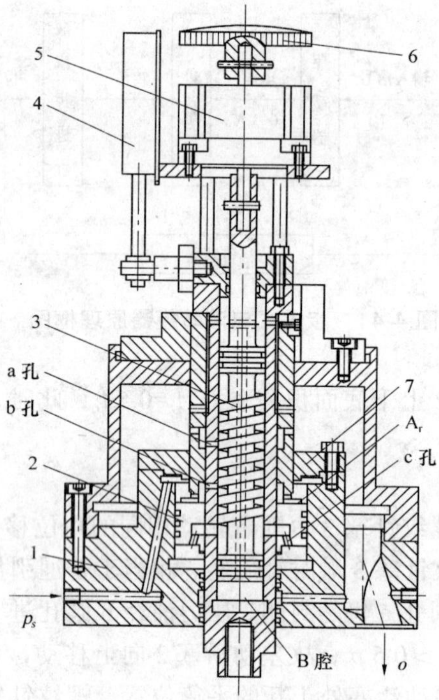

1—阀体；2—差压活塞；3—螺纹针塞；
4—位移传感器；5—步进电机；6—手轮；7—端盖

图 4-42　步进式电液转换器结构原理图

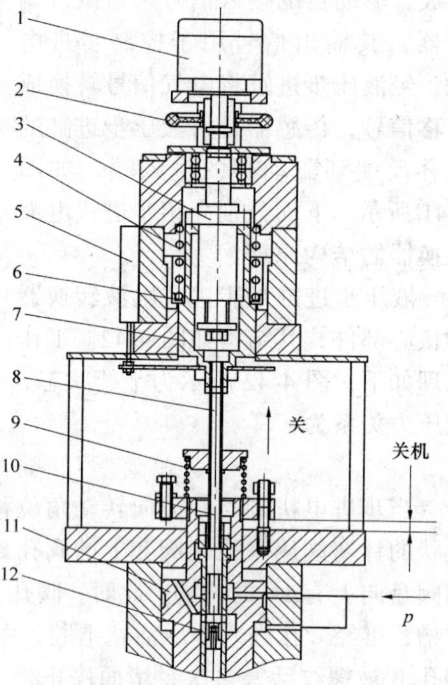

1—步进电机/交流伺服电机；2—手轮；3—滚珠螺旋副；
4—复中上弹簧；5—位移传感器；6—定位块；7—连接套；
8—调整杆；9—复中下弹簧；10—引导阀阀芯；
11—辅助接力器活塞；12—衬套

图 4-43　无油电液转换器结构原理图

第七节　高油压调速器主要液压元件

一、高油压调速器概述

机械液压调速器和传统的电液调速器，其机械液压部分的工作油压均为 2.5 MPa 或 4.0 MPa，液压元件则是单件、小批量的生产模式，压力容器采用油、气接触的普通压力罐，与现代液压技术存在着巨大差距。

首先，高油压水轮机调速器的工作油压一般为 10 ~ 16 MPa，依照液压行业的压力分等，属于“中高压”等级，其工作油压远高于传统水轮机调速器；其次，在高油压水轮机调速器中，全面采用了液压行业先进而成熟的高压液压产品，如油气分离的囊式蓄能器、高压齿轮泵、高压液压缸、各类液压阀及液压附件等，它们的额定压力均在 20 ~ 31.5 MPa。因此，“高油压水轮机调速器”的内涵可以理解为：机械液压部分由液压行业的高压液压器件构成的、工作油压远高于传统水轮机调速器的一种新型水轮机调速器。在某些情况下，即使高油压水轮机调速器的实际工作油压整定在 10 MPa 以下使用，也不影响其“高油压水轮机调速器”的称谓。此外，高油压水轮机调速器的电气部分采用了可编程控制器(PLC)等电子行业的新技术、新产品，也是其重要的基本特征。

与传统的低油压水轮机调速器及油压装置相比，高油压水轮机调速器具有十分显著的技术经济优势。

(1)高油压水轮机调速器应用了电液比例随动装置、电液数字随动装置等现代电液控制技术，减少了调速器的液压放大环节，结构简单，工作可靠，具有优良的速动性和稳定性。

(2)高油压水轮机调速器的液压元器件为大批量工业化生产，具有强大的技术支撑，质量可靠，而且标准化程度高，国内外产品资源丰富，采购方便。

(3)高油压水轮机调速器的工作油压高，因而体积小，重量轻，用油量也少，电站布置方便、美观。

(4)采用囊式蓄能器储能，胶囊内所充氮气与液压油不直接接触。这不仅使油质不易劣化，延长液压油使用寿命，更重要的是，囊式蓄能器胶囊密封极为可靠，氮气极少漏失，运行中无须补气，也不须设置高压空气系统，可使电站减少投资和运行费用。

当然，对于具有液压阀门控制装置的水电站，只有同时采用高油压调速器及高油压阀门控制装置，才可使水电站完全取消高压空气系统，达到节约投资和运行费用的目的。

本节和第八节就着重介绍高油压调速器的特有元件和油压装置。

二、换向阀

换向阀的作用是利用阀芯位置的变化，去改变阀体上各油口的连通或断开状态，从而控制油路的连通、断开或改变油流方向。

换向阀按照操纵方式可分为电磁动、电液动、液动、机动和手动换向阀等；按阀芯位置分为二位、三位、多位换向阀；按阀体上主油路进、出口数目的不同，又分为二通、三通、四通、五通等，其图形符号如图 4-44 所示。

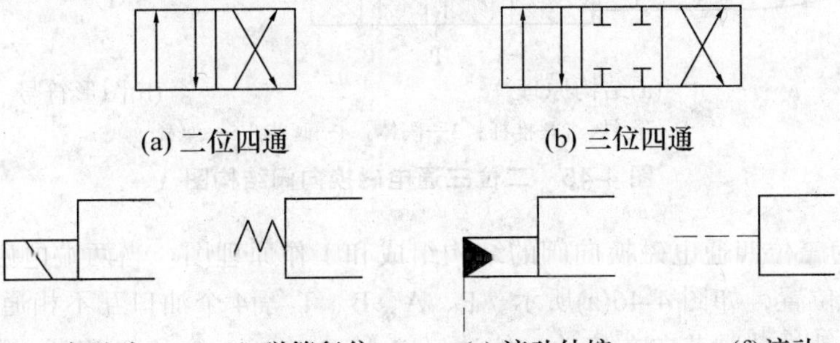

图 4-44　换向阀图形符号

换向阀中符号所表示的意义为：

(1)方格数即换向阀的“位”数，3 格即 3 位。

(2)箭头表示两油口连通，不表示流向，“⊥”表示油口不通流。箭头或“⊥”与方格的交点数为油口的通路数。

(3)控制方式或复位弹簧应画在方格的两端。

(4)P 表示压力油进口，T 表示回油口，A、B 表示连接工作油路的油口。

(5)三位阀的中格、二位阀的侧面画有弹簧的那一方格为常态位，即阀芯未受到控制力作用时所处的位置，靠控制符号的一格为控制力作用下所处的位置。

(6)在液压原理图中，换向阀的符号与油路的连接一般应画在常态位上。

下面主要介绍电磁换向阀、电液换向阀等的基本结构和工作原理。

(一)电磁换向阀

电磁换向阀是利用电磁铁的吸力控制阀芯换位的换向阀。它操作方便、布局灵活，有利于提高设备的自动化程度，因而得到了广泛的应用。

电磁换向阀包括换向滑阀和电磁铁两部分。电磁铁因其所用电源不同而分为交流电磁铁和直流电磁铁。交流电磁铁常用电压为 220 V、380 V，优点是电磁吸力大、换向快，缺点是换向冲击、噪声、发热大，寿命低等，一般用于换向平稳性要求不高的场合；直流电磁铁工作电压为 24 V、220 V，其优点是换向平稳、噪声小、发热小、寿命长等，缺点是启动力小、换向时间长，用于换向要求较高的液压系统。

图 4-45(a)为二位三通电磁换向阀结构原理图。其左边为交流电磁铁，右边为滑阀。当电磁铁不通电时(图示位置)，其油口 P 与 A 连通；当电磁铁通电时，衔铁 1 右移，通过推杆 2 使阀芯 4 推压弹簧 5 并向右移至端部，油口 P 与 B 连通，而与 A 断开。图形符号如图 4-45(b)所示。

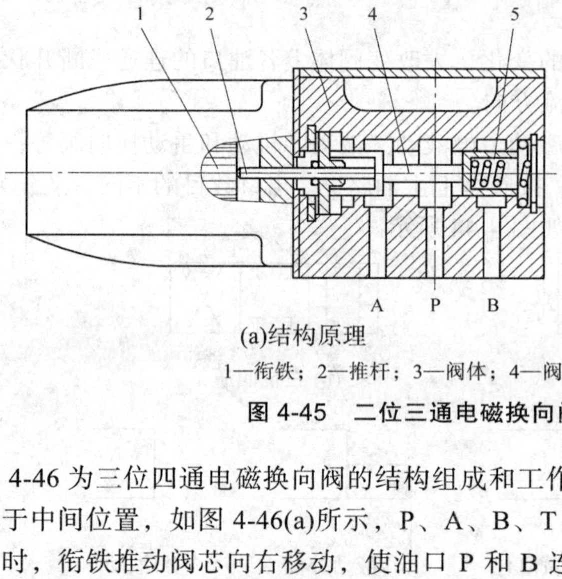

(a)结构原理

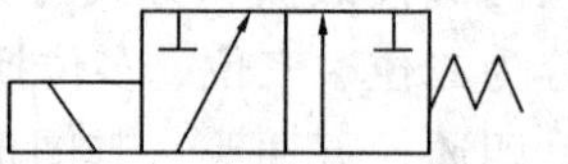

(b)图形符号

1—衔铁；2—推杆；3—阀体；4—阀芯；5—弹簧

图 4-45　二位三通电磁换向阀结构图

图 4-46 为三位四通电磁换向阀的结构组成和工作原理图。当两端电磁铁都断电时，阀芯处于中间位置，如图 4-46(a)所示，P、A、B、T 等 4 个油口互不相通；当左端电磁铁通电时，衔铁推动阀芯向右移动，使油口 P 和 B 连通，A 和 T 连通，如图 4-46(b)所示，电磁铁断电后，靠右边弹簧复位作用，阀芯回复中间位置；当右端电磁铁通电时，右衔铁通过推杆将阀芯推至左端，使阀的油口 P 与 A 连通，B 与 T 连通，如图 4-46(c)所示，断电后在弹簧作用下阀芯回复中间位置。

(二)电液换向阀

电液换向阀由电磁换向阀和液动换向阀组合在一起构成，其中，电磁换向阀作为先导阀起控制作用，液动换向阀是一种利用控制油路的压力油推动阀芯改变位置的换向阀，用于控制主油路。电液换向阀工作原理如图 4-47 所示，当先导电磁阀的两个电磁铁都不通电时，控制油口 K_1 被封堵，主阀两侧油腔经 K_2 与油箱连通，主阀芯 4 在两侧弹簧作用下处于中间位置；当先导阀左电磁铁通电时，控制油由 K_1 经先导阀 1 进入主阀右侧油

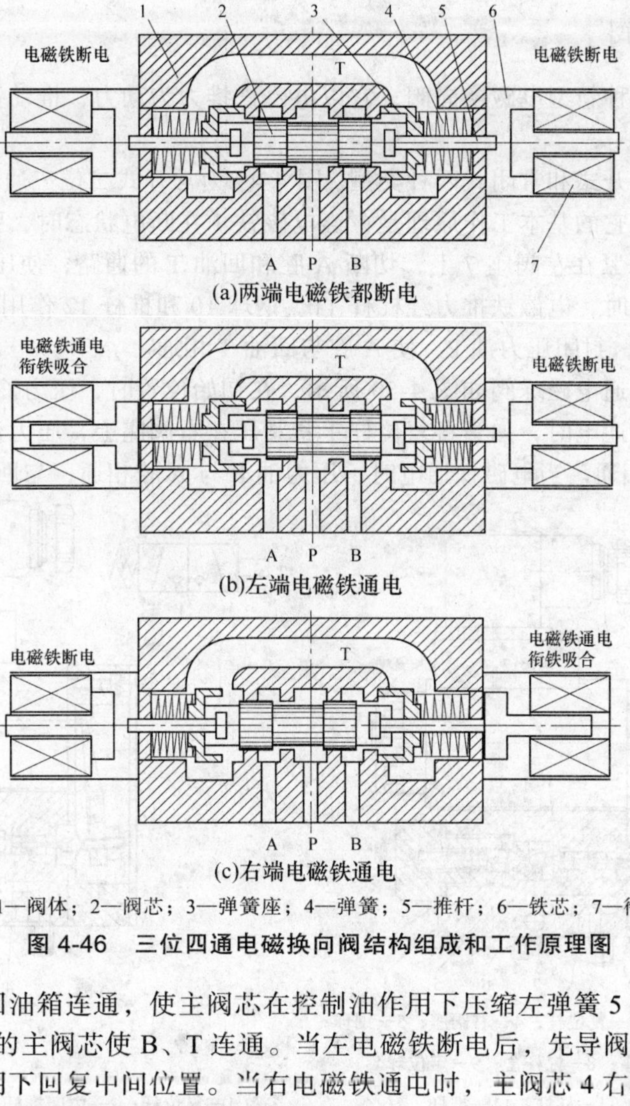

(a)两端电磁铁都断电

(b)左端电磁铁通电

(c)右端电磁铁通电

1—阀体；2—阀芯；3—弹簧座；4—弹簧；5—推杆；6—铁芯；7—衔铁

图 4-46　三位四通电磁换向阀结构组成和工作原理图

腔，左侧油腔与回油箱连通，使主阀芯在控制油作用下压缩左弹簧 5 而左移，从而连通 P、A 两腔，中空的主阀芯使 B、T 连通。当左电磁铁断电后，先导阀回复中间位置，主阀芯在左弹簧作用下回复中间位置。当右电磁铁通电时，主阀芯 4 右移，P 与 B 连通，A 与 T 连通。电液换向阀图形符号如图 4-48 所示。

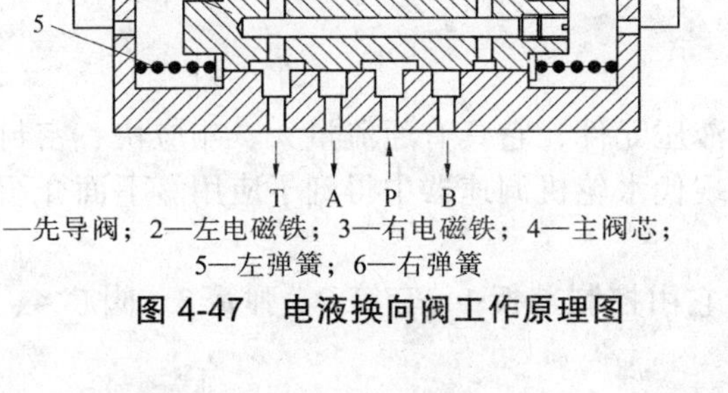

1—先导阀；2—左电磁铁；3—右电磁铁；4—主阀芯；
5—左弹簧；6—右弹簧

图 4-47　电液换向阀工作原理图

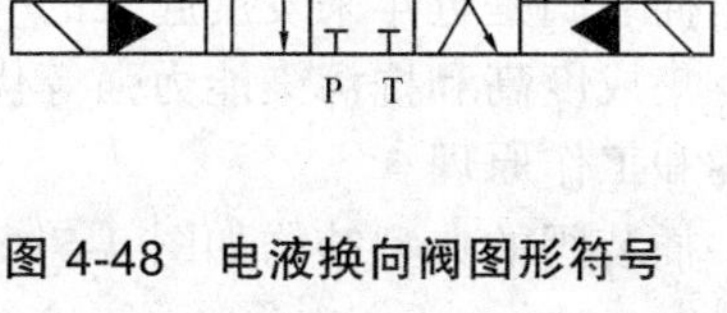

图 4-48　电液换向阀图形符号

三、电磁球阀

电磁球阀是一种新型电磁换向阀，它以电磁铁推力为动力，推动钢球来实现油路的通、断的切换。

电磁球阀有常开式和常闭式两种类型。图 4-49 为常开式二位三通电磁球阀，电磁铁位于阀体的上方。它的基本工作原理是：当电磁铁 1 在断电状态时，弹簧 2 作用于复位杆 3 上将钢球 5 压紧在左阀座 7 上，切断 A 腔和回油 T 的通路，使压力油 P 与 A 腔连通；当电磁铁通电时，电磁铁推力经杠杆 11、钢球 10 和推杆 12 作用于钢球 5，使钢球 5 压在右阀座 4 上，封闭压力油 P，使 A 腔与回油 T 相通。

常闭式二位三通电磁球阀如图 4-50 所示，在初始位置时，压力油 P 与 A 腔是封闭的，即电磁铁在未通电时，弹簧将复位杆 1 紧紧压在右阀座上，压力油不得进入 A 腔，而 A 腔与回油 T 相通。当电磁铁通电时，压力油 P 与 A 腔相通，与回油 T 封闭。

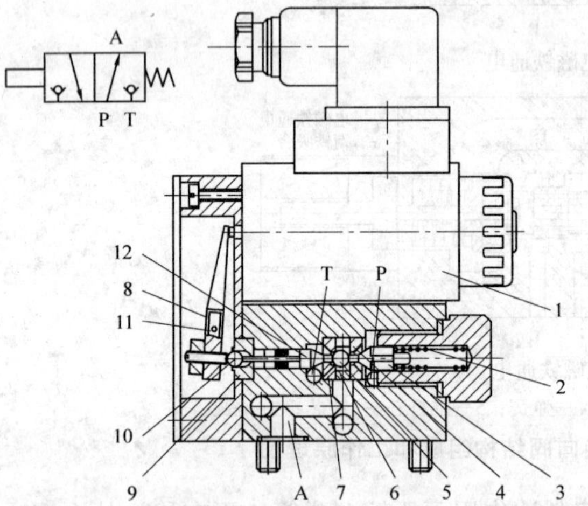

1—电磁铁；2—弹簧；3—复位杆；4—右阀座；5—钢球；
6—隔环；7—左阀座；8—杠杆盒；9—定位球套；
10—钢球；11—杠杆；12—推杆

图 4-49　常开式二位三通电磁球阀

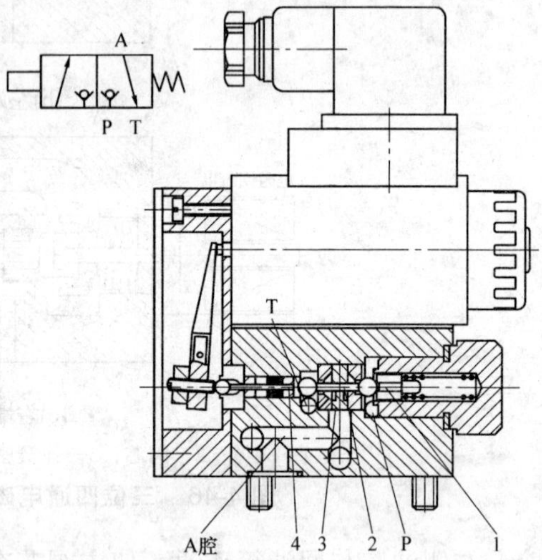

1—复位杆；2—中间推杆；3—隔环；4—推杆

图 4-50　常闭式二位三通电磁球阀

电磁球阀的最大特点在于它有良好的密封性能，依靠钢球紧压在阀座上，实现无泄漏(滑阀式换向阀是无法做到的)。它不仅减少了能量损耗，而且不会因杂质进入配合间隙而引起发卡，工作可靠性高。

四、插装阀

插装阀是近年来发展起来的一种新型液压元件，它具有通流量大、响应快、密封性好、集成度高和抗污染能力强等优点，在现代水轮机调速器中得到了应用。下面介绍其结构和工作原理。

插装阀的典型结构如图 4-51(a)所示，它由控制盖板 1、套筒 2、弹簧 3、阀芯 4、插装阀体 5 和先导元件等组成，其中套筒 2、弹簧 3、阀芯 4 等组成插装主件。插装阀的图形符号如图 4-51(b)所示。

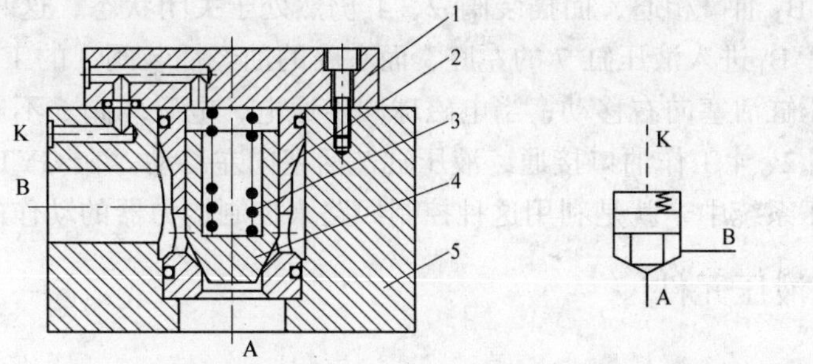

(a)结构　　(b)图形符号

1—控制盖板；2—套筒；3—弹簧；4—阀芯；5—插装阀体；A、B—工作油口；K—控制油口

图 4-51　插装阀结构和图形符号

插装式锥阀工作原理十分简单，A、B 为主油路工作油口，K 为控制油口，改变控制油口的通、断状态，即可控制主阀的开启和断开，控制 A、B 油口的流向和压力等。下面用图形符号组成的控制油路介绍其工作原理。

图 4-52(a)所示插装阀可用做单向阀。设 A、B 油口的压力分别为 p_A 和 p_B，当控制油口 K 与油口 A 相通时，若 $p_A>p_B$，锥阀关闭，油口 A 和 B 不通；若 $p_A<p_B$，且 p_B-p_A 达到开启压力，锥阀开启，油液从 B 油口流向 A 油口，从而构成油流从 B 流向 A 的单向阀。当控制油口 K 与油口 B 相通时，则油口 A、B 通断情况与上述相反。

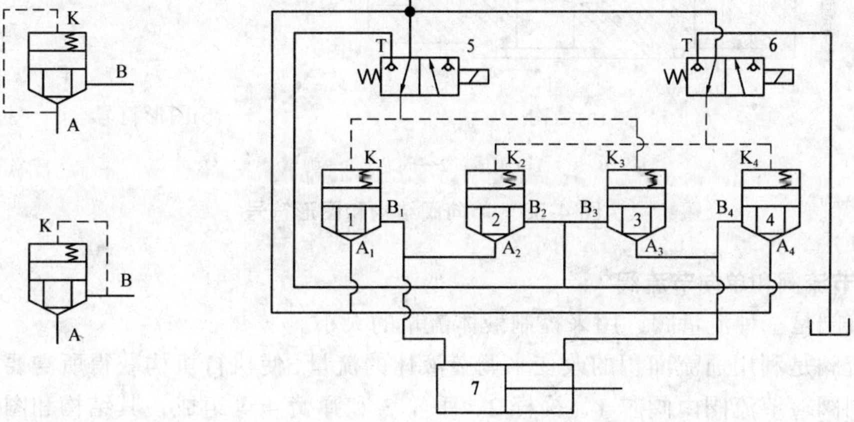

(a)插装阀　　(b)插装阀组与电磁球阀组成的液压控制回路

1、2、3、4—插装阀；5、6—电磁球阀；7—液压缸；A、B—工作油口；K—控制油口；P—压力油口；T—回油口

图 4-52　插装式方向控制阀工作原理

图 4-52(b)为插装阀组与电磁球阀组成的液压控制回路。图示为电磁球阀 5、6 均不通电的状态，这时 4 个插装阀的控制油口 $K_1\sim K_4$ 都与压力油相通，均处于关闭状态，A_1、

B_1等 4 对工作油口均不通；当电磁球阀 5 通电，电磁球阀 6 不通电时，插装阀 1、3 的控制油口 K_1、K_3经电磁球阀 5 与回油 T 相通，插装阀 1、3 的阀芯被油压顶起，A_1与 B_1油口相通，A_3与 B_3油口相通，而插装阀 2、4 仍然处于关闭状态，这时压力油经插装阀 1 的工作油口 A_1、B_1进入液压缸 7 的左腔，而右腔的油经插装阀 3 的工作油口 A_3、B_3到回油箱，此时液压缸活塞向右移动；当电磁球阀 6 通电，电磁球阀 5 不通电时，插装阀 1、3 关闭，插装阀 2、4 工作油口接通，液压缸 7 活塞向左移动。在 GYT 系列高油压水轮机调速器机械液压系统中，就是利用这种控制回路来控制接力器的动作的。

五、其他液压元件

(一)单向阀

普通单向阀控制油液只能按一个方向流动而反向时截止，故又称止回阀，简称单向阀。它由阀体、阀芯和弹簧组成，如图 4-53(a)所示。

当压力油从左端油口 P_1流入时，油液推力克服弹簧作用在阀芯上的力，使阀芯右移，打开油口，并通过上面的径向孔 A，从阀体右边油孔 P_2流出。当压力油从 P_2油口流入时，液压力与弹簧力方向相同，使阀芯紧压在阀座上，液流无法通过。图 4-53(b)为单向阀图形符号。

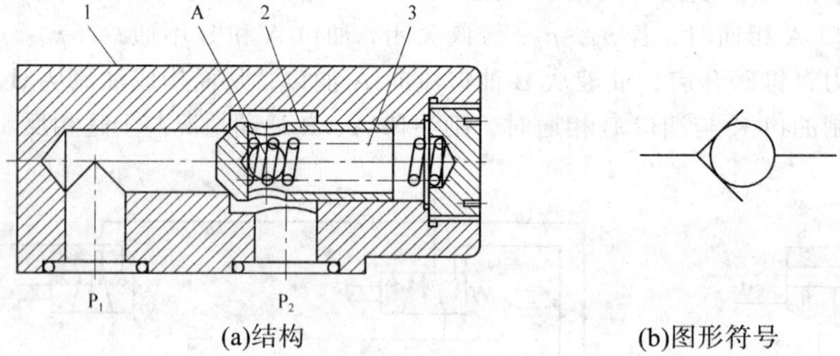

(a)结构　　(b)图形符号

1—阀体；2—阀芯；3—弹簧

图 4-53　单向阀结构和图形符号

(二)节流阀和单向节流阀

节流阀是一种流量阀，用来控制液体流量的大小。

节流阀是利用通流面积的改变来调节液体的流量，使执行机构获得所需要的运动速度的控制阀。节流阀由阀芯 1、推杆 2、手轮 3 和弹簧 4 等组成，其结构和图形符号如图 4-54(a)、(b)所示。普通节流阀的阀芯上开有轴向三角槽式节流口，在弹簧力作用下，阀芯始终紧贴在推杆的端部，压力油从进油口 P_1流入，经阀芯左端的轴向三角槽从油口 P_2流出。旋转调节手轮 3 可使推杆沿轴向移动，改变节流口的通流面积，从而调节通过节流阀的流量。

图 4-54(c)是单向节流阀的图形符号。

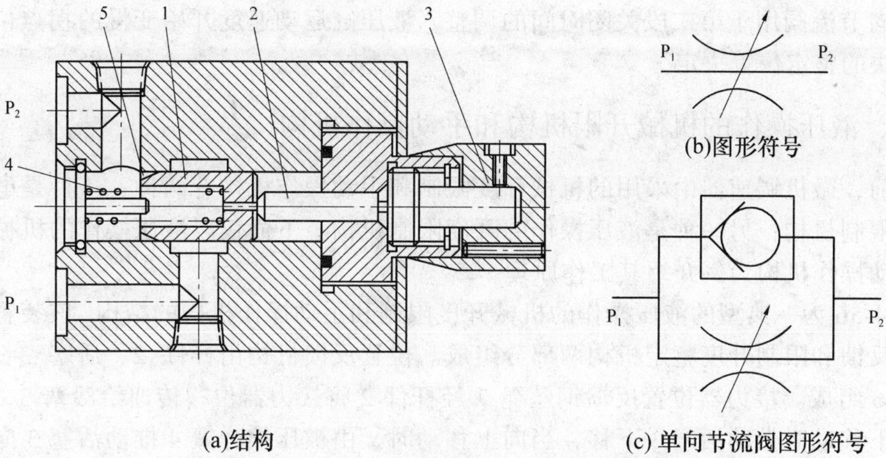

1—阀芯；2—推杆；3—调节手轮；4—弹簧；5—三角节流口

图 4-54　节流阀结构及其图形符号

六、分段关闭装置

在机组突然甩负荷时，导叶快速关闭会引起压力引水管道水压急剧上升，或因导叶关闭慢而引起机组转速上升过快的现象。为满足调节保证计算(在第七章介绍)的要求，保证机组运行可靠性，微机调速器仍然采用机械液压分段关闭装置来实现最优关闭。下面介绍一种在 GYT 系列高油压调速器上应用的两段关闭装置。在图 4-55 中，分段关闭装置由单向节流阀 2、可调撞块 3 和二位二通行程阀 4 等组成。行程阀是利用行程挡块压下顶杆或滚轮使阀芯移动来控制油路通、断的换向阀。当液压缸向开机侧运动时，单向节流阀 2 无节流作用，无论可调撞块 3 及行程阀 4 处于何种状态，基本上不影响液压缸的开启速度；当发出停机令后，液压缸活塞向关闭方向移动，当可调撞块 3 尚未撞及行程阀 4 使其改变机能时，液压缸回油腔的油经行程阀 4 快速流到回油箱，导叶快速关闭，此为第一段关闭速度；当可调撞块 3 撞上行程阀 4 时，行程阀关闭，这时油流被迫经单向节流阀 2 流入回油箱，油流速度减小，使液压缸活塞速度减小，导叶关闭速度变慢，此为第二段慢关速度，从而形成导叶关闭速度先快后慢的两段关闭规律。

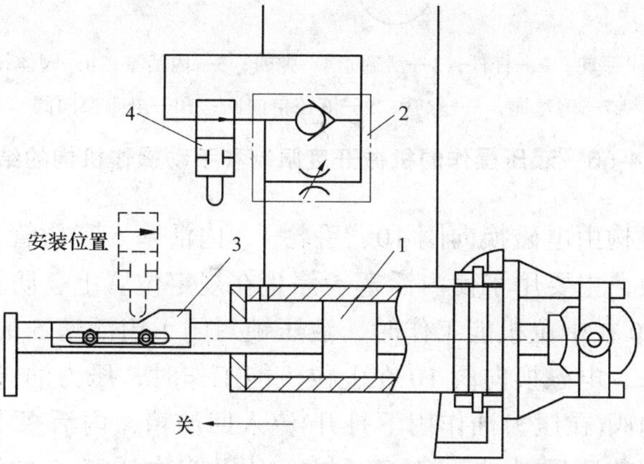

1—接力器；2—单向节流阀；3—可调撞块；4—行程阀

图 4-55　GYT 系列高油压调速器两段关闭装置工作原理

单向节流阀用于第二段关闭时间的调整，液压缸运动速度开始变慢的拐点位置，由可调撞块的整定位置决定。

七、液压操作的机械开限机构和手动操作机构

目前，微机调速器中采用的机械开度限制和手动操作机构有两种：一种是电机操作的开度限制机构；另一种是液压操作的开度限制机构。下面仅以液压操作的机械开度限制和手动操作机构为例介绍其工作原理。

图 4-56 为一典型的液压操作的机械开度限制和手动操作机构的结构。该装置由接力器位置反馈和限制开度整定机构两部分组成。位置反馈机构由杆件 2、活塞 3、弹簧 4 和阀体 6 组成。接力器位置反馈钢丝绳 7 经杆件 2 将接力器位移传递给活塞 3，当钢丝绳 7 向下移动时带动活塞 3 下移，当向上移动时，由被压缩弹簧 4 推动活塞 3 向上。接力器开度由活塞的位移 s_2 表示。

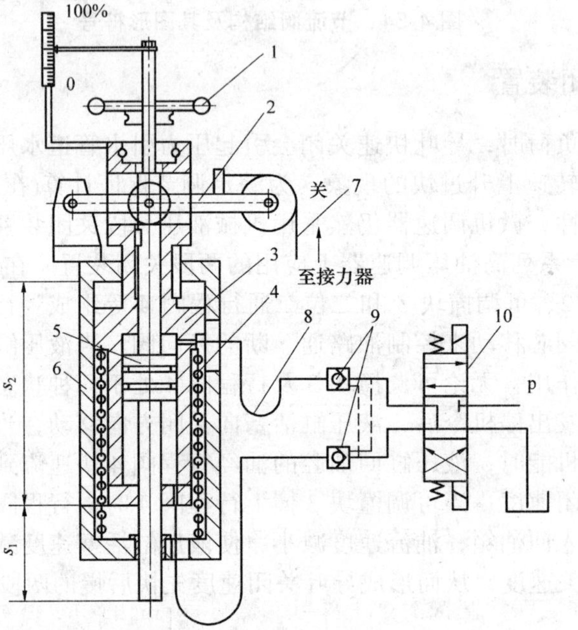

1—手轮；2—杆件；3—活塞；4—弹簧；5—内活塞；6—阀体；

7—钢丝绳；8—软管；9—液控单向阀；10—电磁换向阀

图 4-56　液压操作的机械开度限制和手动操作机构的结构

限制开度整定机构由电磁换向阀 10、手轮 1、内活塞 5 和软管 8 等组成，两个液控单向阀 9 组成液压锁，主要用于使内活塞 5 停止在规定位置上，防止因外界影响而发生漂移。电磁换向阀 10 在中位机能工作时，液压锁封闭了内活塞 5 的上、下腔油的流动，内活塞处于静止状态；电磁换向阀 10 在上位机能工作时，压力油进入内活塞 5 的上腔，下腔的油经下面单向阀(在压力油作用下打开)流入回油箱，内活塞 5 下移，一般机械开度限制机构安装在调节杆(图中未画)的正上方，因此当内活塞 5 的下活塞杆接触调节杆时，调节杆就不能上移，接力器开度被限制。s_1 表示内活塞 5 相对于活塞 3 的位移；电

磁换向阀 10 在下位机能工作时，内活塞 5 的上腔通排油，下腔接压力油，内活塞 5 向上移动，限制开度值增大。

八、高压液压缸

液压缸又称高压液压缸，是液压行业对执行元件定义的名称，实际上即传统调速器中的接力器，其作用就是将液压能转换为机械能，推动水轮机的导水机构、桨叶、喷针及折向器等负载。液压缸的种类很多，在液压传动的专业书籍中均有介绍，这里就不一一列举了。

高油压调速器所用的液压缸，一般均为直线式双作用液压缸，其功能属于伺服液压缸的范畴，因此又可称为工程伺服液压缸。

高压液压缸的型号表示为 D/d-S，其中，D 表示液压缸直径，d 表示活塞杆直径，S 表示液压缸行程。例如 100/50-400 型液压缸，即表示该液压缸直径为 100 mm、活塞杆直径为 50 mm、液压缸行程为 400 mm。

(一)液压缸的结构与密封

1. 液压缸的结构

图 4-57 为 GKT 系列高油压调速器常用液压缸的基本结构。液压缸由活塞、活塞杆、缸筒、支承环及端盖组成，其中支座用于液压缸的安装固定，耳环用于控制环的连接。

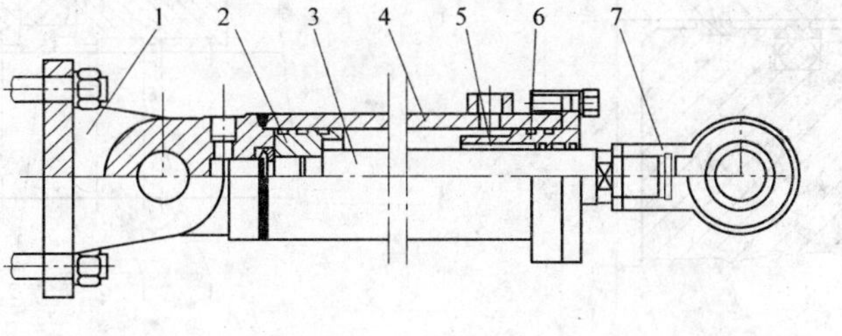

1—支座；2—活塞；3—活塞杆；4—缸筒；5—支承环；6—端盖；7—耳环

图 4-57　GKT 系列高油压调速器常用液压缸的基本结构

活塞依靠卡环固定在活塞杆上，活塞与缸筒间有相应的动密封和支承环结构。活塞杆与端盖间除有动密封和支承环外，还有防尘圈。端盖与缸筒为螺纹联结(小缸径液压缸)或法兰联结(大缸径液压缸)，其间有相应的静密封结构，且缸筒两端有两个对外连接油口。

此外，为了在液压缸上安装电气反馈装置、主令开关或两段关闭装置等，还应根据需要在液压缸上设置必要的安装支架。

2. 液压缸密封、导向的一般要求

由于高油压调速器的液压缸属于伺服液压缸的范畴，应满足伺服系统静态、动态品质的要求，故动、静密封及支承导向装置应做到低摩擦、高响应、无泄漏、长寿命，所以其密封与支承导向设计极为重要。

端盖与缸筒间的静密封一般采用 O 形或其他形状的橡胶密封圈；活塞与缸筒间的动密封一般采用橡塑组合密封，用于导向的支承环通常采用聚四氟乙烯制造的浮动型支承环；活塞杆与端盖间除有类似的动密封和支承环外，还设有不同结构的防尘圈。

3. 活塞的密封与导向

活塞的密封结构如图 4-58 所示，它是以 O 形密封圈作为副密封件，以 T 形聚四氟乙烯密封圈为主密封件构成的橡塑组合密封圈(通常称为格来圈)，组合密封圈的两边为活塞的导向环。

橡塑组合密封圈显著地提高了密封性能，降低了摩擦阻力，无爬行现象，具有良好的动态及静态密封性，耐磨损、寿命长、安装沟槽简单、装拆方便，且允许活塞外圆与缸筒内壁间有较大的间隙，降低了活塞与缸筒的加工要求。

活塞的导向环具有精确的导向作用，并可吸收活塞运动时产生的侧向力。导向环是用聚四氟乙烯等制造的带状坯料，装在活塞外圆的矩形截面沟槽内。导向环的侧向有适量间隙，可使其在沟槽内移动，能改善活塞与缸筒的同轴度，减少泄漏。此外，导向环还能刮掉缸筒上的机械杂质，防止杂质嵌入密封圈。

4. 活塞杆的导向、密封与防尘

在活塞杆与液压缸的前端盖间，安装有活塞杆的导向环、密封圈及防尘圈，其结构如图 4-59 所示。

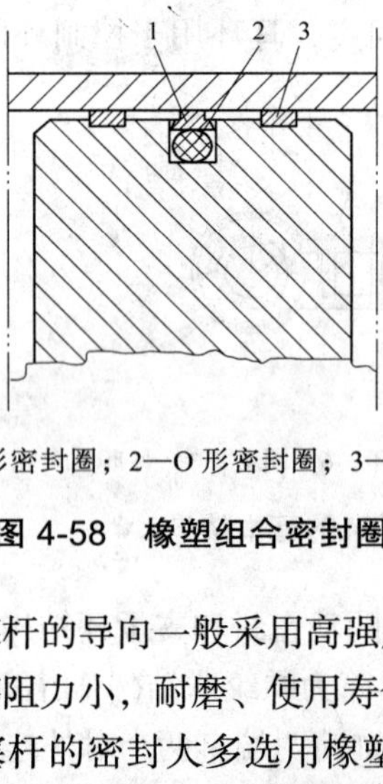

1—T 形密封圈；2—O 形密封圈；3—导向环

图 4-58　橡塑组合密封圈

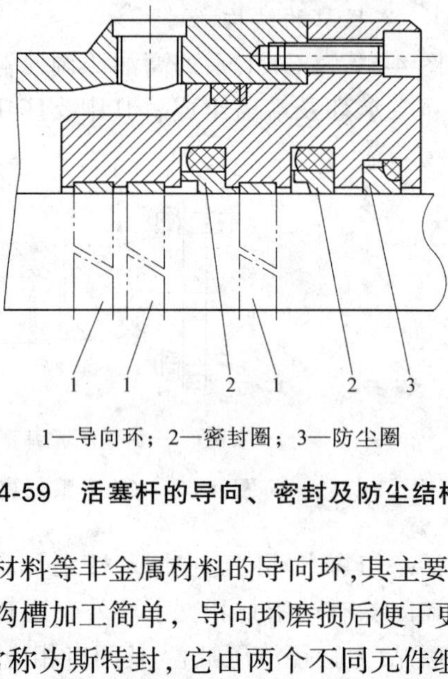

1—导向环；2—密封圈；3—防尘圈

图 4-59　活塞杆的导向、密封及防尘结构

活塞杆的导向一般采用高强度塑料或纤维复合材料等非金属材料的导向环,其主要特点有：摩擦阻力小，耐磨、使用寿命长，装导向环的沟槽加工简单，导向环磨损后便于更换。

活塞杆的密封大多选用橡塑组合密封圈，通常称为斯特封，它由两个不同元件组成，即内圈是用聚四氟乙烯加入青铜填料制造的阶梯形密封圈；外圈是用 O 形密封圈做副密封件。组合式密封圈具有抗磨损、摩擦阻力小、启动时无爬行、泄漏量小等特点。

活塞杆的防尘一般采用双唇形防尘圈，其外唇起防尘作用，保持活塞杆表面干净；内唇相当于密封唇口。当活塞杆外伸时，通过主密封圈粘在活塞杆表面的油膜，被双唇形防尘圈的内唇刮下，这样就在主密封与防尘圈之间保留一层起润滑作用的油膜，提高了密封圈的使用寿命。

(二)液压缸的主要参数

1. 压力与行程

(1)额定压力 p(MPa)：液压缸长期工作的压力。

(2)最高压力 p_{max}(MPa)：液压缸短时间所能承受的最大压力。

(3)最低启动压力 p_0(MPa)：液压缸空载时，使活塞刚刚开始动作的压力值。

(4)工作行程(mm)：液压缸正常工作时的行程范围。

(5)最大行程(mm)：液压缸自全开到全关的极限行程。

2. 单活塞杆液压缸的速度比

对于单活塞杆液压缸，其有杆侧的活塞有效面积为活塞总面积减去活塞杆的截面积，故比无杆侧的活塞有效面积小。在同样的供油条件下，活塞杆的内缩速度比外伸速度要快。活塞杆内缩速度与外伸速度之比，称为单活塞杆液压缸的速度比ϕ，该速度比等于无杆侧活塞有效面积与有杆侧活塞有效面积之比，即

$$\phi = \frac{v_2}{v_1} = \frac{A_1}{A_2} = \frac{D^2}{D^2 - d^2} \tag{4-9}$$

式中 A_1——活塞无杆侧有效面积，m^2；

A_2——活塞有杆侧有效面积，m^2；

v_1——活塞杆外伸速度，m/s；

v_2——活塞杆内缩速度，m/s；

D——活塞直径(缸筒内径)，m；

d——活塞杆直径，m。

单活塞杆高压液压缸常用的速度比ϕ有 1.33、1.46 和 2 三种。

3. 液压缸的理论推力和拉力

以双作用单活塞杆液压缸为例，活塞杆外伸时的理论推力 F_1：

$$F_1 = A_1 p \times 10^6 = \frac{\pi D^2}{4} p \times 10^6 \tag{4-10}$$

活塞杆内缩时的理论拉力 F_2：

$$F_2 = A_2 p \times 10^6 = \frac{\pi (D-d)^2}{4} p \times 10^6 \tag{4-11}$$

活塞两侧同时与压力油连通，使活塞杆差动外伸时的理论推力 F_3：

$$F_3 = (A_1 - A_2)\, p \times 10^6 = \frac{\pi d^2}{4} p \times 10^6 \tag{4-12}$$

式(4-9) ~ 式(4-11)中，p 为额定工作压力(MPa)，其他符号意义同上。

附表 8 给出了速度比为 1.33 的单活塞杆高压液压缸在工作油压为 16 MPa 时的理论操作力。

4. 液压缸的负载率

液压缸负载率 ψ 为实际使用推力(拉力)与理论推力(拉力)的比值。ψ值用以衡量液压缸在工作时的实际负载率，通常采用 $\psi \approx 0.5 \sim 0.7$。

在液压缸的选型计算中，为使液压缸在系统事故低油压时仍具有带动负载的操作力，必须考虑足够的操作力裕量，通常采用 ψ=0.6。

第八节　高压油压装置

一、高压油压装置组成和工作原理

高压油压装置用于向调速器等提供清洁、可靠而稳定的高压油。调速器一般采用带有足够容量蓄能器的高压油压装置，不仅可满足瞬间大流量的要求，还可减少油泵和电机的容量。

油压装置由回油箱、电机泵组、油源阀组、囊式蓄能器和压力表计等部分构成。回油箱用于储存液压油，并作为电机泵组、油源阀组、压力表计、控制阀组等的安装机体。电机泵组由电机、高压齿轮泵、吸油滤油器等组成，用于产生压力油。油源阀组由安全阀、滤油器、单向阀及主供油阀等组成，电机泵组输出的压力油经油源阀组控制、过滤后，输入囊式蓄能器备用。囊式蓄能器是一种油气隔离的压力容器，钢瓶上部有一只充有压缩氮气的丁腈橡胶囊，压力油从下部输入钢瓶后，压缩囊内的氮气，从而存储能量。压力表用于指示油源压力，电接点压力表用于控制油泵电机的启停。

下面以 GY-200 型高压油压装置为例简要说明高压油压装置的系统工作原理。如图 4-60 所示，该系统由回油箱、两套电机泵组及油源阀组、两个 100 L 蓄能器及一组电接点压力表构成。电机为油压装置的动力源，当蓄能器和系统的油压降至工作压力的下限时，电接点压力表动作，通过控制电路使电机启动运转，经传动装置带动油泵开始工作，自回油箱内吸油。

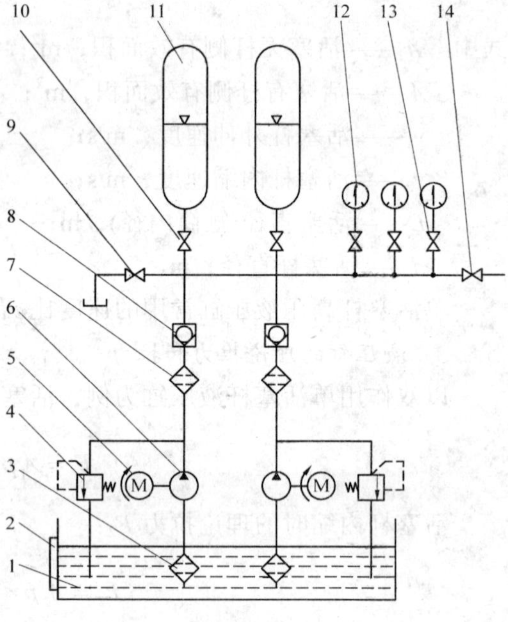

1—油箱；2—液位计；3—吸油滤油器；4—安全阀；5—电机；6—油泵；7—滤油器；8—单向阀；9—放油阀；10—截止阀；11—囊式蓄能器；12—电接点压力表；13—压力表开关；14—主供油阀

图 4-60　GY-200 型高压油压装置系统原理图

液压油经吸油滤油器滤去较大颗粒的机械杂质，经油泵获得能量成为压力油，再经滤油器精滤成为清洁的压力油。压力油经单向阀和高压管路向蓄能器中充油，压缩气囊而储能、升压，当蓄能器和系统的油压升至工作压力的上限时，电接点压力表动作，通过控制电路使电机泵组停止工作。

单向阀在蓄能器和滤油器之间，既可防止电机停转时压力油倒流导致电机泵组反转，又使得在蓄能器保持油压的条件下，可以进行滤油器清洗等工作。安全阀的整定压力稍高于工作压力上限，如果电接点压力表或控制电路出现故障，造成油压升至工作压力上限后电机泵组仍不能停止工作，安全阀即开启泄油，确保系统压力不会过度升高而导致事故。

二、电机泵组

电机泵组是为高压油压装置提供压力油的重要部件，其启停由电接点压力表控制。如图 4-61 所示，电机泵组通常由电机、电机支座、联轴器、传动轴、高压齿轮泵及吸油滤油器组成。电机选用转速较低的 4 极 Y 系列异步电动机；油泵选用高压齿轮泵，其额定工作油压应不低于 20 MPa。虽然与螺杆泵相比，齿轮泵流量脉动及压力脉动较大、噪音也较大，但在高压油压装置中，容积较大的蓄能器可消除流量脉动及压力脉动，不会影响系统正常工作；在水电站的运行环境中，其噪音亦不明显；同时，高压齿轮泵还具有抗油污能力强、体积小、重量轻、价格低、结构简单、维修方便和吸油性能好等优点，十分适合在高压油压装置中应用。

电机泵组采用了较长的联轴器组件，可使高压齿轮泵工作于油面以下，这样既有利于改善齿轮泵的吸油和散热条件，也有利于减少噪音。连接电机和传动轴的联轴器外环由聚四氟乙烯制成，具有较好的自润滑性能，还可吸收少量的安装误差。传动轴有上、下两个轴承，以提高传动精度，减少噪音，并确保齿轮泵轴端不产生转矩以外的径向和轴向负载。

吸油滤油器如图 4-62 所示，安装在液压泵的吸油口，其作用主要是防止吸油时将较大颗粒污染物吸入泵内，保护液压泵。吸油滤油器要有足够的过流量，以保持油液吸入通畅。吸油滤油器一般采用 100 ~ 180 μm 的网式或线隙式滤芯，最高过滤精度不小于 50 μm。

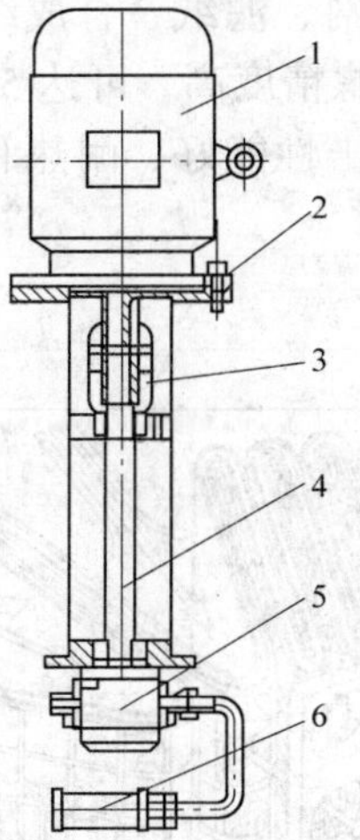

1—电机；2—电机支座；3—联轴器；4—传动轴；5—高压齿轮泵；6—吸油滤油器

图 4-61　电机泵组结构

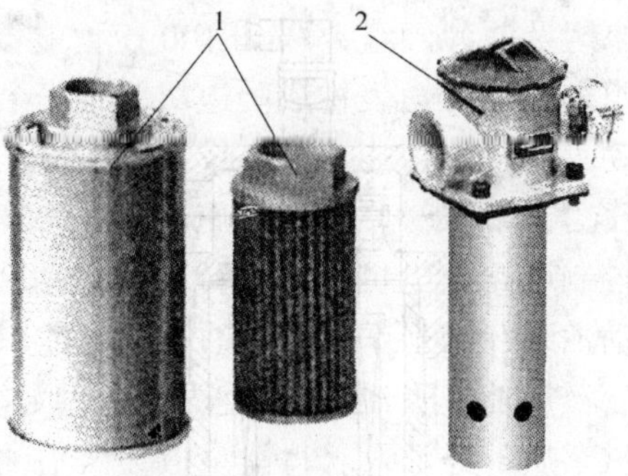

1—普通吸油滤油器；2—自封式吸油滤油器

图 4-62　吸油滤油器

普通吸油滤油器结构简单，无壳体。但由于浸没在油面以下，维护不便。安装在油箱顶部或侧面的箱外自封式吸油滤油器，具有结构紧凑、管路简单和更换滤芯方便等优点。

三、油源阀组

油源阀组由溢流阀、压力滤油器、单向阀及截止阀等液压件组成，各液压件均采用板式结构，集成于同一个液压集成块上。

溢流阀使系统中多余的液压油通过该阀溢出，从而维持其进口压力近于恒定。在高压油压装置中，溢流阀用做系统的安全阀，防止液压系统过压而导致事故。溢流阀分为直动式溢流阀和先导式溢流阀，高压油压装置中常用直动式溢流阀。

单向阀通常用于油泵的出口，以防止停泵时压力油倒流。单向阀为锥阀式结构，液阻压力损失小，其对外连接方式有管式、板式和插入式 3 种。

截止阀用于调速器的主供油阀、蓄能器组的放油阀等。截止阀通常为高压球阀，由阀体、球体、密封件、阀杆及手柄组成，具有液阻压力损失小、密封可靠及操作方便等优点。其对外连接方式有内螺纹、外螺纹和板式连接等 3 种。

压力滤油器装设在液压泵的出油口的压力管路上，以滤除液压油中混入的机械杂质和液压油本身化学变化所产生的胶质、沥青、炭渣等，从而防止阀芯卡死、孔隙堵塞以及液压元件过快磨损等现象发生。压力滤油器的结构如图 4-63 所示，主要由壳体、滤芯、滤头、旁通阀和压差信号器组成，其对外连接方式有管式、板式和法兰式等。油液从外向内流入滤芯，当滤芯堵塞、滤芯前后压差达到预先设定值时，压差信号器发出信号。若未及时采取维护措施，压差继续增大，则旁通阀开启，油液由旁路绕过滤芯，以防止滤芯破裂。

滤芯是滤油器的关键元件，常见的滤芯有线隙式、片式、烧结式和折叠圆筒式等，应用最广的是折叠圆筒式滤芯。折叠圆筒式滤芯结构如图 4-64 所示，即将过滤材料按一定距离折叠成圆筒状，以获得较大的有效过滤面积。滤芯内有金属骨架，以承受压差形成的液压力。滤芯采用的过滤材料主要有金属丝编织网、滤纸、合成纤维滤材、无机纤维滤材，以及不锈钢纤维烧结毡等。各类纤维滤材过滤精度高，可达 5 ~ 10 μm，纳垢容量也大。不锈钢纤维烧结毡还具有机械强度高、耐冲击性能好、耐热和抗腐蚀性能强等优点，且清洗后可重复使用。

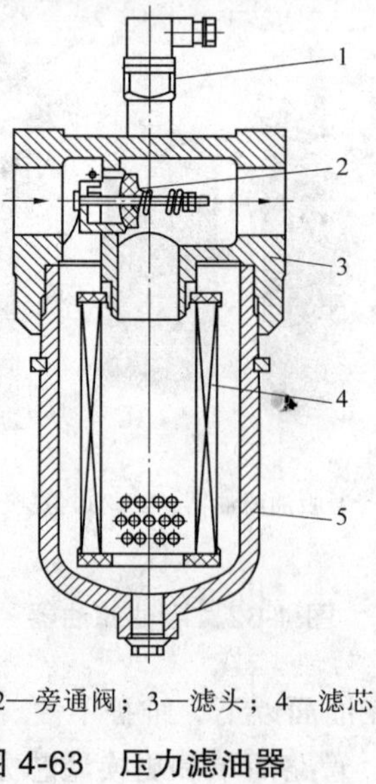

1—压差信号；2—旁通阀；3—滤头；4—滤芯；5—壳体

图 4-63　压力滤油器

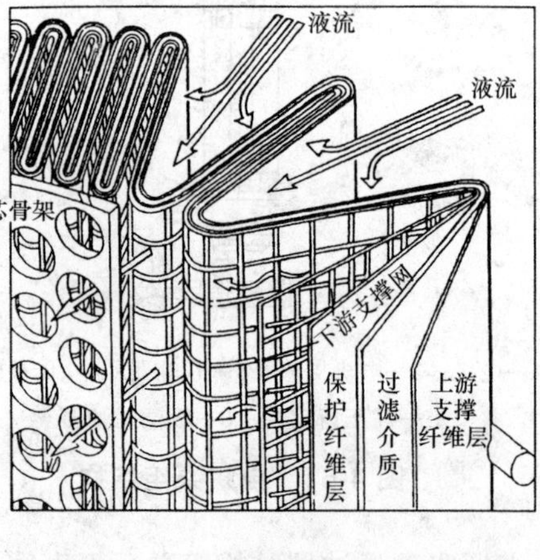

图 4-64　折叠圆筒式滤芯结构

压力滤油器采用压差式信号器，通过滤芯两端的压差达到一定值时发出信号。常用的压差信号器有目视式和电信号式两种类型，目视式压差信号器一般采用红色指示元件作为警告信号，电信号式压差信号器通过电气开关接通灯光或声响装置报警。

四、囊式蓄能器

(一)结构原理

囊式蓄能器是高压油压装置的重要组成部分，它具有储存能量、稳定压力、吸收冲击和消除振动等作用。

囊式蓄能器是利用气体(氮气)的可压缩性来储存能量的。在使用前，首先经顶部的充气阀向蓄能器中的气囊充以预定压力的氮气，然后用液压泵经底部的油口向蓄能器充油。在压力油的作用下，顶开菌形阀，油进入容器内，压缩气囊，当气腔和液腔的压力相等时，气囊处于平衡状态。当系统需要用油时，在气体压力作用下，气囊膨胀，输出压力油。

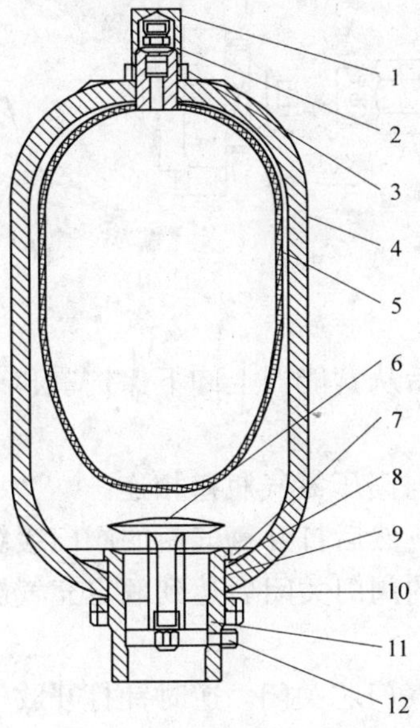

1—阀防护罩；2—充气阀；3—止动螺母；4—壳体；5—胶囊；6—菌形阀；7—胶托环；8—支承环；9—密封环；10—压环；11 阀体座，12 螺堵

图 4-65 囊式蓄能器结构

囊式蓄能器的优点是：气腔与油腔之间被胶囊隔离，密封可靠，无漏气；胶囊惯性小，反应灵敏；结构紧凑，维护简单；有系列化批量产品。

囊式蓄能器结构如图 4-65 所示，它由上部的充气阀、壳体、胶囊和下部的菌形阀总成等组成。壳体为均质无缝的钢制压力容器，其上端有个容纳充气阀的开口。由合成橡胶制成的完全封闭的梨形气囊模压在气门嘴上，形成一个封闭的空间。气囊经壳体下端开口置入后，借助于止动螺母固定在壳体的上部。菌形阀总成由阀体座、菌形阀及其下面的弹簧组成，其作用是防止油液全部排出时，气囊膨胀出壳体之外。该阀用一对半圆支承环卡住阀体座的台肩，装在壳体的下部。橡胶托环和密封环构成阀体座与壳体的密封，用壳体外面的螺母经压环拧紧固定。

(二)型号说明

囊式蓄能器的型号一般用 NXQ-□/□-□表示，其中第一部分 NXQ 是囊式蓄能器的名称代号；第二部分的分子部分表示以升为单位的公称容量，分母部分表示以 MPa 为单位的公称压力；第三部分以字母表示囊式蓄能器的安装连接方式，L 表示螺纹连接，F 表示法兰连接。

囊式蓄能器的公称容量从 0.4 L 到 100 L 共 10 余个规格，在高压油压装置中，40 L、100 L 及部分小容量的规格比较常用。公称压力有 10 MPa、20 MPa、31.5 MPa3 个规格，可根据实际需要选用。

(三)充气、检漏与放气

1. 充气

蓄能器胶囊内只允许充入氮气，不允许充入高压空气，更不允许充入高压氧气，若充入高压氧气将会造成蓄能器发生爆炸的灾难性后果。气囊内氮气的充放需使用专用充氮工具。

氮气的充装用如图 4-66 所示的专用充氮工具进行，在充氮前必须将待充气的蓄能器垂直安放。充气步骤如下：

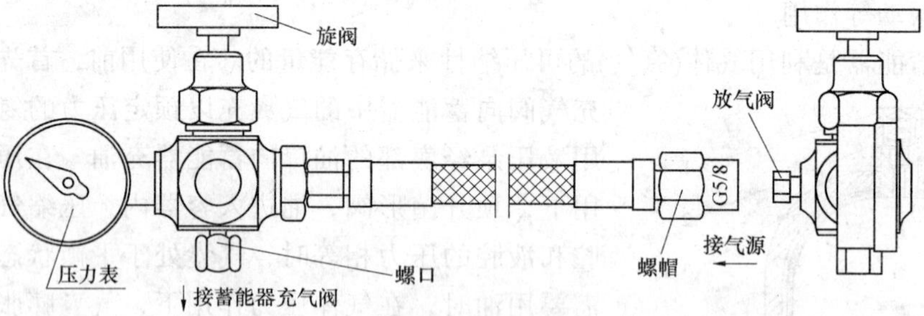

图 4-66　充氮工具

(1)逆时针旋转充氮工具的旋阀，直到其完全退出，然后从蓄能器上卸下保护罩和充气阀保护帽，把充氮工具螺口旋入蓄能器顶部的外螺纹。

(2)顺时针拧紧放气阀，再将充氮工具接气源端的螺帽与高压氮气瓶口相连。

(3)顺时针旋转充氮工具的旋阀，顶开蓄能器的气门芯，然后打开氮气瓶的阀门缓缓充气。注意观察充氮工具上的压力表，当压力值在氮气瓶的阀门关闭后达到额定充气压力时，即可停止充气。

(4)逆时针旋转充氮工具的旋阀至上止点，使蓄能器的气门芯关闭。逆时针打开放气阀，放掉充氮工具内的剩余氮气，直到压力表指示回零。

(5)拆下充氮工具，用肥皂水检查并确认蓄能器充气阀无漏气后，牢固地装上充气阀的保护帽和保护罩，就完成了充气过程。

向无压的空蓄能器充气时，除蓄能器必须垂直安放外，还应在开始充气前将菌形阀下拉，使菌形阀与其阀体座贴住，以防止充气时胶囊被气压从菌形阀与阀座间的缝隙中挤出，进而被菌形阀压破。开始充气不宜太快，一旦胶囊内充至适量气压，菌形阀即被胶囊压下，与其阀座紧贴，胶囊不会被挤出而损坏，因而无需再下拉菌形阀便可继续充气。

2. 检漏

在油压装置投运初期或检修后，为防止个别胶囊或气门芯万一漏气，影响正常运行，应进行必要的检漏。此外，在运行中如发现回油箱油位有异常下降，而未见油压装置及其用油设备向系统以外漏油，即说明蓄能器可能有漏气现象，也应及时进行检漏。检漏应在油压装置停用并放空蓄能器内压力油的条件下进行。检漏步骤如下：

(1)逆时针旋转充氮工具的旋阀至上止点。

(2)从蓄能器上卸下保护罩和充气阀保护帽，把充氮工具螺口旋上蓄能器顶部的外螺纹。

(3)顺时针拧紧放气阀，然后顺时针旋转充氮工具的旋阀，顶开蓄能器的气门芯，观察压力表上指示的压力值。如压力低于原充气压力，则表明有漏气现象，须做相应处理并进行补气。向蓄能器内补气与上述充气的步骤相同。

3. 放气

如果蓄能器的胶囊内充气压力过高，则需适当放气。放气的步骤如下：

(1)逆时针旋转充氮工具的旋阀至上止点。

(2)从蓄能器上卸下保护罩和充气阀保护帽，把充氮工具螺口旋上蓄能器顶部的外螺纹。

(3)顺时针拧紧放气阀，然后顺时针旋转充氮工具的旋阀，顶开蓄能器的气门芯，观察压力表上指示的压力值。

(4)如压力过高，则缓慢地逆时针打开放气阀放气，直到压力指示值达到正常的充气压力，便立即顺时针拧紧放气阀，并逆时针旋转充氮工具的旋阀至上止点，使蓄能器的气门芯关闭。

(5)逆时针打开放气阀，放掉充氮工具内的剩余氮气，直到压力表指示回零。

(6)拆下充氮工具，检查并确认蓄能器无漏气后，牢固地装上充气阀保护帽和保护罩即可。

在对蓄能器实施充气、检漏与放气作业中，操作人员在启闭充氮工具上的旋阀、放气阀和氮气瓶气阀时，均应站在这些部件的侧面，用适当的工具徐徐开、关，并随时注意压力表的指示，以确保安全。

对于使用蓄能器数量较多的用户，可配置专用的充氮小车，以便在氮气瓶的压力低于蓄能器充气压力时，进行增压充气，使氮气瓶内的氮气得到充分的利用。

(四)胶囊的更换

胶囊的寿命取决于其工作时收缩、膨胀的频次。用于水电站的高压油压装置，其缩胀频次远低于冶金、石油等行业，因而在正常情况下具有较长的使用寿命。一般可在使用一到两个大修期后进行胶囊的更换。

胶囊非正常破损的主要原因，一是在首次充气时操作不当而被菌形阀压破；二是液压油中混有铁屑等机械杂质。在运行中如发现蓄能器有漏气现象，而气门芯密封良好，就应考虑胶囊破损的可能，及时进行检查和更换。更换胶囊的步骤如下：

(1)用放油阀排掉蓄能器内的压力油，再用充氮工具排掉胶囊中的高压氮气。

(2)将蓄能器从油压装置上卸下。松开并拆下蓄能器下部的锁紧螺母，拆掉压环，将菌形阀总成推入蓄能器内，折叠并取出橡胶托环，接着取出半圆支承环和密封环，再从蓄能器内取出菌形阀总成。

(3)松开并拆下蓄能器上部的充气阀防护罩及止动螺母，破损的胶囊总成即可从蓄能器下端孔口取出。

(4)将新胶囊经壳体的下端孔口塞进去，并借助于止动螺母固定在壳体的上部。将菌形阀总成放入蓄能器内，折叠并放回橡胶托环，接着放回半圆支承环和密封环，细心地将上述三环复位。自蓄能器内拉出菌形阀总成，确认该阀的支承和密封正确无误后，用壳体外面的锁紧螺母经压环拧紧固定，即完成了胶囊的更换。

五、油箱及附件

高压油压装置的油箱一般均采用箱内液面与大气直接相通的开式油箱。

油箱的主要功能是：有足够的容积储存系统工作所需的液压油；散发工作过程中产生的部分热量；促进液压油中的空气分离及消除泡沫；作为相关部件的安装机体。

为减少油液污染，油箱盖上应设置空气滤清器，使外部空气经滤清器过滤后再进入油箱。在潮湿地区，空气滤清器上还应装有适量的干燥剂。

中、小型油箱一般只要求设置液面显示，即在油箱的适当位置上，安装上一个刻有液面线的直视液位计。大型油箱及某些重要的油箱，除设置液面显示外，还要求设置液位信号装置等，以便当液面到达上限或下限时发出报警信号。

在某些特殊的工作环境下，为了保证液压系统的正常工作，还须将工作介质的温度控制在一定范围内。油箱的油温控制常采用与电接点温度计相配合的温度控制器。在无温控要求的油箱中，通常安装一个带有温度计的液位计观察油温及液位。

六、高油压系统的液压油

在高油压系统中，液压油是传递动力和信号的工作介质，同时还起到润滑、冷却和防锈等作用。液压系统能否可靠有效地工作，在很大程度上取决于系统中所用的液压油。

(一)液压油的黏度及性能要求

黏度是液压油最重要的物理特性，也是选择液压油的首要因素。首先，在一定的工作条件下，要求液压油具有合适的黏度范围；其次，在温度、压力变化下和剪切力作用下，油的黏度变化要小。黏度一般用动力黏度、运动黏度、条件黏度三种表达方式。

液压油的标称黏度等级用40℃时的运动黏度中心值的近似值表示，单位为mm^2/s，此近似值同时用来表示液压油的牌号。液压油常用的牌号(即黏度等级)有15、22、32、46、68号。高油压调速器常用32号和46号液压油，工作温度较高时选用标号较高的液压油。

(二)液压油的代号和命名方式

示例1：代号L-HL32，简号HL-32。含义：L—润滑剂类；H—液压油组；L—防锈、抗氧化型；32—黏度等级。该液压油可称做32号防锈抗氧型液压油，或简称为32号普通液压油。

示例2：代号L-HM46，简号HM-46。含义：L—润滑剂类；H—液压油组；M—防锈、抗氧和抗磨型；46—黏度等级。该液压油可称做46号抗磨、防锈和抗氧化型液压油，或简称为46号抗磨液压油。

(三)常用的液压油种类

(1)L-HL液压油。简名：HL液压油，常用名：HL通用机床液压油等。HL液压油具有良好的防锈性和氧化安定性，其空气释放能力、抗泡性、分水性和对橡胶密封材料的适应性也较好。HL油是当前我国液压系统中使用最多的液压油，适用于14 MPa以下的液压系统。无本产品时，可用符合GB 11120—89的L-TSA汽轮机油以及L-HM液压油代用。

(2)L-HM液压油。简名：HM液压油，常用名：HM抗磨液压油等。抗磨液压油具有良好的抗磨性、润滑性、防锈抗氧性等。HM油是在HL油基础上进一步改善极压抗磨性，因而抗磨性好是其突出特点，故适用于低、中、高压液压系统。

(3)L-HV 液压油。简名：HV 液压油，常用名：低温(或低凝)液压油、工程液压油等。HV 液压油除具备 HM 液压油的优良性能外，还具有黏温性能好、适用温度范围宽等优点，适于野外寒冷条件下工作的中、高压液压系统。

为了保证液压系统的正常工作，提高可靠性，延长使用寿命，对于水电站内的液压系统，其工作温度宜控制在 50 ℃以下。为了确保液压系统正常运转，当液压油的性能指标劣于相关标准规定的技术要求时，应及时更换新油。

第九节　微机调速器的电液随动系统

本节以几种典型微机调速器的电液随动系统为例介绍其工作原理。

一、GKT-80 型高油压微机调速器的比例阀式电液随动系统

高油压系统包括油压装置、液压控制部分、管路及附件等。按照操作功分为两种结构型式，操作功 100 kN·m 以下的油压装置和电气液压控制柜为一体式结构，一般布置于发电机层，液压缸与导水机构直接连接；操作功为 150 ~ 250 kN·m 的大型高油压调速器，采用分体式结构，由液压控制柜、蓄能器组和电气柜组成。液压控制柜由回油箱、泵组和液控部分组成，蓄能器组自成一体，用高压油管与液压控制柜相连接，较大的蓄能器组由 200 L 或 300 L 的蓄能器单元组合而成；液压缸与导水机构直接连接，与机械液压柜采用无缝钢管及高压软管连接；液压控制柜及蓄能器组可布置于发电机层或水轮机层，布置于发电机层便于运行维护，布置于水轮机层则靠近液压缸，可缩短油管长度，也使发电机层比较宽敞美观。

下面以 GKT-80 型高油压微机调速器为例介绍机械液压系统，以下简称为高油压系统。

(一)高油压系统的组成

GKT-80 型高油压系统，操作功为 80 kN·m，其工作原理如图 4-67 所示。图左侧为油压装置部分，其结构原理已在上节进行了介绍；图右侧为机械液压部分，自油压装置输送来的压力油，在压力表之后分为上、下两条油路。

上面一路是高油压调速器液压控制部分的主体，由左、中、右 3 条并联的油路构成。左边油路是自动调节回路，由手自动切换阀 17、大波动阀(开关换向阀 18)、小波动阀(比例换向阀 16)构成，其中大波动阀与小波动阀相互并联，手自动切换阀则是与大、小波动阀相串联；右边油路是由紧急停机电磁阀 20 构成的紧急停机回路；中间油路是由手动换向阀 19 构成的手动操作回路。上述 3 条并联油路的控制阀各自有两个输出工作油口，所有控制液压缸开启的油口并为一条油管，经单向节流阀 21、两段关闭装置 22 及液控单向阀 25 与液压缸 23 的开启腔相连；所有控制液压缸关闭的油口并为一条油管，经单向节流阀、液控单向阀与液压缸的关闭腔相连。

下面一路向锁锭电磁阀及刹车电磁阀供油。锁锭电磁阀 26 用以控制由液控单向阀构成的液压锁锭阀组；虚线框内为刹车控制回路，压力油经减压后用以控制刹车液压缸。

位移反馈装置 24 用于向调速器电气部分反馈液压缸的位移信号。

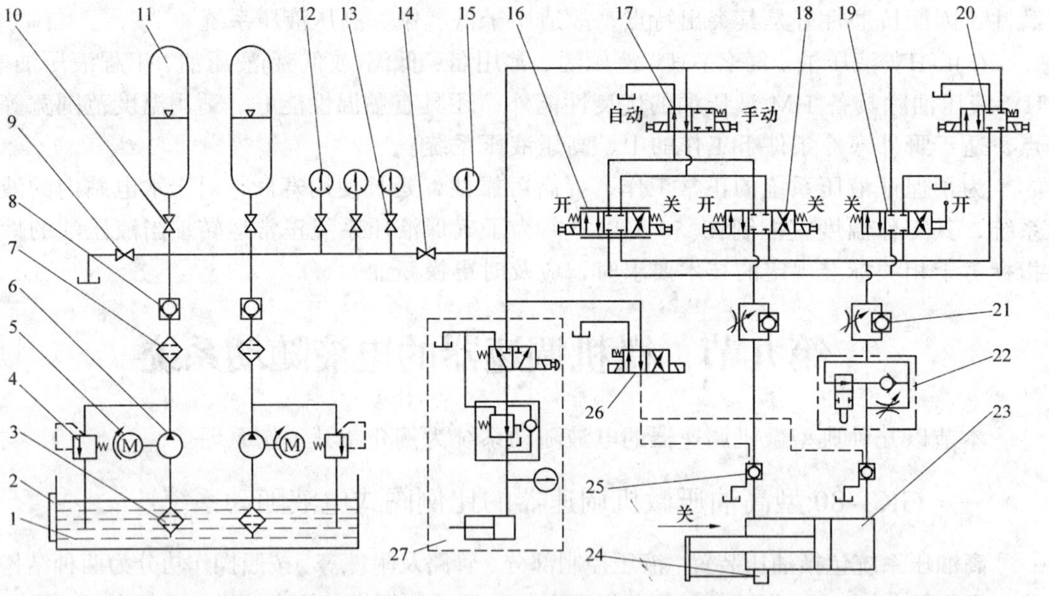

1—油箱；2—液位计；3—吸油滤油器；4—安全阀；5—电机；6—油泵；7—滤油器；8—单向阀；9—放油阀；10—截止阀；11—囊式蓄能器；12—电接点压力表；13—截止阀；14—主供油阀；15—压力表；16—比例换向阀；17—手自动切换阀；18—开关换向阀；19—手动换向阀；20—紧急停机电磁阀；21—单向节流阀；22—两段关闭装置；23—液压缸；24—反馈装置；25—液控单向阀；26—锁锭电磁阀；27—刹车控制回路

图 4-67　GKT-80 型高油压微机调速器工作原理

(二)高油压系统调节控制原理

GKT-80 型调速器的高油压系统的自动调节功能由大波动阀与小波动阀并联构成的自动调节阀组实现，简称大小阀调节模式，此种调节模式调节性能好。大波动时大小阀同时动作，液压缸按整定的最大速度运动，以保证系统的速动性；小波动时仅小波动阀动作，液压缸以较慢的速度运动，以保证系统的稳定性，使调速器同时具有良好的速动性与稳定性。

在 GKT-80 型高油压调速器中，大波动阀采用电磁换向阀或电液换向阀；小波动阀则采用电液比例换向阀或数字开关阀。

小波动阀的选择与调整，对调速器的稳定性起着决定性的作用。电液比例换向阀是一种比较理想的小波动阀。在电气调节信号控制下，电液比例换向阀的输出流量可在零到额定值之间线性变化，因而在小波动时，液压缸的运动速度也可根据需要在零到某一速度之间线性变化，从而可以达到很高的调节精度和良好的稳定性。

小波动阀也可采用数字开关阀。严格说来，数字阀有两类：一类是由步进电机控制的增量式数字阀；另一类是切换时间在 10 ms 以下的快速开关数字阀。但就一般意义而言，只要是由数字信号直接控制的液压阀，都可称为数字阀。在高油压调速器的应用领域，具有数字开关特性的电磁球阀、电磁换向阀、电液换向阀等，均被广义地称为数字开关阀。在数字开关阀控制下，小波动时液压缸运动速度的整定值，与所用开关阀的响应频率及动作特性有关，响应频率较高的开关阀允许有较快的速度。一般来说，液压缸的相对速度在 0.04 ~ 0.08(1/s)时，可得到比较满意的随动系统精度和调节品质。

自动调节工况时，手动换向阀 19 处于中位，紧急停机电磁阀 20 复归(在右位)，切断了各自的油路。手自动切换阀 17 处于左位，即自动位置，接通了自动调节阀组的供、排油路，使调速器自动正常运行。在小波动工况下，当机组增负荷时，根据控制信号比例换向阀 16 处于左位，向液压缸开启腔提供压力油，导叶开度增大；反之，机组减负荷时，比例换向阀 16 处于右位，液压缸开启腔排油，关闭腔进压力油，导叶开度减小。在大波动工况下，当机组增负荷时，比例换向阀 16 和开关换向阀 18 同时处于左位，水轮机导叶迅速开大；反之，当机组减负荷时，阀 16 和阀 18 同时在右位，导叶迅速关闭。

需要手动操作时，先将手自动切换阀 17 切换至右位，即手动位置，切断自动调节阀组的供、排油路；紧急停机电磁阀仍处于复归状态，操作手动换向阀 19 即可控制液压缸开关动作。

紧急停机电磁阀 20 动作时，手动换向阀 19 处于中位，手自动切换阀 17 同时切换为手动工况，切断自动调节阀组的供、排油路；液压缸即在紧急停机电磁阀 20 控制下紧急关机。

(三)开关机时间调整及两段关闭装置

GKT 系列高油压调速器的开关机时间调整，通常用调整液压缸油路上的单向节流阀(又称调速阀)实现。串联于液压缸开启油路上的单向节流阀用于调整液压缸的关闭时间；串联于液压缸关闭油路上的单向节流阀则用于调整液压缸的开启时间，开关机时间连续可调。两段关闭装置的工作原理在第八节已经详细介绍。

(四)液压锁及低压油源

液压锁可在机组停机后投入，以防止液压缸向开机侧爬行导致机组误开机。由 GKT-80 型高油压调速器的工作原理图可知，在正常运行时，锁锭电磁阀 26 输出的压力油进入液控单向阀 25 的控制腔，将液控单向阀打开，使之成为通路，不影响液压缸的正常动作。机组停机后，锁锭电磁阀 26 右位工作，液控单向阀 25 的控制油路接通排油，液控单向阀的机能与单向阀相同，因而液压缸便被锁住。

在手动操作时，为防止液压缸爬行导致溜负荷，也可在操作后投入液压锁锭。如果在手动操作时接到紧急停机令，紧急停机令将会首先解除液压锁锭，以保证液压缸迅速关机。机组紧急停机后，液压锁将自动投入。

有些机组要求高油压调速器提供刹车控制装置及某些自动化元件所需的低压油源，由于所需油量较少，通常采用设置减压阀的方法满足上述要求。

二、BWT 型微机调速器步进电机控制伺服系统

(一)步进电机控制伺服系统的组成

步进电机伺服系统的结构如图 4-68 所示，主要由步进式电液转换器、引导阀活塞 10、引导阀衬套 11、主配压阀活塞 12、主配压阀体 13、紧急停机电磁阀 17、双联滤油器 16、分段关闭装置 18～20(根据电站情况配置)等构成。其中，步进式电液转换器可采用步进电机或交流伺服电机驱动，由于它具有自复中特性，并且不用油，故又称为无油电液转换器，其主要由步进电机/交流伺服电机 1(含驱动器)、滚珠螺旋副 3、连接套 5、复中上弹簧 4 和复中下弹簧 9 等组成。

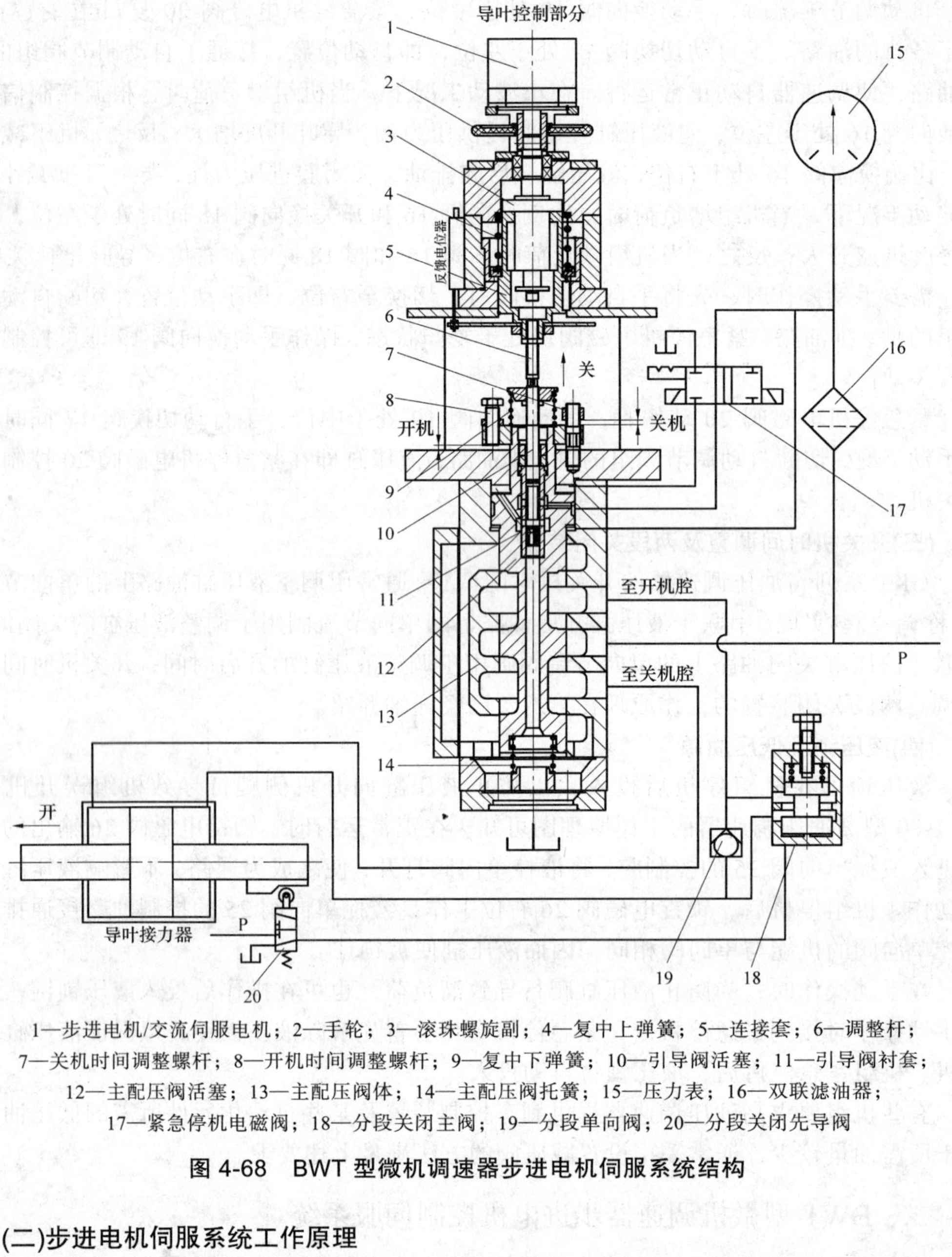

1—步进电机/交流伺服电机；2—手轮；3—滚珠螺旋副；4—复中上弹簧；5—连接套；6—调整杆；7—关机时间调整螺杆；8—开机时间调整螺杆；9—复中下弹簧；10—引导阀活塞；11—引导阀衬套；12—主配压阀活塞；13—主配压阀体；14—主配压阀托簧；15—压力表；16—双联滤油器；17—紧急停机电磁阀；18—分段关闭主阀；19—分段单向阀；20—分段关闭先导阀

图 4-68　BWT 型微机调速器步进电机伺服系统结构

(二)步进电机伺服系统工作原理

当微机调节器输出关闭方向信号(数字脉冲)时，步进电机 1 驱动滚珠螺旋副 3 带着连接套 5 向上运动，使引导阀活塞 10 也向上移动，主配压阀活塞 12 上腔的控制窗口接通排油，在下腔压力油的作用下推动主配压阀活塞 12 上升，直到主配压阀控制窗口被引导阀活塞下阀盘重新封闭，主配压阀活塞便稳定在一个新的平衡位置，此时接力器关机侧油腔与压力油接通，接力器活塞向关小导叶方向运动。

反之，当微机调节器输出开启方向信号(数字脉冲)时，步进电机 1 驱动滚珠螺旋副 3 带着连接套 5 向下运动，使引导阀活塞 10 也向下移动，主配压阀活塞 12 下腔的控制窗口接通排油，在上腔压力油的作用下推动主配压阀活塞向下移动，直到控制窗口被引导阀活塞下阀盘重新封闭，主配压阀活塞便稳定在一个新的平衡位置，此时接力器开机侧油腔便与压力油接通，接力器活塞向开大导叶方向运动。

当导叶调整至与导叶开度给定值相等时，微机调速器无调节信号输出，步进电机突然断电，失去控制力矩，又因为滚珠丝杠无自锁功能，故在复中弹簧的复中力作用下，自复中型步进式电位移转换装置快速回到中间位置，同时带动引导阀回到中间位置，主配压阀也回到中间位置，从而接力器停止调整，机组便稳定在当时的导叶开度运行。

(三)紧急停机回路工作原理

紧急停机时，紧急停机阀 17 处于右位，主配压阀活塞 12 上腔的油液经紧急停机阀 17 排至回油箱，在主配压阀活塞 12 下腔的油压作用下，主配压阀向上运动，接力器活塞向关闭方向移动，导叶关闭。

(四)两段关闭装置工作原理

当微机调节器发出停机令后，接力器先以正常速度关机，即第一段关闭速度；当接力器杆上的可调撞块压下分段关闭先导阀 20 以后，先导阀处于上位，压力油经先导阀 20 进入分段关闭主阀 18 的差压活塞下腔，使差压活塞上移而关小接力器回油管的通路，接力器活塞移动速度减小，该速度即为第二段关闭速度，直到全关为止。

三、GYT-3000/5000 型微机调速器的数字阀控制的电液随动系统

(一)数字阀控制的电液随动系统组成

数字阀控制的电液随动系统如图 4-69 所示，它的液压控制部分由插装阀组控制回路、电液比例阀控制回路、手动控制回路和两段关闭装置等组成。

插装阀组控制回路包括开机电磁阀 12、两个关机控制阀 13、两个开机控制阀 14、关机控制阀 15 等，其中开、关机电磁阀采用电磁球阀，开、关机控制阀采用插装阀，分别组成开机和关机液压控制回路。

电液比例阀控制回路由电液比例阀 19、手自动切换阀 17 等组成。

手动控制回路由手动换向阀 21 构成。

(二)工作原理

(1)液压系统的稳定状态。电液比例阀 19、插装阀组均处于未得电状态，插装阀全部为关闭状态，手动换向阀 21 处于中位，紧急停机阀 16 处于右位(图 4-69 中的上位)，液压缸既不通压力油，也不通回油，液压缸活塞处于稳定不动状态。

(2)自动调节过程。以开机过程为例进行分析，微机调节器发出的开机信号与液压缸反馈信号进行综合，当综合后的控制信号大于一定数值 V_k 时，不仅作用于电液比例阀 19 的开启侧电磁铁，还作用于开机电磁阀 12。压力油经两路进入液压缸，一是由于开机电磁阀 12 得电而处于上位，两个开机控制阀 14-1、14-2 的阀芯上腔接通回油。在压力油作用下两阀的阀芯上移，压力油经阀 14-1、单向节流阀 24 和两段关闭装置进入液压缸开启腔，液压缸的回油经阀 13-1、阀 14-2 流入回油箱。二是压力油经电液比例阀 19 的左位、单向节流阀 24 和两段关闭装置进入液压缸开启腔，液压缸的回油经电液比例阀 19、手自动切换阀 17 到回油箱，则液压缸活塞向开启方向移动。当控制信号数值小于 V_k时，开机控制阀 12 失电不再起控制作用，仅有电液比例阀 19 起控制作用。

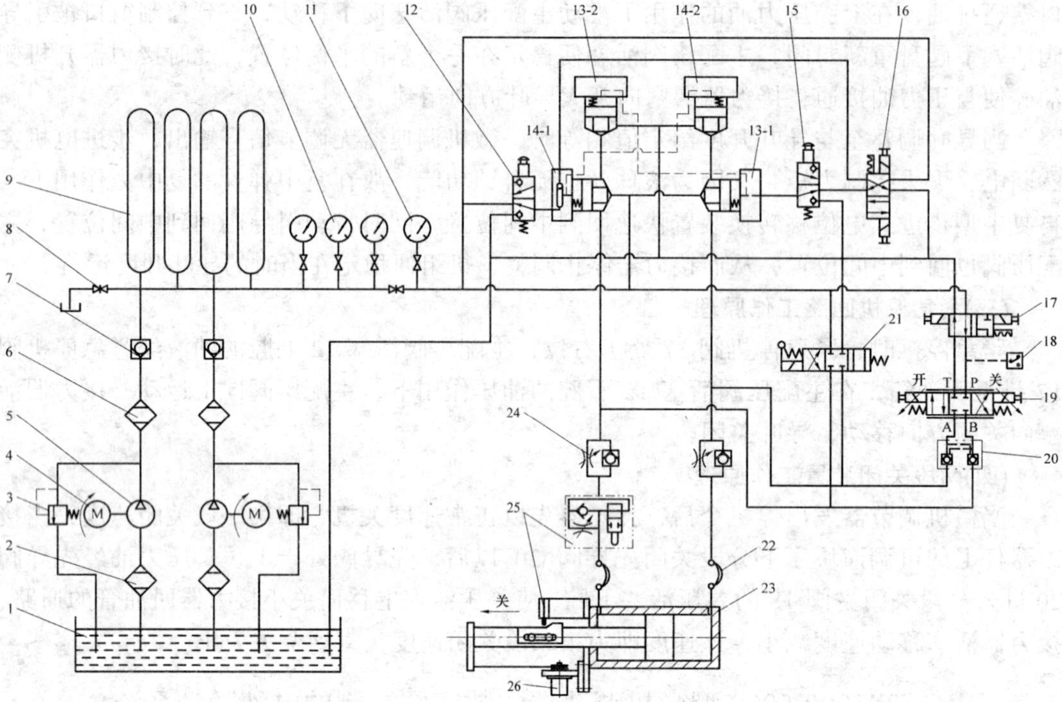

1—回油箱；2—滤油器；3—安全阀；4—电机；5—油泵；6—高精度滤油器；7—单向阀；8—放油阀；
9—囊式蓄能器；10—电接点压力表；11—压力表；12—开机电磁阀；13—关机控制阀；14—开机控制阀；
15—关机电磁阀；16—紧急停机阀；17—手自动切换阀；18—压力继电器；19—电液比例阀；20—液压锁；
21—手动换向阀；22—软管；23—液压缸；24—单向节流阀；25—分段关闭装置；26—电气反馈装置

图 4-69　GYT-3000/5000 型微机调速器的数字阀控制的电液随动系统

微机调节器发出关机信号时的动作原理分析同上，请自行分析。

由上分析可知，在大波动情况下，开机控制阀和电液比例阀同时起控制作用，保证了调速器的速动性；在小波动时，仅有电液比例阀起控制作用，保证调速器的稳定性。

本章小结

本章首先讲述了微机调速器的发展概况、特点及类型。微机调速器与传统电液调速器一样，也是由电气控制部分和机械液压系统或电机随动系统两大部分组成，只是微机调速器的电气控制部分采用微机及其相应的器件而已。随后，简要介绍了微机调速器的工作原理。

其次较为详细地讲述了以目前广泛采用的可编程控制器 FX_{2N} 为基础的微机调节器的硬件系统构成，主要包括基本单元、模拟量输出模块、模拟量输入模块、通信单元、测频单元、操作显示终端和交直流电源等。微机调速器的输入/输出通道包括开关量、模拟量的输入输出，常用的开关量有开机、停机、断路器位置、功给增加、功给减少、调相、导叶机械手动、导叶电手动等信号；模拟信号有有功功率、导叶开度、桨叶转角、水头等。

三是重点介绍了采用单片机的周期法测频原理，也就是将正弦交流周波和高频脉冲信号叠加后，用 PLC 对一个周波时间内脉冲数进行计数，并根据式(4-1)、式(4-2)进行计算，得到频率测量值。实现频率测量的方法有两种，即单片机测频和PLC本体测频，目前采用单片机测频的调速器比较广泛。

四是介绍了3种基本控制算法。位置型数字PID控制算法是采用离散化的数字PID表达式，对每次采样偏差和采样值进行计算；增量型数字PID控制算法只对采样前后三次的测量值进行计算，其计算误差对控制量的影响较小；仿增量型数字PID控制算法适用于数液伺服系统，是根据位置型PID第n次采样周期的输出$Y_{PID}(n)$与第n次采用周期测得的导叶接力器反馈$Y'(n)$之差(即增量)来工作的，其计算公式与增量型数字PID控制算法类似。

微机调节器的调节模式有频率调节模式、开度调节模式和功率调节模式等3种。微机调速器自动根据运行工况的不同而选择不同的调节规律。一般情况下，在开机阶段或空载运行或孤网运行工况采用频率调节模式，为PID调节规律；机组并网运行或带基荷运行工况采用开度调节模式，为PI调节规律；机组并入大电网带基荷运行可采用功率调节模式，为PI调节规律。

五是重点介绍了现代微机调速器采用的电液转换和电机转换装置，主要有电液比例阀、步进或交流伺服电机驱动的电机转换装置、数字阀组等。步进电机和交流伺服电机都需要专门的驱动器和专门的机构(步进液压缸等)来构成电机转换器。

六是讲述了高油压调速器机械液压系统常用基本元件的结构和工作原理，例如，方向控制阀、流量控制阀(节流阀)、电磁球阀和插装阀等。

七是介绍了高油压调速器的油压装置的组成，主要元件电机泵组、油源阀组、囊式蓄能器的结构、功能和要求，特别介绍了囊式蓄能器的充气、检漏和放气等。

最后，介绍了3种机械液压系统的组成和工作原理。

本章的学习应在理解调速器工作原理的基础上，重点掌握微机调速器的基本构成和基本原理，并通过试验实习等实践过程加以掌握。

复习思考题

4-1　微机调节器常采用哪些类型的计算机？

4-2　现代调速器的液压随动系统的形式有哪几种？

4-3　微机调速器中常用的模拟量和开关量有哪些？

4-4　试述微机调速器的工作原理。

4-5　弄清楚基于可编程控制器微机调节器的组成和各部分的作用。

4-6　微机调速器的测频方式有哪几种？周期法测频原理是怎样的？

4-7　什么叫位置型PID控制算法？

4-8　什么叫增量型PID控制算法？

4-9　仿增量型PID控制算法与位置型PID控制算法有什么区别？

4-10　微机调速器的调节模式有几种？各适用于哪种运行工况？

4-11　弄清楚微机调速器的电液转换元件或电机转换装置构成和工作原理。

4-12　熟悉高油压液压系统常用液压元件的作用、符号意义和基本工作原理。

4-13　试述GKT-80高油压微机调速器电液随动系统的工作原理。

4-14　试述BWT型微机调速器步进电机控制伺服系统的工作原理。

4-15　试述GYT-3000/5000型微机调速器的数字阀电液随动系统的工作原理。

第五章　典型微机调速器简介

第一节　高油压比例阀式微机调速器

一、概述

GKT 和 GYT-K 系列高油压微机调速器均是以可编程控制器为核心部件，以比例阀作为电液转换元件的微机调速器，是现代电子技术和液压技术结合的产品，具有结构简单、性能优良、运行可靠、操作维护方便等突出特点，代表了现代水轮机调速器的发展趋势，是水轮机调速器升级换代的理想产品。前者由武汉市汉诺优电控有限责任公司生产，后者由武汉长江控制设备研究所生产。

型号 GYT-K、GKT 中字母表示：G(GY)—高油压，K—可编程控制器，T—调速器，型号后面的数字部分表示其操作功大小，单位 N·m。

二、高油压微机调速器参数、功能、性能指标和技术特点

(一)主要技术参数

比例系数 K_P：0.5 ~ 20

积分系数 K_I：0.05 ~ 10 1/s

微分系数 K_D：0 ~ 5 s

频率给定 F_G：45 ~ 55 Hz

功率给定 P_G：0 ~ 100%

永态转差系数 b_p：0 ~ 10%

人工死区 E：0 ~ 1%

机频、网频信号电压：AC 0.2 ~ 160 V

交流电源：AC 220 V

直流电源：DC 220 V 或 DC 110 V

工作油压范围：14 ~ 16 MPa

事故低油压：11 MPa

蓄能器充气压力：8.5 ~ 9 MPa

操作功：10 000/18 000/30 000/50 000 N·m

(二)主要功能和性能指标

(1)测量机组和电网频率，实现机组空载及孤立运行时的频率调节。

(2)空载时机组频率自动跟踪电网频率，以便快速自动准同期。

(3)实现手动开停机、增减负荷及带负荷运行。

(4)实现自动开停机，并网后根据永态转差系数(b_p)自动调整机组出力。

(5)无条件、无扰动地进行自动和手动的相互切换。

(6)采集机频、网频、导叶开度、手动、自动等主要参数及运行状态。

(7)能通过按键及液晶触摸屏整定调速器的运行参数。

(8)检测到电气故障时，能自动地切为手动，并将负荷固定于故障前的状态。

(9)转速死区 $i_x \leqslant 0.10\%$。

(10)静态特性曲线线性误差 $< 5\%$。

(11)自动空载 3 min 转速摆动相对值不超过±0.25%。

(12)接力器不动时间 $T_q \leqslant 0.2$ s。

(13)平均故障间隔时间大于 12 000 h。

(三)主要特点

1. 电气部分

(1)硬件采用可靠性极高的可编程控制器，体积小，抗干扰能力强，能适应恶劣的工业环境，平均无故障时间达 30 万 h 以上。

(2)采用内部高速中断的软件测频方式，既可满足适时性和测频精度的要求，又具备很高的可靠性。

(3)调节规律为 PID 智能控制，具有良好的稳定性及调节品质。

(4)可自动采集机频、网频、导叶开度、手动、自动等调速器的主要参数和状态量，并在液晶屏上显示；能通过按键及液晶屏整定调速器的运行、调节参数。

(5)具有在线自诊断功能，检测到电气故障时，能自动地切为手动，并将负荷固定于故障前的状态，同时发出故障信号。

(6)具有可扩展通信接口，通过外挂通信模块与上位机通信十分方便。

2. 机械液压部分

(1)工作油压提高到 16 MPa，减少了调速器的液压放大环节，结构简化；体积小，重量轻，用油少；电站布置方便、美观。

(2)采用了电液比例随动装置、高压油源等现代电液控制技术，具有优良的速动性及稳定性，工作可靠，自动化程度高。

(3)液压元器件标准化、专业化、国际化程度高，硬件资源丰富。

(4)采用囊式蓄能器储能，胶囊内所充氮气与液压油不直接接触，油质不易劣化；胶囊密封极为可靠，氮气极少漏失，补气周期通常在 1 年以上。运行中无需经常补气、放气，且电站可省去相应的空压机。

(5)接力器与回油箱分开安装，省去了调速轴，且便于电站布置。

(6)可根据用户需要，配置主令开关及低压辅助油源，或增设手摇柱塞泵，实现机组的无电源开机。

三、结构组成及工作原理

(一)GKT 系列高油压可编程调速器

1. 结构组成

GKT 系列高油压可编程调速器电气系统原理如图 5-1 所示。电气部分包括可编程控

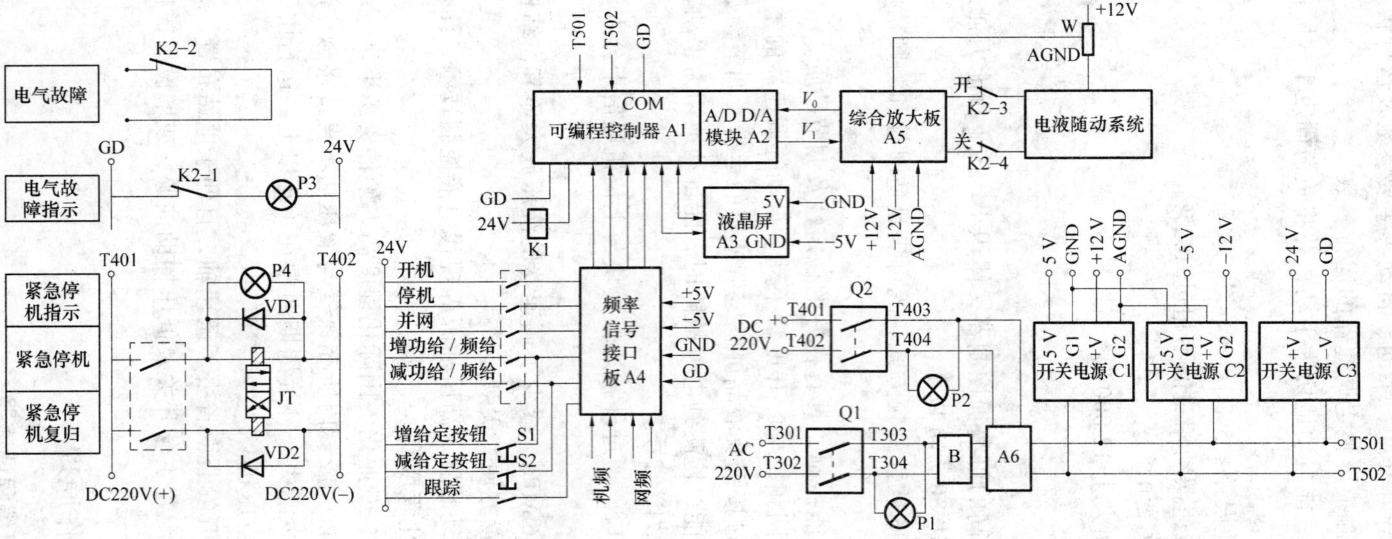

图 5-1　GKT 系列高油压可编程调速器电气系统原理

制器、频率信号接口板、综合放大板、显示屏、电源系统、指示灯、按钮等，均布置于电气柜内，另有电气反馈装置，通常安装于液压缸上。机械液压系统由油压装置、液压控制部分、管路及附件等构成，其系统原理如图 5-2 所示。

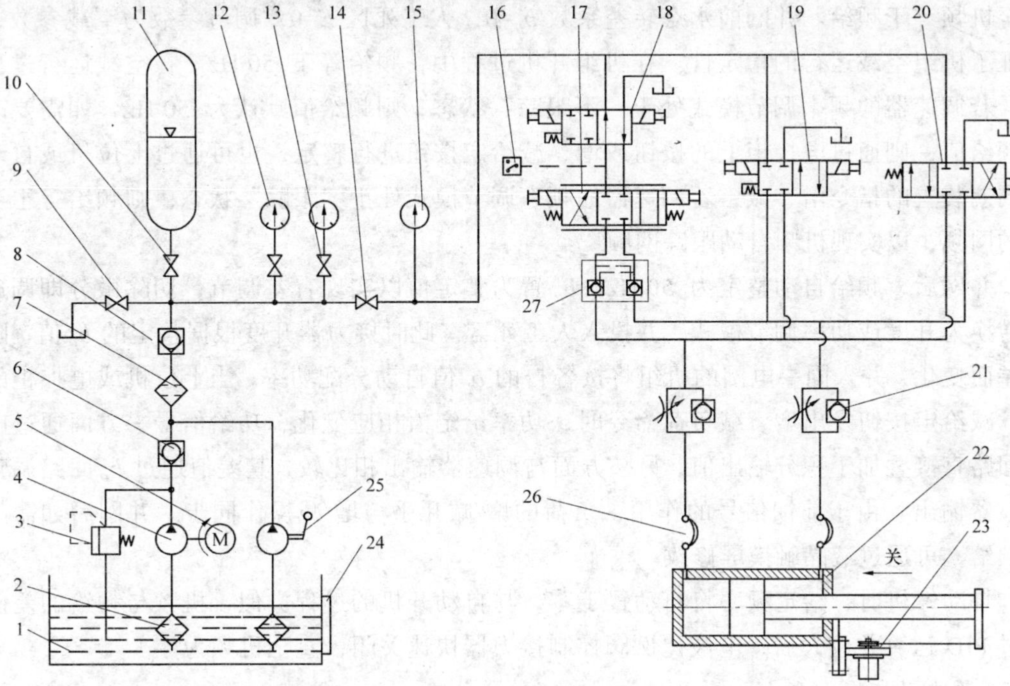

1—油箱；2—吸油滤油器；3—安全阀；4—油泵；5—电机；6、8—单向阀；7—滤油器；9—放油阀；10—截止阀；11—囊式蓄能器；12—电接点压力表；13—截止阀；14—主供油阀；15—压力表；16—压力继电器；17—比例换向阀；18—手自动切换阀；19—紧急停机电磁阀；20—手动切换阀；21—单向节流阀；22—液压缸；23—反馈装置；24—液位计；25—手摇泵；26—高压软管；27—液压锁

图 5-2　GKT 系列高油压调速器机械液压系统原理

2. 工作原理

水轮发电机组有多种运行工况，在不同的工况下调速器需要采用不同的控制规律、控制结构和调节参数。调速器控制规律的形成和系统结构的改变由软件实现，GKT 系列高油压调速器系统原理框图如图 5-3。下面结合图 5-1 ~ 图 5-3 分析 GKT 系列高油压调速器工作原理。

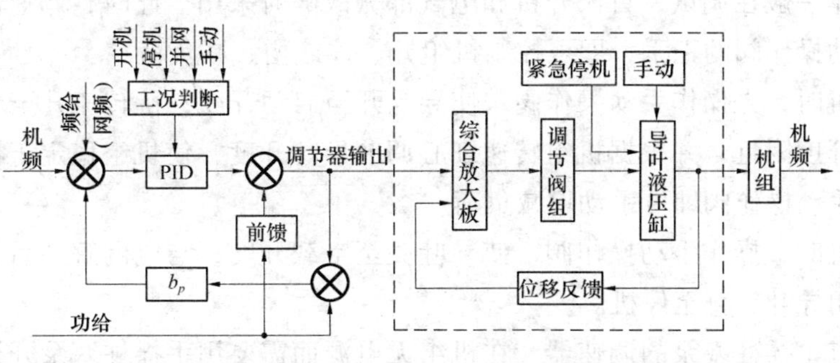

图 5-3　GKT 系列高油压调速器系统原理框图

1)自动调节

自动开机时，机频与频给的差值通过 PID 运算后传递到比例阀综合放大板。比例阀综合放大板将输入控制信号转换成比例阀开、关信号，控制接力器向开或关方向运动，直至机频等于频给。并网前永态转差系数 b_p=0，人工死区 E=0，调节参数为空载参数，保证了机组空载运行的稳定性。在机组开机过程中，频给等于 50 Hz。在空载运行过程中，若调速器的频率调节模式处于“不跟踪”状态，则频给值默认为 50 Hz，如需要改变频给值，则通过电控柜上的按钮或增、减给定按钮进行整定，也可通过上位机或自动准同期装置的指令增、减；若调速器的频率调节模式处于“跟踪”状态，则频给等于当前的网频，以实现机频自动跟踪网频。

并网后，频给自动整定为 50 Hz，b_p 置为整定值以实现有差调节，切除微分即调速器转换为开度或功率调节模式，并投入人工死区。此时接力器开度根据整定的 b_p 值，随频差而变化，并入同一电网的机组将按各自的 b_p 值自动分配功率。当上位机或电控柜的增、减给定按钮发出增、减负荷命令时，功率给定值相应变化，功给信号一方面通过前馈回路直接叠加于积分输出值，另一方面与调速器输出相比较，其差值通过 b_p 回路调整调节器输出。由于前馈信号的作用，负荷的增/减几乎与增/减操作同步。并网后如需改变频给，可通过液晶触摸屏修改。

自动停机时，给定频率将自动置于零，与自动开机的过程类似，机频与频给的差值通过 PID 运算并放大后，电液比例阀控制接力器快速关闭，直至机频为零。

2)手自动切换

手动和自动之间相互切换可随时无条件、无扰动地进行。并网自动运行时，当可编程调节器检测到电气故障，调速器自动地切为手动，也就是将图 5-2 中手自动切换阀 20 切换到左位工作，同时，比例阀的控制信号被切断，即调速器无扰动地切为手动运行，接力器保持原有开度。另外，也可根据需要由运行值守人员随时用电气柜上的切手动按钮将调速器切为手动运行。手动运行状态下，可编程调节器自动采集接力器位移传感器的反馈信号，并使可编程调节器输出的调节信号与其相等。因此，也可随时用电气柜的切换按钮将调速器切至自动工况。

3)手动操作

手动操作一般在调试、首次开机和电气部分故障时采用。此时，调速器切为手动工况，操作手动操作阀的把手，即可控制机组开、停或增、减负荷。

手动开机时，先操作手动操作阀，使导叶开至启动开度；待转速升至 80%后，将导叶关至空载开度附近，并根据机组转速细心调节导叶开度，使机组稳定于额定转速。并网后，操作手动操作阀即可手动增减负荷。

手动停机时，操作手动操作阀，使导叶关至空载开度；与电网解列后，继续操作手动操作阀关闭导叶，直至停机。

对于装有手摇柱塞泵的调速器，在机组无电源而需要用手摇柱塞泵开机时，应先将蓄能器的截止阀关闭；在用手摇柱塞泵供油的同时，根据需要操作手动操作阀，使导叶做开、关运动。

4)紧急停机

自动工况下紧急停机时，紧急停机电磁阀、手自动切换阀同时动作，紧急停机电磁阀向接力器关机侧配油，使其快速全关；手自动切换阀切断电液比例阀压力回路，在液压锁的作用下，即使电液比例阀万一卡在开机侧，仍能紧急停机。手动工况下紧急停机时，手自动切换阀已将电液比例阀压力油路切断，仅紧急停机电磁阀动作即可。

3. 面板显示及操作

用户可以通过面板了解调速器当前的运行状态、调节参数和运行参数，进行参数修改、手自动切换、增减功给(频给)等。

GKT高油压调速器电气柜液晶屏如图5-4所示，用于显示调速器和机组的运行状态及参数，如开机、停机、并网、机频、网频、开度、PID参数等。所有参数分3屏显示。第一屏显示机频、网频、开度和调节输出；第二屏显示功率给定、频率给定、永态转差系数(b_p)和人工死区(E)，其余参数在第三屏上显示。前两屏在最下一行显示运行状态，屏与屏之间的切换可按上翻键▲或下翻键▼。

显示屏右侧有15个按键，分别是“0～9”数字键、“清除”键、“确认”键、“复位”键、上翻键▲、下翻键▼。第二屏和第三屏上的参数均可通过按键修改。

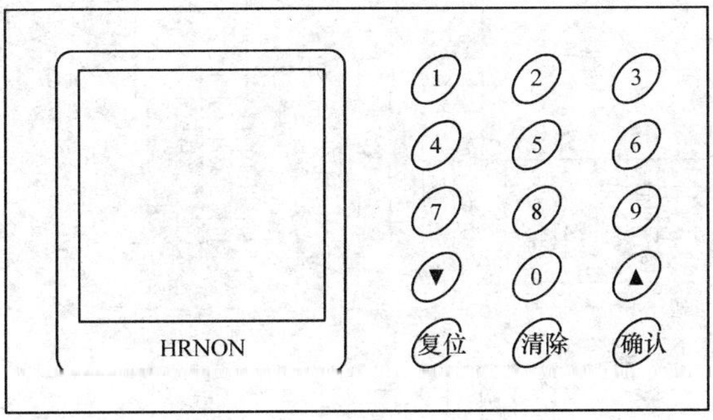

图5-4　GKT高油压调速器电气柜液晶屏

(二)GYT-1000/1800系列高油压调速器

GYT-1000/1800系列高油压可编程调速器电气系统原理如图5-5所示。电气部分包括可编程控制器、模拟量转换模块、机频网频信号接口板、比例阀驱动板、触摸屏、电源系统、控制电路、指示与报警电路、电气反馈装置等。图5-6为外部接线端子图。机械液压系统由油压装置、液压控制部分、两段关闭装置、管路及附件等构成，其系统原理如图5-7所示。GYT-1000/1800系列高油压可编程调速器与GKT系列高油压调速器结构类似，其工作原理请读者自行分析。

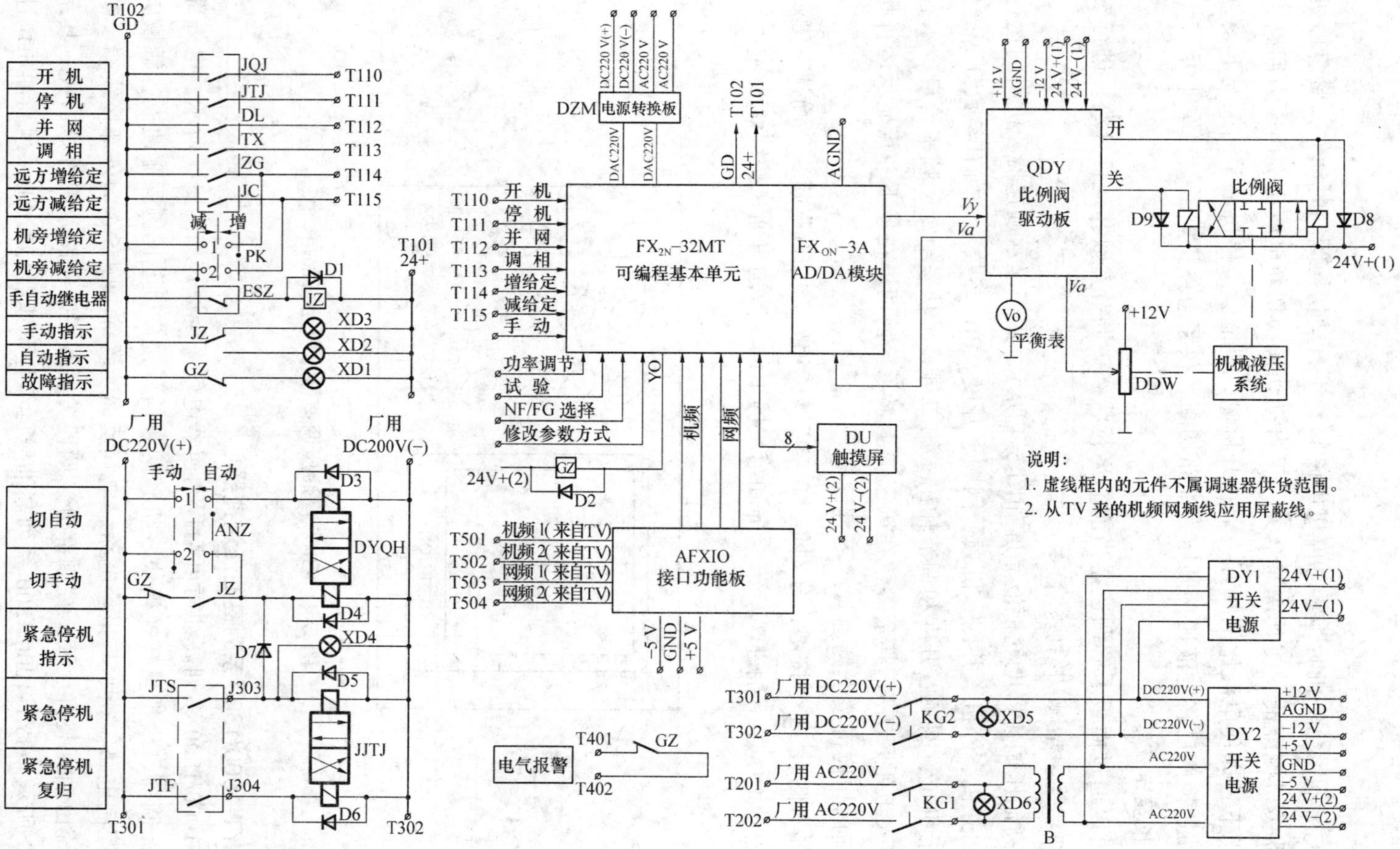

说明：
1. 虚线框内的元件不属调速器供货范围。
2. 从TV来的机频网频线应用屏蔽线。

图 5-5 GYT−1000/1800 系列高油压可编程调速器电气系统原理

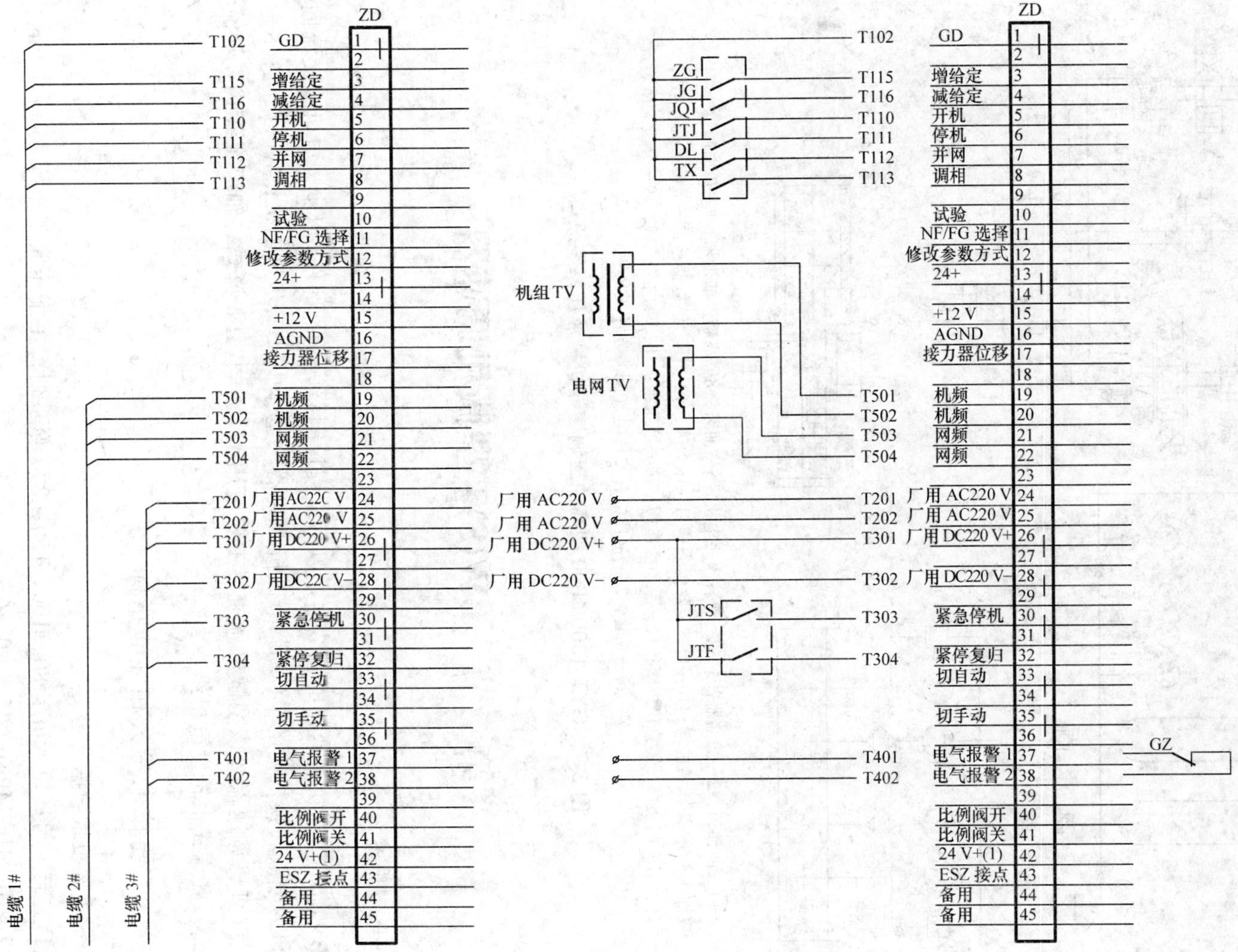

图 5-6　GYT-1000/1800 系列高油压调速器外部接线端子

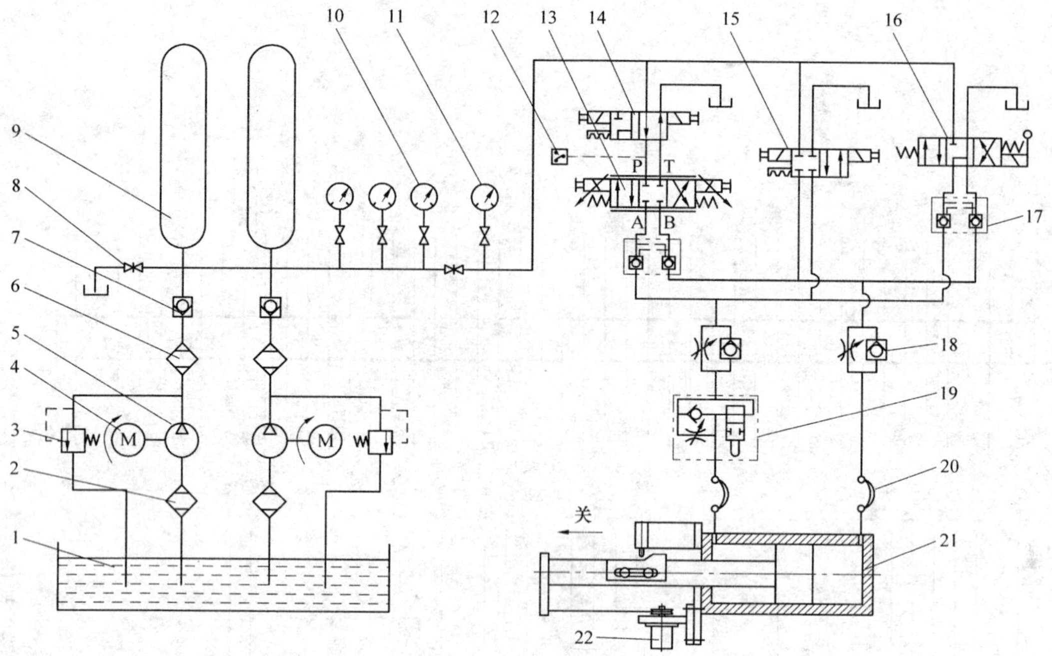

1—回油箱；2—滤油器；3—安全阀；4—电机；5—油泵；6—高精度滤油器；7—单向阀；
8—放油阀；9—囊式蓄能器；10—电接点压力表；11—压力表；12—压力继电器；13—电液比例方向阀；
14—手自动切换阀；15—紧急停机阀；16—手动操作阀；17—液压锁；18—单向节流阀；19—分段关闭装置；
20—软管；21—液压缸；22—电气反馈装置

图 5-7　GYT-1000/1800 型高油压调速器机械液压系统原理

第二节　BW(S)T 型微机调速器

一、概述

BW(S)T 型微机调速器的调节器是以可编程控制器为核心部件，以步进电机或交流伺服电机为电液转换机构的单(双)调节微机调速器。型号中 B—步进电机；W—微机；S—双调节；T—调速器。该型微机调速器主要应用于大中小型混流式、轴流定桨式、轴流转桨式、贯流式水轮发电机组。

二、主要技术参数和性能指标

(一)主要技术数据

(1)主配压阀直径(mm)：80、100、150、200 等系列；主配压阀工作行程：±10 mm。

(2)额定油压(MPa)：2.5、4.0、6.3。

(3)供电电源：交直流电源同时供电，交流电源：50(60)Hz　AC 220 V(110 V)±15%；直流电源：DC 220 V(110 V) ± 15%。

(4)机组频率测量特性：残压测频时，输入电压为 0.2 ~ 150 V；齿盘测频时，齿盘脉冲信号为 24 V；测频范围 5 ~ 100 Hz；测频分辨率 0.001 Hz。

(二)主要调节参数

(1)PID 参数：b_p=0 ~ 10%，b_t=1 ~ 200%，T_d=1 ~ 20 s，T_n=0 ~ 3 s。

(2)频率人工死区：E_f =0 ~ 3.0 Hz。

(3)功率人工死区：E_p=0 ~ 5%P_n。

(4)频率给定：F_g=45 ~ 55 Hz。

(5)开度给定：Y_g=0 ~ 100%。

(6)功率给定：P_g=0 ~ 120%P_n。

(7)柜体型式：机电合柜或机电分柜。

(8)电/机转换装置(无油电转)主要参数：无油电转行程为±12 mm；无油电转角度为±216º；无油电转分辨率为 1/10 000 度；最小全行程时间 0.5 s；无油电转工作电压 DC18 ~ 48 V。

(三)主要性能指标

(1)转速死区：i_x≤0.02 %。

(2)在空载工况自动运行时，转速摆动相对值不超过±0.15%。

(3)机组启动开始至机组空载转速偏差小于同期带(+1% ~ – 0.5%)的时间 t_{SR} 不大于从机组启动开始至机组转速达到 80%额定转速的时间 $t_{0.8}$ 的 5 倍。

(4)甩大于 25%额定负荷时接力器不动时间：T_q≤0.2 s。

(5)甩 100%额定负荷后，在转速变化过程中，超过稳态转速 3%额定转速值以上的波峰不超过两次。

(6)从机组甩负荷时起到机组转速相对偏差不超过 ± 1%为止的调节时间 T_E，与从机组甩负荷开始至转速升至最高转速所经历的时间 T_M 的比值，对中、低水头反击式水轮机不大于 8；对高水头反击式水轮机和冲击式水轮机不大于 15。

(7)对从电网解列后给电厂供电的机组，甩负荷后机组的最低相对转速不低于 90%(对投入浪涌控制及桨叶关闭时间较长的轴流转桨式和贯流式机组除外)。

(8)平均故障间隔时间应大于 12 000 h。

三、结构特点及工作原理

BW(S)T 型微机调速器由基于 PLC 的微机调节器和步进电机伺服系统两大部分(未考虑油压装置)构成，其系统原理框图如图 5-8 所示。下面分别介绍其特点和工作原理。

(一)微机调节器

1. 微机调节器的硬件构成

BW(S)T 型微机调速器的调节器均采用 32 位或 16 位 CPU 的可编程控制器，其操作系统为嵌入式实时多任务操作系统，采用标准的模块化结构，可多处理器并行运行，速度快，扩展、升级容易，工程化编程语言，易于用户检修、维护，PLC 各模块可带电拔插。

可供用户选择的 PLC 类型有：日本三菱 Q 系列(32 位)、A 系列(16 位)、FX_{2N} 系列(16 位)；施耐德 Premium 系列(32 位)、E984 系列(16 位)；欧姆龙 CQM 系列(16 位)等。

通信接口可选 RS232/RS422/RS485，协议可选 MODBUS 协议、MB+协议、PROFIBUS-DP 协议、以太网 TCP/IP、三菱 PLC 协议或自由协议等。平均无故障工作时间≥30 000 h。

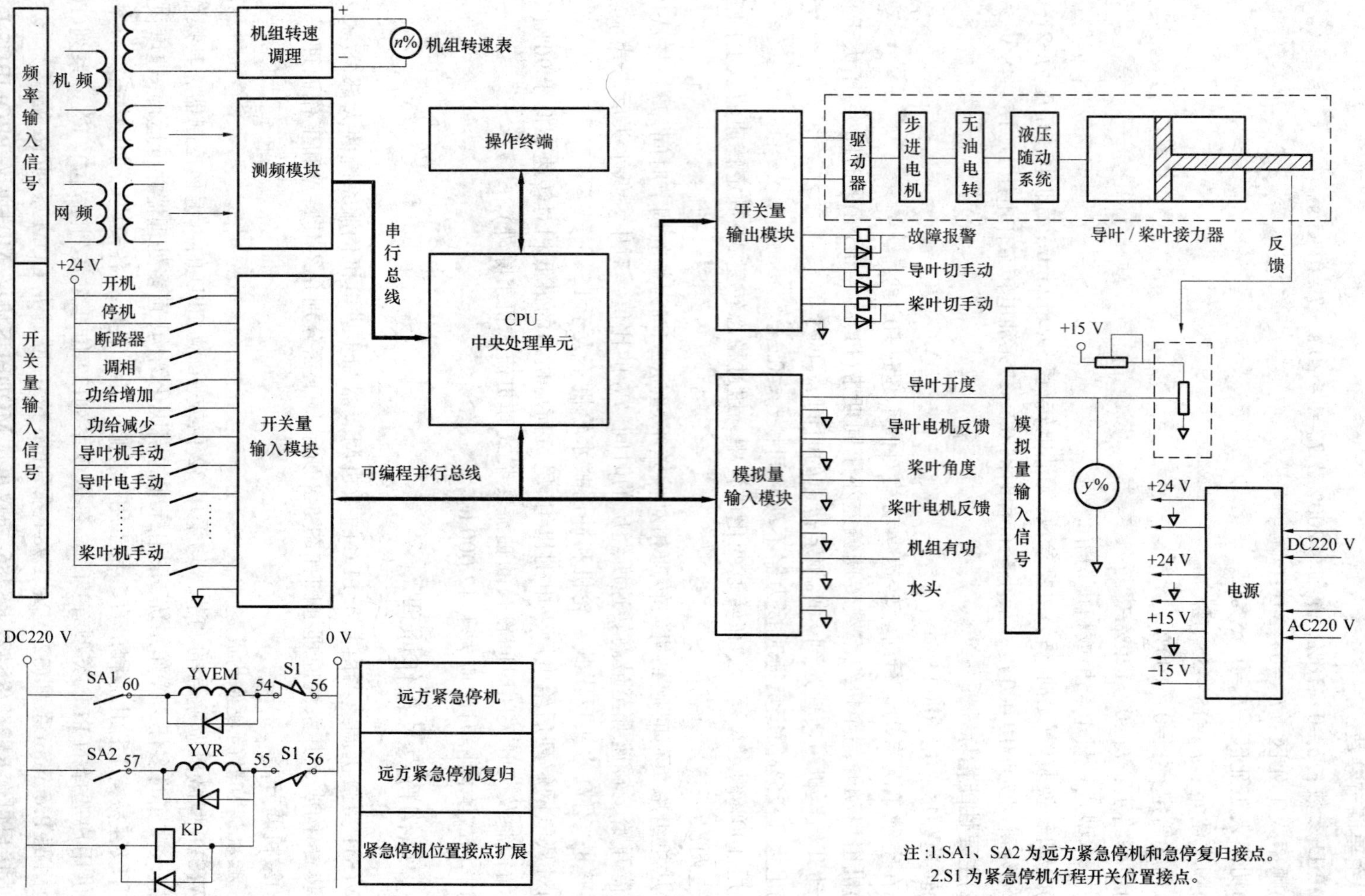

注：1.SA1、SA2 为远方紧急停机和急停复归接点。
2.S1 为紧急停机行程开关位置接点。

图 5-8　BW(S)T 型微机调速器系统原理框图

BW(S)T 型微机调速器测频数据的传输采用单片机与可编程控制器的通信来实现，彻底解决了以可编程控制器为核心的调速器的测频数据并行传输不同步的问题。

BW(S)T 型微机调速器的操作显示终端采用 10.4 英寸彩色触摸式工业平板 PC 机或液晶触摸屏，经通信接口与可编程控制器实现数据交换，采用中文操作界面，界面设计采用了各种防误操作措施，以避免无意触摸而产生误操作，进入操作画面、参数设置画面、试验画面、操作系统均需输入不同级别的密码方可操作。

2. 微机调节器的控制策略及其特点

BW(S)T 型微机调速器实现了全数字化，取消了模拟量的输出和调整，对无油转换的定位控制采用鲁棒式数字模糊控制策略，首次将基本型逻辑控制器实际应用于水轮机调速器，基本型逻辑控制器又称九点控制器。该调速器的基本设计思想是根据偏差与偏差变化率将实际运行状况抽象成 9 个工况点，即强加、稍加、弱加、微加、保持、微减、弱减、稍减、强减 9 种工况，控制器根据控制系统的实际运行模式特征，不断地改变或调整控制决策，以便使控制器本身的控制规律适应于控制系统的需要，获得良好的响应性能。该调节器具有以下特点：

(1)这种控制器产生的控制作用只取决于被控对象的运行工况，因而对相当广泛的被控对象具有适应性。

(2)不同的工况点对应不同控制策略，因此又具有适应式变参数变结构非线性控制的特点。

(3)控制算法简单，易于实现工程应用。

(4)能改善调节系统的稳定性，提高系统的动态品质。

基本型逻辑控制器在不同工况点采用不同 PID 控制参数，相当于其结构和参数随着工况的不同而不同。因而，基本型逻辑控制器相对于适应式变参数变结构 PID 调节，具有更高的可操作性，更适合控制工程的实际应用，在各种调节模式下采用基本型逻辑控制器都可获得良好的控制效果，调速器的静态特性、动态特性和适应性都得到了不同程度的提高。

3. 采用可视化操作终端功能完善、操作方便

由于采用了工业平板 PC 机作为操作终端，有内嵌式安装调试指南，其测试性、维修性和可用性得到了全面强化，给用户带来了方便。该操作终端主要有以下几个方面的功能：

(1)具有完备的试验功能。调速器内嵌静特性试验、空载频率摆动试验、空载频率扰动试验、接力器不动时间测定、甩负荷试验、过程监视(可记录任何时间的导叶开度和频率曲线及并网信号)等试验功能，所有试验均可计算出试验结果，并形成试验报告打印成册。接力器不动时间测定的分辨率为 10 ms，其他试验的采样时间分辨率为 100 ms。

(2)故障追忆功能。可记录调速器故障前后 6 min 的关键量的曲线，以供故障分析用，关键量包括导叶开度、机组频率、机组有功、导叶平衡值和并网信号。

(3)操作记录和故障记录功能。记录内容包括各项记录的名称、时间、日期等，其与故障追忆功能相结合，可更快地诊断出故障原因。

(4)实时数据和状态显示、参数设置和查询、参数和试验报告打印。

(5)完备的密码管理系统。具有超级密码、系统管理员密码、维护密码和运行密码等不同等级的密码，可进行不同等级的操作。

BW(S)T 微机调速器的可编程控制器外部端子接线如图 5-9 所示。

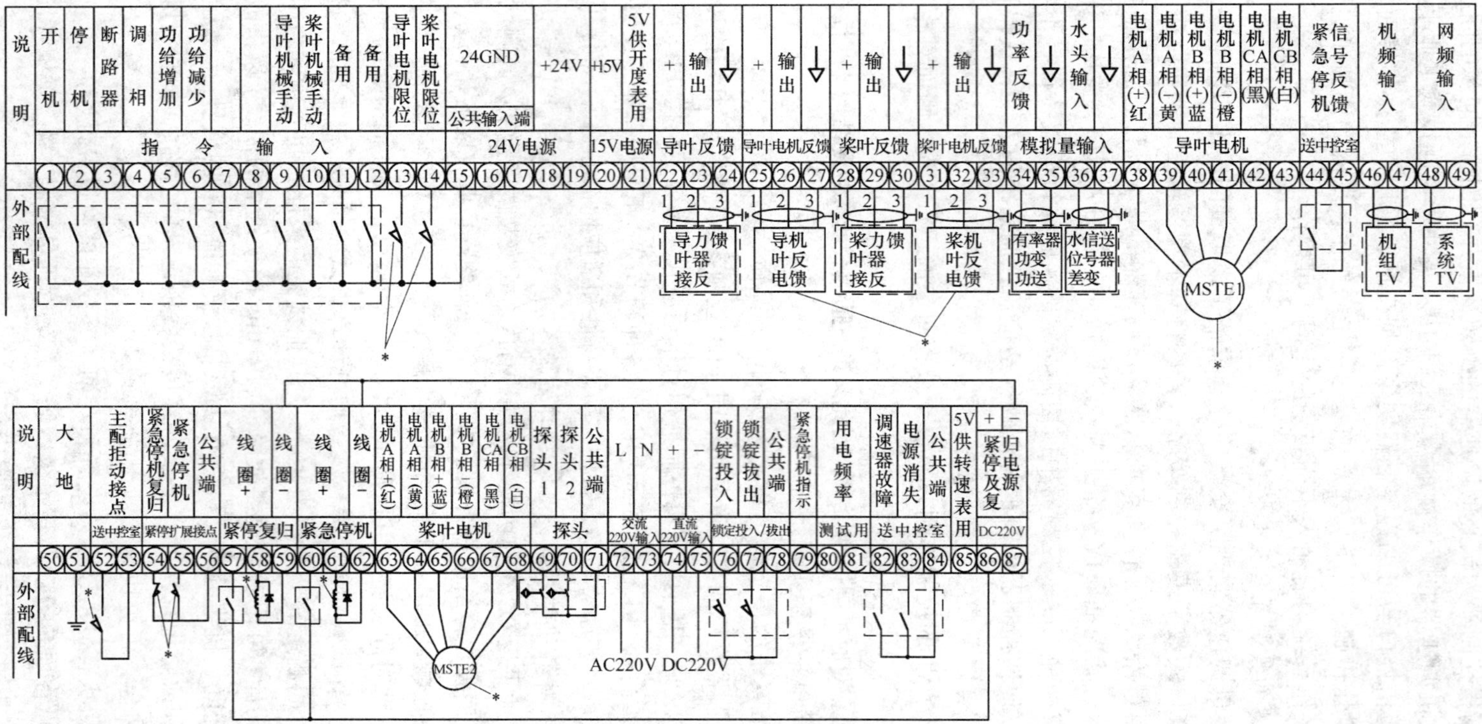

图 5-9　BW(S)T 微机调速器的可编程控制器外部端子接线

(二)步进电机伺服系统

步进电机伺服系统是指由步进电机作为电气—机械位移转换部件(又称步进式电液转换器或步进液压缸，数字缸)构成的数字—机械液压伺服系统。这种伺服系统又分为两种型式，一种为步进式电液转换器+机械液压随动系统，即步进式电液转换器本身是一个数字—机械位移伺服系统；另一种步进式电液转换器是一种具有自动复中特性的数字—机械位移转换元件。两种型式在中小型微机调速器中都有应用。

具有自动复中特性的步进式电液转换器，简称为“无油电液转换器”。该装置将步进电机与滚珠螺旋副结合在一起，完全实现了无油电液转换，因而不存在滤油精度对油质的要求，并且输出力大，对引导阀的控制稳定可靠，确保了机组安全运行。

步进式电液转换器主要技术数据如下。

滚珠自动复中装置：工作行程 ± 12 mm；工作角度 ± 216°。

主配压阀：工作行程 ± 12、 ± 14 mm；工作油压 2.5、4.0、6.3 MPa；直径 100、150 mm。

BW(S)T 型微机调速器的电气—机械位移转换部件的主要特点如下：

(1)采用了具有自主知识产权已获国家专利(专利号：ZL 00 2 24552.3)的无油电转作为电液转换机构，对油质无要求，无调节信号时能自动复中。

(2)采用辅助接力器上腔经紧急停机电磁阀排油，而非采用强迫引导阀活塞下降的方式实现紧急停机，这样即使引导阀活塞卡死，依然能实现紧急停机，提高了机械液压系统的可靠性。

(3)对无油转换的定位控制采用鲁棒式数字模糊控制策略及基本型逻辑控制器(即前面介绍的九点控制器)，控制效果好，在提高其定位精度的同时，更提高了其稳定性，使调速器的可靠性和抗干扰能力上了一个台阶。

(4)主配压阀系统结构上采用集成化设计，将辅助接力器与主配压阀做成一体，取消了常规调速器杠杆等所有中间环节，系统无明管、无杠杆，可靠性高、速动性好、控制精度高；主配压阀由锻件构成，整个系统标准化程度高，调试、检修、维护简便，实现了机械系统的免维护。

(5)采用双芯滤油器，它有两组滤网，运行时可用旋塞快速切换工作位，拆卸无油通过的一组滤网进行清洗，不需停机，实现了不中断供油。

步进电机伺服系统主要由步进式电液转换器、引导阀衬套、引导阀活塞、主配阀阀体、主配阀活塞、紧急停机装置、双联滤油器、分段关闭装置(根据电站情况配置)等构成，如图 5-10 所示。

步进电机伺服系统工作原理，请参阅第四章第九节“二、BWT 型微机调速器步进电机控制伺服系统”，这里不再讲述。

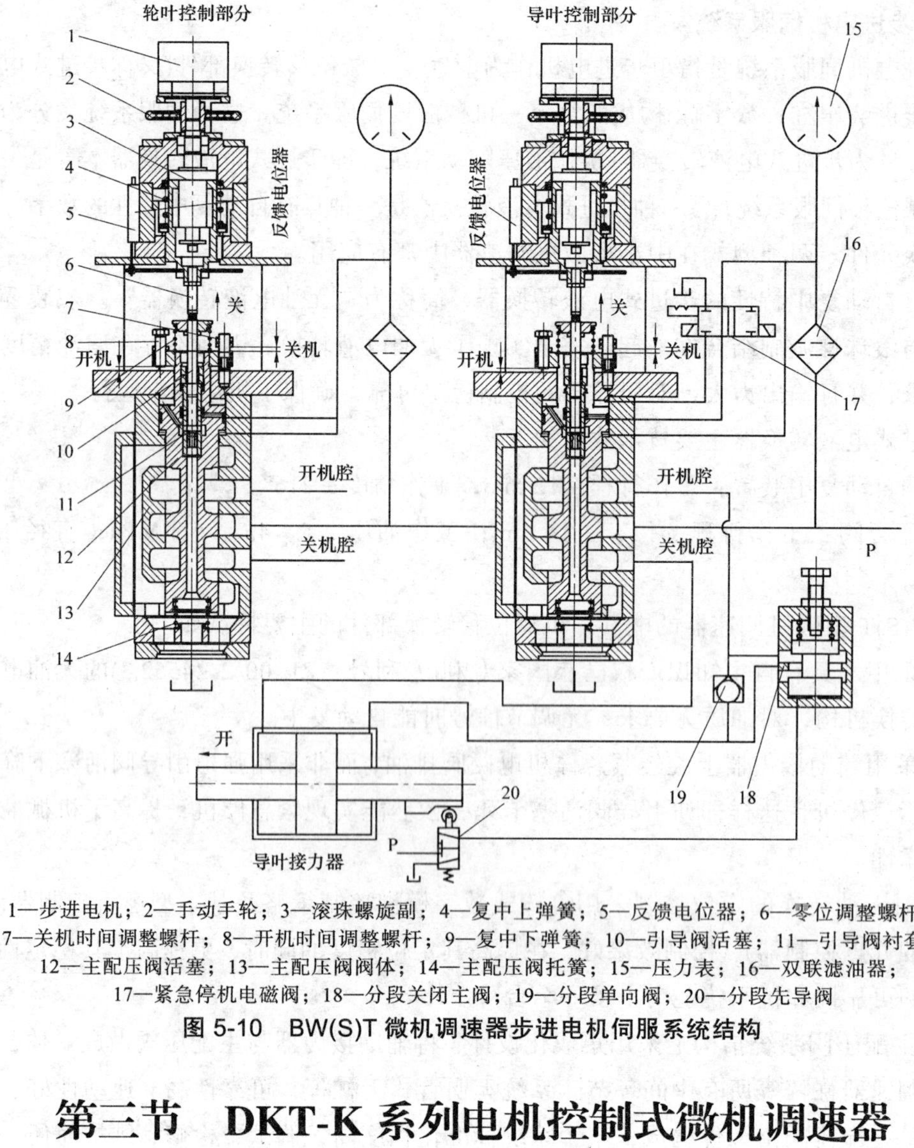

1—步进电机；2—手动手轮；3—滚珠螺旋副；4—复中上弹簧；5—反馈电位器；6—零位调整螺杆；7—关机时间调整螺杆；8—开机时间调整螺杆；9—复中下弹簧；10—引导阀活塞；11—引导阀衬套；12—主配压阀活塞；13—主配压阀阀体；14—主配压阀托簧；15—压力表；16—双联滤油器；17—紧急停机电磁阀；18—分段关闭主阀；19—分段单向阀；20—分段先导阀

图 5-10　BW(S)T 微机调速器步进电机伺服系统结构

第三节　DKT-K 系列电机控制式微机调速器

一、概述

DKT-K 系列电机控制式微机调速器是武汉长江控制设备研究所的产品，其特点是用交、直流伺服电机作为电气/机械转换部件，而不采用故障率较高的电液转换器，电气核心部件采用可靠性高的可编程控制器，使调速器的整机可靠性显著提高。该型微机调速器适用于大中型水轮发电机组。

二、主要技术参数和性能指标

(一)主要调节参数

(1)比例系数 K_p 为 0.5 ~ 2.0。

(2)积分系数 K_I 为 0.05～10 1/s。

(3)微分系数 K_D 为 0～5 s。

(4)永态转差系数 b_p 为 0～10%。

(5)频率人工死区 E_f 为 0～1.0%。

(6)频率跟踪范围 F_g 为 50 Hz±5 Hz。

(7)功率调整范围 P_g 为 0～100%。

(二)主要性能指标

(1)转速死区 i_x 不大于 0.04%。

(2)静态特性曲线线性度误差 ε 小于 5%。

(3)随动系统不准确度 i_a 小于 1.5%。

(4)自动空载 3 min 转速摆动相对值不超过±0.15%。

(5)接力器不动时间 T_q 不大于 0.2 s。

(6)平均故障间隔时间不小于 8 000 h。

(三)机械液压系统主要技术数据

(1)工作油压为 2.5、4.0 MPa。

(2)电机伺服装置最大输出行程为 90 mm。

(3)主配压阀名义直径为 80、100、150 mm。

(4)工作电源：AC 220 V、200 W，DC 110 V 或 220 V、不大于 150 W。

(四)主要特点

伺服电机控制的可编程调速器具有如下主要特点：

(1)采用力矩伺服电机控制，不用电液转换器，抗油污能力强，结构简单、工作可靠、耗油量小。

(2)电气部分以可靠性极高的可编程控制器为其硬件的主体，软件采用统一的时变参数控制策略，可适时辨识空载、并网和孤立运行等不同工况，可靠性高，稳定性好，带孤立负荷能力较强。

(3)具有电手动操作，便于实现远距离手动。

(4)采用钢带反馈，传递精确，且使调速器在电厂布置比较灵活。

(5)自动化程度高，调速器设有开机、停机、发电、调相、增减功率操作回路，只需给调速器相应的操作指令，调速器便能自动完成上述操作，从而减少了与水轮机自动操作回路的联系。

三、结构组成及工作原理

(一)结构组成

DKT-K 系列电机控制式微机调速器的电气系统原理图如图 5-11 所示，它由微机调节器、电机伺服装置和机械液压随动装置三大部分构成。三部分功能如下：

(1)微机调节器(电柜)。它以可编程控制器的各功能模块，包括基本单元 FX_2–64MR、扩展单元 FX–16EYT、模/数转换模块 FX–4AD 和数模转换模块 FX–2DA 等为核心硬件，与智能测频模块 CPCB、键盘显示模块 JXSB、接口功能模块 IOFB 等共同构成控制装置。其主要功能是测量水轮发电机组的转速偏差，并按一定调节规律进行运算，并输出控制信号给电机伺服装置。

(2)电机伺服装置。它由交(直)流电机、驱动器和传动机构等组成。驱动器包括差值放大电路、脉宽调制电路和桥式驱动电路等；传动机构包括电机、螺杆传动机构和反馈位移传感器。电机伺服装置的功能是将微机调节器的控制信号成比例地转换成机械位移。

(3)机械液压随动装置。它由调节杆件、引导阀、主配压阀、回复机构、机械开限机构、主接力器及反馈钢带等组成。它受电机伺服装置输出的位移信号控制，其执行元件主接力器的位移与控制信号成比例，用于控制水轮机导叶开度，实现水轮机的转速和负荷调节。

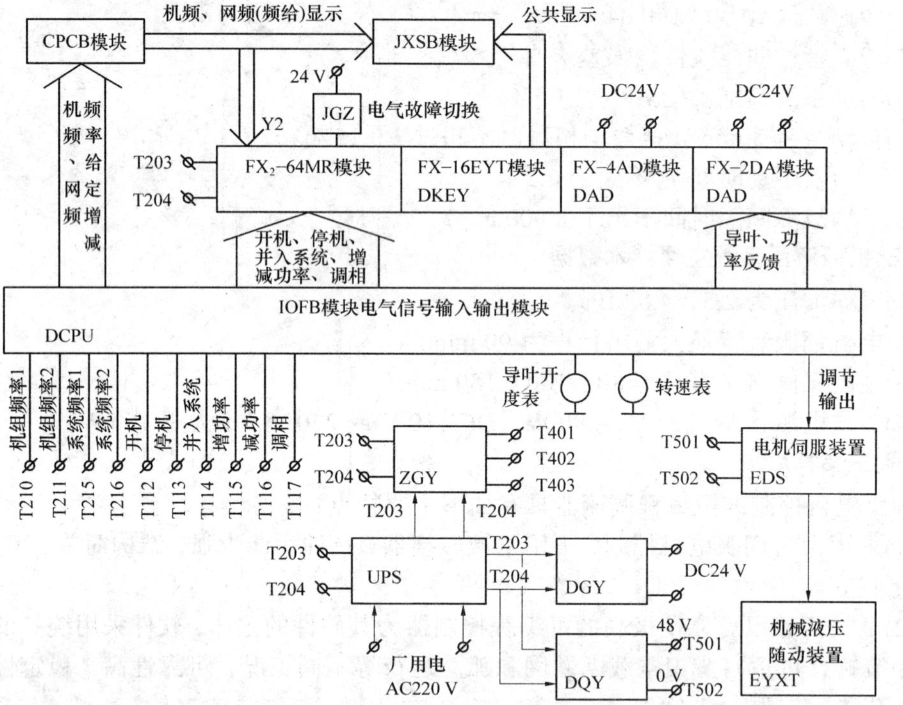

图 5-11　DKT-K 系列电机控制式微机调速器电气系统原理

(二)微机调节器工作原理

DKT-K 系列电机控制式微机调速器原理框图如图 5-12 所示。水轮发电机组有多种运行工况，不同的工况需要采用不同的控制规律、控制结构和调节参数。控制规律的形成和系统结构的改变通过软件实现。现对该系列调速器系统工作原理简述如下：

(1)闭环开机。在整个开机过程中，DKT-K 系列调速器的测频信号一直接入，调速系统始终处于闭环调节状态。开机时，频率给定值按先快后慢的规律逐渐上升至 50 Hz，机组频率与频率给定的差值通过微机调节器进行 PID 运算后，将其输出信号输入电机伺服装置，电机伺服装置将输入控制信号按比例转换成机械位移。该位移经机械液压随动装置放大，控制水轮机导叶开度开大。同时，位移传感器将主接力器的位移转换成电信号传回可编程控制器，并与频差信号进行综合以校正控制信号，直至机组频率达到 50 Hz，完成闭环开机过程。在机组开机过程和空载运行中，调节器根据工况识别，自动将调节参数设置于空载参数，保证了机组并入系统前运行的稳定性。

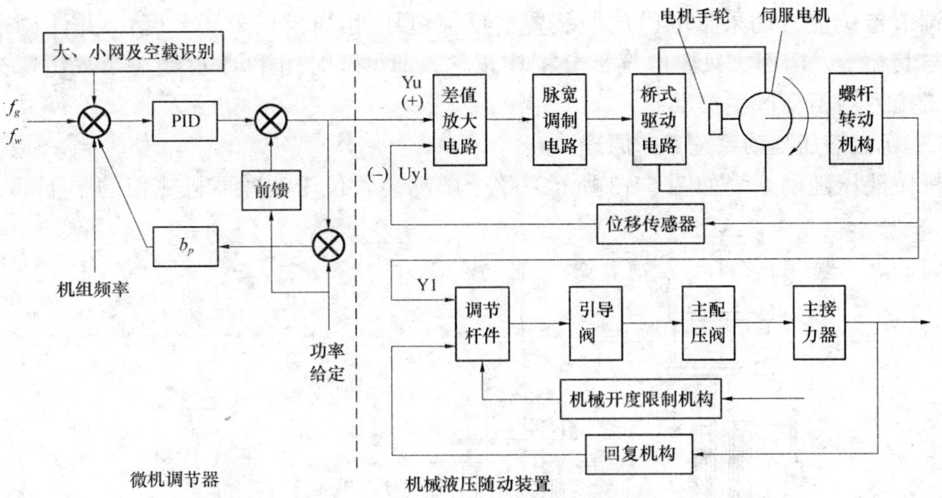

图 5-12　DKT-K 系列电机控制式微机调速器原理框图

(2)频率调节。当调速器在频率调节模式下，即调节模式开关处于“不跟踪”时，自动空载工况下的调速器受频率给定值控制，调节器对机组频率与给定频率的差值进行 PID 运算，其输出信号输入电机伺服装置和机械液压随动装置，调节导叶开度，直至机组频率等于给定频率，从而实现频率调节。频率给定值可通过键盘显示模块的增、减键进行整定，也可按上位机或自动准同步装置的指令增、减。

当频率调节方式开关置于“跟踪”时，调速器自动将系统频率作为它的频率给定值，与频率调节处于“不跟踪”时一样，在调节过程中，机组频率将始终趋同于作为给定频率的系统频率，从而实现机组频率自动跟踪系统频率的功能。

(3)功率调节。机组并入系统前 b_p=0。并入系统后，机械开限装置全开，频率给定自动整定为 50 Hz。b_p 置整定值，实现有差调节。切除微分作用，增大积分时间常数，并投入人工失灵区。在这种工况下，微机调节器按整定的 b_p 值，根据频差变化控制导叶开度的大小。另外，并入同一系统的机组将按各自的 b_p 值自动分配功率。当上位机或机旁的增、减功率按钮发出增、减负荷命令时，功率给定软件就相应改变功率给定值，功率给定信号一方面通过前馈回路直接叠加于积分输出值；另一方面与积分输出值相比较，其差值通过 b_p 回路调整功率。由于前馈信号的作用，负荷增、减较快。

(4)自动停机。调速器接到停机令时，给定频率将置于零，与闭环开机的过程类似，机组频率与频率给定的差值通过 PID 调节器运算后，其输出信号输入电机伺服装置和机械液压随动装置控制导叶使机组关机，直至机组频率为零。

(5)手动操作。手动操作是微机调节器或力矩电机驱动电路故障后的操作方式。此时，调速器切为手动工况，在机械柜面板上手动操作按钮接通电机的正转或反转回路(即电手动)，或直接旋转力矩电机上的手轮(即机械手动)，均可带动机械液压随动装置，控制机组开、停或增、减负荷。

(6)手动/自动切换。手动和自动互相切换可随时无条件、无扰动地进行。自动运行时，当电气部分发生故障，交(直)流电机的控制信号将自动被切断，调速器切为手动运行。必要时，也可随时用机械柜上的手自动切换按键，将调速器切为手动运行。手动运行时，微机调节器仍能自动采集电机伺服装置的反馈电压(相当于接力器开度)，并使调节器的输出与其相等。因而，只要电气部分工作正常，即可随时用手动/自动切换按钮切至自动工况，接力器不会产生摆动。

(三)机械液压随动系统工作原理

机械液压随动系统如图 5-13 所示，整个随动装置位于调速器机械柜的中下部，柜内

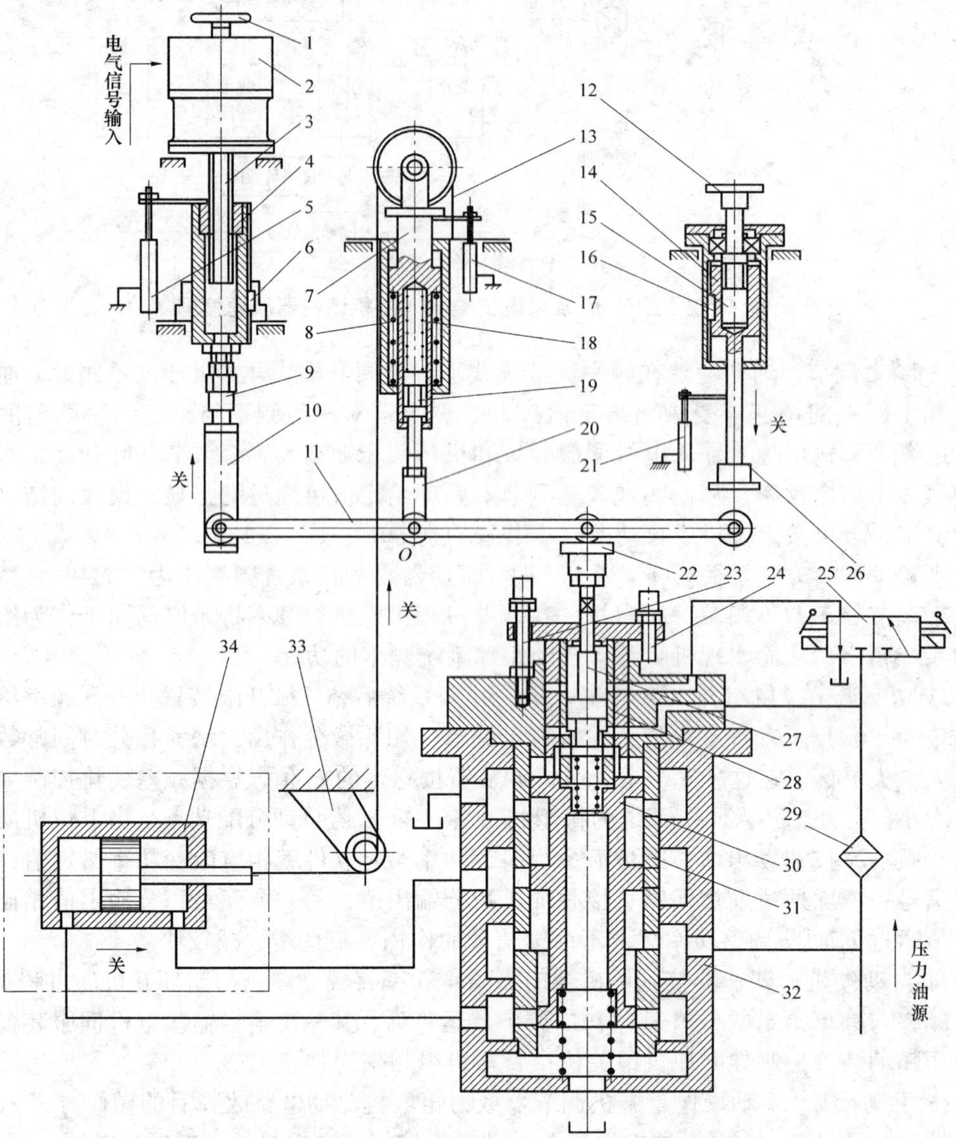

1—电机手轮；2—交(直)流电机；3—传动螺杆；4—传动螺母；5—反馈位移传感器；6—导向键；7—回复活塞；8—张紧弹簧；9—调节螺母；10—输出托架；11—调节杆件；12—开限手轮；13—反馈钢带；14—开限螺母；15—开限螺杆；16—导向键；17—开度位移螺母；18—屈服弹簧；19—屈服活塞；20—回复连杆；21—开限位移传感器；22—受压盖；23—开机时间调节螺栓；24—关机时间调节螺栓；25—紧急停机电磁阀；26—调节压帽；27—引导阀针塞；28—引导阀衬套；29—双联滤油器；30—主配压阀活塞；31—主配压阀衬套；32—主配压阀壳体；33—反馈过渡轮；34—主接力器

图 5-13　DKT-K 系列电机控制式微机调速器机械液压随动系统

隔板上布置有机械开限机构、回复机构、双联滤油器，隔板下布置有调节杆件、主配压阀和紧急停机电磁阀等。当机械液压随动装置处在稳定平衡位置时，回复机构的位移反馈值与电机伺服装置的输出值相当，调节杆件 11 使得引导阀针塞 27 和主配压阀活塞 30 正好处于中间位置，主接力器稳定在某一开度。下面分析调节过程的工作原理。

(1)减负荷的调节过程。当电机伺服装置的输出位移因自动调节或手动操作而向关机(上)方向移动时，调节杆件 11 将以与回复连杆 20 的铰链处 O 为支点转动，将引导阀针塞向下压，主配压阀活塞也将随之向下运动，使主接力器 34 关机侧接通压力油，开机侧接通排油，主接力器便向关机方向运动。主接力器的运动，一方面带动导水机构关闭；另一方面通过反馈钢带 13，将主接力器的位移按一定比例反馈到回复机构，在张紧弹簧作用下，回复活塞 7 向上移动，经调节杆件 11 带动引导阀针塞 27 向上复中，使主配压阀活塞 30 回到中位，主接力器即稳定在与电机伺服装置输出位移相当的位置。

(2)突然甩负荷的调节过程。当电机伺服装置快速关机时，引导阀针塞 27 很快达到下极限位置。因主接力器 34 的移动滞后，回复机构(7、8、13、20 等)不能使引导阀针塞及时复中，调节杆件 11 在电机伺服装置的带动下以引导阀针塞顶端为支点继续转动，回复机构因主接力器的运动滞后不能及时向上回复，其回复连杆 20 和屈服活塞 19 受力迅速增大。当此力超过屈服弹簧 18 预压力时，屈服活塞 19 便在屈服弹簧 18 作用下向上运动，从而起到缓冲作用，避免相关零件的损坏。当然，如电机伺服装置的输出未使引导阀针塞 27 到达下极限位置，屈服活塞在屈服弹簧的预压力作用下，可视为与回复活塞是同一刚体，同步传递回复运动。

(3)开机的调节过程。当电机伺服装置输出开机信号时，机械液压随动装置的动作与前述相反。在这种情况下，屈服活塞 19 与回复活塞 7 始终作为一个刚体，进行主接力器位移的回复。在各种工况下，机械开度限制机构应预先调整到与某一限制开度相应的位置。当主接力器达到限制开度时，调节压帽 26 压住调节杆件 11，这时电机伺服装置向开机侧的位移不能继续传递到主配压阀，而只能传递向关机侧的位移，这就保证了导叶开度不超过预定的限制开度。

(4)用机械开度限制机构进行纯手动操作。首先，调整机械开度限制机构手轮 12，使调节压帽 26 压住调节杆件 11，然后将电机伺服装置置于全开；其次，顺时针转动开度限制手轮 12，使机械开度限制压帽 26 向上运动，调节杆件 11 将以与回复机构的铰链处 O 为支点转动，引导阀针塞 27 随之向上移动相应距离，使主配压阀活塞上腔排油，在差压作用下主配压阀上移，压力油进入主接力器开启腔，使其活塞向开机方向移动。如果逆时针转动开度限制手轮 12，即可使主接力器 34 向关机方向运动。

(5)紧急停机操作。正常运行时，紧急停机电磁阀 25 处于复归状态，使引导阀上部油腔与排油接通。事故时，紧急停机电磁阀得电，使引导阀上部油腔与压力油接通，引导阀下移，主配压阀活塞 30 随之下移，向主接力器关机侧配油，实现紧急停机。

第四节　GLYWT 系列全数字式微机调速器

一、概述

GLYWT-PLC 系列全数字式微机调速器，是武汉四创自动控制技术有限责任公司的产品，适用于中、小型水轮发电机组的调节与控制。与传统的机型相比，它在结构形式、控制原理上都有重大不同，在总体结构上，电气部分与机械液压系统和油压装置组合为一体。该调速器的额定工作油压为16.0 MPa，操作功可为6 000、10 000、18 000、30 000、50 000、75 000 N·m。

型号GLYWT-PLC中的各字母含义如下：G—高油压；L—逻辑阀(数字阀)；Y—液压；W—微机；T—调速器；PLC—可编程控制器。所以，型号GLYWT-PLC表示该微机调速器为可编程高油压数字阀微机调速器。

GLYWT-PLC系列全数字微机调速器在控制原理上与BW(S)T-PLC型调速器基本一样，只是电液转换环节采用数字球阀作为电液转换，液压系统采用标准化液压元件，从而简化了结构，提高了互换性、可维修性。数字阀抗油污能力强，耐高压，无渗漏，动作可靠，无须零点调整。

二、主要技术参数和性能特点

(一)主要技术数据

(1)数字球阀公称直径：6 ~ 10 mm。

(2)数字阀最大脉冲电流：2 A；数字阀工作电压：DC 24 V。

(3)额定油压(MPa)：2.5、4.0、6.3、16。

(4)其他(供电电源、机组频率测量特性、可编程控制器配置及特性和主要调节参数)与BW(S)T-PLC型无油电转可编程微机调速器相同。

(二)主要性能指标

主要性能指标同BW(S)T型无油电转微机调速器。

(三)主要特点

(1)采用数字球阀作为电液转换，液压系统使用标准化液压元件，互换性好、可维修性强；采用全数字液压技术，抗油污能力强，耐高压，无渗漏，动作可靠；机械液压系统零点自保持，免调校、免维护。

(2)以可靠性极高的可编程控制器为其控制核心；智能容错测频及自动识别大小网，频率测量精度高；特有小电网调节规律，使小电网运行无须人员干预；采用分段脉宽调制输出，取消了模拟量输出；交、直流电源供电，无扰切换，电源消失时，自动保持负荷。

(3)自适应式开机规律，对不同机组均能迅速安全地将机组开启至空载；空载自动跟踪电网频率能使机组频率迅速达到同期要求；负载时智能式变结构PID调节规律，使机组始终工作于最佳状态。

(4)采用智能液晶触摸屏作为中文操作终端，可显示各种参数、实时数据、状态和曲线，全面强化了调速器的测试性、维修性和可用性，给用户带来了方便。

(5)能以串行通信方式自动按监控系统的指令进行有功功率闭环调节；各运行工况可以任意无扰动切换。

三、GLYWT型全数字式微机调速器结构组成及工作原理

(一)微机调节器的组成与工作原理

GLYWT型全数字式微机调速器系统原理框图如图5-14所示，端子结构如图5-15所示。

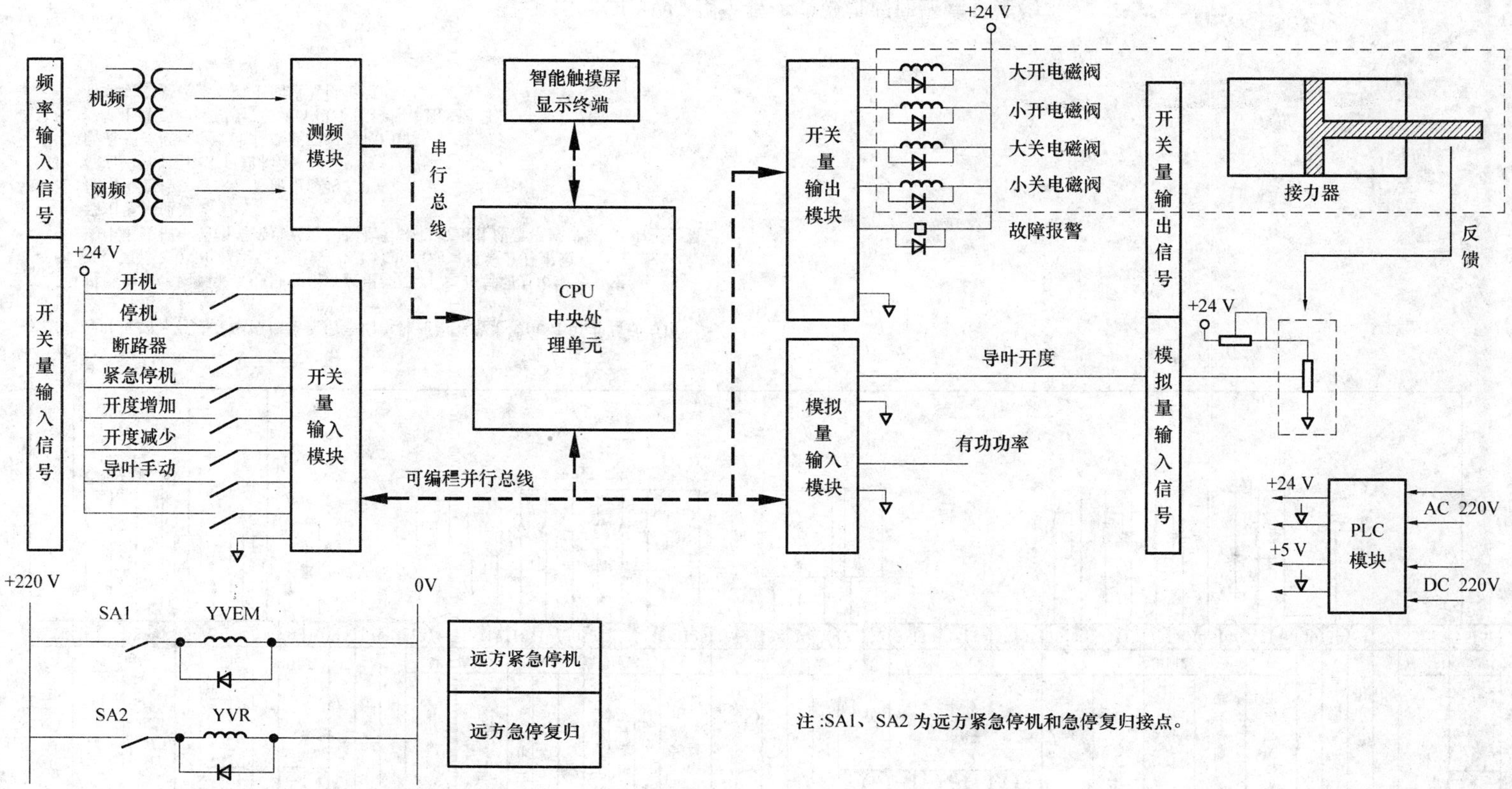

注:SA1、SA2 为远方紧急停机和急停复归接点。

图 5-14　GLYWT 型全数字式微机调速器电气系统原理框图

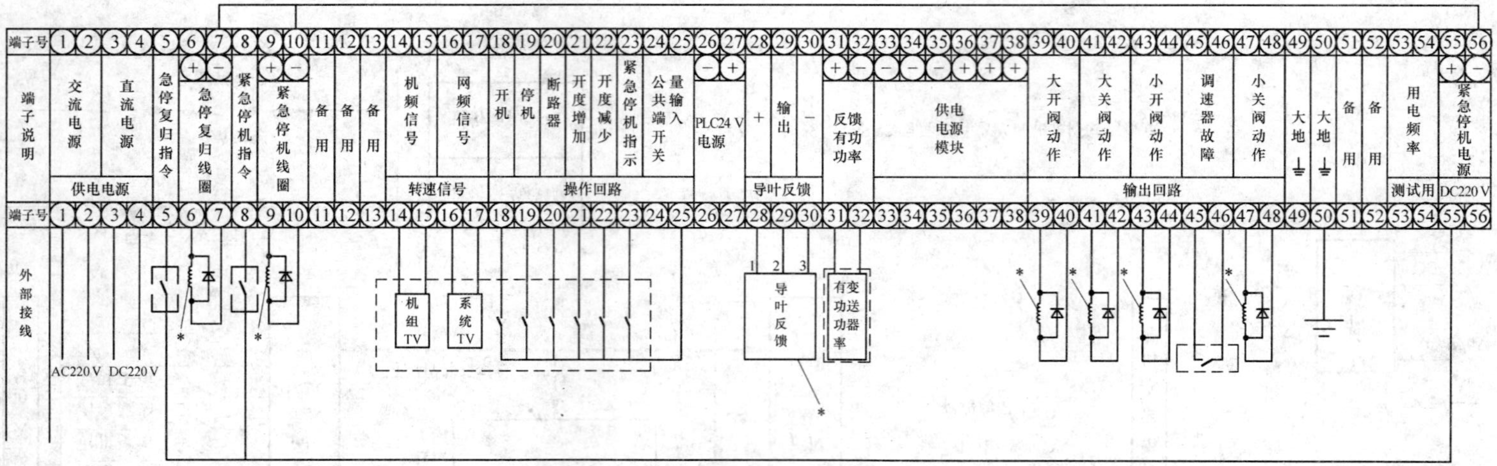

注:
1. 导叶反馈、有功功率模拟输入信号均单独使用屏蔽电缆(3×1.0),并与动力电缆分开走线。
2. 机频输入、网频输入分别使用屏蔽电缆(2×1.5),并与动力电缆分开走线。
3. 交、直流220V电源应分开走线(2×2.5),并与动力电缆分开走线。
4. 图中虚线框中的相关接点及变送器信号来自机组其他盘柜或设备,其中报警是输出至其他设备。
5. 如果没有特殊要求,直流电源为220 V。
6. 标有*号的元件来自机柜。
7. 所有开关接点电缆线芯截面面积为1.0 mm^2。
8. 接地电缆截面面积为2.5 mm^2以上,接地电阻应小于或等于4 Ω。
9. 有功功率变送器不属于调速器供货范围。

图 5-15 GLYWT 型全数字式微机调速器端子结构

其结构组成与 BW(S)T 型微机调速器类似，其中模拟量输入模块将来自导叶开度和有功功率的模拟信号转换成数字信号，开关量输入模块接受来自开停机、断路器、紧急停机、开度增加、开度减少等信号，供 CPU 进行运算处理，发出控制信号。开关量输出模块有 4 路输出信号，即大波动开机、大波动关机、小波动开机、小波动关机，用于控制机械液压系统(见图 5-16)中的大、小波动开关机电磁球阀，并通过插装阀来控制接力器的移动。

(二)机械液压系统的组成与工作原理

GLYWT 型高油压全数字式微机调速器机械液压系统的结构与工作原理参见图 5-16 所示。

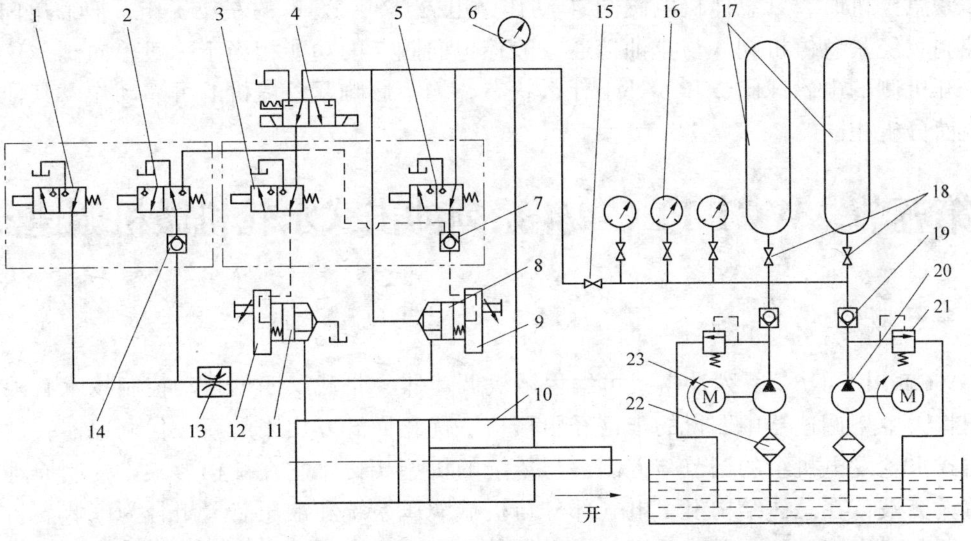

1—小波动关机电磁球阀；2—小波动开机电磁球阀；3—大波动关机电磁球阀；4—紧急停机电磁阀；5—大波动开机电磁球阀；6—压力表；7—液控单向阀；8—开机插装阀；9—行程调节盖板(调节开机时间)；10—液压缸(接力器)；11—关机插装阀；12—行程调节盖板(调节关机时间)；13—节流阀(调节小波动开关时间)；14、19—单向阀；15、18—截止阀；16—电接点压力表；17—蓄能器；20—油泵；21—溢流阀；22—滤油器；23—电机

图 5-16　GLYWT 型高油压全数字式微机调速器机械液压系统的结构与工作原理

自动调节部分采用大波动阀与小波动阀并联的调节模式。大波动阀采用以电磁球阀 3、5 为先导阀的插装阀 11、8，开机侧插装阀 8 与其先导电磁球阀 5 之间串连了一个液控单向阀 7。小波动阀由关机侧小波动电磁球阀 1、开机侧小波动电磁球阀 2 和单向阀 14 串联组成，在小波动阀上加装手动按钮兼作手动操作阀(在图 5-14 中没有画出)。节流阀 13 用于调节小波动阀的控制液压缸的运动速度。紧急停机电磁阀 4 是一个两位三通的电磁换向阀，它同时控制着电磁球阀 2、3 的压力油及液控单向阀 7 的控制油。主接力器采用速度比为 2 的液压缸，其有杆侧与压力油始终保持接通，无杆侧与控制油接通。液压缸在两只插装阀的控制下作开关运动，开关机时间通过调节插装阀芯的行程，即行程调节盖板 9 和 12 来实现。

自动工况时，紧急停机电磁阀 4 处于复归状态。开机侧小波动电磁球阀 2、大波动关机电磁球阀 3 及液控单向阀 7 的控制腔均经紧急停机电磁阀 4 与压力油接通。此时，液控单向阀 7 相当于通路，大、小波动阀均能正常工作。微机调节器输出的调节信号经放大后，分别作用于小波动电磁球阀和插装阀的先导球阀，实现对主接力器的大小波动控制，使主接力器(液压缸)迅速准确地跟随调节信号的变化，直至调节过程结束。以大波动关机为例分析，当微机调节器发出大波动关机信号，即图 5-14 中开关量输出模块的“大关电磁阀”输出端有信号输出时，大波动关机电磁球阀 3 的左位工作，插装阀 11 的控制油孔接通排油，其阀芯开启，液压缸 10 的开启腔接通排油，则液压缸活塞向关闭侧运动。其他控制的分析类似，请自行分析。

手动操作时，手自动切换信号切除电气调节器的输出，用小波动阀上的手动按钮进行手动操作，控制接力器向开启或关闭方向运动。

紧急停机时，紧急停机电磁阀 4 动作，电磁球阀 2、3 的左位工作，液控单向阀 7 的控制腔经紧急停机阀 4 与排油接通，液控单向阀 7 的功能相当于一般单向阀。这样，无论开机侧的电磁球阀 2 和 5 处于什么状态，均不影响紧急停机的可靠动作。其他分析与上面分析相同。

第五节　WCT-PLC-4/4 系列冲击式水轮机微机调速器

一、概述

WCT-PLC-N/N 系列冲击式可编程微机调速器，是武汉四创自动控制技术有限责任公司将大中型调速器中取得的丰富经验移植、优化而开发出来的新一代调速器，适用于冲击式水轮发电机组的调节与控制。与传统的机型相比，它在结构形式、控制原理上都有重大突破，在总体结构上，电气部分与机械液压系统和油压装置组合为一体。折向器接力器和每个喷针接力器各采用一套全数字式机械液压系统独立控制。两者之间采用微机自动协联。因集成度和标准化程度高，结构更简化，从而使整机的可靠性和调节控制性能都大幅度提高。

型号 WCT-PLC-N/N 中的各字母含义如下：W—微机；C—冲击式；T—调速器；PLC—可编程控制器；N/N—喷嘴/折向器个数。所以，型号 WCT-PLC-4/4 表示该微机调速器为冲击式微机调速器，喷嘴数和折向器数各为 4。

WCT-PLC-4/4 系列冲击式可编程微机调速器在控制原理上与 BW(S)T–PLC 型调速器基本一样，只是要控制多个折向器和喷针接力器，电液转换环节采用叠加式数字阀电液转换，每个液压控制单元采用完全相同的结构，相互叠加即可构成多喷嘴液压系统；液压元件均采用标准化产品，从而提高其互换性、可维修性。数字阀具有抗油污能力强、耐高压、无渗漏、动作可靠等特点。

二、主要技术参数和性能特点

(一)主要技术数据

(1)喷针数字阀公称直径：6 ~ 10 mm。

(2)折向器数字阀公称直径：16、25、32 mm。

(3)数字阀最大脉冲电流：2 A。

(4)数字阀工作电压：DC 24 V。

(5)额定油压：2.5、4.0、6.3 MPa。

(6)供电电源：交、直流电源同时供电，其中交流电源为：50(60) Hz，AC 220 V(110 V)±15%；直流电源为：DC 220 V(110 V)±15%。

(7)机组频率测量指标：残压测频或齿盘测频方式；输入电压 残压 0.2 ~ 150 V、齿盘 24 V 脉冲信号；测量范围 5 ~ 100 Hz；测频分辨率 0.001 Hz。

(8)可编程控制器配置及性能和主要调节参数与 BW(S)T-PLC 型无油电转可编程微机调速器相同。

(二)主要性能指标

主要性能指标同 BW(S)T-PLC 型无油电转可编程微机调速器。

(三)主要特点

WCT-PLC-N/N 系列冲击式可编程微机调速器的主要特点如下：

(1)采用了叠加式数字阀电液转换，使用标准化液压元件，互换性好、可维修性强。

(2)采用独立的机械液压控制回路分别控制折向器和喷针，取消了传统的机械协联、凸轮及复杂的连杆机构，使机械结构大幅度简化。

(3)采用全数字液压技术，抗油污能力强，耐高压，无渗漏，动作可靠。

(4)采用不断流双芯滤油器(不锈钢折叠式滤网)，寿命长，易保养。

(5)机械液压系统零点自保持，免调校、免维护。

(6)对数字阀的控制采用鲁棒式数字模糊控制策略，不仅提高了其定位精度，也提高了控制的稳定性，使调速器的可靠性和抗干扰能力更强。

(7)采用基本型逻辑控制器(俗称九点控制器)，使调速器能适应水轮机的不同工况，特别是小网控制。

(8)采用工业平板 PC 机(或智能液晶触摸屏)作为操作终端，充分应用其丰富的硬件资源，全面强化了调速器的测试性、维修性和可用性，给用户带来了方便。

三、结构组成及工作原理

图 5-17 ~ 图 5-19 分别为 WCT-PLC-4/4 系列冲击式水轮机微机调速器系统原埋、端子接线、机械液压系统组成。由图可以看出，WCT-PLC-4/4 系列冲击式水轮机微机调速器由 4 组完全相同的控制回路独立控制 4 个喷嘴,每一个喷嘴都有独立的电气反馈装置，由微机进行协联控制。折向器由 4 组完全相同的控制回路分别独立控制 4 个折向器，每个折向器都有独立的电气反馈装置，由微机进行协联控制。

增负荷工作原理分析如下：当微机调节器发出增负荷控制信号时，开关量输出模块的开电磁阀端子输出开喷嘴信号，作用于喷针开机球阀 10，其左位工作，压力油推动喷针液动阀 9 的阀芯向右移，使其左位工作，压力油经喷针大小波动液动阀 11、喷针液动阀 9、液压锁 14 进入喷针接力器 13 的开启腔，使喷针开度增大。同时，通过微机调节器进行协联运算，发出相应的控制信号给折向器开机球阀 5，控制折向器向对应的方向运动。

减负荷、紧急停机、甩负荷分析同上。

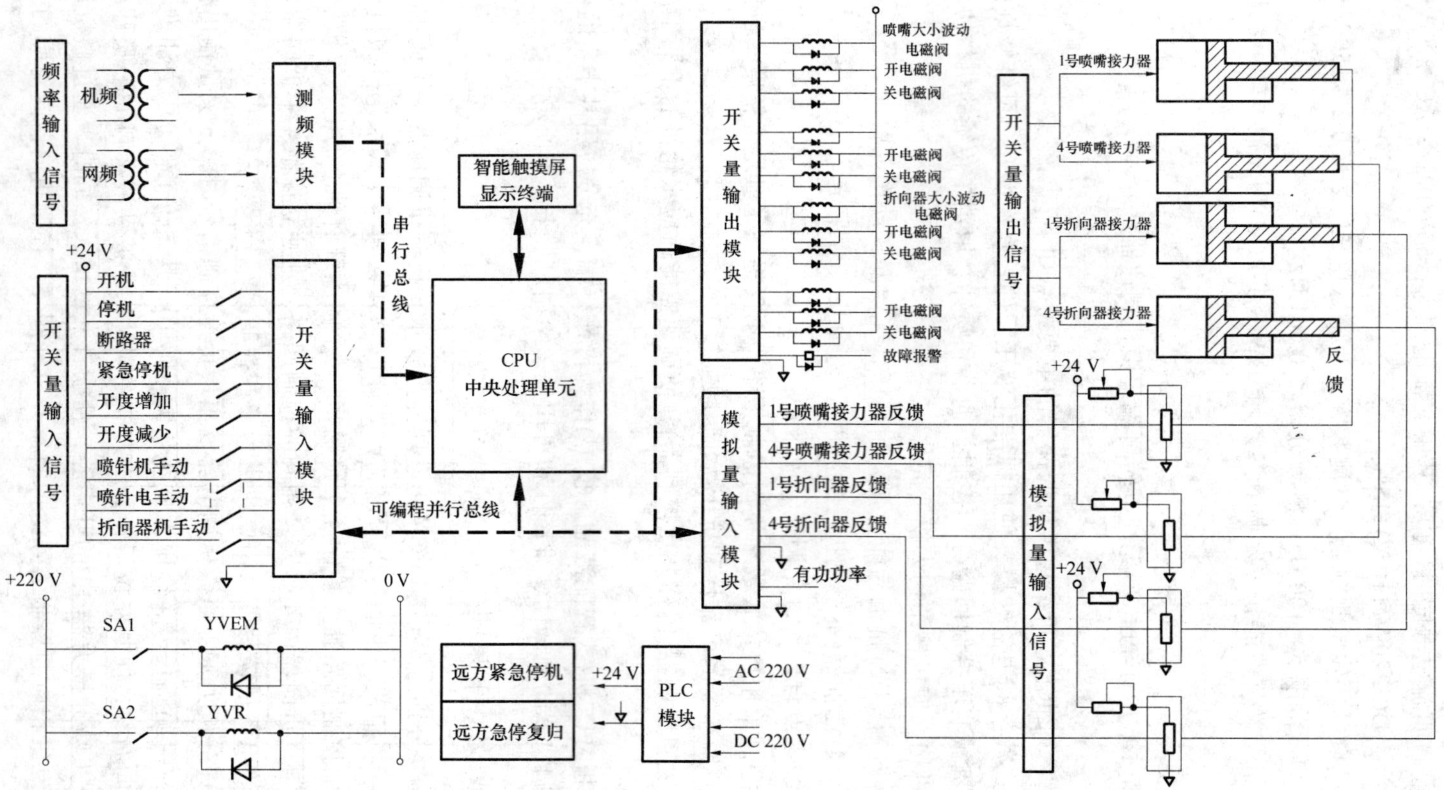

注：SA1、SA2为远方紧急停机和急停复归接点。
S1为紧急停机行程开关位置接点。

图 5-17　WCT-PLC-4/4 系列冲击式水轮机微机调速器系统原理

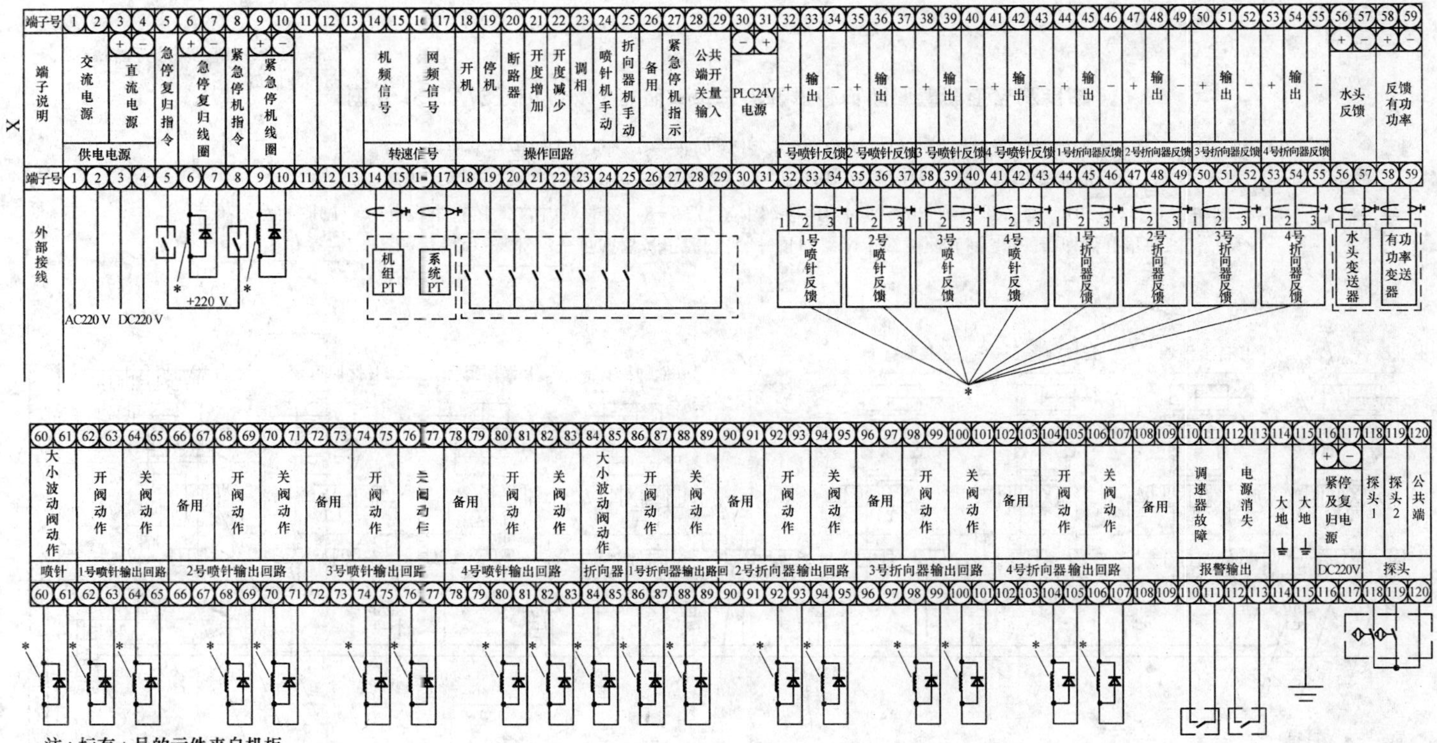

注：标有 * 号的元件来自机柜。

图 5-18 WCT-PLC-4/4 系列冲击式水轮机微机调速器外接端子接线

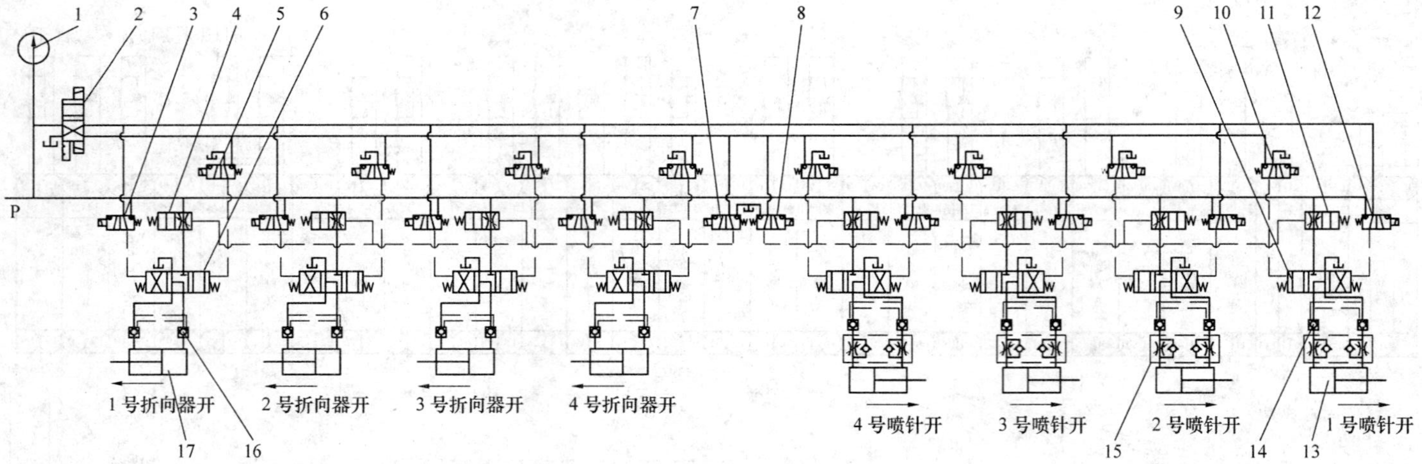

1—压力表；2—紧急停机电磁阀；3—折向器关机球阀；4—折向器大小波动液动阀；5—折向器开机球阀；
6—折向器液动阀；7—折向器大小波动切换球阀；8—喷针大小波动切换球阀；9—喷针液动阀；10—喷针开机球阀；
11—喷针大小波动液动阀；12—喷针关机球阀；13—喷针接力器；14—喷针接力器液压锁；
15—叠加式双单向节流阀；16—折向器接力器液压锁；17—折向器接力器

图 5-19　WCT-PLC-4/4 系列冲击式水轮机微机调速器液压系统组成

本章小结

本章按照微机调速器所采用的电液随动系统的不同，分别介绍了比例阀式、步进电机式、伺服电机及全数字式的典型微机调速器的结构组成及主要技术参数和工作原理，并对 WCT-PLC-N/N 系列冲击式可编程调速器作了简要介绍。

GKT 和 GYT-K 系列中小型高油压比例阀式微机调速器，采用微机调节器+电液随动系统的结构，由高可靠性的 PLC、测频板、综合放大板等构成微机调节器，实现软件测频和 PID 智能控制；由电液比例方向阀作为电液转换元件，工作油压为 16 MPa；能实现自动调节、手动操作和手自动切换等。

BW(S)T 型微机调速器，也采用微机调节器+电液随动系统的结构，其调节器部分实现了全数字化，应用了基本型逻辑控制器，采用鲁棒式数字模糊控制策略，它具有适应式变参数变结构非线性控制的特点。电液转换环节有两种型式：一种是由步进电机驱动器、步进电转组成的数字式转换元件；另一种是具有自动复中能力的数字式转换元件，它能在调节信号消失时自动复中，从而保持调速系统的稳定运行。电液随动系统的液压放大环节由引导阀和采用集成化设计的辅助接力器、主配压阀构成。

DKT-K 系列伺服电机控制式微机调速器，以可靠性高的可编程控制器为核心构成微机调节器；由交直流伺服电机、驱动电源和传动机构等组成电机伺服装置；由调节杆件、引导阀、主配压阀、回复机构、机械开限机构、主接力器等组成机械液压随动装置，控制水轮机导叶开度。微机调节器采用智能变结构变参数的调节模式，能实现闭环开机、频率调节、频率跟踪、功率调节、自动停机、手动开停机及增减负荷操作。

GLYWT-PLC 系列全数字微机调速器电气部分与机械液压系统和油压装置组合为一体，额定工作油压为 16.0 MPa。其微机调节器也是以 PLC 为核心，采用数字球阀作为电液转换元件，采用全数字液压技术，抗油污能力强，动作可靠，该调速器的主要技术参数及性能指标均符合相关规定。

WCT-PLC-4/4 系列冲击式水轮机微机调速器，适用于冲击式水轮发电机组的调节与控制。它由电气部分、机械液压系统和油压装置组合而成，每组折向器接力器和喷针接力器各采用一套全数字式机械液压系统独立控制，两者之间采用微机自动协联。由于要控制多个折向器和喷针接力器，电液转换环节采用叠加式数字阀电液转换，每个液压控制单元采用完全相同的结构，相互叠加构成多喷嘴液压系统。

复习思考题

5-1　目前我国微机调速器的伺服系统有哪几种，它们的电液转换元件有何不同？

5-2　试述 GYT-K 系列微机调速器的系统组成及主要工作参数。

5-3　试比较 GKT 系列比例阀式微机调速器与 GLYWT-PLC 系列全数字式微机调速器在结构组成及工作原理上有何异同。

5-4　试根据图 5-10 说明 BW(S)T 型微机调速器的电机伺服系统的工作原理，并说明其如何实现自动复中。

5-5 什么是“无油电转”，采用无油电转有哪些优点？

5-6 什么是电液随动系统，什么是数液随动系统？二者有何区别？

5-7 试根据图 5-13 说明 DKT-K 系列微机调速器的机械液压系统的工作原理。

5-8 试说明 GLYWT 系列高油压全数字式水轮机微机调速器的结构组成。

5-9 试说明 GLYWT 系列高油压全数字式水轮机微机调速器的工作原理。

5-10 试说明 WCT-PLC-N/N 系列冲击式水轮机微机调速器的结构组成。

5-11 试分析 WCT-PLC-N/N 系列冲击式水轮机微机调速器的工作原理。

5-12 试分析本章所介绍的几种调速器各属于哪种随动系统。

第六章　调节系统特性及调整试验

第一节　调节对象的特性

水轮机调节系统由调速器和调节对象所组成，如图 6-1 所示。其中调节对象包括引水系统、水轮机、发电机和电力系统，其输入信号为接力器行程，输出信号为机组转速。同时，调节对象的输出信号又反送给调速器并作为调速器的输入信号，形成一个闭环系统。

水轮机调速器与调节对象是一个整体，调节对象的特性对调节系统品质有着重要影响。在研究水轮机调节过程时，不仅要掌握调速器及其内部元件的特性，还必须了解调节对象的特性与参量，以便根据调节对象的不同特性，合理地选择调速器参数，实现水轮机的最佳调节。

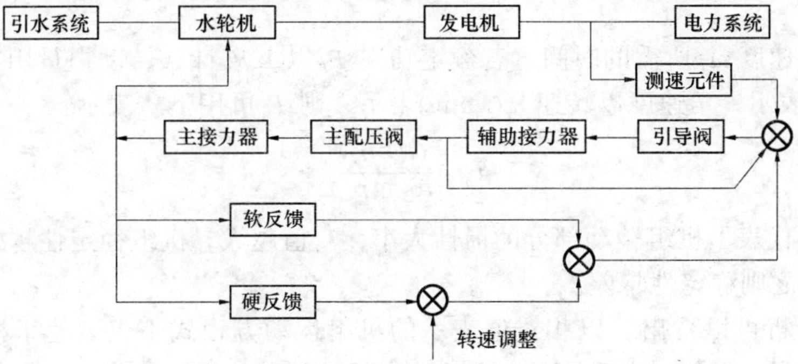

图 6-1　水轮机调节系统框图

、水轮发电机组的运动方程

由第一章可知，水轮发电机组的运动方程为

$$J\frac{\mathrm{d}\omega}{\mathrm{d}t}=M_t-M_g \tag{6-1}$$

若以 M_{t0} 与 M_{g0} 分别表示稳定状态下水轮机的主动力矩和发电机的阻力矩，则有 $M_{t0}=M_{g0}$。在动态过程中，若以 ΔM_t 和 ΔM_g 分别代表主动力矩和阻力矩的变化值，则主动力矩和阻力矩可分别表示为

$$M_t=M_{t0}+\Delta M_t$$

$$M_g=M_{g0}+\Delta M_g$$

将上两式及 $M_{t0}=M_{g0}$ 代入式(6-1)，整理后得：

$$J\frac{\mathrm{d}\omega}{\mathrm{d}t}=\Delta M_t-\Delta M_g \tag{6-2}$$

为了用相对值表示上式，以额定工况下的水轮机主动力矩 $M_r=\frac{P_r}{\omega_r}$，作为相对变换基值，式中 P_r 为水轮机轴的输出额定功率，ω_r 为机组额定角速度，以 $x=\frac{\Delta\omega}{\omega_r}$ 表示角速度变化相对值，经变换整理得：

$$x=\frac{1}{T_a}\int(M_t-M_g)\mathrm{d}t \tag{6-3}$$

式(6-3)即为以相对量表示的水轮发电机组运动方程。

下面详细说明式(6-3)中各符号的意义：

(1)x 是机组转速相对偏差，是调节对象的输出信号。

(2)M_t 是水轮机主动力矩偏差相对值，是水轮机的输出信号，受导叶开度偏差相对值 y 的控制，也受引水系统压力和水轮机转速的影响。

(3)M_g 是发电机阻力矩偏差相对量，它反映了外部负荷的变化扰动，主要取决于负荷变化量的大小，同时其变化特性也与发电机转速及负荷性质有关。

(4)T_a 称为机组惯性时间常数，$T_a=\frac{J\omega}{M_r}$，它表示机组在额定力矩 M_r 作用下，由零匀加速到额定角速度 ω_r 所需的时间。若额定功率 P_r 以 kW 计；转动惯量用机组飞轮力矩 GD^2(kN · m^2)表示；角速度以转速 n_r(r/min)表示，则 T_a 可用下式表示：

$$T_a=\frac{GD^2n_r^2}{3578P_r} \tag{6-4}$$

T_a 的大小代表了机组转动部分的惯性大小，T_a 值越大，机组稳定性越好，且 b_t 值可取较小值，反之则稳定性越差。

从以上分析可以看出，以相对值表示的机组运动方程式不仅表达了机组本身的特性，而且表达了机组与引水系统、电力系统之间的相互关系。

二、水轮机动态特性及其对调节系统特性的影响

为简化分析，现以混流式水轮机为研究对象。水轮机动态特性就是指在调节过程中水轮机动力矩、流量随导叶开度 a、作用水头 H 和转速 n 而变化的特性，即

$$M_t=M_t(a、H、n)$$

$$Q=Q(a、H、n)$$

将上式用相对量表示，并假设接力器位移与导叶开度之间为线性关系，即

$$m_t=\frac{\Delta M_t}{M_r},\ q=\frac{\Delta Q}{Q_r},\ y=\frac{\Delta\alpha}{\alpha}=\frac{\Delta Y}{Y_M},\ x=\frac{\Delta\omega}{\omega},\ h=\frac{\Delta H}{H_r}$$

则水轮机动态特性可表示为

$$m_t=m_t(y、x、h)$$

$$q=q(y、x、h)$$

考虑在小波动工况下，即指将负荷变化在10%额定负荷以下的工况。对上两式用戴劳级数展开，并略去二阶以上导数各项，进行整理简化，则上两式变换为

$$m_t = e_y y + e_x x + e_h h \tag{6-5}$$

$$q = e_{qy} y + e_{qx} x + e_{qh} h \tag{6-6}$$

式(6-5)、式(6-6)即小波动情况下的单调节水轮机动力矩方程式和流量方程式，该式可用于水轮机调节过程中工况变化的频率 $\omega < 2$ rad/s 的分析。

现分别说明 e_y、e_x、e_h、e_{qy}、e_{qx}、e_{qh} 6 个系数的意义：

(1)e_y 称为水轮机动力矩对接力器行程的传递系数，表示当作用水头和机组转速不变时，动力矩偏差相对量 m_t 与接力器行程相对量 y 关系曲线在所取导叶接力器行程点的斜率，即 $e_y = \dfrac{\partial m_t}{\partial y}$。通常在水轮机出力限制范围内 e_y 是大于零的，即动力矩相对值随着相对开度的增大而增大。图 6-2 表示了在转速和水头不变情况下的这一关系。

在小波动条件下，可以近似认为这种变化是线性的，图 6-2 中 0 点为对应某一负荷的稳定运行工况点，在 0 点附近取 1 点和 2 点，则 e_y 可按下面近似公式求取：

$$e_y \approx \frac{\Delta m_t}{\Delta y} = \frac{(M_2 - M_1)/M_r}{(a_2 - a_1)/a_{\mathrm{m}}} \tag{6-7}$$

式中　a_{m}——导叶最大开度；

a_1、a_2——对应 1、2 点的导叶开度；

M_1、M_2——对应 1、2 点的动力矩。

(2)e_x 称为水轮机动力矩对机组转速的传递系数，也称为水轮机自调节系数。它表示当接力器行程和作用水头不变时，动力矩偏差相对量 m_t 与转速偏差相对量 x 的关系曲线在所取点的斜率，即 $e_x = \dfrac{\partial m_t}{\partial x}$。对于运行的水轮机来说，当导叶开度不变时，动力矩相对值随着相对转速的增加而减小。图 6-3 表示了接力器行程和水头不变情况下的这一关系。

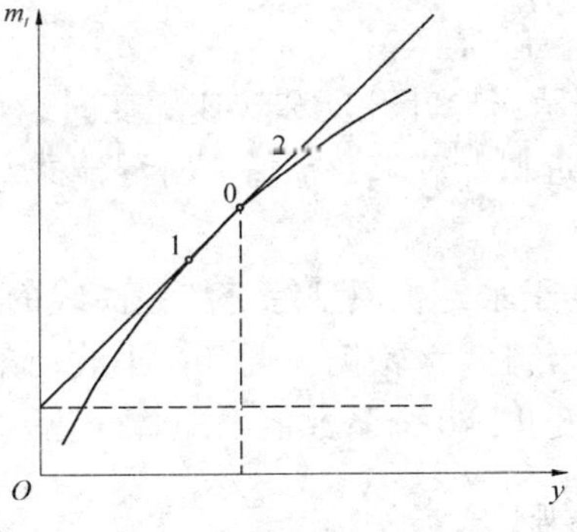

图 6-2　求 e_y 曲线

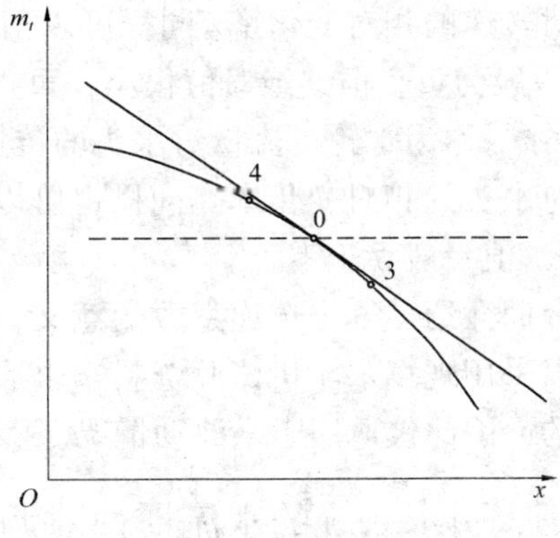

图 6-3　求 e_x 曲线

在小波动条件下，也可以认为上述变化成线性关系，如图 6-3 所示，在 0 点左右取相邻的两点 3 点和 4 点，则 e_x 可按下式计算：

$$e_x \approx \frac{\Delta m_t}{\Delta x} = \frac{(M_4 - M_3)/M_r}{(n_4 - n_3)/n_r} \tag{6-8}$$

e_x 是小于零的数，它表明当水轮机转速升高时，水轮机动力矩减小。从机组运动方程也可以看出，当转速升高时，水轮机动力矩减小，M_t-M_g 的差值减小，从而抑制了转速的升高。也就是说，水轮机存在着自平衡或自调节的能力，因此 e_x 也称为水轮机自调节系数，e_x 绝对值愈大，自调节能力就越大。

(3)e_h 称为水轮机动力矩对水头的传递系数，表示当接力器行程和转速不变时，水轮机动力矩偏差相对值与水头偏差相对值关系曲线在所取水头点的斜率，即 $e_h=\dfrac{\partial m_t}{\partial h}$，它反映了水头变化的影响。

e_h 可按照图 6-4 所示的线性变化关系,根据下式计算:

$$e_h \approx \frac{\Delta m_t}{\Delta h}=\frac{(M_4-M_3)/M_r}{(H_4-H_3)/H_r} \tag{6-9}$$

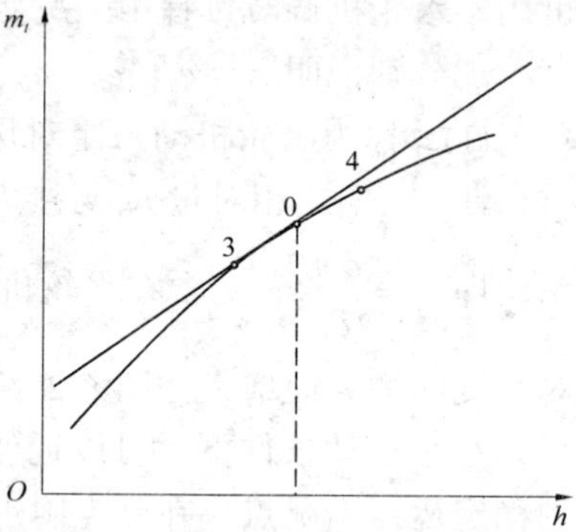

图 6-4　求 e_h 曲线

需要注意的是，当工况点发生改变时，e_h 值也发生相应改变，在调节过程中，引水系统产生水击，水轮机作用水头发生波动，动力矩也会发生相应波动，且 e_h 值越大引起的动力矩波动值越大。

(4)e_{qy} 称为水轮机流量对导叶开度的传递系数，该系数表示当水头和转速不变时，水轮机流量对接力器行程的相对变化率。按下式近似计算：

$$e_{qy} \approx \frac{\Delta q}{\Delta y}=\frac{(Q_4-Q_3)/Q_r}{(a_2-a_1)/a_{\mathrm{m}}} \tag{6-10}$$

由于 H 和 n 不变，即相当于 $n_1'=\dfrac{nD_1}{\sqrt{H}}=C$，因此与求 e_y 值相似。对于混流式水轮机，e_{qy} 值大于零，在大开度时一般小于 1。

(5)e_{qx} 称为水轮机流量对转速的传递系数，它表示当导叶开度和水头不变时，水轮机流量对转速的相对变化率。同样可以用作图法和近似计算求 e_{qx} 值，对混流式水轮机来说 e_{qx} 值一般为负，但其绝对值很小，可以忽略不计。

(6)e_{qh} 称为水轮机流量对水头的传递系数，它表示当导叶开度和转速不变时，水轮机流量对水头的相对变化率。同样也可以用作图法和近似计算求 e_{qh} 值，对混流式水轮机来说 e_{qh} 值一般大于零。

上面介绍了 6 个传递系数的意义,其求取均借助于水轮机模型综合特性曲线的方法,也可以采用现场水轮机试验资料来求取。它们是以混流式水轮机为例且在小波动条件下导出的，因此仅适用于小波动情况。随着工况点的变化，6 个系数值也随着变化。

三、引水系统的水流惯性对调节系统的影响

在水轮机调节过程中，当导叶开度变化时，流量和水轮机动力矩都将发生变化。因流量的变化，必定在引水系统中产生水击(后续章节介绍)，而水击的产生，又将引起水轮机动力矩的变化，特别是在水击发生的初始，其作用与调节的作用相反。例如，当负荷减小、转速升高、关小导叶、流量减少时，其作用促使动力矩减小，但流量减少的瞬间引起的正水击使作用水头升高，反而增加了动力矩，在一定程度上破坏了导叶的调节

作用，导致调节系统动态特性的恶化。

为了简化分析，假定引水系统中的水和管壁均是刚性的，即发生的水击为刚性水击。在引水管道长度不超过 600～800 m 时，这样的假定基本与实际相符。

单机单管引水系统如图 6-5 所示。在有压引水管道中，当导叶开度变化时，水体惯性在导叶上产生的水击可用水击基本方程式表示，根据水力学原理，可导出相对值形式的引水系统刚性水击基本方程式：

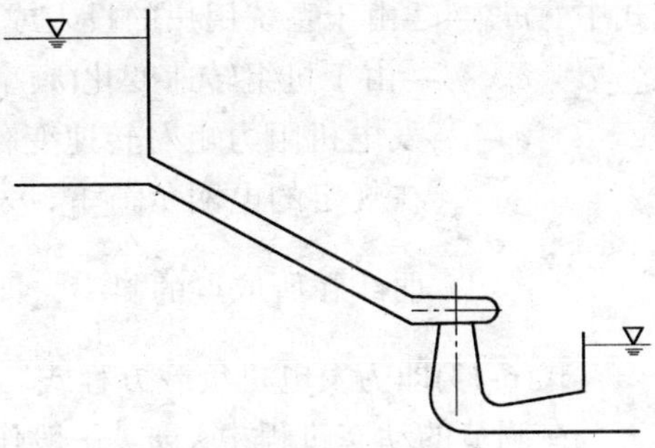

图 6-5　单机单管引水系统

$$h = -T_w \frac{\mathrm{d}q}{\mathrm{d}t} \tag{6-11}$$

式中　h——压力管道中水压变化相对值；

q——流量相对值；

T_w——引水系统水流惯性时间常数，s，按下式计算：

$$T_w = \frac{LQ_r}{gAH_r} = \frac{LV}{gH_r}$$

H_r——额定水头，m；

Q_r——额定流量，m^3/s；

V——水体流速，m/s；

L——引水管道长度，m；

A——引水管道截面积，m^2；

g——重力加速度，取 9.81 m/s^2。

由于引水系统各管段蜗壳、座环、转轮室、尾水管的截面不一样，所以水流惯性时间常数 T_w 一般表示为

$$T_w = \frac{\sum L_i V_i}{gH_r} \tag{6-12}$$

式中　L_i——引水管道 i 段长度，m；

V_i——引水管道 i 段水流流速，m/s。

引水系统惯性时间常数 T_w 表示在额定水头下，导叶瞬间全开，流速从零达到平均流速时所需的时间，也即表示了引水系统中水流惯性的大小。因此，T_w 越大，水流惯性越大，调节系统的稳定性就越差，甚至使系统不能稳定。

四、发电机负载特性及其对调节过程的影响

(一)发电机负载方程式

根据第一章的分析可知，当发电机阻力矩发生变化时，就会使机组转速发生改变，而发电机阻力矩的变化是由电网负荷变化所引起的。在电网中负荷的构成十分复杂，它们的特性各异，有些负荷的功率与频率无关，而有些与频率有关。因此，当电网频率改变时，即使电网负荷的组成不变，由于负荷功率的变化也会引起发电机阻力矩的改变，

故发电机阻力矩 m_g 可用下式表达：

$$m_g=m_{g0}+e_gx \tag{6-13}$$

式中 m_{g0}——由于系统用户的投入或切除引起的阻力矩变化相对值；

e_gx——由于机组转速变化(频率变化)引起的阻力矩变化相对值；

e_g——发电机阻力矩对转速变化的传递系数，也称发电机负荷自调节系数，表示在规定的电网负荷下，发电机负载转矩偏差相对值与转速偏差相对值关系曲线在所取点的斜率，即 $e_g=\dfrac{\partial m_g}{\partial x}$。

式(6-13)即为发电机负载方程式。

在调节的动态过程中，m_{g0} 一般作为调节系统的扰动量，通常看成阶跃形式(突变后保持不变)，因此可认为它是常数。在小波动工况下，认为由转速引起的阻力矩变化量 e_gx 与机组转速变化成线性关系。在此情况下可把 e_g 近似看成一个常数。

对于不同类型的负荷，其 e_g 值是不同的，一般可分为 3 类：

(1)$e_g=-1$，负载阻力矩与转速成反比。此类负荷有照明、电热炉等纯电阻负载，如图 6-6(a)所示。

(2)$e_g=0$，负载阻力矩与转速无关。此类负载有纺织机械、金属切削机床、起重机等，如图 6-6(b)所示。

(3)$e_g\geqslant 2$，此类负载引起的阻力矩与频率成平方关系或高次方关系。此类负载有各类水泵、风机等，如图 6-6(c)所示。

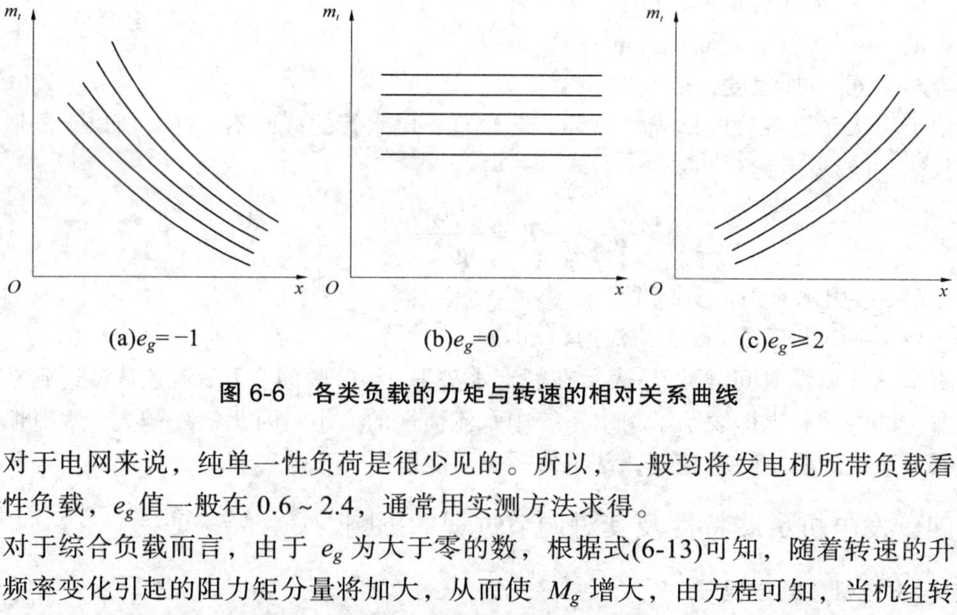

图 6-6　各类负载的力矩与转速的相对关系曲线

对于电网来说，纯单一性负荷是很少见的。所以，一般均将发电机所带负载看成是综合性负载，e_g 值一般在 0.6～2.4，通常用实测方法求得。

对于综合负载而言，由于 e_g 为大于零的数，根据式(6-13)可知，随着转速的升高，由于频率变化引起的阻力矩分量将加大，从而使 M_g 增大，由方程可知，当机组转速升高时，由于 e_g 大于零，而使 M_g 增大，从而减小了 M_t-M_g 的差值，抑制了转速的升高。也就是说，存在着自调节作用，e_g 值越大，自调节作用越明显。

在调节系统中，常将水轮机自调节系数 e_x 和发电机负荷自调节系数合并，称为水轮发电机组自调节系数，以 e_n 表示：

$$e_n=e_g-e_x$$

由于 e_x 为负值，所以：

$$e_n=e_g+|e_x| \tag{6-14}$$

即 e_n 值实际为 e_g 与 e_x 绝对值之和。

(二)负荷的惯性时间常数

在电力系统中，具有转动部分的负荷与机组转动部分一样，存在一定的惯性，它们对调节过程起着与机组转动惯量相同的作用，可用负荷惯性时间常数 T_b 表示：

$$T_b=\frac{\sum GD^2n_m^2}{3\ 578P_r} \tag{6-15}$$

其中，$\sum GD^2n_m^2$ 代表电网中各电动机及其所拖动机械的飞轮力矩和转速平方乘积之和。

T_b 与 T_a 值的大小对调节过程的影响具有同样的意义，通常

$$T_b=0.24\sim0.30T_a \tag{6-16}$$

第二节　调节参数对系统稳定性的影响

一、调节系统的稳定性

稳定性是指，在外界负荷突变或人为地扰动下，调节系统偏离平衡状态，当扰动消失后，系统以自调节能力，经过一定时间的调节，恢复原来的平衡状态或达到新的平衡状态，这样的系统称为稳定系统，否则，调节过程是不稳定的。在不同的调速器和参数的配合情况下，调节系统动态过程的形式是多种多样的，一般可归结为 4 种基本形式，即非周期衰减过程、衰减振荡过程、等幅振荡过程和扩散振荡过程。图 6-7 表示了阻力矩在 $t=t_0$ 时由 M_0 跃变为 M_1(见图 6-7(e))后的动态过程 4 种基本形式。

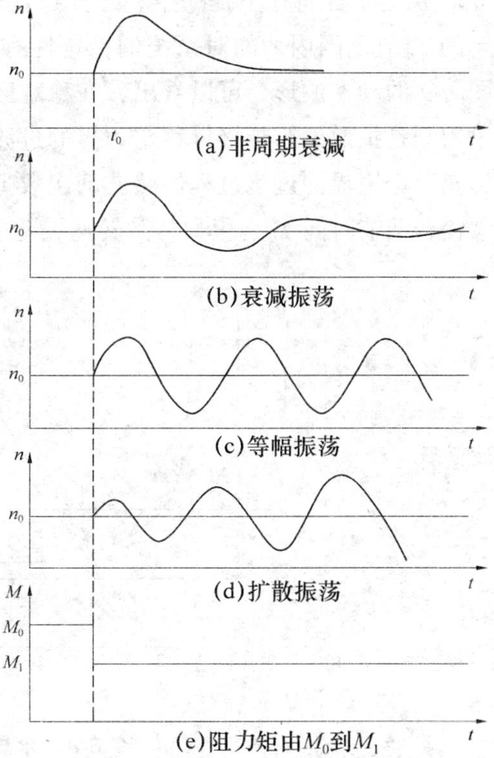

图 6-7　调节过程的基本形式

图 6-7(a)为非周期衰减过程。它表示当机组平衡状态受到破坏时，转速偏离稳定值，经过调节以非周期衰减至原平衡转速。

图 6-7(b)为衰减振荡过程。它表示当机组平衡受到破坏时，转速偏离额定值，经过调节转速以衰减振荡形式恢复到原平衡转速。

图 6-7(c)为等幅振荡过程。它表示当机组平衡受到破坏时，转速偏离额定值，经过调

节转速出现周期性的等幅振荡过程。

图 6-7(d)为扩散振荡过程。它表示当机组平衡受到破坏时，转速偏离额定值，经过调节转速摆动的振幅逐渐增大。

从图 6-7 可知，前两种基本形式转速均能恢复至平衡转速，因而调节系统是稳定的，后两种形式调节系统则是不稳定的。不稳定的调节系统在调节后机组转速会长时间波动不息，同时波动幅度将远大于系统允许的频率偏差，这不仅影响到供电质量，而且调速器也将无法长期工作下去。

二、调节系统的稳定区域

根据自动控制理论得出的稳定条件可确定调节系统的稳定区域，稳定区域是以 $b_t\theta_a$ 为纵坐标，以 θ_d 为横坐标，对 PID 调速器而言，是以 θ_n 为参变量绘制的坐标图。参变量 θ_n 为某一特定值时所得到的曲线称为稳定边界线，处于稳定边界线右上方的区域为稳定区域，边界线的左下方区域为不稳定区域。其中，$\theta_a=\dfrac{T_a}{T_w}$、$\theta_d=\dfrac{T_d}{T_w}$、$\theta_n=\dfrac{T_n}{T_w}$，$T_n$ 为微分时间常数，绘制出的调节系统稳定区域如图 6-8 所示，图中 θ_n=0 所对应的稳定区域即为其他参数相同的 PID 调速器的稳定区域，从图中可看出，当 θ_n 不太大时(θ_n=0.5)，引入微分作用能使系统稳定域比单纯用软反馈的 PI 调速器的稳定域大，如果再进一步增大 θ_n，稳定边界将往上提(θ_n=1)，其稳定性变坏，即稳定域反而缩小。所以，只有在一定的 T_n 值范围内才能对系统的稳定性有益。通过计算机对稳定参数的计算，并绘出如图 6-9 的动态波形，可以看出，在稳定区域内调节过程是衰减的，而在稳定区域外调节过程则是扩散的。越接近稳定边界的过渡过程波动次数越多，转速偏差值也大，但过分远离稳定边界的过渡过程虽然波动次数少，调节过程却趋于非周期，调节速度可能过于缓慢，调节时间 T_p 会很长，其转速偏差也会很大。

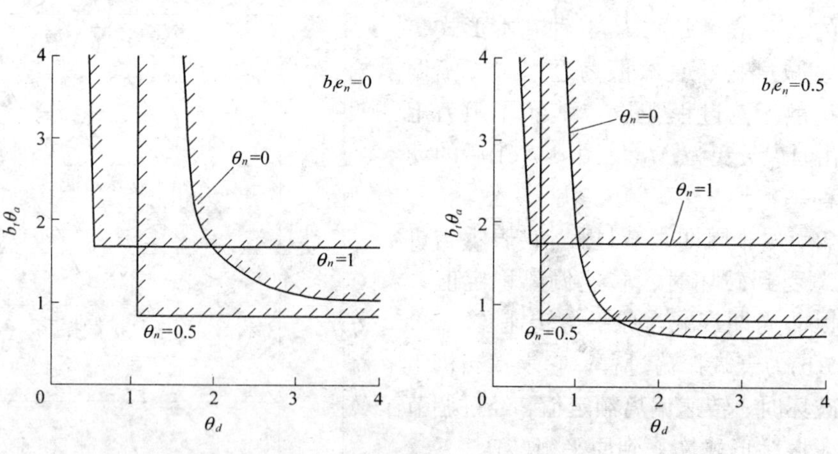

图 6-8 水轮机调节系统稳定域

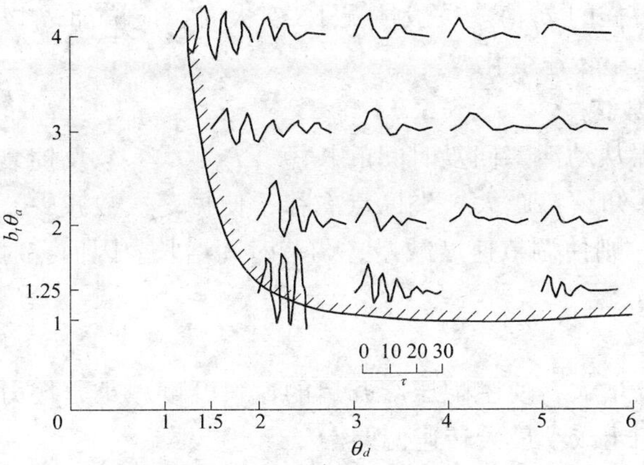

图 6-9　稳定区域内的动态波形

三、调节对象特性对调节过程的影响

(一)水流惯性时间常数 T_w 的影响

T_w 是使调节过程动态品质恶化的主要因素，T_w 越大，则 $\frac{T_a}{T_w}$ 与 $\frac{T_d}{T_w}$ 越小，图 6-9 中的相应的坐标点向左下方移动，接近稳定边界，将使转速偏差加大、波动次数增多，调节时间加长，甚至会超出稳定区域。其原因是引水系统的水击造成水轮机动力矩变化的滞后，当 T_w 较大时，应加大调速器各反馈参数。当 T_w 很大时，有可能使调节系统无法稳定下来。

(二)机组惯性时间常数 T_a 的影响

机组在系统中运行时，T_a 应理解为包括电网负荷的时间常数，即 T_a+T_b 值，此数值增加将使机组惯性加大，增加调节系统的稳定性和延缓转速的变化，从图 6-9 知，随着 T_a 增大，相应的坐标点上移，将远离稳定边界，使调节系统稳定，但 T_a 过大也可能使调节过程加长。总之，T_a 加大对改善动态品质是有显著好处的。

(三)机组自调节系数 e_n 的影响

$e_n(e_n=e_g+|e_x|)$ 表示机组受到外界扰动后反抗转速变化的自平衡能力，e_n 越大，越有助于稳定和改善动态调节品质。因此，机组在大电网中并列运行时，由于负载的自动调节作用和负载惯性作用，T_a 及 e_n 将增大，其调节品质必然优于单机运行时的工况。

上述 3 项调节对象的参数，对调节系统而言，一般是不能改变的，只能反映调节对象动态特性的优劣，以作为选择调速器参数的依据。

四、调速器参数对调节过程的影响

(一)暂态转差系数 b_t 的影响

b_t 值的大小表示软反馈的强弱，从图 6-9 可知，增加 b_t 值可使坐标点上移，远离稳定边界，使转速偏差减小，振荡次数减少，有利于改善动态品质，但 b_t 值过大，将使导叶动作速度减慢，速动性变差，调节时间及转速偏差增大。因而，对于不同调节对象的调速器而言均具有最佳的 b_t 值。一般情况下 T_w 大时，应增加 b_t 以减小水击作用，T_a 小时，应增加 b_t，以减小转速变化。

(二)缓冲时间常数 T_d

T_d 值表示缓冲器从动活塞回复时间的长短，T_d 越大，软反馈衰减越慢，接力器关机速度越慢。从图 6-9 知，T_d 越大，坐标点右移，使振荡次数减少，可提高调节过程的稳定性，但 T_d 值过大，则使调节速度减慢，调节时间增长。因而，对一定调节对象的调速器亦有一最佳 T_d 值。

(三)局部反馈系数 a

局部反馈系数 a 增大，使主配压阀开启的窗口开度减小，接力器动作速度变慢，将有利于稳定，也有利于减小最大转速偏差。

(四)永态转差系数 b_p

调速器的永态反馈属于负反馈，因而加大 b_p 可增加调节的稳定性，但由于 b_p 的可调范围有限，故 b_p 对系统的动态品质影响并不显著。

五、调速器参数的整定

上述几个重要参数对调节系统的稳定性和调节品质有显著的影响和作用，而且参数的选用受多方面因素制约，调整时必须慎重。b_p 为永态转差系数，对于担任基荷的机组，b_p 值一般调整在 6%左右；承担调频的机组，b_p 值一般调整在 3%以下。

通常调节参数采用建议性公式和现场试验相结合的方式进行确定。下述公式是在一定条件下推导出来的，有一定适用的条件，且不十分准确，仅供调节参数的初步预选。

(一)空载工况下调节参数的计算

对缓冲式 PI 调节规律的电液调速器，吴应文推荐如下公式：

$$b_t = 1.3\sqrt{\frac{T_{y1}}{T_a}} \tag{6-17}$$

$$T_d = 3.7\sqrt{T_a T_{y1}} \tag{6-18}$$

式中 T_{y1}——小波动时接力器反应时间，s；

T_a——机组惯性时间常数，s。

公式使用条件为：$T_w < 2.6 T_{y1} T_a$。

对电子调节器和电液随动装置构成的 PID 调节规律的电液调节装置，横田浩推荐如下公式：

$$K_P = 0.8\frac{T_a}{T_w} \tag{6-19}$$

$$K_I = 0.24\frac{T_a}{T_w^2} \tag{6-20}$$

$$K_D = 0.27T_a \tag{6-21}$$

(二)对单机负载工况下调节参数的计算

T．斯坦因(Stein)推荐如下公式。

对 PI 调节规律的调节系统：

$$T_d = 4T_w \tag{6-22}$$

$$b_t = 1.8\frac{T_w}{T_a} \tag{6-23}$$

对 PID 调节规律的调节系统，可采用下式：

$$T_n = 0.5T_w \tag{6-24}$$

$$T_d = 3T_w \tag{6-25}$$

$$b_t = 1.5\frac{T_w}{T_a} \tag{6-26}$$

当考虑 e_n 的作用时，上述 b_t 和 T_d 值还可减小。由于调节过程系多因素作用的结果，因而理论的计算仍需通过检验，最终才能确定最佳调节参数。

第三节　机械液压调速器的调整试验

调速器是水轮发电机组稳定工作的关键设备，须在现场安装或机组大修后进行调整试验。为了保证调速器在静态和动态下都能可靠地工作，要按照《水轮机调速器与油压装置试验验收规程》(GB/T 9652. 2—2007)中的规定，完成调速器投运前的各项试验。由于机械液压型调速器已不再生产，且静态调整内容在以前的教材中都有比较详细的介绍，本节仅对静态调整内容做简要介绍，重点介绍静特性试验、动态调整试验等，旨在让读者了解调速器调整试验的主要内容和方法。

一、调速器静态调整试验

(一)机械液压调速器静态调整的内容

(1)离心摆和引导阀的调整。离心摆电动机轴、引导阀转动套、固定套三者应保持同心，离心摆转动应灵活、平稳。离心摆在额定转速时引导阀针塞应恰好堵住转动套油孔，即连接引导阀针塞的杠杆应处于水平状态。

(2)缓冲装置的调整。主要检查主动活塞的连接孔中心距机架下搁板面的距离、缓冲装置中是否装满油、从动活塞自动对中等。

(3)各元件调中。主要指接力器调中、主配压阀调中、反馈框架调中、开度限制机构调中(或调零)、转速调整机构调中、硬反馈机构调中、局部反馈杠杆调中等。

(4)整机供油试动调整试验。主要包括整机充油检查、红黑指针协调动作的整定与处理、接力器开启与关闭时间的测量和整定、杠杆死行程测定、手自动切换检查、紧急停机电磁阀动作检查、启动装置的调整试验等。

(5)空载动平衡调整。目的是使调节系统能在空载情况下稳定地自动调节，为以后试验创造条件。调整方法是在机组空载稳定工况下，观察频率表指针是否在额定值，不在额定值时用局部反馈螺钉进行调整，直至频率达到额定值为止。

(二)机械液压调速器主要部件调整试验的内容

1. 离心摆静特性试验

1)试验目的与要求

静特性试验的目的在于测定离心摆的静特性曲线，检查它的工作参数及运行质量，以保证工作参数及运行质量符合国家标准的要求。

2)离心摆静特性试验方法

离心摆的静特性试验是利用变频装置、频率计、百分表等，分别测出额定转速±25%范围内，转动套随转速增加和减少时的位移值，其测点一般不少于 10 个点。根据测点绘制离心摆静特性曲线，并计算离心摆放大系数 K_f、转速死区 i_{xf}，检查曲线是否接近直线，以此判别离心摆的质量是否符合国标规定的技术条件。

2. 缓冲特性试验

1)试验目的和要求

缓冲特性是指机械液压调速器的缓冲装置从动活塞回复中间位置的特性。试验目的是测定回复特性曲线，并根据曲线检查缓冲装置的工作质量。

对缓冲装置的基本要求是：缓冲装置从动活塞上、下行回复特性曲线回到中间位置的偏差应在规定范围内；缓冲回复特性曲线应为指数衰减曲线，且平滑；从动活塞上、下行回复特性曲线应对称；缓冲时间常数 T_d 应在 2 ~ 20 s 范围内任意调整。上述参数偏差不得超过 GB/T 9652.1—2007 的规定。

2)缓冲装置回复特性试验

缓冲装置回复特性试验是用百分表和秒表或者用位移变换器和函数记录仪，测量从动活塞偏离中间位置 1.0 mm 到中间位置所用的时间与各时间点对应的行程，通常每条曲线测量 6 个点。通过绘制上、下行回复特性曲线，计算实测缓冲时间常数与理论缓冲时间常数的偏差，计算上、下行曲线偏差的相对值，检查回复曲线的对称性等，以检验缓冲装置是否符合技术要求。

二、机械液压调速器整机静态特性试验

调速器整机静态特性是各种调速器在电站安装或检修后必须进行的一项重要试验。它是指在稳定平衡状态下，其输出信号(接力器的行程 y)与输入信号(离心摆转速 n)之间的关系，即 $y=f(n)$。

(一)试验目的

通过对调速器静特性曲线 $y=f(n)$的测定，确定调速器的转速死区 i_x，校验永态转差系数 b_p 值，以鉴别调速器的制造和安装质量。

(二)试验准备

机械液压调速器静特性试验示意图如图 6-10 所示。

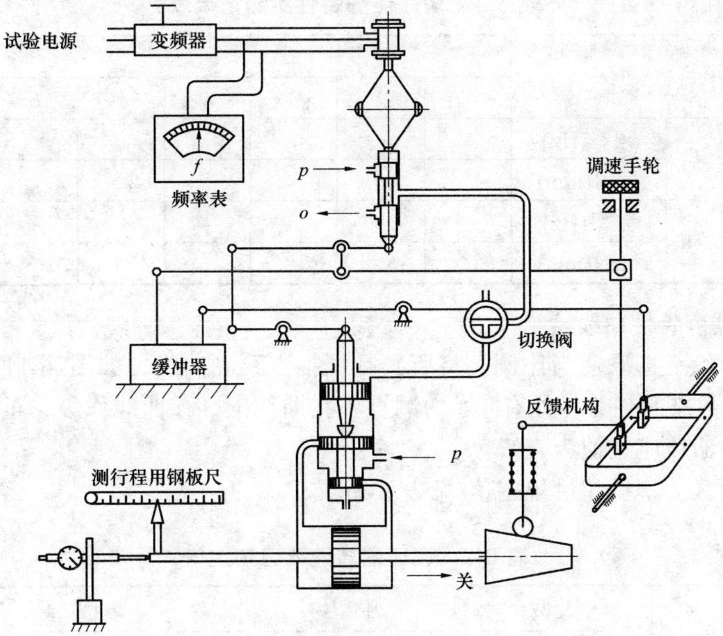

图 6-10　机械液压调速器静特性试验示意图

(1)离心摆电动机接好变频电源(无变频电源时可采用邻近机组手动控制运行时的永磁发电机)，要求其转速(频率)可调范围至少达到 ± 10%n_r。

(2)接好频率表(0.2 级)，以监测离心摆转速或频率。

(3)在接力器活塞杆处固定好钢板尺(精度 0.5 mm)，在活塞杆上装设特制的指针，在活塞杆端面装好大量程百分表。

(4)切除缓冲装置，将永态转差系数整定为 b_p=6%。

(5)划分好测点间隔，在接力器行程 10% ~ 95%范围内，测点不应少于 8 个，测点间隔为 0.3 Hz 左右。

(6)切换阀放“自动”位置，限制开度调至 100%，转差表调至 0。

(三)试验操作步骤

(1)启动变频电源，使频率达到并稳定于额定值。

(2)缓慢操作变频电源使频率升高，当接力器接近全关(留 2% ~ 3%的裕量)时，停止操作。

(3)使频率缓慢降低，此时接力器向开启方向移动。当开至 5%时，在接力器稳定(由百分表监视)后，记录频率表和钢板尺上的指针读数，得到试验的第一个测点。继续降低频率，每次降低 0.3 Hz，在接力器稳定后，记录频率和行程，直至接力器开至 95%左右为止。

(4)反向操作变频电源(方法同步骤(3))，直至接力器关至起始测点以下。

(5)重复上述试验 2 ~ 3 次，各次的结果应基本一致，否则应查明原因并处理后再进行试验。

在试验中，必须注意频率只允许单方向变化，中途不许返回，否则试验无效。

各次试验数据按表 6-1 格式记录。

表 6-1　调速器静特性实测记录表

项目		测点							
		1	2	3	4	5	6	7	8
降转速接力器开启	频率(Hz)								
	行程(mm)								
升转速接力器关闭	频率(Hz)								
	行程(mm)								

(四)调速器静特性曲线绘制

(1)在坐标纸上选取适当比例，将所测数据描点绘画曲线，如图 6-11 所示。连线时应照顾到大多数点的趋势，如有 1/4 的测点不在曲线上，该曲线作废，重新进行试验。

(2)静特性曲线应近似为直线。

(3)转速死区 i_x 不得超过规定值(见表 6-2)。

表 6-2　调速器转速死区规定值

调速器类型	大型	中型	小型		特小型
	电调	电调	电调	机调	
转速死区(%)	0.02	0.06	0.10	0.18	0.20

(4)实测曲线的 b_p 值偏离给定值不得超过 ± 0.5%(原 GB/T 9652.1—1997 规定值)。

(五)实例说明

某水电站 YT-6000 型调速器静特性试验，给定 b_p=6%，其实测曲线如图 6-11 所示，现作计算分析：

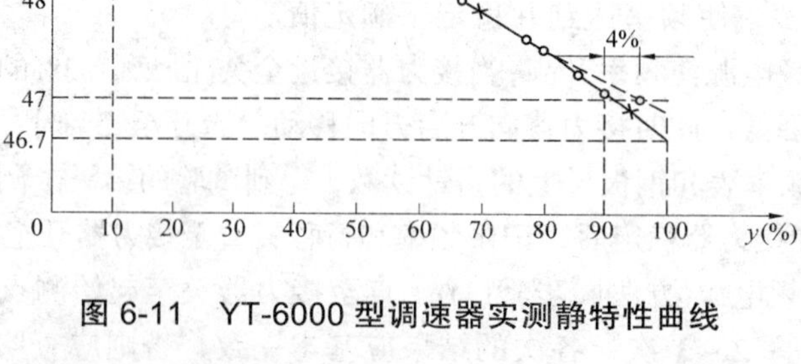

图 6-11　YT-6000 型调速器实测静特性曲线

(1)测点基本都在曲线上，试验有效。

(2)静特性曲线应近似为直线。

(3)转速死区 i_x 计算。接力器往返同一行程点的两个频率差为Δf=0.1 Hz，转速死区为

$$i_x = \frac{\Delta f}{f_r} = \frac{0.1}{50} = 0.2\% > 0.18\%$$

(4)永态转差系数 b_p 计算。按照定义，全行程范围内的永态转差系数为

$$b_p = \frac{(f_{\max} - f_{\min}) / f_r}{y_M} = \frac{(50.2 - 46.7) / 50}{100\%} = 7\%$$

计算结果表明，该调速器转速死区、永态转差系数略大于规定值。但总的来说，可以正常工作。

三、机械液压调速器的动态调试

机械液压调速器的动态试验，主要指空载试验、突变负荷试验和甩负荷试验等。

(一)试验的条件与内容

1. 试验的条件

(1)油压系统各部分安装正确，油质、油温、高压空气符合有关技术要求及制造厂规定，具备充油、充气条件。

(2)外部接线正确，电源电压波形符合有关技术要求及制造厂规定，具备通电条件。

(3)调速器静态调试已完成，开度限制机构在全关位置。

(4)充水试验前，被控机组及其控制回路、励磁装置和有关辅助设备均安装调整完毕，并完成了规定的模拟试验，具备开机条件。

(5)现场清理完毕，并满足其他规定的工作条件。

2. 动态试验的主要内容

(1)检验调速器质量。调速系统在闭环的各种工况下，例如，启动、空载、并网、带负荷、甩负荷、停机等的性能和技术指标是否符合设计要求及有关技术标准要求。

(2)确定最优调节参数。经过反复进行参数组合和整定试验，取得最佳运行参数，这些参数包括局部反馈相对系数 b_λ、暂态转差系数 b_t、缓冲时间常数 T_d 和永态转差系数 b_p 等。

(3)验证调节保证计算结果的合理性。通过试验确定导叶关闭时间，检验甩负荷后转速上升值和水压上升值是否在允许范围内。

(二)机组启动调试和稳定性观测

机组启动调试和稳定性观测的目的是检查调速器各部件、整机和调节系统在手动、自动及切换时的工作状态是否正常，调节系统在空载时能否稳定地自动调节。通过这项操作为以后各项试验做好准备。

1. 手动开机与机组运转状况检查

机组首次启动常以手动方式进行。开机前，用开度限制机构将接力器关至全关位置；将手自动切换阀切至手动位置，转速调整机构指针调至零位，b_t 及 T_d 调至初选数值，局部反馈系数 a 置于设计的中间值，永态转差系数 b_p 置于 4%，然后可打开闸门向蜗壳充水，充水后打开锁锭。

手动开机过程如下：

(1)用开限手轮缓慢地启动机组，逐渐升高转速。当机组开始转动时，应观测机组转速表和调速器各部件有无异常。

(2)当机组转速达 50%n_r时，可稍停开度限制机构，进行观测，如情况正常，则继续开启到额定转速，并记录下转速、空载开度和当时的水头。

(3)观察空载开度时的频率表指针摆动相对值是否符合要求，在空载手动工况运行时，对大型调速器不超过 ± 0.2%，对中小型、特小型调速器转速摆动相对值均不超过 ± 0.3%。

(4)在额定转速运转半小时后手动停机。

2. 空载动平衡调整与观测

空载动平衡调整的目的是使调节系统在空载条件下稳定地自动调节，为后面试验创造条件，其步骤如下：

(1)在手动停机后，再次手动开限手轮，使机组缓慢启动至额定转速，观察各表计应正常。

(2)将手自动切换阀切至自动位置，操作开限手轮至红指针比黑指针大 3% ~ 5%的开度处，此时机组处于自动运行状态。

(3)动平衡调整。观察频率表，如此时频率低于额定频率，对电液调速器可调整功率给定电位器，对机械液压型调速器可调整辅助接力器圆盘上的局部反馈螺钉，使针塞抬高；反之则降低针塞。直到机组转速为额定转速。

(4)空载稳定性观测。测量自动空载运行工况下 3 min 内机组转速摆动相对值。对大型调速器不超过 ± 0.15%，中、小型调速器不超过 ± 0.25%，特小型调速器不超过 ± 0.30%。

将 b_p 调至零，机组仍以 n_r 稳定运行。然后，将频率给定(转速调整机构)置于不同刻度值，实测转速，检验刻度值。

3. 自动开、停机试验

按照水电厂自动化设计要求进行自动开停机操作试验，在试验中要将开限红指针置于并保持在空载开度以上 3%的位置。如发现与设计动作程序不符或有其他异常，则应检查处理。

(三)空载扰动试验

在空载运行时，水轮机导叶开度处于空载开度，机组转速为额定转速。这种运行工况与带负荷工况相比，机组失去了负荷自平衡能力，其稳定条件较差。如果调节系统的动态特性不满足要求，稳定性很差，在并列时就可能对机组造成很大冲击。所以，在规程中，对大、中、小型调速器关于机组转速摆动相对值做了严格规定，是非常必要的。

1. 试验目的

空载扰动试验是在空载工况下以人为的方法向调节系统输入一个阶跃的转速扰动量，在此阶跃输入下，测出不同调节参数时的动态品质，从而确定空载运行时的最佳调节参数，并为带负荷运行确定调节参数提供初步依据。

2. 参数组合与试验仪器

机组应在空载额定转速下进行试验，扰动量为额定转速的 ± 8%左右。

对 PI 型调速器而言，主要调节参数为暂态转差系数 b_t、缓冲时间常数 T_d、永态转差系数 b_p、局部反馈系数 a。在空载扰动下，b_p 值一般整定为电力系统规定值，a 值整定在中间值，b_t、T_d 值可根据引水系统与机组特性参数估算出最优值的大致范围，选取不同的 b_t、T_d 值进行组合，并准备试验。

对 PID 型调速器方法类似，除上述 4 个参数外，还有微分时间常数 T_n。

每次试验要注意施加扰动的幅值应保持相同，就可以通过对许多组参数组合试验所得动态品质指标的比较，得出最佳空载运行参数。

空载扰动试验测量的主要参数是机组转速 n 和接力器行程 Y，为了测出输出量对时间的变化规律应采用光线示波器，并装设相应位移传感器。各仪器精度如下：

数字频率计：分辨率 0.001 Hz；

位移传感器：精度 1×10^{-3}；

示波器：16 线。

3. 试验方法

现场试验时，扰动方法对于机调采用变速机构与开度限制手轮和手自动切换阀配合操作进行，对于电调可用频率给定电位器进行。

1)增速扰动

从预选的若干组调节参数中选出一组整定好，让机组处于空载自动工况下运行，给以增速 8%n_r 的扰动，用示波器记录机组转速变化过程，如图 6-12(a)所示。增速扰动的具体方法如下：

对电液调速器可用频率给定电位器转至 48 Hz，使机组转速降至 96%n_r，然后迅速将频率给定电位器转至 52 Hz，机组转速将经过一个波动过程升至 104%n_r。

对机械液压型调速器可用调速机构将机组升速到 104%n_r，然后用开度限制机构将转速降至 96%n_r，做好测量准备，再用白布条缠在开限手轮上，启动示波器，向开启方向猛拉白布条，使开限机构迅速开至不起限制作用的位置上，实现 8%n_r 的升速扰动。空载增速扰动波形如图 6-12(a)所示。

2)减速扰动

按上述方法做好准备工作，进行减速 8%n_r 扰动，记录机组转速变化过程，如图 6-12(b)所示。减速扰动方法如下：

对电液调速器可用频率给定电位器转至 52 Hz，使机组转速升至 104%n_r。然后迅速将频率给定电位器转至 48 Hz。机组转速将经过一个波动过程升至 96%n_r。

对机械液压型调速器可用调速机构将转速降至 96%n_r，调速机构保持不动，并用开限机构予以限制，然后将手自动切换阀切至手动位置，用开限机构将转速升至 104%n_r，启动示波器，将手自动切换阀切至自动位置，这样就可实现由 104%n_r 至 96%n_r 的减速扰动。空载减速扰动波形如图 6-12(b)所示。

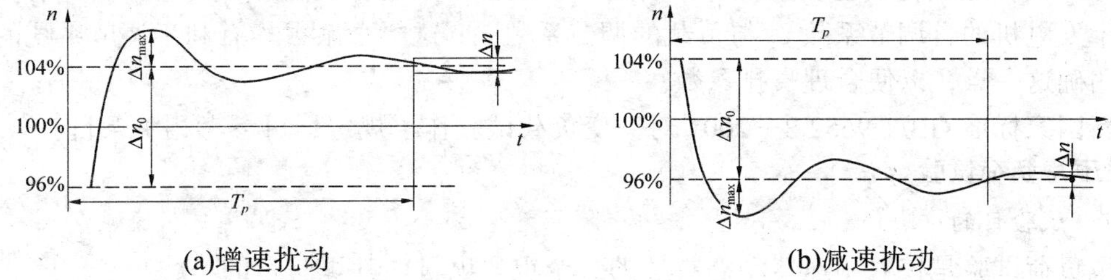

图 6-12 空载扰动波形图

按照上述试验方法，对各组调节参数进行扰动试验，选取其中转速摆动值和超调量较小、波动次数少、稳定快的一组参数，提供空载运行使用。在该组参数下，测定机组在 3 min 内转速摆动值 3 次，取其平均值。

(四)突变负载试验

1. 试验目的

突变负荷试验的目的是观测与分析调节系统在负荷突变时的动态特性，选择带负荷工况下的最佳调节参数值。

2. 试验仪器与测具

本试验主要测量和录制机组负荷突变时，频率变化曲线、主配压阀位移曲线、接力器位移曲线、功率变化曲线、缓冲装置位移变化曲线和蜗壳水压变化曲线。同时，还要记录变动负荷的起止时刻。为此，要采用的主要仪器有光线示波器、位移传感器、数字频率计、压力变送器(精度 0.5 级)、功率测量变送器(精度 0.2 ~ 0.5 级)和自动绘图仪等(或采用多通道数字录波仪进行)。

3. 试验方法

1)突变负荷的方法

突变负荷试验是给机组以突增负荷的试验，常采用以下 3 种方法：

(1)当有两台以上机组并列运行时，使被试机组带负荷，其他机组带固定负荷。然后将其中一台带固定负荷机组断路器跳闸，使负荷转移到被试机组上。

(2)使被试机组投入电网运行，通过转速调整机构的快速动作，使被试机组增加或减少部分负荷。

(3)对小型机组可采用水电阻作负荷，使机组突增突减负荷。

2)操作步骤

(1)启动机组按预定方式投入运行(水阻法为单机运行)，整定好一组调节参数，发出准备信号。

(2)连接好录制机组转速或频率、水压、功率、接力器行程等参数的仪器设备。

(3)使机组带上 50%P_r 负荷。

(4)启动示波器，给机组突增或突减 10% ~ 25%P_r 负荷，录制各参数过渡过程波形。

(5)改变调节参数组合，重复以上试验。

4. 参数组合与动态品质

试验时应以空载扰动试验的最佳参数为基础，然后部分地改变 b_t、T_d、a 参数，重复上述试验，形成若干组参数组合，确定一组最佳参数组合。另外，机组带负荷后，多了一个发电机的自调节系数 e_g 与负载的调节系数 e_b，这两个系数均有利于调节系统的稳定，明确这一点，以便合理安排参数。

新国家标准 GB/T 9652.2—2007 对突变负载试验作了规定，可参考相关条目。

(五)甩负荷试验

1. 试验目的

甩负荷试验是校验调速器动态特性的一个重要项目。其试验目的是：

(1)在已选定的调节参数下，考核调节系统过渡过程的动态品质指标，鉴定调速器的工作性能和调节质量。

(2)检查机组甩负荷后的最大转速上升率和蜗壳压力上升值，验证调节保证计算的正确性，为机组的安全运行提供数据。

(3)最后整定导叶关闭时间和关闭规律。

(4)测量调节系统静特性曲线。

2. 测试项目

甩负荷试验应测试的主要项目如下：机组的转速或频率；定子电流；发电机功率；接力器行程；导叶关闭时间；引水管道及蜗壳内水压；尾水管真空值；调节时间等。可用光线示波器和传感器，自动记录甩负荷前、甩负荷时、甩负荷后各参数的变化过程曲线。

3. 准备工作和测试仪器

1)准备工作

(1)调速器各参数已整定在最佳值。

(2)导叶关闭时间和关闭规律已按调节保证计算结果整定。

(3)机组各种保护均已投入工作，特别是过速保护应能可靠工作。

(4)测试设备和仪表安装、记录表格和各参数率定值等测量准备工作已经完成。

(5)准备好各测量部位联络通信工具。

(6)准备好紧急事故停机等应急安全措施，防止产生压力钢管水压过高和机组转速飞逸。

(7)如用电网实际负荷，应事先征得电力调度部门的同意。如用水电阻作负荷，应准备好水电阻和相应的线路。

(8)机组经短时间带负荷，各部轴承温度稳定正常。

2)试验仪器

测试仪表与测具为光线示波器、压力与位移传感器、功率变送器、数字频率计、压力表、秒表、钢板尺等。

4. 试验方法

甩负荷试验包括依次甩 25%、50%、75%、100%额定负荷，操作步骤如下：

(1)机组带上试验负荷。

(2)发出试验准备信号，启动示波器，跳开断路器甩去所带负荷。

(3)观测过渡过程，记录各种数据。调节过程结束后，关闭示波器，并分析如图 6-13 所示波形图及测量数据。

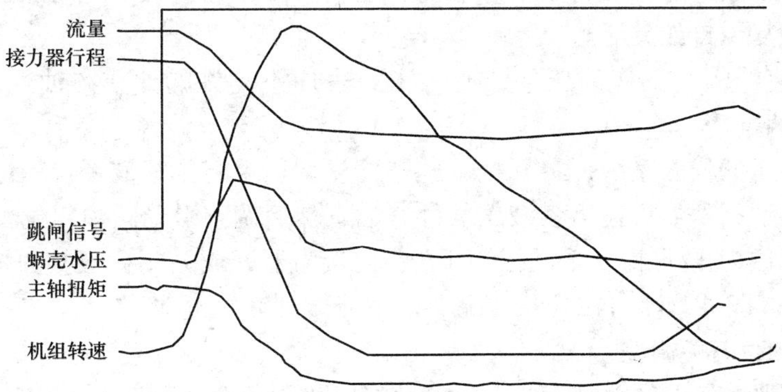

图 6-13 甩负荷试验实测波形图

甩 100%额定负荷后，动态品质指标必须符合前述国家标准有关要求。机组最大转速上升率和蜗壳水压上升值不得超过调节保证计算的规定值。

第四节　微机调速器的调整试验

近年来，模拟电路电液调速器已经被数字式微机调速器所取代，本节不再介绍模拟电路电液调速器调整试验的内容。由于微机调速器的品种繁多，不同生产商的产品其调整试验的内容不尽相同，本节仅就一般调整试验内容作介绍。

一、机械部分调整

(一)组装检查

微机调速器现场装配或大修时，应进行以下检查：

(1)对调速器机械液压系统相关零部件清洗。具体方法是：用压缩空气对液压集成块、主配压阀阀盖、内部管道零部件进行吹扫，并用煤油反复清洗，将杂质清扫干净，再用汽油清洗干净，清洗过程中不得碰伤阀盘的棱角，不得随意修磨。

(2)检查所有零部件装配是否符合设计图纸的技术要求。具体内容是：检查主配压阀的上、下高压耐油石棉橡胶垫等是否装正，要用锥销或定位螺钉准确定位，检查各处 O 型密封垫是否漏装或损伤。

(3)检查主配压阀等部件的灵活性。具体方法是：将主配压阀、引导阀活塞旋转任意角度，均能在各自阀套内靠自重缓慢自行下滑，如发现不灵活，应检查杂质是否清洗干净。

(4)检查电液转换器或电机伺服系统的灵活性。具体方法是：

电液转换器：如第四章第六节图 4-42 所示的步进式电液转换器，在工作行程范围内，转动手轮 6，活塞、控制螺杆运动应灵活，无受力不均匀、无卡阻现象，调整好中间平衡位置。转动手轮，活塞(或调零杆)从上端极限位置运动至下端极限位置，记录测量电转行走的全行程值，反复多次。

自复中式电液转换器：如第四章第六节图 4-43 所示的交流伺服电机驱动的具有自动复中能力的无油电液转换器，转动手轮 2，检查自复中电转传动齿轮装配是否啮合，锁紧复中弹簧的预紧螺母，旋转手柄，输出杆运动灵活，无受力不均匀和无卡阻现象，松开手柄，弹簧复位自如灵活。

(5)在调速器额定工作油压下，所有密封表面不允许漏油或渗油。

(二)零位调整

对有引导阀的伺服系统，将开机调整螺栓先调至主配压阀最大行程位置，再开启油压装置的总供油阀，使调速器各液压部件充油，然后调整引导阀中间位置，使接力器能在任何位置稳住为止(可操作手动控制手轮，使接力器开或关)，一般接力器在 5 min 内的漂移小于 1 mm 即可，因为在开环情况下，不能做到完全不动。

(三)电机限位开关调整

对电机伺服系统的微机调速器，应调整好电机限位块。调整方法是：手动旋转手轮，使限位块上、下移动设计行程后能令限位开关动作，以便将电机及驱动器电源切断，使电机失磁。如为无油电液转换器，应能自动复中，接力器应能稳定在当前位置不动。

(四)油压装置的调整

(1)压力油罐。正常情况下压力油罐内约有 2/3 的压缩空气，1/3 的压力油。首次运行前后应注意观察油标的变化，油位过高或过低都可引起事故。

(2)中间油罐和补气阀。首次利用补气阀向压力罐充气时，工作原理与正常运行时自动补气相同。通过压力继电器调整油泵启动、停止的压力范围，通过放油阀适当调整放油速度来达到这种配合。

(五)接力器开关机时间调整

接力器开关机时间调整分为两种情况：一是水流惯性时间常数 T_w 较小(≤2.5 s)，采用直线关闭规律；二是水流惯性时间常数 T_w 较大(>2.5 s)，采用分段关闭规律。

(1)当接力器采用直线关闭规律时，接力器最短关闭时间 T_s' 按电站调节保证计算所得值来整定。不同型号调速器的方法有所不同，例如，有采用主配压阀上的开、关机时间调整螺母进行调整的，如第五章第二节图 5-10 所示，有采用节流阀调整进入接力器的油流量大小来调整开关机时间的，见第五章第一节图 5-7；有采用调节插装阀上的行程调节盖板来调节开关机时间的，见第五章第四节图 5-16。

(2)接力器分段关闭是利用可调撞块、行程阀和节流阀等完成的，曾在第四章第七节有介绍，见图 4-55。分段关闭的拐点位置由可调撞块整定，如需拐点位置离全关位置近，则松开可调撞块的螺钉，将撞块朝关机方向调整；反之，就向开机方向调整，直到达到要求为止。第二段关闭时间由单向节流阀调整，节流阀开大(逆时针旋转节流阀旋钮)可缩短关机时间，反之则延长关机时间。

二、电气部分调整试验

(一)电气接线及电源检查

(1)与调速器电气部分相配合的电站二次回路接线应准确无误，信号线应采用屏蔽电缆，各端子连接牢固，引出接线端子板的电缆都用机械方式固定。

(2)电缆绝缘必须能承受现场温度、湿度及化学试剂的考验。

(3)检查电气柜应安全接地，即用 30 ~ 35 mm 铜导体将电气柜可靠接地，以保护人身安全和减小电流噪音。

(4)调速器电气部分所使用的电源电压在规定的工作范围，输入电源电压(AC 220 V、DC 220 V)和极性连接正确。

(5)检查交直流电源分别供电和同时供电时，开关电源输出电压应正确，交直流电源输入变化在−15%~10%额定电压范围时，开关电源输出电压应正确。

(二)电气反馈调整试验

电气反馈元件要与固定支架牢固连接，不得有任何晃动，防止信号不稳。

(1)可靠连接反馈元件接线，供电电源、电路外部接线与引线连接须准确无误且高度可靠，以避免信号不稳、失真和干扰。

(2)导叶反馈零点调整，手动控制使接力器全关，调整导叶反馈电平在 80 ~ 100 mV，并使导叶开度指示调为零。

(3)导叶反馈全开调整，手动将接力器开到全开，调整反馈传感器，使反馈电平在9.8～10 V，并将导叶开度指示调为100%。

(4)操作接力器全开全关几次，检查全开值和全关值是否改变。若发生变化，应按上述方法重新调整，直至符合要求为止。

桨叶反馈元件的调整方法相同。

(三)人机界面检查

检查人机界面及相应功能是否正常，画面刷新及切换是否正确。例如将频率信号发生器输出的频率信号代表机组频率送入调速器，检查人机界面中的频率指示是否一致；又如将接力器手动操作至某一开度，检查显示的接力器开度值是否正确等。

检查机组运行状态是否正确指示，如模拟开机、停机、发电、调相等，调速器调节模式设置及切换是否正确指示，以及各种故障能否正确地发出故障报警信号等。

(四)人机界面操作调整

第四章曾经介绍人机界面的画面有主菜单画面、运行窗口画面、参数窗口画面、故障窗口画面、调试窗口画面等。下面以武汉事达电气有限公司的微机调速器的人机界面式样说明操作调整的主要内容。

1. 主菜单画面操作

点击图 6-14(a)中选择语言种类的“中文”按钮，可进入相应语言的主菜单画面，如图 6-14(b)所示。画面上 3 个圆形表计，分别显示机组频率、导叶开度、桨叶开度；在画面下方可以观察到运行模式(频率模式、开度模式、功率模式等)、执行工况(停机过程、开机过程等)、手自动状态(手动状态、自动状态)；画面上方有 4 个下拉窗口，点击每个窗口可进入相应子菜单画面。点击主页按钮可回到主页画面。

(a)主页操作画面

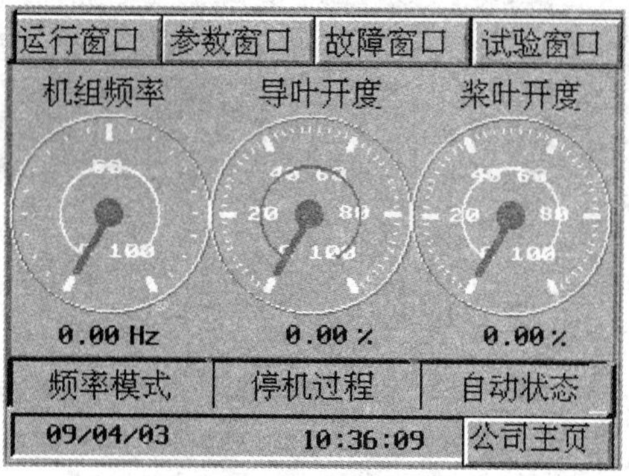

(b)主菜单画面

图 6-14　主页操作画面及主菜单画面

2. 运行窗口画面操作

运行窗口画面如图 6-15 所示。点击主菜单画面的“运行窗口”按钮，显示两个子菜单，即“数据报表”、“状态指示”，如图 6-15(a)所示。选择“数据报表”可进入数据报表画面，如图 6-15(b)所示。该画面显示的主要参数有机组频率、导叶开度、桨叶开度、导叶开限、有功功率、工作水头等 6 个参数，在第二列和第三列分别显示了各参数对应的给定值和实际值，以便观察、比较。

点击右下角“参数报表”键，可返回主菜单画面。

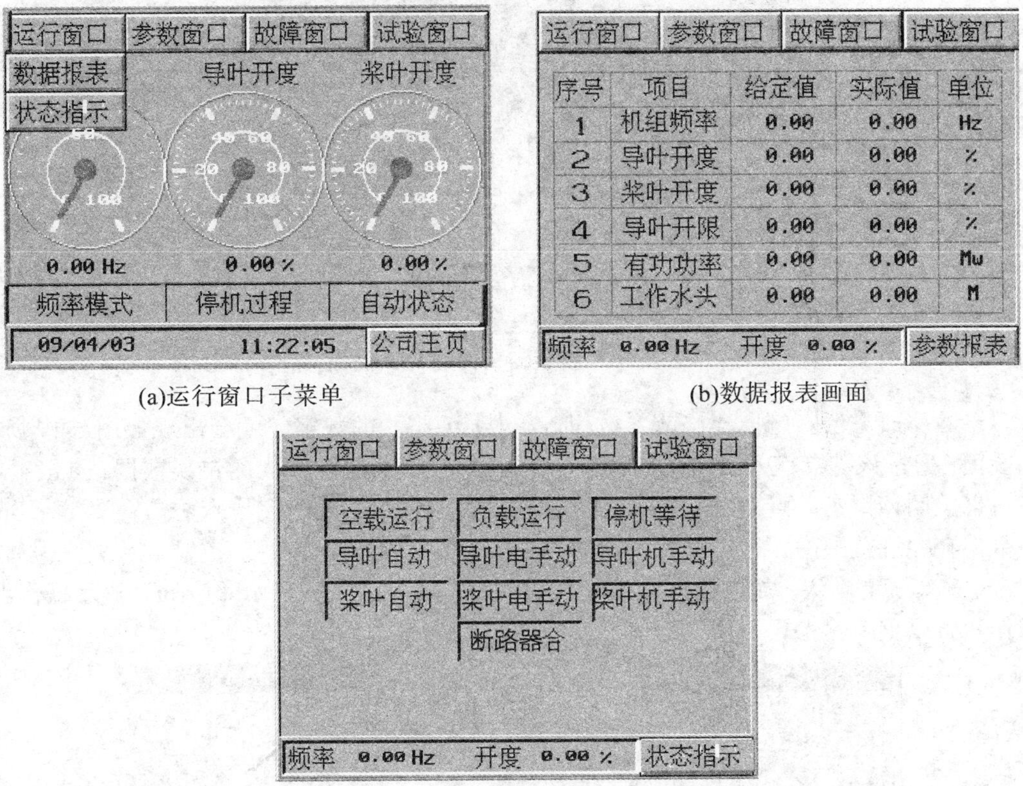

(a)运行窗口子菜单　　(b)数据报表画面

(c)状态指示画面

图 6-15　运行窗口画面

选择图 6-15(a)中“状态指示”按钮，可进入状态指示画面，如图 6-15(c)所示，画面中有空载运行、负载运行、停机等待、导叶自动、桨叶自动等状态指示，当前指示状态出现时，该状态指示框颜色变深，其余指示框变浅。

点击右下角“状态指示”键，可返回主菜单画面。

3. 参数窗口画面操作

参数窗口子菜单包括“PID”、“模式给定”、“开度设置”、“协联设置”(双调)等选项按钮。

1)PID 参数修改

点击主菜单画面的“参数窗口”键，在下拉菜单上选择“PID”进入 PID 画面，如图 6-16 所示。该画面内有永态转差、暂态转差、缓冲时间、加速度时间、频率死区、开度死区等影响 PID 运算的参数，每个参数给出了设定值和设定范围，其中，参数 b_p、b_t、T_d、T_n 为调试过程中选定的较优参数；当机组频率变化超过频率死区时，调速器自动根据 b_p 值调整导叶开度和机组负荷。具有操作权限的操作人员才能够修改画面中的参数值。

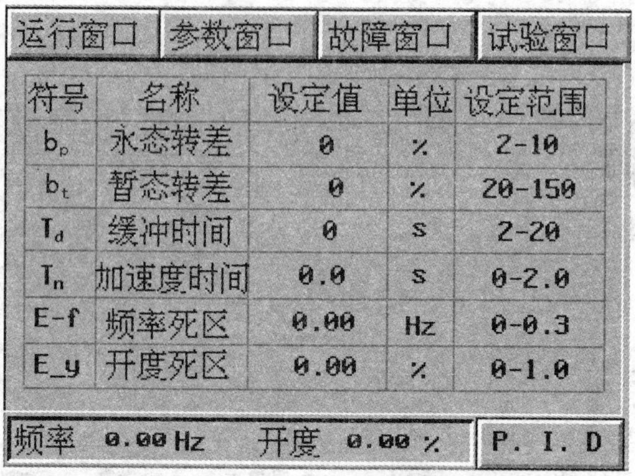

图 6-16 参数窗口内的 PID 画面

参数修改方法：触摸要修改参数(即“参数范围”)的数字，就会出现如图 6-17 所示的画面，通过该键盘输入所需要的数字，点击“←”键可删除输入的错误数据，点击“×”键可以关闭该键盘，点击“↔”键可以挪动键盘的位置，输入完毕点击“↵”键。当输入数据在允许范围内，触摸屏将弹出“Are you sure?”显示窗，确定输入数据无误后，点击“YES”键确认；如果输入数据超过允许范围，显示窗会显示“Error”提示操作者，操作者可以重新输入。

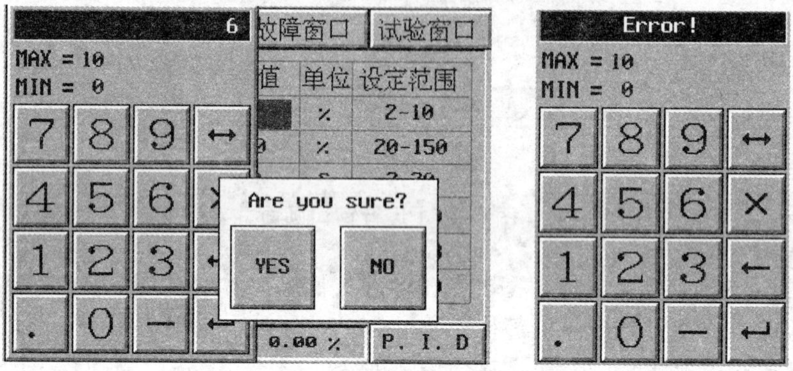

图 6-17 PID 参数修改

点击右下角“P.I.D”键，可返回主菜单画面。

2)模式切换及给定参数修改

点击“参数窗口”选择“模式切换”，可进入模式切换画面，如图 6-18 所示。该画面设有“开限设定”、“水头设定”、“开度给定”、“频率给定”等可调整参数。操作者可根据实际需要输入符合调速器运行的数值。

开限设定值修改：可触摸要修改参数的数字，同样会出现图 6-17 所示的数字键盘，触摸数据键输入数据，注意其最大值不能超过最大出力限制值。

水头设定值修改：水头信号没有自动输入时，可人工修改，以改变开机时的启动开度(包括启动开度、空载开度、最大限制开度)，高水头对应低启动开度。手动输入水头应尽量符合当前实际水头，以便获得良好的运行工况。

调节模式切换：图 6-18 画面中有 3 种调节模式，即“频率模式”、“功率模式”和“开度模式”。在可以切换的前提下，通过“频率模式”键(“开度模式”键或“功率模式”键)+“修改确认”键组合，可在 3 种模式之间切换。在 3 种模式下，可以分别实现“频率给定”、“开度给定”或“功率给定”的修改，通过触摸屏数字键盘输入数据。

点击右下角“模式切换”键，可返回主菜单画面。

3)开度设置修改

点击“参数窗口”选择“开度设置”，可进入开度设置画面，如图 6-19 所示，该画面设有水头值、启动开度、空载开度、负载开限等参数。

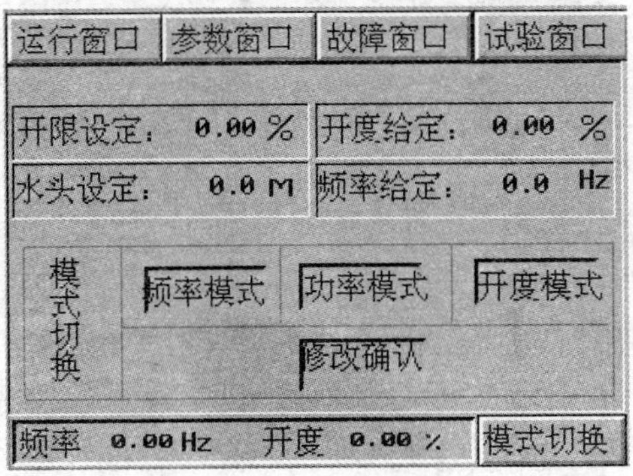

图 6-18 模式切换画面

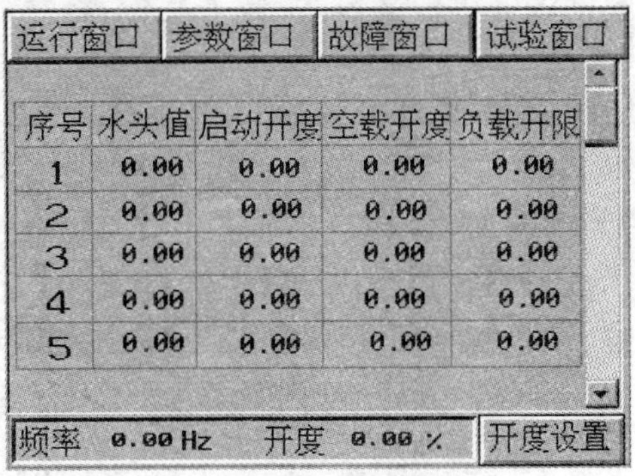

图 6-19 开度设置画面

图 6-19 中，序号表示由低到高的水头，每次显示 5 条水头及其对应参数组；点击画面右侧的上拉或下拉键，可以看到此画面所有数据。

每一列水头对应的启动开度、空载开度和负载开限都可以根据设计或者实际需要输入符合调速器运行的数值。

当参数需要修改时，触摸数据键弹出数据键盘，可输入数据，只有具有操作权限的操作人员才能够修改此画面中参数值。

点击右下角“开度设置”可回到主菜单画面。

4. 故障窗口画面操作

从主菜单点击故障窗口，显示故障窗口子菜单，它包括“故障细节”、“故障帮助”等选项。当面板故障灯亮时，可通过故障细节画面查询具体故障类型，通过故障帮助画面查询故障原因。

1)故障细节画面操作

点击“故障窗口”键选择“故障细节”进入故障细节画面，如图 6-20 所示，该画面显示故障发生日期和时间、故障清除日期和时间等，其中“A”表示故障发生，“C”表示故障清除。该画面可以储存 300 条历史故障记录。点击右下角“故障细节”键可返回主菜单画面。

值得注意的是，当 PLC 或导叶开度反馈不正常时，发事故信号，调速器由“自动”切至“手动”，此时导叶维持原有开度并发出故障信号，故障灯闪烁。

2)故障帮助画面操作

点击“故障窗口”选择“故障帮助”进入故障帮助画面，如图 6-21 所示。该画面描述了各种类型故障发生的可能原因以及故障现象。点击右下角“故障帮助”返回主菜单画面。

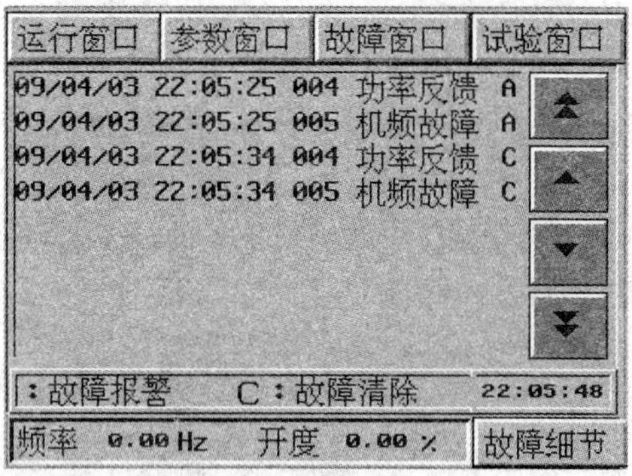

图 6-20　故障细节画面

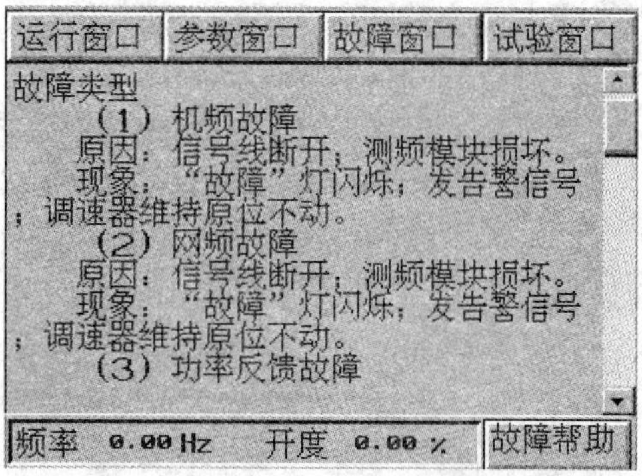

图 6-21　故障帮助画面

5. 试验窗口画面操作

“试验窗口”是调速器调试阶段调试人员使用窗口，无特殊要求时，一般不允许操作。

三、整机静态特性试验

(1)调速器处于自动工况，频率模式，负载状态，参数设置为：b_p=6%，b_t=5%，T_n=0 s，T_d=2.0 s，开限=100%，Y_G=50%，f_j=50.00 Hz，P_G=0，F_G=50.00 Hz。

(2)将机频 f_j 从 50.00 Hz 开始，以 0.001 Hz 递增或递减，每间隔 0.30 Hz 记录一次，使接力器行程单调上升或下降一个来回，录波并记录机频 f_j 和相应导叶接力器行程值记录格式见表 6-3。根据记录数据计算调速器转速死区和非线性度是否符合标准。

表 6-3　调速器上升和下降静特性试验记录

接力器开方向		接力器关方向	
发频值(Hz)	接力器位置	发频值(Hz)	接力器位置
51.5		51.5	
51.2		51.2	
50.9		50.9	
50.6		50.6	
50.3		50.3	
50.0		50.0	
49.7		49.7	
49.4		49.4	
49.1		49.1	
48.8		48.8	
48.5		48.5	

试验结果：转速死区____________%(要求小于 4%)。

快速工程计算方法：记录同一频率值的最大接力器开关位置偏差为Δy_{max}，接力器全行程为y_{max}，则试验最大转速死区为$i_x=(\Delta y_{max}/y_{max})\times b_p$。

四、机组动态特性试验

(一)空载稳定性试验

1. 手动开停机及稳定性观测

手动开机至空载额定转速，运转 5～10 min，如一切正常，进一步做手动空载频率摆动测试。

用自动记录仪检测机组转速摆动最大、最小值连续 3 min，并连续观测 3 次取平均值。对于配用中型微机调速器，手动时机组转速摆动相对值Δx不超过±0.3%，则要求自动时，机组转速摆动相对值Δx不超过±0.25%；对于配用小型微机调速器，手动时机组转速摆动相对值Δx不超过±0.4%，则要求自动时，机组转速摆动相对值Δx不超过±0.35%。

2. 自动开停机检查

自动开机至空载额定转速，检查开机过程是否正常，并进行稳定性观测。

机组空载运行 5 min 后，如一切正常，切为自动停机，检查停机过程是否正常。

(二)空载扰动试验

空载扰动试验目的是，测试能使机组空载稳定运行的调节参数范围，确定最佳空载调节参数。具体方法如下：

(1)根据经验公式(如斯坦因公式等)预先给定一组稳定参数 b_{t1}、T_{d1}、T_{n1}，让调速器自动开机至空载，将开限置于适当大的位置。

(2)用频率给定信号，给调速器施加48 Hz→52 Hz(+4 Hz)扰动信号和52 Hz→48 Hz(−4 Hz)，记录空载扰动波形。

(3)分别置 4 组不同的b_t、T_d、T_n值，用频率给定重新施加±4 Hz 扰动信号，记录空载扰动波形，取超调量和调整时间最优的一组参数作为运行参数。

具体要求和波形参见本章第三节机械液压调速器的调整试验的相关内容。

(三)空载转速摆动值观测

完成空载扰动试验后，置参数为扰动最佳参数值，调速器置自动位置，进行机组空载转速摆动值观测，记录 3 次连续 3 min 的转速摆动值。

记录内容：当前水头(m)、空载开度(%)、最大频率(Hz)、最小频率(Hz)、摆动值(Hz)、3 次平均值(Hz)。

要求转速摆动相对值符合 GB/T 9652.1—2007 中水轮机调节系统动态特性的规定(见本书第一章第四节)。

(四)突变负载试验

突变负载试验的目的是，选择机组孤网运行时的调节参数，确保调节系统既有良好的响应特性，又有较好的稳定性。

具体试验方法是，在机组带孤立负荷运行时，设置不同调节参数，用功给使机组突增或突减不大于 25%的额定负荷，用自动记录仪记录机组转速、接力器行程、频率、蜗壳水压等变化曲线，通过比较各组参数条件下的机组稳定性特性，确定最佳带孤立负荷运行参数。

(五)甩负荷试验

1. 甩25%额定负荷试验

手动操作调速器面板功率增加/减少把手，使机组带25%的额定负荷，待接力器稳定后，使发电机出口断路器分闸，用记录仪录制机组转速或频率、定子电流、发电机功率、接力器行程、导叶关闭时间、调节时间等波形。

接力器不动时间 T_q 等参数应符合技术规程的有关规定。

2. 甩50%、75%额定负荷试验

按照上述方法做甩50%、75%额定负荷试验，确定能否做甩100%负荷试验。

3. 甩100%额定负荷试验

甩100%额定负荷试验的目的是，检验机组在选定的参数下调节过程的速动性和稳定性，检查能否满足调节保证计算的要求。

具体试验方法是，机组带额定负荷，待接力器位置稳定后，由中控室操作断路器分闸，用记录仪录取机组转速或频率、定子电流、发电机功率、接力器行程、导叶关闭时间、引水管道及蜗壳内水压、尾水管真空值、调节时间等波形。

分析甩负荷过程曲线，调节时间 T_E、最大转速偏差$\Delta n_{\max}$、超调量 d、超调次数 X、接力器不动时间等参数应符合国家标准GB 9652.1—2007关于动态特性的有关规定(详见本书第一章第四节)。

(六)手自动切换试验

开度模式下，开机至空载状态，合断路器。

操作按钮，在调速器“自动”和“手动”之间切换，观察切换前后接力器实际开度，并观察指示灯显示、继电器动作，即接力器开度应无明显扰动(接力器开度变化小于1%)，指示灯显示、继电器动作应正确。

记录内容如下：

(1)自动转手动。断路器分：转换前后接力器开度变化(%)、机频(Hz)；断路器合：转换前后接力器开度变化(%)、机频(Hz)。

(2)手动转自动。转换前后接力器开度变化(%)、机频(Hz)。

本章小结

水轮机调节系统是一个庞大而复杂的系统，其调节对象包括引水系统、水轮发电机组和电力系统等。在第一节中，首先给出了水轮发电机组运动方程式，它表达了机组与引水系统、电力系统之间的相互关系。动力矩方程式和流量方程式分析了在小波动条件下，单调节水轮机的动力矩、流量随接力器行程、机组转速和水头变化的关系，它们可以用6个系数 e_y、e_x、e_h、e_{qy}、e_{qx}、e_{qh} 来表示。对调节系统的主要影响：e_y 是大于零的，它表示动力矩相对值 m_t 随着相对开度的增大而增大；e_x 表示当接力器行程和作用水头不变时，动力矩相对量 m_t 随着相对转速的增加而减小；e_h 值越大引起的动力矩波动值越大；e_{qy} 值大于零，小于1，即水轮机流量随接力器行程增加而增加；e_{qx}

绝对值很小，可以忽略不计；e_{qh}值一般大于零，即水轮机流量随水头增加而增加等。需注意，上述结论是有条件限制的。

引水系统刚性水击基本方程式给出了引水系统水流惯性对水轮机动力矩的影响，在工程上以水流惯性时间常数 T_w 来表示其影响，T_w 越大，水流惯性越大，调节系统的稳定性就越差，甚至使系统不能稳定。

发电机负载方程式表明了电力系统负载性质对发电机阻力矩的影响，阻力矩分量将随频率增大而加大，即使 M_g 增大，从而减小了 M_t-M_g 的差值，抑制了转速的升高。也就是说，阻力矩有自调节作用，e_g 值越大，自调节作用越明显。

第二节讲述了稳定性的概念、系统动态过程的几种基本形式，介绍了稳定区域的概念，提出了稳定域大小与参数量 θ_n、θ_d 等之间的关系。调节对象特性参数 T_w、T_a、e_n 和调速器参数 b_t、T_d、b_p 对调节过程有着重要影响，其中 T_w 是影响调节系统动态品质的主要因素，T_w 值越大系统稳定性越差，T_a 值越大，系统越稳定，但会延长调节过程；增大 b_t、T_d 值有利于改善系统稳定性，但是增加过多会延长调节时间。最后介绍了调速器参数计算的经验公式，这些公式具有一定的适用条件，必须结合现场试验进行调整。

第三节和第四节分别讲述了机械液压型调速器、微机调速器在电站安装后调整试验的主要内容，包括静态调整、静态特性试验、调节系统动态特性试验三大部分。动态特性试验主要包括机组启动调试、稳定性观测、空载扰动试验、突变负荷试验和甩负荷试验等，并对各试验内容、目的和方法等作了简要介绍。

复习思考题

6-1 说明机组惯性时间常数 T_a、水流惯性时间常数 T_w 的物理意义。

6-2 e_x、e_y、e_h 各表示什么意义？它们对调节过程有何影响？

6-3 空载动态过程的品质指标有哪几项？各表示什么含义？

6-4 T_a、T_w、b_t、T_d、b_p 各对调节有什么影响？

6-5 机械液压型调速器的静态初调有哪些内容？

6-6 熟悉机械液压型调速器静特性试验的内容和步骤。

6-7 如何进行空载摆动观测，应进行哪些记录？

6-8 什么叫做空载扰动试验？空载扰动试验各项指标应达到什么要求？简述试验的基本过程和方法。

6-9 突变负荷试验的目的是什么？简单说明突变负荷试验的基本方法。

6-10 甩负荷试验的目的是什么？应考虑哪些指标？有何要求？

6-11 叙述微机调速器机械部分的调整内容和方法。

6-12 叙述微机调速器电气反馈元件的调整方法和步骤。

6-13 简述微机调速器人机界面检查的内容。

6-14 简述微机调速器人机界面操作调整的主要内容。

6-15 简述微机调速器整机静特性试验的内容和方法。

6-16 叙述微机调速器动态特性试验的目的和主要内容。

第七章　调节保证计算简介

第一节　调节保证计算的任务与标准

一、调节保证计算的任务

机组运行的稳定工况，是指机组的出力与负荷保持平衡的运行状态，这时机组的转速恒定不变，而且压力水管中的水流处于恒定流状态。但是机组所承担的负荷是不断变化的，而且机组常会碰到较大的负荷变动。尤其是当因事故而甩全负荷时，会出现水轮机动力矩与发电机的负荷阻力矩极不平衡而使机组转速急剧变化，这时调速器迅速调节进入水轮机的流量以使机组出力与变化后的负荷重新保持平衡，机组进入一个新的稳定工况。在上述调节过程中，机组转速与压力水管中的水压力都将发生急剧的变化，甚至可能产生危及机组、水电站压力引水系统及电网安全的严重事故，如较大的水击压强变化使压力管道爆裂或压扁以及水轮机遭到破坏；过高的转速变化使机组强烈振动并损害机组的强度和寿命，甚至造成机组飞逸事故等。

在水电站压力引水系统和水轮发电机组特性确定时，对水击压强变化和转速上升大小起控制作用的是导叶调节时间和调节规律。因此，在水电站设计时要计算调节过程中的最大水击压强变化值和最大转速上升值，并据此选择合理的导叶调节时间和调节规律，使水击压强变化和转速上升都在允许范围内，这在工程上称为调节保证计算，简称调保计算。

调节保证计算的任务是：根据水电站压力引水系统和水轮发电机组特性，选择合理的导叶调节时间和调节规律，进行最大水击压强变化值和最大转速上升值计算，使水击压强变化和转速上升都在允许范围内。

二、调节保证计算的标准

(一)机组甩全负荷时

(1)最大水击压强上升率为

$$\zeta_{\max}=\frac{H_{\max}-H_0}{H_0} \tag{7-1}$$

式中　$H_{\max}$——甩负荷过程中最大水压力(水柱高)，m；

H_0——甩负荷前的水电站静水头，m。

在调保计算中，最大水击压强上升率的计算标准如下：

水电站额定水头大于 100 m 时，$\zeta_{\max}<0.3$；

水电站额定水头在 40 ~ 100 m 时，$\zeta_{\max}=0.3\sim0.5$；

水电站额定水头小于 40 m 时，ζ_{max}=0.5 ~ 0.7；

尾水管进口的真空值不超过 8 ~ 9 m 水柱高。

(2)最大转速上升率为

$$\beta_{max}=\frac{n_{max}-n_0}{n_0} \tag{7-2}$$

式中 n_{max}——机组甩负荷过程中产生的最大转速，r/min；

n_0——机组的额定转速，r/min。

在调保计算中，最大转速上升率的允许值的计算标准如下：

当机组容量占系统总容量的比重较大且担负调频任务时，$\beta_{max}<0.45$；

当机组容量占系统总容量的比重不大或担负基荷运行时，$\beta_{max}<0.55$；

当机组为独立运行时，$\beta_{max}\leqslant 0.3$；

当机组为冲击式水轮机时，$\beta_{max}<0.3$。

注意，上述调保计算标准是在一定的技术条件下制定的。随着系统容量的增大和水轮发电机组制造技术的提高，调保计算标准也有逐渐放宽的趋势。国内不少大型水轮发电机组转速上升允许值已超过 0.50，达到 0.58，美国为 0.6，而俄罗斯则达到 0.65。一般当选择标准超出规定的标准值时，应作特殊的论证。

(二)机组突增全负荷时

机组突增全负荷时的计算主要是为了求压力水管中的最大水击压强降低值，并以此校验压力水管的布置合理性及运行安全性，如图 7-1 所示为不合理的管线布置。计算标准为压力引水系统任一断面不允许出现负压且有 2 m 水柱高的压强余度。

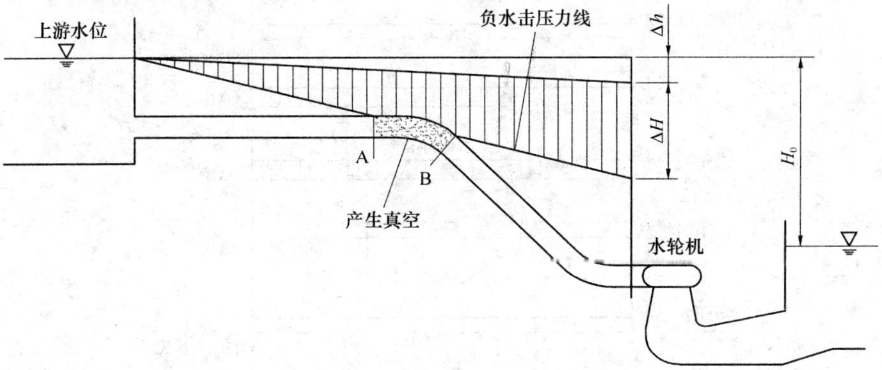

图 7-1 不合理的管线布置

第二节 调节保证计算简介

一、水击的基本概念

(一)水击现象和水击波的传播过程

水轮机调节中突然开、闭导叶时，压力水管内水流量、流速急剧变化，内水压力也将急剧降低或升高。在水流的惯性作用和水体与管壁弹性的影响下，这种降低或升高的压力，以压力波的形式和一定的波速在压力水管中往复传播，形成压力交替升降的波动现象，同时伴有如锤击的声响和振动，这种水力现象称为水击(或水锤)，压力波称为水击波。

由水击引起的压力升降数值往往很大，在这种压力的作用下，应考虑水体的压缩性和膨胀性。引起水击的根本原因就在于压力水管中水流的惯性和弹性的相互作用。

对于压力水管材料、管壁厚度 δ、管道直径 D 沿管长不变的简单管，若其初始平均流速为 V_0，压力水管末端阀门处水头为 H_0，当水头损失不计时，阀门突然关闭(关闭时间 T_s=0)后的水击波传播过程如图 7-2 所示。

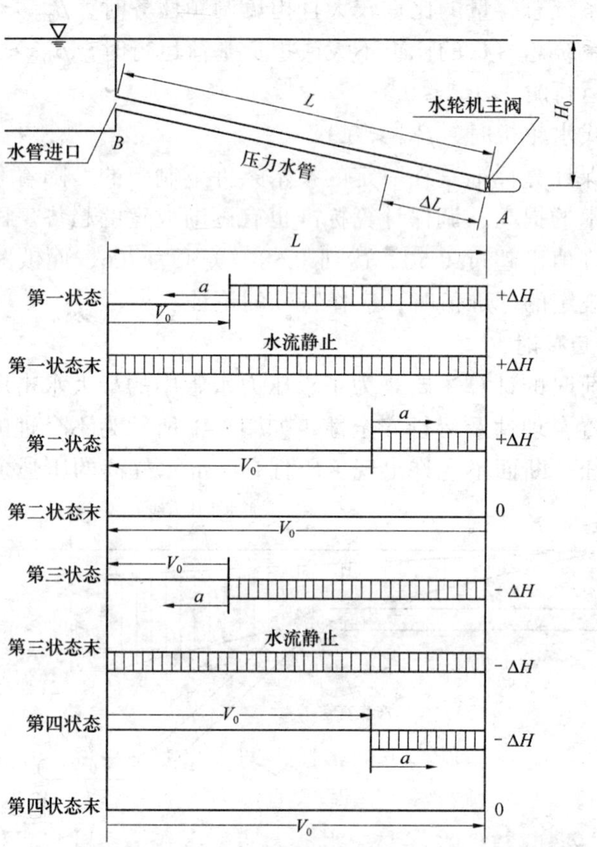

图 7-2　阀门瞬时全关时(T_s=0)压力水管中水击波的传播过程

(1)第一状态：在紧急情况下，压力水管末端的阀门在 t=0 时瞬时关闭，靠近阀门处的一段长度为 ΔL 微小水体首先停止流动(流速由 V_0 变为 0)。但因为水流的惯性作用，上游水体仍然以流速 V_0 流向阀门处，在水流的作用力与阀门的反作用力的共同作用下，ΔL 段水体被压缩，水体密度增大，内水压强由 p_0 升高至 $p_0+\Delta p$，其中 Δp 称为水击压强(若 p_0 与 Δp 以水头表示，则分别为 H_0 和 ΔH)。在 ΔH 的作用下管壁膨胀，同时沿管轴向形成一微小空间，当后来的水体充满此空间后，第二段微小水体受阻也停止流动，且同前段微小水体一样被压缩、水体密度增大、内水压强升高、管壁膨胀。如此进行下去，形成一个从阀门 A 处向上游传播的水流速度减小为零、内水压强升高的运动，这种现象称为水击波的传播，其波速为 a，此过程时段为 $t=0\sim L/a$，水击所到之处水头升高 ΔH，而波的传播方向与管中恒定流的流动方向相反，水击波为升压逆行波。

(2)第二状态：当 $t=L/a$ 时刻，水击波到达压力管道进口端 B，此时管中水体全部停止流动，整个压力水管中，水体的密度增大，管壁膨胀，水头升高 ΔH。由于进口端 B 与水库衔接，库水位可认为保持不变，故 B 断面上游侧的水头仍为 H_0，而 B 断面下游侧压力水管中的水头为 $H_0+\Delta H$，两侧水压力和水的密度不能均衡，致使紧靠进口的一端微小长度的水体首先由静止状态改变为以流速 V_0 反向流向水库，同时压强由 $H_0+\Delta H$ 降为原来的 H_0，也即水头降低 ΔH，水体的密度和管径也恢复到起始状态。随后，自水管进口端 B 至末端阀门处 A，一段段微小的水体的压强、密度和管径也相继恢复原状，并形成一个以降压为特征的水击波由 B 向 A 传播，称为降压顺行波，它是升压逆行波在水库端的反射波。由于水体和管壁的弹性不变，故反射波的波速也为 a，水击压强仍为 ΔH，但符号相反，即由升压波反射成为降压波，其绝对值相等，故水库端 B 处水击波的反射规律为“异号等值”。直到 $t=2L/a$ 的瞬间反射波到达阀门 A 处，此时整个压力水管的水体压强、密度和管径均恢复至起始状态，但全管水流都以流速 V_0 流向水库。此过程时段为 $t=L/a\sim 2L/a$。

(3)第三状态：在 $t=2L/a$ 时，全管水流以流速 V_0 向水库流动，但由于阀门是完全关闭的，靠近阀门的一小段水体停止流动，在水流惯性的作用下，该段水体被“拉长”，水体膨胀，压强减小 ΔH，密度减小，管壁收缩。这种水体被“拉长”，水体膨胀，压强减小 ΔH，密度减小，管壁收缩现象仍以波速 a 自 A 至 B 逐段传播，形成降压逆行波，此时是水库反射回来的降压顺行波在阀门处的再一次反射。直到 $t=3L/a$ 时，此降压逆行波传至水管进口端 B，此时整个水管中的流速均为零，压强由 H_0 减至 $H_0-\Delta H$，同时处于水体膨胀、管壁收缩状态。此过程时段为 $t=2L/a\sim 3L/a$。

(4)第四状态：在 $t=3L/a$ 时刻，水管进口断面 B 的下游侧比上游侧的压强低 ΔH，在两侧压力差和水体密度差的作用下，B 端的水流又以流速 V_0 向阀门 A 的方向流动，使膨胀的水体恢复到起始时刻的密度，压强也恢复到 H_0。接着自 B 至 A 逐段水体相继发生同样的变化，并以波速 a 向阀门方向传播，即水库端又将阀门反射回来的降压逆行波“异号相等”地反射成升压顺行波，压强增值仍为 ΔH。直到 $t=4L/a$ 时，此时升压顺行波又到达阀门 A 处，此时整个水管中的水体流速、压强、密度和管径都恢复到关闭前的起始状态。此过程时段为 $t=3L/a\sim 4L/a$。

此后，若不计摩阻作用，则水击波的传播又将重复上述过程，并将不断循环进行下去。实际上管壁的摩阻作用总是存在的，故水击现象会逐渐衰减，并最终消失。

阀门瞬时全部开启时，同样会产生上述水击波的传播现象，其物理本质并无不同。主要差别是在开始时，阀门处的压强将先降低 ΔH，水击波以降压逆行波的形状传向水库端，而水库的第一次反射波则为升压顺行波。此后阀门的反射规律和水击波的传播现象，均与阀门瞬时全部关闭时情况相同。

如上所述，从时间 $t=0\sim 4L/a$，水击波的传播完成了一个过程，所以将时段 $T=4L/a$ 称为水击波的“周期”。水击波在压力水管中传播一个来回所需要的时间为 $t_{相}=2L/a$，称 $t_{相}$

为水击波的“相”。两相为一周期。

(二)水击波的传播速度

水击波速是分析水击问题的重要参数，其大小主要与压力水管的直径 D、管壁厚度、水的体积弹性模量 E_0 和管壁材料的弹性模量 E 等因素有关。水击波速的计算公式如下：

(1)均质管水击波速计算公式：

$$a=\frac{1\ 435}{\sqrt{1+\frac{E_0 D}{E\delta}}}\quad (\mathrm{m/s}) \tag{7-3}$$

式中 1 435——声波在水中的传播速度，m/s；

E_0——水的体积弹性模量，一般取 $E_0=2.06\times10^6$ kPa；

E——管壁材料的弹性模量，对钢材料 $E=206\times10^6$ kPa，对铸铁 $E=98\times10^6$ kPa；

D——管道直径，m；

δ——管壁厚度，m。

通常 $a=800\sim1\ 200$ m/s，对于金属管道，a 值可直接取 1 000 m/s。

(2)如管道各段的直径、材料或其他参数不同，a 可取平均值，计算公式为

$$a=\frac{L}{\sum\frac{L_i}{a_i}}\quad (\mathrm{m/s}) \tag{7-4}$$

式中 L——管道总长，m；

L_i——管道中第 i 段的长度，m；

a_i——管道中第 i 段的水击波速，m/s。

二、水击的计算方法

(一)水击的类型

上述分析的水击现象是假定压力水管阀门瞬时启闭时发生的，阀门处的水击压强 ΔH 也是瞬时产生的，故只考虑了一个水击波在水管中来回传播。实际上，启闭压力水管末端的阀门总有一段历时(如反击式水轮机导叶的关闭时间 $T_s=3\sim8$ s)。设关闭阀门的总历时为 T_s。可将其看做由许多连续突然关闭的微小段组成，每一微小时段的突然关闭，都将在阀门处产生一个水击升压值 ΔH，使该处压强不断升高。而每一 ΔH 都有一升压逆行波的形状向水库方向传播。

若 $T_s\leqslant 2L/a$，则当第一个由水库反射回来的降压顺行波尚未到阀门处时，阀门即已全部关闭，这样，阀门处的最大水击压强不会受到降压顺行波的影响，故其大小与阀门瞬时关闭的情况相同。这种水击称为直接水击，其数值很大，在水电站工程中应绝对避免。

若 $T_s>2L/a$，则当阀门尚未完全关闭时，从水库反射回来的第一个降压顺行波已到达阀门处，从而使阀门处的水击压强在尚未达到最大值时就受到降压顺行波的影响而减小。阀门处的这种水击称为间接水击，其值小于直接水击，是水电站经常发生的水击现象。这种类型的水击是本章讨论的重要内容。

(二)直接水击的计算

在发生水击时，水电站压力引水系统中任一断面的压强和流速都是随时间而变化的，为了求解管道任一断面的水击压力与流速之间的关系，取图 7-3 所示压力水管 1 至 2 段的水体为研究对象，根据动量定理可得发生直接水击计算公式：

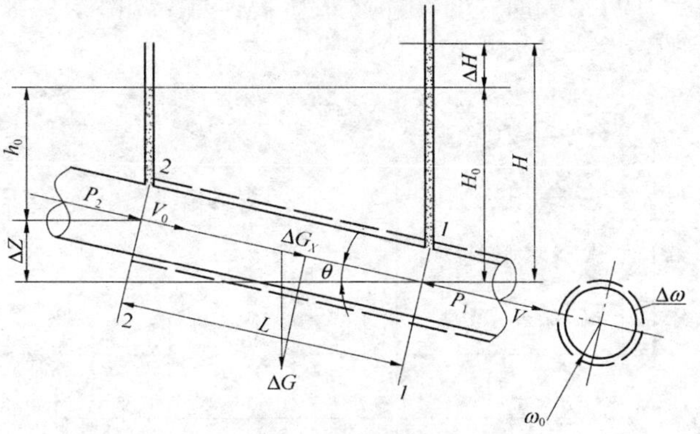

图 7-3　直接水击计算简图

$$\Delta H=\frac{a}{g}\left(V_0-V\right) \tag{7-5}$$

或

$$\zeta=\frac{\Delta H}{H_0}=\frac{a}{gH_0}(V_0-V)$$

式中　a——水击波速，m/s；

g——重力加速度，9.81 m/s^2；

V_0——管道中水流起始平均流速，m/s；

V——阀门关闭完成后阀门处流速，m/s；

ζ——直接水击压力升高相对值。

从式(7-5)中可以看出：

(1)若 $V_0>V$，即阀门关闭时，起始流速 V_0 大于终了流速 V，ΔH 为正值，压力水管中产生正水击；反之，若 $V_0<V$，即阀门开启时，产生负水击。

(2)水击压力的大小与水击波速 a 成正比，与流速变化的绝对值成正比。

(3)只要 $T_s<2L/a$，直接水击的大小与关闭时间长短及关闭规律无关，只要流速变化值相同，则水击压力的最终值是一样的。特别值得注意的是，直接水击的数值是很大的(可达净水头的数倍)，这样高的压力会造成极大的危害，工程中应绝对避免发生直接水击。

例如，某水电站压力钢管(a=1 000 m/s)中水流起始流速 V_0=4 m/s，当水电站突然丢弃全负荷(V=0 m/s)时，若发生直接水击，则阀门处水击压力可达：

$$\Delta H=\frac{a}{g}\left(V_0-V\right)=\frac{1\,000}{9.81}\left(4-0\right)=407.75\left(\text{m}\right)$$

可见，直接水击的数值是很大的，应绝对避免发生直接水击。

(三)间接水击的计算

1. 间接水击的发展过程

根据导叶的关闭规律，可以求出导叶处管道内水流速度随时间变化的曲线，如图 7-4 所示。通常以相长 $t_{相}$为时间轴的分度单位，将曲线划分为数段，即图中导叶关闭时间为 $T_s=5t_{相}$。当导叶由全开至全关时，每相末水击压力值计算如下：

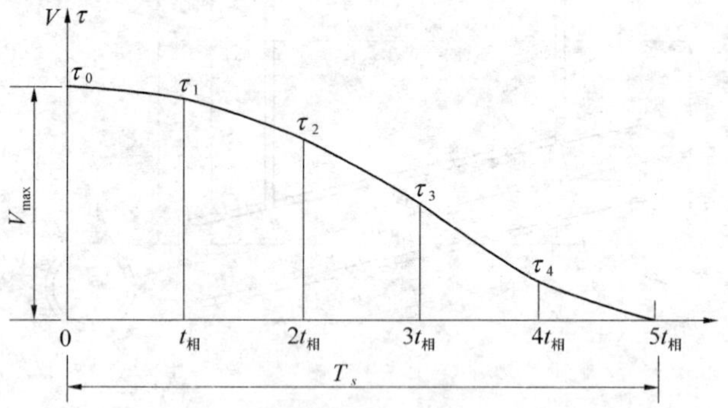

图 7-4　导叶处流速随时间的变化曲线

第一相末：

$$\Delta V_1 = V_0 - V_1$$

$$\Delta H_1 = H_1 - H_0 = \frac{a}{g}\Delta V_1$$

式中　H_1——第一相末导叶处的总压力。

第二相末时，由于第一相末产生的水击值 ΔH_1 已经以减压波形式(即 $-\Delta H_1$)反射至导叶处，同时，第二相时段中导叶处水流速度也在变化，$\Delta V_2=V_1-V_2$，由此产生了新的水击压力 $\Delta H_2'$：

$$\Delta H_2' = \frac{a}{g}\Delta V_2$$

这样，第二相末导叶处的实际水击值 ΔH_2 应为 $\Delta H_2'$ 与 $-\Delta H_1$ 叠加而得

$$\Delta H_2 = H_2 - H_0 = \Delta H_2' - \Delta H_1$$

$$= \frac{a}{g}(V_0 - V_2) - 2(H_1 - H_0)$$

依次类推，可以得到第 n 相末导叶处的水击压力值为

$$\Delta H_n = H_n - H_0 = \Delta H_n' - \Delta H_{n-1}$$

$$= \frac{a}{g}(V_0 - V_n) - 2\sum_{i=1}^{n-1}(H_i - H_0) \tag{7-6}$$

式中　V_n——第 n 相末的水流速度，m/s。

实际的间接水击计算还引入了相对值概念，如相对水击压力升高值等，还要利用边界条件，才能得到各相水击的计算公式，其计算十分复杂，本教材不再详细介绍，请参阅有关书籍。

下面仅介绍间接水击的简化计算。研究表明，当阀门按直线规律关闭时，如图 7-6 所示，间接水击可归纳为两种类型：一是最大水击值发生在第一相末，即$\zeta_{\max}=\zeta_1$，故称为第一相水击，如图 7-5(a)所示；二是水击值逐相增加，最大水击发生在最后一相末，即$\zeta_{\max}=\zeta_m$，则称为末相水击，如图 7-5(b)所示。导叶直线关闭规律如图 7-6 所示。

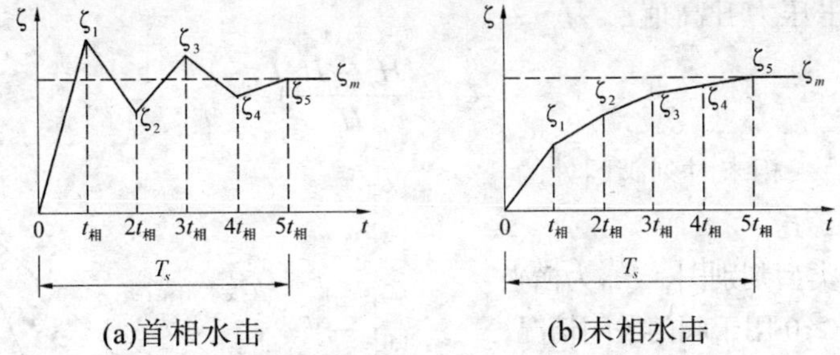

图 7-5　阀门以直线规律关闭时的水击类型

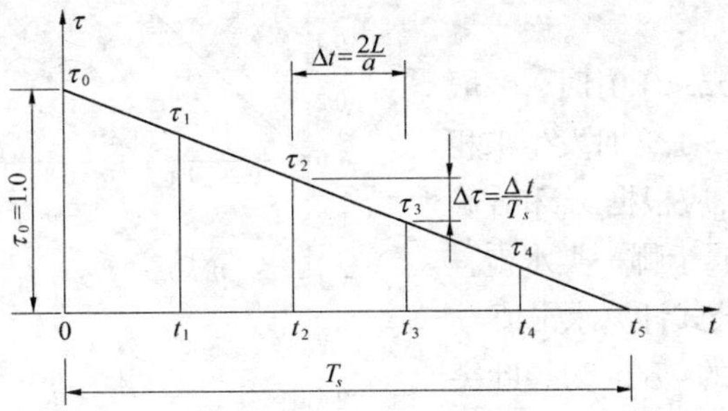

图 7-6　导叶的直线关闭规律

2. 间接水击类型的判断

进行水击计算时最关心的是可能发生的最大水击值，为此首先要判定水击的类型。间接水击类型决定于管道特性和阀门关闭情况，为此先要了解管道和阀门参数的计算。

(1)起始相对开度τ_0：

$$\tau_0=F_0/F_{\max} \tag{7-7}$$

式中　F_0——甩负荷前导叶过水面积，甩全负荷时$F_0=F_{\max}$；

$F_{\max}$——机组满负荷时的导叶过水面积。

(2)压力水管特性系数ρ：

$$\rho = aV_0/2gH_0 \tag{7-8}$$

式中　V_0——管道中水流平均速度，各管段流速不等时取加权平均值，即压力水管、蜗壳和尾水管各段长度与流速乘积之和，除以各管段长度之和。

(3)水管特征系数σ：

$$\sigma = \frac{\sum LV}{gH_0T_s} \tag{7-9}$$

式中　$\sum LV$——各管段长度与起始平均流速乘积之和；

T_s——导叶关闭时间。

(4)相对水击压力升高值ζ_1和ζ_m。第一相相对水击压力升高值ζ_1为

$$\zeta_1=\frac{H_1-H_0}{H_0} \tag{7-10}$$

式中　H_1—— 第一相末时刻阀门处的总压力。

末相相对水击压力升高值ζ_m为

$$\zeta_m=\frac{H_m-H_0}{H_0} \tag{7-11}$$

式中　H_m——最后一相末时刻阀门处的总压力。

图 7-7 为水击类型判别图，$\rho\tau_0$为横坐标，σ为纵坐标，$\sigma\geqslant 0$用于阀门关闭情况，$\sigma<0$用于阀门开启情况。该图由$\rho=\sigma$和$\zeta_1=\zeta_m$两曲线将图分成直接水击区、首相水击区和末相水击区。

由图可以看出，当$\rho\tau_0<1.0$时，一般发生第一相水击；当$\rho\tau_0>1.5$时发生末相水击；当$\rho\tau_0=1.0\sim1.5$时，应根据$\rho\tau_0$和σ确定的点处于哪一区域便属于哪一类水击，然后按相应的水击计算公式计算水击值。

图 7-7 中横轴以下的$-\sigma$区为导叶突然开启，管中发生负水击时的判定范围。

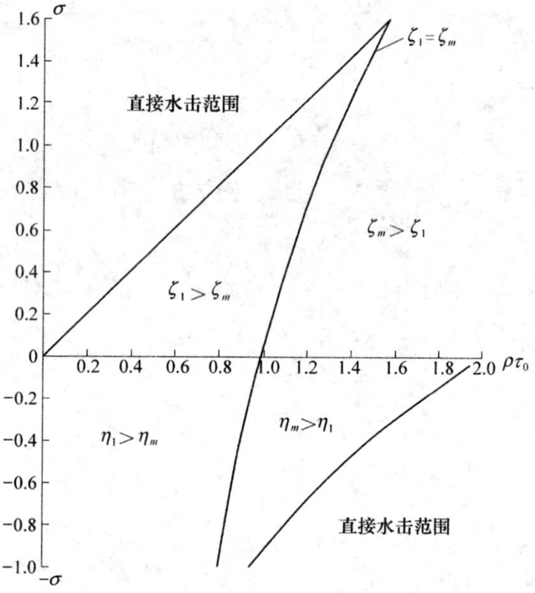

图 7-7　水击类型判别图

3. 间接水击的计算方法

按上述方法判定属于哪种水击后，可用下面公式进行水击的简化计算。

1)第一相水击

阀门关闭时：

$$\zeta_1=\frac{2\sigma}{1+\rho\tau_0-\sigma} \tag{7-12}$$

阀门开启时：

$$\eta_1=\frac{2\sigma}{1+\rho\tau_0+\sigma} \tag{7-13}$$

式中　η_1——第一相水击相对压力降低值。

2)末相水击

阀门关闭时：

$$\zeta_m=\frac{2\sigma}{2-\sigma} \tag{7-14}$$

阀门开启时：

$$\eta_m = \frac{2\sigma}{2+\sigma} \tag{7-15}$$

式中　η_m——末相水击相对压力降低值。

为便于计算水击压力升高值，根据上述公式绘制成各种曲线，如图 7-8 所示。可根据计算出的 $1/\sigma$ 值在图中查取最大水击压力升高相对值。

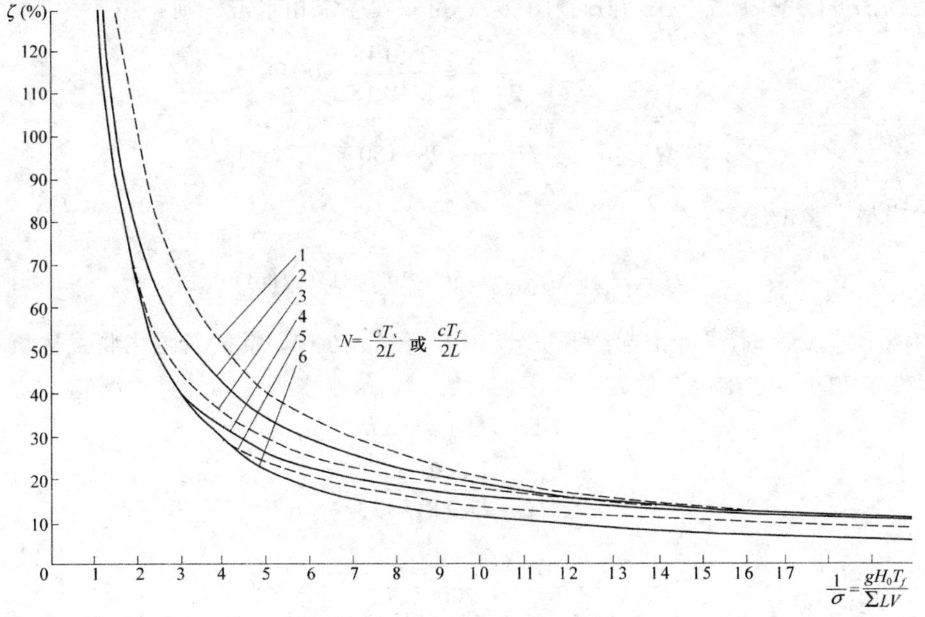

图 7-8　水击计算曲线

上述公式是以冲击式水轮机为条件推导出来的，即假定水轮机单位流量、导叶开度与时间均是直线关系，上述公式若直接用于反击式水轮机自然会有误差。因此，根据上面公式或曲线求出的水击压力升高要乘上一个机型修正系数 K，即

$$\zeta_{max} = K\zeta_m$$

其中，K 与反击式水轮机比转速有关，根据试验确定。对混流式水轮机取 K=1.2；轴流式水轮机取 K=1.4。ζ_m 就是上述公式求出的水击压力升高值。

例如，某水电站压力水管长 L=200 m，管壁厚度及管径均匀，管材为金属材料，电站设计水头 H_0=150 m，最小水头 H_{min}=133 m。管中水流最大流速 V_{max}=3.92 m/s，空载相对开度 τ_{xx}=0.1，导叶总关闭时间 T_s=3 s。求机组突甩及突增全负荷时，管中的最大水压力和最小水压力。

解：对于金属管道 a=1 000 m/s。

(1)水击的类型判别：

$$\frac{2L}{a} = \frac{2\times 200}{1\ 000} = 0.4(\text{s})$$

由于 T_s=3 s＞$2L/a$ =0.4 s，所以发生间接水击。

(2)突然甩全负荷时(导叶由起始开度 τ_0=1.0 关至 τ_{xx}=0.1)：

$$\rho = \frac{aV_{\max}}{2gH_0} = \frac{1\ 000 \times 3.92}{2 \times 9.81 \times 150} = 1.33$$

$$\rho\tau_0 = 1.33 \times 1.0 = 1.33$$

$$\sigma = \frac{LV_{\max}}{gH_0T_s} = \frac{200 \times 3.92}{9.81 \times 150 \times 3} = 0.18$$

根据$\rho\tau_0$=1.33＞1 或以$\rho\tau_0$和σ查图 7-7，可知发生末相水击，则：

$$\zeta_{\max} = \zeta_m = \frac{2\sigma}{2-\sigma} = \frac{2 \times 0.18}{2-0.18} = 0.198$$

$$\Delta H_{\max} = \zeta_{\max} H_0 = 0.198 \times 150 = 29.7(\mathrm{m})$$

管内最大水击压力：

$$H = H_0 + \Delta H_{\max} = 150 + 29.7 = 179.7(\mathrm{m})$$

(3)突增全负荷时(导叶由起始开度τ_{xx}=0.1 开至τ=1.0)。此时管道内将发生负水击，并且静水头越小负水击绝对值越大，因此计算时以最小水头作为计算工况：

$$H_0 = H_{\min} = 133\ \mathrm{m}$$

$$\rho = \frac{aV_{\max}}{2gH_0} = \frac{1\ 000 \times 3.92}{2 \times 9.81 \times 133} = 1.50$$

$$\rho\tau_0 = 0.15$$

$$\sigma = \frac{LV_{\max}}{gH_0T_s} = \frac{200 \times 3.92}{9.81 \times 133 \times 3} = 0.20$$

查图 7-7 可知发生首相水击，则：

$$\eta_{\max} = \eta_1 = \frac{2\sigma}{1+\rho\tau_0+\sigma} = \frac{2 \times 0.20}{1+1.5 \times 0.1+0.20} = 0.30$$

$$\Delta H_{\max} = \eta_{\max} H_0 = 0.30 \times 133 = 39.9(\mathrm{m})$$

管内最小内水压力为

$$H = H_0 - \Delta H_{\max} = 133 - 39.9 = 93.1(\mathrm{m})$$

4. 水击在压力引水系统中的分配

上述水击计算公式是按末端阀门导出的。在分析时只计入蜗壳的影响，即把导水机构作为水击的分解面考虑。目前，关于蜗壳和尾水管对水击的影响尚无定论。但对河床式水电站或压力管道较短的水电站，蜗壳和尾水管的影响是不容忽视的。整个压力引水系统的ΣLV是压力管道的L_TV_T值、蜗壳的L_CV_C值和尾水管的L_BV_B值的总和。可以认为，压力管道、蜗壳和尾水管内的水击压力是按各段的$\sum L_iV_i$占总$\sum LV$的比例进行分配的。

(1)引水管道内压力升高值：

$$\zeta_T = \frac{\sum L_TV_T}{\sum LV}\zeta_{\max} \tag{7-16}$$

$$\Delta H_T = \zeta_T H_0$$

(2)蜗壳内压力升高值：

$$\zeta_C = \frac{\sum L_T V_T + \sum L_C V_C}{\sum LV}\zeta_{\max} \tag{7-17}$$

$$\Delta H_C = \zeta_C H_0$$

(3)尾水管内的压力降低值。在导叶突然关闭时，在压力管道和蜗壳内产生正水击，尾水管内则出现负水击。

尾水管内的压力降低值为

$$\eta_B = \frac{\sum L_B V_B}{\sum LV}\zeta_{\max} \tag{7-18}$$

$$\Delta H_B = \eta_B H_0$$

在出现压力降低时尾水管的真空值为

$$H_B = H_S + \frac{V_2^2}{2g} + \Delta H_B \tag{7-19}$$

式中　H_S——水轮机吸出高度，m；

　　V_2——尾水管进口流速。

式(7-19)中($V_2^2/2g$)和 ΔH_B 应为同一时刻出现的最大组合。近似计算时，可以取开始关闭时流速水头的一半(即 $V_2^2/4g$)与 ΔH_B 进行组合。

为了避免尾水管出现压力过低而造成水流中断时水流反冲引起抬机现象，尾水管真空值 H_B 不应大于 8 m 水柱。

中、高水头水电站的压力水管一般较长，蜗壳和尾水管的影响较小，可以忽略不计。对低水头水电站，则必须考虑二者的影响。

第三节　转速上升计算

一、转速上升计算基本公式

设机组在丢弃负荷前的额定出力为 N_0，经过导叶(阀门)关闭时间 T_s' 之后出力降为零，此时转速由额定转速 n_0 上升至最大转速 $n_{\max}$。近似认为机组出力随导叶(阀门)的关闭时间按直线规律变化，如图 7-9(a)中的虚线所示，则在 T_s' 时段内机组所作的功(即多余能量)为

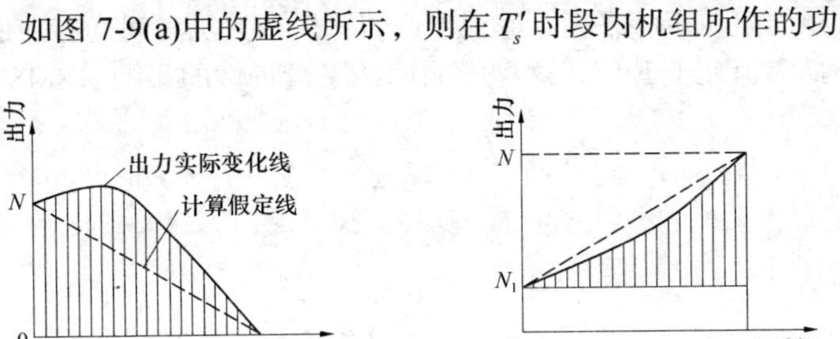

图 7-9　机组出力随调节时间的变化曲线

$$E_s = \frac{1}{2}P_0T_s' \quad (\mathrm{kN \cdot m})$$

若不计能量损失，根据功能转化原理，则机组所作的功将全部转化为机组转动部分的动能，致使机组转速上升至 n_{max}。机组的转动部分包括发电机转子带轴，水轮机转子带轴和主、副励磁机的转动部分，通常只考虑发电机转子带轴部分(这样考虑对机组转速变化的计算是偏于安全的)。设机组转动部分的惯性矩为 I(kN · m · s)，丢弃负荷前机组转动部分的角速度为 $\omega_0=\pi n_0/30$(rad/s)，T_s' 时段末的角速度为 $\omega_{max}=\pi n_{max}/30$(rad/s)，则有：

$$\frac{1}{2}P_0T_s' = \frac{1}{2}I\left(\omega_{max}^2 - \omega_0^2\right) \tag{7-20}$$

又因为：

$$I = \frac{G}{g}\left(\frac{D}{2}\right)^2 = \frac{GD^2}{4g}$$

$$\omega_{max} = \frac{\pi n_{max}}{30} = \frac{\pi\left(n_0 + \Delta n\right)}{30} = \frac{\pi\left(n_0 + n_{max} - n_0\right)}{30} = \frac{\pi n_0\left(1+\beta\right)}{30}$$

$$\beta = \frac{\Delta n}{n_0} = \frac{n_{max} - n_0}{n_0}$$

代入式(7-20)整理化简后得

$$\beta = -1 + \sqrt{1 + \frac{3\ 578P_0T_s'}{GD^2n_0^2}} \tag{7-21}$$

式(7-21)即转速上升的计算公式，在推导该式的过程中，曾假定出力随调节时间按直线规律变化，并忽略了水轮机转速、调速器调节特性以及水击压强等对转速变化率的影响，所以式(7-21)是近似计算公式。

二、速率上升值计算的修正

为了得到比较符合实际的 β 值，人们以修正系数的形式来考虑上述影响 β 值的各种因素，从而导出了许多计算 β 值的修正公式。下面介绍两种较常用的计算 β 的公式。

(一)SMS 公式(美国摩根 · 史密斯工厂推荐公式)

SMS 公式考虑了水击的影响，同时还考虑了水轮机的飞逸转速特性的影响。从式(7-21)可以看出，当关机时间趋于无穷大时，速率上升值也趋于无穷大，这是与事实不相符的。因为随着机组转速的增高，水轮机中水流流态紊乱，能量损失加大，阻力也增加，最后水轮机内部的动力矩与阻力矩相平衡，达到飞逸转速。在关机时间为有限值时，水轮机这一特性，也会减小最大速率上升值，这种影响就是飞逸特性的影响。SMS 公式如下：

$$\beta = \frac{T_s}{2T_a}f_1C \tag{7-22}$$

$$f_1 = \left(1+\zeta_{cp}\right)^{1.5}$$

$$T_a = \frac{GD^2n_0^2}{3\ 578P_0}$$

$$C = 1\Bigg/\left[1 + \frac{T_s}{2T_a\left(n_p/n_0 - 1\right)}\right]$$

式中　T_a——机组时间常数；

f_1——水击影响修正系数；

C——考虑水轮机飞逸特性影响修正系数；

n_p——飞逸转速；

ζ_{cp}——平均水击压强相对值，可将图 7-8 中的横坐标的直线关闭时间 T_f 值换成导叶总关闭时间 T_s 值，求出 σ 的倒数和水击的总相数 N，在图中查取得到该值。

(二)ЛМЗ公式(原苏联列宁格勒金属工厂)

丢弃负荷时：

$$\beta=-1+\sqrt{1+\frac{T_{s1}f}{T_a}} \tag{7-23}$$

增加负荷时：

$$\beta=1-\sqrt{1-\frac{T_{s2}f}{T_a}} \tag{7-24}$$

式中　T_{s1}——导叶由全开关至空转开度的历时；

T_{s2}——导叶由空转开度开至全开的历时；

f——水击影响修正系数，可按式 $f=1+1.2\sigma$ 计算，当 $\sigma<0.6$ 及 $\beta<0.5$ 时，f 值可由图 7-10 中查得。

对于混流式和冲击式水轮机 T_{s1} 和 T_{s2} 均采用 $0.85\sim0.90T_s$；对于轴流式水轮机 T_{s1} 和 T_{s2} 均采用 $0.65\sim0.70T_s$。

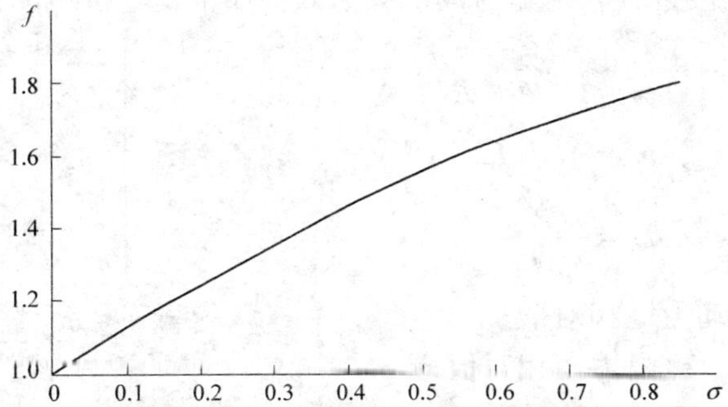

图 7-10　水击影响系数 f 值查取图

第四节　调节保证计算的电算法概述

一、过渡过程的数学模型

(一)近似计算的问题

上面三节的水击压力、转速变化的计算公式，可求取调节系统大波动工况过渡过程中出现的最大值，以便满足调保计算的需要。但是这种计算只是一种近似计算，计算结果与水电站甩负荷试验所得的实测值相比误差较大且偏于安全。这是由于这些公式均是在一定假设条件下推导的，而这些假设与实际有一定的出入，另外它们没有反映水轮机特性的影响。这样对于水电站调节系统的设计以及为改善大波动过渡过程选取措施的决策是不利的。此外，近似公式不能给出水击压力和转速变化随时间的变化过程，这对于进一步研究水轮机过渡过程也是不利的。

(二)电算法的思路及存在的问题

水击计算的电算法是将计算机数值计算应用于水击计算的特性线法的水击计算方法。目前，我国已经广泛地采用特性线法模拟管道水击，利用水轮机特性确定边界条件，预测水电站的水击过渡过程。

水击计算的特性线法的最大优点是物理意义明确，理论严谨，精度高，但是存在数学上的难题。将计算机数值计算应用于水击计算的特性线法克服了其缺点，使水击计算的研究日趋成熟，但仍有一些基本问题没有得到很好的解决。

首先是水轮机模型特性问题。制造厂家提供的综合特性曲线只给出了高效率区，而用电算法预测水轮机的水力瞬变需要有完整的水轮机特性曲线，这种特性曲线应给出宽阔的工况范围，但是目前转轮模型试验工作尚不能满足这一要求，大多数转轮没有这种全特性。其次，某些厂家与设备的资料本身有一定的误差，如 GD^2 一般是根据图纸近似估算的。因此，电算法的结果也有一定的误差，随着计算方法的改进、原始资料状况的改善及现场测试技术的进步，误差将会越来越小。

(三)数学模型

水轮机过渡过程的数学模型可分为 4 个部分。

(1)建立水轮机过渡过程转速与时间的关系式。水轮发电机组的运动方程可以表示为

$$\left.\begin{aligned} & T_a\frac{\mathrm{d}x}{\mathrm{d}t}=m_t-m_g \\ & m_t=M_t/M_0, \qquad\qquad m_g=M_g/M_0 \\ & T_a=\frac{GD^2n_0^2}{3\,578P_0} \end{aligned}\right\} \tag{7-25}$$

式中 m_t——水轮机动力矩相对值；

m_g——发电机电磁阻力矩相对值；

M_0——额定轴力矩，kN · m；

T_a——机组惯性时间常数，s；

GD^2——机组飞轮力矩，kN · m^2；

P_0——机组额定功率，kW。

水轮机动力矩 m_t 可通过模型特性确定，而发电机的电磁阻力矩 m_g 计算比较困难。不过，由于在水电站的水力瞬变过渡过程中我们主要关心两种情况：一是水轮机甩负荷；二是孤立运行机组的频率调节。这里主要讨论第一种情况。在水轮机甩负荷的情况下，机组脱离电网，电磁力矩 $m_g\equiv 0$。对水轮发电机组的运动方程进行积分，并取二阶近似得

$$n=n_0+\frac{\Delta t}{T_a}\left(1.5m_{t0}-0.5m_{t00}\right) \tag{7-26}$$

其中，下标“0”和“00”分别表示时刻 t_0 和 $t_0+\Delta t$；时间步长由管道特性线方法给出。由于等式右边在当前时刻是已知量，未知量可以直接算出。

(2)建立压力管道部分水击压力升高的关系式，该部分可用水击的连锁方程，即两个断面间水击压力、水头和流量之间的关系式。

(3)建立导叶运动规律即导叶的关闭规律。导叶的关闭过程有多种情况，如直线关闭、折线关闭或曲线关闭，而导叶接力器行程与导叶开度之间也非线性关系，在计算时均应考虑这些因素。一般情况下，接力器的关闭规律可用解析式给出。但若关闭规律是以表格形式给出的，可用“MATLAB”这一高性能的数值计算和可视化软件将其进行多项式拟合而得到解析式。

(4)建立水轮机特性关系式，即水轮机流量、力矩随时间的变化规律。通常厂家提供的是模型综合特性和逸速特性。但综合特性曲线只提供高效率区附近的特性，而逸速特性只提供空载工况的特性，这对过渡过程计算是不够的。因为在甩负荷过程中，机组转速与水击压力的上升使水轮机的流量特性和力矩特性均发生了改变。此外，当转速上升为最大值时，导叶开度比正常空载开度大，故使用逸速特性是不合适的；而为了解调速系统的稳定性，仅研究高效率区附近的工况也是远远不够的。因此，需要知道水轮机的各种开度在单位转速较大范围内的特性，通常称为全特性。

由于水轮机特性曲线的形状一般不规则，可应用“MATLAB”将其拟合成多项式。

二、计算程序框图

图 7-11 是计算过渡过程中任意时刻 t 的转速 n 及用分段逐次逼近法解 ζ 值的程序框图。

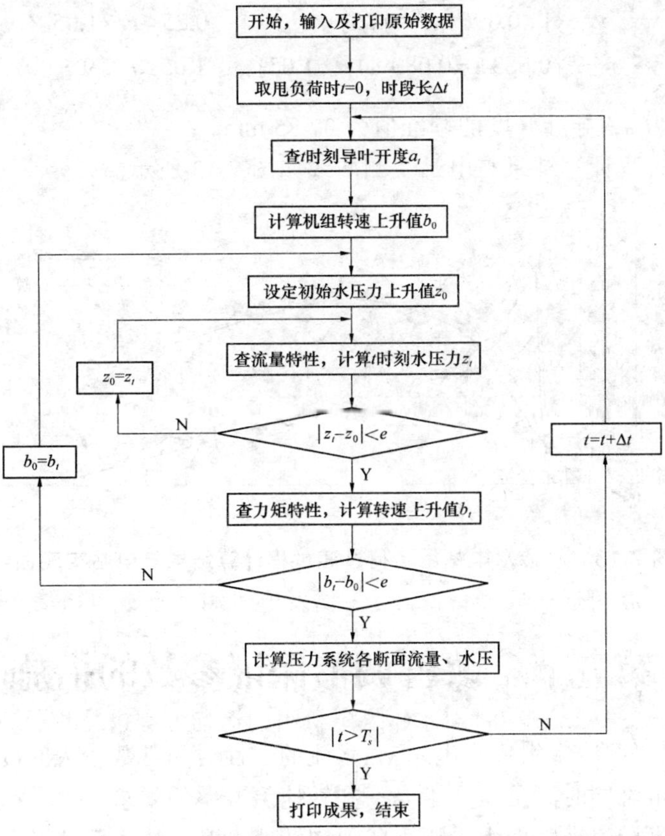

T_s—过渡过程计算时间总长；e—给定允许误差

图 7-11　甩负荷过渡过程逐次逼近法程序框图

由于无法直接求解连锁方程得出ζ，故采用逐次逼近法求ζ。所谓逐次逼近是指预先设定一个变量值，然后逐次代入计算，将每次计算结果与前一次计算的结果相比较，如偏差值小于允许误差，则认为解已求得，如不满足就再代入计算，一直到满足要求为止。

三、计算实例

小岭水电站为一引水式水电站，引水系统为分岔管布置，如图 7-12 所示。干管长 L_{AB}=251.24 m、直径 D_{AB}=2.89 m；分岔管长 L_{BC}=23.55 m、直径 D_{BC}=2.2 m。水轮机型号为 HL260-LJ-120，额定转速 n=250 r/min，机组转动惯量 GD^2=24 t · m²。水电站设计水头为 18.02 m。

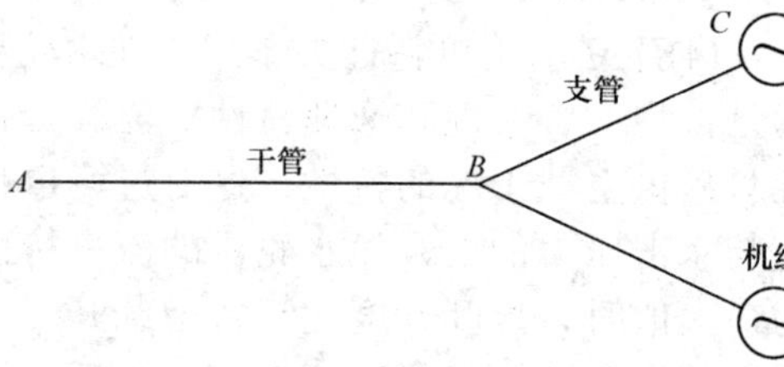

图 7-12　小岭水电站计算用引水系统

初始条件：上游水库水位高程为 179.923 m，下游水库水位高程为 161.695 m，导叶开度为 37.85 mm，一台机组关闭，另一台甩负荷。

水轮机导叶的关闭规律为

$$y=\begin{cases}1 & 0\leqslant t\leqslant 0.25\\ 1-0.396\,1(t-0.25) & 0.25<t\leqslant 1.05\\ 0.683\,1-0.080\,84(t-1.05) & 1.05<t\leqslant 9.5\end{cases}$$

其中，时间单位为 s，导叶开度的基准值为 37.85 mm。

甩负荷过渡过程计算结果与电站实测曲线如图 7-13 所示。

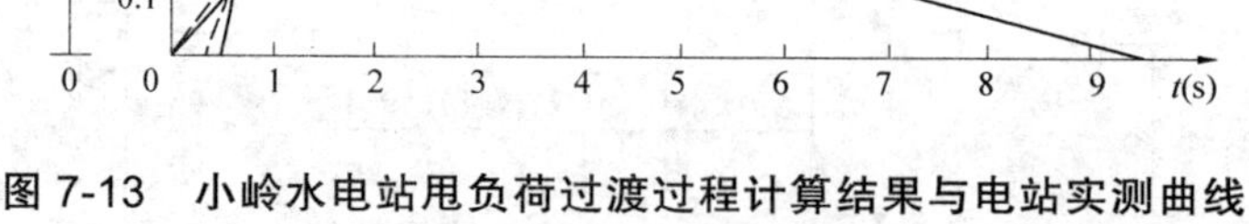

图 7-13　小岭水电站甩负荷过渡过程计算结果与电站实测曲线

第五节　改善调节保证参数的措施

压力管道较长的高、中水头水电站，当水流的惯性时间常数较大时(T_w 超过 2 ~ 3.5 s)，调保计算的结果很难同时满足压力上升率和转速上升率的要求。为了保证机组安全运行，应当采用一些技术措施来降低水击压力或限制转速上升。压力管道的长度受地形和水电站总体布置的限制，一般较难缩短；加大管径可以降低水击压力，但会增加投资。通常采用的技术措施有以下几个方面。

一、改变导叶关闭规律

调节元件的运动规律，对水击压力和转速变化起着决定性的影响。图 7-14(a)是在相同时间内给出的 3 种导叶关闭规律，图 7-14(b)是对应 3 种关闭规律的水击压力变化曲线。从图中可以看出，关闭规律Ⅰ的关闭速度均匀，其水击压力有一稳定值；关闭规律Ⅱ的关闭速度先快后慢，因此水击压力先升后降，有一极限值；关闭规律Ⅲ的关闭速度先慢后快，因此水击压力先小后大，此种情况相当于缩短了关闭时间，所以这种规律对水击压力变化最不利。因此，确定合理的导叶关闭规律对降低水击压力和转速的上升有着重要的意义。

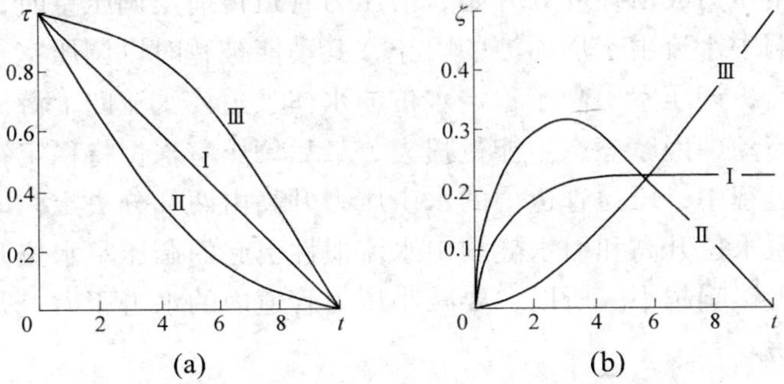

图 7-14　导叶关闭规律对水击压力上升的影响

比较规律Ⅰ、Ⅱ可知，规律Ⅱ有利于在开始阶段迅速减小水轮机动力矩，使最大转速上升值减小。综上可知，导叶关闭以采用先快后慢的关闭规律为佳，此种关闭规律可以有效地降低水击压力和转速上升值。目前，常采用导叶的两段关闭规律，即在调速器中采取一定的措施，使接力器关闭速度先快后慢。图 7-15 所示为某水电站采用两段关闭规律时甩负荷示波图，由图可知，在甩负荷开始阶段导叶关闭速度快，因此有利于降低转速上升值，当压力上升到规定数值时，导叶关闭速度减缓，使随后发生的压力上升不会比折点处的压力上升高，所以甩负荷过程中最大压力上升值发生在折点处。因此，只要适当选择折点的位置和第一、二段的关闭速度，就可以达到降低水击压力和机组转速上升的目的。

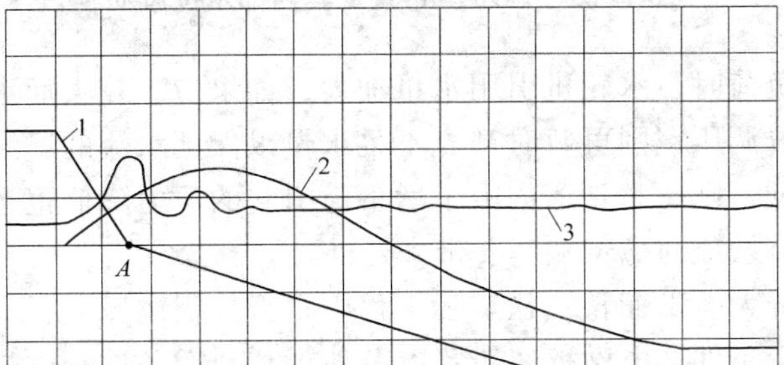

1—接力器行程曲线；2—转速变化曲线；3—蜗壳压力变化曲线；*A*—折点

图 7-15　两段关闭规律时甩负荷示波图

在第四章第七节中已经对分段关闭装置进行了介绍，这里不再赘述。

二、设置调压室

从调节过程特性对调节过程的影响可知，要减小水击压力升高值，可采用缩短管道长度 L 或增大管径的方法来减小 T_w 值。但是管道长度取决于地形地质条件，而增大管径会造成投资的增加，因此采用缩短管道长度 L 或增大管径的方法来减小 T_w 值并不是可取的方法。一般采用设置调压室的方法。

调压室是一种修建在水电站压力引水隧洞与压力管道之间，具有自由水面和一定容积的调节性水工建筑物，如图 7-16 所示。调压室将连续的压力引水道分成上游引水道和下游引水管道(即压力管道)两个部分，它能有效地减小压力管道中的水击压力上升值。当甩负荷时，水击压力波由导叶处开始，沿压力管道传播至调压室时，水击波被调压室反射。而引水隧洞中水流由于压力波的阻止，其动能被暂时以调压室水位升高形成的位能储存起来。随后，调压室中高于稳定水位的水体又迫使水流向上游流动，水位形成波动，由于水流在流动中因摩擦产生能量损失，最后调压室水位将稳定在水位波动发生前的水位。在上述过程中，压力管道中的水击压力升高由两部分决定，即压力管道内水流惯性引起的调压室水位升高和引水隧洞中水流惯性引起的调压室水位升高。而当调压室断面越大时，后者影响越小。所以，要减小压力管道内的水击压力上升值，调压室的位置要尽量靠近厂房。

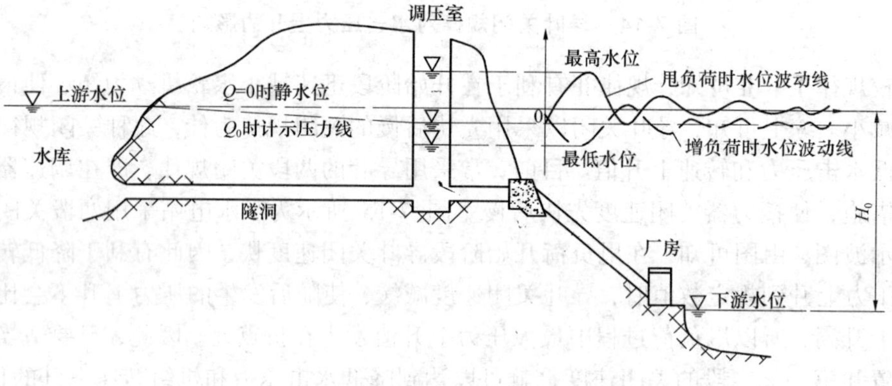

图 7-16　调压室布置及其内部水位波动

当水电站增加负荷时，水轮机引用水量加大，如果 T_w 较大而未设调压室，水流可能会出现断流，设置调压室则可暂时补充不足水量以保证水流的连续性。此时，调压室中的水位将有所降低，则压力管道内由于增负荷引起的压力降低也会减小，这给保证管道结构的安全和调节系统的稳定性都会带来好处。

调压室建造投资大、工期长，在实际工程中是否采用调压室，应根据水电站在电网中的作用、机组运行条件、电站枢纽布置以及地形、地质条件等进行综合技术经济比较后确定。在初步分析时，设不设置调压室可用整个引水管道中的水流惯性时间常数 T_w 值进行判断。对于孤立系统或电站容量占电力系统总容量 50%以上者，允许 T_w=2.5 ~ 3.0 s；水电站容量占电力系统总容量 20%以下者，允许 T_w=5.0 ~ 6.0 s；当 T_w 超过上述范围时应考虑设置调压室。

三、装设调压阀

由于受到地质、地形条件限制兴建调压室有困难的中、小型水电站($T_w \leqslant 12$ s)，可考虑以调压阀代替调压室，一般其投资为建造调压室的20%。

调压阀设置在由蜗壳或压力水管引出的排水管上，如图7-17所示。在甩负荷后导叶关闭的同时，调压阀打开。部分流量(一般为管道流量的 50%～80%)经调压阀泄出，使压力管道中的流量变化减缓，压力升高也减小。为了节省水量，在导叶关闭后，调压阀能自动慢慢关闭。采用调压阀装置，即使导叶以较快的速度关闭，由于压力管道中总流量变化不大，故水击压力也增加不大。这样既提高了导叶的关闭速度，也会相应地减小机组的速率上升值。增负荷时，调压阀无作用。

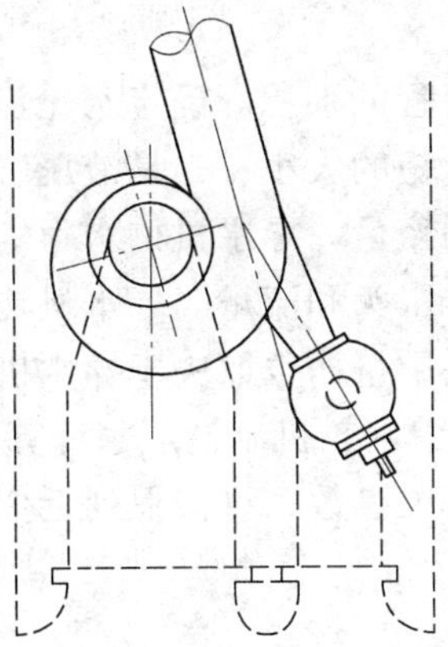

(a)调压阀设置在蜗壳的引出管

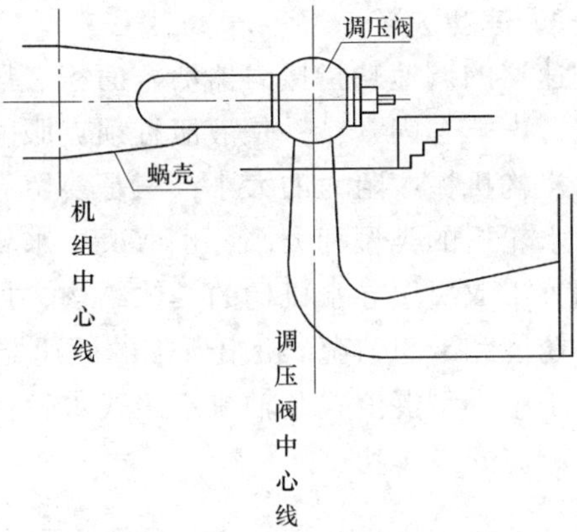

(b)调压阀设在压力水管的引出管

图7-17　调压阀装置示意图

目前，在系统中不担任主调频机组的水电站，特别是单机容量占电力系统比重不大的水电站，或者对供电质量没有特别严格要求的农村地区性电力系统中的水电站，在 2～2.5 s$<T_w<$12 s时，用调压阀代替调压室可以节省投资，缩短建设工期，亦可满足调保计算的要求。但调压阀不能解决调节系统小波动的稳定问题，当 T_w 较大时，这个问题就更为突出，所以不是任何情况下都可以用它来代替调压室。

四、增大机组 GD^2

从速率上升计算公式可以知，增加机组 GD^2 值，可以降低上升值。

机组转动惯量 GD^2 一般以发电机转动部分为主，而水轮机转轮相对直径较小、重量较轻，通常其 GD^2 只占机组总 GD^2 值的10%左右。一般情况下，大、中型反击式水轮机组按照常规设计的 GD^2 已基本满足调节保证计算的要求；如不能满足，应与发电机制造部门协商解决。中、小型机组，特别是转速较高的小型机组，由于其本身的 GD^2 较小，常用加装飞轮的方法来增加 GD^2。

此外，加大 GD^2 意味着加大了机组惯性时间常数，这会给调节系统稳定性带来有利的影响。

第六节 水轮机调速器选型计算

水电站水轮机型式不同，其调速器型式也不相同，下面仅介绍中小型反击式水轮机调速器和冲击式水轮机调速器的选配方法。

一、中小型反击式水轮机调速器的选择

中小型调速器一般为组合式，即调速器电柜、机械柜、油压装置组合在一起，接力器(液压缸)视电站布置情况而不同。调速器的选择主要是根据水轮机参数，确定调速功来选择调速器容量等。

(一)调速功选择

调速器的调速功指接力器活塞面积、压力油压强和行程的乘积。确定水轮机所需操作功应考虑三个因素：一是液压缸须克服的导水机构水力矩的大小；二是液压缸须克服的导水机构机械摩阻力的大小；三是要留有必要的操作功裕量。导水机构水力矩的大小取决于水轮机的类型和大小，也取决于水轮机的实际工作水头和流量。导水机构机械摩阻力的大小取决于导水机构的具体结构、加工质量和安装质量，也取决于导水机构在运行中的锈蚀和卡阻情况。机组所需的调速器操作功通常应由水轮机制造厂家计算、提供。

对于中小型混流式及轴流定桨式水轮机，如已知其有关参数，可按下列近似公式估算机组所需的操作功 A：

$$A = 250Q\sqrt{H_{\max}D_1} \tag{7-27}$$

式中 Q——最高水头下机组额定出力时的流量，m^3/s；

$H_{\max}$——最高水头，m；

D_1——水轮机转轮直径，m。

中型反击式水轮机导叶接力器所需的调速功 A 可按下式计算：

$$A = Kb_0a_{0\max}H_{\max}D_1 \tag{7-28}$$

式中 b_0——水轮机导叶高度，m；

$a_{0\max}$——水轮机导叶最大开度，mm；

K——与机型有关的系数。

对于混流式水轮机：$D_1<3.0$ m，K=3.92；$D_1>3.0$ m，K=2.94；对于轴流式水轮机：K=2.94。

对于组合式中小型调速器，可根据机组所需操作功 A，直接选择调速功接近且偏大的调速器。

(二)液压缸选择方法

除根据机组所需操作功选择操作功相近且较大的调速柜或操作柜外，还须根据液压缸数量、工作行程及布置方式，进行液压缸的选型计算。液压缸的选型步骤如下：

(1)求待选液压缸的操作力，以调速功除以行程即为操作力，还应考虑一定余量。

$$F=A/0.6\,L \tag{7-29}$$

式中 A——调速器操作功，N · m；

L——液压缸所需行程，双液压缸应按 $2L$ 计算，m。

(2)确定液压缸径和活塞杆径，注意选取操作力偏大的液压缸。此外，液压缸的布置方式为单液压缸或中心对称布置的双液压缸，按附表 8 中内拉操作力选取；轴对称布置的双液压缸，按附表 8 中平均操作力选取。

(3)对于双液压缸而言，由于采用轴对称方式布置时，其推拉两方向的力相等，且油管布置方便，而中心对称布置的双液压缸则无此优点，故一般推荐采用轴对称布置方式。

(4)液压缸实际行程应在计算行程的基础上增加 5～20 mm 作为压紧行程。

(5)绘制安装图，根据液压缸直径、活塞杆直径、实际行程值，绘出所需液压缸的安装图。

二、冲击式水轮机调速器的选择

(一)调速功选择

喷嘴接力器调速功计算：

$$A = 10Z_0(d_0 + \frac{d_0^3 H_{\max}}{6\ 000}) \tag{7-30}$$

式中 Z_0——喷嘴数；

d_0——射流直径，cm。

对于组合式中小型调速器，可根据机组所需操作功 A，直接选择调速功接近且偏大的调速器。

(二)液压缸等选择

1. 工作油压的确定

目前，冲击式水轮机均采用高油压调速器，对中小型冲击式水轮机调速器，工作油压选用 10 MPa 较为合适；当喷针液压缸和折向器液压缸的操作功很小时，可考虑采用更低一些的工作油压。大型冲击式水轮机调速器，工作油压选用 16 MPa 较为合适。因为工作油压愈高，其喷针液压缸和折向器液压缸的总容积愈小，所需蓄能器的总容积也就愈小，因而可选用较小规格的调速器，降低设备费用。

2. 选型计算的原则

冲击式水轮机调速器的选型，主要是根据机组参数和调速器工作油压确定蓄能器的总容积，或直接根据喷针、折向器液压缸容积确定蓄能器的总容积。

确定蓄能器总容积 V 的原则是：其实际可用油体积应大于机组调速所需的可用油体积。

蓄能器的可用油体积 V_u，是指自工作压力下限开始，降压到操作液压缸所需的最低压力为止，蓄能器所供出的油体积。选型时，可近似按蓄能器总容积 V 的 20% 计算。

机组调速所需的可用油体积，即蓄能器总容积 V 按下式计算：

$$V = 3V_z + 2V_p \tag{7-31}$$

式中 V_p——喷针液压缸的总容积，L；

V_z——折向器液压缸的总容积，L。

选型时应满足：

$$20\%\ V > 3V_z + 2V_p \quad 即\ V > 5(3V_z + 2V_p) \tag{7-32}$$

显然，选用的蓄能器总容积愈大，油泵工作的间隔时间愈长，调速器工作也愈可靠。因而，在具体选型时，可适当选用较大的蓄能器余量。

(三)选型计算的方法

根据不同的已知条件，可选用以下不同的计算方法。

1. 选型计算之一

当已知某工作油压下喷针液压缸总容积 V_p 和折向器液压缸总容积 V_z 后，即可按式(7-30)计算出该油压下机组调速所需的可用油体积，按冲击式水轮机调速器的实际可用油体积大于机组调速所需的可用油体积的原则，确定待选冲击式水轮机调速器的蓄能器总容积及型号。

2. 选型计算之二

在初步设计时，可按下述经验公式，估算出在拟选工作油压 P 下，机组所需冲击式水轮机调速器的蓄能器总容积 V：

$$V = 500\ Z_0\ H_{max}\ d_0^3\ /\ P \tag{7-33}$$

式中　d_0——冲击式水轮机射流直径，m；

Z_0——喷针数；

H_{max}——最高水头，m；

P——拟选工作油压，MPa。

按所选冲击式水轮机调速器的蓄能器总容积大于机组所需的蓄能器总容积的选型原则，可初步确定待选冲击式水轮机调速器的蓄能器总容积及型号。待得到有关资料后，再进行复核。

3. 选型计算之三

在设备改造或修改设计时，根据原来采用的较低工作油压 P_1、喷针液压缸总容积 V_{P1} 和折向器液压缸的总容积 V_{Z1}，可按下列公式计算在拟选较高工作油压下，保持喷针液压缸与折向器液压缸操作功不变所需的总容积 V_P、V_Z：

$$V_P = V_{P1}\, P_1/P \tag{7-34}$$

$$V_Z = V_{Z1}\, P_1/P \tag{7-35}$$

式中　P_1——原来采用的较低工作油压，MPa；

P——修改后采用的较高工作油压，MPa；

V_P——修改后的喷针液压缸总容积，L；

V_Z——修改后的折向器液压缸总容积，L。

然后按式(7-30)计算在工作油压 P 下机组调速所需的可用油体积；再按冲击式水轮机调速器的实际可用油体积大于机组调速所需的可用油体积的原则，确定待选冲击式水轮机调速器的蓄能器总容积及型号。

本章小结

本章围绕水电站调节保证计算这一中心内容介绍了调节保证计算的任务与标准，包括水击计算和转速变化计算的调节保证计算、调保计算的电算法概述以及改善调节保证参数的措施。

调节保证计算的任务是，根据水电站压力引水系统和水轮发电机组特性，选择合理的导叶调节时间和调节规律，进行最大水击压强变化值和最大转速上升值计算，使水击压强变化和转速上升都在允许范围内。

调节保证计算的标准如下：

(1)丢弃负荷时最大水击压强上升率的计算标准：

当水电站设计水头大于 100 m 时，$\zeta_{max}<0.3$；

当水电站设计水头在 40～100 m 时，$\zeta_{max}=0.3\sim0.5$；

当水电站设计水头小于 40 m 时，$\zeta_{max}=0.5\sim0.7$；

尾水管进口的真空值不大于 8～9 m 水柱高。

(2)丢弃负荷时最大转速上升率允许值的计算标准：

当机组容量占系统总容量的比重较大且担负调频任务时，$\beta_{max}<0.45$；

当机组容量占系统总容量的比重不大或担负基荷运行时，$\beta_{max}<0.55$；

当机组为独立运行时，$\beta_{max}\leqslant0.3$；

当机组为冲击式水轮机时，$\beta_{max}<0.3$。

(3)增全负荷时，计算标准为压力引水系统任一断面不允许出现负压且有 2 m 水柱高的压强余度。

在调节保证计算一节中，主要介绍了水击的发生过程、水击波速、相和周期的概念，并简要介绍了水击的计算方法。式(7-3)给出了水击波速的计算方法。按照第一个返回阀门端的水击顺行波的时间大于还是小于 T_s，可将水击分为直接水击和间接水击，其计算方法有所不同。前者可直接用式(7-5)计算；后者计算十分复杂，其简化计算方法是先判断是首相水击还是末相水击，再借助辅助计算公式和曲线图进行计算。

机组转速上升计算一节中，式(7-21)给出了转速上升计算的近似公式，它是在忽略了水轮机转速、调速器调节特性以及水击压强等因素后导出的，为了得到较准确的转速上升值，通常采用修正的办法。常用的修正方法有两种：一是 SMS 公式；二是 ЛМЗ 公式。

调节保证计算的电算法概述一节中，主要讲述了电算法的基本思路、数学模型及目前还存在的问题，并给出了电算法程序框图和计算实例。

改善调节保证参数的措施主要有改变导叶关闭规律、设置调压室、装设调压阀和增加机组 GD^2 值等方法。

复习思考题

7-1　什么是调保计算？调保计算有什么重要性？

7-2　调保计算的计算标准是什么？

7-3　什么是水击？水击有什么危害？产生水击的根本原因是什么？能否避免水击的发生？

7-4　水击分为哪些类型？如何判别水击的类型？

7-5　水电站压力引水系统中的水击波速如何计算？

7-6 阀门的起始开度对水击有何影响？

7-7 阀门的启闭规律对水击有何影响？

7-8 如何考虑蜗壳、尾水管对水击的影响？

7-9 为什么要进行转速上升计算并限制其数值的大小？

7-10 丢弃负荷时机组转速为什么会上升？

7-11 为什么卧式机组一般都会带有一个很大的飞轮？

7-12 当无法选择出一个导叶调节时间 T_s 使水击压力和转速变化都在规定的范围内时，怎么办？

7-13 某坝后式水电站装机容量为 4×1 600 kW。水轮机型号为 ZD510-LH-180，设计水头 H_p=21 m，设计流量 Q_p=12 m^3/s，吸出高度 H_s= –2 m。发电机额定转速 n_0=300 r/min，飞逸转速=720 r/min，机组飞轮力矩 GD^2=260 kN · m^2。钢筋混凝土压力水管长 L_T =33.86 m，其 $L_T V_T$=61.88 m^2/s，蜗壳折算长度 L_C=8.8 m，其 $L_C V_C$=16.2 m^2/s，尾水管折算长度 L_B=10.31 m，其 $L_B V_B$=21.16 m^2/s。压力水管采用单独供水方式。水击波速取 a =1 220 m/s。试选择一个合适的导叶关闭时间 T_s 并求出相应的$\zeta_{\max}$ 和$\beta_{\max}$。

第八章　调速器的运行维护、检修和故障分析

第一节　调速器的运行维护

调速器及油压装置是水电站的重要设备。为保证调节系统长期正常运行，减少事故和隐患，调速器及油压装置的日常维护工作就显得十分重要。

对于调节设备的维护工作，目前尚无专门规定。根据实践经验，有关人员对调节设备应定期巡回检查和维护。以机械液压型调速器为例，其主要内容如下：

(1)监视油位、油温和油压，保证调速器及油压装置正常运行。

①油压装置的压力油箱和回油箱油位应在允许的范围内，并注意压力油箱中的油气比例符合要求。

②运行中油温的工作范围为 10 ~ 50 ℃。

③压力油箱中油压应保持在规定值，一般情况允许 0.15 ~ 0.25 MPa 的波动。

(2)调速器及油压装置用油的质量应符合《汽轮机油》(GB/T 11120—1989L-TSA)关于汽轮机油或黏度相近的同类油的规定，需适时处理、更换。

①调速器在初次安装或大修后运行半个月左右应更换或处理一次。

②第一次换油后运行一个月做油质处理。

③以后每隔一年左右进行油质处理或更换新油。

④及时清洗滤油器：油压装置回油箱内的滤网，每季度应清洗一次，调速器内的滤油器在初次安装使用的头一个月内，应每周拆洗一次，以后每季度拆洗一次，拆洗滤油器时可切换成手动运行。

⑤为避免油中进入水，向压力油箱补气时一般不由空压机直接打入，需经气水分离器及储气罐后再补入。

(3)注意缓冲装置的换油、补油。

①缓冲装置内的透平油，投产的第一年内每季度更换一次，以后每年更换一次。

②缓冲装置应保证有足够的油，一般每季度检查、补充一次。补充油时应将节流针塞提起；加油至溢油孔流油为止。

(4)注意运动零件的润滑。

①经常检查调速器内的杠杆、销钉是否松动、变位和变形。各个铰接点应定期加注润滑油。

②接力器与调速器之间的传动十字头应定期加注润滑脂。

③切换阀置于手动位置时，引导阀处于润滑不足的状态，只允许短时间运转。因此，

手动状态运行时应切断离心摆电机电源。

(5)定期检查管道、阀门、法兰等连接处有无渗漏和变形。

(6)调速器运行中各调节参数整定值应符合要求，一般情况下不允许改变调节参数。调速器和油压装置各仪表指示值应与当前运行状态相符合，发现异常应及时处理。

(7)防止灰尘和杂物进入油中。

(8)离心摆运转平稳，无晃动、声响正常。

(9)主配压阀跳动幅度以及接力器摆动量应在允许范围内。

(10)各电动机温升应在正常范围内。工作油泵与备用油泵宜每周切换一次，并注意油泵运转是否有噪音、油温过高等不正常现象。

(11)安全阀和逆止阀动作时应无剧烈振动。

(12)各电气元件应定期进行外观处理和吹扫，及时发现脱焊和焊接不良现象。

(13)电液调速器各插件位置正确、无松动，各路电源供电正常。

(14)有关技术资料应齐全，包括：

①厂家技术鉴定文件和设备使用资料。

②实测的调节保证数据。

③主要部件和整机的调试数据和曲线。

④主要参数的整定值。

⑤各配压阀、针塞的实测遮程和间隙。

⑥传动杠杆死区值。

⑦技术改进记录。

⑧缺陷记录。

第二节　调速器检修的一般知识

水电站中调节设备是长时期连续运行的设备，随运行时间的增长其零部件必然磨损，再加上腐蚀、脏污等各种原因，设备运行性能势必下降，各种事故和故障也会相继发生。为恢复调节设备的工作性能和调节品质、提高运行可靠性、维持调速器长期稳定运行，必须恰当地进行检修。同时，有计划的检修可以及时发现问题和事故隐患，防止运行中突发事故。

一、调速器检修的准备工作

为保证按质、按量、按期完成检修工作，检修前必须做好如下准备工作。

(一)思想准备

检修人员应明确本次检修的目的及任务；对检修工作的艰苦性应有充分的思想准备。工作中既要各负其责，又要团结协作。

(二)技术准备

检修前应了解调节设备运行情况及运行中存在的问题，以便确定本次检修的主要任务。检修人员应熟悉设备图纸，了解调速器结构和检修措施及安全措施、工艺要求等。检修过程及结果应注意做好记录。

(三)组织准备

根据本次检修任务拟订合理的检修计划，计划中应对参加检修的工作人员、检修时间及检修内容作相应安排。防止在检修过程中出现窝工和工作相互干扰。

(四)物资准备

检修前应对检修过程中所需材料、工具(包括一般工具和专用工具)、测量调试仪器仪表、备品备件、起吊设备、加工机床、零件箱等做相应准备。

二、调速器检修制度以及检修内容

(一)调速器检修的周期安排

水电站中调节设备的检修一般与水轮发电机组检修同步进行，按其目的及任务不同划分为小修、大修、扩大性大修 3 类。检修的类别、周期及工作时间安排如表 8-1 所示。

表 8-1 常用检修制度

检修类别	检修周期	检修工日
小修	每年 1 ~ 2 次	2 ~ 4 天
大修	每 3 ~ 5 年一次	10 ~ 15 天
扩大性大修	每 10 年左右一次	15 ~ 20 天

(二)检修的内容及要求

不同规模检修其目的及内容不一样，质量要求也不相同。以机械液压型调速器为例：

(1)小修。小修主要是对调节设备进行必需的清扫、检查，及时处理已经发生或即将发生的某些问题。另外，通过小修可以掌握调速器的情况，为以后的大修提供依据。小修具体内容视电站具体情况而定，一般如表 8-2 所示。

表 8-2 调速器小修项目及质量要求

检修项目	基本要求
离心摆—引导阀清扫、检查	离心摆—引导阀转动应灵活，无卡阻现象。钢带无皱褶、裂纹
缓冲装置清扫、检查、试验	各部分连接正常，油位正常，回复特性符合要求
油路及接力器清扫、检查	油路无泄漏，接力器及导叶控制机构活动自如
反馈机构清扫、检查	各部分连接牢固，无松动。各调节螺钉、螺母定位良好，永态转差系数指示正确
开度限制机构和转速调整机构清扫、检查	机构活动自如，指示准确，减速器加注润滑油
紧急停机电磁阀动作检查	手动和电动操作灵活、可靠，导叶最短关闭时间符合调保计算要求
更换或处理透平油	根据油质情况决定，保证油质良好
油压装置清扫、检查	油泵运转正常，压力信号器、安全阀、补气阀工作正常，无严重泄漏现象
调节系统调整试验	检查空载稳定性，做空载挠动试验，达到自动运行稳定，能及时并网

(2)大修。大修是比较彻底的检修工作。调速器的各部分必须拆洗、检查，重新组装、调试，更换某些已严重损坏的零部件。需注意，中小型电站受技术条件限制，离心摆一般不拆卸。

(3)扩大性大修。扩大性大修是在整旧如新的基础上，往往还包括提高和改善性能的工作在内。包括离心摆在内的全部零件都必须拆洗、检查。可能需更换较多零件，甚至更换整个部件。然后逐一组装、调试，使元件和调速器整机都达到较高的技术要求。大修及扩大性大修项目及质量要求如表 8-3。

表 8-3　大修、扩大性大修项目及质量要求

检修项目	基本要求
离心摆－引导阀拆洗、检查与处理	有条件时拆装飞摆，否则送厂家处理。引导阀磨损严重时更换针塞、衬套
缓冲装置解体、清扫检查和试验	更换严重损坏的零件，重新组装并检查回复特性质量
辅助接力器，主配压阀解体、检查、处理	更换磨损严重的柱塞、衬套，按要求重新组装
接力器解体、清洗、检查、处理	更换油封，组装后活动自如而不漏油
拆洗全部油管	更换油封，对漏油的管接头做处理或更换
拆洗、检查全部杆件	检查连接销磨损情况，必要时铰孔配新销，保证组装后杠杆死行程符合要求
开度限制机构和转速调整机构解体，清洗、检查、处理	必要时更换开限针塞、阀套。组装后手、电动灵活，指示准确
紧急停机电磁阀解体、清洗、检查	组装后手、电动灵活，导叶最短关闭时间符合调保计算要求
油压装置解体、清洗、检查、试验	除达到小修要求外，必要时更换油泵芯、阀芯、阀座等
调速器及调节系统试验	按规定进行全部现场试验项目，整定各调节参数

三、检修一般程序及注意事项

(一)调速器拆卸顺序

拆除油压设备和控制柜内的电缆后，按下列顺序依次拆卸各部件，用煤油或汽油予以清洗。

(1)拆除控制柜内及油压设备中的油管，并记好各接头处的组装位置。

(2)拆除主传递杠杆、开度限制机构杠杆、转速调整机构及永态调差机构。

(3)逐次拆下离心摆、减速装置、指示器、切换阀、滤油器及缓冲装置，最后拆下机架。

(4)拆下主配压阀、手动操作机构、反馈传动装置等，最后取出接力器活塞。

(5)拆下螺旋油泵、补气阀和中间油罐。拆开安全阀时，应标明调节螺钉的整定位置，以备再次装配时参考。

(二)拆卸主要元件的注意事项

拆卸主要元件时，应注意如下事项。

1. 离心摆与引导阀

(1)旋出螺钉，将橡皮膜与针塞一起取出。连同电动机一起取出离心摆装配，拆去离心摆外罩。

(2)拆卸清洗与装配时，应注意下列事项：

①针塞与转动套油口搭叠处的棱角绝对不能碰伤或倒角。

②如必须拆开离心摆装配，在拆开之前，应标明调节螺母的位置，以便再次装配时参考。另外必须注意：两组重块所属的零件，不得相互串换。

(3)清洗后先将重要的配合尺寸记录下来，然后重新装配。装配好的离心摆应能用手轻轻转动。如发现零件有严重损伤，应予更换，并应做离心摆静特性试验及漏油量试验等。

2. 缓冲装置

(1)缓冲装置拆卸前应记录下缓冲时间常数 T_d 值，以后旋出螺钉，分别取出主动活塞部分及从动活塞部分，并将其全部拆开。

(2)清洗后先将重要的配合尺寸记录下来，然后重新装配并做缓冲回复特性试验，要求从动活塞回复平衡圆滑，衰减性能良好，无卡阻、跳跃现象；缓冲时间常数应与拆卸前一样。

(3)在做缓冲特性试验时，仍应先在柜外单件调试，排除卡阻等明显故障后，再装入控制柜内。连接好各杠杆及弹簧，待装配好以后，再实测其衰减回复特性，应符合要求。考虑引导阀旋转与静止时，针塞传给从动活塞上的力有差异，故在柜内测试缓冲特性时，应当在压力油通入引导阀的条件下，以外加电源使离心摆与引导阀按额定转速转动。这样测得的缓冲回复特性就较真实。

(4)横杠杆上的两调节螺钉调整合格后，一定要将锁紧螺帽拼紧，以免松动，影响缓冲回复特性。

3. 螺杆泵

(1)逐次拆下吸油管、电动机、支座下联轴器、上盖和下盖，之后取出螺杆。

(2)拆卸、清洗与装配时应注意衬套内孔交界处的棱角及螺杆与螺杆的啮合面，螺杆与衬套之间的配合面不得损伤。左、右从动螺杆不准调换。

(3)清洗装配之后，主动螺杆应能用手轻轻平衡转动，且无异常现象。

(三)其他注意事项

(1)清洗时严禁用带有纤维的棉纱。重要零件清洗后用绸布擦干，或用加有透平油拌和的面粉粘净。装配时须先涂一层透平油。

(2)对于不用圆锥销定位的零部件，装配时须尽量保持原有位置。遇有零件卡阻现象时，必须调整处理，切勿用砂布打磨，以免改变配合面之间的间隙，增加漏油，使调节性能变坏。

(3)对于用圆锥销定位的零部件，装配时先用圆锥销定位，然后紧固螺钉。

(4)对于管道或阀体拐角等不易清洗干净的地方，须用压缩空气喷吹干净后，再进行装配。

(5)调速器经清洗装配后，在回油箱中灌以一定数量的符合质量标准的 30 号透平油，并以同样质量的透平油灌入缓冲器与减速箱中。

第三节　机械液压型调速器的故障分析与处理

所谓的故障是指调节系统不能正常运行，或者达不到应有的品质要求的现象。机械液压型调速器的故障现象十分复杂，既有内因方面的，也有外因方面的。调节系统一旦出现故障，轻则影响电力系统供电质量，重则危害电力生产，造成重大经济损失。本节内容以机械液压型为主介绍调速器的故障分析及处理方法。

一、调节系统故障现象和分析故障的方法

(一)调节系统故障现象及分类

调节系统在调整试验过程中以及投入运行之后，都有可能出现故障现象。调节系统故障现象是多种多样的。如运行不稳定、接力器(机组转速)不断摆动；又如动特性不好，调节过程中波动次数多、幅值大，还有操作控制机构失灵等。造成这些故障原因是多方面的、复杂的。为便于分析和处理，常将调节系统故障按起因分为两大类：一类是由被控制系统引起的，称为外因故障；另一类是由调速器本身引起的，称为内因故障。

(二)分析故障的基本方法

调节系统的故障纷繁复杂，其现象层出不穷，有可能同一种故障现象是由多个原因引起的，也有可能同一种原因造成不同故障现象。如何才能迅速准确地查出故障产生原因呢？除实践经验以外，科学合理的分析方法也显得十分重要。在分析故障时一般应注意以下三个方面。

1. 全面掌握故障现象

为准确找到故障产生的原因，需全面准确地掌握故障现象。例如接力器不稳定，那么接力器摆动是否是周期性的，摆动频率的快慢如何，摆动幅值是大还是小，是否与工作参数有关，与工作参数关系如何等。只有全面掌握故障现象才能比较准确地罗列出可能的原因，从而进行科学的分析。

2. 在调试中逐一解决

故障的分析处理不能静止孤立地进行，应当与调整试验结合起来。在具体解决问题时应根据故障现象全面地罗列出可能原因，然后有目的地在试验中检查逐个排除，最后找到引起故障的主要问题加以解决。

3. 在分析与解决故障时，应注意遵循合理的程序

为分析和处理故障而做的调整试验一般要体现由简单到复杂的原则；试验应遵循合理的程序。所谓合理程序，是指在调整试验中应遵循的 4 个先后关系：先外因后内因；先元件后整机；先空载后负载；先静态后动态。只有这样才能有比较清楚的试验结果。

二、常见的外因故障现象

由被控制系统引起的故障现象最主要的体现是运行不稳定，而且往往随运行状态及工作参数变化而改变。分析其原因，不外乎是由水力、机械制造与安装以及电气等几方面问题造成的。常见的外因故障现象有以下几种。

(一)过水系统水压力不稳定

水轮机的过水系统包括压力管道、蜗壳、尾水管等。在本机组不参加调节的情况下，过水系统水压力波动可能造成机组不能稳定工作，其表现为接力器开度与机组出力呈周期性变化。这种周期可能较长、幅值可能会较大。如果将调速器切换成手动状态运行，不稳定现象仍然存在，则表明此种现象是水压力波动造成的，此时观察蜗壳水压表及尾水管真空度表可以发现摆动很明显。

某些电站需测量压力管道中的水压力变化、机组转速变化和主接力器活塞摆动频率，如果三者频率相接近，就表明出现共振现象。为避免产生共振，可采取改变缓冲时间常数 T_d 或其他参数的方法。

(二)水轮机运行不稳定

水轮机运行中会因为某些情况运行不稳定。例如，混流式水轮机转轮四周由于止漏环间隙不均匀造成水力不平衡影响稳定性。另外，反击式水轮机在低水头、低负荷运行或在某个出力附近运行时，尾水管内出现空腔气蚀也将引起水轮机运行不稳定。水轮机自身的不稳定必然造成调节系统不稳定运行。

水轮机的不稳定运行往往与工作参数有关，特别是与水轮机出力关系较大，一般情况下水力不平衡引起的摆动随着出力的增加而加剧。

(三)发电机运行不正常

发电机在安装过程中由于定子、转子间气隙不均匀造成发电机运行不稳定。另外，三相负载不平衡、励磁装置工作不稳定等，都是造成机组运行不稳定的原因。这些不稳定现象往往随负载增加而加重。在开机过程中检查可以发现，空载不励磁时机组运行较稳定，一旦加励磁升压后就不稳定，则明显是发电机励磁装置方面的问题。

(四)永磁机不正常

中小型水电站一般以永磁机作为调速器信号电源。如果永磁机与发电机轴同心度不符合要求，或者永磁机制造安装不良造成气隙不均匀、磁场强度不均匀等，会使永磁机的输出偏离设计工况。如输出的电压不稳定、波形畸变等。调速器测速元件接受了这种不正常的输入信号，必然影响调节系统性能。

永磁机不正常引起的摆动，往往摆动幅值不大，但频率较高。在空载状态下观察，辅助接力器跳动频率接近机组转动频率或与机组转动频率成某个倍比关系。

三、常见的内因故障现象

与外因故障相比，调节系统内因故障可以说更纷繁复杂。发生在调速器本身上的故障是造成调节系统不能正常运行的最直接、最普遍的原因。其内因故障现象虽然是多种多样的，但究其原因最主要有以下几个方面：

(1)调速器选择不当。调速器有一定的工作容量及调节参数范围。如果选择不恰当，调速器就不适应水轮发电机的要求，造成运行不正常。

(2)调速器主要元件性能不良。如离心摆、引导阀、主配压阀、缓冲装置等主要元件，如果由于制造、装配以及调试工作中的缺陷，达不到应有的性能，则势必影响调速器乃至调节系统的正常工作。

(3)元件之间的连接不良。调速器的信号主要通过杠杆系统和油路来传递。如果杠杆的连接部分发生问题或出现油路堵塞、泄漏等现象，势必造成信号在传递过程中不连续甚至中断，引起调速器运行不正常。

(4)调节参数配合不好。调速器运行不正常除以上三个主要原因外，参数配合不恰当，对调节性能也有很大影响，参数配合不恰当主要是由于调整试验工作未达到要求引起的。

以上四种原因造成的故障可能表现为运行不稳定、动态特性不好、静特性不符合要求、操作控制机构不灵敏等多种情况。具体故障现象体现在以下几个方面。

(一)运行不稳定

1. 低速周期性摆动

故障现象特征：接力器开度或机组转速呈周期性摆动；摆动周期长、频率低，有时周期可达数十秒。引起原因主要有以下几个方面：

(1)参数配合不恰当。缓冲时间常数 T_d 过小；暂态转差系数 b_t 过小；放大系数 K_1 过大，此种情况易产生过调节造成运行不稳定。处理方法：应重新整定调节参数。

(2)主配压阀及主接力器漏油不对称，导致在无调节信号作用下接力器向开启或向关闭侧缓慢移动，移动至一定位置引起反馈，接力器在反馈作用下又较快回到原位置。此种情况引起的摆动在两个方向上往往不等，也可能是不等幅的周期性摆动。处理方法：对主配压阀及主接力器进行拆洗，必要时更换新件。

(3)缓冲装置特性不良。缓冲装置缺陷如缺油，致使回中误差大或回复特性曲线上、下行不对称。处理方法：给缓冲装置注满油、排净空气、拧紧放油用的丝堵。

(4)杠杆系统缺陷。传动杠杆被卡阻甚至发生弹性变形，或杠杆连接销钉松动、传递间隙过大等都将造成信号传递不准确不及时。处理方法：分解处理传动杆件；重新装配；尽量减小死行程，但要保证动作灵活。

2. 中、高速周期性摆动

故障特征：接力器摆动速度快、周期短，摆动频率接近于机组转动频率。用百分表监测辅助接力器，可以发现它高速跳动。

引起此种现象的原因主要在于离心摆—引导阀不正常工作。

(1)离心摆轴线不正，在安装过程中离心摆上段轴与下段轴不同心或呈折线状，运转过程中势必产生偏摩擦，导致引导阀上下跳动。处理方法：分解检查，重新装配。

(2)离心摆两边重物质量不对称，高速运转过程中导致两侧离心力不平衡，造成引导阀上下跳动。处理方法：调整重物质量，使之符合设计要求。

(3)引导阀转动套与针塞不同心，在运转过程中发生较严重偏磨损，致使遮程过小，而漏油引起辅助接力器不正常跳动。处理方法：拆洗后重新装配，必要时更换新件。

另外，也有可能是离心摆电动机轴承缺陷，引起中高速摆动。

3. 偶然的抽动或周期性摆动

引起此种现象的原因也较多：离心摆转速死区过大；引导阀、主配压阀被临时卡住；缓冲装置回复不平顺，从动活塞跳动；杠杆被临时卡阻或死行程过大；油跳被临时堵塞或油路中存在空气等。处理方法：对出现问题的零部件解体、清洗，重新装配，必要时更换新件。

(二)调节系统静特性不良

静特性不良造成的故障现象主要体现为单机运行机组在稳定状态下出现较大的频率偏差，或者使并列运行机组负载分配不准确。分析其原因主要是调速器转速死区过大；其次可能是由导叶控制机构死行程过大引起的。造成调速器转速死区过大的原因可能有以下几个方面：

(1)离心摆转速死区过大。处理方法：解体、清洗后检查，必要时更换新件。

(2)杠杆系统缺陷死行程过大。处理方法：应检查、修正，调整灵活。

(3)主配压阀遮程过大。处理方法：重新调整主配压阀活塞位置。

(4)缓冲装置从动活塞回中误差较大。处理方法：如果活塞与套或壳间隙被脏物、杂物玷污，则应解体、清洗并更换新油；如果装配质量不佳，则应拆洗，重新装配并调整灵活；如果因为弹簧刚度不够，则应更换刚度足够大的弹簧。

(三)调节系统动态特性不好

调节系统动态特性不好主要有以下几种体现。

1. 空载扰动试验时动特性不符合要求

如果调速器各主要元件及元件之间的连接部分工作正常，则出现此种现象主要原因在于调节参数组合不恰当。例如，暂态转差系数 b_t 过小或过大、缓冲时间常数 T_d 偏小等。处理方法：重新调整调节参数。

2. 甩负载试验时机组转速波动过大

机组在甩负载这种大波动情况下，主配压阀通常应达到整定的最大行程。如果发现主配压阀实际行程偏小，则表明调速器反馈过强，可适当减小暂态转差系数 b_t，这样可降低转速波动值。如果主配压阀行程已达到整定值而甩负载后蜗壳压力上升值还较低，则可以适当增大主配压阀行程，同样也能降低甩负载过渡过程中转速波动值。

3. 甩负载试验时机组转速波动次数多、时间长

出现这种现象的原因有两个：一是反馈参数过大，可适当减小 b_t 和 T_d；二是接力器近于不稳定状态，可按前面所述寻找故障原因。

(四)调速器操作控制不灵敏

1. 机组增减负荷缓慢

并列运行的机组，转速调整机构运作之后一段时间，实际开度和出力才发生变化，而且工作缓慢，显示出不能及时动作。

分析原因可能有以下几个方面：

(1)调速器选择工作容量偏小，导叶接力器操作力量不够引起动作缓慢。处理方法：重新选择调速功足够的调速器。

(2)调节参数匹配不当。如 K_1 过小而 b_t 和 T_d 过大，使速动性过小。处理方法：改变调节参数使之符合要求。

(3)主配压阀遮程过大，需走完遮程后才引起接力器动作。处理方法：对主配压阀活塞位置重新调中。

(4)控制机构间隙过大或传动杆件死行程过大。处理方法：检查、修正，重新调整杠杆。

2. 溜负荷

在系统频率未变、控制机构未动作情况下，机组的出力自行缓慢减少(增加)的现象称为“溜负荷”。这种不稳定总是单方面的，且很慢的过程。

出现此种现象的原因如下：

(1)调速器转速死区过大。处理方法：检查处理，必要时更换新件。

(2)缓冲装置回复特性不对称，“T”形架上两个调节螺钉位置不对。处理方法：应检查、修理并调整、紧固。

(3)主配压阀漏油不均匀或某侧油路阻力变化。处理方法：应检查、拆洗或更换新件。

(4)导叶开启时间与关闭时间相差过多。处理方法：重新整定导叶关闭时间与开启时间，并紧固调节螺钉。

3. 机组间负荷“拉锯”

并列运行机组由于受诸多因素干扰，负荷在机组之间来回转移的现象称为“拉锯”。负荷“拉锯”现象出现后对电力系统影响较大，严重时造成系统解列。

分析其出现的可能原因如下：

(1)机组间分工不明确，体现在永态转差系数 b_p 相差过小。

(2)机组间灵敏度相差过大，表现为参数组合不同，形成两台机组速动性相差较多。

处理方法：重新调整调节参数。

4. 调速器失控

机组正常运行中接力器开度突然开至限制开度或突然关小，也可能突然大幅度摆动或停在某一位置拒绝动作。

出现此种情况的原因如下：

(1)永磁机电源中断。处理方法：检查、修复。

(2)反馈信号中断。例如，反馈杠杆脱离反馈锥体、杠杆销钉脱落等。处理方法：检查、修复。

(3)主配压阀被卡死。处理方法：检查、拆洗、修复；更换新件或新油。

(4)油压下降。处理方法：检查、处理。

调速器失控后应快速切换成手动运行，或利用进水阀、前池闸门切断水流后停机检修。

第四节　电气液压型调速器的故障分析与处理

电液调速器由电气部分与机械液压部分构成，与机械液压型调速器相比较，电液调速器多了电气回路部分，以及电液转换器、位移传感器等元件。所以，电液调速器发生故障的部位及原因与机械液压型调速器相比有所不同，但对机械液压型调速器的故障分类、分析方法同样适用于电液调速器。本节仅就电液调速器的电气回路、电液转换器的常见故障作介绍，其机械液压部分与前节内容相同。

一、电气回路部分常见的故障

(一)元件虚焊和插件接触不良

元件虚焊是电子设备最常见的毛病，在电液调速器中也易出现。通常是由于焊接前未充分清除氧化层和很好镀锡，运行一段时间后，由于元件机械变形影响或氧化作用，造成焊点松动，使信号传递时通时断，甚至完全不通。虚焊往往从表面上很难分辨，需用仪表逐个元件逐点检查、补焊。

另外，电液调速器中，各单元电气回路大都以插件方式接入，插在基础板上工作。当这些插件接触不良时，也会形成类似虚焊的故障。应清洗、修磨，使接触紧密。

(二)电位器触点接触不良或断线

电液调速器中很多地方都使用线绕式电位器，它的线性好且阻值精确。但是，由于触点经常移动可能引起磨损，造成接触不良，甚至电位器断线，这将造成信号异常甚至中断。例如，功率给定电位器接触不良会出现接力器自动减小减负荷现象，或者在给定功率附近发生跳跃。而位移传感器如果接触不良，则会影响反馈电压，导致运行不稳定。位移传感器断线则将引起甩负载或负载突增现象。处理方法：清洗、检查、修复。

(三)线圈断线或匝间短路

电液调速器中变压器、继电器、电感元件、电液转换器等都有很细的导线绕制的线圈。断线、匝间短路是十分常见的故障。一旦出现这些故障就有可能改变基本参数，势必引起运行不正常。例如，测频回路变压器内部短路或断线会产生较大的输出电压$+U_f$或$-U_f$，这将引起机组突减或突增负荷。

(四)元件老化及变质

目前，电子元件尚存在寿命不够长、可靠性不够高的问题。例如，电解电容器容易变质、晶体管可能老化等，可能使一些参数偏离，给电路造成一定影响。元件变质及老化是由于长期运行中受温度、电压等因素影响造成的。处理方法：应更换新件。

二、电液转换器的常见故障

(一)油孔堵塞

油孔堵塞是电液转换器中最常见的故障现象。电液转换器中有几个重要的通油小孔，如喷油孔、平衡孔。例如，喷油孔被堵塞，会使活塞上腔压力加大，使活塞下降至极限位置；节流孔如被堵塞则会引起活塞上升至极限位置。由于不同电液转换器开、关机时活塞运动方向可能不同，因此活塞上下移动造成的后果也不同。另外，当平衡孔被堵塞时则会使活塞与控制套之间发生偏摩擦甚至卡阻，控制套运动受阻可能造成接力器摆动，如被卡死在某个位置则可能引起突增或突减负载现象。

造成油孔被堵塞的原因是由于油质不好，油液中的棉线、各类碎屑进入油孔中，所以电液调速器用油清洁是良好运行的重要保证。

(二)十字弹簧失灵

十字弹簧失去弹力，线圈及控制套的运动不正常，会发生类似油孔被堵塞的现象。处理方法：应更换新件。

(三)调速器稳定运行时线圈电流不为零

造成此种现象的原因是由于电液转换器活塞平衡时，中间位置不正。处理方法：应重新调整。

(四)控制套不振动

若控制套不振动，首先应检查振动电源，如电源正常则可能是控制套被卡堵。

(五)电液转换器线圈被烧断

烧断原因往往是线径太细，过流能力太小；此外，也可能是装配时受潮，被腐蚀而断线。线圈烧断后会使调速器失控。处理方法：应更换新线圈，重新装配。

本章小结

本章首先介绍了调速器运行维护的主要内容，包括监视油位、油温和油压，调速器及油压装置的正常运行，调速器油的更换，资料档案的建立等。

其次，介绍了调速设备的检修内容、检修周期、检修项目和质量标准。讲述了调速器主要部件，例如离心摆与配压阀、缓冲装置和油泵等部件检修的一般程序及注意事项。

最后，讲述了机械液压型调速器、电气液压型调速器常见故障的检修方法。

复习思考题

8-1 调速器的检查和维护项目有哪些？

8-2 调速器检修前应做好哪些准备工作？

8-3 调速器检修有哪些主要工作？应注意哪些事项？

8-4 调节系统的故障怎样分类？分析故障的基本方法是什么？

8-5 结合电站实习了解机调的故障现象及原因。

8-6 电液调速器常见的故障现象有哪些？

8-7 结合电站实习了解电调的故障现象及原因。

附　表

附表 1　FX_{2N}系列可编程控制器基本单元

型号			输入点数(DC24V)	输出点数(R、T)	扩展模块可用点数
继电器输出	可控硅输出	晶体管输出			
FX_{2N}-16MR-001	FX_{2N}-16MS	FX_{2N}-16MT	8	8	24～32
FX_{2N}-32MR-001	FX_{2N}-32MS	FX_{2N}-32MT	16	16	
FX_{2N}-48MR-001	FX_{2N}-48MS	FX_{2N}-48MT	24	24	48～64
FX_{2N}-64MR-001	FX_{2N}-64MS	FX_{2N}-64MT	32	32	
FX_{2N}-80MR-001	FX_{2N}-80MS	FX_{2N}-80MT	40	40	
FX_{2N}-128MR-001	—	FX_{2N}-128MT	64	64	

附表 2　模拟量输入模块 FX_{2N}-4AD 技术规格

项目	电压输入	电流输入
	根据是电流输入还是电压输入，使用端子不同	
模拟量输入范围	DC–10 V~+10 V(输入电阻 200 kW)绝对最大输入 ± 15V	DC–20 mA~+20mA(250 W) 绝对最大输入 ± 32 mA
数字输出范围	带符号位的 12 位二进制(有效数值 11 位)，+2047 以上固定为+2047，–2048 以下固定为–2048	
分辨率	5 mV(10 V × 1/2 000)	20 μA(20 mA × 1/1 000)
综合精确度	± 1%(相对于最大值)	
转换速度	15 ms × (1~4)通道(高速转换方式为 6 ms × (1~4)通道)	
隔离方式	光电隔离及采用 DC/DC 转换器使输入和 PLC 电源间隔离(各输入端子间不隔离)	
模拟量用电源	DC24V ± 10%55 mA	
输入输出占有点数	程序上为 8 点(计输入或输出点均可) 由 PLC 供电的消耗功率为 5 V 30 mA	

附表 3　模拟量输出模块 FX_{2N}-4DA 技术规格

项目	电压输出	电流输出
	根据是电流输出还是电压输出，使用端子不同	
模拟量输出范围	DC–10 V~+10 V (外部负载电阻 1 kW~1 MW)	DC+4 mA~+20 mA (外部负载电阻 500 W 以下)
数字输出范围	带符号位的 12 位二进制，但有效数值为 11，(–2048~ +2047) 电流输出(0~+1024)	
分辨率	5 mV(10 V × 1/2 000)	20 μA(20 mA × 1/1 000)
综合精确度	± 1%(相对于最大值)	
转换速度	2.1 ms(4 通道)	
隔离方式	光电防出及采用 DC/DC 转换器使输出和 PLC 电源间隔离(但各输入端子间不隔离)	
模拟量用电源	DC24 V ± 10%130 mA	
输入输出占有点数	程序上为 8 点(计输入或输出点均可) 由 PLC 供电的消耗功率为 5 V 30 mA	

附表 4　FX_{2N}-232-BD、FX_{2N}-232IF 模块通信规格

项目	规格	
型号	FX_{2N}-232-BD	FX_{2N}-232IF
适用 PLC 系列	FX_{2N}	FX_{2N}
传送规格	RS232C	
绝缘方式	非绝缘	光电耦合器绝缘
传送距离	15 m	15 m
消耗电流	30 mA/DC5 V(PLC 供电)	40 mA/DC5 V(PLC 供电)、80 mA/24 V
通信方式	半二重双向/全二重调步同期	全二重调步同期
数据长度	7 位或 8 位	
奇偶	无，奇数，偶数	
停止	1 位或 2 位	
波特率	300/600/1 200/2 400/4 800/9 600/19 200 bit/s	
标题	没有或任意数据	没有或收信最大 4 字节
终端	没有或任意数据	没有或收信最大 4 字节
协议	—	—
主要可连接机器	各种 RS232C 机器	各种 RS232C 机器
附属件	螺钉 2 个	—

附表 5　FX_{2N}-422-BD 模块的通信规格

项目	规格
适用 PLC 系列	FX_{2N} 系列
传送规格	RS422 准
绝缘方式	非绝缘
传送距离	50 m
消耗电流	30 mA/DC5 V(由 PLC 供电)
通讯协议和程序	专用、编程规定
主要连接设备	DU、GOT 及编程工具
附属件	螺钉(2 个)

附表 6　FX_{2N}-1PG 模块的技术规格

项目	规格
控制轴数	1 轴(对应 1 台 PLC，最多可接 8 台)不能作插补控制
输入/输出占有点数	每套占有 PLC 的输入或输出 8 点
脉冲输出方式	开式连接器，晶体管输出 DC5~24 V20 mA 以下
控制输入	操作系统：STOP，机械系统：DOG(近点信号)，支持系统：PGO(零点信号)，正转界限，逆转界限等，其他输入接在 PLC 上
控制输出	支持系统：FP(正转脉冲)，RP(反转脉冲)，CLR(偏差计数器清洗)

附表 7　F940GOT-SWD/LWD-C 技术特性

技术特性	F940GOT-SWD-C	F940GOT-LWD-C
显示器	8 色 STN 彩色显示器	STN 单色显示器
文字显示	20 字 × 15 行	20 字 × 15 行
图像分辨率	320 × 240	320 × 240
显示画面有效尺寸	115 × 86	115 × 86
用户画面数目	500	500
触摸键尺寸(像素点/键)	20 × 12	20 × 12
内置存储器	FLASH	FLASH
存储器容量	512 MB	512 MB
外观尺寸	162 mm × 130 mm × 57 mm	162 mm × 130 mm × 57 mm
FX 系列 PLC 连接线	FX-40DU-CAB	FX-40DU-CAB
FX_{OS}、FX_{ON}、FX_{2N} 系列 PLC	FX-50DU-CABO	FX-50DU-CABO

附表 8　速度比为 1.33 的单活塞杆高压液压缸的理论操作力(P=16 MPa)

液压缸 D/d(mm)	内拉操作力(N)	外推操作力(N)	平均操作力(N)
50/25	23 560	31 420	27 490
63/32	37 010	49 880	42 445
80/40	60 320	80 430	70 375
90/45	76 340	101 790	89 065
100/50	94 150	125 660	109 955
110/55	114 040	152 050	133 045
125/63	146 470	196 350	171 410
140/70	184 730	246 300	215 515
150/75	212 060	282 740	247 400
160/80	241 270	321 700	281 485
180/90	305 360	407 150	356 255
200/100	376 990	502 660	439 825
220/110	456 160	608 210	532 185
250/125	589 050	785 400	687 225

参 考 文 献

[1] 沈祖诒．水轮机调节[M]．3 版．北京：中国水利水电出版社，1998.

[2] 魏守平．现代水轮机调节技术[M]．武汉：华中科技大学出版社，2002.

[3] 蔡维由．中小型水轮机调速器的原理调试与故障分析处理[M]．北京：中国电力出版社，1995.

[4] 郭建业．高油压水轮机调速器技术及应用[M]．武汉：长江出版社，2007.

[5] 王定一．水电厂计算机监控与控制[M]．北京：中国电力出版社，2001.

[6] GB/T 9652.1—2007 水轮机控制系统技术条件[S]．北京：中国标准出版社，2007.

[7] GB/T 9652. 2—2007 水轮机控制系统试验[S]．北京：中国标准出版社，2007.

[8] DL/T 496—2001 水轮机电液调节系统及装置调整试验导则[S]．北京：中国标准出版社，2001.

[9] DL/T 563—1995 水轮机电液调节系统及装置技术规程[S]．北京：中国标准出版社，1995.

[10] JB/T 2832—1993 水轮机调速器及油压装置型号编制方法[S]．北京：中国标准出版社，1993.

[11] 王丽娟，等．交流伺服控制式 PLC 水轮机调速器的研究与实践[J]．水力发电，2001(4).

[12] 王德意，等．水轮机步进式微机调速器应用研究[J]．水利水电技术，2001(5).

[13] 吴甲铨．调速器的运行与故障分析[M]．北京：中国水利水电出版社，1997.

[14] 杨开林．电站与泵站中的水力瞬变与调节[M]．北京：中国水利水电出版社，1999.